박완서 소설전집 결정판

014 서 있는 여자

* 일러두기

⟨박완서 소설전집 결정판⟩은 국립국어원 맞춤법 규정을 따랐으나,
일부 표현의 경우 작가와 협의하여, 최초 창작 의도에 따라 원문을 유지하였음을 알려드립니다.

기획의 글

　1994년 세계사에서 박완서 전집을 첫 출간한 이래, 2002년 개정판을 거쳐, 2012년 〈박완서 소설전집 결정판〉을 내게 되었다.
　선생님은 데뷔작인 『나목』부터 손수 교정을 봤는데 안타깝게도 암 수술을 받은 후 병석에 눕고 나서는 당신의 글을 직접 다듬지 못했다. 누가 삶의 깊은 뜻을 알 수 있을까! 선생님은 지난해 정월, 갑작스레 세상을 떠나셨고 1주기를 추모하여, 선생님 생전에 기획한 대로 결정판을 출간하게 되었다.
　선생님의 장편소설을 다시 읽고 재평가하는 작업은 큰 산맥을 종주하는 듯 방대했다. 힘들고 지루했지만 '박완서 문학'의 폭과 깊이, 그리고 한국문학의 미래를 향한 가능성을 확인한 축복의 시간이었다.
　선생님 작품의 넓고 깊음은 한 단어로 말하기 힘들다.

한국전쟁으로 텅 비고 황폐한 도시 속에서도 '물이 차오르듯 삶의 희망'을 찾아내던 선생님은, '사람 사는 모습'을 깊은 관심을 갖고 바라보았고 사회 변화에도 민감했다. 작품 활동을 시작한 이래 조금도 쉼 없이 많은 글을 쓰실 만큼 현상을 분석하는 데 탁월했다. 그만큼 소재에 제한이 없었다. 본인이 직접 겪어내신 한국전쟁뿐 아니라, 구한말부터 일제 강점기까지의 경제와 풍속, 체제 변화 속 개인의 혼란, 가부장제와 여권운동의 충돌과 허상, 중산층의 허위의식과 계층 분화 등 기존 작가들이 다루지 못했던 사회상을 문학 속으로 끌어들이는 데 앞장섰다. 선생님의 작품은 진실을 천착하는 집요한 작가 정신, 모든 구속과 드러나지 않는 음모와 싸우는 자유의 기운이 구석구석 흐르고 있어, 시대의 징후를 읽어내는 소설문학 고유의 양보할 수 없는 미덕을 넘치게 갖추고 있다.

첫 출간 때와 달리 각 초판본에 실린 서문이나 후기를 그대로 옮겨 실은 것은 작품을 쓸 당시 선생님의 생생한 육성을 듣기 위한 것이었다. 그 글을 쓴 시대와 작가의 심상이 느껴지는 짧은 글은 '박완서 문학'의 역사를 담고 있다. 덧붙인 평론들은 작품의 새로운 의미와 생명력을 불어넣어 준다.

'박완서 문학'은 언어의 보물창고다. 파내고 파내어도 늘 샘솟는 듯 살아 있는 이야기와, 예스러우면서도 더 이상 적절할 수 없는 세련된 표현으로 모국어의 진경을 펼쳐 보였다. 재미있는 글과 활달한 언어가 주는 힘은 우리들을 뜨겁게 매료시켰으며, 이는 아름다운 문학의 풍경을 만들어냈다. 40년 내내 여러 계층의 독자들에게 사랑받았고 말년까지도 긴장감과 유머를 잃지 않았던 선생님은 문학의 이름으로 길이 살아계실 이 시대의 스승이고 표양이다.

'재미와 뼈대가 함께 담긴 소설'을 쓰는 것이 선생님의 평생 과업이었다. 다가오는 세대들에게 글 쓰는 이의 외로움과, 그보다 더한 사랑을 온전히 물려주고 떠난 준엄함과 따뜻함은, 그대로 문학하는 이들의 상징이 되었다. 선생님에 대한 그리움으로 기획의 글을 대신한다.

2012년 1월
〈박완서 소설전집 결정판〉 기획위원
권명아 · 이경호 · 호원숙 · 홍기돈

작가의 말

결혼이라는 제도

  결혼이란 제도는 꼭 있어야 하는 걸까? 결혼에 의해 생긴 가정이라는 우리 사회의 기본단위가 반드시 지킬 만한 것이고 어떤 이유로도 침해받아서는 안 될 신성한 것이라면 그것을 지킬 책임이 왜 아내에게만 지워져야 하는 걸까?
  혼자 사는 여자는 다만 혼자 산다는 이유만으로 불행하기만 한 것일까? 아내가 남편 외의 외간 남자에게 한눈판 건 두말할 여지가 없이 부도덕하고, 이구동성으로 비판받아 마땅한 반면, 남편이 아내 외의 여자를 장난삼아 범한 것에는 그토록 관대하고 떳떳하다고까지 부추기는 게 과연 미풍양속일까?
  아내가 한눈파는 게 외간 남자가 아닌 자신의 '일'일 때 우리의 미풍양속은 그 여자에게 어떤 벌을 내릴 것이며, 남편은 이 새롭게 대두된 라이벌에게 어떻게 대처할 것인가? 등등 진부하다면 진부하고 새롭다면 새로운 문제를 모녀의 결혼관과 사는 모습을 통해 제기해보려고 했다.

그러나 이 글을 「떠도는 결혼」이라는 제목으로 〈주부생활〉에 연재하면서 〈주부생활〉의 독자가 얼마나 보수적인가를 통감해야 했다. 결혼이란 제도는 어떤 풍파든지 견디고, 종당엔 해피엔딩을 맞아야 한다는 독자들의 극성스런 바람은 나에게 적지 않은 압력이 되었다. 또 나 자신의 바탕 역시 보수적이라는 것도 문제였다.

당초의 의도대로 어머니 세대의 결혼은 아내가 온갖 굴욕을 참고 자신을 죽이면서 그 제도를 지키는 걸로, 딸 세대는 아내만이 일방적으로 그 제도를 지키는 일의 무의미함을 깨닫고 과감히 혼자가 되는 걸로 결말을 맺어, 독자들의 기대를 배반하기가 나로서는 무척 힘 드는 일이었다.

연재하는 동안 성원해주시고 간섭해주신 독자들에게 이 기회를 빌어 양해를 구하는 바이다.

나는 물론 어머니 세대보다 딸 세대에 더 많은 애정을 가지고 그렸다. 그러므로 그 여자를 혼자 살게 한 게 곧 그 여자를 불행하게 만든 거라고 생각하지 말기를 바란다.

내가 이 소설을 통해 정말 보여주고 싶었던 것은 혼자 살아도 행복할 수 있나 없나보나는, 남자와 여자의 평등을 바탕으로 하지 않은 결혼이 과연 행복할 수 있나 없나,라는 내 딴엔 좀 새로운 문제였다.

나의 사랑하는 주인공 연지는 그 문제에 일찌감치 눈뜬 똑똑한 여자였지만, 평등을 자신이 앞으로 애써 지혜롭고 고되게 획득해나갈 문제라고 여기지 않고 자기만은 쉽게 얻을 수 있다고 믿었다. 독자는 거기서부터 비롯된 똑똑한 여자의 중대한 착오를 깊게 봐주셨으면 싶다.

연재로부터 책이 나오기까지 수고해주신 모든 분들께 감사드린다.

1985년

박완서

*1985년, 학원사에서 출간된 『서 있는 여자』 초판 작가 후기

| 차례 |

기획의 글　　　… 005
작가의 말　　　… 008

서 있는 여자　　… 013

해설　　　　　… 465
작가 연보　　　… 489

1

"얘, 오늘 이모가 다녀갔다. 기찬 혼처를 가져왔더라"로 시작해서 경숙 여사는 오래간만에 일찍 들어온 딸을 한바탕 붙들고 늘어질 참이었다.

"또, 혼담?"

막 감고 난 머리의 물기를 타월로 툭툭 털어내면서 연지가 흥미 없다는 듯이 시큰둥하게 말했다.

대조적인 모녀였다. 경숙 여사가 나이보다 훨씬 젊어 보이고 연지가 경숙 여사를 쏙 빼닮아서 자매같이 보이는 모녀였음에도 불구하고 각자 생각하는 것과 관심 있어 하는 게 만들어낸 표정은 딴판이어서 남남끼리처럼 서로 상관없어 보일 적이 많았다.

연지는 잠깐 하던 것을 멈추고 멍청히 서 있었다.

가뜩이나 짧은 머리가 곤두서서 고슴도치처럼 볼품없었다. 막 샤워를 하고 나온 얼굴은 싱싱하고 충분히 아름다웠다.

무엇보다도 그녀에게서 돋보이는 건 청결함이었다. 방금 목욕을 끝냈기 때문인 것과는 상관없는 그녀의 본질적인 거로부터 우러나온 청결함은 세상에서 흔히 쓰는 순결 같은 것하고도 다른 그 무엇이었다.

"세상은 고르지도 못하지."

경숙 여사가 한숨을 쉬었다.

"왜요?"

"느이 오래빈 장발로 내 속을 썩이더니만 딸년 머리 꼴은 만날 밤송이를 못 면하니"

경숙 여사는 맞선볼 때 딸을 어떻게 예쁘게 꾸며서 데리고 나갈 것인가를 공상할 때가 가장 즐거웠다. 그러나 그녀가 딸에게 입히고 싶은 옷은 거의가 다 로맨틱한 복고적인 옷이었기 때문에 번번이 그놈의 밤송이 머리에 가서 딱 걸리고 말았다.

"정 안 어울리면 가발이라도 씌우지 뭐. 그건 그렇고 참 연지야."

경숙 여사가 본론으로 들어갈 낌새를 보이자 연지가 두 손을 신경질적으로 머리털 깊숙이 틀어박으며 말했다.

"그만둬, 엄마. 난 철민이하고 결혼할 거니까."

"뭐, 철민이?"

"네, 철민이요."

연지가 처음 말할 때보다 약간 경직된 표정으로 말했다.

"어쩜 네 머리가 그렇게 짧으냐?"

경숙 여사는 아직도 틀어박고 있는 딸의 손가락 사이로 삐죽대는 머리털의 길이가 구둣솔만큼밖에 안 되는 걸 새삼스럽게 망측해하며 딴청을 부렸다.

혼처가 들어올 때마다 이 핑계 저 핑계 잘도 둘러대서 맞선 한 번을 안 보고 용케 빠져 나가더니만 이제 너도 어지간히 핑계가 궁했나 보구나. 철민이를 다 갖다 대는 걸 보면.

이렇게 딸의 말을 전적으로 무시해보려는 투가 역력했다.

"엄마, 제 얘기부터 끝내요."

연지의 얼굴에 보일 듯 말 듯 연민이 스쳤다. 그러나 말씨는 추궁하는 것처럼 단호했다.

"왜 하필 철민이냐? 꾸며대려면 좀 그럴듯하게 꾸며대지 않구."

경숙 여사는 이렇게 말하면서도 속으론 또 져주는 수밖에 없을 것 같은 예감으로 이미 손끝 발끝에 힘이 빠지고 있었다.

단지 남매밖에 못 둔 자식이 남의 자식들처럼 크게 부모 속 썩이는 일 없이 자란 것까지는 좋았지만 결혼 문제까지 부모의 권한을 전적으로 무시하고 저희끼리 해결하려는 게 경숙 여사는 몹시 섭섭하다 못해 괘씸했다.

그래서 아들이 연애할 때만 해도 며느릿감을 보기도 전에 우선 반대부터 했다. 이유 같은 건 없었다. 자식의 배필을 정하는 데 무엇보다도 먼저 부모의 의견이 존중되어야 한다는 건 부모의 천부의 권한이라고 생각했기 때문에 천부의 권한을 함부로 침해한 자식을 용서할 수 없는 것 또한 천부의 권한이었다.

그러나 아들은 이런 경숙 여사를 두려워하기는커녕 "결혼은 제가 하는 겁니다. 저는 법적으로 어른이 된 지 오래구요" 하는 말로 되레 그 거룩한 천부의 권한에 구정물을 끼얹었다.

아들은 워낙 성격이 과묵했다. 그렇기 때문에 그 이상 결코 여러 말을 하지 않았다. 숫제 어른을 묵살하려는 이런 말 없음에 똑같이 말 없음으로 대항했다간 언제 우리끼리 결혼했습니다, 하고 나올지 몰랐다.

경숙 여사 쪽에서 먼저 은근히 애가 달았고 문득문득 겁도 났다. 부모들이 못나서 그런지, 세상 돌아가는 형편이 그래 그런지 부모들은 내남없이 천부의 권한을 놓치거나 빼앗기고 있었다. 그래도 아직까지 부모에게 남아 있는 권한이 있다면 그건 자식의 결혼식장에서 가슴에 꽃을 달고 맨 앞의 특별석에 앉는 일밖에 없는데 그것조차 놓칠 것 같은 위기의식을 느꼈다.

부모의 권한이 어쩌다 이렇게까지 영락했나 싶어 스스로 생각해도 한심했지만 어쩔 수가 없었다.

그래서 아들이 좋아하는 여자애를 한번 보고자 슬그머니 자청을 했고, 보고 나선 이 트집 저 트집, 발뒤꿈치가 달걀 같다는 트집까지 잡았지만 결국은 아들이 원하는 대로 대세는 돌아갔다.

부모, 특히 엄마의 이런 채워지지 않은 욕망이 훗날 고약한 시어머니 노릇이 되어 피해를 입힐 것까지 미리 계산한 것처럼 아들 내외는 결혼을 하자마자 서둘러서 미국으로 떠나버렸다.

아들의 미국 유학은 결혼 말이 나오기 전부터 준비하던 거였는데도 경숙 여사는 마치 제 여편네 시집살이 안 시키기 위해 떠나는 외유만 같아서 마땅치가 않았고 통곡이 복받칠 만큼 섭섭했다.

그때 채워지지 않은 욕망이 아직도 경숙 여사의 내부에서 타다 만 장작처럼 매운내를 풍기며 잠재해 있었다.

채워지지 않은 욕망이래야 별것도 아니었다. 결혼할 때만이라도 자식들이 부모 어려운 것을 알고, 부모의 위엄에 순종하고, 부모의 위엄을 후광 삼아 자식들도 빛나길 바라는 지극히 평범한 소망이었다.

아무리 온당한 소망도 채워지지 않음으로써 어두운 욕망이 되어 괴어 있게 되나 보다.

그것은 경숙 여사 자신보다 연지가 빤히 들여다보듯이 잘 알고 있었다. 그래서 자기 결혼 때만은 엄마에게 엄마 노릇을 실컷 시켜주어야 할 것 같은 의무감이랄까 아량 같은 걸 가지고 있었다. 그러나 연지는 자기가 과히 너그럽지 못하다는 것도 알 만큼 알고 있었기 때문에 미리 피곤했다.

"꾸며대는 게 아녜요. 전 철민이하고 결혼할 거예요."

일언지하에 안 된다고 말하고 싶은 걸 경숙 여사는 가시 삼키듯이 아슬아슬하게 삼켰다.

연지의 표정이 승낙을 구하는 게 아니라 기성사실을 통고하는 것처럼 보였기 때문이다. 안 된다고 했다간 아들한테 이미 한 번 들은 "결혼은 제가 하는 겁니다" 소리를 두 번째 들을 건 뻔했다.

꼭 그 소리를 할 때의 아들의 표정을 방불케 하는 딸의 표정을 보면서 경숙 여사는 그 소리가 얼마나 뼈아팠던가를 되새기고 있었다. 두 번 다시 듣고 싶지 않았다.

"철민이라니 뜻밖이다."

"제가 철민이밖에 꾸준히 사귄 남자애가 어디 있기나 했수?"

"나도 그래서 철민이를 영애나 문자 같은 네 친구로밖에 생각하지 않았다."

"역시 우리 엄만 신식이야."

"왜?"

"이성 간의 우정이라는 걸 믿고 계셨으니."

"못된 것. 그러면 누가 넘어갈 줄 알구."

"봐주세요. 우린 후져서 우정이 사랑이 되고 말았으니."

"그래도 느이 오래비보단 낫구나."

"왜요?"

"봐달라고라도 하니까 말이다. 결혼은 제가 하는 거라고 엄마를 송두리째 무시하지 않고."

"그러니까 이번엔 제가 엄마를 봐드린 셈이네요, 그렇죠?"

"고맙구나. 그러면 왜 진작 그렇다고 그러지, 엄마가 산지사방에다 딸 중매 서달라고 광고를 치게 했니?"

"엄마가 그러고 싶어하셨으니까요."

"내가 뭘 그러고 싶어했다구?"

"엄마는 자식 중매결혼시키는 게 소원이었잖우? 아들한테 못 푼 소원 딸한테서 푸는 흉내라도 내시게 해드린 거예요. 그리고 또…….”

경숙 여사는 딸의 이런 엉뚱한 말에 피식 웃고 말았다. 어느 정도는 사실이었기 때문이다. 여기저기다 딸 자랑을 늘어놓으면서 최고급의 물건을 주문하듯 사윗감의 조건을 이것저것 내세울 때처럼 경숙 여사가 살맛과 신바람이 날 적도 없었으니까.

“그리고 또 뭐냐?”

“그리고 또 엄마가 주문하는 사윗감과 철민이를 비교해보는 것도 재미있어서요.”

“뭐, 재미가 있어?”

“네, 흥미진진했어요. 나 철민일 우습게 봤었는데 엄마가 원하는 주문품의 구색을 제법 다 갖춘 게 신기해서 걔를 다시 볼 계기도 됐구요.”

“철민이가 뭐 볼 게 있다구…….”

“아냐, 엄마, 등잔 밑이 어둡다고 못 봤다 뿐이라우. 학벌 좋고, 몸 건강하고, 키 크고, 마음씨 무던하고, 장래성 있고, 양친도 생존해 계시되 모시진 않아도 되고, 집안 좋고……. 대강 이쯤 나열하고 나니 엄만 또 뭐래셨는 줄 생각나세요? 세상에 입에 맞는 떡이 없다구, 그중 하나쯤은 덜 갖춰도 무방하다고 하셨는데 그것까지도 들이맞는다니까.”

“그래 철민이는 뭘 하나 덜 갖췄다던?”

“집안이 별로 아뉴? 우리보다 훨씬 못살고 또 형제나 친척 중 끗

발 날리게 출세한 사람도 없고……. 그렇지만 그건 주문품의 하자 치곤 가장 미미한 하자 아뉴?"

"아니, 나 보기엔 그건 아주 중대한 하자다."

"그건 엄마하고 저하고의 견해 차이일 뿐이에요. 다른 건 다 철민이 본인의 문제지만 집안이 시원치 않은 거야 철민이 책임이 아니잖아요. 더군다나 우린 서로 각기의 집안을 떠나서 새로운 집을 이룩하려는 마당에 헌 집이 무슨 상관이에요. 어차피 벗어던질 허물인데."

"맙소사, 벗어던질 허물이라구?"

"제 말이 심했나요."

"딸은 소용없다더니. 넌 느이 오래비보다 한술 더 뜨는구나."

섭섭함을 과장하는 사이에 헤퍼진 눈물이 또 핑 돌았다. 그러나 엄마의 눈물은 연지의 마음에 연민의 정을 불러일으키기보다는 잠시 누그러뜨렸던 자기보호 본능을 도사리게 한 데 지나지 않았다.

"엄마가 반대해도 이 결혼을 할 거지만 이왕이면 엄마 아빠가 축복해주길 바래요."

"홍, 뒤늦게나마 아빠 생각까지 해줘서 고맙구나. 말이 났으니 말인데 엄마가 좋다고 해도 아빠가 승낙하실까?"

경숙 여사는 왜 진작 남편을 방패 삼지 못했을까 억울하게 생각했지만 거기엔 그럴 만한 까닭이 있었다. 하석태 씨나 연지나, 경숙 여사가 관심 있어 하는 걸 도무지 관심 없어 하기가 어찌 그리도 닮았는지 그녀는 언제부터인지 무조건 그 부녀를 한패로 보고 자기만이 그들과 대립되는 입장이라는 생각이 확고했다.

"아빠는 찬성이에요."

경숙 여사는 자기의 예상이 너무 쉽게 적중한 데 차라리 아연했다.

"그러니까 넌 이 에미 제쳐놓고 아빠한테 벌써 의논을 했다 이 말이지?"

"아뇨. 아빠가 먼저 철민이 같은 좋은 청년을 곁에 놓아두고 왜 엄마가 멀리서 사윗감 찾느라 애쓰게 하냐고 그러셨으니까 찬성하신 거나 마찬가지라고 생각해요."

"너도 그렇고 느이 아빠도 그렇고 어찌 그리 안목이 좁냐? 세상에 허구많은 남자 중에 7년씩이나 사귄 남자하고 무슨 재미로 결혼을 해? 그것도 한 번이라도 화끈하게 사귀었다면 또 몰라. 그날이 그날같이 무덤덤하기 꼭 맹물 같은 철민이가 어디가 매력이 있다고……."

경숙 여사는 들입다 퍼붓다 말고 자기의 주책이 좀 지나친 것 같아 말끝을 흐렸다.

"7년 동안 꾸준히 사귀고도 별로 싫증 안 난 거야말로 대단한 매력이라고 생각해요."

"걔가 막내랬지, 아마. 몇 남매나 된다던?"

"육 남매의 막내예요."

"육 남매? 세상에 촌스럽기도 해라. 어쩌자고 자식을 그렇게 많이 낳았을까? 무슨 덕을 보자고……."

"철민네 부모 촌사람들이니까요. 이젠 늙어서 농사도 못 짓고 서울 맏아들네 와 계시지만요."

"흥, 늙어서 못 짓는 게 아니라 논 팔고 밭 팔아 공부시키느라고 웬 농사질 땅이나 남아났겠니?"

"맞아요. 우리 엄만 이해성도 많으셔."

"집칸이나 마련해준다던?"

"웬걸요. 아무것도 안 남아난 걸 아시면서……."

"그 여러 형제는 다 뭘 하고 막내 집칸 하나를 못 마련해준다던?"

"여러 형제를 철민이가 길렀나. 철민이가 덕을 보게. 기른 부모도 덕을 못 보는 세상에."

그 말 한마디는 마음에 들어 경숙 여사는 입을 다물었다. 그녀는 철민이가 전혀 의외의 사윗감이었음에도 불구하고 그다지 충격을 받진 않았다. 한 식구 같은 느낌 때문인지도 몰랐다. 아들 내외를 황망히 미국으로 떠나보내고 나선 철민이가 드나들 때마다 저게 내 아들이었으면 하고 탐낸 적조차 한두 번이 아니었다.

그만큼 철민이의 건강하고 준수한 용모와 진국스러운 사람됨이 마음에 들었었는데도 사윗감으로 생각해본 적이 없었다는 건 참 이상한 일이었다. 늦게 들어와도 철민이하고 같이 있었다고 하면 안심을 했고 단체여행을 보낼 때도 철민이가 같이 간다면 마음을 놓았다. 단둘이만 있는 방문을 느닷없이 열어도 두 사람은 색깔 하나 변하지 않았었다. 이마를 맞대고 공부를 하고 있을 적도 있었고, 철민이는 걸터앉고 연지는 그의 무릎에 머리를 기대고 음악을 듣고 있을 적도 있었다. 그 반대일 적도 있었지만 그보다 더 가까이 몸을 비비고 있었던 적은 한 번도 없었다. 어떤 경우에도 두 사람이 함께 있는 모습은 아름다웠고, 오누이 사이처럼 같이 있음을 남에게 꺼리는 눈치가 조금도 없었다. 두 사람이 유달리 얼굴 가죽이 두꺼워 그렇게 색깔 하나 안 변할 수 있었는지는 몰라도 두 사람 사이에 적어도 남자 여자 사이에서만 오갈 수 있는 야릇한 게 통하고 있었다면 하다못해 공기에라도 색깔이 생기련만 어쩌면 그렇게 감쪽같이 몰랐을까? 경숙 여사는 두 사람의 우애에 현혹되어 의당 있었음 직한 에로티시즘의 낌새를 놓친 자신의 방심이 못내 억울했다.

그런데도 철민과 연지의 혼담은 빠르게 진행됐다. 철민이 아버지가 죽을 병에 걸려 막내의 혼인까지 치르고 죽고 싶어한다는 거였다.

"얘야, 촌사람에게 시한부 인생은 참 안 어울린다 그치?"

경숙 여사는 시한부 인생이 마치 5백만 원짜리 코트나 되는 것처럼 사돈 영감의 병을 비웃었다.

"엄마, 철민이 아버진 일흔이세요."

연지는 그런 엄마가 못마땅한지 눈살을 찌푸리고 말했다.

"어머머, 그 사람들 동갑 내외라고 했지? 그러면 그 마나님 도대체 몇 살에 철민이를 낳았냐? 아무리 촌사람이기로서니 너무했다. 주책이야."

엄마의 이런 끝없는 비양거림에 연지는 숫제 대꾸하지 않았다.

그런대로 일사천리로 혼사 준비를 하던 경숙 여사가 갑자기 트집을 잡았다. 약혼식을 해야 한다는 거였다. 경숙 여사로서는 하나밖에 없는 딸을 시집보내기 위한 절차 중 극히 중요한 대목을 하마터면 까먹을 뻔했다가 생각났으니 천만다행이었지만 연지로선 생트

집처럼 안 잡혔으면 좋았을 대목이었다.

 연지는 어른이 된 남자와 여자가 같이 살기 위한 절차의 그 밑도 끝도 없이 복잡하고 속물스러운 절차를 혐오했다. 그녀는 결혼이라는 걸 같이 있고 싶은 남녀가 마침내 같이 자고 싶을 때 하는 것이라고 극단적으로 단순화시켜 생각하기를 좋아했다. 그렇더라도, 이 세상의 하고많은 남녀 중 연지는 하필 철민이하고만, 철민이는 하필 연지하고만 같이 있고 싶고, 같이 자고 싶은 만남의 신비를 신의 뜻으로서 받아들이고픈 삶에 대한 최소한의 경건성마저 상실한 건 아니었다. 그건 최소한의 경건성이기 때문에 그만큼 소중했고, 어떤 세속의 권위나 풍속으로도 침해받고 싶지 않았다. 그러나 그런 뜻을 세상에 공표하고 나면 이미 그건 세상사일 뿐 당사자의 것은 아니었다. 그 단순하고 아름다운 것이 더덕더덕 누더기를 걸치든, 빵처럼 부풀어 오르든 당사자는 속수무책이었다.

 연지는 그럴 수 없다고 생각했다. 같이 있고 싶고, 같이 자고 싶어 그렇게 한 남녀는 이 세상의 집의 수효만큼이나 하고많았다. 이 세상의 집은 하고많고, 그 생김새나 돈으로 따질 수 있는 값어치도 그 수효만큼 천차만별이지만 밤이 되어 들창에서 새나오는 불빛은 비슷했다. 작은 집, 작은 창에서 새나오는 불빛일수록 작고 아름다웠다.

 연지는 남자와 여자가 좋아하고, 같이 있고 싶고, 같이 자고 싶어 마침내 그렇게 하기로 작정하는 데 의식이 있다는 것까지 싫지는 않았다. 의식이 꼭 있어야 할 것 같았다. 남들이 다 하니까 나도 해야 할 것 같은 게 아니라 마음으로부터 우러나서 그리고 싶었다. 그리고 그녀가 바라는 의식은 작은 집의 작은 창의 등불처럼 조촐하고 아름답고 독자적인 것이었다.

그러나 경숙 여사가 진행하는 번잡스러운 의식을 누가 말린단 말인가. 연지 보기엔 경숙 여사도 정작 의식의 고삐를 쥐고 있진 못했다. 의식은 의식대로 날뛰고 있었다. 약혼식을 꼭 해야 하는 까닭은 세상이 다 그렇게 하고 경숙 여사의 친구의 아들딸치고 안 한 사람은 물론 한 사람도 없었으니까 안 하면 창피하고, 창피한 일은 반드시 후회를 불러오게 된다는 거였다.

결국 결혼 전에 양가 식구가 얼굴도 익힐 겸 함께 모여 식사나 하는 정도로 타협을 보았다.

"엄마, 절대로 가족 외에 딴 사람일랑 불러들일 생각 마세요."

"알았다. 그런 당부는 에미한테 할 게 아니라 철민이한테 하는 게 좋을 게다. 우린 식구 단출하겠다 비용도 우리 쪽 부담이겠다, 내 친구 한두 사람 부르고 이모들도 좀 오래도 상관없지만 그 촌사람들이 문제지. 제 식구만도 우리 집 대소가를 다 합친 것보다도 많을 텐데 그 촌사람 인심 후한 척 먼 친척에다 이웃사촌까지 줄줄이 끌고 오지 않으려나 몰라. 비용도 비용이지만 창피해서 어쩌지."

"철민이네 지금 그럴 경황 없어요. 아버지가 오늘내일 하는 판국이란 거 알잖아요."

"노인넬수록 의사가 산대는 날보다 더 오래 살 테니 두고 보렴. 참 약혼식장은……."

"약혼식이 아니라 회식이라니까요."

"그래, 회식은 조선호텔에서 하기로 예약을 해놓겠다."

"엄마, 하필 왜 조선호텔이유?"

"느이 오래비도 거기서 했잖니? 난 아들딸 차별하고 싶잖다."

"그땐 새언니네서 정한 거지 우리가 정한 게 아니었잖아요?"

"그야 본디 약혼식이라는 건 여자 쪽에서 모든 걸 정하기로 돼 있으니까. 그 일만은 신랑 집에서 아무 권한이 없거든."

경숙 여사가 의기양양해하는 걸 연지는 차라리 쓸쓸한 눈길로 바라보았다. 어쩌면 연지가 바라보는 것은 결혼이란 것의 허울인지 몰랐다. 결혼은 이제 작은 들창의 아름다운 등불이 아니라 KS마크를 꿈꾸며 날조되는 제품, 아니 부도를 꿈꾸며 남발되는 어음이었다.

"여자 쪽의 유일한 권한이 겨우 실컷 손해만 보는 약혼식이란 게 엄마는 화도 안 나세요? 그까짓 거 안 하면 좀 좋아."

연지는 별수 없이 엄마가 꾸미고 있는 약혼식에 말려들 것을 체념하면서 이렇게 미약하게 앙탈했다.

"에미는 아무리 꼬셔도 소용없다. 난 꼭 하고 말 테니까. 남자 쪽을 기죽여놓을 기회는 약혼식밖에 없다는 걸 너도 곧 알게 될걸?"

지금은 아들 따라 미국 가 있는 외며느리한테 시집살이는커녕 따뜻한 밥 한 끼 제대로 못 얻어먹은 건 경숙 여사에게 생전 지워지지 않는 상처가 되어 남아 있었다. 그녀는 그 까닭을 워낙 데리고 있는 날이 짧기 때문이기도 했지만, 그쪽에서 약혼식을 하도 뻑적지근하게 해주는 바람에 질린 마음이 계속해서 며느리한테 쩔쩔매게끔 했다고 풀이하고 있었다. 그건 생각할수록 수치스러운 일이었지만 사실이었다. 호화스러운 약혼식장과 장안의 명사로만 망라된 그쪽의 친족 관계에 뜻하지 않게 노출된 이쪽의 열세에 지나치게 신경이 쓰여 그만 전통적으로 보장된 수사돈의 권위조차 돌볼 겨를이 없었던 것이다.

"그러니까 엄마는 오빠 적의 열등감을 철민이네 식구들한테 풀어보자는 거네요?"

연지는 어느 만큼은 체념한 듯 담담하게 말했지만 충분히 정곡을 찌르고 있었다.

"망할 것, 왜, 그러면 좀 안 되냐?"

"제발 참으세요."

"넌 마치 날 위해서 엄마가 이러는 것처럼 말하는구나. 다 널 위해서야."

"그렇지만 그게 엄마 뜻대로 될까? 철민이네 식구들은 엄마처럼 예민하지 않거든. 웬만해선 질리지도, 열등감 느끼지도 않을 거야."

"야, 말이 났으니 말인데 그렇게 지체가 다른 양가가 결혼을 해도 되는 거냐?"

"엄마는 왜 자꾸 양가가 결혼을 한다고 그러세요? 나하고 철민이하고 결혼하는 거지. 그리고 양가가 다른 건 지체가 아니라 생활 감정일 뿐이에요, 어디까지나."

"그까짓 시제면 어떻구 생활 감정이면 어떠냐?"

"나는 지체란 봉건적인 말이 마음에 안 들어요. 지체로 따지면 우린 언젯적에 지체 있었수?"

"너 벌써부터 시집 역성이냐?"

경숙 여사가 버럭 화를 냈다.

"난 엄마가 그렇게 나오면 결혼이란 걸 할 마음이 싹 가셔버린다니까. 철민이가 좋다 보니 같이 살면서 부대껴보는 것도 재미있겠다 싶다가도 이런 식으로 사사건건 양가가 부대낄 생각을 하면 끔찍해. 제발 우릴 내버려두세요."

"철딱서니 없는 소리 좀 작작 하거라. 여자에게 친정은 죽을 때까지 빽인 게야. 알지도 못하구서."

"알았어요. 알았으니 실컷 빽 쓰세요. 단 이번 한 번뿐이에요."

"사위스럽다. 그럼 약혼식을 한 번 하지 두 번 할까?"

"좋도록 하시라는밖에요."

"넌 어쩌면 그렇게 남의 말 하듯 하니?"

"남의 일 같으니까요. 내 뜻이 아닌 일에 휘말리고 있으니 남의 일 같은 건 당연하죠."

"네 뜻은 뭐냐? 도대체"

"제 뜻은, 제 꿈은 독자적으로 사는 거예요."

"알았다, 알았어. 너 살림나서 살더라도 에민 얼씬도 안 할게 염려 말아, 그렇지만 아직까지 넌 내 식구야."

그렇게 어렵게 정해진 약혼식은 날짜가 임박할 때까지도 말썽이 그치지 않았다.

"엄마, 오늘 철민이 만났는데 그 약혼식인지 회식인지 말야 그게 문제가 좀 생겼어."

"왜, 사돈 영감이 더 아프다던?"

"아냐. 그 어른은 어차피 못 오시는 걸로 돼 있으니까 상관없는데 철민이 어머니랑 형수들이랑 다들 그런대……."

"다들 뭐란대?"

"제일 가까운 친척이 될 양가가 모여서 점심 한 끼 먹는데 뭣하러 신경 쓰고 거북살스럽게 써는 것을 먹느냐고……."

"써는 거라니? 아니 어떤 음식은 통째로 삼킨다던?"

"엄마, 그 사람들 양식이 서툴러서 그러나 봐. 어디서 자장면이나 한 그릇씩 먹고 헤어졌으면 좋겠대."

"오라. 양식은 써는 거라. 썰긴 썰지. 드디어 촌사람들 본색이 드러나기 시작하는구나."

"써는 거란 소린 내가 한 말이야. 그 사람들은 그냥 양식이라고 했어요."

"아냐, 너는 어려서부터 말을 곧이곧대로 하지 돌려서 할 줄 모르는 애야. 더군다나 그런 상스러운 표현을 네가 어디 가서 들어봐?"

"그 사람들을 조금이라도 두둔하려고 한 말이 그만 그렇게 됐어요."

연지는 경숙 여사와 몇 마디만 해도 기진맥진해버리는 자신에 대해 잠시 의아하게 생각했다. 그녀는 독자적인 생활을 꿈꾸고 있을 뿐 아니라 독자적인 생각도 갖고 있었고, 그 생각의 정당성에 대해서 추호도 양보할 수 없는 신념 또한 가지고 있다고 스스로 믿어왔다. 그러나 경숙 여사의 억지와 편견과 만나면 자기 생각을 펴보기도 전에 미리 지쳐 떨어지는 게 요즈음의 그녀였다.

딸의 혼사를 앞두고 날로 기운이 뻗치고 살갗에 야들야들 기름이 올라 젊어지고 있는 경숙 여사는 이렇게 조금씩 고분고분해지는 딸을 시집갈 때가 되니 저절로 철이 난다고 기특해했다.

"할 수 있냐? 평안 감사도 제 싫으면 못 한다는데 양식이 싫다는 사람들 입을 어기고 처넣을 수야 없지. 자장면으로 할 수밖에."

"고마워요, 엄마. 그리고 잘됐지 뭐유. 조선호텔 소리만 듣고도 질린 모양이니 우린 돈 안 들이고 뺌은 쓴 셈 아뉴?"

"모르는 소리 말아. 집안끼리 수준이 맞지 않는 결혼이 제일 힘든다는데 장차 네 일이 걱정이다."

경숙 여사는 한숨까지 쉬면서 탄식했다. 연지 듣기에 매우 싫은 소리였다. 연지는 문득 엄마가 딸의 앞일을 정말로 걱정하고 있는 게 아니라 오히려 딸이 엄마에게 걱정을 안 끼치고 살까 봐 걱정하고 있는 게 아닌가 하는 생각을 했다. 그만큼 경숙 여사는 연지의 혼사 일로 분주하면서 한편 사돈집이 별 볼 일 없는 집이라는 게 못마땅해서 깔보고 걱정하는 일을 통해 그 어느 때보다도 살맛 나고 기운이 뻗치는 게 눈에 훤히 보이는 것 같았다.

"그 촌사람들 원대로 중국집으로 정하고 왔다."

"잘하셨어요 엄마. 자장면 한 그릇씩에다 요리나 몇 접시 더 시키면 아마 대만족일 거예요."

"에이그 그래도 속은 멀쩡해서 자장면 한 그릇씩만 먹일까 봐 겁이 나나 보구나."

그러면서 경숙 여사는 딸의 머리를 한 번 가볍게 쥐어박았다. 비록 애무에 가까운 거였지만 자식을 때려보긴 실로 오랜만이었다. 때리고 나니 딸이 갑자기 어려 보였다. 스물다섯의 나이 찬 처녀가 아니라 고집스럽고 눈이 크고 목이 상큼한 어린 계집애였다. 이런 기묘한 도착을 통해 그녀는 내일모레 시집 보낼 딸을 품 안에 보듬어 안을 수 있을 만큼 작고 양순하게 길들인 것 같은 만족감을 맛보았다. 품 안의 아기는 점점 더 양순해져서 끝내는 그녀가 기분 내키는 대로 치장하고 옷도 이것저것 마음대로 갈아입힐 수 있는 인형이 되고 말았다.

연지는 정신없이 끌려다니면서 옷을 맞추기도 하고 사기도 하고, 구두도 맞추기도 하고 사기도 했다. 핸드백도 새로 사고 액세서리도 진품, 이미테이션, 국산, 외제 골고루 샀다. 화장품도 사고 향수도 사고 터무니없이 비싼 속옷도 여러 벌 샀다.

약혼식은 한 번밖에 없고 따라서 옷도 한 벌만 있으면 되지만 약혼식을 하고 나면 약혼녀가 되기 때문에 여태껏 즐겨 입던 진바지에 면티 차림으로 문밖 출입을 할 수 없다는 거였다. 또 약혼 시절의 옷은 그대로 혼수로 직결되는 거기 때문에 값싼 거나 실용적인 건 삼가야 한다고도 했다.

"엄마, 자장면 한 그릇씩 먹으면서 회식하는 자리에 이 비싼 실크 옷을 어떻게 입어."

연지가 이렇게 앙탈을 안 한 바는 아니었다.

"조선호텔에서 파티하려다 자장면으로 줄이고 남은 돈 됐다 뭘 하나? 에민 군돈 들인 거 한 푼도 없다. 다 너 복 좋아서 시집 잘 만난 덕으로 허투루 먹어 없애지 않고 실속 있는 입성으로 남기게 됐으니 좀 좋아. 잠자코 입어둬."

다분히 비양거림이 섞인 말이었으나 연지는 조선호텔이 쉽게 자장면으로 바뀐 것만 고마워서 다소곳하고 있었지만 경숙 여사가 은밀히 꾸미고 있는 일은 그게 아니었다.

경숙 여사는 자장면 소리를 듣자마자 언젠가 부자 친구가 남편의 박사학위 받은 턱을 낸다고 해서 가본 적이 있는 워커힐 근방의 호화롭고 전망 좋은 중국음식점을 생각했고, 조선호텔을 취소하자마자 이미 거기에 예약까지 해놓고 있었다. 이름이 잘 알려지지 않아 변두리의 형편없는 음식점쯤으로 알고 모여들었다가 그 큰 규모와 으리으리한 내부 장치에 기절초풍을 할 사돈집의 촌사람들을 생각하면 뼈마디가 근질근질할 만큼 재미가 있었다.

그러나 그녀의 옴모가 그녀를 즐겁고 살맛 나게 하는 건 순전히 사돈댁 식구들을 놀려줄 재미 때문만은 아니었다. 실상 그런 장난기는 양념이고 본뜻은 어디까지나 딸의 좋은 날을 아낌 없이 화려하게 장식해주고 싶은 딸에 대한 애정이 전부였다. 그녀는 자신의 바다보다도 깊고 하늘보다 높은 모성애에 스스로 탐닉했다. 때로는 딸을 떠나보내는 날을 상상하는 것만으로도 감미롭고 슬픈 눈물을 줄줄 흘리기도 했다.

이 모든 것이 거룩한 모성애에서 우러나는 짓이기 때문에 반성 따위를 할 필요도 전혀 없었다. 따라서 그녀가 꾸미고 있는 일이 다 자란 자식한테 할 짓이 아니라 어린아이를 대상으로 한 애정 행위일지도 모른다는 생각 같은 건 하지 않았다. 더군다나 아이가 예쁘면 아프게 껴안는다거나 앙 하고 물어서 아이에게 고통을 줌으로써 일방적인 쾌감을 느끼는 가학 취미가 섞여 있을지도 모른다는 의심 따위를 했을 리는 없다.

그러나 뭐니 뭐니 해도 끊임없이 남의 속을 썩이는 소질은 부모에게보다 자식에게 압도적으로 많은 것인가? 기절초풍을 먼저 한 것도 연지나 연지의 시집 식구가 아니라 경숙 여사 쪽이었다.

연지는 꽤 이름 있는 교양지 기자였다. 연지는 그 일에 보람도 느끼고 꽤 열심히 뛰고 있어서 인정도 받고 있는 모양이지만 경숙 여사는 그 직업이 연지를 선머슴같이 만드는 것 같아서 별로 좋아하지 않았다.

경숙 여사가 연지의 직업에 흡족했던 건 딱 한 번 있었고 그것도 잠시뿐이었다. 연지가 대학을 졸업하고 시험 본 것이 그 잡지사였고, 여기자 공개 채용에 응모한 여대 졸업생은 자그마치 2백 명이 넘는다고 했다. 그중 서류심사에서 50명을 추려서 50명이 재차 필기시험과 면접을 치르고 나서 최종적으로 한 명을 뽑는데 연지가 뽑혔다. 2백 대 1의 경쟁에서 이겼다는 건 경숙 여사의 허영심에 대단한 만족감을 주었고, 이 사람 저 사람에게 자랑하지 않곤 못 배길 대사건이었나.

그러나 아무도 2백 대 1의 경쟁에 이긴 것을 3대 1의 대학 시험에 붙은 것만큼도 안 알아줬고, 중매를 해봐도 대학 졸업하고 고이 집에 들어앉아 있는 규수보다 여기자를 조금은 덜 쳐주려는 낌새가 그녀를 놀라고 자존심 상하게 했다. 다달이 손에 쥐는 실소득도 2백 대 1의 경쟁을 뚫은 인재에 대한 대우로는 너무도 소홀한 것도 경숙 여사를 실망시켰다. 꼭 뭣에 교묘하게 기만당한 느낌이었다. 여자 직장이란 어차피 정거장 같은 거, 머물러봐야 몇 년이나 더 머물라 구. 엄마가 그만두란다고 그만둘 딸이 아니란 걸 알기 때문에 이렇게 스스로 자위했었는데 약혼날을 받아놓고도 연지는 사표 낼 낌새가 보이지 않았다.

경숙 여사는 딸이 설마 끝내 사표 낼 생각이 없다고까진 생각하지 않았다. 그러나 옷 맞추고 가봉하고 이것저것 물건 사러 다니는 데 딸 데리고 다니기가 불편한 건 참을 수가 없었다. 어렵게 시간 약속해서 밖에서 만나면 시계 보기에 볼일 못 보면서 종종걸음치는 딸을 이해할 수가 없었다. 결혼을 위해 옷 맞추고 물건 사고 피부 손질 하는 일처럼 중대하고 즐거운 일은 없으련만 연지의 정신은 늘 딴 데 가 있고 그 일은 곁다리였다.

거기 밥줄이나 매달고 있으면 모를까, 이왕지사 정거장처럼 잠시 대기하기 위한 장소에 지나지 않는 직장에 끝내 그렇게 충성스러울 게 뭐람. 경숙 여사는 하루가 급했다.

집에서 볼 땐 모르겠는데, 밖에서 만난 연지가 중성적인 직업여성 티가 몸에 배 보이는 것도 마땅치 않았다. 거기 밥줄을 매달 것도 아니면서 공연히 직장에 내보냈다는 후회가 막심했다. 여태껏 곱게 곱게 길러줬거늘 저게 무슨 꼴일까? 아무리 제가 좋아 사서 하는 고생이라지만 부모 체면도 좀 생각해줘야지. 경숙 여사는 딸의 직업여성 티가 부모에 대한 중대한 모욕같이 여겨지기까지 했다.

그 궁상맞은 직업여성 티는 무엇보다도 그녀가 꾸미고 있는 화려한 음모에 안 어울렸다. 끝내 안 씻겨질 땟국물인 양 꺼림칙하고 근심스러웠다.

"도대체 사표는 언제 낼 셈이냐?"

"뭐가 급해요?"

연지는 태평이었다.

"왜 안 급해, 신부 수업이라는 것도 우습게 보면 안 된다. 하루이틀에 되는 게 아냐."

"직장 일은 더해요."

"아무때 그만둬도 그만둘 직장이야. 그쪽 사정 봐줄 거 없어."

"무책임하단 소리 듣고 싶지 않아요."

"넌 여자야."

"그래서요?"

"부리는 쪽에서도 여자는 으레 그러려니 하고 부렸을 거야. 알지도 못하고 혼자 충성을 바쳐봤댔자야. 그 잘난 경력 어디다 써먹겠니?"

연지는 대답하지 않았다. 직장을 그만두지도 않았다. 그만두기는커녕 약혼식 전날 지방 출장을 떠나야 한다는 거였다. 인물 탐방은 그 잡지의 중요한 기획인데 이달부터 그걸 연지가 맡게 됐다고 했다.

"그 기사 꼭 내가 써보고 싶던 기사야. 이달의 인물도 내가 평소 존경해온 만나보고 싶던 스님이고."

네가 정신이 있냐 없냐? 이 어미를, 아니 결혼을 뭘로 알고 이러니?로 시작해서 마침내 경숙 여사는 노발대발했다. 사생결단 직장을 그만두게 할 작정이었다. 경숙 여사의 기세에 마침내 연지는 중대한 사실을 실토했다.

"엄마, 실은 제가 직장을 그만둘 수 없게 됐어요."

"그만둘 수 없다니 누구 맘대로. 응, 누구 맘대로?"

"철민이하고 저하고 그렇게 정했어요."

"오라, 집 한 칸 못 얻어내고 장가를 들면서 널 꼬셨구나. 맞벌이해서 집 장만하자고."

"아녜요. 집은 임대 아파트면 됐어요. 더는 욕심 안 부려요."

"당장이야 사면에 벽만 있어도 감지덕지겠지. 그렇지만 사람 욕심이 안 그런 거란다."

"글쎄요. 앞일을 장담은 못하겠지만 우린 생전 임대 아파트에 살아도 그만인데요."

"닥치거라. 사위스럽다. 남이 그런 입을 놀렸으면 악담했다고 당장 뺨이라도 한 대 올려붙였으련만."

경숙 여사가 분해서 벌벌 떠는 것과는 딴판으로 연지는 침착하고 태평스러웠다.

"엄마, 죽을 때 집 가지고 떠나는 사람 없는 바에야 뉘 집이건 간에 어차피 한평생의 임대 아뉴?"

"너 참 도통한 소리 하는구나. 그렇게 욕심 없이 살 요량이면서 뭣하러 맞벌이를 하자는 게야? 말을 해도 앞뒤가 맞아야지."

"맞벌이 안 한다니까요. 철민이하고 나하고 같이 벌면 한 달 총수입이 얼만 줄 아세요? 자그마치 80만 원이나 돼요. 아마 보너스까지 합치면 백만 원도 넘을 거예요. 셈해 보고 우리도 깜짝 놀랐다니까요. 단 두 식구가 그걸 다 어떻게 쓰겠어요?"

"그래서?"

경숙 여사는 그 철부지들이 갈수록 기가 차서 흥분하지 않으려고 스스로 애쓰는 것이 역력했다.

"그래서 우린 의논 끝에 둘 중의 하나만 벌기로 했어요."

"그야 당연하지, 남자는 돈 벌고 여자는 살림하고……."

"그것도 맞벌이죠. 살림은 돈벌이 아닌가요, 뭐. 우린 그게 아니라 둘 중의 하나만 돈을 벌고 나머지 하나는 그 돈으로 공부를 하기로 합의를 보았어요."

"이제야 말귀를 좀 알아들을 것 같구나. 네가 벌어서 철민이를 대학원 공부시키겠다 이 말이지?"

경숙 여사는 워낙 분통이 터지니까 길길이 뛰는 대신 목젖이 내려앉은 것처럼 목소리가 착 가라앉았다.

"꼭 그런 것만도 아녜요, 공부는 나도 더 하고 싶거든요. 그래서 서로서로 번갈아가면서 벌어서 공부를 시키기로 의논을 한 거예요. 다만, 우선순위에 철민이가 행운을 잡았다 뿐이죠."

"그 우선순위란 건 어떻게 정했는데?"

"가장 공평하고 간편한 방법으로 정했어요. 가위바위보로요."

"그럼 철민이 다음은 네 차례란 말이지?"

"그러믄요."

"그걸 믿어도 될까?"

"철민인 믿을 만하니까 안심하세요."

"못 믿겠는 건 철민이만이 아냐. 넌 자식을 안 낳는다던?"

"그건 그 다음다음 순서예요."

경숙 여사는 그 일에 그 이상 간섭하지 못했다. 연지는 여태껏 무슨 일을 부모에게 감추진 않았지만 마지막 결정권이랄까 자신의 독자적인 삶의 방법이랄까, 그런 알맹이는 어떡하든 부모의 간섭을 뿌리치고 혼자서 움켜쥐려는 매몰찬 데가 있었다.

당일로 돌아오기로 하고 약혼식 전날 떠난 출장에서 연지는 밤늦도록 돌아오지 않았다. 들락날락 안절부절 어쩔 줄 모르는 아내를 하석태 씨는 이렇게 위로했다.

"저희끼리 좋아서 하는 혼인인데 설사 내일까지 못 돌아온대도 우리가 걱정할게 뭐 있수."

"약혼식은 어떡허구요?"

"연지는 양가 식구가 자장면이나 한 그릇씩 먹는 회식이라던데. 나도 그렇게 알고 있고. 결혼 전에 양가가 대면하는 것도 좋지만 사정에 따라 좀 연기할 수도 있는 거지 뭐. 연기하기 싫으면 본인들은 빼고 식구들만 만나는 것도 괜찮구."

"아이구 태평도 하슈. 저이 태평한 덕에 난 높지도 않은 혈압만 오른다니까."

연지로부터는 밤중에 전화가 걸려왔다. 산사의 교통이 워낙 불편해서 이제 겨우 읍내까지 나와서 여관에 들었으니 내일 첫차로 돌아갈 수밖에 없겠다는 전화였다.

"회식 시간까지는 넉넉히 대갈 수 있으니까 엄마, 속 끓이지 말고 편히 주무셔요. 네, 엄마."

이렇게 안 떨던 애교까지 떨고 끊으려는 전화통을 경숙 여사는 필사적으로 붙들고 늘어졌다.

"너만 오면 제일이냐, 너만 오면 다야? 옷은 어떡허구, 화장은, 머리는, 미장원은 어떡허구?"

"아마 집에 가서 옷 갈아입을 시간은 있을 거예요. 그러니 염려 말고 엄마 먼저 가 계세요."

옷만 갈아입으면 제일이냐? 화장은? 머리는? 미장원은? 그러나 이미 끊긴 전화통에다 대고 악을 쓰고 있었다. 경숙 여사는 자신의 헛된 목소리가 듣기 싫어서 눈살을 찌푸렸다.

가위바위보로 중대사를 결정하는 소꿉장난 놀음과는 얼토당토않게 꾸며놓은 약혼식 생각을 하며 절로 난감해졌다. 그녀는 그 심한 불균형에 홀로 양다리를 걸치고 서 있는 것처럼 위태위태했다.

이른 아침에 연지로부터 다시 한 번 전화가 와 그녀는 안심하고 미장원부터 갔다.

미용사들의 판에 박은 찬사가 아니더라도 거울에 비친 경숙 여사는 30대의 한창 나이처럼 젊고 아름다웠다. 그러나 40대 후반의 젊음이란 주체할 수 없는 그 무엇이었다.

정말 젊음이란 젊음을 주체해서 아름답게 다스리는 힘이 아닐까? 그녀는 자신 속에 남아 있는 젊음의 온갖 찌꺼기들을 주체할 수 있을 것 같지가 않았다. 그녀는 막연하면서도 절박한 비애를 느꼈다.

고철민과 하연지의 약혼식 날은 겨울 날씨답지 않게 포근하고 화창했다. 뒤숭숭한 경숙 여사 마음에 적지 않은 위로가 되었다.

수족관처럼 한쪽 유리벽으로 온통 강이 넘치고 있어서 단박 마음에 들었던 강변의 사치스러운 중국음식점 소연회실에 마련된 약혼식장엔 튤립, 수선화, 장미, 프리지어 등이 바구니 바구니 만발해 있어서 한껏 축제 분위기를 돋우고 있었다.

30분쯤 미리 도착한 경숙 여사는 지배인에게 식장의 꾸밈이 마음에 든다고 치하하면서 술과 요리에 대해 몇 가지 의논을 하려는데 로비에서 시끄럽게 떠드는 소리가 들렸다. 철민이가 어쩌구 하는 소리로 짐작컨대 신랑 쪽 식구들이 벌써부터 와 있는 모양이었다.

촌스럽긴…….

경숙 여사는 눈살을 찌푸리고 그들을 한 번 힐끔 훑어보았다. 하나같이 초라하달 건 없어도 별로 신경쓴 것 같지 않은 수수한 차림인 게 눈에 거슬렸다. 그녀가 마음에 안 들어 하건 말건 꾸역꾸역 모여드느니 신랑 집 식구들뿐이었다. 이제 다 모였겠거니 싶으면 또 나타나고 한이 없었다. 아기들은 또 왜 그렇게 많은지. 그들이 안하무인으로 떠드는 소리로 고급 요정의 로비가 그야말로 불난 호떡집이었다.

"아무리 촌사람들이라지만 염치도 없지."

그녀는 웨이터를 시켜 그들을 먼저 식장으로 안내하게 하면서 중얼거렸다.

그러나 그들을 아무리 얕잡으려 해도 그들의 수적인 우세는 인정 안 할 도리가 없었다. 수적인 열세가 그렇게 참담하리라곤 뜻밖이었다.

연지가 말끝마다 가족끼리의 회식을 주장하는 바람에 아무도 초대하지 않은 게 큰 실수였다. 그녀는 주인공인 딸보다도 남편이 어서 나타나주길 애타게 기다렸다.

잘생기고, 교양 있고, 또 알 만한 사람은 알아줄 만큼 약간의 지명도 있는 대학 교수인 남편만 옆에 있어 준다면 그들의 수효가 아무리 많아봤댔자 어중이떠중이일 뿐이라고 얕잡는 데 얼마나 큰 힘이 될 것인가?

그 생각만 하면 반사작용처럼 분노가 끓어올라 될 수 있는 대로 안 하던 남편이 잘생겼다는 생각에 경숙 여사는 열심히 매달리고 있었다.

"어머니."

가족들보다 한발 늦게 나타난 철민이 붙임성스럽게 경숙 여사를 불렀다. 뻔질나게 집에 드나들던 아들의 친구건 딸의 친구건 다 그녀를 그렇게 불러서 예사롭게 듣던 어머니란 호칭이 새삼스럽게 찐히게 가슴에 와닿았다.

"응, 자넨가?"

철민이냐? 할 것을 자네로 고쳐 부르면서 찐한 느낌은 감동 같은 게 되어서 경숙 여사의 누선을 자극했다. 그녀는 공들인 눈화장을 생각해서 10대 소녀처럼 열심히 눈을 깜박거렸다.

약혼식에 벌써 이러면 결혼식 땐 어쩌지? 이래서 딸자식은 애물이라던가?

"저희 쪽 어른들은 대강 다 오신 것 같은데요."

아직 15분쯤 시간이 남아 있었다.

누가 촌사람들 아니랄까 봐. 초대받은 주제를 생각해서라도 한 5분쯤 늦을 것이지 초대한 쪽보다 먼저 와서 법석을 떨 건 뭐람. 촌스럽게시리…….

"연지가 늦어서 어쩌지? 하필 어제 출장을 갈 게 뭔가?"

"회사 일인 걸 어쩝니까?"

"결혼하면 여자는 그저 들어앉아야 하는 건데."

경숙 여사의 눈에 물기가 가시면서 새침하니 모가 섰다.

장차…… 아니지 참 당분간 내 딸이 널 벌어먹인댔겠다. 이에 생각이 미치자 경숙 여사는 갑자기 속이 뒤틀리면서 터무니없이 당당해져서 목고개를 꼿꼿이 곧추세웠다.

그러나 철민은 눈치도 없이 유들유들했다.

"연지 성미가 어디 들어앉아서 살림이나 할 성밉니까?"

"그럼 우리 연지가 약혼식 전날 두메산골로 출장을 갔다가 그날 아침 부랴부랴 식장으로 달려오는 것도 개가 그러고 싶어 그런다던가? 그것도 성미 탓이야?"

"그렇믄요. 연지는 제 하고 싶은 걸 말린다고 안 할 성미가 아닌

걸요. 또 하기 싫은 걸 시킨다고 할 성미도 아니구요."

"내 앞에서 성미, 성미 하지 말게. 아무려면 내 속으로 난 자식 성미를 나보다 자네가 더 잘 알겠나?"

"그럴까요?"

철민이 서늘한 눈을 꿈벅이며 씩 웃었다. 소년스러운 웃음이었다. 그러나 경숙 여사의 철석 같은 믿음을 가볍게 야유하면서 한편 연민하는 복잡스러운 여운이 입가에 오래 남아 있었다.

"연지 일이 걱정이네."

"걱정 마세요. 청바지 입은 채 눈곱을 더덕더덕 달고라도 제시간에 나타날 테니까요."

"그것도 자네가 안다는 개 성민가? 내 앞에서 너무 아는 척하지 말게. 내가 걱정이라는 건 오늘 일이 아냐, 장차 일이지."

"장차도 잘해나갈 자신이 있으니까 너무 염려 마세요. 어머니."

"아암, 자네들끼리야 잘해나가겠지. 그렇지만 결혼이란 게 어디 그런가?"

"결혼이야말로 우리끼리의 문제지, 다른 누가 문젭니까?"

"연지는 단출한 식구 속에서 금이야 옥이야 자란 애야. 여러 식구끼리의 트러블에 대해서 암 것도 몰라. 그러니까 자네 같은 사람을 골라잡았겠지만 말야. 연지 시댁이 지나치게 번족한 게 난 암만해도 신경쓰이네."

소연회실 쪽에서 먼저 모인 철민이네 가족들이 번갈아가며 고개를 내밀고 이쪽의 동정을 엿보고 있었다. 기웃대는 얼굴 중엔 촌티가 질질 흐르는 아이들도 있었고 상투 틀고 갓만 안 썼다 뿐이지 계룡산에서 방금 내려온 것처럼 흰 무명 두루마기를 걸쳐 입은 노인도 있었다. 수수하지만 수다스러워 뵈는 여편네들도 있었다.

실상 경숙 여사가 신경이 쓰이는 건 장차의 문제보다도 당장의 그들의 교양 없음, 염치 없음이었다. 그녀는 그쪽을 못 본 체 이마를 찡그렸다. 색시 어머니가 어쩌면 저렇게 젊으냐고 저희끼리 수군대는 소리가 거기까지 들렸다.

"원, 어머니도……. 신경 쓰일 데는 처가댁이지 왜 우리 쪽입니까?"

"아니, 그럼 우리가 자네한테 신경이 쓰인다 이 말인가?"

그냥 들어 넘길 수 없는 철민의 말이었다. 경숙 여사의 눈꼬리가 또 발끈 곤두섰다. 그러나 철민이는 일단 비위만 건드려놓고는 유들유들했다.

"이를테면 그렇단 소리니까 어머니는 과히 신경쓰지 마세요."

"신경, 신경, 이거야말로 신경전이로구먼. 그렇지만 나도 이 문제는 그냥 어물쩍 넘어갈 수가 없겠네."

"제 말씀은, 우리는 워낙 여러 형제에다 아버님 형제분도 번족하셔서 무슨 때면 우르르 사람들은 많이 모여들지만 헤어지면 각자 제 살기에 바빠서 흔해빠진 동기간이 밥을 굶든, 하루아침에 벼락부자가 되든 그저 그런가 보다 하는 정도지 간섭은커녕 관심 둘 겨를도 없거든요. 이쪽에서도 마찬가지죠. 그 흔해빠진 동기간하고 굳이 척지고 살 건 없어도 친목을 돈독히 하려고 애쓸 필요도 없지만 처가댁이야 어디 그렇습니까. 연지가 외딸이자 막내니 부모님이 우리만 지켜보시는 것 같아 잘살아도 그렇고 못살아도 그렇고, 상당히 부담스러울 것 같아요. 제 사위 노릇이 평탄치 못할까 봐 겁도 나구요."

철민이가 긴 말을 젊은이답지 않게 부드럽고 느리게 말했다. 방금 이발소에 들러 오는 길인 듯 파릇하고도 매끄러운 구레나룻 자국이 그의 잘생긴 얼굴에 사색적인 음영을 드리워 보기에 매우 좋았다.

경숙 여사는 절로 마음이 흐뭇해 곤충의 촉각처럼 민감하게 곤두서기 잘하는 눈꼬리가 슬그머니 처졌다.

"알겠네. 딴은 그럴듯도 싶구면. 그렇지만 자고로 시집 식구와의 불화로 파탄 나는 금슬은 있어도 처갓집 무서워 못 사는 결혼은 없는 법이라네. 더군다나 처가살이할 것도 아니겠다, 무슨 걱정인가?"

못 말릴 일이었다. 경숙 여사는 그 능글맞고도 만만찮은 철민이가 속으로 점점 귀여워지고 있었다.

"자넨 연지 친구거니 하고 무심히 볼 땐 모르겠더니만 사위라고 생각하니까 밉지 않은 데가 있어. 여간내기가 아닌 것 같은 게 되레 미더우니 나도 별수 없지?"

"고맙습니다. 알아주셔서……."

철민이가 뒤통수를 긁었다. 시간이 다 돼가는데 연지는 안 나타나고 그쪽 식구들이 이쪽을 기웃대는 빈도도 점점 더 잦아졌다.

"저어, 이런 고급 요정에서 자장면을 시켜도 욕 안 먹을까요?"

누가 초록은 동색 아니랄까 봐 철민이까지 느닷없이 자신의 세련되지 못한 구석을 과장하면서 촌스럽게 굴었다.

"자장면으로 하든지 호떡으로 하든지는 우리 쪽에서 알아서 할 테니 자네는 신경쓸 거 없네."

"저도 그럴 참이었는데 아침 차로 시골서 올라오신 큰아버님하고 사촌형이 아까부터 하도 시장해하셔서 미리 뭣 좀 요기나 해드리면 안 될까 해서요."

"알겠네."

그러고 보니 아까부터 번갈아가며 이쪽을 기웃대며 숙덕거리는 게 색시가 안 와서 그러는 줄 알았는데 그게 아닌 모양이었다. 배가 고파서 그런다고 생각하니 경숙 여사는 다시 한 번 그 촌사람들한테 넌더리가 났다.

"아, 저기 오는군요."

철민이가 먼저 연지를 발견하고 반색을 했다. 한 시 정각이었다.

"너 미쳤니? 그 꼴을 하고 여기가 어디라구……."

경숙 여사는 허둥지둥 연지한테로 달려들더니 오던 길로 다시 등을 밀어내려고 했다.

"왜 그러세요? 어머니."

"몰라서 묻냐? 오늘은 네 약혼식 날이야."

경숙 여사는 연지가 행여 철민이네 식구들 눈에 띌세라 으슥한 구석으로 밀어붙이면서 종주먹을 댔다.

연지는 출장 떠날 때의 복장 그대로 청바지에 누빈 파카 차림이었기 때문이다. 가뜩이나 빛이 바래 보기 흉한 남색 파카는 여관방에서 입은 채로 뒹군 듯 등판이 온통 꾸깃꾸깃하고, 어깨를 축 늘어뜨리고 질질 끌다시피 하고 있는 백은 경숙 여사가 평소 질색을 하며 싫어하던 구럭이었다. 웅미과 나온 친구로부터 선물로 받았다는 수제품 백은 꼭 예전 거지의 동냥자루에다 물감통을 엎질러놓은 것처럼 누덕누덕 깁고 얼룩덜룩한 거였다. 궁상 빼놓고는 볼품이라곤 없는 거여서 경숙 여사가 질색을 할수록 연지는 그걸 애용했다.

"약혼식이라니까, 하루 더 있어야 하는 걸 이렇게 기를 쓰고 왔잖아요. 혼났어요, 제시간에 오느라고. 아이 졸려."

연지가 떠다밀린 벽에 그대로 편안히 기대 서면서 늘어지게 하품을 했다.

"이것아, 시간만 내면 제일이야? 이런 꼴을 해가지고 이리로 곧장 달려오면 어쩌겠다는 게야? 여기가 어디라고? 빨리 가서 옷 갈아입고 오지 못해? 그동안은 너 없이도 내가 어떻게 어물쩍 넘겨볼 테니까."

"어머니가 정말 그래 주실래요?"

"그럼 어떡해? 그 수밖에 없는걸. 넌 어쩌면 끝끝내 에미 애간장을 태우는구나."

"죄송해요, 어머니."

연지가 졸린 걸 과장하면서 비틀비틀 걸어가다 말고 돌아서더니 장난스러운 얼굴이 됐다.

"어머니. 나 아주 안 오면 안 될까?"

"뭐라구?"

"나 집에 들어섰다 하면 푹 꼬꾸라져서 적어도 대여섯 시간은 세상 모르고 자야 할 것 같아요. 만일 안 와도 기다리지 마시고 끝까지 어물쩍 치러보세요. 아이 졸려."

연지가 또 하품을 했다. 그러나 그녀의 얼굴엔 이미 졸음보다는 장난기가 더 많이 스멀대고 있었다. 경숙 여사가 왈칵 딸의 어깨를 낚아챘다.

"너 정 에미 속을 이렇게 박박 긁어야만 하겠니? 이 애물단지야. 세상에 색시 없는 약혼식도 있다던?"

"괜찮아요. 그 사람들. 나 대신 자장면 곱배기로 먹여주면 아마 더 좋아할걸. 색시야 결혼식 날 보면 될 거구. 별로 잘나지도 않은 얼굴 예고편씩이나 돌려줄 건 또 뭐예요."

경숙 여사가 말없이 연지의 파카 지퍼를 잡아 내렸다. 제법 보타이를 얌전하게 맨 비단 블라우스를 받쳐입고 있었다.

"안 되겠다. 널 여기서 다시 놓칠 순 없으니 파카나 벗어놓고 들어가자. 청바지에 비단 블라우스는 좀 꼴불견이다만 어쩌겠니?"

"이 구럭 속에 주름치마 있는데 바꿔 입을까요?"

연지가 활짝 웃으면서 동냥자루 같은 백을 쳐들고 흔들었다.

"너 혹시 계획적으로 이러는 거 아니냐?"

"아니에요. 청바지 입고 높은 스님 인터뷰하기가 좀 어떨까 싶어 여벌로 치마 하나 넣어가지고 갔던 거예요. 써먹지도 못했지만요."

경숙 여사는 일이 너무 쉽게 풀린 게 꼭 뭣에 속은 것처럼 분했지만. 속아줄 수밖에 없도록 형편이 돌아가는 걸 어쩔 수 없었다.

"망할 것. 그럼 어서 갈아입고 오도록 해. 화장도 좀 하고. 내가 미쳤지. 내가 미쳤어."

이러면서 돌아서려는데 철민이가 싱글거리며 이들 모녀의 수작을 지켜보고 있었다.

"그러게 제가 뭐랬습니까? 연지가 제시간에 대오긴 대왔잖습니까?"

이런 날강도 같으니라구. 경숙 여사는 속으로 이렇게 중얼거리며 눈을 흘겨주고는 공중전화 쪽으로 종종걸음을 쳤다. 제시간이 지났는데도 하석태 씨가 나타나지 않았기 때문이다.

"교수님은 방금 세미나에 가셨는데요."

전화를 받은 조교의 말이었다.

"세미나? 그럴 리가 있나."

"틀림없어요. 정기적인 건데 이번엔 교수님이 주제 발표하실 차례라 제가 여태껏 자료 정리해서 드린걸요. 왜 그러세요?"

"몇 시부턴데? 그게."

그녀는 스르르 수화기를 놓칠 것 같아서 손에 힘을 모아 숫제 수화기에 매달리다시피 하고 말았다.

"힌 시부디에요."

"무슨 놈의 세미나를 그렇게 갑자기 해?"

"갑자기가 아녜요. 정기적인 거라니까요. 한 달에 한 번씩."

"아, 알았어. 몇 시쯤 돌아오겠단 말씀은 없으시구?"

"세미나 끝나곤 회식이 있으실 테니까 댁으로 곧장 들어가시겠죠, 뭐."

그녀는 전화를 끊고 망연히 서 있었다. 이상하게도 분노는 끓어오르지 않았다. 온몸이 차갑게 식어가는 것 같았다.

그녀가 꾸민 음모가 삽시간에 어처구니없는 만화가 돼가고 있었다. 그러나 그녀는 손끝 하나 까딱할 수 없었다. 구원을 청할 데도 없었다.

만화를 보고 허리를 비틀고 낄낄대는 사람들 얼굴이 떠올랐다. 철민이도 연지도 하석태 씨도 한패였다. 그중에 남편이 제일 큰소리로 제일 재미나 죽겠다는 듯이 낄낄대고 있었다.

남편은 평소에도 만화를 좋아했다. 남편이 전공 외에 즐겨 읽는 책은 오로지 만화책밖에 없었다. 신문에서도 만화밖에 안 읽었다. 아이들이 다 자라서 제일 아쉬운 것도 만홧가게로 만화 빌리는 심부름을 보낼 수 없게 된 거라고 거침없이 말할 정도였다. 언젠가 동창생들이 부부 동반으로 회식하는 자리에서 여자들은 옷 자랑, 보석 자랑, 남자들은 번 돈 자랑, 기어오른 지위 자랑, 이룩한 업적 자랑 등으로 불꽃을 튀기는 열전을 벌였는데 하석태 씨 홀로 초연한 건지 걸신이 들린 건지 들입다 음식만 축내다가 겨우 한다는 소리가 삼국지를 만화로 서른 번쯤 보고 나니까 비로소 세상 돌아가는 이치가 조금쯤 보일 것 같더라는 어정쩡한 얘기였다.

그녀는 핸드백을 열고 콤팩트를 꺼냈다. 충격에 비해 얼굴은 여전히 고상하고 아름다웠다. 작은 균열도 없이 완벽한 포장에 그녀는 스스로 정나미가 떨어졌다.

그녀야말로 옷을 갈아입고 싶었다. 높은 구두를 신고도 카펫에 질질 끌리는 분홍빛 수직 실크의 치맛자락에는 그 방면의 대가가 그렸다는 튤립 꽃이 난만하게 피어오르고 있었고, 허리엔 정교한 매듭으로 장식한 빛깔이 빼어난 비취 노리개가 늘어져 있었다. 그녀의 성장盛裝이야말로 오늘의 만화 중의 압권이었다. 그러나 그녀의 반짝거리는 작은 구슬백 속에 갈아입을 옷이 들어 있을 리 만무했다.

그녀는 혼신의 힘을 다해 한껏 우아하게, 한껏 거만하게 약혼식장으로 걸어갔다.

3층짜리 케익이 장식된 주빈석에 철민과 연지는 이미 나란히 앉아 있었다.

"어머니세요."

철민이가 그녀를 키가 작고 머리가 하얀 노파에게 소개시켰다.

"도무지 뵐 낯이 없구먼요. 왜 이렇게 과용을 하신대요?"

"과용은요. 겨우 절차나 갖추려는 거죠."

경숙 여사는 되레 기가 죽어 조그만 소리로 속삭였다. 수수하거나 초라한 사람들 속에선 잘 입은 옷이 도리어 기를 죽인다는 전혀 새로운 사실에 그녀는 어쩔 줄 모르고 있었다. 그녀보다 기껏해야 스무 살밖에 더 먹지 않았을 철민이 어머니가 그녀의 세 곱절은 더 늙어 보인다는 것도 그녀를 위축시켰다. 거기선 모든 게 뒤죽박죽이었다. 딴 때 같으면 그녀의 기를 한껏 북돋아줄 것들이 반대로 그녀의 기를 꼼짝 못 하게 옭아매고 있었다.

"어쩌면 쟤들은 저렇게 잘 어울린데요? 참말로 우리 집안에 큰 복이 터졌구먼요. 우리 그 양반만 편찮으시지 않았으면 좀 좋을까. 오늘 같은 날 덩실덩실 춤이라도 추었을걸."

노파가 눈물을 글썽거렸다.

"참, 걱정되시겠어요. 저희 집 어른하고 한번 가뵌다는 게 그만, 저희 집 어른이 워낙 바쁘셔서요. 오늘도 글쎄 예기치 않은 세미나가 발생을 해서 이 자리에도 참석을 못 하게 됐다고 방금 전갈이 왔지 뭡니까"

경숙 여사는 엉겁결에 세미나를 무슨 화재나 역병 같은 돌발사로 취급하고 나서 아차 싶었지만 이 촌사람들이 그런 걸 알아듣기나 할라구 하는 배짱으로 곧 태연해졌다. 그러나 나중에 철민이가 일일이 소개시켜줄 때 보니 그 촌사람들 중에는 지방대학 부교수도 있었고 전임강사도 있었다.

곧 요리가 들어오기 시작했다. 그쪽 식구는 30명은 되건만 누구 하나 절차를 찾으려는 사람이 없었고, 더군다나 사회자 같은 것도 없었다. 생전 처음 보는 요리에 눈이 휘둥그래서 먹어보고, 권하고, 입맛 다시느라 걷잡을 수 없이 시끌시끌해졌다.

해삼 썬 걸 젓가락 끝으로 집어 올려 이게 상어 지느러미라는 건가?라고 진지하게 묻는 중학생이 있는가 하면 초간장을 엎질러 저희 엄마 치마를 버려놓은 젖먹이도 있었고, 자기 접시에다만 음식을 게걸스럽게 덜어내는 두루마기 입은 노인도 있었다. 그러나 그들은 압도적 다수였다. 수적인 열세와 참새 무리 속의 공작처럼 얼토당토 않은 자신의 성장이 경숙 여사의 외로움을 뼈에 사무치게 했다.

그녀는 기가 죽다 못해 감쪽같이 꺼져버리고도 싶었고 어디 가서 실컷 울고도 싶었다.

연달아 진기한 요리가 들어왔다. 철민이 큰형수 된다는 무던하게 생긴 부인이 투박한 손을 비비며 자장면이나 한 그릇씩 시키시지 않구, 하면서 송구스러워했다.

그런대로 분위기도 무르익어갔다. 아이들의 요란한 박수 속에 철민과 연지는 두 손을 포개 잡고 케익도 썰었다. 카메라를 갖고 온 철민의 자형이 연방 플래시도 터뜨렸다.

어느새 엷은 화장까지 한 연지는 간밤에 한잠도 못 잤다는 걸 믿을 수 없을 만큼 싱싱했고 보기 좋을 만큼 부끄럼까지 타고 있었다. 잿빛 주름치마 위에 받쳐 입은 분홍빛 비단 블라우스는 약혼식을 위해선 초라한 건지도 모르지만 그곳 분위기에선 화사하게 돋보였다. 철민이의 훤칠한 키와 떡 벌어진 어깨와 잘생긴 얼굴을 흘긋흘긋 바라볼 때마다 연지의 얼굴엔 홍조가 스쳤다. 두 사람은 마치 호흡이 잘 맞는 연기자처럼 행복의 절정을 유감없이 표현하고 있었다.

철민이 어머니와 큰형수가 작은 상자를 가운데 놓고 서로 밀어내느라 기벼운 실랑이를 벌이고 있었다.

"창피해서 어떡허죠?"

"창피할 것도 많다. 정성껏 장만한 건데 뭐가 창피해."

"그래두요."

"우린 분수껏 사는 집안이야. 새 며느리한테 물려줄 것도 그것밖에 없구."

"그래두 너무 약소한 것 같아요."

"앤, 이제 와서 무슨 소리야. 인다우. 내가 내놓을 테니까."

어수룩하게만 보이던 노파가 발끈 성깔을 부렸다. 만만치 않아 보였다. 서로 밀던 걸 노파가 끌어당겨 경숙 여사 앞으로 내밀면서 말했다.

"사주단자하고 쬐만 정표가 하나 들었으니 끌러보시지요."

약혼식 대신 자장면이나 한 그릇씩 먹고 얼굴이나 익히자고 우길 때, 이쪽의 부담을 덜어주기 위해서라기보다는 그쪽에서 갖춰야 할 예물을 생략할 속셈이라고 짐작하고 있던 경숙 여사는 그 예물 상자가 허를 찌른 것처럼 놀랍고도 한편 반가웠다. 그녀는 희색이 만면해서 그걸 받아 끌러보기 전에 아까부터 내놓을까 말까 망설이던 이쪽 예물을 비로소 떳떳하게 내놓았다. 연지가 눈치챌세라 도둑질하듯 몰래몰래 준비한 거였다.

양가의 어머니들이 새삼스럽게 표정을 엄숙하게 가다듬고 그것을 끄르는 동안 잠바 차림의 구지레한 중노인이 예물 교환이 제일 먼저여야지 파장머리에 하는 법은 도대체 어느 나라 법이냐고 타박을 했다.

경숙 여사가 끄른 상자에선 홍보에 싼 사주단자와 18금 실반지와 국산 팔목시계가 나왔다. 그녀의 얼굴이 홍보를 뒤집어쓴 것처럼 붉게 달아올랐다. 숫제 아무것도 못 받았더라도 이렇게 섭섭하고 무안할 것 같진 않았다. 그녀는 사주단자를 챙기고 반지와 시계를 철민이한테 넘겨주면서 말했다.

"자네가 끼워주게나."

그쪽에서도 끌러본 예물을 연지한테 주면서 네 손으로 끼워주렴 했다. 서로 예물을 교환하는 동안도 아이들은 떠들고 노인들은 먹고 여편네들은 쑥덕대고 플래시가 또 한바탕 터졌다. 철민과 연지가 교환한 시계와 반지를 낀 손을 손님들 앞에 높이 쳐들어 보였다.

연지의 손에선 18금 실반지가, 철민의 손에선 3부 다이아가 박힌 백금 반지가 반짝거렸다. 철없는 두 젊은이는 마치 반짝반짝 작은 별 노래에 맞추어 유희를 하듯이 손을 흔들었.

어유, 불쌍한 것. 경숙 여사는 18금 실반지를 끼고 좋아라고 손을 흔들고 희희덕대는 연지가 불쌍해서 가슴이 아팠고, 3부 다이아면 요새 시세로 얼마나 나가는지 알 것 같지도 않은 철민이한테 그걸 준 게 돼지한테 진주를 던져준 것처럼 억울했다.

아무리 시세를 몰라도 그렇지, 다이아 비싸다는 소문까지 못 들었을 리 없건만 조금도 주눅이 안 드는 철민이 밉살스럽고 괘씸했다. 철민이도 철민이지만 연지도 꼴보기 싫었다. 아무리 사랑에 눈이 어두웠기로서니 졸업 반지만도 못한 실반지 하나 얻어 끼고, 오메가 시계 끌러놓고 5만 원짜리도 못 되는 아날로그 시계 차고 저렇게 좋아할 건 또 뭐람. 이따가 저희끼리만 됐을 때 한바탕 바가지 긁기를 기대하기조차 어려울 것 같았다.

누가 시켰는지 아이들이 번갈아가며 노래를 부르기 시작했다. 유치원이나 다닐까 말까 한 어린 게 사랑 사랑 누가 말했나를 부르기도 하고 연년생 남매가 사랑해 당신을 정말로 사랑해를 중창으로 부르기도 했다.

한 상에 10만 원이 넘는 요리를 세 상이나 시켰건만 후식까지 거의 다 바닥이 났다. 그러고도 자장면에 미련을 갖고 칭얼대는 아이가 있어 웨이터를 불러 식사 주문을 받도록 했더니 어른 아이 할 것 없이 하나도 안 빠지고 자장면을 시켰다.

"이 기쁜 날 노래를 한가락 뽑고 싶은데 마음뿐이지 시쳇말로 내가 음치인 게라. 그래서 대신 우스갯소리를 한마디 할 것이니까 잘 들 듣거라."

아까 순서가 틀렸다고 타박을 하던 중늙은이가 입가에 자장면 테를 두른 채 말했다. 기껏해야 케케묵은 식인종 시리즈로 웃음을 강요할 것 같은 더리쩍은 얼굴이었다.

"에에 또, 옛날 옛적이 아니라 현대 허구도 오늘날, 최신식 아파트에 젊은 유부녀가 혼자 살고 있었는데, 왜 혼자 살고 있었느냐면 남편이 외국 유학 아니면 사우디 돈벌이를 갔겠더라. 유부녀는 허구헌 날 돈 쓰고 다니는 게 취민데 언젯적부턴지 따라당기는 놈팽이가 생겼더라 이 말이야. 그 눈치를 채고도 계집이 쏘다니는 걸 관두지 않은 걸 보면 계집도 살살 쬐금씩 꼬리를 쳤겠지 뭐. 심심허고 근질근질허고. 계집이나 사내나 독수공방은 다 그렇고 그런 거 아닌가 뵈. 좋으면서도 잡힐 듯하다간 아차 고비에 빠져 달아나 놈팽이를 감질내기를 수삼일, 그날도 아파트 근방까지 놈팽이를 살살 달고 오다가 아슬아슬하게 따돌리고 헐레벌떡 승강기에 올라탔것다. 타고 보니 놈팽이가 먼첨 타고 있는 거야. 도망을 치려는데 놈팽이가 벌써 승강기 문을 닫았겠다. 독 안에 든 쥐란 바로 이런 경우가 아니겠남. 놈팽이는 벌써 더운 김을 뿜으면서 계집을 왈칵 껴안았겠다. 계집도 싫지 않았겠지. 몸뚱이가 우화등선하는 것 같았다니, 승강기가 오르는 것 때문에만 그랬겠어? 놈팽이가 다음에 한 짓이 뭐였게? 키스? 뗏기 놈. 배꼽에서 탯줄도 안 떨어진 어린 놈이어서 그런 것부터 배워가지고설라무니. 그 계집도 그럴 줄 알았겠지. 좋으면서도 후제 누가 열녀문 세워줄까 봐 죽어도 입술만은 안 뺏길 듯이 들입다 도리질을 했다니까. 몸뚱이는 안긴 채 말야. 그런데 놈팽이는 계집의 손목을 비틀고 반지를 뽑더라지 뭐야. 반지를 뺏은 놈팽이는 즉석에서 이상한 안경을 꺼내 한 눈에 끼고 감정을 하더니 탁 내던지면서 계집의 따귀를 철썩 때리더라는 거야. 그러면서 하는 말이 또 걸작이지. 이년이 멀쩡한 도둑 하나 병신 만들 계집 아닌감. 어디 가서 가짜 다이아로 꼬리를 쳐 치길. 그 인물에 그 옷차림에 가짜가 뭐야? 창피한 줄 알아라. 아유 재수 없어 이러더라나. 그때부터 그 가정은 파탄이지 뭐. 그 계집도 그 결혼반지가 가짜인 걸 그때 첨 알았다니까. 제까짓 게 한 번 헌 혼인 파토 내봤댔자지 어쩔 거야. 도둑놈을 찾아나설 수도 없는 노릇이구. 보석이란 게 이렇게 애물이라구. 보석만인가 재물이 다 애물이지. 이 좋은 자리에서 내가 왜 이런 주책 같은 우스갯소리를 자청해서 하느냐 하면, 요새 젊은이들이 너무 돈을 밝혀 탈이야. 시집 장가 잘 들고 못 들고도 순전히 돈으로 따지는데, 인생이란 게 그런 게 아냐. 돈에 너무 밝다 보면 더 귀한 것에 어둡게 마련이니까. 나 보기엔 둘이 참 잘 어울리는 한 쌍인데 예물을 보니 철민이가 좀 기우는구먼. 철민아, 너가 기운다고 기 죽으믄 못쓴다. 인석아, 그럴 땐 네가 받은 게 가짜거니 생각해. 재물이란 본디 있다면 있고 없다믄 없는 게야. 생각하기 나름이야 알았쟈?"

철민이가 알겠노라고 고래를 조아리고 아이들이 짝짝짝 박수를 쳤다.

"저 어른 말씀이 귀에 거슬리시더라도 치지도외하세요. 약에 감초처럼 친척 간에 무슨 일이고 안 빠지고 참석하셔서 꼭 한바탕 주책을 떠시거나 남의 비위를 긁어놓으시기로 유명한 어른이니까요."

철민이 큰형수가 경숙 여사의 귀에다 입을 대고 소곤소곤 귀띔을 해주었다. 아닌 게 아니라 아이들 빼고는 다 그의 얘기를 귀담아듣는다기보다는 지루해하면서 또 무슨 망발이나 안 할까 조마조마한 눈치가 역력했다. 그렇더라도 그 중노인의 연설은 경숙 여사에게 과히 유쾌한 건 못 됐다.

약혼식은 이렇게 끝났다. 그 여러 식구를 혼자서 상대해서 일일이 배웅 인사를 하고 맨 나중까지 남은 연지와 철민에게 병상에 계신 아버님께 인사드리는 것 잊지 말고, 어디 좋은 데 가서 너무 늦지 않도록 시간 보내다가 이쪽 아버지한테도 인사하러 들렀으면 좋겠다는 잔소리까지 하고 나서 엄청난 셈을 치르고 나니 남은 건 텅 빈

지갑과 텅 빈 가슴밖에 없었다.

 그동안 그녀는 약혼식이라는 데 맹목적으로 열중해 있었다. 연지가 원한 것도 아니었고 철민이네서 원한 것도 아니었다. 원하지 않았기 때문에 속임수까지 써가며 그 일을 꾸몄다. 왜 그랬을까? 그녀는 그 일이 순리였든 억지였든 이미 끝나버려 돌이킬 수 없게 된 후에야 그 일의 무의미성과 그 일에서 자신이 치른 우스꽝스럽고도 치사스러운 고역에 모욕감을 느꼈다.

 그녀는 그 음식점을 물러나기 전에 다시 한 번 전화통으로 달려갔다.

 남편의 연구실에선 이젠 아무도 전화를 받지 않았고, 집에도 돌아와 있지 않았다. 그녀는 남편을 당장 만날 수 없다는 걸 알면서도 남편에게 달려가 그의 넓은 가슴을 쾅쾅 두드리며 도와줘요, 도와줘. 연지를 철민이네로 시집보내지 않도록 도와줘요. 우리 연지가 그 자장면에 걸신이 난 집구석의 막내며느리가 되지 않도록 도와줘요. 손이 흔해빠져서 육 남매가 각각 다시 사 남매씩 낳아놓은 집안에서 연지가 아무도 신통해하지 않는 아이를 낳지 않도록 도와줘요. 이러고 싶은 충동을 느꼈다.

 텅 빈 가슴에 발산되지 못한 충동이 참담한 배신감이 되어 횡행했다. 남편만 옆에 있었어도 그 집안 식구들이 그렇게 살판난 듯 먹어대지만은 못했으련만. 남편만 있었어도 그 돼먹지 않은 중늙은이가 그 돼먹지 않은 우스갯소리로 감히 누굴 설교할 엄두를 못 냈으련만.

 꼭 있어주길 바랄 때 없기가 한두 번이 아닌 남편에 대한 분노가,

같이 있을 때도 있으나마나이길 잘하는 남편 특유의 만성적 부재 현상에 대한 평소의 허전함과 합세해서 경숙 여사를 더욱 참담하게 했다. 참담한 다음에 그 화사한 한복이 문득 남루처럼 초라하게 비쳐 그녀는 도망치듯 종종걸음쳤다.

"차라리 아버지가 돌아가신 다음에 결혼하는 게 낫지 않을까?"

어머니가 일러준 대로 약혼식장에서 곧장 병석의 고노인을 문병하고 나오면서 연지가 말했다.

"왜?"

"그냥. 돌아가실 분에게 보여주기 위해 결혼한다는 게 어쩐지 기분이 안 좋아."

"무슨 소리야? 우린 둘 다 같이 살기를 갈망하고 있어. 하루빨리."

"그래, 누가 아니래?"

"그럼 뭐가 기분이 안 좋다는 거야?"

"자기 집 식구들은 순전히 아버지가 안심하고 눈감으시게 하려고 우릴 결혼시키려는 것 같았어. 전체적인 분위기가……"

"그럼 좀 어떠니. 효도도 하고 결혼도 하고 좀 좋니?"

"앞으로 얼마나 더 사실 수 있으시대? 자기 아버지."

"3개월 내지 6개월."

"그게 확실할까?"

"3년 전 위암 수술받으셨잖아? 그때 배 속을 열어본 의사가 한 소리니까 대충 맞겠지."

"그럼 그때 앞으로 3, 4년이라고 내다본 걸로 계산해서 그렇단 얘기야?"

"아냐. 요새 갑자기 여기저기가 한꺼번에 나빠지셔서 다시 진찰 받고 들은 소리야."

"아버지도 그걸 아시나?"

"암이라는 건 수술받을 때 이미 눈치채고 넘겨짚으셔서 누나가 말해버렸어."

"암으로 죽는 거 참 싫더라 그치?"

연지가 타박타박 걷다 말고 추위 반 진저리 반으로 어깨를 움츠렸다.

"식구들이 더 못할 노릇이야."

"자기네 식구들 신경줄이 빨랫줄처럼 튼튼하던데도 역시 힘든가 보지?"

"얘, 오늘 같은 날 왜 그딴 얘기만 하니?"

"몰라. 쇼크 먹었나 봐. 나 여태껏 죽은 사람 본 적 없거들랑. 화장 터까지 취재하고 와서 막 으스댔는데 말짱 헛거였어."

"얘가, 우리 아버진 아직 안 돌아가셨어. 말 함부로 하지 마."

"정말 숨 끊어진 사람도 그보다 더 참혹할까?"

"하긴 그래. 그렇지만 역시 우리 아버지만 특별히 참혹하게 돌아 가신다고 생각하고 싶진 않아. 별의별 죽음이 다 있겠지만 죽음이 참혹하다는 건 공통점 아니겠니?"

"그렇담 우린 괜히 태어난 거야."

"난 아냐. 널 만난걸. 삶에 남자와 여자가 있는 한 삶은 누가 뭐래도 걸작이야."

"정말 그럴까?"

"날 믿어주라."

"자기 아버지 그 지경이 되시고도 우리가 결혼하는 걸 보고 싶어 하신다는 거 정말이야? 그게 가능할까?"

"헛소리처럼 늘 그러시니까. 철민이 장가가는 것 보기 전엔 나 눈 못 감는다,고 말야."

"자기 그 정도로 사랑받는 아들이었어? 다시 봐야겠는데."

"그렇지도 않아. 워낙 여러 남매니까. 그리고 시골 사람들은 서울 사람에 비해 자식을 얼고 떠는 게 훨씬 덜한 것 같아. 나도 서울 사람 돼보고 나서 안 거지만."

"그런데도 아버지가 지금 그 고통중에도 자기 생각을 그렇게 하신단 말이지?"

"글쎄 그렇다니까."

철민이가 그런 화제에 넌더리가 난 듯 얼굴을 찌푸렸다. 강바람이 갑자기 냉랭해지면서 저만치 아파트 단지 위로 넘어가려는 해가 강 위로 시뻘건 선혈을 떨구기 시작했다. 밤이 오기 직전의 요기 어린 광채가 강과 강 건너 동네를 섬뜩하도록 불안하게 물들였다. 철민이는 연지를 으스러지게 안고 싶다는 갈망으로 몸을 떨었다.

"부모의 자애라는 게 그런 건가? 끔찍해라."

연지는 아직도 빈사의 노인을 문병한 충격에서 못 벗어나고 있었다.

"자애가 아니라 책임감일 거야."

"그건 더 끔찍해."

"뭐가?"

"사람이 태어나서 죽기까지 치러야 할 업 말야."

"업이 맞는 말일지도 몰라. 너 장가가기 전엔 못 죽는다고 악을 쓰실 때마다 나도 저게 뭘까? 저게 뭘까? 하고 그 근력에 대해 궁금하게도 두렵게도 생각했었지. 그 말씀 외에 딴소리는 혀가 군으셨는지 워낙 탈진을 하셔선지 한 마디도 알아들을 수가 없거든. 그게 자애라기엔 너무 모질고 책임감이라 해도 너무 가혹해. 마음대로 하는 거라면 그런 것에서 놓아드리고 싶어져."

"만일 말야, 아버지가 지금 우리가 생각하는 것보다 훨씬 더 사시고 싶은 욕망이 남아 있다면?"

"그럴 리가. 그 참상을 보고도 그런 얘기를 한다는 건 생명에 대한 모독이야."

"죽음 이상의 모독이란 없어."

"만약 그렇더라도 우리가 도와드릴 방법은 없는 거 아니니? 너 제발 그 문제에서 신경을 좀 끊어라. 우리 아버진 너 아니라도 근심해 줄 자손이 많으니까."

"난 이런 생각이 들어. 아버지가 지금 그 지경에서 우리의 결혼을 보고 싶다는 긴 어떡허든 우리 실혼 때까진 자기 생명에 의의를 부여하려는 생명에 대한 애착이고 연장의 한 방법이라고. 그것도 모르고 우리가 빨리 결혼을 해봐. 그건 이제 안심하고 돌아가십시오

하는 소리밖에 안 될걸. 안락사보다 차라리 더 교활한 살인 행위일지도 몰라."

"그럼 우리 결혼을 질질 끌수록 아버지의 생명도 끌 수 있다는 결론이 나오겠구나."

"그럴지도 모르지. 능히 그럴 수 있을 거야."

"좋아하네. 우리 결혼이 마치 마지막 잎새처럼 대롱대롱 매달려 있어야 하겠구나."

"왜, 안 돼? 그럼."

"너 맘 변했냐? 딴 날도 아니고 약혼식 날 하필."

철민이 눈을 부릅뜨며 손을 들어 때리는 시늉을 했다.

"봐줘라, 뭐. 그래도 결혼식 날 변한 것보다는 낫지 뭘 그래."

연지가 얻어맞지도 않았는데 아픈 것처럼 엄살을 부리면서 싹싹 비는 시늉까지 했다.

그런 장난이 되레 절대로 변할 수 없다는 두 사람만의 신뢰감과 빈사의 병자를 처음 본 충격으로 위축됐던 애정 표시의 길을 터주는 결과가 됐다.

마침 겨울 해는 곧장 넘어가 둘레가 빠르게 어두워지고 있었다. 워커힐로 올라가는 길을 버리고 접어든 강변으로 난 길은 어디로 통하는지 잘 포장됐으되 다니는 차도 사람도 드문 외진 길이었다. 오른쪽으론 강이 보였다 안 보였다 하고 왼쪽으론 숲 사이로 워커힐의 불빛이 명멸했다.

철민의 팔이 연지의 허리를 감았다. 연지가 머리를 철민의 어깨에 기댔다. 철민의 입술이 연지의 볼을 비볐다.

"춥니?"

"아니."

"볼이 얼음장 같아."

"따뜻하게 해줘 봐."

철민이 연지를 보듬어 안고 볼과 이마에 오래오래 입맞추고 입술을 헤집었다. 그때 이미 연지의 입술도 차갑지만은 않았다. 차츰 꽃잎처럼 부드럽고 따스하게 녹아갔다. 철민이는 꿀샘을 찾아 곧장 더듬이를 꽂는 꿀벌처럼 자신 있게 연지의 입술을 깊이깊이 열었다.

대형 트럭의 강렬한 헤드라이트가 밀착된 두 사람을 비추면서 다가왔다. 그들이 서 있는 땅이 불안하게 진동했다. 그들은 꽃의 꿈에서, 꿀벌의 꿈에서 깨어나 손으로 빛을 가리며 길가로 비켜섰다.

"워커힐로 올라가서 차나 마실까?"

"왜 하필이면 워커힐이야?"

그들이 서 있는 곳에서 워커힐의 불빛은 곧장 머리 위에 있었지만 도달할 수 없을 것처럼 아득해 보였다.

"다들 그런다더라."

"다들 그러다니?"

"약혼식 하고 나서 두 사람만 남으면 워커힐이나 하얏트나 뭐 그런 데 가서 커피 마신다고들 그러던데?"

"자기 친구들 되게 속물이네."

"꼭 뭐 내 친구라고 똑 떨어지게 지목할 건 또 뭐니? 세상 풍문이 그렇단 소리지."

두 사람은 가던 길을 돌아 나오기 시작했다.

"하긴 내가 누굴 속물 취급하다니 말도 안 돼. 3부 다이아 반지와 롤렉스 시계로 남자하고 혼인 계약을 맺은 주제에. 참, 자기 이거 끼고 다닐 거야?"

연지도 마주 잡은 철민의 손에서 다이아 반지를 손가락으로 갉죽거리며 말했다.

"내 시계 망가진 지 오래잖아? 시겐 고맙게 찰 거야. 근데 3부 다이안 너무했다. 너한테 미안하지만 난 도무지 끼고 다닐 용기가 날 것 같지 않아."

"그럼 나한테 맡겨. 대신 실반지 해줄게."

"우리가 해준 실반지 땜에 실망했니?"

"아냐, 자기 점점 우습게 구네."

"우습게 당했으니까. 자장면 얻어먹고 실반지나 껴주려다가 그게 무슨 망신이니?"

"자기 정말 망신당했다고 생각해?"

"왜 그럼 안 되니?"

"안 되긴. 잘됐어. 그게 우리 엄마 목적이었으니까. 호화판 약혼식으로 사돈댁의 기를 꺾어놓는 게 바로 엄마가 바라는 바였어."

"우리가 구태여 꺾여야 할 만큼 뭘 드세게 굴었나?"

"별로. 그래서 그런 것은 아냐. 엄마의 목적은 어쩌면 자기네가 아니었을지도 몰라. 미국 간 오빠 약혼식 때 잘사는 올케네 집한테 우리가 눌렸다는 열등감이 엄마에겐 줄창 있었거든. 그 앙갚음을 나를 통해 하고 싶어 벼른 깐으론 자기네는 되레 너무 약한 상대였어. 결국 우린 이용당한 데 지나지 않아. 자기네 집에선 우리의 결혼을 어떤 목적에 이용하려 하고, 우리 엄마는 우리 약혼을 엄마 나름의 목적에 이용하려 하고……. 왜들 그러는지 몰라, 난 이용 같은 거 당하고 싶지 않은데."

"이용 좀 당하면 어떠니? 자식이 부모한테 이용 안 당하면 누구한테 당하니?"

"그래서 부모한테 이가 되는 거라면 기꺼이 당해줄 수도 있는데 그렇지도 않으니까 탈이지. 오늘 우리 엄마 봤지? 참 안돼 보였어. 엄마가 목적한 건 아마 하나도 못 이루고 말았다고 생각하셨을 거야. 자식이란 어떤 자식이건 궁극적으론 배신자라는 걸 엄마는 왜 모를까? 참 딱해. 자기네도 마찬가지야. 마지막으로 큰 효도하는 셈 치고 결혼을 서두르라지만 결국 우리 결혼은 마지막 불효가 될걸. 아버지에게서 생명을 끌 목표를 빼앗아 죽음을 앞당길 테니까."

"서로 이용한다고 생각하렴. 우린 빨리 결혼하고 싶어했잖아. 복잡하게 생각할 거 하나도 없어."

"나도 복잡한 건 질색이야. 자기도 내 꿈이 뭔지 알지? 독자적으로 사는 거야. 혼자 산나는 뜻하곤 달라. 내 나름의 독자적인 삶의 방법대로 살고 싶어. 우리 결혼도 독자적인 거여야 돼. 흔해 빠진 남의 결혼을 닮는 것도 싫지만 순수한 결혼의 목적 외에 딴 목적으로 이용당하긴 싫어. 허영심, 복수심, 거기다가 죽음을 위해서까지 이용당하긴 싫단 말야."

"그럼 어떡허니? 너도 그렇고, 나도 그렇고 사람이 독자적으로 태어난 게 아닌 이상 그 정도의 상호 관계는 피할 수 없는 게 아니니?"

"자기 참 똑똑해."

"요게, 뭐라구?"

"자기 참 똑똑하다구. 사람이 독자적으로 태어날 수 없다는 걸 다 알구."

"그걸 모르는 사람이 어딨니?"

"여기 있잖아. 난 그걸 깜박 잊고 있었거든."

워커힐의 불빛은 바로 머리 위에 보였지만 곧장 올라갈 수 있는 길을 찾지 못해 큰길을 따라 돌아 오르려니 상당히 먼 거리였다.

1층 커피숍에 연지를 앉혀놓고 철민이는 화장실에 갔다 올 것처럼 자리를 떠 여기저기를 기웃대 보았다. 딴 날도 아닌 약혼식 날 장 안에서도 소문난 환락의 본산까지 와서 커피만 마시고 가는 것도 싱겁고, 그렇다고 자신 있게 연지를 꼬실 만큼 그 고장에서 즐길 수 있는 코스를 아는 바도 없어서 예비 지식을 알고자 해서였다. 그러나 그 방면의 예비 지식이란 금전적인 예산을 세우는 데는 도움이 될진 몰라도 단박 단골처럼 세련되게 행동할 수 있는 데 도움이 될 것 같진 않았다.

한 바퀴 빙 돌고 돌아와 보니 연지는 자고 있었다. 팔짱 끼고 고개를 옆으로 꺾고 침을 한 줄기 흘리며 자고 있는 꼴이 가관이었다.

철민은 빙그레 웃으며 바라만 보다가 커피를 시키고 커피가 오자 별수 없이 흔들어 깨웠다.

"아이, 졸려. 더 자게 내버려두지."

연지가 늘어지게 기지개를 켜면서 말했다.

"자는 꼴이 웬만해야 내버려두지. 남부끄러워. 내 얼굴이 뜨뜻해 못 봐주겠더라."

"그럼 폼 재고, 멋 부리고 무슨 맛으로 자."

"그래서 잠은 남 안 보는 데서 자게 돼 있잖아. 방이 없으면 어둠이라도 있게 마련이야."

"맞았어. 집에 갈까 봐."

"여기서 잘래? 방 하나 빌릴까? 근사할 거야."

"미쳤어?"

"딴 뜻은 없어. 네가 너무 피곤해 보여 푹 쉬게 하고 싶을 뿐이야. 여기서 자는 너, 되게 매력 없더라. 놀랐어. 약혼식이라는 게 있어서 다행이야. 그렇지 않았으면 나 너하고 만날 같이 자야 하는 결혼 재고해봤을 거야."

"우리 엄마한테 감사해야겠군."

"어제 하필 출장을 갈 건 뭐니?"

"니를 시험해보기 위해서였어."

"무슨 시험?"

"난 일과 철민이를 똑같이 좋아하거든. 어느 한쪽도 버리기 싫어. 한쪽을 버리면 둘 다 잃는 거와 마찬가지가 될 지경으로 남은 한쪽까지 전혀 무의미해질 것 같아. 둘을 똑같이 좋아하기 때문에 서로 다치거나 지장을 주게 하고 싶지 않아. 서로 핑계 대고 싶게 하기도 싫어. 그래서 약혼식을 핑계로 내가 맡은 일을 미루거나 지장 주고 싶지 않았고, 일을 핑계로 약혼식을 망치게 하고 싶지도 않았어. 그래서 과연 그럴 수 있나 없나 어제 오늘 나를 시험해본 거야."

"결과는?"

"보시다시피 지독하게 피곤한 이틀이었어. 이번 이틀의 고생은 두 가지를 함께 옹글게 소유하려는 내 욕심을 위해서 뭔가 성장적이었던 것 같아."

연지가 피곤한 중에도 생기를 잃지 않고 말했다.

"너 피곤한 기색 봐선 마냥 쉬라고 하고 싶지만 아직 숙제가 남아 있지 않니? 일어나라."

철민이가 다시 잠에 빠져들 것 같은 연지를 깨웠다.

"숙제라니?"

"아까 하신 어머니 말씀 벌써 잊었니? 오늘 해 안으로 약혼식에 못 오신 양가 아버님을 찾아뵈야 한다는……. 우리 아버진 봤지만 너희 아버진 아직 아니지 않니?"

"자기 우리 엄마 말 너무 잘 듣네. 효서孝壻야."

"아내가 귀여우면 처갓집 말뚝에도 절을 한다지 않아."

"실은 나 효부 노릇 할 각오 전혀 서 있지 않은데 자기 혼자 계속

밑지는 장사 할 거야?"

"좋도록 해. 우리 집엔 효부 많지만 너희 집에선 내가 외동사위 아니니? 네 비중하고 내 비중하고 천양지판이야."

철민이가 점점 더 깊숙이 소파로 잦아드는 연지를 잡아 일으켰다. 낮 동안의 따뜻했던 날씨와는 다르게 바깥 바람의 서슬은 칼날같았다. 그러나 택시를 잡으려는 철민이를 연지가 잡아끌었다.

"걷고 싶어."

"너 정말 감기 몸살 다 들고 싶니? 왜 이래."

"요 아래 한길까지만 걸어 내려가."

"아까 걸어 올라와 봤잖아. 말이 요 아래지 거기가 어디라고 그래. 딴 날도 아니고 오늘은 우리들의 약혼식 날이야. 궁상떨지 마."

"난 어젯밤 이맘때 그보다 훨씬 험한 산길을 십 킬로나 혼자서 걸어 내려왔어. 오늘 약혼식에 대려고……. 깜깜한 숲 사이 오솔길에서 오로지 하늘의 별만이 길잡이였고 빛이였지. 그중에도 가장 크게 빛나는 별이 뭐였는 줄 알아? 약혼식이란 별이었어. 그땐 식 하기 싫다고 엄마 속 썩일 때와는 딴판으로 그 별이 그렇게 찬란할 수가 없었어. 근데 막상 그 별을 따고 보니 빛은 사라지고 왜 이렇게 허전하지? 뭐가 뭔지 모르겠어."

철민과 연지는 어느 틈에 손을 잡고 워커힐 숲 사이의 미끈한 포장도로를 걸어 내려오고 있었다.

왜 사람들은 아침이면 깨어날 꿈을 매일 밤 꾸는 걸까? 왜 타인의 손톱만 한 배신도 용서 못 하는 강직한 사람도 자신의 꿈의 허구한 날의 엄청난 배신에 그다지도 관대한가? 왜 사람은 단 하루도 꿈을 꾸지 않고는 못 견디는가? 도대체 왜, 왜?

 빈번하게 오르내리는 차들의 강렬한 불빛에 장님처럼 무감각한 채 곧바로 앞만 보고 걷고 있는 연지의 단아한 옆얼굴에서 철민이는 대강 그런 그녀의 의문을 읽어내고 있었다.

 "춥지?"

 빛바랜 파카와 청바지는 경숙 여사한테 몰수당한 채여서 비단 블라우스만 입고 있는 연지에게 철민이가 자기 윗도리를 벗어주었다. 연지는 사양하지 않고 그의 윗도리 속에서 양손을 꼭꼭 여미면서 몸을 웅숭그렸다.

 "내 꿈은 5월에 식을 하는 거였는데."

 "넌 처음부터 약혼식은 반대했잖아?"

 "약혼식과 결혼식을 따로따로 생각해본 적 없어. 남자와 여자가 합치기 위한 식은 한 번쯤은 있을 만하다고 생각했고 때는 5월이었어. 춥도 덥도 않고 들꽃은 풍부하고……."

 "추운 때 고생시켜 미안하다, 봐줘라 뭐. 겨울에도 꽃은 많더라. 가지각색의 꽃을 그렇게 많이 모아놓은 건 내 생전에 처음이었어. 아까 우리 약혼식장에서 말야."

 "내 꿈이 얼마나 궁상맞은 거였는지는 자기도 몰랐을걸. 요릿집이나 호텔 같은 건 꿈 밖이었어. 들판에서 친구들 모아놓고 들꽃이나 한아름 따서 안고 신나게 웃고 떠들고 춤추고 그러다가 모든 게 갑자기 사라지고 우리 둘만 오두막에 남아 있게 되는 거였어. 그런 꿈을 꿀 때마다 난 꼭 눈물을 글썽였지. 왠 줄 알아?"

"너무 행복해서."

"피이, 낯간지러워라."

"쳇, 그건 진작 내가 할 소리였어."

"내 꿈 얘기는 아직 안 끝났어. 내가 하고 싶은 결혼 중, 5월의 들판은 실상 그렇게 중요하지 않아. 정말 내가 하고 싶은 결혼은 엄마가 죽자꾸나 반대하는 결혼을 하는 거였어. 그건 꿈이라기보다는 엄마하고 나하고 운명적인 이질성으로 봐서 거의 피할 수 없다고 생각한 가장 과학적인 추리였거들랑. 그래서 5월의 들판 결혼식엔 어른들은 하나도 안 보이고 식이 끝나고 눈물을 글썽이는 게 고작 마지막 효도였지. 근데 어쩌면 그것조차 꿈이라고 나를 배신하지? 꿈은 애당초 꿀 게 아냐."

"너처럼 빈틈없이 영악하고 현실적인 애가 가끔 그런 꿈도 안 꾸면 매력 없어져 어떡하게."

"어머머, 내가 할 소릴 자기가 먼저 하고 있어. 나도 지금 자기가 매력 없어질려고 해서 고민인데."

"건 또 왜?"

"내가 자기 매력 있어 한 까닭의 절반쯤은, 아니 팔구십 프로쯤은 엄마가 반대하기 알맞은 남자라는 거가 아니었을까 싶어. 엄마가 생각보다 쉽게 사기를 맞아주고 나니까 어쩐지 맥 빠져서 연애 더 못 할 것 같은데."

뻔질나게 오르내리던 차가 잠깐 뜸해진 사이에 철민이가 연지를 잽싸게 껴안고 정열적인 키스를 퍼부었다. 그건 여태껏 서로 경험한 어떤 애무와도 다르게 정열적일 뿐 아니라 다분히 기교적이기도 해서 연지는 새로운 감각에 전율하면서 그에게 몸을 맡겼다.

"자기 왜 이래?"

연지가 문득 너무 깊숙이 더듬어 들어오는 그의 손길을 뿌리치면서 속삭였다.

"연애란 새록새록 할 맛이 있다는 걸 가르쳐주고 싶어서······."

"나 자기의 순진성 의심한다."

"바보, 그건 불순한 게 아니라 바로 네가 좋아하는 창조적 노력의 결과라는 거야."

큰길에서 두 사람은 택시를 탔다.

연지는 아직도 곱게 상기해 있었고, 그런 그녀를 바라보는 철민의 시선은 자신 있고 끈끈했다. 그런 감미로운 여운을 뭉개려는 듯이 연지가 느닷없이 쇳소리로 따졌다.

"앞으로 결혼 생활에 있어서 자기와 나는 절대적으로 동등하기, 알았지?"

"넌 왜 그 소리를 할 때마다 절대적이란, 그야말로 절대적으로 엄숙한 말을 쓰니?"

철민이 피곤한 듯 타이르듯 말했다.

"그것만은 절대로 양보할 수 없는 꿈이니까."

"꿈은 사라지게 돼 있다고 제 입으로 그래 놓고서······. 그게 너한테 그렇게 중요하다면 나도 힘껏 노력하겠어. 그렇지만 그 이상의 약속은 못 하겠는데."

 철민의 태도는 여유 있고 느긋했다. 연지는 속으로 그런 철민이가 믿음직스러우면서도 초조하게 반발하려 들었다.

 "어머머, 저 오리발 내미는 것 좀 봐."

 연지가 눈에 쌍심지를 켜고 언성을 높였다. 연지는 가끔 그럴 때가 있었다. 철민은 그 소리가 철사로 양철통 긁는 소리처럼 신경에 거슬렸지만 그냥저냥 넘어가고 싶었다.

 "내가 언제 닭 잡아먹었니?"

 "새록새록……. 자긴 내 남녀평등론의 열렬한 지지자였잖아? 이제 와 딴소리하면 어떡해?"

 "딴소린? 그 문제는 조만간 마땅히 그렇게 되어야 한다고 생각하지만 아직도 피차 노력할 여지가 많다고 생각해."

 철민은 마치 한 번 체한 적이 있는 음식을 강제로 먹을 때처럼 참담한 인내력을 발휘하고 있었다.

 "자기 왜 별안간 그렇게 점잖아졌어? 부뚜막에 올려놓아도 손색이 없겠는데?"

 연지는 싸우기로 작정을 한 것처럼 점점 더 못되게 굴었다.

 "점잖다니?"

 "남녀는 마땅히 동등해야 한다, 또 아직도 그렇지 못한 것은 전적으로 여성 쪽에 그 책임이 있다, 따라서 사일층의 노력이 요망된다. 이게 점잖은 남자들의 소위 남녀평등론이라는 거 아냐? 거기다가 아직은 시기상조 운운까지 붙으면 고전적이고."

연지의 얼굴에 정서적인 불균형 같은 게 적나라하게 드러났다. 철민이는 그게 보기 싫으면서도 가려주고, 감싸주고 싶은 연민을 느꼈다.

"난 여자만 노력해야 한다고 말한 적 없는데. 그게 정말 좋은 거고 또 마땅히 그래야 하는 거라면 남자도 기꺼이 같이 노력해야 한다고 믿고 있고. 나는 내 이런 사고방식에 자부심을 갖고 있으니까 연지야, 제발 덮어놓고 남의 생각을 매도하려 들지 마."

그러나 연지는 철민의 말은 제대로 귀담아들으려 하지 않고 자기 하고 싶은 말만 계속했다.

"내가 돈 벌고 자기는 대학원 다니는 동안은 자기가 빨래하고 밥 지을 각오는 돼 있는 거지?"

"염려 마."

철민이는 약간 지쳐 있었다. 그는 연지가 가끔 그러는 걸 무슨 신경성의 일시적인 병쯤으로 생각하니까 참을 수도 있고 차차 나아지겠거니 낙관도 할 수 있지, 워낙에 성질이 그렇다고 생각했으면 그 밖의 시간에 아무리 죽이 잘 맞고 매력 있어도 평생 같이 살 일은 아마 망설여졌을 것이다.

"너무 선선해."

"너무 쉬우니까."

"사람들이 흉볼걸. 특히 자기 집 식구들이 알아봐. 날 내쫓으려 들걸."

"누가 감히 내 색시를 내쫓는다고 그래? 그런 걱정을 다 하다니,

정말 연지답지 않군."

 이렇게 좋은 말로 구슬려도 연지의 까닭 모를 정서적인 불균형은 오히려 더 심각해졌다.

 "우리가 결혼한 뒤에 서로 번갈아가며 공부하기로 합의보고 나서, 그럼 누가 먼저 공부를 하나를 정할 때 가위바위보로 정한 거 말야. 자긴 그때 우리 둘이 완전히 동등한 입장에서 승부를 냈다고 생각하겠지? 그게 아닌데……."

 "지금 와서 그게 무슨 소리야? 내가 팔씨름으로 순서를 정하자니까 그럼 분명히 자기가 질 거라고 펄쩍 뛰면서 가장 공평할 수 있는 방법으로 가위바위보를 생각해낸 건 바로 너였어. 난 아무래도 그만이었기 때문에 그대로 승복했구."

 "그렇지만 그 속사정은 결코 공평하지 않았어. 내가 일부러 져줬거들랑."

 연지가 별안간 눈을 빛내며 자랑스레 말했다.

 "너야말로 오리발 내미는구나. 넌 가위바위보의 도사 아냐?"

 "그래, 도사니까 이기고 지는 게 자유자재란 말야. 이기는 비결은 간발의 차이로 자기 주먹을 상대방보다 늦게 내는 거야."

 "근데 왜 졌어? 말도 안 돼."

 "이기는 걸 마음대로 할 수 있는 비결을 써서 지는 것도 마음대로 했지. 얼마나 간단해."

 연지의 까닭 모를 흥분이 차분히 가라앉으면서 그 어느 때보다도 여자다워졌다. 철민은 비로소 마음이 놓였다. 언제나 그랬다. 연지가 이상해지는 건 잠깐이었다. 그래서 변덕쟁이 정도로 귀엽게 봐주는 게 습관이 됐다.

"왜, 무엇 때문에?"

"글쎄 나도 왜, 무엇 때문에? 난 고민 중이야. 나를 내가 이해할 수 없다는 건 여간 기분 나쁜 일이 아니거든. 실상 공부는 내가 더 하고 싶고 하려 들면 자기보다 훨씬 내가 더 잘할 자신도 있고, 부모 신세 그만 지고 우리끼리 서로 공부시켜보잔 의견을 낸 것도 나였는데 말야. 막상 순서를 정할 때 남의 이목을 생각 안 할 수가 없었어. 자기한테 무조건 우선권을 주고 싶었던 건 남자의 타고날 때부터의 기득권인 남성 우위를 보호해주고 싶었기 때문이 아닐까?"

"그까짓 가위바위보 지고 나서 웬 변명이 그렇게 거창해."

"진 게 아니라 져줬다니까."

"마찬가지야. 이겼건 졌건 기껏 가위바위보야."

"어쩜 자기는 게임 그 자체만 생각을 해? 그 게임으로 우리가 얼마나 중대한 문제를 결정했냐는 사실을 왜 무시하려고 그래? 남 슬프게……."

"누가 져 달랬어? 정 억울하면 물러줄 용의도 있어."

"조금도 억울하지 않은 내 마음이 문제란 말야. 남성 우위를 짓밟지 않으면 동등해질 수 없다는 걸 알면서도 남성 우위를 보호해줬을 때 오히려 편하고, 맞서려면 불편해져, 불편할 뿐 아니라 온통 부자연스러워져, 그러니 지금 말만 그렇지 자기를 빨래시키고 밥 짓게 할 수 있을 것 같지가 않아. 낮에 나가 돈 벌고 밤엔 종종걸음

쳐 장봐가지고 들어와 밥 지어서 자기는 생선 토막 먹이고, 난 꼬랑지 먹고, 어제처럼 출장갈 일이라도 생기면 앞뒤로 일주일씩은 자기 눈치 보느라 갖은 아양을 다 떨고, 그런 불쌍한 여자가 될 게 뻔해. 내가 가장 경멸해 마지않던 부류의 여자가 되는 게 가장 속 편할 것 같으니 말도 안 돼. 이러다간 공부 품앗이하자는 기발한 아이디어도 아마 수포로 돌아갈걸."

"건 또 무슨 날벼락 같은 의심이야? 제발 죄 없는 사람 좀 그만 볶으라구."

"자기를 못 믿어서 하는 소리가 아니라 내가 못 미더워 하는 소리야. 자기 공부 끝나봐, 아이 낳고 싶을걸? 아이 낳고 기르려면 천상 집에 들어앉을 수밖에 없고 그러다 보면 살림 재미에 푹 파묻혀버리지. 공부는 무슨 공부를 하겠어, 뻔해."

"그래서 나쁠 건 또 뭐니? 팔자가 늘어졌지."

"나는 그 늘어진 팔자라는 게 싫어. 그 안락한 함정에 빠진다는 게 무엇을 의미하는지 자기는 아마 모를걸. 난 알아, 난 그럴 수가 없어."

연지가 다시 지리멸렬해졌다. 그녀는 어머니를 떠올리고 있었다. 그 아름답고 팔자 좋은 여자를. 모든 사람들이 그녀의 팔자를 부러워했다. 그럴수록 그 여자는 자신의 외면상의 행복을 갑주처럼 굳히고 함부로 사람들 위에 군림하려 들었다. 그러나 연지는 알고 있었다. 적나라한 그 여자가 얼마나 참담한가를.

철들고 나서 목격한 어머니의 굴욕은 연지에게 아직도 상처가 되어 남아 있었다. 집에서 연지는 늘 아버지하고 더 친한 것처럼 보였다. 대개 딸들이 아버지하고 더 친한 것하고는 또 다르게 이들 부녀 사이는 단짝이었다. 연지가 여고 3학년 때였다. 그전부터 어머니, 아버지 사이가 전과 달라졌다는 걸 느끼고는 있었지만 결정적인 걸 목격하긴 그때가 처음이었다. 새벽에 일어나 공부하는 버릇 때문에 머리맡엔 항상 전기스탠드와 차 도구와 간단한 간식거리가 준비돼 있었다.

먼저 커피포트에 스위치를 넣고 크래커를 쥐처럼 갉아 먹고 있으면 물 끓는 소리가 들렸다. 새벽에 물 끓는 소리는 작은 증기기관차의 시동처럼 활기차고 즐거웠다. 특히 책장을 넘기며 크래커를 갉으며 듣는 물 끓는 소리처럼 좋은 게 또 있을까? 그녀에게 부듯한 충만감과 감미로운 고독감을 함께 맛보게 했다.

공부할 맛에 짜릿짜릿한 쾌감이 되어 심장을 죄고 내부의 은밀한 곳으로부터는 정신의 살 오르는 소리가 들려오는 것도 같았다. 그녀는 그때 매우 공부 잘하는 여학생이어서 집에서나 학교에서나 장래를 촉망받고 있었다.

그러나 그녀의 새벽 시간은 남이 아닌 바로 자기가 자기를 촉망하는 시간이었다. 그건 찬란한 도취였다.

그런 어느 새벽이었다. 물 끓는 소리와 책장 넘기는 소리와 크래커 갉는 소리에 잡힐 듯 말 듯 이물감이 섞여들고 있었다. 그녀는 그 세 가지의 순수를 몹시 사랑했기 때문에 미미한 이물감이었음에도 불구하고 자꾸만 신경에 거슬렸다. 어느 틈에 해야 할 공부보다는 그 이물감을 가려내려고 청각을 곤두세우고 있었다.

이미 한 잔의 커피를 먹고 또 한 잔의 커피를 위해 넣었던 스위치를 빼고, 크래커 갉기와 책장 넘기기도 멈추었다. 따로 추려내서 듣는 이물감은 분명히 동물적이었지만, 무슨 소리인지는 전혀 짐작이 안 됐다.

한 번 책을 잡았다 하면 쉽게 잘 몰입하는 성질이었지만 일단 튕겨져 나온 이상 좀처럼 원상복귀가 되지 않았다. 오늘 아침 공부는 틀려먹었단 생각이 그 이상스러운 소리의 정체를 찾아 나서게 했다. 그때 연지의 방은 2층에서도 사다리를 통해 한 층 더 높이 올라가야 하는 다락방이었다. 2층엔 오빠의 방이 있고, 또 남는 방이 두 개나 됐지만 그녀의 소녀 취미가 부득부득 다락방을 고집하게 했다. 뾰죽지붕의 빨간 기와 사이로 창이 난 다락방에서 듣는 빗소리, 바라보는 이웃집 마당, 먼 산, 한결 가깝게 느껴지는 하늘, 그리고 보다 완벽해진 것 같은 가족으로부터의 독립감 때문에 그녀는 다락방을 좋아했다.

다락방에서 2층으로 내려와서야 그 소리는 동물성의 소리라는 것에서 인간의 소리라는 걸로 범위가 좁혀졌다. 그때부터 그녀는 튀어나올 듯이 울렁이는 가슴을 두 팔로 감싸면서 아래층으로 내려갔다.

아버지의 서재 앞에 어머니가 울고 서 있었다. 어머니는 어린애처럼 훌쩍이면서 애길하고 있었다.

"여보, 문 좀 열어줘요. 추워 죽겠단 말예요. 여보, 문 좀 열어줘요. 추워 죽겠단 말예요……."

어머니가 정말 와들와들 떨고 있는 게 희미한 복도 불을 죽이고 밝아오는 새벽빛 속에서 똑똑히 보였다. 가을이었지만 아직 추울 정도는 아니었다. 추우면 옷을 더 껴입을 수도 있었다. 어머니는 연지가 처음 보는 하늘하늘 비치는 가운 속에서 전라였다. 그래서 어머니는 옷을 입고 있다기보다는 같이 목욕할 때 수증기 속에서 보는 것 같았다.

같이 목욕하면서 자주 봐온 어머니의 벗은 몸이건만 그렇게 풍만한 줄은 처음 알았다. 공부만 잘하고 몸단장이나 남학생 사귀는 일엔 별로 관심이 없는 여학생이 흔히 그렇듯이 풍만하다든가 요염한 인상의 친구를 멀리하고 경멸하려는 경향이 연지에게도 있었다. 그런 넘치는 여자의 기는 단순한 혐오감 이상의 적개심마저 느끼게 했다. 물론 연지는 영리했으므로 그런 적개심을 후딱 경멸로 처리하고 묘한 우월감을 맛보았지만.

그러나 그 나이 또래의 여자의 기란 대개 교복 밑에 억압되어 제대로 기를 못 펴게 돼 있다. 연지가 그렇게 노골적이고 마치 범람할 것 같은 여자의 기를 본 건 처음이었다. 하필 어머니에게서 그것을 볼 줄이야. 그녀의 혐오감은 거의 살의와 방불했다. 그만큼 그것을 엿봤다는 것 자체에 대한 죄의식도 컸다. 도대체 어머니와 아버지 사이에 있는 건 뭘까?

어머니가 그런 그녀의 의문에 대답이라도 하듯이 주먹으로 서재의 문을 쾅쾅 쳤다. 연지네 집 여러 문 중에서 서재의 문이 얼마나 튼튼하고 엄숙하다는 것도 연지는 그때 처음 알았다. 검은 무광 락

카를 칠한 드높은 문은 요지부동이었다.

"여보, 문 좀 열어줘요. 추워 죽겠어. 여보, 난 병이야. 난 죽어가고 있어. 나 좀 살려줘."

어머니가 마침내 그 비정한 문이 안에서 열리길 단념했는지, 지쳤는지, 그 문에 등을 기대면서 돌아섰다. 어머니의 얼굴이 눈물로 번들대고 온몸의 살집이 가닥가닥 떨리는 게 보였다. 입술이 죽은 사람 입술 같았다. 어머니는 정말 몹시 아픈지도 모른다고 생각됐다. 어머니가 정말로 죽어가는데 집안 사람은 모두 쿨쿨 잠들어 있는 거라면? 연지는 더 이상 구경만 하고 있을 수가 없어 어머니에게로 달려갔다.

"왜 그래 엄마?"

연지는 어머니를 힘껏 안았다. 온몸이 땀으로 끈적끈적하고 얼굴은 눈물 범벅이었다. 그녀의 품속에서 어머니는 아직도 와들와들 떨고 있었다.

"걱정 마라. 엄마는 지금 병이란다."

연지가 어머니를 안방으로 모시고 들어가 눕혔다. 어머니는 수치감은커녕 정신이 홀딱 빠져나간 것처럼 연지가 하는 대로 움직였다.

아버지의 자리는 비어 있었다. 두꺼운 이불을 내려서 더 덮어줬건만도 어머니의 떪은 멈추지 않았다.

"어떡해? 어머니, 아버지는 어디 계시지?"

"괜찮아, 곧 나을 병이니까 괜찮다. 아버지는 급하게 논문 쓸 일이 있다고 하시더니 서재에서 밤새셨나 보다. 괜찮다. 곧 나을 병이다."

이를 딱딱 마주치게 떨면서도 어머니는 조리 있는 대답을 했다. 그러나 눈은 초점 없이 흐리멍덩하고 떫은 파도처럼 격렬했다.

"아버지를 모셔올게요."

"아니다. 곧 나을 병이라니까. 걱정 안 해도 내 병은 내가 알아. 아이고 내 새끼."

어머니가 이불을 젖히고 연지를 와락 끌어안았다. 점액질의 끈적끈적한 땀이 싫어서 연지는 어머니를 밀어냈지만 잘 안 됐다. 다행히 어머니는 곧 잠이 들었다. 잠든 모습은 참 불쌍했다. 불쌍하면서도 정이 떨어졌다. 고3의 잔뜩 고양된 결벽성이 예민하게 감지한 무언가 불결한 것이 그녀를 진저리 치게 했다.

그녀는 어머니를 남처럼, 아니 남보다도 차라리 더 먼 거리감으로 밀어내고 바라보다가 안방을 나왔다.

싫어, 싫어, 싫단 말야. 연지는 남빛으로 엷어지는 마당의 어둠을 바라보면서 누구에게랄 것도 없이 증오를 맹서했다. 아버지의 서재의 문은 여전히 높고 견고했다. 한집 속에 그렇게도 완강한 거부의 문이 있을 줄이야. 모든 문은 열리기 위해 있는 줄 알았던 그녀에게 아버지 서재의 문은 최초의 불가사의였고 최초의 전혀 틈서리 없는 절망이었다. 그녀는 그 문에 정면으로 도전할 것을 피하고 마당으로 돌았다.

서재엔 불이 켜져 있었다. 마당에 잎이 거의 다 떨어진 라일락 나무 그늘에서 서재가 환히 들여다보였다. 아버진 깨어 있었다. 아버지도 술 두꺼운 책장을 넘기고 있었고, 책상 위의 커피포트에선 물이 끓고 있었다. 물 끓는 소리는 들리지 않았지만 증기가 올라오는 게 보였다. 그녀처럼 비스킷을 갉는 대신 손가락 사이에 낀 담배를 어쩌다 한 모금씩 빨고 있었다. 그녀는 창밖에서 넋을 잃고 아버지를 들여다보았다. 창 안의 고독과 충만이 그녀의 가슴까지 넘쳐 들어오는 것 같았다.

그날의 어머니가 연지에게 새로운 발견이었다면, 그날의 아버지 역시 새로운 발견이었다. 그녀는 어머니에게서 추악한 것의 극단을, 아버지에게선 아름다운 것의 극단을 본 것처럼 느끼고 있었다.

아버지의 비정조차 아름답게 보였다. 그런 고고한 자기 세계를 지키기 위한 비정이 어찌 아름답지 않으랴. 나도 아버지처럼 살았으면.

나도 아버지처럼 살게 하소서. 어머니처럼 살게 될진대 차라리 죽게 하옵소서. 그녀의 라일락나무 그늘에서의 기원은 고3이란 나이답게 치졸한 거였지만 그 나이만 지나면 절대로 할 수 없는 순수한 것이었다.

연지는 안으로 들어와 몸을 씻었다. 어머니의 끈적끈적한 땀이 아무래도 꺼림칙해서였다. 그녀에게 있어서 그건 땀이라기보다는 어른 세계의 더러운 찌꺼기였다.

그날도 어머니는 딴 날과 조금도 다르지 않게 아침밥을 챙겨주고 도시락을 싸주고 곧 있을 실력고사 걱정을 해주었다. 연지가 병문 안을 할 만한 꼬투리는 전혀 없었다.

아버지가 살림 참견보다는 조간신문에 더 많이 정신이 팔려 있는 것도 딴 날과 다를 게 없었다. 아버지는 또 어머니가 들려주는 아들이 용돈을 많이 쓴다는 걱정과 딸의 시험 걱정도 귀담아듣는 듯 가끔 맞장구를 쳤고 신문에서 본 세상 돌아가는 얘기를 몇 마디 하기도 했다. 특히 연지를 보는 아버지의 눈엔 깊은 애정이 넘치고 있었다. 평범하고 안락한 가정이었다.

그러나 연지는 새벽에 그녀가 본 걸 못된 꿈이라곤 생각지 않았다. 그녀는 앙큼스럽게도 어른의 생활의 표리를 본 것처럼 여기고 있었다.

그 후에도 연지는 가끔 새벽 공부가 한참 잘되는 그지없이 충만된 그 시간에 어머니의 슬픈 목소리를 들을 적이 있었다. 그러나 그녀는 다시는 내려가 보지 않았다. 내려가 보는 대신 또 하나의 충만된 시간과 충만된 공간을 생각하고 잔혹한 용기를 얻기조차 했다.

그런 까닭으로 고3 때 아버지는 그녀의 우상이었다. 어머니라기보다는 같은 여자로서 차마 못 봐줄 참담한 굴욕의 편에 서느니 차라리 그것을 입히는 편에 서려고 했다.

"무서워."

집 앞에서 택시를 내리고 나서 연지가 몸을 떨며 말했다.

"뭐가?"

"남자, 여자 같이 사는 게."

"바보처럼 굴고 있네."

"난 바보처럼 살지 않을 거야."

"잘될 거야"

"뭐가?"

"우리 둘이 같이 사는 일이지, 뭔 뭐야."

"정말 잘될까?"

"걱정 마, 내가 널 힘껏 행복하게 해줄게."

"우린 딴 사람들처럼 살지 말자."

"왜, 딴 사람들이 어때서? 보통으로 사는 사람들 보기 좋더라, 난."

"난 싫어. 우리들의 부모처럼 살긴 싫단 말야."

"으응, 너 아직도 우리 아버지 뵌 쇼크가 안 가셨구나. 바보처럼 그 쇼크가 그렇게 오래갈 건 또 뭐니? 생로병사는 사람들의 피할 수 없는 운명이야. 아무리 특별하게 살려고 해도 그것만은 어쩔 수가 없는 거야. 자아, 건강한 느이 부모님 뵙고 우리 기분 풀자 응? 난 어머니의 유자차가 마시고 싶은데."

그러나 분위기가 보통 때하고 달랐다. 약혼식까지 치른 딸과 사윗감을 맞아들이는 경숙 여사의 태도는 둘이서 그냥 어울려 다닐 때보다 더 못마땅해 보였다. 연지는 여북해야 그들이 약혼식을 치른 사이라는 걸 상기시키기 위해 마음에도 없는 말까지 했다.

"어머니, 오늘 약혼식 참 근사했어요. 철민네 어른들도 다 만족해 하셨구요."

"약혼식 한 걸 알면서도 철민이냐? 남들이 흉봐."

"결혼히면 인 그러겠죠 뭐. 참, 철민이 아버지 뵙고 오는 길인데요. 생각했던 것보다 더 많이 안 좋으세요."

"가뵀으면 됐지 뭣 하러 또 여기까지 붙어왔나?"

"어머니가 오늘 해 안으로 양쪽 아버지들께 인사 다니라고 하셨잖아요."

"그리고 어머니의 유자차도 한잔 마시고 싶구요."

반죽 좋은 철민이가 옆에서 거들었다.

"내가 그랬던가?"

"어머니도 참."

"내가 지금 정신이 좀 없다."

그렇지 않아도 경숙 여사의 정신이 딴 데 가 있다는 건 알 만했다. 짙은 루주에도 불구하고 입술이 쪼들쪼들 타들어가는 게 보였고 눈길은 멍청하면서도 불안했고, 전체적으로 조마조마해 보였다.

"참, 아버진 왜 약혼식에 못 오셨대요? 들어오시긴 했어요?"

"편찮으셨단다."

"어머머, 우리 아빠 아프시면 나 싫어. 지금은요?"

"아직도 편찮으시다."

"그럼 가봬야지. 같이 가."

연지가 철민이 손을 잡아 끌었다.

"안 된다."

"왜요, 엄마. 이인 아버지 뵈러 일부러 왔는데요."

"안정을 요하셔서, 느이 아버진."

"그렇게 많이 편찮으셔요? 별안간."

철민이도 의아한 듯 물었다.

"가보게."

경숙 여사가 차디차게 말하면서 그들을 가로막았다.

연지는 이런 어머니의 모습에서 문득 몇 년 전의 드높고 완강한 서재의 문을 연상했다. 그 문을 두드리며 슬피 우는 어머니의 목소리를 저절로 못 듣게 된 지는 오래였다. 고3이 지난 후에도 연지는 새벽의 공부나 새벽의 독서, 공상 등을 즐기는 편이었으나 일부러 귀 기울여도 그 소리를 못 듣게 된 것은 아마 고3이 지나고도 훨씬 뒤부터였을 것이다.

그 소리를 못 듣게 되자 연지는 어머니와 아버지 사이를 가로막고 있던 그 높디높고 견고한 문도 없어졌거니 짐작하고 있었다. 남자와 여자와의 사이에 있을 수 있는 얼마든지 좋은 것과 함께 얼마든지 더럽고 치사한 것까지 대강은 짐작할 수 있을 만큼 어른스러워진 후에도 자신의 부모 사이만은 그런 불순한 상상력에서 제쳐놓으려 들었다.

의식적으로도 그렇게 하는 게 자기를 낳아준 부모에 대한 최소한의 예의였다.

연지는 지금 경숙 여사가 거짓말을 시키고 있다고 직감했다. 무엇 때문에?

연지는 어머니와 아버지 사이에 그 절벽 같은 문은 아직도 없어진 게 아닐지도 모른다고 생각했다.

"어머니 죄송합니다. 용서해주세요. 그런 것도 모르고 제가 연지를 너무 오래 끌고 다녔습니다. 아버님이 빨리 쾌차하셔야 할 텐데 어쩌죠?"

철민이 마음으로부터 걱정이 되는지 풀이 죽고 근심스러운 얼굴로 말했다.
"아냐, 그 정도는 아니네."
"잠깐만 뵙고 가면 안 될까요?"
"그럴 거 없네."
경숙 여사가 딱 잘랐다. 머쓱해진 철민이가 일어섰다.
"유자차 들고 가게."
"아닙니다. 괜찮습니다."
"들고 가라니까."
"아, 네."
경숙 여사의 명령조에 철민이는 어설프게 엉덩일 붙였다.
연지는 이런 어머니를 냉정하고 세심하게 관찰했다. 집 안은 괴괴했다. 아버지는 어디 있는 걸까? 서재 저편이 남의 집처럼 멀고 신비하게 여겨졌다. 어머니가 쪼들쪼들 탄 입술을 씹고 있었다. 눈은 여전히 멍청했다. 어머니는 지금 시간을 벌려 하고 있다고 연지는 막연히 생각했다.
철민이는 유자차를 급하게 마시고 일어섰다.
한길까지 철민이를 바래다주면서 연지는 한마디도 안 했다.
"들어가 봐. 집에 근심 있는데 야단맞을라."
철민이가 우울하게 말했다.
"자기 혓바닥 데지 않았어?"
"델 새도 없이 마셨는걸."

철민이가 연지를 웃기려고 했으나 연지는 웃지 않았다.
"잘 가."
"응, 잘 있어."
두 사람은 약혼자답지 않게 데면데면하게 헤어졌다.

연지는 집에 들어서면서 벌거벗은 어머니가 서재 문을 두들기면서 울고 있을지도 모른다고 생각했지만 서재 문은 굳게 닫혀 있었다. 연지는 아버지가 병이라는 걸 믿지 않았기 때문에 굳이 서재 문을 두들길 필요성을 느끼지 않았다.

2

받아놓은 날 닥치 듯이 한다는 옛말이 있을 정도로 정한 날짜는 쉬 닥치게 마련이지만 경숙 여사는 딸의 결혼식 날이 다가오는 속도를 마치 밀려오는 파도처럼 생생하게 느끼고 있었다.
워낙 밭게 받은 결혼 날짜였다. 이왕에 할 결혼 죽기 전에 막내며느리까지 봐야 한다는 하늘 같은 수사돈의 성화를 구태여 거역할 까닭이 없었다.
신부 측에선 이것저것 준비할 게 많다는 구실을 한 번 슬쩍 안 비쳐본 건 아니지만 몸만 와도 좋다는 거였다. 약혼식에서도 본 바와 같이 격식 같은 건 안중에도 없는 집안이라 빈말만은 아닌 것 같았다. 그쪽과는 정반대의 경숙 여사여서 지금까지 준비해놓은 것만 대강 싸보내도 그쪽에선 놀라 자빠질 혼수가 될 법도 했다.

그러나 여기저기 쑤셔 박아놓은 그런 것을 챙기는 일조차 경숙 여사는 손에 잡히지가 않았다. 이불감 떠놓은 건 어디다 뒀는지, 솜은 어디 가야 속지 않고 사는지, 그전엔 훤하던 그런 기본적인 지식조차 아득했다. 그녀는 다만 속수무책으로 괴물처럼 하루하루 그 모습이 커지는 받아놓은 날을 바라만 보고 있었다.

자고 깰 때마다 한 발 성큼 다가서 있는 그 괴물에 그녀는 거의 가위눌리고 있었다.

"어머니 왜 그러세요?"

오죽해야, 혼수 같은 데 가장 무관심한 척, 어머니가 이것저것 외제라고, 새로 나왔다고, 예쁘다고 사들이는 물건을 구박까지 하던 연지가 은근히 이런 것들을 챙겨야 할 판이었다.

나도 속물 다 됐군. 못 본 척하기도 하고 구박까지 하던 것들이 하나도 안 갖고 가고 싶은 건 없어서, 속으로 이렇게 실소하기도 했다.

"섭섭해서 그러지, 왜 그러긴?"

그러면서 울기 시작하면 어머니의 눈물은 끝이 없었다. 외동딸이며 막내딸 시집보내는 마음이야 연지인들 못 헤아릴 바 아니로되 도가 지나쳤다. 뭔가 이상했다. 대개 그런 눈물은 결혼식장에서나 신혼여행 보내고 나서 보이게 돼 있고 눈물 중에선 가장 밝은 눈물일 터인데 경숙 여사의 눈물은 그게 아니었다. 보다 깊은 비탄과 절망이 숨어 있었다.

그날 서재 안에서 무슨 일이 있었을까? 연지는 어머니의 지나친 슬픔과 그날 서재 안에서의 일과 필시 어떤 관계가 있으리라고 짐작하면서도 그 이상 깊이 알려고 들지 않았다.

고3 때 본 괴기한 광경 이후에도 집안의 표면적인 화평에 아무런 변화가 없었던 것처럼 그 다음 날 아침도 집안은 보통 때와 별로 다르지 않았다. 아버지가 편찮다는 건 연지가 짐작한 대로 거짓말이었다. 아버지는 여느 때와 다름없이 보기 좋을 만큼 건강한 얼굴로 미소를 띠고 식탁에 나와서 연지에게 약혼을 축하한다고 말하고 약혼하더니 더 예뻐졌다고 농담도 했다.

그때 연지는 왠지 아버지가 약혼식에 불참한 까닭을 묻지 않았다. 어머니의 거짓말을 그렇게 빨리 폭로하고 싶지 않았고 어른들의 비밀은 비밀인 채로 존중해주는 게 자식된 도리라고 생각했다.

그건 연지가 그만큼 철이 들었기 때문이기도, 부모들의 문제에서 저절로 멀어져 있기 때문이기도 했다.

그러고 나선 연지 역시 받아놓은 날짜에 쫓기는 일만으로 벅차 딴 일에 신경쓸 겨를이 없었다.

경숙 여사의 슬픔과 절망은 아무도 알아주지 않았다. 경숙 여사는 그녀의 절망을 아무하고도 나눌 수 없다는 데 또다시 절망하고, 가속이 붙은 것처럼 걷잡을 수 없이 다가오는 딸의 결혼 날짜에 공포감을 느꼈다.

딸의 결혼이 에미의 이혼하는 날이 될 줄 어찌 짐작이나 했을까? 그럴 수는 없는 일이었다.

경숙 여사는 하석태 씨의 아내가 아닌 자신을 상상도 할 수 없었다. 하석태 씨의 아내 아닌 딴 무엇이 될 수 있단 말인가?

하석태 씨는 "당신 다 줄 테야. 다 가져"했지만 사람 나고 재물 났지 재물 나고 사람 나지 않은 바에야, 자신의 존재 가치를 몽땅 잃은 후의 재물이 무슨 소용일까?

아아, 이런 기분으로 딸의 기쁜 날을 기다려야 하다니. 차라리 암으로 죽을 날과 아들의 결혼식을 동일시하면서 기다리고 있을 사돈 영감이 훨씬 행복해 보였다. 처지를 바꿀 수 있는 거라면 바꾸재도 선뜻 응할 것 같았다.

하석태의 아내가 아닌 자신은 상상할 수 없다는, 그 밖의 자신은 처음부터 있지도 않았다는 사실이 그때엔 어처구니가 없어 차라리 비실비실 웃음이 나왔었다. 하석태 씨 앞에선 그렇게 하는 게 그녀로선 최상의 자구책이었다. 그러나 하석태의 아내가 아닌 홀로 된 자신으로 살아야 할 날이 임박해올수록 그 사실은 무서워졌다.

그런 공포로부터 구원을 받을 수 있는 길은 하나밖에 없었다. 남편에게 용서를 빌자. 당신 없이 사는 건 죽음보다 못하다고 애걸하자. 연지까지 시집보내고 단둘이 남게 된 부부가 이게 무슨 망령이냐고 점잖게 타이를 수도 있으리라.

낮 동안 그녀는 이렇게 벼르고 별렀다. 반복해서 벼르는 사이에 서광이 비치는 것 같았다. 그러나 밤이 되어 하석태 씨의 너무도 온화한 태도와 변함없이 알맞은 식욕과 의례적인 몇 마디 대화를 접히고 나서 시재 문이 굳게 닫히고 나면 벼르던 걸 해보기도 전에 수포로 돌아갔다.

경숙 여사 역시 연지가 고3 때 일을 잊지 않고 있었다. 그때도 그녀는 빌고 애걸했었다. 그때는 마음뿐 아니라 몸까지도 가장 천하고 음탕한 창녀처럼 비하시키고 그의 굳게 닫힌 문 앞에서 애걸했었다. 그러나 그의 문은 끝내 열리지 않았다. 하석태의 그때의 비정한 거부에 대한 노여움이 아직도 그녀에게 남아 있는 한 차마 그 짓을 또 할 수는 없었다.

그 후 그녀가 정상을 회복하고 아이들이나 남이 보기에 전과 다름없는 가정의 화평을 지킬 수 있었던 것은 결코 그 절벽 같은 거부에 바늘구멍만 한 숨통이라도 뚫려서가 아니었다. 그건 순전히 그녀 자신의 처절한 자기 극복에 의해서였다.

그녀가 그동안 얼핏 사십 고개를 넘고 오십을 바라보게 됐다는 것도 그녀의 극기에 많은 도움이 됐다. 결국 그녀가 힘겹게 자기를 극복하고 나서 얻은 건 아내라는 지위였다. 순전히 알맹이 없는 껍데기의 지위였지만.

껍데기뿐인 게 섭섭한 나이를 넘기고 그 껍데기나마 얼마나 어려운 자기 극복의 결과인가를 생각하고 오히려 대견하고 자랑스럽기까지 했다. 또 알맹이에 대한 기대를 더 이상 안 가짐으로써 그 껍데기가 확고부동할 수 있다는 생각이 그녀를 편안하게 하기도 했다.

그러나 그 껍데기나마 그녀의 생각처럼 확고부동한 건 아니었다. 누가 준 게 아니라 스스로 얻어낸 거기 때문에 자기 거라는 움직일 수 없는 확신이 있었는데 그게 아니었다. 하석태 씨는 그나마 자기 거라는 듯이 눈 하나 까딱 안 하고 빼앗아 짓밟으려 하고 있었다.

막상 빼앗긴다고 생각하니 껍데기가 단순한 껍데기가 아니었다.

알맹이를 빼앗길 때도 지금처럼 섧고 억울하진 않았었다. 그녀는 마치 자신의 운명이 한낱 껍데기에 불과한 것에 달려 있다고 해도 과언이 아님을 아프고 쓰리게 통감했다. 그동안의 굴욕이 아무리 무참한 거였다 하더라도 무보다는 나을 것 같았다.

그런 중대사는 너무 눈 깜빡할 새에 티끌이라도 떨어내듯 가볍게 일어났고, 연지가 상상한 대로 약혼식 날 밤 서재에서 일어났다.

그날 경숙 여사가 하석태 씨를 곱지 않게 맞이한 건 사실이더라도 외딸의 약혼식에도 불참한 남편에 대한 대우로는 그만큼 하기도 쉽지 않을 만큼 참고 참은 거였다. 그녀가 그만큼 참을 수 있었던 것은 피치 못할 일 때문이라고 믿고 싶고 피치 못할 일에 대한 한두 마디의 변명쯤은 기대하고서였다.

그러나 하석태 씨는 저녁을 먹고 들어왔으니 차리지 말란 말 외에는 아무 말이 없었고, 시종 태연자약했다.

옷 갈아입고 씻는 시중까지 말없이 들고 난 경숙 여사는 참다 못해 서재로 따라 들어갔다.

"당신 어쩜 그럴 수가 있어요?"

"뭘?"

"연지 약혼식을 어쩜 모르는 척하실 수가 있어요?"

"모르는 척하다니. 당신은 돈을 물같이 쓰면서 대단한 약혼식을 꾸미나 보넌네?"

"당신이 번 돈이다 이 말이군요? 어쩜 그럴 수가······."

그야말로 눈에 쌍심지를 켜도 남자의 속은 모른다 싶게 경숙 여사는 하석태 씨의 전혀 새로운 치사한 성격을 발견한 느낌이었다.

"그렇게까지 고깝게 생각할 건 없고 나도 다 생각이 있어 안 간 거요."

"그럼 계획적으로 안 왔단 말예요?"

그건 정말 뜻밖이었다.

"생각해보오. 그쪽 바깥사돈이 사경을 헤매는 처지라는 걸. 이쪽에서도 내가 바쁜 척 빠지는 게 서로 걸맞을 것 같잖소?"

"그럼 세미나는 거짓말이었어요?"

"세미나가 있긴 있었지만, 나 아니면 안 되는 세미나는 아니었소."

"그럴 참이었으면 왜 진작 저하고 의논을 좀 안 하셨어요. 그 집하고 우리하곤 어제 조금도 걸맞지 않았어요. 그 집 자손 근검한 건 아시잖아요. 게다가 촌스럽게 시골 일가들까지 올라와서 장날처럼 붐비는데 글쎄 우린 저 혼자였다구요. 그 처량맞은 꼴이라니."

경숙 여사는 당장 눈물이 글썽해졌다.

"내가 외독자고, 우리가 또 남매밖에 못 둔 건 당신 뜻이었으니 어쩌겠소?"

"지금 와서 제 탓이군요."

"아니, 전혀. 그보다 당신이나 나나 외로움을 견디는 연습을 해두는 일도 나쁘진 않을 거요."

"그래서 늙으면 부부밖에 없다고 하나 봐요."

"우린 그런 복도 없구려."

하석태 씨가 쓸쓸하게 말했다.

"그게 무슨 말씀이에요?"

"벌써 잊었소? 연지 시집보내고 나서 헤어지잔 우리들의 약속 말요."

"우리들의 약속?"

"나는 그날에 대비해서 미리 외로움을 익혀두느라 애써왔건만 연지 약혼은 착잡하구려. 그 집에선 결혼도 서두른다며?"

경숙 여사는 대답하지 않았다. 그런 소리가 들리지도 않았다. 생각하기도 싫은, 그래서 될 수 있는 대로 생각 안 하려 했던 6년 전 일이 악몽처럼 되살아났다.

그때 하석태 씨는 그때까지의 연구논문을 집대성한 저서를 준비 중이었다. 그때나 이때나 그는 C대학 국사학과 교수였다. 그가 주로 정열을 쏟은 건 실학 관계 연구였다. 따라서 그의 논문도 거의 실학에 관한 거였다.

하석태 씨는 그것들을 묶음에 있어서 잡문을 묶어 수필집이라 부르는 식으로 단지 한데 묶는 것만으로 저서를 남기기를 대단히 꺼렸던 것 같다.

그는 그의 논문이 하나하나 우수하길 바랐지만 또한 그의 사관이랄까, 의식이 맥락을 이루어 서로 유기적으로 살아 있길 바랐다. 그는 또 그의 지시가 후진을 위해 정확한 참고가 되길 바랐다. 더 큰 욕심은 그 연구에 바친 그의 정열과 그 시대에 대한 그의 애정까지도 그의 저서를 읽는 모든 이에게 옮겨붙는 거였다.

이런 과도한 욕심 때문이었는지 남이 다 잘도 내는 책 한 권 내기가 그의 경우는 보기 딱한 난산이었다. 이미 발표한 논문을 한 자리에 묶는 거였으니 남들 같으면 손수 교정만 봐도 성의 있는 태도련만 그는 당시에 미흡했던 걸 보완하고 또 서로 유기적으로 살아 있게 하려니 생판 다시 쓰는 것처럼 힘들고 시간 걸리는 작업이었다.

그는 단 몇 줄의 미심쩍은 구절을 보완하기 위해 후손이 사는 고가를 찾아가 곰팡내 나는 책궤를 뒤지느라 몇 달을 보내다 오기도 했다.

그때만 해도 하석태 씨는 한창나이였다. 학문적 고지식함과 야심을 알맞게 조화시킬 수 있을 만큼 원숙했으며 건강이 학문에 대한 정열을 감당 못할 만큼 노쇠하지도 않았다. 남 보기에 그는 지적으로나 정서적으로나 육체적으로나 전성기처럼 보였다. 그러나 학문과 아내를 똑같이 사랑하기엔 이미 역부족의 나이였다.

더구나 그 무렵 경숙 여사는 오랫동안 부업으로 종사하던 양품점을 친구한테 물려주고 집에서 살림만 하고 있었다. 하석태 씨의 수입은 아직도 충분한 편은 아니었지만 양품점 단골손님의 권유로 우연히 손댄 부동산 투기가 때를 잘 타 불과 서너 탕 만에 꽤 큰 거액을 남기게 됐기 때문이다.

거의 멋모르고 뛰어든 그 무서운 바닥에서 결과적으론 그 바닥의 꾼보다 더 알토란 같은 재미를 본 건 하석태 씨가 그 짓을 싫어하는 눈치에 얼른 손을 뗀 게 결국 막차 타는 비운까지 면하게 해주었기 때문이었다.

무진장 욕심을 내다 막차를 타고 때늦은 탄식을 하는 그 바닥의 꾼들의 비운을 거울삼아 경숙 여사는 그 목돈을 안전하고 착실하게 분산해서 투자하는 한편 양품점까지 정리하고 집안으로 들어앉았다.

오랫동안 등한히 했던 살림 재미를 짭짤하게 보고 싶었다. 그녀는 요리학원에도 다녔고, 꽃꽂이학원에도 다녔고, 수영장에도 다녔다. 실내장식을 새롭게 하고, 가구를 몽땅 바꾸기도 했다. 양회로 다 바른 마당을 깨뜨려버리고 잔디를 깔고 관상목도 사다 심었다. 창마다 예쁜 커튼을 달고 마루엔 카펫을 깔고 베란다엔 화분을 놓고 남편의 서재 창밖엔 후박나무를 심었다. 그 나무의 늠름함과 정결함과 향기로움이 남편이 지닌 선비의 덕과 견줄 만해서였다.

집 구석구석에 자신의 알뜰한 손길이 미쳐 윤기가 돌자 그녀는 친구도 초대했다. 친구들은 그녀의 남부러울 것 없는 살림살이와 공부 잘하는 남매와 교수 남편을 부러워했다. 동창들 중 그녀만큼 행복한 경우도 흔치 않다고들 했다. 하긴 그랬다. 자식 복이 넘치면 재물 복이 모자라든지, 재물 복은 넘치는데 부부 금슬이 부족하든지, 사람마다 넘치는 것과 모자라는 게 있게 마련인데 경숙 여사는 고루 알맞게 갖추고 있었다. 팔자 좋다는 부러움을 살 만했다.

그러나 그녀는 남들이 생각하는 것처럼 행복하지 않았다. 하루하루가 심심하고 허전했다. 아무리 바쁘게 쓸고 닦고 꽃을 사다가 화장실에까지 꽂고, 친구들을 초대해서 잘 먹고 웃고 떠들어도 허전함은 채워지기는커녕 더 넓고 깊게 그녀를 좀먹었다.

하석태 씨가 오로지 그의 학문의 중간 결산을 위한 저서에만 몰두하고부터였다. 하석태 씨는 그 일이 막바지에 이르고부터는 조교를 그의 서재에까지 데리고 와 밤샘을 하기도 했다. 대학원생인 조교는 미모의 젊은 여자였다.

어느 날 문득 경숙 여사는 자신이 매사에 의욕이 없고 시들시들 시들어가는 건 남편의 사랑을 못 받기 때문이란 생각이 들었다. 그런 생각은 혼자서 은밀히 하기도 창피했지만 그렇다고 지울 수도 없었다. 지워지기는커녕 날로 그 나름의 진실성을 입증하려 들었다.

그녀로부터 남편을 빼앗아간 건 학문이 아니라 미모의 조교란 생각 같은 걸 한 게 잘못이었다. 학문에 남편을 빼앗겼다고 생각할 수 있을 때 그녀의 허전함은 그래도 고상할 수가 있었다. 그러나 상대가 미모의 젊은 여자라고 가정하면 맹렬하고도 천박한 질투가 끓어올랐다. 그녀는 자신이 키운 질투에 자신이 난도질당하면서 날로 비참해졌다.

어느 날 그녀는 마침내 그 질투의 날을 빼들었다. 무슨 일이든지 이루어지거나 그르쳐지기 위한 적기가 있듯이 그 무분별한 날을 빼드는 일도 도저히 피할 수 없는 적기가 오고 말았다.

OK 교정까지 넘어가 일단락지은 줄 알았던 저서의 일부에 수정을 가해야 할지도 모르는 희귀한 전적에 대한 정보를 입수한 하석태 씨가 안절부절을 못했다. 그 전적은 하석태 씨의 중요한 연구 대상인 어느 실학자의 종손이 소장하고 있다고 했다. 그 종손이 사는 곳은 서울에서 멀고 교통도 불편한 한미한 시골이었다.

궁극적으로 완벽한 논문은 없다지만 끝까지 완벽을 기해야 한다는 게 하석태 씨의 학자적 양심이었다. 그는 다 돼가는 책의 인쇄를 미루면서까지 그 전적을 보러 내려갔다. 미모의 조교를 대동하고.

흥, 잘들 놀아난다, 잘들 놀아나. 그때 이미 경숙 여사는 하석태 씨의 학자적 양심인지 극성인지를 온당하게 보지 않았다. 그건 순전히 딸 같은 제자와 마음 놓고 애정 행각을 벌이기 위한 간교한 속임수에 지나지 않는다고 생각했다. 떠날 때 하석태 씨는 그 종손의 집에 하룻밤 묵을 수밖에 없을 것 같다고 했다. 거리상으로 보나 교통편으로 보나 그건 불가피해 보였다. 그러나 하석태 씨는 이틀밤째도 돌아오지 않고 한밤중에 전화가 걸려왔다.

"며칠 더 걸릴 것 같아."

"아직도 그 댁에서 신세를 지고 계신가요?"

"아니, 그렇게 오래 신세질 만한 형편이 못 되는 댁이었어. 어제 하룻밤도 서로 불편해서 혼났는걸."

"그럼 지금 거기가 어디에요?"

"K시의 관광호텔이야."

"미스 현도 같이요?"

"그럼 미스 현 없이 일이 되나?"

"무슨 일인데요?"

"그걸 몰라서 묻나? 여기 내려온 목적이 일 아닌가?"

"관광호텔에서요?"

"그럼 어떡해? 그 종손이란 사람 어떻게 빡빡하고 의심이 많은지, 그 전적을 내놓으려고 해야지. 조상의 것을 소중히 아는 마음에서 그러는 거라면 기특하겠는데 알고 보니 그것도 아니드만. 내가 그걸 희귀한 문헌 취급을 하니까 복사도 안 된다, 반출도 안 된다, 나중엔 만져보게 하는 데도 생색을 내는 게 혹시 비싸게 팔아서 팔자를 고쳐볼 수 없을까 하는 눈치였어. 기개 높은 대학자의 종손답지 않게 어찌나 치사한 졸장지……. 그래도 내 쪽에선 그 조상을 생각해서 깍듯이 예의를 차렸는데 그 사람 그게 조상님 음덕이라는 것이나 알까 몰라."

"여봇, 딴청 부리지 말고 관광호텔에서 며칠씩 뭘 하시겠다는 건가나 말하세요."

"일 때문이라니까, 내가 보고 싶은 전적을 며칠 빌렸어. 물론 상당한 대가를 지불하고 말야, 달라는 대로 줬는데도 말도 안 되는 까다로운 조건을 붙이니 어떡해? 서울까지 반출하면 안 된다는 거야. 즈네 고장에서 봐야 한다나. 그 마을에서 제일 가까운 도시가 K시여서 여기까지 갖고 나오는 승낙을 맡느라고 얼마나 애걸복걸했는 줄 알아. 무식해도 그 정도로 순박하지 않고 무식하려면 차라리 악한 사람이 낫겠다 싶어."

"당신 말이 많군요?"

"먼저 꼬치꼬치 캐물은 건 당신이야."

"미스 현이 신경에 걸려요."

"그건 염려 말아. 미스 현네 집엔 벌써 전화로 양해를 구했으니까."

"쉽게 양해하던가요?"

"그럼 내가 같이 있는데."

"당신이 뭔데요?"

"뭐라구? 여보."

"아, 아네요. 제 생각도 좀 해줬으면 해서요."

"내가 당신 생각 안 한 거 뭐가 있던가?"

"속 편하군요. 나한테도 미스 현을 양해하고 말 권리쯤 있을 것 같지 않아요?"

"권리?"

"당신 콧방귀도 안 뀌는군요?"

"당신 지금 무슨 소리를 하고 있는 거요?"

"그렇게 못 알아듣겠으면 몰라도 돼요."

그녀는 전화를 끊었다. 그 밤은 지옥과 같았다.

다음 날 그녀는 K시로 향했다. 종가의 전적 따위는 이제 웃기는 얘기였다. 그녀는 이미 그걸 믿고 있지 않았다. 사업가에게 '사업상'이 가장 손쉬운 핑계이듯이 그건 다만 학자답게 약간 고상하고 난해한 핑계일 뿐이었다. 사람을 어리둥절하게 만드는 그런 유의 속 들여다뵈는 고상함과 난해함에 다시는 속지 않으리라. 다시는 덩달아서 고상한 척 불붙는 질투를 안으로 안으로만 다스리지 않으리라.

실상 그녀는 이미 날을 세운 질투로 자기 자신을 난도질하고 있을 수만은 없었다. 만신창이로 피투성이가 된 자신을 더 이상 방치할 수가 없었다.

그녀는 거의 정당방위처럼 비장하게 K관광호텔을 향했다.

제 여편네를 얼마나 우습게 알았으면 어디서 누구와 놀아난다는 것까지 통고를 하고 바람을 피울 수가 있을까? 그렇지만 이번만은 보여주리라. 나도 피가 통하는 살아 있는 여자임을, 결코 목석이 아님을, 그리고 조강지처의 권위도 함께 보여주리라.

그녀는 K시로 향하면서도 행여 도중에서 용기를 잃을까 자기 자신을 끊임없이 북돋움했다.

그러나 그녀가 막상 그녀로서 상상할 수 있는 가장 농도가 짙은 정사의 장면을 예상하고 눈에 쌍심지를 돋우고 하석태 씨가 든 방에 돌진했을 때 그 방 분위기는 매우 학구적이었다. 하석태 씨의 연구실이 그렇듯이, 하석태 씨의 서재가 그렇듯이.

그때 그녀는 미스 현의 머리채를 낚아채려고 벼르고 있던 손으로 자기 머리를 움켜쥐면서 몇 걸음 뒤로 물러났다.

그 자리에 미스 현도 있긴 있었다. 지도교수한테 연일 혹사당해 지쳐 보였지만 옷매무새 하나 흐트러짐이 없이 꼿꼿이 앉아 그녀가 생전에 이해할 수 있을 것 같지 않은 곰팡내 나는 고서를 뒤지고 있었다.

둘 사이에는 야릇한 분위기는커녕 남자와 여자라는 성의 차이조차 없어 보였다. 성이란 그 자리에 불필요한 것, 무슨 물건처럼 잠시 떼어버린 사람들 같았다.

경숙 여사는 몽둥이에 얻어맞은 것처럼 얼얼한 기분으로 그러나 명료하게 그녀의 적이 결코 예쁜 미스 현이 아니라 바로 '학구적' 이라는 걸 깨달았다. 하석태 씨는 어디로 가도, 벌거벗고 목욕탕엘 가도 그놈의 '학구적' 을 못 버릴 위인이었다.

경숙 여사에겐 자신의 적이 미스 현이 아니라 '학구적'이라는 게 조금도 구원이 되지 못했다. 그녀는 더 큰 절망을 느꼈다.

"선생님, 제 방에 가 있을까요?"

미스 현이 자리를 비키려고 했다. 그것은 그들이 방을 둘 잡았다는 은근한 과시도 됐다.

"아니 현 군은 하던 일을 계속해줘요. 우리가 나갔다 들어올 테니까. 자아, 잠깐 나갑시다."

하석태 씨가 그녀를 앞세웠다. 하석태 씨의 표정은 냉담하고 엄숙했다. 커피숍에선 K시의 야경이 한눈에 내려다보였다. 후미진 자리에 앉자마자 하석태 씨가 몹시 불쾌한 어조로 말했다.

"당신이 그럴 수가……. 창피한 줄 알아요."

그가 얼마나 점잖으려고 애를 쓰는지가 역력히 보였다. 입술이 떨리고 담배를 거꾸로 물었다 바로 물었다 하는 손끝도 경련하고 있었다.

그 남자에게도 보통 남자와 마찬가지의 난폭한 충동이 잠재해 있다는 걸 그녀는 슬픈 눈으로 바라다보았다. 그러나 그 남자는 알까? 나에게도 보통 여자와 마찬가지의 욕망과 더운 피가 있다는 걸.

하석태 씨가 다시 떨리는 소리로 그녀를 나무랐다.

그기 말 안 해도 그녀는 창피했다. 여기까지 날려오면서 한 온갖 부도덕한 상상이 창피했고, 더군다나 하석태 씨의 방으로 돌진하면서 내지른 고함 "이 연놈들아, 너 죽고 나 죽자"에 이르러서는 그 자리에서 꺼져버리고 싶게 창피했다.

그러나 그녀는 스스로 창피한 걸로 족했다. 하석태 씨한테 창피해하라고 강요당하긴 싫었다. 다시금 그녀의 적이 미스 현이 아니라 '학구적'이라는 게 절망스러웠다. 세상에 어떤 기구한 여자도 자기처럼 고약한 시앗을 본 여자는 없으리라.

경숙 여사는 별안간 두 손으로 얼굴을 가리고 울기 시작했다. 방법은 그것밖에 없었다.

"창피하게 울긴 왜 울어."

하석태 씨가 우는 그녀를 윽박질렀다. 그러나 그녀는 울고 싶을 때까지 울었다. 창피하게시리, 창피하게시리……. 하석태 씨가 옆에서 안절부절을 못했다.

"당신은 창피한 것밖에 모르는군요."

울음을 그친 그녀가 정색하고 침착하게 말했다.

"그럼, 그 밖에 뭘 또 알란 말요?"

그는 아내가 일단 울음을 그친 것에 안도하면서, 그렇다고 잔뜩 맺힌 마음을 그렇게 호락호락 풀 수는 없다는 듯이 까다롭게 따졌다.

"우리 부부 사이에 있는 것의 진상을 알고 싶지 않나요?"

"우리 부부 사이에 있는 건 당신의 불결한, 참으로 불결한 오해가 전부요. 그 밖에 뭘 또 알 게 있다는 거요?"

그는 '불결한' 소리를 두 번씩이나 반복하면서 그때마다 불결한 게 그에게 닿는 것처럼 진저리를 쳤다.

"우리 이혼해요."

이런 중대한 소리를 그녀는 거의 생각 없이 불쑥 해놓고 깜짝 놀랐다. 경솔한 실수를 했다는 뜻에서가 아니라 자기 입에서 튀어나온 이혼 소리가 그지없이 매혹적으로 들렸기 때문이다.

"당신 돌았소?"

하석태 씨의 관자놀이에서 굵은 심줄이 일어서는 게 보였다. 평소 그녀가 좋아하던 그의 지적인 이마가 냉혈동물의 그것처럼 차디차게 반들댔다.

"아뇨, 지금처럼 온전한 제정신인 적도 없었던 것 같아요."

"잠깐 나가 산책합시다."

"또 창피하군요? 남들이 들을까 봐."

"이 호텔 뜰이 괜찮소."

"미스 현하고도 산책했나요?"

"아직 그럴 새도 없었소."

"미스 현 너무 혹사하는 거 아녜요."

"내가 그걸 필요로 한 게 아니라 현 군이 그걸 필요로 하는 걸 어떡하겠소? 현 군은 제 공부 욕심으로 따라다니는 거지 나에게 도움을 주려고 따라다니는 게 아니오."

이혼 소리가 나오고부터 하석태 씨는 정중하고 조심스러워졌다. 하긴 농담이라는 걸 모르는 사람이니까.

"당신, 미스 현을 마치 귀찮아하는 것처럼 구실 필요 없어요."

"아니, 결코. 공동 관심사를 가진 사이는 언제 어디서나 즐거운 법이오."

그들은 밖으로 나왔다. 수은등이 고개를 길게 뻗고 비치는 정원은 달밤의 심산유곡처럼 숲이 깊고 지세가 고르지 못한 대로 운치가 있어 어느 틈에 그녀는 남편의 부축에 몸을 맡겼다. 작은 인공폭포가 창백한 비말을 일으키며 내리꽂히는 으슥한 골짜기의 벤치에 남편이 먼저 앉았다. 아내도 거리를 두고 따라 앉았다.

"여염집 여자가 이혼 소리를 그렇게 경솔하게 입에 담다니."

하석태 씨가 담배를 피워 물었다. 경솔하다는 그의 나무람을 들으며 그녀는 오히려 그게 얼마나 오래 참고 참았던 응어리였던가를 알 것 같았다.

"여염집 여자란 말이 참 듣기 좋군요. 일부종사를 삶의 목적으로 태어난 것 같은 정숙한 여자들, 얼마나 좋아요."

"당신은 무슨 배짱으로 일부종사까지를 비웃는군."

하석태 씨가 심히 못마땅한 듯 그녀를 노려봤다.

"비웃긴요. 당치도 않아요. 존경하고 동경하고 질투하는걸요."

"뭘, 일부종사를?"

그는 마치 아내의 정신 상태를 의심하는 것처럼 기분 나쁜 시선으로 아내를 바라봤다.

"그래요."

"그럼 나 말고 새서방이라도 있었단 소린가. 아니면 정말 이혼을 하고 이부종사, 삼부종사⋯⋯ 하겠단 소린가, 뭐야?"

"당신도 별수 없군요. 아무리 점잖은 척해봤댔자 화나면 상소리하긴 당신이나 나나 매일반이네요."

"말꼬리 잡지 말고 묻는 말에 대답이나 해요."

"그래요, 난 일부종사 못 했어요. 하고 싶어도 남편이 하나를 다 줘야 하죠. 당신이 한 번이라도 나에게 당신의 하나를 다 준 적이 있어요? 반도 안 줬어요. 반의 반? 아녜요 그것도 못 돼요. 백 분의 일쯤이 얼추 들어맞을 거예요. 백분의 일부종사……. 얼마나 억울하냔 말예요. 그 백분의 일이나마 돌려드리겠어요. 백분의 구십구를 나한테서 빼앗은 게 비록 미스 현도 아니고 그 밖의 어떤 여우 같은 계집도 아니고 학문이라 해도 그것이 나에게 시앗이긴 마찬가지예요. 시앗 본 여자는 비참해요. 여자로서 최악의 불행이에요. 더 이상 이런 생활을 계속하고 싶지 않아요. 이혼해요. 나는 하나를 다 주고, 상대방한테는 백분의 일밖에 못 받는 치욕적인 결혼을 일부종사라고 미화시키면서 살기 지겹단 말예요. 나 자신이 불쌍해서 못 견디겠단 말예요."

그녀는 흐느꼈다. 자신도 예기치 못한 처절한 절규가 그녀의 가슴을 쥐어뜯었다. 늘 막연히 허전하긴 했어도 자신이 그렇게까지 불행하다고 생각한 적은 없었다. 그러나 말을 앞세워놓고 보니 자신이 그렇게 억울하고 불행하게 산 것에 틀림이 없는 것 같았다. 미리 준비한 말이 아니었기 때문에 거짓도 과장도 없이 오히려 적나라했다. 그녀는 자기가 즉흥적으로 한 말을 통해 20년 동안이나 무심히 시속되어온 결혼의 적나라한 모습을 본 것처럼 느끼고 적지 않은 충격을 받았다.

그러나 고지식한 하석태 씨의 충격은 오히려 그녀보다 더 큰 것 같았다. 그는 딴사람처럼 풀이 죽어서 어쩔 줄을 모르다가 겨우 탄식처럼 중얼거렸다.
"백분지 일부종사라니 참말로 무서운 말이오. 미처 몰랐소. 내가 그렇게 인색하고 당신을 그렇게 비참하게 만들고 있는 줄은 차마 몰랐소. 아니라고, 천만에 그럴 리가 있냐고 부정하고 싶지만 당신 말이 맞는 것도 같으니 내 처지가 더욱 딱하구려. 미안하오, 당신이 원하는 거라면 이혼 건을 생각해볼 테니 시간 여유를 주구려."
"좋아요."
그녀는 그때 백분의 일부종사가 그에게 그 정도의 충격을 주었다면 K시로 달려온 게 헛된 망발만은 아니라고 자위했다. 그녀가 잔뜩 겨냥한 남편의 외도 현장은 보기 좋게 빗나갔건만 배신의 분노가 절절했던 건 예삿일은 아니었다. 그녀가 그곳에서 맞닥뜨린 고질적인 학구적 분위기는 어쩌면 시앗보다 더 원한에 사무친 거였다.
여북해야 이혼입네, 백분의 일부종삽네 하는 언감생심 꿈도 못 꿀 파격적인 푸념을 다 했겠는가. 그렇더라도 그녀가 정말 바라는 게 이혼일 리는 없었다. 다만 조금이라도 그들 사이가 달라질 수 있길 바랐다. 무슨 말을 해도 목석 같던 그가 그 정도로 충격을 받았다면 달라질 가망은 충분히 있었다.
하석태 씨가 다시 그 얘기를 꺼낸 건 벼르고 벼른 책이 나온 후였다.
"너무 시간을 끌어 미안하구려. 그렇지만 우리 둘만의 문제가 아넌 아이들의 행불행까지 달린 문제니 나로서는 심사숙고하지 않을 수가 없었소. 아이들을 위해 지금이라도 딴 데 가 있는 내 백분의 구십구를 거둬가지고 와서 당신에게 바치면서 용서를 빌고 이혼은 철회해달라고 애걸할까, 몇 번이나 그럴 수 있기를 바랐지만 나로선 그게 불가능하다는 걸 알았소. 하나를 받고 그 백분의 일밖에 못 갚으면서 살아온 것도 천벌을 받을 일인데 거기다 다시 거짓말까지 보탤 수가 없어 솔직하게 말하는 거요. 미안하오."

고지식한 양반 같으니라구. 백분의 구십구가 뭐 눈에 보이는 물건의 부피인가? 입으로만 그렇게 말하고 용서를 빌어도 여자는 번연히 속는 줄 알면서도 흡족하고 행복해할 수 있으련만.

그때 이미 경숙 여사의 맺힌 마음은 그 정도로 풀어져 있었다. 하석태 씨 역시 그 어느 때보다도 풀이 죽고 심각해 보였다.

"그래서 생각해낸 방법인데 좀 구차스러운 거긴 하지만 들어주기 바라오. 우리들의 이혼은 두 아이들이 결혼할 때까지 미룰 수 없을까? 제발 그렇게 좀 봐주구려."

발밑에 무릎만 안 꿇었다 뿐이지 무릎 꿇는 것보다 더 자신을 낮추고 간절하게 빌고 있는 남편을 바라보면서 경숙 여사는 남자가 저렇게까지 고지식할 게 뭐람, 하는 약간의 낙담과 은밀한 만족감을 맛보고 있었다.

경숙 여사는 그때 물론 이혼이 실제로 닥쳐오리란 걸 꿈에도 예상하지 못했다. 속담에도 '내일 보자는 놈치고 무서운 놈 없다'는 말이 있다. 자기가 궁지에 몰렸을 때 그 위기를 모면하기 위해서 흔히 내일 보자는 말로 유예기간을 가지려 하지만 실은 항복일 뿐 정말 내일 또 보는 일이란 없다.
더구나 매일 살 부부이고 사는 부부 사이가 아닌가. 그리고 그때 막내인 연지가 고등학생이었다. 부부 사이란 이혼 도장 찍고 나서 구청에 가는 사이에도 얼마든지 변할 수 있거늘, 내일도 아니고 적어도 6, 7년 후에 하자는 이혼이 겁날 까닭이 없었다.
"전들 부모의 이혼이 아이들에게 줄 충격을 왜 생각 안 했겠어요? 당신도 그런 생각을 해줘서 기뻐요."
"당장의 충격도 충격이지만 시집 장가갈 때, 요샌 본인도 본인이지만 집안을 더 본다면서? 부모가 이혼했다면 아이들 혼인길이 아주 막힐 수도 있지 않겠소?"
"그럴 테죠. 당신이 그런 걸 다 아시고 계셨다니……."
"앞으론 세상 돌아가는 일을 더 많이 알려고 노력할 작정이오."
"저도 늘그막에 재미있는 세상 한번 살아보겠네요. 아이들 덕이긴 하지만, 여보 우리도 별수 없이 아이들을 위해 사는 부부가 되고 말았군요."
경숙 여사는 자못 감회가 깊게 말했다. 그걸로 우습게 꺼낸 이혼 문제는 일단락 지은 줄 알았다.
그 후 지금까지 하석태 씨는 세상에서 말하는 소위 가정적인 남자로 변신해갔다.
마당의 잔디를 깎기도 하고 식구들과 함께 텔레비전을 보기도 하고 아이들하고 대화의 시간을 가지려는 노력까지 했다. 가끔 설거지를 하겠다는 주책까지 부렸고 경숙 여사가 보는 여성잡지를 뒤적이며 왜 사랑받는 아내 노릇만 있고 사랑받는 남편 노릇은 없을까 의아해하기도 했다. 다시는 여자 조교를 쓰지도 않았다.

하석태 씨의 그런 노력은 보기에 참으로 가상했다. 다만 흠이 있다면 노력에 비해서는 어색하고 좀처럼 숙달이 안 된다는 거였다.

"서울에서, 아니 대한민국에서 제일 가정적인 남편은 누군가?"

술에 약한 그가 맥주 한 병에 곤드레가 되어 엄지손가락을 나사못처럼 틀어올리고 종당엔 그걸로 자기 가슴을 찍는 귀여운 촌극을 벌일 적도 있었다.

그러나 그는 겉으로만 이렇게 변한 게 아니었다. 남이 볼 수 없는 안의 그도 딴사람이 됐다.

K시에서의 소동이 있은 후 그는 한 번도 아내를 안지 않았다. 대개는 서재에서 잤지만 어쩌다 안방에서 잘 적에도 아내의 몸에 손끝도 대지 않았다. 처음 경숙 여사는 남편의 이런 속 다르고 겉 다른 변신에 적응할 수가 없어 거의 미칠 뻔하기도 했다.

잠결에 몽유병자처럼 일어나 남편의 서재 문 옆에서 울며 애걸하며 밤을 새운 적도 한두 번이 아니었다. 연지한테 그런 모습을 들킨 것도 그 무렵이었다. 그러나 남편의 거부의 벽은 절벽 같았다. 그녀는 비교적 쉽사리 지쳤다. 그녀의 싸움은 결국 자신과의 싸움이었고, 자신 속에서 육체의 욕망보다는 물질의 욕망이, 자기가 느끼는 행복보다는 남이 봐주는 행복이 더 가치 있어지는 그런 나이로 접어들고 있다는 게 그녀의 싸움을 용이하게 했다.

남자라면 밖에서 실속이야 있건 없건 장長 자리를 탐낼 그런 치사한 나이였다. 그녀도 비로소 하석태 씨 부인이란 자리가 더없이 소중하고 대견한 걸 알 만했다. 더군다나 하석태 씨라면 학계에서뿐 아니라 아주 무식쟁이만 아니면 모르는 사람이 없을 만큼 알려진 학자라고 그녀는 자부하고 있었다. 물론 그런 자부심은 하석태 교수를 모르면 무식쟁이라는 그녀 나름의 등식에 의한 거긴 하지만 그녀를 대단히 살맛 나게 했다.

명예욕이야말로 육체의 쾌락을 희생하고 얻어낸 것이 조금도 아깝지 않을 만큼 그 맛이 진진한 거였다. 그녀는 그 시기를 이겨내기가 얼마나 힘겨웠던가를 잊지 않고 있었기 때문에 오히려 더 지금의 안정과 의젓한 지위가 대견했을 뿐 그때 그녀가 받은 육체의 수모의 중대성은 거의 생각하지 않았다. 그런 구질구질한 것들은 고진감래, 또는 노력 끝의 성공이란 안이한 상투어 속에 묻어버리고 생활의 안정과 성공한 학자의 내조자로서 의당 받을 만한 세간의 존경과 선망을 즐기는 일만이 남아 있었다.

맏아들의 혼인 때도 그랬지만 연지의 혼담이 오갈 때도 남편과의 약속을 한 번도 떠올린 일이 없었다. 그런데 하석태 씨는 바로 약혼식 날 밤에, 그러니까 그의 일방적인 약속으로부터 만 6년 만에 약속을 이행할 날짜가 임박했음을 통고해온 것이다.

이혼을 당한다. 이 나이에 이혼을 당한다. 수없이 곱씹어도 분하고 억울하기가 조금도 덜해지지 않았고 두렵고 생소하긴 점점 더 심해졌다.

그녀는 자기가 이혼을 하자고 먼저 말했음에도 불구하고 청천벽력처럼 별안간 이혼을 당하고 있다고 생각하려 들었다.

이혼을 당한다고 생각한 6년 동안 견딘 육체의 수모가 얼마나 하석태 씨답게 악랄하고 치밀하고 점잖은 음모였는지 알 것 같았다. 그녀는 그 고통을 완전히 극복했다고 생각했지만 그게 지닌 중대한 의미가 아직도 그들 사이에 가로놓여 있는 걸 뼈저리게 느꼈다.

부부 싸움을 일컬어 흔히 칼로 물 베기라고들 한다. 불구대천의 원수처럼 싸우다가도 그 화해의 속도가 하룻밤이면 족한 걸 일컫는 말이었다. 그 하룻밤 사이엔 육체의 화해가 있었으므로 그런 빠른 속도가 가능한 것이 아니었을까.

그녀는 말 한마디 잘못으로 어긋난 그들 사이가 6년 동안에 화해하지 못한 까닭을 이렇게 풀이했다. 그렇다고 지금 다시 그런 화해를 시도할 만큼 그녀는 뻔뻔하지도 젊지도 않았다. 그런 수모는 일생에 한 번이면 족했다. 무엇보다도 자신의 갈망이 절절해서 저절로 우러나야 수모를 무릅쓸 수도 있겠는데 이제 그녀는 그런 나이가 아니었다. 피나는 극기에 의해 외모의 젊음과는 상관없이 그녀의 내부의 정념이 사그라진 지는 오래였다. 설사 약간의 불씨가 남아 있다 해도 그것을 긁어모아 마지막 불꽃을 일으킬 마음이 조금도 없었다.

일찍 과부 되어 수절한 의사가 성적인 결벽성이 유별나듯이 그녀 역시 욕망을 자연스럽게 푸는 즐거움보다는 극기의 기쁨을 한 단계 높은 것으로 맛 들이고 있었다.

그렇게 얻어진 자타가 공인하는 그녀의 기품은 이혼 통고가 속으로는 죽도록 비참한데도 겉으론 태연을 가장하게 했다. 특히 하석태 씨 앞에선 그랬다. 그녀는 마치 그녀 역시 하석태 씨와 마찬가지로 이혼을 착착 준비해온 것처럼 굴었다.

그녀가 알고 있는 부부간의 화해의 방법은 육체의 화해밖에 없는데 이제 죽었다 살아나도 그 치사한 구걸은 못할 것 같고, 이혼을 정말 하자니 하석태 씨의 아내 아닌 자신은 도대체 뭘까? 상상도 할 수 없고……. 그야말로 죽을 수도 살 수도 없는 곤경이었다.

반세기에 가까운 자신의 생애에서 하석태 씨의 아내라는 걸 빼면 아무것도 없는 허탕이라는 게 처음엔 비실비실 웃음이 나왔지만 날이 감에 따라 그 사실이 무서워졌다.

자다가도 가위에 눌린 것처럼 그 사실에 놀라 일어나곤 했다. 일어나보면 6년이 여일하게 남편의 자리는 비어 있었다. 그녀는 6년 전과는 또 다른 갈망으로 남편의 서재 쪽으로 달려갔다. 6년 전처럼 울고불거나 문 두드리기 위해서가 아니라 질문을 던지기 위해서였다.

나의 이 엄청난 허탕은 누구의 책임이냐고 당신이 다 가져가서 이렇게 허탕이라면 제발 돌려달라고, 조금만이라도 돌려달라고, 질문하고 상의하고 싶었다.

그러나 그 드높고 완강한 서재의 문에 가만히 귀를 대고 그 안의 정적에 귀를 기울이고 있으면 도저히 그런 질문을 던질 용기가 나지 않았다. 그 안의 정적은 그건 네 책임이란 가혹한 대답을 숨겨놓고 있는 것처럼 여겨졌다. 그런 가혹한 정적에 대해선 그녀가 미리 준비할 울음까지도 쑥 들어가버렸다.

그녀는 늘 울고 있었음에도 불구하고 남편 앞에서 한 번도 눈물을 보이지 않았고, 늘 남편에게 질문을 던지고 있었으나 한 번도 그걸 말로 나타내질 않았다.

그러는 사이에 연지의 결혼 날은 어김없이 닥쳐왔다.

화창한 봄날이었다. 연지네 마당에도 앵두꽃이 만발했다.

"어머니, 다녀오겠습니다."

연지는 그날 시중을 들기로 자청하고 아침부터 몰려온 친구들하고 함께 미장원에 가려고 대문을 나서려다가 문득 일행으로부터 처졌다. 그리고 만개한 앵두나무 가지를 휘어잡으며 돌아서더니 거실에서 내다보고 있는 어머니에게 이렇게 인사를 했다.

앵두꽃을 화관처럼 쓴 연지의 화장 안 한 얼굴이 천사처럼 곱고 약간 슬퍼 보였다.

저게 누군가?

경숙 여사는 활짝 핀 앵두꽃 가지를 휘어잡으며 웃고 있는 딸의 얼굴을 바라보며 이렇게 생각했다.

25년 동안 곱게 기른 딸이 이제 남의 집 사람이 되려 하고 있었다. 사람이 산다는 것에 대한 허망감이 그녀의 텅 빈 마음에 썰렁한 바람을 일으키며 지나갔다.

"아빠 올시 다."

연지가 앵두꽃 가장귀를 뿌리치며 부르짖었다. 그녀는 이제 경숙 여사를 보고 있지 않았다. 서재의 창문을 쳐다보고 있었다.

그럼 남편 역시 이 집 딸로서 마지막 집을 나서는 연지를 창문으로 내다보며 울고 있었던가?

바보 같은 남자, 울긴.

경숙 여사는 가슴이 뭉클하면서 한 가닥 서광 같은 게 비친 것처럼 느꼈다. 남편이 불쌍했다. 불쌍해하는 마음은 원망하고 미워하는 마음보다 훨씬 부드러웠고, 마음이 부드러워지니 거의 불가능한 것 같았던 화해의 가능성이 비쳤다.

그녀는 그때를 놓치면 안 된다고 생각했다. 울고 있는 남편의 희끗희끗한 머리를 가슴에 안으리라. 얼마 만인가? 남편의 담배 냄새 짙은 구수한 체취를 가까이서 맡기는.

그녀는 상상만으로 오래간만에, 실로 오래간만에 순수한 정욕에 온몸이 비틀리는 것 같았다.

경숙 여사는 딸을 전송하는 둥 마는 둥 남편의 서재로 달려갔다. 주야로 그녀를 냉랭하게 거부하던 서재의 문은 저항 없이 열렸다.

무슨 말을 할까? 화해를 위해선 말보다 눈물이 효과적일지도 모르지.

그러나 그녀는 방 안에 펼쳐진 광경에 말문이 막혔고 눈물은커녕 눈에 쌍심지를 켜도 시원치 않을 지경이었다. 밤 사이에 서가는 거의 비고, 나일론 끈으로 운반하기 좋을 만한 부피로 나누어 묶은 책들과 아직 안 묶은 책이 두 군데로 나뉘어 방 안 가득히 쌓여 있었다.

"아니 이게 무슨 짓이에요?"

길길이 쌓인 책더미 사이에서 고개만 겨우 내민 하석태 씨는 피곤해 보였지만 눈물의 흔적도 보이지 않았다. 지금 당장도 울었을 리 없지만, 생전 울어본 일이 있었을까 싶게 감정 없는 얼굴이었다.

"서둘러 준비를 하느라고 했건만 아직 멀었소."

집어치우지 못해요. 제발 그 유치한 연극 좀 집어치우지 못해요. 우리, 나잇값을 좀 합시다. 나잇값을.

이렇게 악을 쓰며 남편에게 매달려 그의 점잖은 얼굴을 미친 듯이 쥐어뜯고 싶으면서도 입으로는 정반대의 말을 하고 있었다.

"거들어드릴 걸 그랬어요."

"거들어달랠 염치가 있어야지."

"가실 곳은 정했나요?"

"아직……. 곧 어떻게 되겠지. 여기저기 부탁을 해놓았으니까."

"저한테 좀 부탁을 하셨으면 좋았을걸."

"그럴 염치가 있어야지."

"연지가 갔어요!"

지금 현재 두 사람의 공감대는 연지밖에 없었다. 그녀는 가망 없는 병에 마지막 약을 쓰듯이 혼신의 희망을 걸고 연지 얘기를 꺼냈다.

"딸자식이란 어차피 가게 돼 있는 건데 뭐."

언제 울었더냐 싶게 담담하게 말했다.

"아들은 더 멀리 가버렸어요."

"학위나 따면 돌아오겠지 뭐."

"무심하시긴. 걘 공부할 애가 아녜요. 돈벌이가 제법 자리가 잡혔나 보던데 하나밖에 없는 누이동생 결혼식에도 와보기는커녕 카드

한 장으로 때우는 애예요. 양놈 다 돼서 돌아오나마나죠 뭐.”

"제 할 나름이지, 우리가 이래라저래라 해서 되는 일이 아니잖소.”

왜 이런 얘기를 할까? 정작 하고 싶은 얘기는 이게 아닌데 왜 이렇게 딴청만 부릴까? 이 나이에 이혼이라니 말도 안 돼.

그래, 지금이라도 이성을 회복해야 돼. 자존심도 중요하지만 보다 중요한 건 이성이야. 그인 적어도 대학 교수니까 이성에 호소하면 쉬 알아들을 거야.

이런 간절한 속마음과는 달리 그녀의 입은 이혼을 기정사실로 인정하고 다짐하는 소리만을 골라서 지껄이고 있었다. 그녀의 입은 늘 그 모양이었다.

"집도 집이지만 수발은 누가 들어요? 라면 하나 제대로 못 끓이시는 양반이니, 원······.”

"라면은 잘 못 끓여도 커피는 잘 끓인다우.”

"커피 너무 여러 잔 마시면 위장 상해요. 하긴 내가 간섭할 일은 아니지만.”

"명심하리다.”

"마땅한 여자 있으면 재혼하세요. 저한테 신경 안 쓰셔도 돼요.”

"알고 있소, 당신이 강한 여자라는 건.”

내가 강하다고, 이 머저리. 아무리 전공이 국사학이요, 역사의 주역들은 남자들뿐이라지만 여자에 대해 저렇게 모를 수가 있을까.

"미스 현은 어때요?”

"말 삼가. 그 여잔 지금 어엿한 남의 부인이야."

그의 관자놀이에 정맥이 솟았다. 좀처럼 희노애락을 겉으로 나타내지 않는 그로서는 드문 일이었다.

K시 관광호텔을 급습했을 때도 그랬던가? 그녀는 남편을 슬픈 눈으로 바라보면서 화제를 바꾸었다.

"당신 우셨어요?"

"내가 울긴."

"다 들었어요. 연지가 아빠 울지 마 하는 소리."

"그 녀석 제가 먼저 울면서 그러더군."

"당신이 홀아비로 사시는 모습이 상상이 안 돼요."

"꼴이 말이 아니겠지."

"꼴 얘기가 아니라……"

"고행일 거야. 물론 외로울 테고."

그가 침통하게 말했다. 그러나 그녀는 어느 순간 그의 표정이 섬광처럼 빛나는 걸 보았다.

그녀는 두려움과 분노로 말문이 막혔다. 그는 지금 분명히 혼자가 된 후의 고행과 외로움에 빛나는 희망을 걸고 있었다. 지금부터 그는 몰래몰래 그것을 즐기고 있었다. 그게 그와 그녀와의 본질적인 차이였다.

그녀는 그런 불평등이 참을 수가 없었다. 억울한 쪽은 물론 그녀였다.

재산 문제는 그녀 마음대로 하라고 했으니 아마 그를 알몸으로 내쫓을 수도 있으리라. 6년 동안이나 이혼을 대비했으되 어디까지나 마음의 대비일 뿐 방을 얻을 돈 한 푼 딴 주머니에 차지 않았을 게 뻔한 그였다.

그래도 억울한 건 역시 그녀 쪽이었다. 그가 혼자가 된 후의 고행과 외로움을 채울 비밀스러운 뭔가를 갖고 있는 한 그를 빈털터리로 만드는 건 불가능했다. 빈털터리, 욕심꾸러기 빈털터리였다.

도대체 뭘 꿈꾸고 고행과 외로움을 각오하고 홀로 되려는 걸까? 자유, 자유라는 건지도 모른다고 생각하자 경숙 여사는 심한 열등감에 빠졌다.

철민과 연지의 결혼식장은 철민이 동네에 있는 성당이었다. 철민이 아버지의 병세는 일진일퇴함도 없이 곧장 죽음을 향해 곤두박질치고 있었다. 병자 자신도 그걸 알고 건강했을 땐 마을의 풍경처럼만 보아오던 성당의 신부님을 만나보고 싶어했다. 그는 빈사 상태에서 세례를 받고 그리고 마지막 소원으로 철민이 성당에서 결혼해 주길 바랐다.

개발지역 중의 구 마을에 속하는 오래된 성당은 충충한 벽돌 건물이었다. 예식 시간보다 한 시간 가량 일찍 도착한 하석태 씨 부부는 늙은 느티나무가 서 있는 어두운 성당 입구에서 하객을 맞았다. 아! 성당으로 올라오는 언덕길에 벚꽃이 분분히 휘날리는 걸 보면서 경숙 여사는 외마디소리를 질렀다. 화창한 날이었다. 바람도 없건만 벚꽃은 어지러이 지고 있었다. 지는 벚꽃 속을 올라오는 하객들의 수효가 조금씩 늘어나고 있었다.

벚꽃은 한 잎 두 잎 시름 없이 지다가도 무슨 바람결엔지 자욱한 꽃안개를 만들면서 흘러내렸고, 그럴 때마다 경숙 여사는 아! 하는 탄성을 지르며 남편의 손을 잡았다.
아직 신부는 도착하기 전이었다.
"연지가 저 길을 올라올 때도 꽃이 졌으면······."
경숙 여사는 남편의 손을 잡고 이렇게 어리광 섞인 말투로 말했다.
"차 타고 올 텐데."
"그래두요."
누가 보기에도 다정한 부부였다.
저 부부는 늙지도 않아. 그러게나 말야. 오늘 식 올리는 게 저 사람들이래도 곧이듣겠어. 고생을 몰라 그런가, 아이 샘나, 아냐 금슬이 좋아서 그럴 거야. 불로초가 따로 없다니까, 사랑이 불로초라.
충충한 성당에 미리 들어가 있기 싫어 밖에서 서성대며 이렇게 찧고 까부는 소리도 들렸다.
밖의 화창함 때문인지 안팎의 명암이 묵지와 백지의 차이처럼 선명했다. 입구에 어설프게 써붙인 신랑 신부를 알리는 글씨도 윗부분은 적당한 어둠에 가려 잘 안 보였다. 성은 가려지고 도마의 사남四男서부터 보였다.
철민이 아버지의 세례명이 도마인가? 경숙 여사는 한 번도 사돈 될 노인을 문병한 직이 없었다. 죽을 날을 받아놓았다는 것밖엔 어느 정도 나쁜 상태인지 상상해본 적도 없었다.
그녀는 문득 도마에서 노마란 이 땅의 흔한 아명을 떠올리며 늙고 병든 사돈 영감 대신 건강하고 장난이 심한 소년을 상상했다.

도마의 사남, 노마의 사남, 노마의 사남……. 그녀는 혼자서 빙긋이 웃었다.

언덕길에서 또 한 차례 벚꽃이 졌다. 어지러이, 그러나 소리 없이. 아! 그녀는 가시에 찔린 것처럼 신음하며 남편의 손을 잡았다. 난분분한 낙화 속을 신부가 탄 차가 천천히 올라오고 있었다.

하객을 맞고 있던 철민이의 얼굴에 회심의 미소가 떠올랐다. 하석태 씨의 표정이 경직됐다.

하객은 한 분도 빠짐 없이 입장하시란 마이크 소리가 들렸다. 성당 속엔 썰렁하고 투명한 어둠이 깊은 물결처럼 괴어 있었다. 식순에 따라 신랑 신부 어머니가 먼저 단상에 올라 촛불을 밝혔지만 그 어둠은 미동도 안 했다.

하석태 씨가 연지를 데리고 입장했다. 화관을 쓰고 짙은 화장을 한 신부는 규격품의 제품처럼 신부다웠지만 연지답지는 않았다.

신부가 연지답지 않다는 게 경숙 여사에게 깊은 상실감을 주었다. 마당에서 앵두꽃 화관을 쓴 모습을 마지막으로 연지는 어디론지 영원히 가버렸다. 맡아 기른 아이처럼 허무하게 가버렸다.

신부를 인계한 하석태 씨가 그 옆자리에 와 앉았다. 그녀와 눈이 마주치자 그가 빙긋 웃었다. 잠깐 느린 웃음이 그녀에게 남아 있는 일루의 희망마저 앗아갔다. 그의 웃음은 딸을 여의는 아버지로서의 최소한의 비탄조차 섞이지 않은 천진한, 눈이 부시도록 천진한 웃음이었다.

그는 딸로부터뿐만 아니라 조강지처로부터도 자유로워졌다는 기쁨을 미처 간수하지 못하고 있었다. 그의 여기저기 느물대는 이런 기쁨이 그를 젊고 신선한 인상으로 돋보이게 했다.

아내뿐 아니라 많은 하객을 의식한 그는 곧 근엄한 표정을 지었지만 경숙 여사는 오래도록 그의 웃음을 지켜보고 있었다. 그 웃음은 영락없이 상처한 남편이 뒷간에 앉아서 몰래 웃는다는 그 그지없이 홀가분하고 회춘의 꿈에 부푼 웃음이었다.

그런 부도덕한 웃음을 보지 않는 게 수였다. 여북해야 구린내 나는 뒷간에서 웃을까. 더군다나 아내가 보아선 안 될 웃음이었다. 죽은 아내도 두 눈에 질투의 불을 켜고 살아날지도 모르니까. 다행히 여태껏 살아서 남편의 그런 웃음을 본 아내는 없었다. 그런 웃음은 오로지 상처한 남편의 웃음이므로.

경숙 여사는 아무도 살아서는 본 적이 없는 그런 해괴한 웃음을 자기만이 살아서 본 것처럼 느꼈다. 그녀는 자신의 저주받은 팔자에 몸서리를 쳤다.

혼배미사는 예식장에서 올리는 결혼식보다 오래 걸렸다. 그러나 경숙 여사는 시간관념도 없었고 아무 소리도 귀담아듣지 않았다.

남편을 원망하는 마음과 그 나이에 홀로 살게 된 자기 팔자를 두려워하는 마음 때문에 결혼식은 건성이었다.

그때 느닷없이 힌 소리가 들렸다.

천주여, 우리를 불쌍히 여기소서. 천주여, 우리를 불쌍히 여기소서.

그것은 사람의 목소리라기보다도 새소리에 가까웠다. 인간적인 고뇌는커녕 인간적인 감정마저 깨끗이 걸러진 순수한 소리 그 자체였다. 아니 그건 소리가 아니라 한 마리의 새인지도 몰랐다.

그 소리는 새처럼 경쾌하게 그녀에게로 날아왔다. 이게 뭘까? 미처 살피고 생각할 겨를도 없이 그 경쾌한 새는 그녀를 쪼았다. 깃털만 있는 것처럼 가벼운 새인 줄 알았는데, 뜻밖에도 날카로운 부리를 가지고 있었다. 그녀의 마음은 그 부리에 사정없이 찔려 시커먼 먹물 같은 절망을 흘렸다.

천주여, 우리를 불쌍히 여기소서. 천주여, 우리를 불쌍히 여기소서······.

그녀는 참을 수가 없어 남편에게로 쓰러지며 통곡했다.

신부 어머니가 도중에 몹시 운 것 외엔 혼배미사는 엄숙하고도 기쁨과 축복이 충만한 가운데 끝났다. 사진을 찍기 위해 밖으로 나오니 해는 중천에 와 있는데 아직도 벚꽃은 소리 없이 지고 있었다.

"제주도엔 유채꽃이 한창일 텐데, 신랑 각시 재미 조오켓다."

"유채꽃 없다고 신랑 각시 재미 어디루 갈까."

집안네가 아닌 하객들은 사진 찍는 것까지 볼 거 없이 희부연 낙화 속을 걸어 내려가면서 이런 재미없는 얘기들을 주고받았다.

신랑 아버지의 중병을 빙자해서 음식 대접을 생략하는 신랑 집을 또 빙자해서 색시 집 역시 음식 대접을 생략했기 때문에 식후는 쓸쓸하고도 막막했다.

중천에 있는 해가 언제나 질 것인가, 저물기 아직아직 먼 봄날이 한없이 주체스럽게 느껴졌다.

신혼여행길을 비행장까지 배웅할까도 싶었으나 신랑 색시 친구들이 너도 나도 다투어 배웅을 가면서 제발 참으라는 시선으로 바라보는 바람에 그도 못 하고 말았다.

하석태 씨가 이끄는 대로 시내의 어느 조촐한 양식집에 마주앉았지만, 경숙 여사는 거의 아무것도 먹지 못했다.

"너무 상심 말아요. 몸 생각을 해서."

하석태 씨가 혼자서 포식하고 나서 기름기가 번드르한 입언저리를 냅킨으로 누르며 겨우 한마디 했다.

화해의 실마리는 아무 데도 없었다. 자식의 결혼 날이 곧 부모의 이혼 날이 된 부부가 또 있을까? 그녀는 이혼이 두려운 건지, 그들과 같은 유례를 달리 찾아볼 수 없는 게 두려운 건지 잠시 분간할 수가 없었다.

"피로연을 못한 게 암만해도 마음에 걸리네요. 특히 당신 친구들한테……"

"신경쓸 거 없어."

"당신은 많이 얻어잡수셨잖아요?"

"한턱내라고 조르다들 말겠지 뭐."

"초대하고 싶으면 초대하세요. 여태껏도 살았는데 며칠 더 당신한데 봉사한다고 어니가 어떻게 될 것도 아니고……"

그녀는 그래도 여러 가지 기대와 마련을 걸고 그 말을 했다. 그러나 그의 대답은 망설임이 없었고 간단명료했다.

"부질없는 짓이오."

그날 밤도 하석태 씨는 밤새도록 짐을 쌌다.

그녀는 멍하니 이제부터 하석태 씨의 아내가 아닌 자신은 무엇일 수 있을까를 생각하고 또 생각했다. 이혼과 함께 자신이 무화되는 어처구니없는 사태에 대해 그녀는 도무지 속수무책이었다.

그 책임이 나에게만 있을까? 그녀는 그 책임을 남편에게도 묻고 따지고 원망하려고 불현듯 서재로 달려갔다가도, 그 높은 문 앞에서 기가 죽고 말았다. 그의 짐 싸는 소리는 너무도 배타적이었다. 예식장에서 잠깐 흘린 웃음, 상처한 남자가 여편네의 관과 조객을 피해 구린내 나는 뒷간에 가서 웃는다는 웃음을 마음껏 웃으면서 짐을 싸고 있으리라.

6년 전 처음 소박맞았을 때, 밤마다 서재의 문을 두드리며 애걸하던 생각이 났다. 부끄럽고 부끄러운 추억이었다. 그러나 그런 돌파구나마 있었던 그 시절이 그립기도 했다.

그때 이미 끝장난 부부간이었다. 앞으로 달라질 게 있다면 아무개 교수 부인이 아니라는 순전히 외형상의 문제였다. 그런데도 그 잘난 꺼풀을 잃는 게 죽기보다도 싫고 무서운 걸 어쩔 수가 없었다.

남편의 얼굴을 안 볼 때는 그를 만나면 그 꺼풀이나마 보존케 해달라고, 사랑해달라고는 안 할 테니 제발 남 보기에 당신의 아내로서 있게 해달라고 애걸하고 빌붙기를 얼마나 별렀는지 모른다.

그러나 막상 뒷간에서 웃는 홀아비 웃음을 가까스로 감추고 있는 남편의 얼굴과 맞닥뜨리면 일루의 희망은 사라지고 덩달아 슬그머니 오기가 치밀었다. 홀아비만 웃으란 법 있다던, 홀아비가 뒷간에서 웃으면 과부는 그까짓 거 정주간에서 웃지……. 이 정도로 배알이 꼴렸다.

신혼여행 갔다 돌아온 연지 내외가 새살림 나는 걸 이것저것 거들고 챙겨주고 나니 사돈 영감이 기어코 세상 뜨고 하는 바람에 어영부영 달포가 지났다.

솥 떼어놓고 3년이라던가, 하석태 씨는 이삿짐만 꾸려놓고 방을 못 얻어 안절부절을 못하고 있었다.

돈 가지고 넓으나 넓은 서울 장안에 방이야 없을까만 혼자서는 라면 하나 못 끓여 먹는 위인이라 하숙을 해야 할 텐데, 그 많은 책을 가지고 들어갈 만한 하숙방이란 쉽지 않았다. 아파트를 얻고 식모나 파출부를 둘까? 그러자니 얻어야 할 게 집뿐 아니라 사람까지 두 가지로 늘어나는 바람에, 사람 사는 일에 너절하고 귀살스러운 켯속에 당해선 갓난아이나 마찬가지인 하석태 씨는 쩔쩔매며 난감해질 수밖에 없었다.

집부터 마련하고 짐을 싸도 되는 건데 짐 먼저 싼 것이 잘못이었다. 이사를 륙색 메고 떠나는 피크닉쯤으로 알고 시작한 하석태 씨가 마땅히 부딪힌 난관을 그녀는 속으로 여봐란 듯이 즐거워하고 있었다.

같이 살 땐 자기의 전공 분야 외의 세상사에 대해서 유아나 다름없는 남편이 답답할 적도 많았건만 이렇게 되고 보니 속으로 여간 고소한 게 아니었다. 마치 이렇게 될 줄 알고 남편을 그렇게 무능하게 길들였다 싶기도 했다.

무엇보다 설마설마하고 믿고 싶지 않았던 이혼을 차분히 예비할 시간을 얻을 수 있어 다행이었다.

그녀는 Y여고 29회 졸업생이고 29회의 동창회 회장이기도 했다. 29회는 재학 중에 걸물도 많고 말썽도 많더니 졸업 후에도 단결심이 강해 동창회 활동이 활발했다. 정기적인 모임에 참석하는 인원도 50명을 밑돌지 않아서 더 친한 끼리끼리의 계 모임도 대여섯 개가 되었고, 전체적인 계로 모은 돈으로 모교에다 장학금을 보내는 기특한 사업도 하고 있었다.

그중엔 박사가 세 명, 교수가 네 명, 남편이 차관 이상의 고관을 거친 이는 자그마치 열 명이나 돼서 그야말로 흔해빠진 축에 들었다. 하긴 3백 명이 넘는 졸업생 중 고정적으로 모이는 50명이라면 제각기 남부럽지 않게 산다고 봐야 옳았다. 여자 동창들이란 남자 동창들과 달라서 남에게 꿀린다 싶으면 아예 얼굴도 안 내밀고 마는 게 보통이었으니까.

자기가 한가락 하지 않으면 남편이 한가락 하는 쟁쟁한 50명, 박사도 많고, 학자도 많고, 부자 마누라도 많고, 인기인 마누라, 판검사 마누라, 예술가 마누라 등등 골고루 많기도 한 50명 중엔 이혼녀도 많았다. 자그마치 다섯 명이나 되었다. 그러나 동창회에 꼬박꼬박 얼굴을 내미는 이혼녀이니만큼 옛날 소박데기들과는 질적으로 달랐다.

거액의 위자료로 호화롭고 자유분방한 생활을 즐기지 않으면 자기 나름의 일을 가지고 당당하게 사는 이혼녀들이었다.

때로는 그들 이혼녀들이 동창회 분위기를 한바탕 쥐고 흔들고 나면 멀쩡하게 살던 현모양처들도 기분이 싱숭생숭해지면서 여자로 태어나서 이혼 한 번 못 해보고 죽는 것도 한이 될 것 같은 엉뚱한 생각에 사로잡힐 적도 있었다.

아들딸 시집 장가보낼 만큼이나 살고 나서 무슨 망령처럼 짐 싸놓은 남편과의 굴욕적인 한 지붕 밑 살림을 달포쯤 하고 난 뒤였다. 경숙 여사에게 떠오른 희한한 생각이 있었으니 그것은 이혼녀들이 사는 현장을 직접 한번 눈으로 확인해보자는 거였다.

하석태 씨가 방을 못 얻어 갈팡질팡하는 동안에 경숙 여사는 도리어 혼자 살 앞으로의 생활에 대해 덮어놓고 두려워만 할 게 아니라 그 정도의 오리엔테이션까지 받아가며 예비할 마음의 여유가 생겨나고 있었다.

3

연지는 패드를 뽑아 변기에 넣고 나서 물꼭지를 누르지 않고 물끄러미 들여다보았다. 손으로 휘젓지만 않았지 홍차 봉투를 넣고 다 우러날 때를 기다리는 심사였다.

서서히 변기에 괴어 있던 한 바가지쯤의 물이 검붉은 구정물로 변했다. 비릿한, 마치 물 가기 시작한 생선의 내장에서 나는 것 같은 비릿하고도 역한 냄새까지 났다.

울컥 속이 뒤틀려서 얼른 꼭지를 누르면서 도대체 수술이 제대로 되기나 한 걸까 하는 의심이 들기 시작했다.

지긋지긋한 구역질이었다. 인간의 생명이라는 게 하필 그런 구역질과 함께 비롯될 게 뭐람. 어쩌면 몸이란 마음보다 훨씬 더 정직한 거여서 자기 몸에 깃들이는 새 생명을 그렇게 맹렬히 거부하는 건지도 모르지. 모성애라는 것은 사람들이, 그중에도 남성들이 만들어낸 미신일 뿐, 속박의 악랄한 수단일 뿐, 인류가 신봉해온 허위 중에서도 가장 전통 깊은 거여서 마치 거룩한 본성처럼 자타가 착각하게 된 너무도 완벽한 허위일 뿐이라고 연지는 모성애라는 것에 대해 가진 악담을 다 해봤지만 좀처럼 속이 후련해지지는 않았다.

변기 속에서 한바탕의 소용돌이가 일어나고 그 더러운 건더기와 구정물은 말끔히 없어지고 또 한 바가지의 맑은 물이 괴었다.

모든 것이 감쪽같다. 감쪽같다는 게 다시 구역질을 유발한다.

아이를 떼어야겠다는 생각보다는 구역질에서 벗어나야겠다는 생각이 더 급했었다. 정말 지긋지긋한 구역질이었다. 숫제 변기를 부둥켜안고 몸부림쳤다. 변기 언저리에 침을 질질 흘리며 핥기도 했으리라. 지옥 같은 구역질 때문에 첫애건만 떼는 게 안됐다 싶은 최소한의 도의심도 망설임도 없었다.

철민이는 설거지를 하고 있었다. 11평짜리 임대 아파트는 화장실 문만 열면 곧장 부엌이었다. 부엌이라기보다는 화장실과 두 개의 방으로 통하는 문과 현관문이 면하고 있는 사통오달의 좁은 공간이었다.

가스 불 위에서 비누 거품이 부글부글 넘치고 있었다. 헹군 그릇을 플라스틱 긴조대에 건져 올린 철민이는 물 묻은 손을 앞치마에 쓱쓱 닦고 담배를 피워 물었다.

저러다 또 행주 태우지.

태우거나 말거나 우리는 철저한 분업인데 그걸 내가 왜 상관해.

"가스 불 꺼요."

"가스 불? 오라잇, 오라잇."

철민이가 가스를 끈다.

오라잇 좋아하네. 참, 내가 왜 상관을 했지. 행주를 사대는 건 나니까 별수 없잖아.

"앞으로 결혼 생활에 있어서 자기와 나는 절대적으로 동등하기, 알았지?"

이렇게 수도 없이 다짐하고 한 결혼인 만큼 그들은 그들 식으로, 아니 연지 식으로 동등하게 살고 있었다.

지금은 연지가 돈을 벌어서 철민이 대학원 공부를 시키니까 살림살이는 철민이 차지였고, 순서에 따라 철민이가 돈 벌고 그녀가 공부할 땐 물론 살림살이도 그녀에게로 돌아올 터였다. 둘이 다 원하는 공부를 끝내고 같이 직업을 가지면 그때 가선 살림살이도 분업이나 윤번제로 바꿀 작정이었다.

철민이가 행주를 꾸적꾸적 빨아서 행주걸이에 널었다. 누릇누릇 타기도 하고 표백제로 얼룩지기도 한 행주 꼴이 그들의 살림 꼴처럼 서툴렀다. 행주는 하루 한 번씩 꼭 삶기라고 연지가 일러준 대로 철민이는 그 일을 꼬박꼬박 지키고 있었다. 매일 안 삶아도 된다고 정정을 할까? 그러면 옳다꾸나 생전 안 삶으려 들 것이다.

연지는 을씨년스럽게 어깨를 움츠렸다. 남편을 부려먹기란 생각보다 쉽지 않았다.

"빌어먹을, 이 좋은 일요일날 친구 놈들이라도 습격오지 않나."

"그 말에 빌어먹을은 왜 붙여요."

창밖에선 버드나무가 푸른 머리를 길길이 풀어헤치고 살랑이고 있었다. 맨 앞의 동이라 개발 안 된 공지를 향해 하늘이 바다처럼 출렁이니 버드나무도 수초인 양 곧 창문을 넘어와 몸에 스르르 감길 것 같았다.

"빌어먹을, 날이 하도 좋으니까 그렇지 뭐."

철민이가 빨간 사과무늬가 아플리케된 앞치마에서 담뱃갑을 꺼내더니 벗어던지고는 앞치마를 발길로 방구석에 쑤셔 박으며 말했다.

"그 앞치마 좀 안 입고 설거지할 수 없어요?"

"건 또 왜?"

"꼴 보기 싫어서."

"그럼 안 시키면 될 거 아냐?"

"그건 약속이 틀려."

"꼴 보기 싫다는 건 뭔가 잘못된 거야. 옳은 일은 아름답게 마련이야. 잘못된 건 고칠 필요가 있어."

"이제 와서 오리발 내밀기야?"

"오리발이 아냐, 시행착오라는 건 나랏님도 하는 거야."

"우린 동등하게 살아야 돼요. 그것만은 절대로 시행착오일 수 없어요."

"또 절대로야? 젠장."

그가 옆에 와서 누웠다. 행주 냄새 비슷한 냄새가 났다. 총각 시절의 그의 체취는 그렇지 않았다. 그가 밖에서 스치는 딴 여자들이 그에게서 행주 냄새를 맡는다고 생각하긴 싫었다. 그는 모든 여자에게 매력 있어야 하되 자기만을 사랑하길 연지는 바랐다.

행주 냄새 나는 남자도 매력 있을 수 있을까? 연지는 어느새 마음이 흔들리고 있었다.

"세상에서 가장 매력 없는 여자가 어떤 여잔 줄 알아?"

철민이 연지의 등에 가슴을 밀착시키면서 다리를 슬쩍 연지의 다리 위에 포갰다.

"또 시비 걸고 싶어?"

"퀴즈야."

"남편 설거지시키는 여자겠지."

"그보다 더 매력 없는 여자는?"

"몰라."

"남편 설거지시키고 발랑 드러누워서 감상하는 여편네."

"내가 드러누웠는 게 그렇게 꼴 보기 싫어."

"좋은 풍경은 아냐."

"내가 병 중이라는 것도 좀 헤아려줄 아량이 없어?"

"무슨 체증이 그렇게 오래가, 병원까지 갔다 왔으면서."

임신도 중절도 그에겐 비밀이었다. 눈치가 무디어서 쉽게 속일 수 있었던 게 그땐 다행스러웠는데 뭘 몰라도 너무 모르니까 슬그머니 억울한 생각이 났다.

그녀가 신봉하고 완수해야 할 완전하게 동등한 남녀 관계에 있어서 여자 쪽을 일방적으로 불리하게 하는 게 임신과 출산이라는 걸 그녀가 전혀 고려 안 한 바는 아니었다. 그렇다고 출산이라는 인류의 미래가 달린 문제를 끝끝내 적대시하려는 건 아니었다. 언젠가 그 문제와 화해하리라. 여건만 허락된다면. 그녀가 바라는 건 다분히 추상적이었다. 막연했다.

철민이의 손이 뒤 스커트 허리 속에 낀 블라우스 자락을 조금씩 빼내기 시작했다. 그의 손이 마침내 옆구리의 맨살을 기기 시작했다. 그녀의 탐스런 젖무덤이 그의 손 안에 들었다. 그의 코가 그녀의 머리카락 속에서 뜨거운 숨을 쉬었다. 그의 손가락이 그녀의 유두를 희롱했다. 그의 손이 그녀의 스커트 자락을 걷어 올렸다.

변기 속에서 검붉게 우러나던 패드 생각이 났다.

"안 돼요."

그녀가 그의 손을 뿌리치고 스커트 자락을 내리면서 다리를 오므렸다.

"그게 그렇게 안 되는 건가? 빌어먹을……"

무안한 그의 손이 유두를 아프게 꼬집고 물러났다. 눈물이 나도록 모진 손버릇이었다. 생리일쯤으로 짐작하고 있으련만 도무지 인정머리라곤 없었다.

"벌써 세 번째야."

"머기?"

"빌어먹을 소리가."

"나 좀 볼래?"

철민이 돌아 누운 연지를 책장 뒤집듯이 가볍게 뒤집어 그녀의 얼굴을 찬찬히 들여다보았다.
"왜 그래, 내 얼굴에 뭐 묻었어?"
"네 소원대로 우리가 딴 사람처럼 살지 않고 독창적으로 살아서 넌 행복하니?"
그의 눈이 그 어느 때보다도 진실해 보였다. 진실한 눈이 진실한 답을 구하고 있다고 생각되자 그녀는 얼핏 눈길을 피했다.
"무슨 소리를 듣고 싶어 그래?"
"숨김 없는 소리를."
"자긴 안 행복해?"
"네가 행복하다면 참을게."
"참는다니? 자기 그 정도로 나한테 불만이 많아?"
"너한테라기보다도 우리가 사는 방법에 대해, 빌어먹을……."
"또 빌어먹을이야?"
"빌어먹지만 않으면 될 거 아냐? 빌어먹을……."
"내가 행복하다면 참는다구? 그게 언제까지 갈까?"
"너도 이제 곧 이런 생활에 싫증을 느낄 테니까 시간문제지 뭐."
"어림도 없어, 난 보통 사람처럼 살지 않기로 맹세했어, 수도 없이."
"누구한테? 어디서 빌어먹다 뒈진 귀신한테?"
"말 삼가. 나 자신한테 맹세했고, 자기 앞에서도 맹세했을 텐데."
"그래, 그때 난 보통으로 사는 것도 보기 좋더라고 말했었지. 지금은 그 정도가 아냐. 보통으로 사는 게 아름다워 보여. 눈물겹도록."
"그게 자기와 나와의 본질적인 차이라는 걸 왜 진작 몰랐을까?"
"지금이라도 알았으면 됐어."
"뭐가 됐다는 거야. 남을 이 지경을 만들어놓고……."
"네가 어디가 어떻게 됐는데?"
"아냐, 암것도."
연지는 검붉은 패드와 산부인과 병원에서의 그 굴욕적인 자세를 생각하고 몸서리를 쳤다.
그것은 순전히 실수로부터 비롯됐다. 실수 중에서도 가볍고 즐거운 실수로부터.
연지가 꿈꾼 완전하게 남녀가 동등한 생활에서 아이 문제는 아무리 지혜를 짜내도 방도가 떠오를 것 같지 않았다.
우선 잉태의 고통과 책임을 반분할 방법은 불가능했다. 반분은커녕 여자의 그런 고통을 통해 남자는 스스로의 우월감을 즐길지도 모른다고 생각했다.
연지가 그녀의 잉태를 감쪽같이 철민에게 속인 것도 철민이 중절을 반대할까 봐서가 아니라 그가 은근히 맛볼지도 모를 쾌감을 용납할 수 없어서인지도 몰랐다.
생리적인 고통 말고도 잉태한 여자가 일자리를 떠나지 않을 경우 주위의 경멸과 냉대, 아니면 모욕적인 동정이라는 사회적인 핍박은 남이 당하는 것만 보고도 그녀는 분격하고 또 분격해 마지않았었다.

연지는 여건이 허락할 때까지라는 구실로 신혼 초부터 철저한 피임을 고집했고, 현재 그들의 여건이 허락하지 않는다는 건 철민이도 동감이었기에 솔선 협조해주었다.

철민이 역시 그녀가 생각하는 여건이라는 게 사회적인 여건까지 포함한 그토록 복잡한 것인 줄은 모르고 있었다.

첫날밤부터 지킨 피임을 어긴 건 철민이 아버지 상중이었다. 선영이 천 리 길이나 되기 때문에 오일장이 불가피했다. 오일장을 치르고 미처 제집으로 돌아가지 못한 여러 형제가 넓지 않은 집에서 아무 데나 누울 자리만 있으면 시숙 곁이든, 처남댁 곁이든 가리지 않고 다리 뻗고 코 골았다.

철민이와 연지는 결혼한 지 한 달 남짓한 신혼이라 연지의 스스러움이 채 가시지 않은 마음을 헤아려선지 식구들의 호의로 나란히 눕게 됐다.

생전 처음 치러보는 큰일인 데다, 진일에 이골이 난 동서들을 따라다니며 흉내라도 내느라고 지칠 대로 지친 연지는 끙끙 앓는 소리까지 내며 곯아떨어졌다.

뜨겁고 끈끈한 괴물이 그녀의 숨통을 누르면서 성감대를 넘나드는 것 같은 답답하고 음탕한 꿈속에서 몸부림치면서 깨어나려는데 철민의 짓눌린 음성이 그녀의 귓전에서 더운 김을 뿜었다.

"나야, 나니까 꼼짝 말고 가만히만 있으면 돼."

아무리 자기 남편이라지만 기겁을 할 노릇이었다. 말로만 듣던 피난살이처럼 방 안 가득히 사람들이 포개 자다시피하는 속에서,

게다가 아직 선친의 삼우도 치르지 않은 상중에 이게 무슨 짐승 같은 짓이란 말인가?

그렇다고 말다툼을 하거나 뿌리쳐서 누가 행여 깨어나면 더더욱 망신이었다. 그녀는 등 뒤에서 철민이가 덮쳐오는 힘든 자세대로 순순히 협조적인 몸짓을 할 수밖에 없었다.

그렇다면 순전히 망신을 면하려고만 그랬을까? 아니었다. 두고 두고 생각할 때마다 얼굴이 화끈해질 만큼 그때 그녀 역시 그 비정상적인 환경에서 고조된 욕망으로 스스로 몸을 열고 그의 몸을 깊이 맞아들였던 것 같다. 하필 그날 밤, 그녀는 처음으로 성애의 쾌락을 알았다. 뒤에서 목을 감은 철민의 손등에 이빨 자국을 남길 정도였다.

그러나 그 대가는 무엇이었던가? 오장이 뒤틀리는 구역질과 그 끔찍한 수술대였다.

"차라리 배를 째고 해주세요."

그때 그녀는 간호원이 지시하는 그 굴욕적인 자세를 거부하면서 이렇게 단호하게 말했다.

"별꼴이야."

간호원이 쇳소리도 상쾌하게 하얀 휘장을 밀고 엉덩이를 휘두르며 나가면서 딱 한마디 했다. 광대뼈가 나온 여의사가 열린 휘장 저편에서 손을 씻으며 말했다.

"제왕절개 수술을 하고 싶으면 일곱 달쯤 더 있다 와요."

연지는 이를 갈며 그 굴욕적인 자세를 취했다. 우선 진찰 먼저 한

의사가 임신이 틀림없군, 하고 혼잣말처럼 중얼거렸다.

드러누워서 바라다본 여의사는 늙지도 젊지도 않았고, 그녀의 노출된 아랫도리를 신물이 나도록 취급한 상품을 대하는 상인처럼 노련하고 권태롭게 취급하고 있었다.

이건 형틀이다. 인간이 고안해낸 가장 굴욕적인 형틀이다. 죄명은 쾌락. 그렇다면 이 무슨 불공평한 형벌일까?

연지는 마취 기운이 돌아 의식을 잃기 직전까지 그녀의 그 굴욕적인 형틀과는 상관없는 고장에서 철민이 누리고 있을 자유에 대해서만 생각했다.

그는 아마 강의실에 있지 않으면 도서관에 있으리라. 가장 지적인 얼굴로 강의를 듣고 있지 않으면 술 두터운 책을 넘기고 있으리라.

아니면 건강한 두 발로 거리를 걷고 있으리라. 자신의 멋있는 폼과 잘생긴 얼굴을 거리의 여자들이 다 한 번씩 곁눈질하고 있으리란 자기만족을 즐기면서, 초여름의 산들바람과 가로수의 푸르름을 즐기면서.

그녀는 공범자 없이는 결코 이루어질 수 없는 쾌락의 대가를 혼자 치를 수밖에 없는 절대의 고독에 가위눌리면서 의식을 잃었다.

깨어나서, 한 건 또 올린 장사꾼처럼 능숙하고 일상적인 의사의 얼굴을 알아보면서 제일 먼저 떠오른 생각도 그 절대고독의 형틀을 앞서 거쳐간 수많은 여자들과 그 여자들이 벌 받는 동안 그 공범자들이 누린 자유에 대해서였다.

공범자들은 제법 책임감이 투철한 얼굴로 돈을 벌고 있기도 했고, 다방에서 하품을 하며 레지의 다리를 만져보고 있기도 했고, 내기 당구를 치고 있기도 했고, 오락실에서 우르르 쿵쾅 우르르 쿵쾅 돈과 시간을 죽이고 있기도 했고, 야구장에서 함성을 지르고 있기도 했고, 또다른 여자와 쾌락의 순간에 있기도 했다.

그녀는 그 굴욕적인 형틀에서의 고독을 견딜 수가 없어 앞서 그곳을 거쳐간 수많은 여자들과 그 공범자들을 떠올렸지만 결과적으로 그녀가 오랫동안 꾼 평등의 꿈이 무산되고, 결코 여자의 숙명은 거역할 수 없으리라는 음흉한 경고를 받아들인 게 되고 말았다.

"당신도……"

철민이 우울하고 심각한 얼굴로 하던 말을 계속했다.

"뭐, 당신?"

연지가 펄쩍 뛰면서 상체를 일으켰다.

"왜, 당신이 어때서?"

"자기 돌았어? 별안간 당신이 다 뭐야. 난 너로 족해. 너, 유에 해당하는 말 얼마나 좋아."

"당신도 유야."

"누가 그걸 몰라? 그렇지만 당신은 싫어."

"난 좋은 걸 어떡해. 우선 당신 식은 평등해서 좋아. 서로 당신이라 부를 수 있잖아. 당신 같은 평등주의자도 결혼하자 당신 남편 이름을 못 부르디고. 니라고도 못 하고. 왜시?"

"그까짓 호칭이 무슨 상관이야."

"왜 상관이 없어. 그리고 또 여보 당신이 좋은 건 보통 사람들이

다 그렇게들 부르고 사니까야. 보통 사람들처럼 사는 게 편해. 내가 우선 보통 사람이니까."

"내가 그렇게 싫어하는데도 자기 계속해서 보통 사람을 신봉할 거야?"

"당신도 곧 보통 사람들의 생활 방식에 동의하게 될걸."

"천만에."

"당신은 이미 동의했어."

"언제 내가?"

"당신은 왜 우리 둘이 있을 때만 나에게 밥을 시키고 설거지를 시키고 빨래를 시키지. 왜 내 친구나 당신 친구가 한 명이라도 오면 얼른 앞치마를 뺏어 입고 내 시중을 들고 보통 여자들과 다름없이 굴지. 그럴 때 당신이 보통 여자로 변하는 그 순발력은 옆에서 보기에도 놀라울 지경이야."

"지금 와서 그게 다 트집이야?"

"트집이 아니라 그 까닭을 묻고 있는 거야."

"까닭이랄 게 뭐 있어. 자기 체면 세워주려고 그러는 거지."

"남자가 앞치마 입는 게 체면에 관계된다는 건 아는군."

"자기 정말 왜 이래? 그게 다 불만이야?"

"불만이라서 이런 말 하는 게 아냐. 당신의 착각, 오해를 고쳐주려는 것뿐이지."

"착각, 오해?"

"그래 그것도 아주 큰. 생각해봐. 당신이 생각해낸 생활 방식이 옳은 거라면 만인 앞에 떳떳해야지 왜 숨겨."

"사람들이 이상하게 생각하는 게 싫어서 그래. 소문나는 것도 싫고."

"그럼 당신이 기를 쓰고 주장하는 평등은 겨우 이 열한 평 속에서만 활개치는 거로구먼."

"그게 아니라……."

"아무리 아니라고 해도 당신은 이미 보통 사람들의 생활과 생각에 동의하고 있다니까. 그렇게 발딱 드러누워 나를 부려먹을 때보다 앞치마 두르고 손님 대접할 때의 당신이 훨씬 더 자유롭고 행복해 보였거든. 결국 보통 사람처럼 사는 게 가장 편하단 얘기야."

"아, 그만, 그만둬요. 마치 우리가 무슨 특별한 사람들 같네."

"특별하면 여간."

"자기 그렇게 은근슬쩍 우리의 굳은 약속을 깨보려는 거지?"

"천만에, 당신이 먼저 깨면 모를까 내가 먼저 그 약속을 깨는 일은 없을 테니 염려 마. 빌어먹을, 친구 놈들이 습격올 만도 한데 왜 이렇게 감감무소식이지."

"또 빌어먹을야? 이제 그 수효도 까먹었네. 근데 남은 몸 불편해 죽겠는데 친구는 왜 기다려요?"

"당신이 한 음식 좀 얻어먹으려고, 앞치마 두르고 들락거리는 예쁜 이내의 모습도 김싱하고. 난 워낙 보통밖에 못 뇌는 위인이라."

"아유 능구렁이, 아까부터 친구 친구 하는 속셈이 결국은 그거였구나. 이제부턴 친구 아니라 당신 어머니가 오신대도 우리의 본디 약속대로 할 테니 각오하고 있어요."

"당신이 그 정도로만 특별하다면 난 당신을 존경하겠어."

철민이 경멸하는 투로 말했다.

그날은 재수 나쁜 날이었다. 적어도 연지에게는.

정말 철민이 친구가 한 떼 들이닥친 것이다.

결혼하고 나서, 시아버지 장례 치른 일주일간 말고는 주말마다 거의 거르지 않고 철민이 친구들이 몰려왔다.

친구의 부류도 가지각색이었다. 국민학교 동창서부터 대학 동창까지만 해도 네 부류인데, 재수 학원 동기가 있고 군대 친구에다 사회 친구 그리고 서울특별시로 편입된 지 얼마 안 되는 그의 동네 친구에다 그가 관계했던 두 개의 서클 친구까지 있었으니 그의 교우 범위의 다양함에 연지도 이제 어지간히 그로기 상태였다.

물론 그 열 종류도 넘는 친구의 범위가 딱 떨어지게 따로따로인 것은 아니었다. 겹치는 얼굴도 많았다. 실은 그 겹치는 얼굴이 문제였다. 대학 동창이라고 습격해와서 한턱 먹고 간 얼굴이 국민학교 동창과 겹칠 땐, 영락없이 며칠 후엔 국민학교 동창들을 몰고 그 리더가 돼서 습격을 오곤 했다.

그러니까 지금까지 백 명의 손님을 치렀다고 해도 그건 연인원일 뿐 실제로는 50명 안팎이었을 것이다.

오는 친구들마다 자그마치 열 명이 넘게 떼를 지어 왔다. 교자상이라도 놓고 술잔이라도 돌리려면 두 방 사이의 장지문을 떼어야만 했다.

철민이는 얼씨구 하며 뛰어 일어나 고기가 물을 만난 것처럼 생기 있게 장지문을 떼고 친구들을 한 방에 둘러앉게 했다.
연지도 별수 없이 웃는 낯으로 앞치마를 두르고 그 염치없는 족속들의 머릿수를 헤아렸다. 열세 명이었다.
주일마다 치른 열 명 이상 열다섯 명 미만의 친구들 치다꺼리를 계산에 넣는다면 매일 철민이한테 부엌일과 세탁을 시켜봤댔자 밑지는 건 그녀 쪽이다.
오늘이야말로 그걸 따지고 분명히 해야지. 친구들 치르는 건 신혼 시절 누구나 당하는 고역이지만 그 시기를 통해 요리 솜씨가 어느 정도 확립되는 중요한 실습기도 된다고 어떤 선배한테 들은 적이 있었다.
그래서 한두 번은 기꺼이 응했었다. 누구누구한테는 한턱했는데 누구누구는 빼놓아서 되겠느냐고 연지 쪽에서 먼저 초대할 것을 부추긴 적도 있었다.
그러나 그 일이 그들의 결혼 생활의 원칙인 부부의 동등을 크게 위태롭게 하고 있었다. 연지가 철민이를 공부시키는 동안은 철민이가 완전히 살림을 할 것, 몇 년 후 입장이 바뀌었을 때는 물론 살림의 의무도 연지에게로 돌아오겠지만 그 후 둘이 다 일을 갖게 되면 살림은 엄격한 윤번제로 할 것이 연지가 유난히 집착하는 남녀가 동등한 결혼 생활의 원칙이었다.
그런 원칙을 손님만 오면 스스로 변칙으로 바꾸는 연지도 문제였지만, 은근히 변칙의 기회만 엿보는 철민도 문제였다.

철민은 앞치마를 두르고 표정까지도 공손하고 평범해진 연지를 흘금흘금 곁눈질하며 열세 명의 친구를 마치 7년 가뭄 끝에 만난 단비처럼 대환영해 마지않았다. 열세 명도 적은지,

"야아, 왜 성태가 빠졌냐? 약에 감초가 빠져도 분수가 있지. 아니 홍구, 재현이 새끼도 안 왔잖아? 그 새끼들 요즘 버르장머리 없어졌어."

"야. 너 우리 멤버 전원이 몇 명인 줄 알기나 하고 하는 소리냐? 서른한 명이다. 자그마치 서른한 명. 네 와이프 생각을 해도 그렇고, 네 주택 사정을 감안해서도 그렇고, 차마 그치들을 다 끌고 올 용기가 안 나더라. 생각해봐라. 성냥통 속의 성냥개비처럼 꼿꼿이 섰다가 갈 수밖에 없는 꼴을. 여북해야 내가 눈물을 머금고 딱 절반으로 감원을 단행했겠냐? 너 빼고 열다섯 명으로 정원을 책정했는데 결혼한 놈 중에서 두 놈이 싹 빠져버렸잖아? 일요일은 뭐 가족과 함께라나? 나 개네들 변한 거 보면 정말 결혼할 맘 안 난다니까."

중고등학교로부터 대학까지 동창인 데다 한때 회사 물을 먹은 적도 있어 습격을 때마다 리더 노릇을 하는 석기가 이렇게 너스레를 떨었다.

곧이어 그들이 배달시킨 물건이 도착했다. 소주가 한 박스에다 비누, 성냥 따위였다.

그러나 소주 한 박스를 마셔버리기 위한 안주감은 파 한 뿌리도 없었다.

연지는 냉장고 속을 점검하면서 값싸고 푼한 있는 음식 몇 가지를

얼핏얼핏 머릿속으로 궁리했다. 요리 솜씨하곤 인연이 먼 거였지만 몸이 개운치 않은 그녀로선 최대의 성의였다.

처음 한두 번은 안 그랬다. 요리책도 보고 점잖은 자리에서 먹어 본 음식 흉내도 내고, 더러는 친정어머니의 자문도 받았다.

그러나 어떻게 된 게 철민이 친구들한테 당해선 쓴 음식도 거친 음식도 없었다. 아예 쓰고 단 게 없었다. 뭐든지 싹싹 먹어치웠다. 냉장고 속의 김치 깍두기, 젓갈류까지 바닥이 나야만 일어섰다.

이렇게 걸신이 들린 친구들을 번번이 잘 먹이다간 경제적으로 지탱하기도 어려웠지만 걸신들린 친구들을 경멸하는 마음은 또한 손님 대접을 아무렇게나 하게 했다.

드러누워 있을 땐 느끼지 못했던 아랫배의 뭉클한 통증도 그녀의 일을 더욱 짜증스럽게 햇다.

이거야말로 이중고란 생각이 났다.

여자이기에 걸머져야 하는 고통을 철저히 거부하리라. 모진 마음 먹고 시작한 결혼 생활이었다. 어쩌면 그럴 수 있는 시범 케이스가 되어 여봐란 듯이 큰소리치고 살 수 있을 것도 같았다. 그런데 시작서부터 남편 치다꺼리와 임신이란 이중고에서 허덕이게 될 줄이야.

앞으론 마냥 당하고만 있어선 안 될 것 같았다. 따지고 넘어가야 돼.

"그렇게 말딱 느러누워 나를 무려먹을 때보다 앞치마 누르고 손님 대접할 때의 당신이 훨씬 더 자유롭고 행복해 보였거든."

이렇게 능글대던 철민이 말로 미루어 그가 계획적으로 친구들을 마냥 끌어들이는 게 아닌가 하는 의심까지 들 지경이었다.

연지는 앞치마를 두른 채로 가까운 시장으로 달려갔다. 슈퍼마켓도 가까웠지만, 아직 아파트가 들어서기 전인 공지에 생긴 무허가 시장 쪽이 훨씬 물건값이 쌌다. 그녀가 원하는 허드레 술안줏감은 숫제 슈퍼마켓엔 있지도 않은 거였다.

연지는 돼지고기를 좀 살까 하다가 격하시켜서 빨랫방망이만 한 냉동태를 댓 마리 사고, 두부, 콩나물, 쥐포 등도 넉넉히 샀다.

아무리 싸구려로만 장만을 해도 넉넉지 못하면 냉장고 속의 장조림, 조개젓, 치즈 등 밑반찬이 거덜이 나게 돼 있어 결국 더 큰 손해가 난다는 걸 그녀는 경험으로 알고 있었다.

비교적 입이 짧은 그녀는 아무거나 잘 먹는 철민이의 식성이 연애 시절엔 싫지 않았었다.

철민이를 처음부터 마음에 차 하지 않았던 어머니도 그것만은 곱게 봐주면서 여자의 하고많은 고생 중 우선 한 고생은 덜었다고 좋아했었다.

그렇지만 일요일마다 싸구려 시장을 휩쓰는 연지의 마음은 결코 유쾌한 게 아니었다. 그들은 먹성이 대단하고 식성이 소탈하다는 걸로 음식의 질을 날로 격하시키면서 그녀는 뜻하지 않게 자신의 생활이 날로 격하되는 듯한 비관적인 생각에 사로잡히곤 했다.

또 그녀의 친구는 하나같이 식성이 고급스럽고 까다로워 장안의 이름난 레스토랑의 단골들이었고 하다못해 피자나 스파게티 정도의 간단한 요기를 위해서도 그걸 제일 잘한다고 정평이 난 데서 먹지 않으면 영락없이 배탈이 나고야 마는 신기한 입맛과 위장을 가지고 있었다.

연지가 그다지 그렇지 않았던 것은 그런 귀족적인 그룹에선 연지가 제일 말단에 속했기 때문인지 몰랐다. 사는 형편으로 보더라도 연지가 친구 사이에선 그중 못사는 편에 속했다.

그렇다고 그런 걸로 열등감 느낄 연지가 아니었다. 되레 그런 귀족적인 생활 방식의 속 들여다뵈는 허위와 허풍에 염증이 나서 철민의 서민적인 삶에 매혹됐는지도 모를 일이었다.

그러나 그녀가 친구들 중에서 가장 못살았던 거와는 반대로 철민이의 친구들은 어쩌면 그렇게 하나같이 극빈한지 철민이가 그중 잘사는 편이어서 선망의 적이 되고 있다는 데도 문제는 있었다.

연지는 그녀의 집과 철민의 집의 생활 정도의 격차를 힘 안 들이고 뛰어넘었다고 생각했었다.

그러나 그게 아니었다. 그녀는 철민이네 집을 전적으로 무시한 데 지나지 않았다.

시집을 무시하기는 쉬웠지만 남편의 친구를 무시하기는 쉽지 않았다. 그녀의 친구와 철민이의 친구와의 생활 정도의 격차는 그녀의 신분이 귀족에서 서민으로 전락한 것 같은 느낌이 되기도 했다.

그녀는 아무에게도 간섭받지 않은 자유의사로 철민과 더불어 철민의 서민적인 삶의 방식까지를 선택했음에도 불구하고 그런 느낌은 결코 유쾌한 게 아니었다. 고약스러운 굴욕감인지도 몰랐다.

연지가 비지땀을 흘리고 장을 봐가지고 왔을 때 철민의 친구들은 왁자지껄 갖은 궁상과 촌티를 다 떨고 있었다.

방금 화장실을 다녀온 리어카꾼처럼 아무렇게 힘만 세게 생긴 친구가 눈을 부라리며 악을 썼다.

"야아, 이놈아 철민이 녀석이 맨션에 안 사나? 좋구나, 좋아."

"맨션이라니?"

"맨션 아니면? 수세식 변소에 라지에타까지 있는데 맨션 아니고 뭐가? 야아, 이놈아 내숭 떠는 것 좀 보게."

"뭐, 라지에타가 있다구? 그라문 이게 이래 뵈도 중앙난방식 앙이가?"

"그래, 그러니까 맨션 앙이가?"

"맨션이란 그런 게 아니고……."

"마아, 입 닥치거라. 수세식 뒷간에 비싼 기름 때고 살면 맨션이지 맨손에 불알 두 쪽 달랑 찬 놈이 뭘 더 바라노."

"하긴, 내 형편에 맨션이다마다."

철민이도 못 이기는 척 두 손을 들며 항복하는 시늉을 하고 부엌으로 나와 연지의 장바구니를 기웃댔다.

부엌이라야 그들이 기고만장 떠드는 방과 한통속이었다. 부엌과 방 두 개를 합쳐봤댔자 소위 맨션 아파트의 거실만 한 넓이가 될까 말까 했다.

철민이 연지의 등에다 가슴을 비비며 귓전에다 소곤댔다.

"미안해, 내가 뭐 좀 거들어줄까?"

"싫어, 저 험구한테 무슨 소리를 들을려고."

연지는 수돗물을 크게 틀어놓고 쫑알댔다.
"험구라도 마음은 착한 친구야."
"뭐하는 치야?"
"치가 뭐야. 하늘 같은 남편의 친구한테."
"치가 아니면 도사?"
"도사라니?"
"계룡산에서 20년쯤 철학 공부하고 내려왔나 해서. 그렇지 않고서야 도시 문명에 저렇게 어둡다는 게 말도 안 되잖아."
"괜히 그러는 거야. 저 친구 내가 이렇게 잘사는 게 신통해서."
"이게 잘산다구? 저 도사는 뭐 해먹고 사는데."
"칠성물산의 해외관리부의 꽤 유능한 사원이야. 저 집도 개천에서 용 났지. 저 친구 공부시키느라 누이가 둘쯤은 희생됐을걸."
"희생이라니? 윤락행위라도 했나? 아유 몸서리나."
연지는 아직도 그녀의 등에 찰싹 붙은 철민이를 뿌리치면서 말했다.
"설마, 양반의 집안이야. 대학 못 가고 하난 은행에 다니고, 하나는 간호원이라지, 아마."
"그만하면 됐지, 그래 뭐가 희생이라는 거야?"
사사건건 기대에 어긋나는 바람에 연지는 발끈 화를 냈다.
"누가 알아? 저 친구 술만 취하면 자기 때문에 자기보다 머리가 몇 배 뛰어난 누이동생이 둘이나 희생을 했다고 꺼익꺼익 우는 버릇이 있거든. 그래서 그런가 보다 하고 있을 뿐이야."

큰 냄비에서 고추장찌개가 부글부글 넘쳤다. 얼른 뚜껑을 여니까 커다란 동태 대가리가 악어처럼 입을 크게 벌리고 떠올랐다.

연지는 속이 메슥메슥했다. 혹시 수술이 제대로 안 된 것일까? 광대뼈가 두드러진 여의사의 표정 없는 얼굴이 떠올랐다.

아랫배는 여전히 개운치 않았다.

이건 형틀이다. 인간이 고안해낸 가장 굴욕적인 형틀이다. 죄명은 쾌락, 그렇다면 이 무슨 불공평한 형벌일까?

연지의 생각은 수술대 위에서 정신을 잃기 직전까지 한 생각으로 이어지면서 도마 위에서 오이를 썰던 손이 빗나가 손끝을 베고 말았다.

"아이고, 아이고. 그러게 내가 뭐랬어? 내가 도와준다니까. 남편을 너무 위하는 것도 탈이라니까."

이렇게 큰소리로 외치면서 머큐롬을 가져오고 일회용 반창고를 찾느라 허둥대는 철민이 연지는 조금도 고맙지 않았다.

실상 상처는 손톱이 좀 깊이 잘렸을 정도로 대단치 않았고, 철민의 태도는 진실보다는 허풍이 강조된, 연지보다는 친구들을 의식한 전시효과적인 것이었다.

"하아, 저 녀석 사람 아주 베렸다, 앙이가? 이 형님이 저렇게 모자라겐 앙 가르쳤구만."

그 밉살스러운 도사가 다시 밉상을 부렸다.

그중에선 제법 매끈하게 도시적으로 생긴 친구까지 한마디 이죽댔다.

"형수님이요, 제발 대강대강 해주시죠. 예전의 빈처는 풍류 좋아하는 서방님 친구 대접을 위해 삼단 같은 머리를 싹둑 잘라서 팔아다가 술과 안주를 장만하고 머리엔 수건을 쓰고 술상을 들여오면서도 얼굴엔 화색을 잃지 않았다는 갸륵한 미담도 들은 적이 있습니다만, 우리 같은 불한당 친구들한텐 쇠고기 대신 냉동태도 과남한데 뭣하러 손가락을 아낌없이 잘라서 고기맛을 내려 하십니까?"

"야아, 넌 그걸 정말 미담이라고 생각하니?"

말수가 적고 무턱대고 심각하게 생긴 친구가 그 말에다 엉뚱한 시비를 걸었다.

"그럼, 그게 미담이 아니면? 만고의 미담이지."

"이런, 생긴 꼴에다 사고방식까지 그래 가지곤 넌 생전 몽달귀신 못 면할 테니 그런 줄 알아라."

"이 새끼가 말끝마다 악담이야. 두고 보자 누가 먼저 몽달귀신 면하나."

"우리가 몽달귀신 면하려면 형수님한테 잘 보이는 수밖에 없는데 생각해봐라. 아까 그게 미담이라니? 그야 남성 본위의 사고방식으로 보면 미담은 미담이지. 그렇지만 여성의 입장에서 보면 그게 얼마나 끔찍한 얘기겠냐. 몬도가네 시리즈로 내보내서 온 인류가 진저리를 치고 저주를 퍼붓게 해도 시원치 않을 잔혹담일 게다. 그러니까 인마, 눈치가 좀 있어라, 눈치가. 그 지나간 호시절의 미담을 그리워하는 건 우리끼리 있을 때나 할 비밀스러운 쾌락이고 여기가 어디라고 감히 그런 얘기를 발설하냐, 하길."

"일이 그렇게 돌아가나?"

미담의 발설자는 아직도 어리둥절한 표정이었다.

"쟤는, 시대감각이 없는 게 탈이야."

"흥, 공간개념은 있고?"

"둘 다 없으면 그럼 쟤는 뭐니?"

"시간과 공간을 초월한 그 무엇?"

"아서라, 사람 하나 병신 아니면 유령 만들겠다."

사람들이 돼먹지 않은 소리로 자기를 가지고 놀건 말건 미담의 발설자는 멀뚱멀뚱한 시선으로 혼자서 감탄을 하고 있었다.

"난, 눈치란 절에 가서 새우젓 얻어먹을 때나 써먹는 건 줄 알았지 몽달귀신 면할 때도 써먹는 건 줄은 미처 몰랐네. 그러니 몽달귀신 면하기가 어려울 수밖에…… 젠장."

이렇게들 찧고 까불고 왁자지껄하는 사이를 들락대면서 교자상을 놓고 김치보시기를 나르고 수저를 놓는 철민이한테 연지는 짬짬이 작은 소리로 쫑알댔다.

"실망이야, 정말 실망이야."

아무리 작은 소리로 말하려 해도 속에서 울화통이 치미는지라 '실망' 할 때마다 얼굴이 험상궂어지고 이 사이로 침이 튀겼다.

"왜, 또 그래? 참아, 참아. 내가 나중에 무슨 벌이든지 달게 받을게, 제발 참아."

"저 사람들이 자기 친구라니 정말 실망이야. 친구를 보면 그 사람 됨됨이를 안단 말이 제발 거짓이었으면 좋겠어."

"저 친구들이 왜 어때서? 다 나보다 나은 놈들이야."

철민은 연지의 화를 돋울 셈인지, 조금만 참아달라고 애걸할 셈인지 분간 못 할 윙크를 보내고 다시 음식을 나르기 시작했다. 더러는 나와서 거들기도 해서 순식간에 술자리가 마련됐다.

방 두 개를 튼 넓이는 교자상을 두 개 들여놓고 그들이 어깨를 비비고 앉기에 족했다.

그들은 우선 철민이의 출세를 소리 높이 축하하며 술잔을 들었다.

"너 정말 출세했다."

"나도 그렇게 생각한다."

철민이도 자신의 출세를 순순히 자인했다.

"네 주제에 맨션 아파트가 웬 말이냐?"

"맨션 아파트쯤이야. 재색을 겸비한 학사 아내를 부엌데기로 부리는 재미가 더 삼삼할걸."

"아닌 게 아니라 내가 여태껏 한 일 중 결혼처럼 하길 참 잘했다 싶은 것도 없더라. 결혼을 일컬어, 해도 후회하고 안 해도 후회한단 말이 있지? 그거 말짱 헛소리야. 하여튼 한 번만 해봐라. 절대로 후회 안 할 테니. 그게 바로 결혼이라는 거더라. 아무튼 세상이 확 달라지니까."

"아이구, 나 못 살아, 이놈아가 남의 속을 확 뒤집어놓잖아?"

"야아, 내노 좀 어떻게 너한테 빌붙어 줄세 솜 해볼 수 없겠냐? 친구 좋다는 게 뭐간디?"

끓이고 지지고 볶은 음식을 다 들여가고 나니 연지는 몸둘 곳이 없었다. 부엌에 붙은 작은 식탁에 앉았자니 방 안이 너무 빤히 들여다보였다. 술상을 차리는 동안은 그래도 연지를 흘금흘금 쳐다도 보고 더러는 말도 시키고 미안한 시늉을 하며 관심을 보이던 남자들이 한상 받자 연지는 거들떠도 안 보고 저희끼리만 떠들었다.

철민이 친구들은 하나같이 그랬다. 주부가 부엌데기로서의 소임만 끝내고 나면 안중에도 없었다. 상대방은 안중에도 없어 하는 존재를 드러내놓고 있기처럼 거북하고 쑥스러운 일도 없었다.

연지는 그녀의 몸을 가려줄 단 하나의 공간인 화장실로 들어가 문을 잠갔다. 열한 평짜리 아파트 화장실은 욕조도 없이 샤워와 변기만 있는 비좁고 공기가 안 통하는 답답한 밀실이었다.

밖에선 연방 출세, 출세…… 하는 소리가 들렸다.

우리의 결혼이 철민이에게 출세라면 상대적으로 나에겐 전락이 되는 게 아닐까. 출세, 출세 소리가 전락, 전락이 되어 일제히 그녀를 비웃는 것 같았다.

그녀는 문이 잘 잠겼나를 확인하고 패드를 뽑았다. 아직도 깨끗지 못한 패드와 비릿한 냄새가 그녀의 비위를 건드렸다. 그녀는 소리 죽여 헛구역질을 했다.

그녀는 그것을 변기 속에 집어넣고 구정물이 우러나는 모양을 세심하게 관찰했다. 그러나 아무리 들여다봐도 그 여의사의 처치가 잘못됐을지도 모른다는 의혹을 씻을 만한 무엇을 발견할 수는 없었다.

의혹은 차라리 수술대보다 더 불쾌했다. 그 굴욕적인 형틀에 모르고 한 번 올랐지 어찌 두 번씩이나 오를까 보냐. 오직 그 일을 위해서 태어난 것처럼 기술적으로 보이던 그 여의사가 실수를 했을 가능성은 극히 희박했다. 그러면서도 그 드물게 재수 나쁜 쪽으로 자신을 처리하려는 것은 무슨 까닭일까?

그녀가 일하는 잡지에서 특집으로 임신중절 문제를 다룬 적이 있었다. 그 특집을 위해서 그녀가 면담한 어느 유명한 산부인과의 말이 생각났다.

"수술 중 유일하게 장님도 할 수 있는 수술이죠. 그렇다고 절대로 쉽다는 뜻은 아니고, 순전히 손끝에 오는 감촉 하나로 하는 수술이니까 경험이 가장 중요하죠. 경험을 쌓게 되면 큐렛 끝으로 눈이 옮겨붙는단 말이 있는데 글쎄요, 난 그 방면의 경험을 쌓을 기회가 거의 없었기에……."

학위도 명성도 없지만 그 방면의 경험만 믿고 찾아간 여의사였다. 실수했을 리가 없었다.

바로 문밖에서 떠드는 소리가 딴 세상에서의 일처럼 근심 없고 활기차게 들렸다.

수술대 위에 누워서 건강한 두 다리로 거리를 활보하거나 가장 지적인 얼굴로 어려운 책을 읽고 있을 철민이를 상상하면서 느낀 고독감보다 더 절절한 고독감이 젖은 밧줄처럼 그녀를 옭아맸다.

그녀는 변기 언저리에 주저앉아 신음했다. 신음은 구역질을 동반했다. 변기의 꼭지를 누르자 패드가 검붉게 우러나면서 소용돌이치고 깨끗해졌다.

현대란 얼마나 편리한 시댄가? 특히 증거 인멸을 위해선.

그녀는 뒤틀린 속을 가라앉히기 위해 뚜껑 덮은 변기를 의자 삼아 걸터앉았다.

이게 무슨 꼴이람. 소위 맨션 속에서 주부의 프라이버시가 겨우 변기 위에 달렸다니.

문득 자기가 왜 수술이 잘못됐을지도 모른다는 근심을 하는지 알 것 같았다. 그렇게 자꾸만 재수 나쁜 쪽으로만 자신을 처리하려는 것은 자기의 결혼도 하나의 재수 나쁜 사건이나 실패쯤으로 보고 있기 때문이 아닐까.

인생도 운동경기처럼 마냥 상승기류를 탈 적이 있는가 하면 슬럼프라는 것도 있다. 좋은 일은 좋은 일을 불러오고, 나쁜 일은 나쁜 일끼리 줄을 서려 든다. 한 일이 뜻대로 안 되고 나면 무슨 일이든지 뜻대로 안 될 것 같아 겁부터 난다. 여북해야 안 되는 놈은 뒤로 자빠져도 코가 깨진다지 않는가.

연지는 중절이 뜻대로 안 됐을지도 모른다는 기우를 통해 자신의 결혼이 실수일지도 모른다는 더 큰 의혹을 끌어내려 하고 있었다.

밖에선 아주 더 가져오라고 아우성이었다. 철민이가 여보도 아니고 어이, 어이 하면서 손뼉을 치는 소리도 들렸다.

철민이 친구들은 이번 패거리뿐 아니라 딴 패거리들도 똑같이 염치가 없고 걸신들이 들려 있었다. 친구가 하나 신혼살림을 차렸다 하면 당분간 긋고 먹을 수 있는 만만한 대중음식점이라도 하나 생겨난 것처럼 신바람이 나서 설쳤다.

연지는 거울을 보고 호젓한 방에서 휴식을 취하고 난 것처럼 온화

한 얼굴을 꾸미고 부엌으로 나갔다.

그들도 연지가 밀실의 침대에서 낮잠이라도 즐기다가 나온 줄 아는지 다시 맨션 찬양을 시작했다.

"맨션이 정말 좋기는 좋구나. 단칸방 살림도 사랑만 있으면 나는야 좋다지만 친구 놈들이 습격올 때 정말 죽겠더라. 죽겠는 게 내가 아니라 와이프지만 말야."

이러는 걸로 봐서 그 친구는 기혼인 모양이었다.

"지난 겨울엔 글쎄 문밖에서 입의 혀처럼 술시중을 들던 와이프가 온데간데가 없는 거야. 날도 추운데 한데 부엌에서 마냥 대기 중일 수만 없겠지, 안집에 들어가 잠깐 몸을 녹이겠거니 관대한 마음으로 봐주려니 이게 나와야지. 취중에도 버르장머리를 그렇게 들여선 안 되겠다 싶어 미닫이를 밀어붙여서 열어젖뜨리고 안에다 대고 벽력같이 악을 쓰려는데 쪽마루 밑에 뭔가 희끄무레한 게 웅크리고 있잖아. 내려다보니 글쎄 와이픈 거야. 추워서 연탄아궁이에서 불을 쬐다가 그만 가스를 맡고 기절을 한 모양이야. 술이 대번에 확 깨면서 와이프를 들쳐 업고 병원으로 한달음에 달려가면서 내 철나고 처음 엉엉 울었다니까. 말도 마, 그때 놀란 거. 엉엉 울면서 다시 술 먹으면 사람의 새끼도 아니라고 하늘을 두고 맹세했건만, 히히히······."

"그리게 난 집 장만하기 선에 상가를 안 가잖아."

"여자는 있고?"

"더도 말고 덜도 말고 요만한 아파트 하나만 있어 봐라. 철민이 녀석도 여자를 꿰찼는데 설마 나라고 여자 하나 못 구할까?"
"너 요만한 아파트라고 얕잡지 마라. 이게 적어도 맨션이야, 맨션. 얼마나 쓸모가 있냐?"
"하긴 그래. 이 장지만 막으면 이쪽은 서재. 짜아식 아니꼽게 서재씩이나 있어가지고……. 그리고 이쪽은 식당, 아니구나 침실이지. 죽여주네 죽여줘. 식당은 부엌하고 겸용이지? 2인용 식탁 놓고 둘이 마주 앉으면 밥맛 한번 꿀맛이겠다. 쳇 우리가 언제 적부터 잠자는 데, 밥 먹는 데, 글 읽는 데를 구별하고 살았누? 똥 싸는 데나 겨우 구별하고 살았지. 철민이 너 장가 잘 가서 별안간 문화생활 하게 됐다고 올챙이 적 생각 안 하면 재미없다. 내가 계수 씨한테 낱낱이 폭로할 테니까."
"왜, 우리 집이 어때서? 화장실만 재래식이다 뿐이지 널찍하고 괜찮잖아?"
"뭐, 널찍해? 쟤가 외눈 하나 까딱 안 하고 신분을 조작하네. 지금은 좀 나아졌겠지만 느네 형들 장가만 들여놓고 셋방 하나 내보낼 돈이 없어서 한집에서 복작거릴 때 생각 안 나?"
"으응, 그때? 그땐 최악의 시기였다. 내 생애에서."
철민이 변명을 할 셈인지, 장단을 맞출 셈인지 유들유들 잘도 맞장구를 쳤다.
"그때가 최악의 시기였다구? 얘가 정말 수단방법 안 가리고 신분을 조작하네. 내가 알기론 그때 네 주거환경은 좀 나빴을지도 모르지만 호주머니 사정은 네 일생 중 그때가 아마 제일 윤택했을 게다.

아마 네 방을 빼앗아서 신방을 꾸민 형이 오다가다 돈푼이나 꾹꾹 찔러줬나 보지. 너한테 담뱃갑이나 얻어 피고 가락국수라도 얻어먹은 게 그때가 전무후무하게 처음이었으니까."

"짜아식, 아무리 그럴까?"

"가만, 가만. 이의 신청은 내 얘기 끝나거든 받아줄 테니까 그때까지 기다리고 지금은 내 발언 도중이야. 그때 네 방 생각나니? 정말 지독한 방이었어. 하여튼 뒷간을 줄이고 꾸몄다면 말 다했지. 그때의 너를 잊을 수 없기에 지금의 네 출세가 눈물겹지 않을 수 없도다. 에에또, 여름에 그 좁다란 골방 벽으로 구더기가 허옇게 기어나오던 생각은 나겠지?"

"야아, 너 말재간만 믿고 사실을 왜곡하지 마. 그게 왜 구더기니? 쌀벌레나 좀벌레나 그런 거였을 거야."

"그래 그건 철민이 말이 맞다. 구더긴 파리가 되기 위해 흙 속으로 들어가지 벽을 타고 기어다니진 않을걸."

누군가가 제법 과학적인 얼굴로 그들의 논쟁에 개입했다. 그때 칠성물산 친구가 꽥 하고 호령을 했다.

"이놈아들 언제까지 구더기 타령을 할까가? 어르신네 어두 뜨으시는데 비위 상하시라고……."

이러면서 동태 대가리를 뼈째 자근자근 씹고 있었다.

"어보, 뭐 좀 더 내오지 그래? 김치 깍두기라도. 안주가 모자라서 일껏 사온 술을 남기고 가면 내가 면목없잖아."

철민이 일부러 비굴하게 웃으면서 엉덩이를 쳤다.

연지가 차마 김치 깍두기만 내갈 수가 없어 먹다 남은 햄과 치즈에다 오이, 당근, 풋고추를 곁들여서 마요네즈하고 같이 한 접시를 꾸며서 내갔더니 환성이 터졌다.

"야아, 느들 남기는 것도 좀 있어 봐라. 어떻게 된 게 내 친구 놈들은 하나같이 며칠 굶고 달려든 것처럼 냉장고 속까지 휩쓸고 가는지 우리 와이프가 뭐라는 줄 아니? 마라폰다가 지나간 자국이래."

"마라폰다가 뭔데?"

"글쎄, 태풍 이름인가?"

"태풍 이름치고 그렇게 남성적인 이름도 못 들어봤는데."

"오오라, 중생대 지구의 왕 공룡 이름일 거야."

"공룡이면 공룡이지 이름이 뭐 하러 또 있냐."

"그런가?"

"그럼 유럽의 각설이 뗀가?"

"유럽의 각설이 뗀 집시 아냐?"

"그럼 뭘까?"

"농작물을 싸그리 먹고 지나간다는 무서운 곤충의 이름인가?"

"아냐, 아냐. 펄벅의 『대지』에 그런 곤충 얘기가 나오던데 그냥 메뚜기 떼로 돼 있던데."

"아무튼 내 친구들은 먹성만 경이적인 게 아니라 진리 탐구의 열성 또한 경이적인 건 알아줘야 한다구."

"시끄이, 시끄이. 열성만 있으면 뭘 해. 방법론이 그래가지곤 진리는커녕 동태찌개에서 동태 대가리도 못 건져 올리겠다. 계수씨의 발설이니 계수씨한테 물어보면 될 걸 가지고 웬 말들이 그렇게 많아."

"참 그렇구나."

친구들이 일제히 바보 나라의 백성처럼 백치스러운 표정을 꾸미고 형수씨니 계수씨니 하며 연지를 불렀다.

연지 역시 마라톤다가 정확히 뭔지 알고 써먹은 게 아니어서 모른다고 대답했다.

"글쎄 그럴 줄 알았다니까. 여자들이 본질적인 것이 무식하기가 어느 정도냐 하는 것은 그들의 언어 생활의 부정확성만 봐도 알고도 남는다니까."

친구들 중의 하나가 이렇게 기고만장 사뭇 쾌재를 부르자 모두 덩달아서 연지를 얕잡는 얼굴이 됐다. 연지는 속으로 그럼 여태껏 당신네들이 맨션 하고 떠벌린 것은 정확한 표현인 줄 아느냐고 비웃었지만 말로 하진 않았다.

그녀는 지칠 대로 지쳐 있었다. 남편의 술시중을 들다가 연탄아궁이 언저리에 코를 박고 기절했다는 불쌍한 아내가 차라리 부러웠다.

이왕 불쌍하게 되려면 그 정도로 극한까지 불쌍하게 되는 게 차라리 나을 것 같았다. 아내를 업고 가며 더운 눈물을 쏟았다고? 다시는 술을 안 먹겠다고 하늘에 맹세했다고'?

그 불쌍한 아내가 목숨 걸고 얻어낸 게 집에서 병원 갈 동안의 지속력밖에 없는 눈물과의 맹세였다니.

그러나 그녀에겐 그 정도의 충격이나마 철민에게 줄 수 있는 연탄 아궁이조차 없었다.

연지는 철민의 궁상맞은 친구들이 맨션 맨션 하면서 질시하는, 최소한의 문화 시설을 수용한 최소한의 공간이 미칠 것처럼 답답했다.

그녀는 급히 문밖으로 나갔다. 화장실조차 이제 그녀의 밀실이 되지 못했다. 맥주가 아니어서 덜한 편이었지만, 주정뱅이들이 자주 화장실을 드나들기 시작했다. 웩웩 토하는 친구도 있었다.

문밖도 열린 밖은 아니었다. 계단이 있고 쓰레기통이 있고 딴 집의 문들이 있는 작은 통 속이었다. 통 속에 달린 작은 창밖은 어느 틈에 깜깜한 밤이었다. 하늘엔 별 한 점도 없었다.

하루를 산 게 아니라 잃어버렸다는 생각이 절절했다. 그녀는 바람을 쐬러 거리로 나가려던 생각을 포기하고 우두커니 창밖의 어둠을 내다보았다.

철민이 뒤에서 그녀의 어깨를 잡았다. 더운 김과 함께 술 냄새가 그녀의 목고개를 휘감았다.

"왜 그래?"

"억울해서."

"뭐가?"

"잃어버린 하루가."

"이제 대강 치렀어."

"대강이라면 또 남았단 소리 아냐?"

그녀가 잃어버렸다는 건 그런 뜻이 아니건만 그녀는 어물쩍 동조했다. 피곤하기도 했지만 자포자기한 심정이기도 했다.
"좋은 수가 있다. 요다음 일요일엔 우리 등산 갈까? 아침부터 집을 비우는 거야. 제깟 것들이 산까지 따라올 거야 어쩔 거야?"
연지는 돌아선 채 등 뒤에서 철민이 으스대는 걸 감지하고 쓸쓸하게 웃었다.
"피곤해."
"그래 보인다. 들어가서 쉬어. 시중 안 시킬게."
지금 피곤한 것도 사실이지만 연지가 피곤하다고 말한 건 다음 일요일이었다.
직업여성에게 일요일의 완전한 휴식이 얼마나 큰 활력소가 되고, 앞으로의 일주일의 컨디션을 좌우한다는 걸 헤아릴 척도 안 하는 철민에게 야속한 것을 지나 울컥 혐오감을 느꼈다.
그녀가 천천히 돌아섰다.
"우울해 보여, 뽀뽀해줄까?"
철민이 그녀의 어깨를 보듬어 안으려고 했다.
"주책이야."
연지는 그의 손길을 매몰차게 뿌리치면서 그런 철부지와 일생을 같이할 일이 참으로 난감하게 여겨졌다. 여태껏 어떤 난관과 부딪쳐도 그렇게까지 난감해한 적은 없었던 것 같았다.
그들은 안으로 들어왔다. 연지는 식탁 의자에 앉았다.
주정뱅이들은 이제 안주를 더 달랠 단계를 지나 깡소주를 마시고 있었다. 깡소주가 그들의 가슴에 불을 붙인 것처럼 서로의 말소리가 불꽃처럼 활기 있어 졌다.

그러거나 말거나 연지는 식탁에 엎드려서 눈을 감았다. 행주처럼 피곤하고 비참했다.

사나이들의 도도한 담론은 노자, 장자로부터 에리히 프롬, 앙리 레비, 앨빈 토플러, 레비 스트로스 등 당대의 지성까지를 섭렵하기 시작했다. 실은 더 많은 이름들이 거침없이 거론됐지만 연지가 그런 사람이 있다는 정도라도 알아들을 수 있는 게 그 정도였다.

그들은 이제 연지의 존재에는 조금도 관심이 없었다. 식탁에 코를 박은 게 아니라 연탄아궁이에 코를 박고 있대도 그들은 아마 모른 척했으리라.

연지를 더욱 비참하게 한 것은 맨션이 뭔지도 모르는 것처럼 허술한 시골뜨기 티를 더덕더덕 내던 푼수로는 그들의 담론이 아주 엉터리 수작만은 아닌 것 같은 거였다.

끼워주지도 않겠지만, 끼워준대도 한마디도 참견할 수 있을 것 같지 않게 제법 어느 수준에 도달한 것 같은 박학도 놀라웠지만 아무것도 모르고 들어도 재미있게 제법 감각이 번뜩이고 통찰력이 예리한 말솜씨도 얕잡을 수만은 없는 거였다.

"꼴값들 하고 있네."

연지는 소리 내어 이렇게 중얼거리면서도 속으론 뼈저린 상실감을 곱씹고 있었다.

그들의 그 기고만장한 지적인 담론의 세계가 본디는 그녀의 것이었던 것을 빼앗긴 것처럼만 억울했다. 그것을 빼앗긴 그녀는 부엌데기일 뿐이었다.

그들의 담론은 이제 그녀도 이름이 친근한 한국의 지성으로 옮겨졌다. 이름이 친근할 뿐 아니라 매달 그녀가 원고를 받기 위해, 또는 인터뷰를 위해 빌붙고 쫓아다닌 한국의 쟁쟁한 지성들을 그들은 닥치는 대로 작살을 내고 있었다. 그들의 건강한 이빨 사이에서 부서지지 않고 배길 명사가 있을 성싶지 않았다.

"저희들이 아무리 잘난 척해봤댔자 문화적인 사대주의를 극복하진 못했구나."

연지는 그렇게라도 그들을 경멸하는 걸로 자위하려 했다. 그러나 그들이 서구의 지성들에 대해 편 종횡무진한 박학도 경도였는지 비판이었는지 그것조차도 연지는 제대로 알아듣지 못하고 있었다.

그녀는 마치 부뚜막에 곯아떨어진 가엾은 부엌데기처럼 식탁에 코를 박고 몸을 웅숭그린 채 깊은 잠에 빠졌다.

친구들이 웅성웅성 떠나는 소리를 잠결에 들은 것도 같고 일어나서 뭐라고 배웅을 한 것 같기도 했다. 연지가 새벽에 눈을 뜬 곳은 그래도 식탁이 아니고 방바닥이었다. 친구들이 서재라고 높여준 철민의 공부방과의 사잇문은 열린 채였지만 교자상은 대강 치워져 있었다.

그러니 설기지기리는 싱크대에 산직돼 있어서 음식 썩어가는 악취를 풍기고 있었다. 요도 안 깐 채 옆에 곯아떨어진 철민의 입에서도 같은 악취가 푸욱푸욱 숨결의 높낮이와 함께 피어오르고 있었다.

여름날 새벽은 다섯 시도 안 된 시간인데도 벌써 박명을 벗어나 눈에 띄는 사물들이 염치도 없이 명료했다.

월요일일걸. 오늘이.

그녀는 악취에 코를 틀어막고 절망적으로 그런 생각을 했다.

마치 갓 떨어진 신문처럼 그녀가 취급할 말과 활자가 싱그러운 냄새를 풍기며 새롭게 다가오던 처녀 적의 신선한 월요일이 아득한 옛날 일처럼 회상됐다.

오늘이 월요일이란 사실보다 그 시절을 결코 돌이킬 수 없다는 게 그녀를 더욱 절망시켰다.

몸을 일으켰다. 다행히 아랫배는 거뜬했다. 불편하게 잔 깐으론 몸도 개운했다.

직업의식이 그녀에게 활기를 불어넣고 동작을 민첩하게 했다.

그녀가 맡은 인터뷰 기사를 오늘까지는 대강이라도, 어떻게 윤곽을 잡아야 하겠는데 그게 도무지 될 성싶지가 않았다. 깜깜하다가도 닥치면 그럭저럭 잘해내던 자신의 솜씨도 이번만은 그 능력이 믿을 게 못 됐다.

인물 선정서부터 잘못된 걸 인정 안 할 수가 없었다. 그렇더라도 누구 탓조차 할 수 없는 처지였다. 한국 최고의 지성이라고 자부하는 그녀가 근무하는 잡지사의 가장 두드러진 기획물인 인물 탐방은 20회나 지속되는 동안 한 번도 여류를 취급한 적이 없었다.

연지가 인물 탐방을 쓰기 시작한 지는 5개월밖에 안 됐지만 그 실력을 인정받아 인물 선정에도 발언권이 생기자 그녀는 적극적으로 여류를 끼워넣기를 주장하고 나섰다. 편집회의에서 그게 긍정적으로 받아들여지자 그녀가 평소 존경도 하고 관심을 가지고 지켜본 여권운동가 현순주 여사를 추천했다.

연지의 열의에 감동을 했는지 남자들의 호기심에서였는지 일은 연지가 바라는 대로 됐지만 연지를 지켜보는 편집실의 눈은 냉소적인 거였다.

처음엔 그런 냉소를 남성들의 편견이려니 하고 되레 무시해주려고 했지만 막상 인터뷰를 해보니 그게 아니었다. 인터뷰는 관례대로 하루에 끝나는 게 아니고 며칠을 따라다니면서 여사의 생활권을 두루 섭렵하고 아울러 인간성도 파악해야 한다. 오래 접촉할 것도 없이 알맹이 없이 겉치레만 요란한 여사의 인간성과 활동성에 연지는 너무도 빨리 환멸을 느끼고 말았다.

그러면서도 주위의 냉소적인 시선은 현순주 여사의 실상을 보여주기보다는 허상을 만들지 않을 수 없도록 그녀를 몰고 갔다. 그녀의 이런 속셈을 눈치챈 차장은 이렇게 비꼬았다.

"층이 두터워야 파낼 게 있지. 여류들이란 게 워낙 자체의 층도 얇아서."

연지는 눈곱을 뜯으며 일어나서 카세트를 들고 식탁으로 나갔다. 작동 버튼을 누르자 현순주 여사의 쨍쨍한 목소리가 울려 나왔다.

"오늘의 시점에서의 우리가 당면한 여권운동이라는 게 그래요. 내가 돌아본 서구 선진국의 여권운동과 비교해서 참으로……."

이 여사는 왜 대뜸 목청부터 높이는 걸까. 연지는 우선 그 쨍쨍한 목소리가 역겨워 볼륨을 좀 낮추려는데 철민이 눈을 비비며 소리를 질렀다.
"여보, 여보 나 좀 살려줘. 꼭두새벽부터 여편네가 재수없게······."
꼭두새벽부터 여편네가 재수없게······라는 철민의 투정이 가뜩이나 곤두선 연지의 신경을 참을 수 없이 불쾌하게 했다.
"뭐라구요?"
그녀는 바락 악을 쓰며 철민에게로 돌진해서 단박 단판을 내려고 했지만 다시 잠든 철민은 꿈쩍도 안 하고 코를 골았다.
그 밉살스럽도록 천진한 얼굴에 손톱자국이라도 내줘야 직성이 풀릴 것처럼 연지의 심사는 잔뜩 뒤틀려 있었다.
아침에 여자의 큰소리나 날치는 행동을 꺼리는 생각은 식구들의 먹이를 위해 목숨을 걸고 사냥을 나가야 했던 수렵사회 남성들의 미신적인 사위에서 유래됐음 직하다. 그걸 요지부동 보장된 쥐꼬리만 한 월급에 매달린 현대의 남성들이 아내의 극성을 다스리기 위한 수단으로 마냥 써먹으려 드는 것도 가관인데, 그나마의 남성 역할도 아내에게 떠맡긴 주제에 그 녹슨 칼을 휘두르려는 철민을 연지는 일단 짚고 넘어가야 할 것 같았다.
그동안도 카세트에선 현순주 여사의 쨍쨍한 금속성 고음이 계속되고 있었다.
"마아, 남녀평등이 아직도 이르다는 시기상조론처럼 우리 여성들이 속아 넘어가기 쉬운 함정도 아마 없을 거예요. 우리는 그것부터 쳐부숴야 합니다. 그러나 마아, 그 시기상조론에도 일리가 없지 않아 있다는 건 인정 안 할 수가 없다는 데 여권운동의 고충 역시 없을 수가 없는 거죠. 마아."

마아와 부정의 부정의 남용과 필요하지 않은 대목에서 흥분하는 고성은 여사가 주장하려는 게 뭔지 도무지 종잡을 수가 없게 했다.

연지는 철민에 대한 분노보다도 현순주 여사에 대한 씁쓸한 실망을 가눌 길이 없어졌다.

여사는 훌륭한 집에서 살고 있었다. 응접실은 으리으리했고, 서재는 엄숙했고 가정부는 어느 사장님의 비서 못지않게 교양 있고 입의 혀처럼 완벽한 시중을 들고 있었다. 그런데도 여사의 가정에서의 위치는 공허해 보였다.

인터뷰하는 자리를 함부로 지나다니는 여사의 자녀들은 인사성이라곤 없었다. 야릇한 웃음을 띠고 그들의 어머니를 곁눈질하는가 하면 불손한 몸짓과 고성방가로 인터뷰 분위기를 훼방놓기도 했다.

자녀들이 구태여 인터뷰하는 서재나 응접실에서 걸리적대지 않아도 될 만큼 여사의 집은 넓었다. 그러니까 자녀들이 일부러 그러는 것 같았다. 그들은 의도적으로 인터뷰를 비웃고 있었다. 우리나라에도 저런 젊은이가 있었던가 싶게 목에는 뭘 주렁주렁 걸고, 더럽고 괴상한 옷차림을 한 히피 풍의 여사의 장남은 숫제 연지에게 노골적인 추파를 던졌다. 연지 쪽에서 무안해서 못 본 척했더니 이번에는 휘파람을 획획 불어냈다.

"나는 아이들을 자유방임주의로 기른답니다. 그렇지만 꼭 엄해야 될 때는 추상 같죠. 그래 그런지 아이들이 버르장머리 없는 것 같으면서도 자율적이고, 구김살 없으면서도 야무지고 독립심이 강하답니다."

여사는 이렇게 변명했지만 어딘지 억지스러웠다.

그땐 연지는 분명히 보았다. 잠깐 마주친 여사와 아들의 눈길을. 모자의 눈길이 각각 너무도 격렬한 증오에 불타고 있어서 연지 쪽에서 되레 못 볼 것을 본 것처럼 얼굴을 붉혀야 했다.

그리고 밖에서 본 여사와 집에서 본 여사가 왜 그렇게 판이한지 비로소 알 것 같았다.

여사가 관계하고 있는 사회활동 분야는 실로 다양했지만 어느 분야에서고 여사는 우두머리였고, 그 우두머리 역할을 아무도 의심하거나 헐뜯을 수 없을 만큼 여사는 당당하고 자신만만해 보였었다.

그런 여사를 집안에서 만나보니 어딘지 침착지 못하고 소심해 보였다. 처음에 연지는 그것을 되레 좋게 평가하려 들었었다.

그것이야말로 바로 여사의 인간적인 면이다. 가정이라는 가장 마음 놓이는 자신의 영역에서 인간적인 모습이 드러나는 건 얼마나 자연스러운 일인가. 그거야말로 인간적이라는 것이다라고 연지는 생각했었다.

인물 탐방이 포착해서 드러내고자 하는 것도 유명 인사의 이미 구축된 사회적인 이미지가 아니라, 아직 드러나지 않은 그런 인간적인 측면이었다.

그러나 마치 원수지간처럼 노려보는 모자의 증오에 불타는 시선을 훔쳐본 연지는 여사의 이중성이 인간 공통의 예사로운 이중성과는 그 성질이 판이하다는 걸 알아차렸다.

여사는 처음부터 가정에서의 인터뷰를 기피했었다. 자신의 사회적인 명성과 가족적인 분위기는 따로따로여야 한다는 지극히 지당한 구실이어서, 여사의 가정까지 뚫고 들어가기까지만도 여간 애를 먹지 않았었다.

그러나 막상 뚫고 들어가 보니 그게 아니었다. 자신의 명성으로 가족적인 분위기는 이미 오래 전부터 망쳐놓은 뒤였다. 아니, 여사의 가정엔 처음부터 가족적인 분위기란 게 있었던가 싶지도 않았다.

여사의 딸은 아들보다 한술 더 떴다. 앳된 나이에 비해 차림새가 좀 퇴폐적이긴 해도 아들에 비해 훨씬 깨끗한 처녀였다. 그러나 딸은 여사에게 숫제 어머니라고 부르지도 않았다.

"어머머, 현 여사, 집에서까지 폼 재네."

이러면서 입으론 생글생글 웃었지만 눈은 연민을 가득 담고 여사를 말끄러미 바라보다가 나가버렸다. 증오보다는 차라리 연민이 더 현 여사에게 가혹해 보였다.

한마디로 실패한 어머니상은 여사의 사회적인 명성까지를 추악하게 만들 만큼 참담한 것이었다.

그러나 여사는 끝끝내 가정의 행복과 사회 활동을 완벽하게 양립시켰다는 자신의 명성에 대한 집착을 버리지 않았다. 어떻게든 자신이 공들여 굳힌 허위의 이미지를 지켜내려고 연지의 물음엔 동문서답하면서 전전긍긍하는 게 오히려 불쌍해 보였다.

인물 탐방이란 워낙 사회적으로 이름이 알려진 인물의 실생활과 내면의 갈등에 초점을 맞추는 게 목적이어서 알려진 명성이 요란할수록 환멸을 느끼게 돼 있었다.

환멸이 반드시 나쁜 것만은 아니었다.

명성 때문에 경원하던 인물과의 뜻밖의 따뜻한 인간적인 교감도 바로 환멸로부터 비롯되기도 했으니까.

그러나 현순주 여사의 경우는 그것도 아니었다. 완전히 허탕을 친 것처럼 낭패스러울 뿐이었다. 그만큼 현순주 여사의 내면은 비어 있었다.

그때 연지는 이미 이번 인물 탐방을 망치게 되리라는 걸 알고 있었다. 망치게 됐다고 해서 중요한 기획물에 펑크를 낼 수도 없는 일이고 그럴 때 쉽게 쓰는 수법이 인물의 날조였다. 그런 인물이란 어차피 날조된 인물이므로 날조 위에 다시 개칠을 하는 셈이었고, 뒤에 말썽이 날 조심 같은 것도 안 해도 됐다.

직업상 어쩔 수 없는 일이지만 날조처럼 싫은 일은 없다. 특히 현순주 여사의 경우는 그 직업적인 날조나마 제대로 해낼 것 같지가 않았다.

연지는 유능한 기자였음에도 불구하고 별안간 자신의 그 방면의 참을성을 믿을 수가 없어졌다.

현순주 여사에게서 허탕친 충격이 연지에겐 그렇게 컸다. 왜냐하면 여태껏 현순주 여사가 여권운동에 앞장서서 보여준 용기 있는 태도, 줏대 있고 당당한 발언 못지않게 여사가 가지고 있는 보통 여자와 다름없는 평범한 가정의 행복 역시 연지가 흠모해 마지않던 거였기 때문이다.

일과 가정을 같이 사랑하고 같이 소유하고 싶은 욕심꾸러기 연지에게 여사는 얼마나 큰 희망이었던가?

카세트는 여전히 빽빽거리고 있었다.

철민이가 다시 몸을 뒤채면서 얼굴을 찌푸렸다.

"꼭두새벽부터 여자가 재수 없게시리……."

연지도 이렇게 소리 내어 중얼거리고 카세트를 꺼버렸다. 그 쨍쨍한 고성에서 놓여나니 우선 살 것 같았다.

그러고 나서 생각해보니 자신이 그토록 듣기 싫어했던 철민의 말을 그대로 흉내 낸 꼴이 되고 말았다. 아니 그의 말만 흉내 낸 게 아니라 그의 생각에 동감했는지도 모른다.

그런 사소한 문제로부터 여성문제 전반에 걸친 큰일에 이르기까지 연지는 늘 이렇게 줏대가 없었다. 자신을 가장 열렬한 남녀평등주의자로 자처하면서도 그것을 비웃고 경멸하는 남자들의 생각을 아주 무시하지 못했고 때로는 마음으로부터 동조할 적도 있었다.

"웬 여자가 그렇게 목청이 높아? 천금 같은 잠을 놓치고 말았잖아?"

철민이 슬그머니 일어나 앉으면서 투덜댔다.

"이 집안 꼴을 보고도 늦잠 잘 생각이 나요?"

겨우 두 사람이 누울 자리만 남기고 여기저기로 몰아붙인 접시, 술병, 냄비, 술잔, 젓가락 등을 휘둘러보며 철민이 히죽히죽 웃었다.

"어젯밤의 주지육림의 잔재는 과연 대단하군."

"주지육림이요? 하여튼 자기나 자기 친구나 허풍떠는 재주 하나는 알아줘야 한다니까. 주지는 몰라도 육이라곤 냉동태가 고작인 술상을 가지고 육림 좋아하시네."
"냉동태 따위도 육기에 드나?"
철민이는 금방 또 딴소리를 하면서 늘어지게 하품을 했다.
"난 곧 출근해야 하니까 목욕도 해야 하고 뭐 좀 찍어 발라야 하고. 아유 큰일났네, 그럴 시간이 있으려나 몰라? 안 되겠어요. 머리나 감아야지. 그동안에 당신은 나 뭣 좀 먹고 나갈 수 있게 해줘요."
"아이고 내 팔자야. 밤늦도록 술에 곯은 남편 컬컬한 해장국으로 술을 풀어줄 생각은 않고 아침 차려 대령하라네."
철민이 개그맨처럼 우스꽝스러운 몸짓을 해가며 익살을 떨었다.
"농담할 시간 없어요. 약속은 약속이에요. 농담으로라도 딴소리할 생각 말아요."
"네, 네, 엄처 마님."
철민이 일어나서 비닐 봉지 속에 몇 조각 남은 빵을 토스터에다 집어넣고 컵에 우유를 따라놓았다. 그는 그런 일을 일부러 어줍고 서투르게 하면서 이죽대기를 계속했다.
"내가 맨션에 살게 된 게 배 아파서 밤새 술을 퍼마신 친구 놈들이 내 이 꼴을 봤더라면 배앓이 가슴앓이 다 떨어지련만……."
"애석하겠수, 그 촌스러운 친구들 얘긴 말도 말아요. 당신 친구들은 왜 하나같이 그 모양이에요? 요즈음 세상에 아파트 처음 보는 친구가 다 있다니, 현 주소가 계룡산쯤 된답디까?"

"내 친구들이 아파트 처음 본다고 누가 그래?"

"처음 보지 않았음, 어떻게 이 코딱지만 한 아파트를 맨션 맨션 할 수가 있어요?"

"괜히 그래 본 거지. 똑똑한 당신이 설마 그런 소리를 진담으로 알아들었을 줄이야. 어제 온 친구들 중엔 오륙십 평 정도의 아파트에 사는 녀석도 몇 명 있었을걸. 대저택 규모의 집에 사는 놈도 있고. 물론 아직은 제 부모 집이지만 말야."

"뭐라구요, 그럼 순전히 우릴 놀려먹으려고 촌뜨기 핸셀 했군요?"

"놀려먹긴, 축하해준 거지."

"알았어요, 오늘 저녁에 다시 그 문제는 계속 따지기로 해요. 지금은 시간이 없어요. 머리는 꼭 감아야 하는데 드라이할 시간이나 있으려나 몰라"

"지금 머리 보기 좋은데 뭘 그래?"

"누가 보기 좋으라고 감으려는 줄 알아요? 술 냄새, 음식 냄새가 배었을까 봐 그렇지. 미장원에선 머리에서 나는 냄새만 가지고도 그 여자의 직업을 알 수가 있대요. 그만큼 머리엔 냄새가 배길 잘한단 얘기죠."

"그래? 처음 듣는 얘긴데. 그럼 먼저 내가 당신 머리칼을 점검해주지. 정말 그런 고약한 냄새가 배어 있으면 머리를 감아야 하고 말고……"

철민이가 연지를 왈칵 껴안더니 머리카락 속으로 깊숙이 코를 틀어박고 쿵쿵거렸다. 이내 그의 코는 연지의 귓불로 미끄러져 내려오면서 더운 김을 뿜었고 입술은 목덜미를 간지럽히고 손은 속살로 스멀스멀 스며들기 시작했다.

"당신은 어쩌면 그렇게 때도 없이 말초신경적이에요."

연지는 슬그머니 장단을 맞추고 싶은 자신을 억제하고 이렇게 점잖게 타이르고 철민을 떼어놓았다.

"홍, 말초신경적이라? 주책이야 하면서 눈이나 흘겼으면 한결 더 귀여웠으련만……."

철민이 물러나면서 한 말이 연지의 마음에 묘하게 걸렸다.

그녀는 젖은 머리를 타월로 대강 털어내기만 하고 드라이를 하는 것은 생략했다. 토스터가 밀어 올린 뻣뻣한 빵조각에 버터를 바르는 것도 생략하고 우유에다 적셔서 억지로 목구멍으로 밀어넣었다. 그녀 역시 컬컬한 해장국 맛이 간절했다.

얼굴에 화장을 하는 둥 마는 둥 시계를 보며 뛰쳐나가다 말고 카세트를 숄더백 속에 챙겼다.

오늘 안으로 어떡하든 그 속에 들어 있는 쨍쨍한 고음을 글자로 풀어놓아야 한다는 압박감이 천근의 무게로 그녀의 어깨를 짓눌렀다.

그뿐 아니었다. 그녀는 택시를 잡기 위해 큰길에서 이리 뛰고 저리 뛰면서 그 많은 설거지를 혼자서 할 철민이도 자꾸만 마음에 걸렸다. 설거지를 끝내고 꼭 목욕하고 나가라고 일러줄걸. 남자가 행주 냄새 풍긴다는 소문이나 안 나려나 몰라. 이런 쓸데없는 걱정도 됐다.

약속대로 살고 있을 뿐인데도 남편에게 그런 일을 시키고 나서 왜 자책감을 느껴야 하는지 연지 자신도 이해할 수가 없었다.

미안해할 거 없어. 그는 지금 열다섯 사람 몫의 설거지를 하고 있을지 모르지만 넌 어젯밤 늦도록 열다섯 사람 몫의 술안주를 장만하고 열다섯 사람의 술시중을 들었단 말야. 그러고도 늦잠도 좀 못 자고 출근을 하고 있지 않아? 미안해할 사람은 남편이지 네가 아니란 말야. 이렇게 자신을 타일러봤지만 미안해하는 마음이 깨끗이 떨쳐지는 건 아니었다.

남자와 여자의 역할에 대한 고정관념으로부터 홀로 자유로워졌다고 생각한 건 자신의 일시적인 환상일 뿐일지도 모른단 생각이 그녀를 불안하게 했다.

겨우 택시를 합승할 수가 있었다. 옆에 앉은 남자의 시선에 신경이 쓰였다. 목이나 귀 밑에 파운데이션이 더께가 되어 있을 것도 같고, 눈썹을 짝짝이로 그렸을 것 같기도 했다. 남자의 시선이 우스운 걸 참고 있는 거 같아서였다. 허둥지둥 출근한 자신의 처지가 불쌍하게 여겨지면서 피곤이 한꺼번에 엄습했다. 모든 걸 다 걷어치울까. 출근이란 화장할 필요가 없는 남자나 할 것이란 생각은 연지답지 않았지만 그 시간의 그녀의 숨김 없는 생각이었다.

잔심부름하는 소녀가 나와 있을 뿐 편집실은 비어 있었다. 출근 시간을 지키는 직원은 거의 없었다. 출근 시간에 너그러우니만큼 퇴근 시간 역시 엄수되지 않았다. 자장면 한 그릇의 야식으로 직원을 밤늦도록 붙들어놓으려는 경영주의 근성만 나무랄 게 아니라, 별로 바쁘지 않을 때라도 늦게까지 어물쩍대는 흉내를 냄으로써 가장 성실하고 유능한 척하려는 직원 자신의 고질적인 타성도 문제였다.

그렇다고 연지가 무슨 독불장군이라고 그런 타성을 홀로 거역해 보려고 일찍 출근한 건 아니었다. 아무리 안 써지던 원고도 자기 책상에만 앉으면 어찌어찌 써지게 되는 버릇에라도 마지막 기대를 걸어보려는 속셈이었다.

그녀는 카세트를 틀고 헤드폰을 꽂았다. 집에서도 헤드폰을 끼고 들으면서 철민을 조금이라도 더 재울 걸 하는 엷은 후회를 했다.

수면 부족으로 개운치 못한 머리로 한다는 생각이 고작 철민의 수면 부족을 안쓰러워하는 거라니……. 연지는 알다가도 모를 자신의 속셈에 슬그머니 부아가 났다.

여자란 여자로 태어나는 걸까? 여자로 만들어지는 걸까? 연지는 단연 여자로 만들어진다는 편이었다. 지금까지의 이런 생각조차 흔들리고 있었다.

이런저런 잡념 때문에 목청만 높고 비논리적인 현순주 여사의 열변을 어떻게 정리해야 할지 감도 잡을 수가 없었다.

동료들이 하나둘 나타나기 시작했다. 헤드폰을 끼고 있어서 그들이 지껄이는 소리는 하나도 알아들을 수가 없었다. 하지만 표정이나 입모습으로 대강의 뜻을 짐작하는 게 귀청을 울리는 현순주 여사의 고성에서 감을 잡기보다 훨씬 즐겁고 쉬웠다.

차장도 판에 박은 듯한 소탈한 웃음을 띠고 출근했다. 그럴싸해서 그런지 벌써 며칠째 헤드폰을 끼고 낑낑대기만 하는 연지를 보자 차장이 눈살을 찌푸리는 것 같았다.

예의상 연지는 잠깐 헤드폰을 빼고 인사를 했다.

"아직인가?"

"오늘은 세상 없어도 끝마쳐야 한다는 걸 알고 있어요."

연지는 얼른 차장이 할 말을 자기가 대신 하고 나서 헤드폰을 끼었다.

헤드폰을 통해 뇌수를 지끈지끈 울리는 목소리가 미칠 것처럼 싫었다. 최후 수단을 쓸 수밖에 없을 것 같았다. 최후 수단은 인터뷰를 무시하고 처음부터 창작을 하는 거였다.

신출내기 여기자가 동전 지갑을 챙겨가지고 쪼르르 나갔다. 편집실에 여기자라곤 한 달 전에 들어온 그 신출내기 미스 고하고 단둘뿐인데도 연지는 미스 고가 사사건건 눈에 거슬렸다.

아니나 다를까 미스 고가 커피를 빼다가 차장 책상에 갖다 놓고 몸을 꼬고는 제자리로 가 앉았다. 아침마다 그 짓이었다.

처음엔 입이 함박꽃처럼 벌어지던 차장도 이제는 표정 없이 받아 마실 만큼 예사로워진 풍경이 연지는 매일 아침 새롭게 눈에 거슬렸다.

커피는커녕 친정집 마당에 철 따라 지천으로 피던 꽃 한 송이 꺾어다 남의 책상에건 자기 책상에건 꽂아본 적이 없는 연지였다. 남 보기에 여자다워 보일 일을 연지는 의식적으로 그렇게 피해왔다.

그렇게 열심히 다져놓은 분위기를 신출내기가 함부로 흐려놓고 있었다. 일도 배우기 전에 여자 기로 한몫 보려는 신출내기를 연지는 참을 수가 없었다.

오늘 일도 잡쳤군. 뭐가 잘 안 풀릴 것 같은 예감의 책임을 엉뚱하게 신출내기한테 돌리면서 그녀는 발딱 자리에서 일어났다.

숫제 창작을 하든 계속 카세트와 씨름을 하든 혼자가 되고 싶어서였다. 집중력을 요하는 일을 할 때 누구나 쉽게 이용하는 회의실로 가려고 메모지, 원고지, 카세트 등을 챙기는데 차장이 투덜대는 소리가 들렸다.

"우리 잡지엔 결혼한 여자에게 맡길 만한 만만한 일거리가 없단 말야. 최고의 지성지에 요리나 유행을 다룰 수도 없고 애교 삼아 가십란이나 마련해볼까."

일본 잡지를 뒤적이며 하는 말은 혼잣말이었지만 분명히 연지 들으라는 말이었다.

연지가 인물 탐방 기사를 못 쓰는 걸 차장은 결혼 탓으로 돌리고 있었다. 그런 말투엔 연지뿐 아니라 결혼한 여자 전체를 몰아서 직업적으로 퇴물 취급하려는 음흉한 저의가 숨어 있었다.

결혼했다는 게 곧 무능해졌다는 게 되어 밀려나게 돼 있는, 보이지 않는 음모의 검은 손이 마침내 자신에게 뻗쳐오는 걸 연지는 느꼈다.

아니에요, 이번 일이 잘 안 되는 건 내 탓도 내 결혼 탓도 아니란 말예요. 순전히 현순주 여사 탓이란 말예요.

이렇게 항의하려던 말조차 연지는 꼴깍 삼키지 않으면 안 되었다. 왜냐하면 그 달의 인물로 현순주 여사를 우긴 건 그녀 자신이었기 때문이다. 그때 그녀는 자신의 주장이 관철되어 인물 탐방란에 최초로 여성을 등장시킬 수 있게 된 것에 승리감마저 느꼈었고, 물론 이렇게 빨리 그게 패배감이 되어 돌아올 줄은 짐작도 못했었다.

자신의 주장과 자신의 결혼을 둘 다 정당화시키기 위해선 어떡하든 좋은 글을 쓰는 길밖에 없었다. 여봐란 듯이 훌륭한 인물 탐방을 써서 차장의 코앞에 들이대리라.

이런 연지의 속셈을 빤히 들여다보듯이 차장이 덧붙였다. 이번엔 혼잣말이 아니라 연지한테 하는 말이었다.

"대강대강 해둬요. 훌륭한 인물에 시원찮은 인물평은 있을 수 있어도 시원찮은 인물 보고 훌륭한 인물평이 나올 수 없는 거니까."

일이 갈수록 엉망진창으로 돼가고 있었다. 현순주 여사 때문이었다. 여사에 넌더리가 났다.

그러나 연지는 회의실에서 혼자 계속해서 여사와 씨름하지 않으면 안 되었다. 미움이 도움이 되어 그럭저럭 원고지를 여남은 장 메꿔나갈 무렵 미스 고가 연지를 부르러 왔다.

"언니, 전화예요. 친정어머니신가 봐요."

그 신출내기는 처음부터 붙임성 있게 연지를 언니라고 불렀었다. 연지는 직장 여자들 사이에서 흔히 통용되는 그런 가족적인 호칭까지가 마땅치 않았다. 그런 정다운 호칭은 살벌한 직장 동료 관계를 부드럽게 해주는 것 같지만 실은 직업의식을 흐려놓는 결과를 가져온다고 생각하고 있었다.

"알았어요."
그녀는 깍듯이 존대말을 써서 대답하고 전화를 받았다.
"연지냐? 내다."
"네, 어머니."
얼마 만에 듣는 어머니의 목소리인가? 약간 잠긴 듯하면서 매달리는 듯한 경숙 여사의 목소리가 그녀의 참고 참은 설움을 자극했다. 그녀는 긴 말을 했다간 울먹일 것 같아서 간단히 대답만 하고 어머니의 다음 말을 기다렸다.
"별일 없냐? 몸 성하고?"
"네, 어머니는요? 아버지도 안녕하시고요?"
"그래, 일요일에라도 친정에 좀 들르면 안 되냐? 내 새끼들은 아들이고 딸이고 어쩌면 그렇게 하나같이 짝만 채워주면 남이 되냐?"
"남이 되긴요? 어머니도……."
기가 센 어머니답지 않은 서글픈 하소연이 눈물겨워 연지의 목소리는 단박 축축해졌다.
연지는 그렁한 눈을 아무에게도 보이지 않으려고 돌아서서 창밖을 내다보는 자세로 통화를 계속했다. 6층에서 내려다본 여름 한낮의 거리는 현기증이 나게 밝았다. 그게 그녀의 어두운 마음에 딴 세상 같은 이질감을 주었다.
"혹시 반가운 소식 없냐?"
"반가운 소식이라뇨?"
"애 없냐는 말이다."

"그새 애가 있으면 어떻게 해요?"

연지는 그렇게 말하면서 어제 온종일 자신을 그렇게 괴롭힌 중절 수술이 잘못됐을지도 모른다는 생각을 오늘은 왜 한 번도 안했을까 이상하게 생각했다.

몸이 거뜬하기 때문일 거야. 중절수술이라는 게 어처구니없이 간단했다는 게 다행스럽기도 하고 섭섭하기도 했다.

"뭘 어떻게 해. 그런 걱정 말고 피임 같은 거 하지 말아."

"알았어요, 어머니 지금 어디 계세요?"

시끄러운 음악 때문에 어머니가 자꾸만 목청을 돋우는 게 이상해서 연지가 물었다.

"느이 회사 근처다."

"네?"

연지는 어머니에게 뭔가 좋지 않은 일이 있을 것 같은 예감으로 가슴이 철렁 내려앉았다.

"놀라긴, 내가 못 올 데라도 왔냐?"

"아, 아니에요. 진작 그러시죠. 곧 나갈게요. 어디에요? 거기가."

"나올 수 있겠냐?"

"그러믄요. 엄마 보고 싶어."

뭔가 절절한 게 복받쳐 연지는 그렇게 처녀 적에도 안 부리던 어리광을 부렸다.

"나도 네가 보고 싶기도 하고 할 말도 있고 해서 가까이서 전화 걸어봤다. 맞은편 난초 다방 알쟈?"

"지금 그쪽을 내려다보면서 전화받고 있는걸요. 곧 갈게요."

경숙 여사는 청바지에 티셔츠 차림으로 작은 여행가방 하나를 들고 있었다. 경숙 여사의 청바지 차림은 연지가 처음 보는 것일 뿐 아니라 상상조차 할 수 없는 거였다.

연지가 어렸을 때 경숙 여사는 즐겨 고운 한복을 입었었다. 어린 눈에 어머니의 한복은 천사의 날개옷처럼 신비해 보였었다.

요즘은 시속 따라 양장을 주로 했지만 때와 장소를 안 가리고 드레시해서 분위기는 한복을 입을 때와 별로 다르지 않게 거추장스럽고 우아해 보였었다.

"웬일이세요?"

"보고 싶어서 잠깐 들렀다니까."

"아뇨, 청바지 말예요."

"왜, 숭하냐?"

"숭하진 않아도 안 어울리는 것 같아요."

"그게 그거지 뭐."

경숙 여사가 쓸쓸하게 웃었다. 매가리 없는 웃음이었다.

"무슨 일이 있었어요?"

"일은 무슨……. 여행이나 좀 할까 해서."

"어머니 혼자서요?"

"그럼 이 나이에 혼자 어델 못 갈라구."

"그게 아니라 아버지는 어떡허구요? 아버진 어머니 안 계시면 하루도 못 견디실걸요."

"그렇지도 않아, 얘."

경숙 여사가 다방 안을 휘둘러보았다. 연지는 어머니가 눈물이 그렁한 눈을 보이지 않으려고 그런다는 걸 알아차렸다.

연지는 철들고부터 어머니하고 통하지 않는다고 스스로 생각하며 커왔다. 그런 앙큼한 생각 때문에 어머니에게 별로 정을 주지 않았고 어머니가 자기에게 주는 정도 주체스럽게 여겼었다.

청바지에 티셔츠 차림의 어머니가 한없이 작고 초라해 보이면서 어머니와 친해질 것 같은 예감이 연지의 가슴을 짜릿하게 했다.

"왜, 여태껏 애기가 없어?"

경숙 여사가 딴청을 부리면서 빌붙듯이 웃었다. 눈에 그렁하던, 눈물은 그럭저럭 처리가 된 것 같았다.

"지금 있으면 곤란하잖아요. 생활이 안정되거든 가질래요."

"그럼, 일부러 없는 게야?"

"그런 셈이죠."

"망할 것, 혹시 생기면 없애진 말아."

"알았어요."

"내가 길러줄게."

"어머니가요?"

"놀라긴, 난 왜 손자 좀 봐주면 안 되냐?"

"글쎄요, 어머니를 한 번도 할머니로 생각해본 적이 없어서요. 정말 손자가 보고 싶으세요?"

"그걸 말이라고 해. 나이 차면 시집 장가가고 싶은 것 모양으로 나이 따라 사람들마다 다 하는 짓을 저만 못 하면 하고 싶고 속상하는 건 인지상정이지."

경숙 여사는 딸 앞에 보인 자신의 초라하고 쓸쓸한 몰골이 마치 아직 손자를 못 봐서인 것처럼 이렇게 말했다.

어머니는 뭔가를 숨기고 있다. 그러나 어머니의 비밀은 지금 툭 건드리기만 해도 터질 것처럼 허술하다. 어머니는 어쩌면 툭 건드려주길 바라고 있는지도 모른다.

연지는 이렇게 생각하면서 그것을 건드릴까 말까를 망설이고 있었다. 결국 신세 한탄이나 하게 될 모녀가 되기도 싫었고, 자신의 문제만으로도 벅차 비록 어머니의 문제라도 어려운 문제를 피하고 싶었다.

"참, 올케 언니 산월이 임박했잖아요?"

"임박하면 뭘 해? 머나먼 타국 땅에 사는 것들."

"요새 미국이 뭐가 멀어요. 애기 낳거든 한번 다녀오세요. 그 핑계로 미국 구경도 좀 하시구요."

"즈이 친정에미가 벌써 갔다더라. 딸 산구완해주러. 요새야 어디 시에미가 그런 데 참견할 권리나 있는 세상이냐? 가끔 가다 사진이나 한 장씩 부쳐오겠지."

"오라, 그러니까 어머닌 그게 섭섭하셔서 저더러 애를 낳으라고 성화시군요? 어머니도 참······."

"그래, 친손자는 보나마나 그림의 떡일 테니, 외손자라도 실컷 안아보고 싶다는 게 뭐 잘못됐냐?"

"잘못되긴요. 그렇지만 어머니가 손자 타령하긴 아직 이른 것 같아요. 요샌 젊은 할머니도 많지만 어머니가 지금 애 안고 나가면 누가 손잔 줄 알겠어요? 막낸 줄 알지. 이렇게 젊고 예쁜 우리 엄마, 할머니 노릇 안 시키는 것도 제 효도라나요."

연지는 될 수 있는 대로 밝게 수선을 떨었다.

"연지야."

전화로 처음 듣던 잠긴 듯하면서 매달리는 목소리로 경숙 여사가 말했다. 목소리뿐 아니라 눈빛도 매달리는 것처럼 간절했다.

연지는 그 모든 것을 뿌리치거나 모른 척하기를 단념했다.

"네, 어머니."

"넌 눈치도 못 챘겠지만 너희 아버지하고 난 벌써부터 남남으로 살았단다."

"네?"

연지에겐 그게 조금도 새로운 사실이 아닌데도 눈을 휘둥그렇게 뜨고 영문을 모르는 시늉을 했다. 어머니의 자존심을 위해선 그렇게 할 수밖에 없었다.

"참 이상한 내외간이었지. 힘도 많이 들었고. 이혼할 날짜를 정해놓고 살았으니까."

"이혼할 날짜를요? 그게 언젠데요?"

연지에게노 그건 전혀 새로운 사실이었다.

"벌써 지났어. 너만 결혼시키고 나선 곧 이혼하기로 합의했었으니까."

"계약결혼이란 말은 들어봤어도 계약이혼이란 소리는 처음이에요. 농담이셨겠죠?"

"나도 처음엔 농담인 줄 알았단다. 그 말이 떨어지고 나서 이날 입때 남 못 당한 모진 수모를 당하면서도 그게 농담인 줄 알았다니까."

경숙 여사가 기어코 눈물을 보였다. 눈물을 손수건 아닌 손등으로 닦는 경숙 여사가 연지 보기에 나이와는 상관없이 철부지로 보였다. 불쌍하기도 하고 화가 나기도 했다.

"그런 계약이 성립된 게 언제였는데요?"

연지는 일부러 딱딱한 말을 골라 쓰면서 물었다. 어떻게든지 어머니와 거리를 유지하고 싶었다. 그녀 눈에 어머니는 응석을 받아줄 허점을 보이기가 무섭게 무너져 내릴 철부지였다.

"네가 고3때였으니까 10년은 못 돼도 얼마나 오래냐? 너의 아버지가……."

"아, 알겠어요."

연지는 뭣에 찔린 것처럼 깜짝 놀라면서 경숙 여사의 마냥 계속될 것 같은 넋두리를 가로막았다.

"네가 알긴 뭘 알아?"

"아니에요. 알긴요."

연지는 이렇게 부정하면서 친정집 아버지의 서재의 검고 육중한 문을 떠올렸다. 그 문은 그 집을 신축할 때부터 있어 왔지만 아버지와 어머니라는 그녀와 가장 가까운 어른들 사이를 단절하는 의미를 띠고 새롭게 등장하기는 그녀가 고3 때의 일이었다.

역시 그랬었구나. 그 두 시기가 맞아떨어지는 건 우연일 리가 없었다.

여보, 문 좀 열어줘요. 추워 죽겠단 말예요. 여보, 문 좀 열어줘요.
하늘하늘 비치는 가운 속에서 전라의 몸을 와들와들 떨면서 애걸하는 어머니를 발견한 것도 그녀의 고3 때의 일이었다.

어머니의 이런 간절한 애걸을 못 들은 척 비정하게 자기 세계를 지키던 아버지를 발견한 것도 그 무렵이었다.

그때 아버지의 서재의 창밖에서 훔쳐본 아버지의 영역은 곧 어머니가 두들기다 지친 육중한 문 저편의 세계였고 어머니와는 너무도 이질적인 세계였다.

아버지는 술 두꺼운 책장을 넘기고 있었고 책상 위의 커피포트에선 물이 끓고 있었다. 물 끓는 소리는 들리지 않았지만 증기가 올라오는 게 보였고 어쩌다 한 모금씩 손가락 사이의 담배에서도 연기가 올라오는 게 보였다.

아버지를 둘러싼 창 안의 정적과 고독과 충만이 창밖에서 넋을 잃고 들여다보고 서 있는 연지의 가슴까지 넘쳐 들어오는 것 같았다.

그때 연지 눈에 어머니의 어딘지 불결하고 육감적인 애원을 못 들은 척 물리치고 자기 영역을 지키는 아버지의 비정은 얼마나 아름답게 보였던가.

나도 아버지처럼 살았으면. 나노 아버지처럼 살게 하소서. 내가 만일 어머니처럼 살게 될진대 차라리 죽게 하옵소서.

이렇게 간절하게 기원까지 할 지경이었다.

그러나 여자가 아버지처럼 살기가 얼마나 가당치 않은가를 몸소 아프게 체험하고 있는 그녀 앞에, 역시 자기식으로밖에 살 수 없었던 어머니가 지치고 절망적인 모습으로 다가와 있었다.

앳된 소녀 시절의 순수했던 맹서와는 달리 연지는 자식밖에 편들고 감싸고 위로해야 할 사람 없는 어머니를 그 어느 때보다도 친하게 측은하게 느꼈다. 모녀간의 가까운 관계라면 부녀간 역시 가까운 관계련만, 모녀간에 여자끼리라는 게 하나 더 붙어서 가깝다는 거 이상의 숙명적인 관계로 다가오는 걸 느꼈다.

"넌 몰랐겠지만 그때 느이 아버지하고 나 사이엔 아주 힘든 일이 있었단다. 그때 내가 어떻게 안 미쳤나 몰라? 느이 아버진 학문밖에 모르고 난 아직 젊은 보통 여자였고……. 지금 나이만 해도 참을 수 있었으련만……."

경숙 여사의 말이 점점 두서가 없어졌다. 그러나 연지는 다 알아들을 수가 있었다.

"그, 그만해두세요, 어머니."

"그렇다고 이 에미가 부정한 짓을 한 줄 알면 잘못이야, 절대로 그런 일은 없구……."

"글쎄, 그만해 두세요. 다 안다니까요."

"알긴 뭘 알아? 내가 참다 못해 추태를 좀 부렸었단다. 추태라지만 해로하고 사는 부부 중 한때 그 정도의 풍파 안 겪은 부부도 나 알기론 없더구먼. 내가 홧김에 이혼하자고 한마디한 걸 글쎄 느이 아버지는 곧이곧대로 받아들인 거야. 네 장래를 생각해서 너 결혼할 때까지만 이혼을 보류하자고 진지하게 제안을 하더구나. 나는 그걸 이혼을 못 해 주겠단 애원의 소리로 받아들였지 뭐니? 살을 대고 사는 부부라면, 오늘 밤 자고 내일 이혼하재도 안 믿는 게 부부라는 건데 몇 년 후에 하자는 이혼을 누가 믿겠니? 내가 바보지. 그렇지만 믿었어야 하는 건데. 그걸 믿었더라도 별수는 없었겠지만 믿었어야 하는 건데, 왜냐하면 느이 아버진 그 말이 나고부턴 절대로 나하고 살을 맞대는 일이 없었으니까."

"아, 그만, 그만해두세요. 어머니."

"넌 왜 자꾸 그만두란 소리만 하냐? 딸한테라도 실컷 그간에 쌓인 서러운 사정을 털어놓고 싶어서 왔는데. 딸 좋다는 게 뭐냐?"

"죄송해요, 어머니."

"넌, 어려서부터 느이 아버지 편이었어. 한다면 하지, 잔정이 없고, 살림살이 모르고……"

"큰일이죠, 여자가 그렇게 생겨먹었으니."

"글쎄다, 팔자나 잘 타고났으면 좋으련만. 여자란 그 팔자소관대로밖에 못 사는 거니까."

"엄마, 좀 참으시지 그랬어요, 지금부터라도 참으세요. 여자가 참아야지 별수 있어요?"

연지는 어머니의 작은 여행 백을 흘끗 보면서 말했다. 50이 다 된 여자의 청바지와 징서 없는 여행 백은 참으로 꼴불견이었다. 거기 비하면 가슴속이야 시커멓게 멍들었건 말건 인종으로 자기 자리를 지킨 종래의 어머니상이 얼마나 보기 좋은가.

연지는 여자니까 참아야 한다는 인습적인 여자의 사는 방법에 한 번도 동의해본 적이 없었다.

그러나 지금 마음으로부터 그런 말을 하고 있었고, 그런 말을 하고 나니 할머니의 할머니, 또 그 할머니의 할머니의 넋이라도 지핀 것처럼 저절로 고색창연하고 의젓해지면서 눈앞의 어머니가 상대적으로 까마득히 어린 딸처럼 철없어 보였다.

스스로도 알 수 없는 이상한 조화였다. 경숙 여사가 지금 첨단의 사고를 가진 딸에게 바라는 것도 그런 고색창연한 조언이 아니라 획기적인 신식 처방일지도 모르는데 연지가 자신 있게 말할 수 있는 건 그것밖에 없었다.

"엄마, 산다는 게······."

연지는 굳어지는 마음과 달리 어리광 부릴 때나 쓰는 엄마 소리를 하면서 말끝을 흐렸다.

"산다는 게?"

"산다는 게 생각보다 어렵다고 말하면 엄마는 웃겠죠?"

"왜, 느이들 사이에도 무슨 문제가 있냐?"

"아, 아뇨, 좀 피곤해서요."

"아니, 철민이가 벌써부터 널 피곤하게 해? 여편네 덕에 공부하면 제가 밥 짓고 빨래해도 시원치 않을 텐데, 주제에 남편 행세한답시고 손끝 하나 까딱 안 하는 게로구나."

경숙 여사의 풀죽은 얼굴이 느닷없이 생기 있고 이글이글해졌다. 연지는 그런 어머니가 보기 싫어 얼핏 눈길을 딴 데로 돌렸다.

"그런 건 다 해줘요. 처음부터 그렇게 약속했고, 또 워낙 살림 솜씨가 저보다 나은걸요."

"꼴조오켔다. 훤칠하게 생긴 젊은 놈이 빨래하고 설음질하는 꼴……."

잠시 반짝했던 경숙 여사의 표정이 다시 우울하게 가라앉았다. 어머니의 눈화장이 멍든 자국 같았다. 그러나 연지는 아버지가 결코 아내의 얼굴에 멍든 자국을 남길 남자가 아니란 걸 알고 있었다. 가슴속에 남길지언정.

연지는 처음으로 아버지에 대해 적의를 느꼈다. 그렇다고 어머니를 역성들고 싶진 않았다. 산다는 것이 자기로선 도저히 익힐 수 없는 복잡한 기술이란 생각이 그녀를 암담하게 했다.

"그럼, 엄마가 철민이한테 바라는 건 뭐유? 살림을 안 해줘도 밉고, 해줘도 밉다는 눈치니."

"나도 모르겠다. 하긴 너희들 사는 건 처음부터 내가 모르는 것투성이로부터 시작됐으니까."

"문제는 그건가 봐요. 남 사는 대로 살지 않고 내 나름으로 사는 일이 그렇게 사람을 피곤하게 하나 봐요."

"왜? 철민이가 살림 좀 거들어주는 걸 갖고 들입다 공치사를 하나 보구나."

"아녜요. 그게 아니에요. 제가 말하고 싶은 건……."

연지는 한 손으로 골치를 짚으면서 까슬한 입술을 잘근잘근 씹었다.

"제가 말하고 싶은 건, 여자가 남자 하는 일을 대신할 수 있다고 해서 남자와 여자 사이에 뿌리 깊게 가로놓인 문제가 본질적으로 달라지진 않는다는 얘기예요."

"잘은 못 알아듣겠다만 그게 어쨌다는 거냐?"

"그게 요새 꾸준히 저를 피곤하게 하는 문제예요. 그이는 아무 잘못 없어요."

"모르겠다. 서로 일을 바꿔치기해봐야 뾰족한 수도 없더란 얘기 같은데, 그걸 알았으면 됐다. 무슨 수로 타고난 걸 바꿔치기 한다던?"

"그럼, 뭐가 돼요?"

"이제라도 무르는 거야. 제 몫 제가 찾아 갖는 거야. 느이 그래야 살림 꼴 된다."

"글쎄요, 어머니 점심 전이죠?"

"그래. 실은 너하고 같이 점심이나 하고 싶었다. 괜찮겠냐?"

"그래요, 제가 점심 대접할게요."

한낮의 밝음 속으로 나오니 어머니의 여행 백과 청바지는 한층 눈에 거슬렸다. 연지는 얼른 여행 백을 받아서 어깨에 멨다. 한여름의 더위에 어머니의 화장이 땀에 번지는 걸 바라보면서 연지는 끓어오르는 분노를 느꼈다.

어머니도 청바지를 의식하는지 평소의 우아한 몸가짐 대신 젊은 이의 활발한 걸음걸이를 흉내 내고 있었다. 그렇다고 해서 그녀를 줄기차게 내리누르고 있는 실패감이 떨쳐지는 건 아니었다.

음식점에 마주 앉자마자 연지는 어머니의 의견도 묻지 않고 회덮밥을 시켰다.

"얘, 난 괜찮지만 넌 회덮밥을 안 먹잖아. 매운 것도 질색이고 날 것도 별로 안 좋아하잖냐?"

참 그렇군, 근데 왜 미처 생각도 안 하고 조급하게 그 음식을 시켰을까?

불과 며칠 전에 있었던 고약한 입덧 생각이 났다. 남들은 애 서려면 먹고 싶은 것도 많다는데 연지는 어떻게 된 게 먹을 수 있는 걸 떠올리기가 무섭게 배 속에선 경련을 일으키며 그걸 밀어낼 준비부터 했다.

식욕은 곧장 살 의욕과 직결되나 보다. 먹고 싶은 게 없으니 살맛이 없었다. 하루하루 살맛을 느끼면서 살고 있다고 생각해본 적은 없건만 막상 그게 없어지고 보니 여태껏의 삶엔 그게 공기처럼 충만해 있었던 게 아닌가 싶었다.

하필 혜성처럼 먹고 싶은 게 떠오른 게 수술대 위에서였다. 그리고 그건 평소 그녀가 한 번도 먹어본 적이 없는 회덮밥이었다. 회덮밥에 대한 식욕은 환장을 하게 강렬했다. 마취 기운이 돌아 의식을 잃기 직전까지도 회덮밥 냄새에 군침을 삼켰다.

연지에게 중절수술에 대한 한 가닥의 회한이 있다면 그 이상한 식욕을 충족시키는 기쁨을 놓쳤다는 데 있을 것이다.

그린 미련 때문이있을까. 아무튼 부의식중에 그걸 시키긴 시켰는데 막상 가져오니 먹힐 것 같진 않았다. 별것도 아닌 작은 실수가 그녀를 우울하게 했다.

"거봐, 그걸 못 먹는대두."

"며칠 전, 이게 지독하게 먹고 싶었던 적이 있었어요."

"뭐라구? 그럼 혹시?"

어머니의 눈이 빛나고 입이 함박꽃처럼 벌어지려고 했다.

"엄마, 그렇게 좋아하실 거 없어요. 벌써 지난 일이니까요."

"뭐라구? 그럼 혹시?"

어머니는 똑같은 소리를 한결 절박하게 되풀이했다. 물론 정반대의 사실을 묻고 있었다.

"네, 그렇게 됐어요. 지난 일이에요."

연지는 회덮밥을 먹어보려는 노력을 포기하고 숟갈을 놓았다.

"망할 것, 철없는 것."

"어서 드세요. 이 집 회덮밥으로 소문난 집이에요."

"철민이도 아냐?"

"아뇨. 눈치채기 전에 해버렸어요."

"저런, 저런, 겁 없는 것. 그렇지만 철민이도 알고 했다는 것보다 낫다."

"왜요?"

"첫애 지우자는데 그러라는 서방이면 볼장 다 봤지."

"볼장 다 보다뇨?"

"죽는 날까지 같이 살 마음이 없지 않고서는 그럴 수는 없는 거야."

"엄마, 이혼 노이로제에 걸린 거 아뉴?"

연지는 경박하고 공허한 소리로 깔깔댔다.

어머니가 회덮밥을 반만 먹고는 화장을 고치기 시작했다. 말이 고치는 거지 연지가 정식으로 하는 것보다 훨씬 오래 걸렸다.

다시금 청바지와 티셔츠가 낯설었고 그 속에서 아슬아슬하게 범람을 면하고 있는 풍만한 살집이 면구스러웠다. 남자의 사랑에 의해 다스려지지 않은 지 오래인 여자의 살집은 나이와 상관없이 황폐하면서도 음란해 보였다.

어머니를 대상으로 그런 생각을 했다는 게 죄스러워 한다는 소리가 또,

"엄마가 참으세요. 여자가 참아야지 별수 있어요?"

자기가 듣기에도 공허한 소리를 되풀이하면서 연지는 새삼 여자의 불행엔 인내라는 역사 깊은 만병통치약 말고 딴 처방이 아직 없다는 것에 대해 패배감 비슷한 고약한 느낌을 맛보았다.

"네 말을 듣고 보니 이렇게 떠나온 것도 참는 한 방법인 것도 같다. 느이 아버지의 여편네 노릇을 하루라도 더 연장해보려는 꾀인지도 모르겠다."

"건, 또 왜요?"

"더 이상 한 지붕 밑에 있다간 서로 잡아먹고 말 것 같더라니까."

"세상에, 두 분이 그렇게까지 험악해졌었군요? 몰랐어요."

"험악하긴, 너무 조용했지. 너 시집가구 쭉. 느이 아버지야 사람을 잡아먹어도 끽소리 한마니 안 내고 피 한 방울 안 흘리고 해치울 양반 아니냐. 파삭파삭 말려서 재가 된 후에 가만히 들이마실걸."

어머니의 짙은 화장 사이로 음산한 원한이 드러났다. 그녀는 오

싹 소름이 끼쳤다. 어머니를 위해서가 아니었다.

그녀가 꿈꾸던 삶은 허공에 떠 있고 그녀가 원치 않되 화해하지 않고는 살아낼 수 없는 사람은 구렁이처럼 서리서리 또아리를 틀고 그녀를 노리고 있는 것 같은 환각에 사로잡혔다.

"어머니, 도와드리지 못해 죄송해요. 집이 조금만 컸더라도 저희 집에서 며칠 쉬실 수 있었을 텐데……."

"가 있을 데가 없어서 떠나는 여행 아니란다."

"특별한 계획이라도 있으세요?"

"이혼 순례를 떠난단다."

"이혼 순례요?"

"응, 이혼한 친구네를 한 집씩 찾아다니기로 했다."

"이혼한 친구분이 많은가요?"

"자그마치 다섯 명이나 된단다. 근데 다 잘살거든. 다행히 동창회 때마다 걔들이 판을 잡지. 걔들을 보고 있으면 여자로 태어나서 이혼 한 번 못 해보고 죽는 것도 한될 것 같아진단다."

"재미있네요."

"암, 재미있고말고, 이왕이면 행복한 이혼과 친해지고 싶다."

"아, 엄마!"

"왜 그러니 연지야."

"엄만 무서워하고 있어요. 그죠? 엄만 이혼이 무섭죠?"

"무섭다고 마냥 피할 수 있는 게 아니잖니. 그만 일어나자꾸나. 기차표를 예매해놓았거든."

"이혼녀들이 다 지방에 사나 보죠?"

"지방에도 있고, 서울에도 있고, 골고루 퍼져 있지. 먼 지방부터 더듬어서 올라오려구."

"오래 걸리지 마세요."

"형편 봐서······. 그리고 참 부탁할 게 있다."

어머니는 딴전을 보면서 대수롭지 않게 서두를 꺼냈지만 연지는 문득 어머니의 진짜 용건은 지금부터란 생각이 들었다. 만리장서는 쓸데없는 잡담으로 채우고 추신에 가서 겨우 할 말이 시작되는 편지처럼.

"네, 참 엄마. 여비 좀 보태드릴까요?"

연지는 짐짓 수선을 떨면서 핸드백을 열었다.

조그만 장난기가 어머니의 진짜 용건을 초조하게 만들고 싶게 했다.

"아니다, 얘, 느이 아버지 그렇게 못돼먹은 양반은 아니야. 다 나 가지래. 당신은 몸만 나가겠대. 참, 책하고. 나 이래 봬도 부자다, 너. 느이 남매 효도하는 것 저울질해가며 유언장이나 썼다 찢었다 하면서 사는 것도 나쁘지 않을 게다. 그치?"

어머니는 두서없이 말하다가 끝말이 맥없이 떨렸다.

"엄마가 고생해서 이룩한 재산 아뉴? 당연해요. 너무 고마워할 거 없어요."

"너까지 아버지를 나쁘게 생각하면 못쓴다. 나한텐 너무 과분한 신사인 게 잘못이었나 봐."

어머니가 긴 한숨을 토해 내듯 말했다.
"참, 뭐 부탁하실 게 있다고 하셨죠?"
"그래, 느이 아버지가 나 없는 동안 너한테 아쉰 소리 해도 행여 도와드릴 생각 말거라."
"아버지가 저한테 아쉰 소리를 해요?"
말귀를 못 알아들은 연지가 의아해서 물었다.
"그 양반 어디 여행 가서 호텔 생활 한 것 빼고는 여자 시중 없이 못 살아본 양반 아니니? 이혼 날짜 받아놓은 여편네한테도 시중은 꼬박꼬박 하나도 안 빼놓고 다 시켰으니까. 아마 하루이틀 견디다가 너한테 구원을 청하실 거다. 반찬을 좀 해달라든지. 빨래를 해달라든지. 아냐, 내일 아침 당장 양말이 어느 서랍에 있냐고 너한테 물을지도 모르지. 30년을 같은 서랍에 양말을 넣어놔도 여편네 손으로 꺼내주지 않으면 갈아신을 줄 모르는 양반이니까. 어떤 도움도 넌 거절해야 된다. 알았지? 하다못해 느이 집에서 진지를 한 끼 잡수겠다고 해도 모질게 거절해야 된다. 그저 출가외인이라고만 말해. 긴말할 것도 없어."
"어머니도, 어떻게 그래요."
"왜 못 그래. 그게 뭐가 어려워서 못해? 딸 좋다는 게 뭐냐?"
땀을 뻘뻘 흘리며 이렇게 악을 쓰는 어머니를 연지는 물끄러미 바라다보았다. 어머니가 노리고 있는 게 뭔가 분명해졌다.
어머니는 아버지가 여자의 시중을 전혀 못 받으면 어떻게 돼갈 것인가에 마지막 희망을 걸고 있었다.

마지막 희망이란 절망보다 차라리 더 처참해 보였다.

"엄마는 아직도 이혼보다는 결혼에다 더 희망을 걸고 있군요. 그죠?"

"아니다, 애. 느이 아버지 좀 굶겨주려고 그래, 마지막으로. 대개 너무 남편한테 잘해주는 여편네들이 악처보다 소박맞는 율이 높다며? 그까짓 건 아무래도 좋아. 애, 이번 이혼녀 순례는 참 재미있을 거다. 여행이란 좋은 거야, 좋은 거구말구."

어머니가 공허하고 들뜬 소리를 내며 빈 택시를 향해 손을 들었다.

"아무쪼록 즐겁게 여행하세요. 종종 연락하시구요."

"뭐 연락해야 할 만큼 오래 걸릴라구? 아냐, 마냥 오래 걸릴지도 모르겠다. 돈 많은 이혼녀들 집인데 얼마나 편하겠냐? 눈치볼 거 없이 만판이지, 그치?"

어머니는 택시를 타면서도 거의 매달리듯이 집요한 시선으로 연지의 동의를 구했다.

"그러믄요, 그러믄요."

연지는 성의 없이 동의하면서 떠나가는 택시를 향해 손을 흔들었다. 일순 머릿속이 텅 빈 것처럼 멍했다. 그리고 곧 도시의 음향이 지겹도록 틀어댄 음반처럼 심한 잡음을 깔고 권태롭게 들려왔다. 그녀는 어깨를 움츠리고 소리 없이 웃었다. 맥없이 눈물이 괴어왔나. 그녀는 근래에 누선이 헐거워진 것처럼 자주 눈물을 보이는 버릇을 생각하면서 자기를 늙은 여자처럼 느꼈다.

엄마는 아직 젊어, 나보다도. 그 판국에도 청바지 입고 기분 전환

해보려고 여행까지 떠나고.

그녀는 될 수 있는 대로 부모가 직면한 파국을 경시하려 들었다. 어쩌면 그녀는 앞으로 살아낼 일이 난감한 나머지 부모들이 그렇게 오래 부부로 살아온 것만도 존경스럽고 위대해 보여 지금 파국이 온대도 놀라지 않기로 작정하고 있는지도 몰랐다.

4

좀 이른 점심이긴 했지만 서울에서 점심 먹고 떠났는데도 동대구역에 내릴 때까지도 해는 대낮 같았다. 아니 대낮이라기보다는 해가 떨어지긴 떨어졌어도 대구 땅에 떨어진 것처럼 그 고장은 무서운 열기로 들끓고 있었다.
　서울이 아직 견딜 만한 더위였기 때문에 그 무더위는 매우 비현실적이었다. 경숙 여사는 기차에서 내린 후에도 한동안 대합실 그늘을 못 벗어나고 잔인하도록 뜨겁고 새하얀 그 고장의 첫인상에 잔뜩 주눅이 들어 있었다.
　그 고장으로 태양이 떨어졌으되 그 불덩이를 식힐 만한 물기는 아무 데도 남아 있지 않아 모든 게 바싹 말라 마침내 반짝이는 먼지로 부서져 떠다니는 것처럼 그 고장의 더위와 햇살은 잔혹했다.

수면제 때문일까. 경숙 여사는 밤 여행도 아닌데도 기차 타자마자 신경안정제 한 알과 콜라를 마시고 좌석을 편안하게 뒤로 젖혔었다. 지난밤의 불면 때문에 화장이 잘 받지 않는 게 아침부터 신경에 걸렸고, 혼자서 다섯 시간씩이나 입 다물고 여행해야 한다는 건 벌써 며칠 전부터 그녀를 위협하던 터무니없는 공포였기 때문이다.

신경안정제 덕을 봤는지 못 봤는지는 분명치 않았다. 줄창 눈 감고 비몽사몽간을 헤맸던 것 같다. 다행히 열차 속 기온은 쾌적했다. 어디선가 으슬으슬 재채기가 날 듯해서 실크 블라우스를 꺼내 팔을 덮었던 생각도 났다. 그래서 더욱 목적지의 더위가 믿기지 않았다.

어디 가서 먼저 전화라도 걸까? 그녀는 역 광장을 나서서 공중전화 쪽으로 가려다 말고 시험 삼아 그 새하얀 빛 속으로 뛰어들었다. 공중전화 앞 장사진의 뒤꽁무니에 붙어 설 일은 더욱 난감했다.

냉방된 다방이나 제과점에서 전화를 걸고 차를 보내 달래야지.

역 광장을 지나, 시내버스가 모이고, 흩어지고, 돌고, 소용돌이치는 큰길을 벗어나는 일만도 지독한 고역이었다. 오래 가물었던 듯 먼지가 지독했다. 먼지는 예상대로 빛의 분말처럼 뜨겁고 희게 반짝였다.

경숙 여사는 뜨거운 빛 속을, 뜨거운 먼지 속을, 헉헉대며 걸어가며 지독한 배반감을 느꼈다.

경숙 여사가 최초로 찾아가는 이혼녀는 여의사 박순님이었다. 동창 간에 박 박사가 듣기에 각박해서 닥터 박으로 통했다.

닥터 박은 동창들 중에서 제일 부자로 산다고 할 수는 없을지 몰라도, 남편의 수입이 아닌 자신만의 수입으론 최고의 수입을 올리는 친구였다.

그래서 닥터 박은 늘 자신 있고 당당했다. 예쁘다기보다는 잘생긴 얼굴에 세련되고 비싼 옷으로 차려입고 동창회 때마다 빠지지 않고 서울 나들이를 했다. 서울 나들이 온 길에 귀금속상을 한 번 훑으면 몇백만 원 쓰기는 보통이었다. 그녀는 마치 보통 여자들이 바겐세일에서 스타킹이나, 방석 커버, 스웨터 따위의 충동구매로 스트레스를 해소하듯이 보석을 주섬주섬 사길 잘했다.

"애들아, 어떡하면 좋니, 난 돈이 너무 벌려서 죽겠단다."

그게 그녀가 동창들 앞에서 털어놓는 상투적인 비명이었다. 보석 취미에만 통이 큰 게 아니었다. 돈이 너무 벌려서 죽겠단 비명 다음으로 그녀가 잘 쓰는 말은 애걔걔였다.

동창들이 모일 때마다 한두 건씩은 친구들의 경조사가 꼈고 따라서 돈을 추렴해야 했다. 또 모교에서 큰 행사가 있거나 강당을 신축한다거나 하는 일이 생길 때도 가만히 있을 수 없었다. 이럴 때, 별로 넉넉지 못한 친구한테도 큰 부담이 안 될 액수를 정하면 영락없이 닥터 박의 애걔걔 소리를 듣게 됐다. 그러나 그녀의 애걔걔 소리는 독특해서 듣기 싫거나 남을 무시하는 소리로 들리지 않았다. 그녀는 애걔걔 소리 끝에 서슴지 않고 큰돈을 보탰고, 그 큰돈으로 자기 혼자 생색내거나 살난 척하려 늘지 않는 넉넉한 인품을 지니고 있었다.

그래서 아무도 그녀의 애걔걔 소리를 불쾌하게 듣지 않았다.

닥터 박은 경숙 여사네 마당을 보고 애걔걔 소리를 연발했고, 더구나 하석태 씨가 애지중지하는 석류나무를 보고는 애걔걔가 사뭇 자지러졌다.

"애걔걔, 애걔걔, 세상에 이렇게 작은 석류나무도 있니?"

그녀는 하석태 씨의 오랜 정성 끝에 화분의 높이까지 합하면 거의 어른 키만큼 자라 초롱처럼 예쁜 꽃을 여남은 송이나 피운 석류나무를 보고 이렇게 놀랐다.

"닥터 박, 미안하지만 이번 애걔걔 소린 번지수가 틀렸어. 그건 석류나무야."

"그래, 이게 석류나문 걸 누가 모른대?"

"그런데 애걔걔야? 이만하면 석류나무로선 거목이야."

"애 좀 봐, 거목 좋아하네. 우리 마당엔 느티나무만 한 석류나무가 세 그루나 되는데."

"그야, 느티나무도 느티나무 나름이지, 분재 느티나무도 있으니까."

"너, 정말 못 믿는구나. 하긴 나도 이렇게 쬐그만 석류나무도 있다는 걸 못 믿겠으니까. 가만히 있자. 저기 저 후박나무보다 훨씬 클걸? 우리 마당의 석류나무."

"별꼴이야, 주인이 통이 크면 나무까지 분수 모르게 자라나 보지?"

"앤, 아직도 불신에다 야유네. 아마 기후 차인가 봐. 우리 집뿐 아니라 우리 동네엔 집집마다 커다란 석류나무가 마당에 시원한 그늘을 드리우고 있으니까."

"그게 정말이라면 참 보기 좋겠다. 우린 저만큼 기르는 데도 우리 하 선생님이 얼마나 공을 들인 줄 아니? 모기 한 마리 제대로 못 잡는 양반이 글쎄 석류나무엔 쥐가 거름 된단 소리는 어디서 들어가지곤 나더러 부득부득 쥐를 잡아달라지 뭐니? 꼭 잠자리 잡아 달라는 아이처럼 어찌나 떼를 쓰는지 덫을 놓아서 잡아놓았더니 그걸 손수 파묻는데 정말 못 봐주겠더라. 그래도 그 징그러운 짓을 마다 않고 손수 할 만큼 아끼는 석류나무라서. 넌 어떻게 해서 그렇게 크게 키웠니? 아마 그 비결을 가르쳐주면 하 선생 되게 좋아할 거다."

"되게 좋아하잖아. 날 안아준대도 비결이 있어야 가르쳐주지."

"결국 주인이 통 큰 게 비결이다 이 말이지?"

"아니래도. 기후 탓이래두. 우리 동네엔 집집마다 석류나무가 느티나무처럼 크게 자라 열매를 주렁주렁 매단대두."

그때부터 대구는 경숙 여사에게 푸르고 싱그러운 꿈의 남쪽 나라였다.

그녀가 자신 있게 잘사는 다섯 명의 이혼녀 중에서 제일 먼저 닥터 박을 방문하기로 마음먹은 것도 그녀의 생활 태도가 제일 고무적인 까닭도 있었지만 푸르름의 유혹 때문이기도 했다.

하루하루 균열을 일으키며 메말라가는 그녀의 심상에 그 푸르름은 마지막 구원의 예감이었다.

그녀는 발악을 하는 그날의 마지막 열기 중에서 허덕이면서 생각했다.

푸르름은 어디 있는가? 생명력 넘치는 그 푸르름은 어디 있는가? 가로수도, 녹지대의 풀이나 화초도 푸르지 않았다. 온종일 먼지를 뒤집어쓰고 늘어진 그것들은 곧 뜨겁고 반짝이는 열의 입자로 기화해버릴 것처럼 물기라곤 없이 바삭바삭해 보였다.

그녀가 가까스로 구원을 청한 곳은 역을 한참 벗어난 곳의 제과점이었다.

"우선 물 좀, 얼음냉수 좀."

제과점 속을 장식한 검푸른 열대는 몽땅 비닐 모조품이었다.

느티나무만 한 석류나무는 어디 있는가? 그걸 만날 수 있는 길은 아직 남아 있어. 그녀는 이렇게 자신을 격려하면서 수첩을 뒤적였다.

닥터 박의 전화번호는 병원과 집이 따로따로였다. 거리상으로도 뚝 떨어져 있다고 했다. 불편하지 않느냐고 물었더니 예약 환자만 받으니까 불편할 거 하나도 없다고 했다.

하긴 느티나무만 한 석류나무가 세 그루나 있는 마당 있는 집이라면 소독 냄새 나는 병원으로부터 떨어져 있을수록 좋을지도 몰랐다.

아직도 바깥의 밝음은 절망적으로 이글이글했다. 병원으로 먼저 걸어보기로 했다.

"여보세요."

간호원일까, 되바라지고 쨍쨍한 목소리를 듣고도 경숙 여사는 무슨 말부터 해야 할까를 망설였다.

"형구구나? 나야, 나라니까. 쫄지 마, 벼엉신같이."

쨍쨍하던 목소리가 갑자기 간질간질해지면서 이렇게 속삭였다.

경숙 여사는 마치 못된 짓을 하다가 들킨 것처럼 어쩔 줄을 모르고 전화를 끊고 다시 돌렸다.

"여보세요."

역시 그 되바라진 목소리였다.

"저어, 혹시 거기가 박순님 산부인과 의원 아닌가요?"

"그렇습니다만……."

"아, 네 그렇군요. 역시."

"역시라뇨? 아까도 장난전화 했죠? 기분 나쁘게."

옆에서 계집애들이 깔깔대는 소리가 났다.

"장난전화라니? 말조심해요. 원장 선생님 바꿔요."

"어디세요?"

목소리의 기세가 약간 누그러졌다. 그러나 옆의 소란은 한층 문란해졌다. 누군가 전화받는 여자를 꼬집는지 아야야, 너 죽어, 하는 비명까지 들렸다.

"서울서 내려온 친구요."

"미리 연락하셨나요?"

"꼬치꼬치 묻지 말고 어서 바꿔요. 나중에 혼나지 말고."

"댁에 들어가셨어요."

"벌써?"

"버얼써요."

"알았소."

정말 돈이 너무 벌려 죽겠나 보군. 경숙 여사는 투덜대며 집 전화번호를 돌렸다. 그러나 신호만 가고 받는 사람이 없었다.

자리로 돌아와 아이스크림을 하나 시켜 먹고 다시 걸어도 마찬가지였다. 그녀는 헛되이 전화를 걸고 또 걸었다. 처음엔 빈집을 울리던 전화벨 소리가 차츰 그녀의 빈 가슴속을 휘젓기 시작했다.

밖에선 모든 것을 빛의 입자로 분해해버릴 것 같던 지독한 빛이 서서히 사위고 더위만이 남아 사람들에게 찐득찐득 엉겨붙고 있었다.

경숙 여사는 거듭해서 전화를 걸면서 미아처럼 올데갈데없는 외로움에 떨었다.

박순님마저 없다면 이 도시는 뭔가? 그녀는 마치 조금씩 어둠이 잠식해가는 도시가 그녀와는 말 한마디 통하지 않는 이방의 도시처럼 두려웠다.

"이 동네가 여기서 먼가요?"

그녀는 제과점 소녀에게 닥터 박의 주소가 적힌 쪽지를 내보이면서 물었다.

"천오백 원이믄 너끈할 껍니다."

아가씨는 무슨 생각에선지 거리를 택시 요금으로 환산해서 일러줬다. 택시를 탈 수 있다는 게 신기한 묘안처럼 그녀를 생기 있게 했다.

주소 하나 달랑 갖고 찾기에도 박순님네 집 찾기는 어렵지 않았다. 병원과 살림집을 겸하고 있다가 중심가로 병원만 따로 옮긴 지가 오래지 않기 때문에 수성동 체육관 앞에서 내려서 아파트 단지 못 미처까지 걸어가면서 병원집을 물었더니 문 앞까지 안내해주는 친절한 여자를 만났다.

철문 기둥엔 박순님이란 문패가 당당하게 걸려 있건만 문은 잠긴 채였고, 불빛 없는 단층집은 생각보다 작았다. 마당에 지붕 높이와 맞먹게 울창한 나무는 정말 석류나무일까?

경숙은 석류나무 거목에 걸었던 동화적인 기대가 까닭 없이 무너지는 서운한 기분을 맛보았다.

닥터 박 병원 집이라니까 단박 알아차리고 안내해준 동네 여자는 슬그머니 가버리고, 경숙은 아직도 집요하게 엉겨붙은 밖의 열기 속에 우두커니 서 있었다.

닥터 박은 서울 나들이 때마다 사 모은 그 많은 패물은 어떡하고 저렇게 온종일 집을 비우는 걸까? 경숙은 괜한 걱정까지 하며 그 집 앞에 쭈그리고 앉았다. 그 집을 목표로 하고 온종일 기차 타고 이 낯선 도시까지 왔다는 게 한없이 서글프게 느껴졌다. 집 떠난 지 하루도 안 됐는데 긴 세월의 유랑에 지친 것처럼 심신이 고달프고 정결한 목욕물과 불빛이 은은한 식탁이 그리웠다.

식욕은 일지 않는데도 배는 빈 자루처럼 고팠다. 경숙이 앉은 자리는 땅바닥이었고 손을 휘저으면 자갈들이 만져졌다. 낮 동안 햇볕에 달구어진 자갈들은 아직도 후끈후끈했다. 날씨가 너무 더워서인지 골목은 죽은 동네처럼 잠잠했다. 불이 켜진 집 창에 비친 사람늘의 움직임도 목적이 있어 움직이는 게 아니라 다만 더위에 몸부림치고 있는 것처럼 보였다.

참 대단한 더위였다. 날씨가 사람들에게 고약한 원한을 품고 사람들을 조금씩조금씩 삶아 죽이고 있는 게 아닌가 하는 황당한 생각도 들었다.

더욱 황당한 건 그 알지 못할 도시의 더위 속으로 단신 뛰어든 자신이었다. 경숙은 타는 듯한 목마름과 빈 자루 같은 굶주림에 허위적대며 무턱대고 구원을 청하고 싶은 두려움을 느꼈다.

어쩔 수 없는 막다른 골목에 몰린 느낌이었다. 50을 바라볼 때까지 꽤 괜찮은 팔자로 일관해온 자신이, 이런 초라한 몰골로 전혀 구원의 여지 없는 궁지에 몰려 있음은 무슨 까닭인가. 그녀는 덮어놓고 억울했다.

모기가 그녀의 드러난 팔다리로 앵앵대며 엉겨붙었다. 그녀는 자주 자신의 살을 때렸다. 모기는 더러는 그녀의 손바닥에 압사하기도 하고 더러는 도망치기도 했다. 모기가 빤 자신의 피가 땀과 함께 손바닥에서 기분 나쁘게 끈적거렸다.

밤이 깊어가는데도 박순님네 집은 불 꺼진 채였다. 그녀가 마지막으로 희망을 걸고 싶은 이혼녀의 빛나는 자유는 아직도 그 정체를 감추고 깜깜한 집구석 어디선가 도리어 그녀를 내다보고 구석구석 관찰하고 있는지도 몰랐다.

잠시 졸았나 보다. 찰칵 하는 쇳소리에 눈을 떴다. 침인지 땀인지 끈적한 게 고개를 파묻은 팔에 엉겨붙어 있었고, 빈집 문전을 동그랗게 비추는 외등 불빛 속에서 박순님이 열쇠로 대문을 따고 있었다.

외등은 박순님뿐 아니라 박순님이란 문패까지를 민망하도록 명료하게 드러내고 있었다.

"닥터 박, 순님아."

경숙은 허둥지둥 엉덩이를 털면서 일어서서 외쳤다.

"너, 경숙이, 어디서 오니?"

순님은 어둠 속에서 갑자기 나타난 경숙을 보고 이렇게 말했다. 경숙은 자기가 순님에게 환영받고 있다고 생각하고 싶은 나머지 먼저 초조하게 반가움을 과장했다.

"나야, 나. 얼마나 기다렸다구. 병원에 먼저 전화 걸었더니 집에 들어갔다기에 곧장 와보니 빈집이잖아."

"어디서 오니?"

"서울서."

"뭣하러?"

"너 보고 싶어서."

"날?"

순님이 혀를 찼다. 그제서야 경숙은 순님이한테 술 냄새가 지독하게 난다는 걸 알아차렸다.

"너 취했구나?"

"그래 맹숭맹숭한 정신으로 빈집 대문 따는 건 취미 없거들랑. 좌우지간 안에 들어가자."

순님이 앞장섰다. 앞장서서 마당에, 현관에, 마루에, 부엌에 불을 켜며 들어갔다. 부엌 식탁 위엔 아침에 먹다 만 빵 조각과 버터에 파리가 엉겨붙어 있었고, 컵에 남은 우유는 산패한 듯 멍울멍울했다.

안방으로 통하는 길목엔 원피스가 후줄근하게 나동그라져 있고,

문지방 너머엔 벗어놓은 팬티가 방금 두 다리가 빠져나온 것처럼 두 구멍이 뻥하게 뚫린 채 뒤집혀져 있었다.

황폐한 생활의 모습이 눈가림할 여지없이 고스란했다.

"망할 것, 이렇게 기습을 할 건 또 뭐니?"

지독한 술 냄새와는 달리 순님은 우울하게 가라앉은 시선으로 경숙을 보며 말했다.

"늘 이렇게 늦니?"

경숙은 팬티 꼴이 민망해서 얼른 악취가 부글부글 괴어 있는 부엌 쪽으로 시선을 돌리며 물었다.

"기분 내키면 아주 안 들어오기도 해."

"그럼 내가 오늘 운수가 좋았구나."

"도대체 무슨 일이야? 네가 이런 데를 다 찾아오다니."

"어머머, 놀러 오라고 서울에 올 적마다 조른 게 누군데?"

"그냥 한번 그래 본 거지. 살림하는 유부녀는 이런 데 용무 없는 게 좋아."

"싫든 좋든 용무가 생긴 걸 어떡해."

"무슨 일인데?"

"이혼 견습."

"싸웠니?"

"좀……."

"아이, 재미있어라."

"뭐가?"

"그 부처님 가운데 토막 같은 양반하고 이 요조숙녀하고 어떻게 싸우나 구경 한번 했으면."

"부처님 가운데 토막?"

"왜 틀렸어?"

"아, 아니."

"너 울고 있니?"

"아, 아니. 설거지나 좀 해볼까? 냄새가 고약하다."

"먹던 걸 냉장고에 챙기는 걸 깜빡 잊고 나갔어. 늘 그래."

"저녁은 먹었니?"

"그거 내가 너한테 물어야 되는 소리 아니니?"

"난 안 먹었어. 먹고 싶진 않지만 속이 너무 비어서 무엇이든지 좀 먹어둬야 할 것 같아."

"그래? 잠깐만 기다려. 오래간만에 밥 한번 지어볼까?"

순님이 옷을 훨훨 벗더니 부엌이 아닌 욕실로 들어갔다. 욕실 문을 열어놓은 채 물 끼얹는 소리가 들렸다.

"아이 시원해, 아이 살 것 같다. 이 맛에 집에 들어온다니까. 서울은 이렇게 안 덥지? 이놈의 덴, 사람 삶아 죽일 고장이라니까. 참, 너도 샤워할래? 나 한 다음에 천천히 해. 그동안 내가 저녁밥 지을게. 쌀이 있으려나 몰라. 너 쌀통 좀 열어볼래? 부엌 구석에 뻘건 플라스틱 바께쓰 있지? 그게 쌀통이야. 쌀 있다구? 이상하다 그 쌀이 여태껏 남았니? 아무튼 다행이다. 좀 담가놓을래? 묵은내가 날까 봐 그래. 아이 시원해, 이 맛에 집에 들어온다니까."

쌀에선 정말 묵은내가 심하게 났다. 까만 쌀벌레가 빨간 통 가장자리로 줄지어 기어나오는 것도 보였다. 샤워하는 소리는 계속되고 순님의 말소리는 들리지 않았다. 너무 시원해 잠들었나. 그녀의 두서없는 소리도 듣기 싫었지만 침묵은 더욱 견디기 어려웠다. 뭔가 모면할 수 없는 기분이었다.

경숙은 주황색 플라스틱 바가지에 쌀을 박박 이겨가며 씻어내면서, 발끝에 추를 매달고 곧장 낙하하듯이 자신의 신세가 급속히 영락해가는 것처럼 느꼈다.

순님이 타월로 허리를 허술하게 감고 어정어정 걸어나왔다. 풍만한 허리와 군살이 뒤룩대는 다리에 비해 너무도 앙상한 가슴이 섬뜩해서 경숙은 고개를 돌렸다.

순님은 옷장 서랍을 수없이 열었다 닫았다 하고 나서야 겨우 팬티하고 어깨끈만 달린 원피스를 하나 찾아 입고 젖은 머리를 타월로 함부로 털어내기 시작했다.

혼자서 사는 쉰 살을 바라보는 여자의 꾸밈 없는 모습을 본다는 게 고통스러워 경숙은 목구멍 속으로 신음했다.

박사고, 돈 잘 벌고, 화려하고, 자유분방하고, 통이 크고, 혼자 사는 여자 박순님이 그녀의 친구라는 건 요즈음의 경숙에겐 빛나는 기적이었다. 경숙은 그 기적을 아끼고 사랑했었다. 그 기적은 이혼을 앞둔 그녀의 공포를 몰아내고, 그녀에게 용기와 희망을 주었기 때문이다.

기적이란 속임수에 불과한 것일까? 기적이 기적이길 원하거든 그 정체를 보려고 하지 말아야 하거늘.

후회하는 마음 때문인지 경숙은 아침에 떠나온 집을 돌아갈 수 없는 머나먼 고장처럼 느꼈다.

나는 그를 용서할 수 없어, 절대로. 경숙은 이렇게 남편에 대한 앙심을 새롭게 함으로써 자신의 조급한 향수를 윽박질렀다.

"샤워해. 내가 밥할게."

순님이 부엌으로 들어가면서 말했다.

"김치라도 있어?"

"없을 거야. 그렇지만 고기는 있어. 고추장 된장도 있고……."

냉동실에서 꽤 많은 고깃덩어리가 나왔다. 그러나 냉장고 속은 텅 비어 있었다. 고기는 바위처럼 단단했으므로 경숙은 칼질을 단념하고 우선 물에다 담갔다.

"한 끼쯤 굶으면 어때서 기를 쓰고 찾아 먹으려는 꼴이라니."

전기밥솥의 스위치를 누르고 난 순님이 꼭 남 말하듯 비웃었다.

"너, 그 많은 패물은 어떡하구 집 보는 사람 하나 없이 사니?"

"어디 있겠지, 뭐. 도둑맞은 적 없으니까."

"얘 좀 봐. 그렇게 마음 놓고 있다가 한번 크게 당하려고……."

"흥, 나 사는 꼴 봐라. 도둑놈 들어오게 생겼나."

"너 그럼 패물 도둑맞을 염려 없으라구 일부러 이렇게 간소하게 사니?"

"간소 좋아하네. 구질구질하다고 해도 난 상관없어."

"그래, 이렇게 구질구질하게 살면서 웬 보석 욕심은 그렇게 부려 쌓냐?"

경숙은 뒤늦게 끓어오르는 배신감을 이렇게 드러냈다. 순님이 어깨를 한 차례 움찔했다. 그때 경숙은 순님의 눈에서 번들대는 슬픔을 보았다.

"가끔 교태 부리고 싶어서……."

"교태?"

"그래, 애교 떨고 아부하고 그러고 싶을 적이 있거든. 혼자 사는 주제에."

"그게 패물하고 무슨 상관이야?"

"나 혼자서 패물한테 교태를 부리는 거야. 가끔 예쁜 옷으로 차려입고, 화장하고, 귀고리도 이것저것 달아보고, 목걸이도 이것저것 걸어보고, 손톱에 매니큐어 칠하고, 반지도 이것저것 껴보고……. 어떤 패물이 가장 마음에 드나 해서가 아니라 어떤 패물한테 내가 마음에 들 수 있을까 갖은 아양을 다 떨어가면서 말야."

"너 취했구나."

"요샌 허구한 날이야."

"혼자서 잘 사는 줄 알았는데……."

"잘 살았지. 일 있겠다, 돈 있겠다, 건강하겠다, 못 살 게 뭐 있니?"

"근데 왜 이래?"

"요새 이래. 싸워야 할 적이 없어서 그런가 봐."

"적?"

"사내 말야. 사내란 곁에 있어도 적, 없어도 적이라니까."

"그게 무슨 소리니?"

"내 남편이란 사내 오죽 내 속을 썩였니? 여의사 남편 노릇을 무슨 평생 취직자리쯤으로 알고, 내 돈 쓰는 거 외엔 어디 가서 담뱃값 한푼을 번 적이 없는 위인이었으니까. 원수도 그런 원수는 없더니만, 천신만고 떼어버리고 나서도 사내가 적이긴 마찬가지라니 기가 찰밖에."

"그럼 너 겉으로만 이혼한 척하고 뒤론 여전히 그 사내한테 뜯기면서 살아왔구나?"

"아냐, 그런 의미가 아니라 아직 젊은 나이 때의 섹스의 문제 말야. 혼자 살려니 그걸 아주 극복하기도 벅차고 끊임없는 투쟁이었지 뭐. 오죽해야 사내가 적이란 밖에. 남편만 없다 뿐이지 사내는 항상 나의 싱싱한 적이었어. 지금 생각하니 그게 살맛이기도 했나 봐. 어느 틈엔지 사내에 대한 직접적인 욕구의 불길이 사위면서 이렇게 살맛이 없는 거야. 사랑도 미움도 정욕도 없어지니까 허전해서 못 살겠는 거야. 참 쇠고기로 뭣 좀 허럼. 이제 녹았겠지. 된장을 넣고 끓이든지, 간장을 넣고 끓이든지 그냥 불고기 하든지. 파, 마늘도 없을걸. 푹 과서 소금이나 쳐서 먹을까? 우리 집에 손님이 온 게 얼마만인지 모르겠다. 너무 오래돼서 손님 대접하는 법도 잊어버렸어. 내가 손님에게 뭘 해 먹여야 할 것 같지도 않고 손님이 나한테 뭘 해 먹여야 할 것 같아. 웃기지? 이래도 되는지 모르겠네."

순님은 흐트러진 머리칼을 손가락으로 쓸어올리며 자신 없이 말했다.

"손님 노릇 하러 온 게 아니니까 걱정 마."

"이혼 견습? 말도 안 돼."

"왜?"

"그 부처님 가운데 토막 같은 양반을 어떻게 덧들였길래……."

"부처님 가운데 토막 좋아하네. 남의 남편에 대해서 아는 척하지 마."

"하긴 그래. 아무리 사내를 졸업했다지만 아직도 사내에 대해서 아는 건 딱 한 가지밖에 없다니까."

"그게 뭔데?"

"아무리 못된 사내도 없는 것보다는 있는 게 낫다는 거."

"나잇값을 해라. 추접은 소리 그만하고……."

"섹스의 문젠 이미 졸업했다니까. 시원섭섭하게도, 오늘 내가 왜 이렇게 술 퍼마셨는지 알아? 역시 이 고장 개업의로 나보다 2년 선배언니가 있는데 오랫동안 서로 각별히 지냈었거든. 그 언니 남편도 백수건달이야. 그 언니도 나도 속 차릴 줄 몰라가지고 허우대만 보고 연애하고 어른들 반대를 무릅쓰고 결혼하는 걸 무슨 대단한 사업처럼 열중해왔으니까. 그러다가 우리도 남들처럼 철이 나고 반대로 사내들은 허우댓값도 못하고 여편네 등골 빼먹는 것만 가지고는 성이 안 차 난봉 피고 사고 치고……. 어쩌면 그 언니 남편이나 우리 남편이나 하는 짓이 그렇게 막상막하지. 그런데 우린 둘 다 아뿔사 결혼 잘못했구나 하고 깨닫는 데만 자그마치 10년이 걸렸다니까. 둘 다 아둔해 빠져서 꺼풀만 남게 지치고, 남들이 손가락질하고, 친정 식구가 들고 일어나고 나서야 우리 인생이 크게 빗나간 걸 안 거야. 이혼하기를 결심하고 나서도 5년이나 걸려서 난 비로소 자유로워졌지만, 그 언니는 여태껏 못 놓여난 거 있지. 나도 겪어봤지만 사람 안 떨어지는 거 이거 미친다, 너. 안 떨어질밖에. 우리 같은 계집이 어디 있니? 계집 노릇에다 밥줄, 돈줄까지 겸했으니까 죽자꾸나 붙들고 늘어질밖에. 내가 그래도 그 사내한테서 놓여날 수 있었던 건 위자료를 안 아꼈기 때문이야. 그때 난 알거지가 되는 것도 겁내지 않고 암튼 그 사내한테 몽땅 다 내줬으니까……"

"그러니까 그 위자료라는 걸 여자가 남자한테 줬단 말이지?"

경숙이 눈을 동그랗게 뜨고 물었다.

"그래, 놀라긴. 남녀의 역할이 뒤바뀌어 별수 없잖아. 경제력 있고 상처를 입힌 쪽에서 위자료를 낼 수밖에. 근데 그 언니하고 난 다 똑같은 데도 역시 사람마다 다르듯이 다른 데가 있더라구. 나보다 돈에 집착이 훨씬 강한 거야. 그 건달로부터 놓여나기 위해 빈털터리가 될 각오를 죽어도 못 하는 거 있지? 그러니 매일매일 그 남자라면 이를 갈면서도 여태껏 못 놓여날밖에. 여북해야 그 언니 벌써 몽땅 틀니다. 암튼 잇가루가 풀풀 날리게 부득부득 이를 갈아댔으니까. 그러면서 내가 부러워 죽겠는 거야. 그 남자한테 실컷 얻어맞고 혼자 사는 우리 집에 와서 찔찔 울면서 뭐래는 줄 알아? 한 살이라도 젊었을 때 빈털디리가 될길, 지금은 늦었어, 자마 못 하겠어, 이러면서 짜는 거야. 나야 그 사내 떼버리고부터 돈밖에 모이는 게 없지 뭐. 알부자가 돼간다는 걸 그 언니도 다 알고 하는 소리지. 그러고 보니 그 사내 떼버리고부터는 순전히 돈 모으는 재미하고 그 언니가 나 부러워해주는 재미로 산 것 같아. 남모르는 슬픔까지 말하면 수다밖에 안 되지. 그러던 그 언니가 글쎄 언제부턴지 나를 부러워하는 눈치가 예전 같지 않은 거야. 그야 부럽다는 소리야 아직도 입에 붙었지. 그게 순전히 입술 끝에만 대롱대롱 매달린 걸 알겠는 거야. 그 언니가 그렇게 속 다르고 겉 달라지고부터 왜 이렇게 세상이 쓸쓸하니? 오늘은 글쎄 그 언니가 은근슬쩍 남편 자랑을 하는데 뭐랜 줄 알아? 뭐 개똥도 약에 쓸 적 있더라 이러는 거야. 그 언니네 병원에서 의료사고가 있었거든. 그 언니 잘못은 아무것도 없었어. 시골에서 간호원인지 산파인지 하던 여자가 야미로 소파수술을 하다가 자궁에 구멍을 냈다나 봐. 그 구멍으로 창자까지 꾸역꾸역 꿰져나오는 걸 보고서야 손을 떼고 도망을 쳐 식구들이 들것에 담아가지고 온 게 하필 그 언니네 병원이었단다. 이미 손쓸 수 없이 때가 늦은 걸 안 언니는 큰 병원으로 가랄밖에. 그 후 큰 병원에 가다가 죽었다든가 가서 죽었다든가, 암튼 그 환자가 죽으니까 가족들이 그 시체를 언니네 병원으로 떠메고 와서 소동을 피우는 거야. 살려내라고, 가족들 판단으로 시체 앞에 놓고 흥정하기엔 언니네 병원이 제일 만만할밖에. 당초 사고를 친 산파는 도망간 뒤 붙잡아봤댔자 울궈낼 거 없을 건 뻔하고, 큰 병원은 그런 억지가 안 통하는 것쯤은 시골 사람들이 더 잘 알고, 그럴 때 개인병원만 밥이지 뭐. 당해보면 정말 비애를 느낀다 너. 이 더위에 푹푹 썩어가는 시체 놓고 행패 부리는 데 있어서야 법이 아랑곳이나 있니. 촌각을 다투는 일에 늑장 부리기로 유명한 법이란 행차 뒤에 나발만도 못하지. 그때 그 건달 남편이 나서준 거야. 그 남자 지금도 허우대가 괜찮거든. 젊어선 섹시해 보이던 허우대가 나이 들수록 뭐랄까? 위엄까지는 안 가도 뒤에 뺵깨나 있어 보이게 만만치 않은 거야. 게다가 말 한마디 눈짓 하나로 제꺽 모여드는 힘깨나 쓰는 꼬붕까지 수월찮게 거느리고 있거든. 여편네 번 돈으로 공술 먹이고 용돈까지 줘가며 꼬붕들 키우는 게 그 남자 취미였으니까. 좌우에 장대 같은 꼬붕들을 쫘악 거느리고, 이게 뭣 하는 짓들이오? 참 한심한 사람들이로군, 이 한마디 점잖은 으름장에 시체 떠멘 상두꾼인지 가족들은 그만 슬금슬금 꽁무니를 빼더라는 거야. 너무 쉽게 끝나 어째 믿어지지가 않더래. 그 후 그래도 그런 게 아니라고 약간 후한 조위금을 보냈더니 감지덕지 백배사례를 하더라나. 후유증 없이 깨끗이 끝난 거지 뭐. 생전 처음 남편 덕봤다고 그 언니가 은근슬쩍 남편 자랑을 하는데 느닷없이 내 속이 왜 그렇게 쓰리겠니? 내가 아이를 못 낳아봐서 자식 잘 둔 친구 보고 속 쓰린 적도 한두 번이 아니었건만 이번에 속 쓰린 것하곤 댈 것도 아냐. 여태껏 그 언니만은 그래도 날 부러워했는데, 이제부턴 내가 그 언니를 부러워해야 된다고 생각하니 막 미치겠는 거야. 여북해야 혼자서 술을 마셨겠니? 저녁이면 한잔하는 버릇은 벌써부터야. 여자라고 술친구 없으란 법 있니? 그런데 오늘은 혼자 마시고 싶더라. 내가 후회하고 있다는 걸 아무한테도 들키고 싶지가 않아서였어. 그것만은 꼭 나만 알고 있고 싶은 거 있지? 그런데도 후회가 하도 절실하니까 꼭 누구한테 들킬 것 같아 조마조마하더라니, 이제 생각하니 네게 들켰구나, 망할 것, 하필 오늘 올 게 뭐 있니? 이혼 견습? 웃기고 있네. 너 같은 형편없는 맹꽁이하고 부처님 가운데 토막하곤 천생연분이야. 그러고 보니 너나 내나 온전한 사내하곤 못 살아본 셈이구나. 넌 남자의 가운데 토막만 데리고 살았고, 난 남자의 입하고 섹스만 데리고 살았고, 네 팔자나 내 팔자나······. 그렇지만 이혼은 안 돼. 이혼은 뭐 아무나 하는 줄 알아? 맹꽁이가 어디서 이혼 소리는 들어가지고 겁 없이 날치고 있어, 못써."

순님은 마루의 돗자리 위에서 몸을 괴롭게 뒤채며 이렇게 주절대다가 어느 틈에 잠이 들었는지 푸우푸우 시척지근한 입김을 뿜기 시작했다.

경숙은 물끄러미 잠든 순님을 내려다보았다. 그녀는 잠들어서 더욱 극명히 드러난 순님의 참모습을 이혼의 실상이라고까지는 생각하지 않았다. 결혼의 모습이 사람마다 다르듯이 이혼의 모습도 사람마다 다른 건 당연했다.

경숙에겐 아직도 희망을 걸 수 있는 네 명의 이혼녀가 남아 있었고, 그 이혼녀들이 모조리 그녀를 실망시킨다 해도 자신에게 건 희망은 버리지 않을 터였다.

실상 경숙은 이혼의 공포를 조금이라도 덜어보기 위해 행복한 이혼을 봐두고자 떠나온 머나먼 여행이었다. 서울에서 가장 먼 데서 사는 순님을 제일 먼저 택한 것도 순님이 가장 후회 없는 이혼 생활을 할 것 같아서였다.

이런 용의주도한 겨냥이 완전히 빗나갔건만 경숙은 오히려 이혼의 두려움에서 어느 만큼 벗어난 기분이었다. 최악을 먼저 보았다는 게 아무리 못돼도 그보다는 낫게 살아보겠다는 오기를 슬그머니 북돋았다. 또 여태껏 우러르고 추종해야 할 대상으로 삼던 것을, 쯧쯧 지지리도 못나게시리 하면서 측은히 여기는 마음도 경숙을 기운나게 했다.

 냉동육을 담가놓은 물은 희미한 핏빛으로 우러나 생생한 날고기 냄새를 풍겼다. 그녀는 속이 몹시 비었기 때문에 헛구역질이 났다. 그러나 그녀는 비위를 가라앉히고 그것을 한 토막 잘라서 물을 넣고 고기 시작했다.

 남편의 식성에 보비위를 극진히 하던 버릇이 자신을 돌보는 데도 어느 만큼은 도움이 되고 있었다.

 밤이 깊어감에 따라 마루의 망창을 통해 바람기가 조금씩 스며들기 시작했다. 좁은 마당에 가득 들어선 세 그루의 석류나무도 생기가 나서 잔 가장귀부터 차츰 우쭐대기 시작하는 걸 어둠 속에서도 알아볼 수가 있었다.

 자그마치 느티나무만 한 석류나무가 세 그루나 있다고 으스대길래 화분에서 기르는 어린애 키만 한 석류나무를 애지중지하는 자기집 마당과 견주어 적어도 삼사백 평 규모의 정원을 연상한 게 문득 시글퍼졌다.

 경숙은 푸우푸우 탁한 열기와 냄새를 뿜어내며 곯아떨어진 순님을 물끄러미 내려다보았다. 한쪽 어깨끈은 벗겨져 절벽 같은 가슴에 썩은 열매처럼 매달린 젖꼭지와 무성하면서도 황폐해 보이는 겨드랑을 드러내고, 탄력 없이 육중해 보이는 다리를 나무토막처럼 내던지고 깊이 잠든 순님은 박사도, 여의사도, 자유로운 여자도 아니었다.

순님의 집이 문 열어놓고 사는 집 꼴인 것처럼 순님이 역시 영락없이 문 열어놓은 여자 꼴이었다. 경숙은 고된 대로 자신을 꼭꼭 오므리고 살아온 자기 자신에게 자부심 비슷한 걸 느꼈다.

비경이 하나도 남아 있지 않은 여자는 비참했다. 경숙은 자신 속엔 아직 비경이 남아 있다고 생각하고 싶고 그게 느닷없이 짜릿한 자기애가 되고 있었다.

경숙은 순님의 옷장과 이불장과 골방을 뒤져 겨우 풀 먹인 홑청을 하나 찾아내서 순님의 살을 가려주었다. 그리고 여기저기 널린 그녀의 벗어던진 옷을 거둬다가 세탁기 속에 집어넣고, 부엌 속의 쓰레기통도 밖으로 내놓았다. 고기가 고아질 동안 그녀의 결벽성은 집안의 오물과 혼란을 하나씩 민첩하게 정리하기 시작했다.

고기는 알맞게 고아졌건만 아무리 뒤져도 파 한 뿌리, 마늘 한 톨이 없었다.

이런 굿해 먹을 집구석 봤나. 이렇게 욕지거리를 하면서도 경숙은 저녁을 거를 생각은 없었다. 그녀는 보오얗게 우러난 고깃국물에다 고기를 숭덩숭덩 썰어 넣고 소금하고 후춧가루만 쳐서 맛 좋은 국을 만들었다.

그녀는 혼자서 낯선 집 식탁에 앉아 밥 한 그릇과 곰국 한 대접을 아귀아귀 먹었다.

혼자 사는 일은 용기를 요하는 일이고 용기는 곧 체력이거든. 용기가 정신력이나 고추장 먹는 발악이라고 생각하는 건 크나큰 오해야. 그녀는 포식한 배를 두들기며 큰 깨우침에라도 도달한 듯 이렇게 자신 있게 중얼댔다.

설거지하고 샤워까지 하고 나니 살 것 같았다. 베개만 하나 가지고 순님 옆에 누우려다 말고 베개를 하나 더 가져왔다. 그리고 순님의 눅눅한 머리칼을 말총처럼 뒤통수로 모아 움켜쥐고 함부로 쳐들었다. 순님의 얼굴이 껍질이 벗겨진 것처럼 생급스럽게 드러났.

늙도 젊도 않은 여자의 자는 얼굴은 얼핏 눈길을 먼저 피하고 싶게 보기 흉했다.

경숙은 내던지듯이 거칠게 그녀의 머리를 베개에 뿌리쳤다. 거부하고 싶은 억측, 두 사람이 공동 운명체일지도 모른다는 억측이 스산하게 경숙의 마음에 스며들고 있었다.

경숙은 집 안의 불을 모두 끄고 조용히 순님 곁에 누웠다.

"네가 왜 우리 집에 왔더라?"

순님이 경숙을 흔들어 깨우고 나서 부엌 쪽으로 엉금엉금 기어가더니 수돗물을 틀고 벌컥벌컥 들이켜는 소리가 났다.

아직 날 밝기 전이었다. 새벽의 미풍이 미진한 잠을 더욱 감칠맛 있게 했다.

"잠 좀 자게 내버려두라."

"아, 알았다. 이혼 견습이랬지?"

"새벽까지 주정 계속할 셈이야? 정신은 멀쩡해가지고······."

"그래, 그래, 나 정신 멀쩡했지? 그렇게 퍼마셨는데도."

"끔찍이도 신통했다."

"신통하고말고, 어느새 손끝이 벌벌 떨려 이 노릇 못 해먹고 싶지 않거든."

"네 인술이 언제 적부터 겨우 손끝에 달렸냐?"

"인술 좋아하네. 불 켤까?"

"싫어, 난 좀 더 자야겠어. 너 잠든 후에도 난 아마 세 시간은 더 노동을 하다 잤을걸. 명색이 그래도 의사가 어떻게 그렇게 비위생적으로 사냐? 돼지우리도 요샌 너희 집보다 훨씬 위생적일걸."

"습관이야, 사람도 돼지도 습관 들이기 나름이야."

"나는 아무튼 오나가나 일복 하나는 많다니까."

"뭔 일복?"

"내가 여기 있는 동안 네 그 고약한 습관 하나는 고쳐놓고 말 테니까 두고 보렴."

"아무리. 그렇게 오래 있을라구?"

"나 공밥 안 먹는다. 쩨쩨하게 미리 부담 느낄 거 없어. 고소득자가 더 무섭다니까."

"그게 아니라 그 안에 느이 남편이 데리러 올 테니까. 어쩌면 날새기가 무섭게 눈에 횃불을 켜고 들이닥칠지도 모르지. 한 이불 속에 누운 게 여잔 게 각본상 시시하다, 그치? 정부였으면 구경날걸. 며칠 남장하고 대기할까?"

순님이 공허한 소리로 낄낄댔다.

"얘도 실없긴. 그런 일은 없을 테니 염려 마. 내가 여기 있다는 것도 그인 모르니까. 그이 주변에 알아낼 가망도 전혀 없고……."

"너 정말 단서를 하나도 안 남기고 집을 나온 거니, 그럼?"

"그래, 왜 못 믿겠어?"

"느이 남편 안 찾아오면 저절로 믿게 되겠지 뭐. 잘됐다. 암튼 밤에 빈집에 들어오기가 죽기보다 싫었었는데……."

"집을 쾌적하게 잘 꾸며놔 봐. 혼자 살수록 집에서 쉬는 맛이 감칠맛 있을 것 같아."

"별꼴이야. 제까짓 게 뭘 안다고. 팔자 좋은 년들은 하나같이 저렇게 철딱서니가 없다니까."

"왜 년자를 다 놓고 야단이야. 박사님답지 않게."

"말동무가 있으니까 불 안 켜고 있어도 견딜 만하다."

"남의 단잠을 다 깨워놓고 불만 안 켜면 제일이니?"

"혼자 살고부터 난 눈만 떴다 하면 온 집안의 불을 다 켜야만 해. 넌 아마 모를 거야. 혼자 사는 여자에게 깜깜한 공기가 얼마나 큰 공포라는 걸."

"혼자 살면 별의별 고약한 버릇이 다 생기나 보지?"

"그런 습관하곤 달라. 깜깜한 공기 속에 혼자 누워 있으면 생명의 위협까지도 느낀다니까. 이상이 그랬던가. 깜깜한 공기를 마시면 폐에 해롭다. 허파에 그을음이 앉는다고, 그 구절이 생각나면서, 폐뿐 아니라 목구멍까지 깜깜한 공기가 마치 석탄가루처럼 꽉 차오르는 거야. 얼마나 생생하다구. 깜깜한 공기는 독한 석탄가루야. 끽소리도 못하고 이제야 죽는구나 싶지. 허우적대면서 일어나서 불을 켜면 그게 황당한 망상이었다는 걸 알게 되지만…….”

"설마.”

"넌 몰라도 돼.”

여름날 새벽은 경숙의 미진한 단잠을 다시 청할 새 없이 곧장 밝아왔다. 마당의 석류나무의 윤기 흐르는 푸르름과, 그 사이에 주렁주렁 매달린 아직 새파랗지만 주먹만큼 살찐 석류알이 드러났다. 대구만 해도 남국이었다.

"전깃불 켜지 않고 저절로 밝아오는 걸 바라보는 게 얼마 만인지 몰라.”

순님이 경쾌한 탄성을 지르며 발딱 일어났다. 그녀는 밤사이에 딴 집처럼 깨끗이 정돈된 집안 꼴에 또 한 번 탄성을 질렀다.

순님이 기분이 좋아서 들뜬 소리로 마구 지껄였다.

"합격이다, 합격. 가정부 시험에 장원급제다 너. 오늘 나 출근시키고 나서 너 뭐 할래? 빨래하고 청소하고 시장 보고 김치 담그고 저녁 짓고 그래도 시간 남을걸? 시간 남거든 편지 써. 어딘 어디야? 하 교수한테 넌지시 편지 쓰는 거야. 네 자존심도 세우고 하 교수 애간장도 말리려면 주소는 '대구에서' 라고만 하렴. 아이 재미있어. 대구가 이래 봬도 넓거든. 남한 제3의 도시야. 하 교수 그 부처님 가운데 토막의 지혜로 뭘 어떻게 할 수 있을까? 넌 그냥 두고 보기만 하는 거야. 난 네가 우리 집에 오래 있을수록 좋고 네 덕에 나까지 살맛이 막 난다."

 순님은 매일 기분이 좋았고 매일 살맛이 나 했다. 열쇠로 직접 문을 딸 필요 없이 벨을 누르고 안에서 신 끄는 소리를 기다리는 게 그렇게 즐거울 수가 없다는 거였다.

 "요새 우리 병원 단골들이 나한테 뭐라는 줄 아니? 시집갔내. 예뻐지고 행복해 보인다나."

 이러기도 했다.

 "애 긁어내는 병원에도 단골손님이 다 있니? 망측해라."

 "망측할 것도 많다. 넌 그 결벽성이 탈이야."

 경숙은 꼬박 일주일을 순님네를 쓸고 닦고 빨고 고치고, 겨우 사람 사는 집 꼴을 만들었다. 안방 창엔 여름 커튼도 해 치고, 마루 분합문엔 시원하게 발도 늘였다. 이불 홑청도 알맞게 풀먹여 새로 씻고 옷장 서랍도 내복, 겉옷, 외출복, 평상복 등으로 계절에 따라 분류를 끝냈다. 정리를 끝내고 보니, 살림살이도 짭짤했고 집도 혼자 살기엔 너무 넓다 싶게 크고 쓸모 있었다.

 아무것도 할 일이 없게 된 날 경숙은 온종일 끙끙대며 서울에다 편지를 썼다. 수없이 고쳐 쓴 깐으론 너무 간단한 편지였다.

 당신에게

 인사 말씀 줄이옵고, 나쁨아니오라 당신 양말은 안방 서랍장 맨 밑서랍에 있사옵고, 손수건은 맨 윗서랍, 둘째 서랍엔 러닝셔츠, 셋째 서랍엔 팬티의 순서로 챙겨져 있사옴을 알려드립니다. 양복과 와이셔

츠는 안방 제물장 옷걸이에 걸려 있음을 아울러 알려드립니다.

경숙이 대구에서

그녀는 봉투에도 모질게 마음먹고 대구에서라고만 써넣었다. 이를테면 힌트를 준 셈이었다. 너무 속 들여다뵈는 힌트 같아서 경숙은 혼자 얼굴을 붉혔지만 눈 딱 감고 우체통에 넣었다.

아무리 둔한 하석태 씨라도 대구 하면 박순님을 떠올릴 만큼 잘 아는 사이였고, 박순님네 주소를 알아낼 만한 단서는 충분히 남겨놓고 떠나왔으니까 늦어도 나흘 안에 무슨 소식이 있음 직했다. 당장 데리러 뛰어 내려오면 더 빠르겠지만 그럴 위인은 못 되고, 이제 그만 화해합시다. 당신 없는 집은 뒤죽박죽이오, 정도의 답장이야 오겠지. 아냐, 쑥스러워서 그런 말도 못 할 거야. 양말도 팬티도 아직 못 찾았소. 당신은 내가 물건 못 찾는 거 잘 알지 않소. 급히 돌아와 찾아주오, 당신은 내가 비위생적인 걸 못 참는 거 알지 않소. 이런 비명을 지르는 게 고작일 거야.

경숙은 이렇게 답장까지 예상해가며 기다렸으나 서울로부터는 감감무소식이었다.

처음 일주일은 타고난 결벽성 때문에 비록 남의 살림이나 쓸고 닦고 정돈해주는 재미로 후딱 지나갔는데 편지 보내고 그 하회를 기다리는 다음 일주일은 지루하고 초조했다.

언제나처럼 반찬거리와 과일을 한 아름 사가지고 돌아온 순님은 경숙이 문을 열어주자 서울서 아무 소식 없었느냐고 물었다. 벌써 며칠째 들은 그 소리가 그날 따라 귀에 거슬렸다.

"너 벌써 내가 귀찮아진 게로구나. 그치?"

"애 좀 봐, 괜히 신경질부터 부리려구 그래. 귀찮은 게 아니라 과람해서 그런다. 네가 어디로 보아 이 칠칠치 못한 이혼녀 진구덥이나 치우게 생기질 않아서……."

"그게 아니겠지, 진구덥을 다 치워주고 나니까 별 볼 일 없다 이거겠지."

"아유 조 맹꽁이, 조렇게 소갈머리가 맹꽁이로 생겨먹었으니까 다 늦게 소박을 맞았지."

"넌 그렇게 속이 탁 트여서 소박을 안 맞았구나?"

"난 그래도 내 소박이야, 왜 이래?"

"그래그래, 네가 격이 높다."

경숙이 언성을 높였다.

"우리가 이게 무슨 꼴이니? 애들처럼."

"정말?"

경숙이 먼저 조금 웃었다. 순님은 훨훨 벗고 샤워하더니만 겨우 팬티만 입고 마당 등의자에 기대앉았다.

"아유, 시원해. 여인 천국이 좋긴 좋구나, 벌거벗은들 누가 뭐랄 거야."

그러나 경숙은 군살이 뒤룩대는 하체에 비해 너무도 빈약한 젖가슴이 보기 싫었고, 더군다나 수치심의 퇴화엔 같은 여성으로서 모욕감마저 느꼈다. 그래서 될 수 있는 대로 외면하고 마당에 있는 작은 테이블에다 저녁상을 차렸다.

"살림하는 여자는 다 이런 거니?"

순님은 가지나물을 맛보고 나서 눈웃음을 치며 말했다.

"뭐가?"

"너 우리 집에 오고 나서 가지로 반찬을 한 게 오늘이 세 번째인데 다 달라. 처음엔 기름에 볶았고, 그 다음엔 김치를 담갔고, 오늘은 쪄서 무쳤네. 나 보기에 별 볼 일 없는 가지 하나로도 레퍼토리가 무궁무진하단 얘긴데, 거기다 그 많은 푸성귀에 물고기, 네 발 가진 짐승, 두 발 가진 짐승, 아무튼 먹성 좋은 인간이 먹을 수 있다고 판단한 온갖 먹을 것의 수효를 곱해봐. 살림이라는 거 정말 존경스럽다."

"너 오늘 날 놀리기로 아주 작정하고 들어왔구나?"

"그렇지도 않아 야, 살림에 실패한 여자의 솔직한 열등감의 토로야. 너그럽게 헤아려주렴."

"남의 속을 박박 긁어놓고 너그러워지라구? 네 꼴이 하도 딱해서 내가 드난꾼 노릇까지 해줬지만 놀림까지 될 순 없어."

경숙은 가지나물 접시를 던질 듯이 집어들면서 악을 썼다.

"너 미쳤어? 고정해, 바보같이……."

순님이 경숙의 손을 잡으면서 침착하고 부드럽게 말했다. 순님의 얼굴에 서린 꾸밈 없는 근심과 우정이 경숙의 격정을 어느 만큼 진정시켰다.

"뭐 좀 걸치고 얘기해. 꼴 보기 싫어."

경숙은 진땀이 밴 창백한 이마를 짚으며 말했다.
"그래그래. 숙녀하고 싸우려면 예절을 갖춰야 하구말구."
순님이 허둥지둥 어깨끈만 달린 원피스를 걸치고 나왔다.
"미안해, 괜한 신경질 부려서. 안 그래도 미칠 것 같은 사람 속을 살살 뒤집고 쩔러보는 너도 잘한 거 하나도 없어."
"벌써 미칠 것 같으면 어쩌려구 그래? 이 맹꽁아."
순님이 얼굴에 짙은 연민이 서렸다. 경숙은 여태껏 순님을 돌봐 주고 있다고 생각했는데 그게 아니란 생각이 들었다. 여자다운 모든 일에 무신경한 순님을 돌보고 치다꺼리한 것도 순님에게 그게 필요했던 게 아니라, 자기에게 그게 필요했기 때문이란 생각이 경숙을 무안하게 했다. 자기가 알뜰한 살림 솜씨로 순님을 돌보았다면 순님은 그 무신경으로 자기를 돌보고 있었음을 왜 이제야 깨달았을까? 경숙은 한풀 꺾여서 거의 울먹이는 소리로 물었다.
"벌써 미칠 것 같으면 안 되는 거니? 순님아, 아니 닥터 박."
"난 정신과 의사가 아냐. 그러니까 그냥 순님한테 물어도 돼. 미칠 것 같은 고비가 그렇게 빨리 오는 주제에 어떻게 집 나올 생각은 했누? 쯧쯧, 아무나 혼자 사는 게 아냐. 너는 같이 사는 데 너무 오래 길들여졌어."
"그와 같이 사는 생활이 얼마나 굴욕적이었는지 넌 모르니까 그딴 소리 할 수 있는 기야."
"남 사는 겻속을 어떻게 아니? 더구나 남자 여자가 어울린 겻속을. 직업이 직업이니만큼 난 맨날 여자들의 가장 비밀스러운 데만

들여다보지만, 사람 마음 요상한 데다 대면 아무것도 아냐. 난 내가 이혼한 걸 부끄러워하기는커녕 무슨 졸업장 하나 딴 것처럼 으스댔지만, 남자에 대해서 확실하게 말할 수 있는 건 아무리 부처님 가운데 토막 같은 남자도 난봉꾼 남자와 마찬가지의 문제성을 지니고 있다는 것뿐이야."

"듣기 싫어, 그 부처님 가운데 토막이란 소리. 이젠 구역질이 나."

"부처님 가운데 토막은 네 남편이고, 지금의 문제는 너야. 항상 문제는 자신 속에 있게 마련이니까. 남자와 여자의 행복한 화합을 방해하는 여자 쪽의 문제성이라는 게 결코 못생기고, 칠칠치 못하고, 헤프고, 바람기 있고, 음란한 데만 있는 게 아냐. 같은 분량의 문제성이 나무랄 데 없는 요조숙녀한테도 있을 수 있어. 너 같은……. 너도 그걸 인정해야 돼."

"나더러 그걸 인정하라구? 그러구 나서 어쩌란 말야."

"집에 가, 하 교수가 문 안 열어주면 싹싹 빌고라도 들어가."

"그렇게 못 해, 자기가 싹싹 빌고 모셔가면 모를까."

"꿈도 크네, 이 여자."

"꿈이 아니라 나의 마지막 자존심이야."

"그럼 트릭을 써, 이 맹꽁아."

"트릭이라니?"

"하 교수가 자기 전공 외엔 뭐 하나 똑똑한 거 없는 건 네가 잘 알잖아. 더구나 세상사엔 장님이나 마찬가지라며? 그런 양반이 4천만 인구 중에서 김경숙이라는 동명이인만도 수천을 헤아릴 흔해 빠진 이름 중에서 너를 무슨 수로 찾아내겠니? 그러니까 그림엽서라도 하나 띄우는 거야. 담담하게 그쪽 안부를 걱정해도 좋고, 그게 쑥스러우면 장독대 뚜껑 열고 덮을 걱정을 하든지, 화분에 매일 물 주는 거 잊지 말라는 부탁을 하든지……"

"벌써 그 정도의 트릭은 써먹었어."

경숙은 불쑥 그 소리를 해놓고 얼굴을 붉혔고, 곧 후회했다. 흉허물 없는 여자친구끼리 있으면서도 겨드랑이를 안 보이려고 복중에 소매 없는 옷을 안 입는 경숙의 결벽성은 그 정도로도 큰 치부를 드러내 보인 것 같았기 때문이다.

"그 정도의 트릭은 썼다니? 그럼."

순님은 용수철처럼 팔딱 튕기면서 요란하게 놀랐다.

"창피한 얘기지만 편지했어. 왜 그렇게 놀래? 나라고 뭐 그 정도의 꾀도 없을까 봐?"

"아냐, 그게 아니라. 어쩜 하 교수가 그럴 수가 있니? 네 편지 받고도 곧장 뛰어 내려오지 않을 수가 있니? 하 교수가, 믿는 도끼에 발등 찍혀도 분수가 있지."

"얘는, 진정해. 네가 뭣하러 남의 남편을 그렇게 믿었니?"

순님이 펄쩍 뛸수록 비참해지는 걸 경숙은 가까스로 그런 농담으로 얼버무리려 들었다.

"너 지금 한가하게 농담할 때 아니다. 어서 심 싸. 낭상 내쫓아버릴 테니. 난 그래도 하 교수가 정중히 모시러 오거든 너를 내주려고 했는데 안 되겠다. 당장 내쫓아야지. 하 교수가 그쯤 매서운 사람인 줄 몰랐어. 이것아, 누울 자리를 보고 발을 뻗어야지. 다시 더 뻗댈 생각 말고 싹싹 빌고 들어가. 이 판국에 자존심은 무슨 놈의 얼어 죽을 자존심이야. 미적미적하다 하 교수한테 정말 이혼당하지 말고, 하 교수가 그런 독종인 줄은 몰랐는데."

순님은 혼자서 흥분해서 어쩔 줄 모르면서 마루를 왔다 갔다 하다가, 정말 당장 내쫓을 듯이 경숙의 가방을 끄집어냈다가 다시 내던지고 어쩔 줄을 몰라 했다. 경숙은 순님의 마음으로부터 자기 처지를 걱정해주는 게 고마웠지만 자기가 그다지 비참한 지경에 빠져 있다곤 생각하지 않았다.

"얘, 우리 그이 그렇게 독종은 아냐 너. 좀 주변이 없는 게 탈일 뿐이지."

"네 처지가 지금 남편 역성들게 생기질 않았어. 맹꽁아. 일이 아주 화급해. 이혼은 아무나 하는 줄 알아? 넌 이혼당하면 그냥 폐인이 되고 말걸. 미친년의 인종이 따로 있는 게 아냐."

"그렇게까진 걱정 안 해도 돼, 순님아, 왜냐하면 대구에서라고만 했지, 주소는 안 적어 보냈거든. 자존심을 한꺼번에 그렇게 많이 꺾을 순 없잖니?"

경숙은 회심의 미소마저 띠고 이렇게 마지막 카드를 꺼내 보였다. 그러나 순님의 표정은 밝아지기는커녕 한층 낭패스러워졌다.

"하 교수는 벌써부터 알고 있어. 이 집도, 병원도, 전화번호까지."

순님이 경숙 곁에 펄쩍 주저앉으며 말했다.

"어떻게?"

"내가 편지했어, 너 오자마자. 여기 와 있으니까 데리러 오라고. 곧 데리러 올 줄 알았는데 안 오길래 하 교수 보기보다 오기가 대단한 사람이다 싶었지. 실상 부부 싸움에 제삼자가 개입하는 것처럼 우스운 게 어딨니? 그래서 소식 없는 게 처음엔 밉살머리스럽다가 나중엔 되레 믿음직스럽더라니까. 제삼자는 좀 가만히 계시우. 본인이 귀띔할 때까진 나는 요지부동일 테니, 이런 줏대쯤은 실상 남자의 매력 아니니?"

그러나 경숙은 편지했다는 말까지 듣고는 그 후의 말은 하나도 알아듣지 못했다. 주소를 몰라 못 찾아오리라던 한 가닥의 기대와 마지막 자존심마저 무너져내린 경숙은 참담했고, 그 참담한 꼴을 친구에게 보이는 게 참을 수 없었다.

그녀는 안방으로 들어가 문을 걸어 잠갔다. 순님이 문을 두들기며 떨리는 소리로 애걸했다.

"너 왜 이러니? 열어줘, 제발, 무슨 일을 저지르려고 그래? 내가 잘못했어."

한참 만에 경숙은 대답했다.

"아무 일도 안 저질러, 내일 떠날 거야."

"그럼 더욱 열어줘야지, 무슨 웬수 졌니?"

"넌 늘 마루에서 잤잖아? 나 오늘 혼자 자구 싶어."

"너 정말 바보 같은 짓 안 할 거지?"

"바보 같은 짓은 여태껏 한 것만으로도 충분해."

경숙은 씩씩하게 대꾸하고 벌렁 누웠다. 집 나온 후 처음으로 혼자 살 의욕이 팽배해 그녀를 숨 가쁘게 했다. 어쩌면 그녀는 집 나온 후 가장 극명하게 드러난 자신의 처량한 신세를 부정하기가 그렇게 숨 가빴는지도 모른다.

경숙은 정말 아침 일찍 순남네를 떠났다.

"집으로 돌아갈 거지?"

"아니."

"그럼 어디로 간다고 말해줘."

"안 돼, 그럼 넌 또 고자질할 거야. 그 목석 같은 남자한테……."

5

"바람이 제법 썰렁하네."

"추워? 안아줄까?"

철민이 다가와서 팔을 연지의 등으로 돌려 소매 없는 팔을 널따란 손바닥으로 어루만졌다. 연지도 철민의 따뜻한 체온이 싫지 않았다.

"구월 들어서자마자 벌써 티 내네. 계절 간사스러운 건 하여튼 알아줘야 한다니까."

"간사스러운 건 계절이 아니라 여자의 감각 아냐? 달력만 보고 괜히 그럴싸해하는……. 이 길은 복중에도 시원한 길이야. 근데 이상히더라. 이 좋은 길에 아베크는 별로 없이 중기자만 술을 이었으니."

연지가 겨우 한 달에 한 번씩 문안을 드리러 가는 시집은 워커힐

지나 교문리 못미처였고, 교통편이 불편해서 대개는 강을 낀 길을 걸어서 워키힐 앞까지 나와야 했다. 아닌 게 아니라 꽤 괜찮은 길인데도 아베크는커녕 산책객도 없는 것은 땅을 쇠로 깎는 것처럼 지긋지긋한 소리를 내며 줄지은 중기차들 때문인 것도 같았다.

"그런가? 아무튼 잡지일 하다 보면 계절 감각이 간사스러워지는 게 아니라 아예 무감각해져야 돼. 벌써 십일월호를 만들어야 하니. 아유 재미없어."

연지는 현순주 여사 탐방기를 날조하기 위해 치른 온갖 고역, 차장의 모욕적인 비웃음, 데스크의 냉혹한 비난, 그리고 무엇보다도 현순주 여사를 포함한 여류 명사에 대한 환멸과 불신을 하루빨리 잊고 싶었으나 아직도 그 탐방기가 실린 잡지가 한 달 가까이나 더 서점에 나돌 생각을 하면 우울하고 짜증스러웠다.

월간지의 수명이 한 달인 것처럼 연지는 늦어도 한 달 안에는 그 우울증에서 벗어나길 바랐다. 그러나 그 일은 누구에게나 있을 수 있는 흔한 잘못이 아니라, 어떤 새로운 계기를 기다리는 쓰라린 실패로서 자신에게 남아 있으리란 예감을 어쩌지 못했다.

"정 재미없으면 그만두지 그래."

"그 속 편한 소리 좀 작작 해요. 나 재미로 다니는 거 아녜요. 적어도 우리의 밥줄이에요."

그만두라는 철민의 말이 손쉬운 위로가 아닌 뼈대 있는 말 같아서 연지는 느슨해진 마음을 가다듬으면서 펄쩍 뛰었다.

"아까 어머니가 뭐래신 줄 알아? 나한테 넌지시."

"자기 어머니가 아들만 들으라고 몰래 속삭인 소리를 왜 내가 알아야 돼?"

"앗따, 삐치긴."

"미안하지만 난 그런 일로 삐칠 만큼 여성스럽지가 못해요."

"삐치지 않아도 좋으니까 들어두는 게 좋을 거야. 어머니가 글쎄 우리 결혼한 지가 벌써 반년이 됐다고 그러시지 뭐야."

"벌써? 그 어른이 계산 잘못하신 거겠죠."

"아냐, 우리나라 나이 세기 식으로 하면 여섯 달째로 접어들었어."

"그래서?"

"그러면서 나한테 돈을 꾹 찔러주시는 거야."

"어머, 그거 괜찮네. 여섯 달마다 자식들한테 보너스 주는 게 자기 집 풍습인가 보죠? 얼만데? 얼마나 많이 주셨게, 그거 믿고 회사를 다 그만두라고 뽐내는 거예요?"

"그게 아니고 자기에게 보약을 먹이라시지 뭐야."

"나에게 보약을? 자기 어머니 천사다, 늙은 천사. 내가 요새 빌빌하는 걸 어떻게 아셨지?"

"너무 좋아하지 말구 얘길 끝까지 들어. 어머니는 손자가 보고 싶으신 거야. 여태껏 당신 속에서 낳은 자식치고 짝 채워주고 나서 반년이 되도록 소식이 없는 건 우리들뿐이라는군. 석 달까지 간 부부도 없었대."

"그건 당연하잖아. 우린 앞으로 몇 년은 아기를 안 갖기로 약속했고, 그 약속대로 살고 있으니까. 어머니한테도 그대로 말씀드렸어야 옳았어요."

"어떻게 그런 말씀을 드려? 손자 보고 싶으신 욕심이 굴뚝 같으신 어른한테?"

"그럼 자기 어머니는 가족계획이라는 것도 이해 못 하시는 분이야? 그리고 손자 보실 욕심은 굴뚝 같으시다니, 말도 안 돼. 친손자 외손자가 자그마치 열다섯, 아니 열여섯이던가 되는 어른이. 손자들 이름도 제대로 기억 못 하시던데. 나 같으면 자기 속에서 나와서 불어난 그 엄청난 인구 증가에 죄의식 느꼈을 거야."

"지금 농담할 때가 아냐."

"그게 왜 농담이에요. 나는 그 장본인이 아닌데도 자기네 형제들, 조카들 함께 모여 있는 거 보면 미래학자들이 경고하는 인구 폭발의 표본을 보는 것 같아 전율하곤 하는데. 자기 어머니, 보긴 조그많고 소박하게 생긴 분이 웬 욕심이 그렇게 많으실까. 그것도 재물 욕심이라면 또 몰라."

"그분이 정말 손자가 보고 싶어 그러시겠어? 그분은 나에게 자식이 없을까 봐 그게 걱정이신 거야."

"그러니까 피임하고 있다고 말씀드리란 밖에요. 자기가 못 하면 나라도 할 거야."

"말씀 안 드려도 눈치로 그거 모르시겠어?"

"근데 왜 약값을 주셔?"

"자기한테 부담을 주고 싶으셨을 거야."

"부담?"

"부담이 싫으면 의무감이래도 좋아."

"내가 그 씨암탉 같은 의무감에 호락호락 순종할 것 같아?"

"아무 때 낳아도 낳아야 할 게 아냐. 어머니도 그러셨어. 자식은 때가 있는 거라구. 직장 때문에 미루는 거면, 낳아만 놓으면 어머니가 길러주시겠다고까지 말씀하시더군."

"자기 왕창 감격 먹었겠네?"

"연지, 제발 우리가 지금 심각한 얘기하고 있다는 걸 잊어버리지 말아줬으면 좋겠어."

철민이 지친 듯이 짜증스럽게 말했다.

"그건 내가 할 소리야. 자기야말로 우리가 결혼 전에 진지하고 심각하게 한 약속을 잊어버리지 말아줬으면 좋겠어."

"이건 내 소원이기 전에 우리 어머니의 소원이야. 우리가 철없이 한 약속쯤 얼마든지 유동적일 수 있어."

"우리가 철없이 한 약속이라구? 그럼 우리가 한, 절대로 남녀가 평등한 결혼 생활이어야 한다는 약속도 철없는 약속이 되겠네?"

연지는 철민이가 정답게 감고 있는 팔을 무슨 징그러운 것에라도 닿은 것처럼 털어내며 날카로운 소리를 냈다.

"여봐, 이 대목에서 또 왜 그놈의 남녀평등은 튀어나오누? 재수 없게. 그냥 평등도 아니고 이를 악물고 설대 평능을 수장할 때, 자기 얼마나 매력 없어지는지 알고나 하는 소리야?"

"남자들 즈이들 눈에 매력 없어 보인다는 유치한 공갈로 여권운동을 천년만년 봉쇄할 수 있다고 생각하지만 난 그런 얕은 꾀에 안 넘어가. 미안해."

"좋아, 자기가 그렇게 딱딱하게 나오면 나라고 못 그럴까. 잘 들어둬. 우리나라 법이 규정한 한도 내에서의 평등을 우리 가정에서도 적용할 테야. 이의 없겠지?"

철민은 혼자서 떨어져서 어깨 펴고 걸으면서 최종 선고하는 법관처럼 위엄 있게 말했다.

"별꼴이야. 도대체 무슨 음모야?"

"우리나라 법엔 친권은 전적으로 아버지한테 있거든. 따라서 내 자식을 존재하게 할 것인가, 말 것인가를 정할 권리도 아버지한테 있다고 생각하는데."

"맙소사, 아직 태어나지도 않은 아이의 친권을 주장하다니. 이제야 알겠어. 현순주 여사 같은 여권운동가가 왜 있어야 하는지."

"그 웃기는 여자는 왜 끌어다 붙이지? 우리의 신성한 가정 일에."

"나도 그 여자를 웃긴다고 생각했어. 제 집안에서도 제대로 사람대접 못 받는 주제에 헌법이 어떻구 가족법이 어떻구 해가며 목표만 높다랗게 세우고 큰소리치는 게 주목받고 싶고 날치고 싶은 천박한 목적 외에는 아무것도 아니라고 생각했는데 그 생각 고쳐먹어야 할까 봐. 법이 결코 까마득한 데 있는 게 아니라 법 없어도 살 우리 같은 사람의 부부 싸움 사이에도 있으니 말야. 혜택보다는 독소가."

"자기가 부부 싸움을 여자답지 못하게 리드하니까 나도 그런 멋대가리 없는 몽둥이를 휘두르게 되는 거라구."

철민이 실실 웃으며 다가와서 다시 연지의 허리에 팔을 감으려고 했다.

"일없어."

연지는 눈을 뽀얗게 흘기고 몸을 비틀었다.

"아쭈, 그러니까 제법 여자다운데."

"도대체 여자답다는 건 뭐야? 난 내가 여자가 아닐지도 모른다고 생각한 적은 한 번도 없는데 자기는 하루 열두 번씩이나 나더러 여자답지 못하다니."

"부드럽고, 따뜻하고, 너그럽고, 겸손하고, 남자 기고만장할 땐 애교 부리고 응석 부려 그 기분을 고조시켜주고, 남자가 의기소침했을 때는 지혜로운 격려와 꽁꽁 뭉쳐놓은 비상금으로 재기할 수 있는 용기를 주고, 남자가 집에 있을 동안만이라도 철저하게 왕이나 승리자의 환상을 가질 수 있도록 시녀나 패자의 연기에도 능한 여자, 음식 잘하는 여자, 섹시한 여자, 돈 적게 들이고 옷 잘 입는 여자 등등······."

철민이 여자다운 여자의 열거를 거기서 그만둔 건 밑천이 다해서가 아니라 워커힐 앞 정류장까지 다 왔고, 마침 그들이 타야 할 버스가 왔기 때문이었다.

미스 인은 만원이있다. 언시는 일부러 안으로 파고늘어 가 철민과 떨어져서 손잡이에 매달렸다.

시어머니의 쪼글쪼글한 얼굴과 짓무른 눈이 떠올랐다. 철민이 막내이기 때문이기도 하지만 워낙 자식을 많이 두어 시어머니라기보다는 시할머니라고 해도 곧이들을 만큼 폭삭 늙고 어릿어릿한 노인에게 그런 욕심이 있을 줄이야. 연지는 반발보다는 슬픔을 느꼈다.

대를 잇고 자손을 번성시키는 여자의 유구하고도 막중한 책무로부터 홀로 자유로워짐으로써 얻고자 하는 것은 과연 무엇일까?

한참 무덥던 여름날 잡지사까지 들렀다가 정처 없이 여행을 떠난 어머니의 모습도 떠올랐다. 청바지에 티셔츠를 입고 여행 백을 멘 마흔여덟 살의 어머니가 왜 그렇게 보기 싫고 철없이 보였던지. 마흔여덟 살의 이혼여행이란 어떤 것일까? 객지의 어머니에겐 가을을 알리는 그 섬뜩한 첫 손이 아직 가닿지 않았으면 좋으련만. 혼잡한 버스간은 한증막처럼 무더웠지만 어머니의 처량한 여로를 생각하는 연지의 가슴엔 찬바람이 일었다.

그리고 처음으로 아버지의 비정에 대해 무럭무럭 적개심이 끓어오르는 걸 느꼈다.

아버지와 어머니 사이엔 언제나 육중한 서재의 문이 가로막혀 있었던 것처럼 연지의 마음속에도 남자와 여자는 늘 큰 문을 사이에 두고 있었다. 자기 영역을 가진 문 안의 남자와 문 밖에서 남자의 영역을 침범하고 빌붙고자 애걸하는 여자와의 관계는 연지의 의식 속에서 거의 도식화되어 있었다.

어린 연지 눈엔 문밖의 어머니의 어딘지 불결하고 육감적인 애원을 못 들은 척 물리치고 자기 영역을 지키는 아버지의 비정조차 아름다운 동경의 대상이었다.

그래서 나도 아버지처럼 살게 하소서, 내가 만일 어머니처럼 살게 될진대 차라리 죽게 하옵소서,라는 치기만만한 기도를 어른 된 지금까지도 간직하고 있을 정도로 자기를 동성인 어머니보다는 이성인 아버지의 삶에 일치시키고자 애써왔다.

버스에 사람들이 약간 비자 철민이가 허둥지둥 연지를 방금 난 빈 자리에다 쑤셔 박고 나서 옆에 기대 섰다.

"내주 말엔 우리 집에 좀 가봐야 되겠어요."

"그것도 품앗이야."

"그렇게 피곤하게만 생각할 거면 나 혼자 갈 테야."

"같이 가줄게. 점점 속물들 사는 방식이 부러우니 야단이야. 고물차라도 내 차가 하나 있어 여편네 태워가지고 처가 나들이 했으면 좀 좋아. 우리 집 갈 땐 자가용 생각 안 나다가도 처갓집 갈 때 그 생각나는 거 보면 나도 별수 없는 속물이지?"

"그걸 알았으면 제발 자기가 마치 속물이 아니어서 버스 타고 다니는 척 좀 그만해요. 그보다 먼저 분수를 좀 알구요."

"분수를 알면 속물이 아니게."

온종일 잠겨 있던 아파트를 열고 들어가니 음식 썩는 냄새가 역했다. 연지가 출근할 때 일어나지도 않고 있던 철민이 점심 겸 아침으로 먹다 남은 밥과 찌개와 김치가 상 위에 그대로 널려 있었다. 연지가 코를 틀어막고 창문을 여는 동안 철민은 잽싸게 음식 찌꺼기를 비닐 봉지에 쏟고 그릇들을 싱크대에 처넣고 수돗물을 세게 틀었다. 외출복인 채 그 일을 제법 익숙하게 하는 철민이 문득 안돼 보여

대신 해주고 싶은 걸 참고 연지는 욕실로 들어가 샤워부터 했다.

샤워를 하고 한결 싱싱해져 잠옷을 느슨하게 걸치고 나올 때까지도 철민이는 부엌에서 뭔가를 꾸물대고 있었다.

"그러게 아침에 나처럼 빵하고 우유를 먹으면 뒤끝이 깨끗하잖아?"

철민은 대꾸하지 않고 양재기에서 부글부글 끓어 넘치는 행주를 젓가락 끝으로 꺼내서 흐르는 수돗물에 대강 헹구어 널고는 비닐봉지에 든 쓰레기를 들고 나갔다. 집 안의 냄새는 그럭저럭 가셔서 숨쉴 만했지만 철민의 태도가 연지를 말없이 압박했다. 큰댁에 다녀온다고 아침부터 차려입은 정장에 에이프런 두르고 양말도 안 벗은 채 설거지 먼저 하는 폼이 우습고도 위협적이었다.

연지는 혼잣말로 이렇게 중얼거리고는 먼저 자리 깔고 누웠다.

부엌일 다 끝내고 에이프런을 벗고 난 철민은 특별히 기분 나쁜 것 같지도 좋은 것 같지도 않았다. 옷을 벗다 말고 "아이 참" 하면서 흰 봉투를 주머니에서 꺼내다가 연지가 누운 자리 밑에 쑤셔넣었다.

"뭐예요?"

"어머니가 주신 거. 노인네 정성이니 보약 먹어둬."

"보약 먹었다고 그래줄게, 자기 용돈 해. 용돈 빠듯해서 친구들하고 맥주도 한잔 제대로 못 마셔보고 여름 났다며?"

"싫어, 보약 먹으래면 먹어."

"그게 아닌 걸 알면서 왜 먹어요."

철민이 말없이 연지의 입을 자기 입으로 틀어막았다. 정욕과 분노가 함께 분출하는 것처럼 거칠고 뜨겁고 망설임 없는 입맞춤이었다.

"이이가?"

연지는 그런 철민이 까닭 없이 두려워서 벗어나려고 버둥댔지만 그의 몸짓은 거칠다 못해 가학적으로 돼가고 있었다. 연지는 어깨만 걸친 잠옷의 앞자락을 움켜잡았지만 철민은 자신 있게 비웃으면서 그것을 벗겨냈다. 연지는 철민이의 새로운 표정에 두려움을 느꼈다. 낯선 괴한에게 능욕을 당하는 위기에 처한 것처럼 가슴이 떨리고 누구에겐지 구원을 외치고 싶었지만 말이 나오진 않았다. 문득 그의 몸짓에서 풍기는 설거지 냄새가 그녀의 터무니없는 공포감을 몰아냈다. 그녀는 슬몃슬몃 그의 거친 애무에 장단을 맞췄다.

그러나 마지막 고비에 피임 기구를 챙길 정신만은 있었다. 매일매일 약을 챙겨 먹는 일에 도무지 자신이 없는 그녀는 철민에게 피임 기구를 쓰도록 하고 있었다.

연지는 철민을 밀어내면서 머리맡의 작은 문갑 서랍을 열려고 했다.

"안 돼."

철민이 폭군처럼 난폭한 시선으로 연지를 노려보며 말했다.

"안 되다니 뭐가?"

"글쎄 필요 없다니까."

철민은 문갑 서랍을 열려고 휘젓는 연지의 팔을 아프게 비틀고는 사정없이 연지에게로 돌진했다. 연지는 이 예기치 않은 사태에 기겁을 하면서 죽을 힘을 다해 반항했지만 야수처럼 으르렁거리는 철민에게 당하기엔 우선 힘이 부쳤다.
 이윽고 철민은 입가에 회심의 미소를 띠고 담배를 피워 물었다.
 "어쩜 그럴 수가 있어?"
 "우린 부부야. 난 못할 짓 한 거 하나도 없어."
 "아이가 생기면 어쩌려고 그래?"
 "생기면 생기라지."
 "아직은 일러, 약속이 틀리고."
 "약속 약속 하지 마, 듣기 싫어, 부부라는 약속은 그보다 훨씬 많은 것을 보장해주고 있다는 걸 잊지 마."
 "오늘 일 암만해도 자기 어머니하고 관계가 있는 일 같아. 어머니의 자식 상성이 자기한테까지 옮은 거 아냐?"
 "연지, 제발 그런 식으로 말 안 할 수 없어? 자식 상성이 무슨 전염병이야? 이왕이면 듣기 좋게 효도하고 싶었냐고 말하면 좀 좋아."
 "알았어, 이제야 실토를 하는군. 그게 효도라? 남자가 좋긴 좋네. 자고로 여자들이 효부 노릇 한번 하려면 손가락을 자른다, 허벅지 살을 벤다, 죽자꾸나 가학을 해야 하는 효도를 남자들은 그렇게 편하고 쾌락적으로 한단 말이지? 남자가 과연 좋긴 좋네."
 "말 삼가지 못하겠어. 입 험한 것도 결혼 전엔 매력이더니 이젠 피곤해."
 "자꾸자꾸 실토를 하시는군."
 "어머니가 자기 보약 먹이라고 하시면서 내 걱정도 하시더군. 우리 어머니도 불임의 책임이 전적으로 여자에게 있다고만 떼를 쓰실 구식 양반은 아니시니까. 너도 병원에 가보는 게 좋을 게다, 하시는 소리를 들으니까 여태껏 내 속에서 은근히 부글대던 불만이 뭔지를 알겠더라구. 그건 내가 완전한 남자임을 아직도 증명 못 한 데서 오는 불안 초조 그런 거였어."

"자기가 아직도 완전한 남자임을 증명 못 했다구?"

연지는 철민의 지칠 줄 모르는 정력과 거기 시달리면서 배운 쾌락을 생각하면서 어안이 벙벙했고 얼굴이 화끈했다.

"알아, 알아, 자기가 뭘 말하려는지 나도 알아. 그러나 남자는 그것만 갖고는 자신에게도 또 남에게도 체면이 안 서는 거야. 자타가 공인하는 완전한 남자로서의 물적 증거를 갖고 싶은 걸 어떡해?"

"그 물적 증거가 빽빽거리며 울고, 먹고, 싸고, 보살핌과 무진장의 사랑을 요구하고, 곧 자기를 주장하게 될 인간이라는 생각은 왜 못 해요."

연지는 한심한 걸 참으면서 될 수 있는 대로 부드럽게 타일렀다.

"그래, 그걸 누가 몰라. 인간을 창조할 수 있다는 것, 그게 얼마나 놀랍고 신나는 일이냐 말이야. 나는 만약에 나에게 그런 능력이 결여됐을까 봐 겁나. 그런 저주받은 일은 있을 수도 없고 또 상상도 하기 싫지만, 그게 실제로 증명되기까지는 그런 망상을 못 벗어날 게이야. 그러니까 한 번만, 딱 한 번만이면 돼, 나에게 그 능력을 증명하도록 해줘. 당신이 낳기 싫으면 안 낳아도 그만이야. 이건 어디까지나 나의 능력 테스트니까."

철민이 이렇게까지 애걸하니까 연지는 철민이뿐 아니라 남자라는 족속은 통틀어 참으로 보잘것없고 귀여운 족속이란 생각이 들었다. 그녀는 땀에 젖은 철민의 머리를 그녀의 풍만한 가슴에 안고 소곤소곤 속삭였다.

"바보처럼 굴지 말아요. 그 문제라면 안심해도 돼요. 아버님 상중에 있었던 일 생각나요? 삼우제날, 여럿이 한방에서 모여 잘 때, 자기 어쩜 그럴 수가 있수? 밤중에 살금살금 뒤에서 피곤한 나를 덮치니 끽소리도 못 하고 당할밖에요. 어쩜 내 남편이 그렇게 짐승같이 야비하게 굴 수 있을까도 놀라웠지만 더 놀라운 건 그게 글쎄 임신이 됐지 뭐유."

"뭐라구, 그럼 자기 지금 임신 중이란 말이지?"

가슴에 파묻혔던 철민의 머리가 환호성을 지르며 공처럼 탄력 있게 튀어올랐다.

"아니, 그게 아니구. 임신인 걸 알자마자 곧 중절수술을 했죠. 생각나요? 여름에 나⋯⋯."

연지가 말을 끝내기도 전에 철민의 손바닥이 사정없이 연지의 따귀를 후려치기 시작했다.

"누구 맘대루? 응 누구 맘대루?"

연지는 아픔보다는 그의 맹수처럼 으르렁대는 소리와 분노로 일그러진 얼굴이 무서워 두 손으로 얼굴을 감싸고 뒹굴었다. 천지가 끝장나는 것 같은 무서운 폭력은 그 후에도 계속해서 연지에게로 퍼부어졌고 연지는 휴지 쪽처럼 무방비 상태로 무력하게 뒹굴었다.

"잘못했어요. 잘못했어요. 다시는 안 그럴게."
연지는 머리통만을 겨우 두 팔로 감싸고 뒹굴면서 이렇게 애원했다. 정말 잘못했다고 생각해서가 아니라 당장 폭력으로부터 자신의 몸을 보호하고자 해서였다. 내일의 출근을 위해선 얼굴만은 다치지 말아야 한다고 필사적으로 얼굴을 감추면서 연지는 잘못했단 생각보다는 이것으로 끝장이다,라고 이를 갈아붙이고 있었다.
"정말 다시는 안 그럴 거지?"
철민은 아직도 어깨로 가쁜 숨을 쉬며 말했다. 콧망울이 벌름대고 눈빛에 강렬한 증오가 그냥 남아 있는 걸 보면 분풀이가 끝난 게 아니라 제딴엔 힘겹게 자제를 하고 있는 모양이었다.
연지는 대답하지 않았다. 비록 폭력에 의해서지만 잘못했다고 빈 게 슬그머니 억울해지고 있었다. 육체의 고통에 너무 약한 자신이 한심스럽기도 했다. 그녀는 어디가 부러지거나 어그러지지 않았나 싶어 몸을 움직여보았지만 전신이 얼얼할 뿐 움직이는 덴 지장이 없었다. 그녀는 빈 사실을 몸으로 부정하듯이 발딱 일어나 어깨를 추스르고 고개를 세우고 도전적인 걸음으로 철민이 앞을 지나 욕실로 들어갔다. 거울에 비춰본 얼굴은 무사했다. 그녀는 헝클어진 머리를 빗고 옷매무새를 가다듬었다.
어디 한 군데 으스러지거나 부러진 데도 없는데 잘못하지 않은 걸 잘못했다고 빌다니 그녀는 육체의 고통에 너무도 약한 자신의 정신력이 한심하다 못해 화가 났다. 잔혹한 고문으로 병신이 되고 까무라치면서도 비밀을 누설하지 않고 의연할 수 있었던 독립투사들이 왜 추앙받는지 알 것 같았다. 나 같은 것하고 독립투사 씩이나……. 연지는 열없게 웃으며 욕실에서 나왔다.

"다시는 안 그러겠다고 약속해."

철민은 차가운 얼굴로 연지를 노려보며 말했다.

"뭘요?"

"이제 와서 시침 떼도 소용없어. 잘못한 줄 알았으면 다시는 안 그래야지. 안 그래? 다시는 안 그러겠다고 골백 번 약속해도 용서할 기분도 아니지만 말야. 정말 어처구니없는 일이야. 내 일생에 이런 큰 충격은 처음이었어. 어떻게 네가 내 자존심을 그렇게 악질적으로 짓밟을 수가 있니?"

에이프런 두르고 밥 짓고 설거지할 때도 철민이 자존심 때문에 연지에게 껄끄럽게 군 적은 한 번도 없었다. 설거지를 엉터리로 하거나 밥을 못 먹게 지어서 연지를 속상하게 한 적은 많았지만 자존심으로 껄끄럽게 구는 것보다야 훨씬 견딜 만했다.

그런 철민을 볼 때마다 연지는 그가 자존심이 없다고까지 생각하진 않았지만 별주부전에 나오는 토끼를 연상하면 이해가 됐다. 토끼가 간을 뺄 필요 없는 동안은 양지바른 곳에 널어놓은 척한 것처럼 철민도 자존심이 필요 없는 동안은 그것을 빼서 어디다 널어놓았든지 아니면 깊이 싸둔 것처럼 굴 수도 있다고 생각했다.

처음부터 인습이나 격식에 구애되지 않고 오로지 두 사람이 함께 사는 데 편하게끔 정한 방법대로 살고 있었으므로 그런 추측이 조금도 별스럽지 않았다.

이제 그 빼놓았던 자존심을 갑자기 거둬들였는지 철민은 딴사람처럼 오만하고 결연했다.

"왜 대답이 없어?"

"흥분하지 말고 차근차근 의논하고 생각해요. 난 자기가 그만 일로 그렇게 흥분할 줄 몰랐어요. 처음 그 일을 알고 좀 섭섭했다면 이해가 되는데, 섭섭한 걸 그렇게 과장하고, 더군다나 그런 폭력적인 방법으로 푼다는 건 도저히 이해가 안 돼요."

"좀 섭섭하다고?"

"자기가 그렇게 아기를 원하고 있는 줄은 정말 몰랐다니까."

연지는 자기도 모르게 약간 코맹맹이 소리를 하면서 몸을 부드럽게 꼬았다. 그러나 철민의 매서운 태도는 누그러지기는커녕 한층 도도해졌다.

"여봐, 이번 일을 아기만의 문제라고만 생각하지 마. 넌 날 무시했어. 네가 내 의견이나 체면을 무시한 적은 수없이 많았지만 이번에 무시한 건 그것보다 더한 거야. 그게 뭔지 꼭 집어 말할 수는 없지만 아무튼 난 그게 무시당했다는 걸 참을 수가 없어."

연지는 철민이가 꼭 집어 말할 수 없다는 그게 뭐라는 걸 꼭 집어 말할 수 있을 것 같았다. 그게 남성의 뿌리 깊은 우월감이라고 생각되자 연지는 잠시 할 말을 잃었다.

연지라고 이번 일이 코맹맹이 소리로 교태 부리는 걸로 흐지부지될 문제가 아니라는 것쯤 알고 있었다. 소위 여자다움을 무기 삼아 문제의 초점을 흐려놓는 걸로 문제 해결의 방법을 삼는 것은 연지가 경멸해 마지않던 거였다. 더군다나 철민이 행사한 폭력에 대해서 따끔하게 짚고 넘어가되 오랫동안 붙들고 늘어지는 양면작전으로 그 뿌리를 뽑아야 할 것으로 단단히 명심하고 있는 중이었다. 그렇게 허술하게 넘길 생각은 조금도 없었다. 그런데도 그 방법을 무의식중에 썼던 것은 그녀 나름으로 이번 일의 심각성과 복잡성을 파악했기 때문이었다. 두 사람의 결혼 자체를 재검토해야 될지도 모른다고 생각될 만큼 이번 일엔 복잡한 것이 내재돼 있었다. 그래서 티격태격하는 싸움질을 그만두고 문제성을 다각도로 검토할 시간을 벌고 싶을 뿐이었다. 그러나 철민은 연지에게 그만한 시간도 줄 생각이 없는 모양이었다. 시퍼런 서슬을 조금도 누그러뜨리지 않고 하던 이야기를 계속했다.

"내일서부터 집에 들어앉아. 내가 벌어먹일 테니까. 여편네가 버는 돈으로 밥 얻어먹고 공부하는 게 무엇을 의미하는지 안 이상 그 짓을 하루라도 더할 까닭이 없잖아."

"지금 우리에게 아이가 그렇게 급할 건 없잖아요. 우린 아직 젊고 건강해요. 아이는 앞으로도 얼마든지 낳을 수 있지만 공부는 때가 있고, 자긴 공부 더 하는 게 소원이잖아요. 자기의 그 방면의 학구열과 야심이 나한테 얼마나 매력 있어 보였는 줄 알아?"

"흥, 감언이설로 꾈 생각 마. 다신 안 넘어갈 테니까."

"어머머, 그럼 우리가 아기 문제는 당분간 접어두고 서로 번갈아 공부하자던 약속을 이제 와서 못된 꾐에 넘어간 걸로 취급하기예요? 말도 안 돼요."

"심경은 얼마든지 변할 수 있어. 그리고 아이 때문에 이러는 게 아니라니까. 그렇지만 여편네가 집에 들어앉아 남편이 벌어다 주는 밥을 편안히 얻어먹으면 아이도 낳아 길러야지 별수 있어? 물론 남편 공경도 극진히 해야지. 남편은 하늘인데."

"생각해보니까 아이 문제를 나 혼자 해결한 건 잘못했어요. 다시는 그런 일 없을 테니까 제발 억지 좀 그만 부려요."

연지는 이렇게 철민을 달래면서도 자기는 점점 저자세가 돼가는 반면, 여태껏 매일 에이프런을 입혔다곤 믿어지지 않을 만큼 도도해지는 철민의 기세를 마음으로부터 수긍한 건 아니었다. 그만큼 그녀는 아기 문제를 혼자서 처리한 걸 마음으로부터 잘못했다고 생각하고 있지 않았다. 아기에 대한 철민의 뜻밖의 애착을 보고 어쩌면 혼자서 해결하길 참 잘했다고 생각하고 있는지도 몰랐다.

"몇 번 말해야 알아듣겠어? 아이 때문에만 이러는 게 아니라구. 네 말 짝으로 아이는 나중에 낳으면 그만일지도 몰라. 그렇지만 짓밟힌 남편의 권위와 체통은 그때 제까닥 만회해야지 시기를 놓칠 순 없어. 그건 공부보다 더 때가 있는 거야. 난 남근 떼버리고 학자고 박사도 되고 싶지 않아."

"그 문제에 남근까지 들먹일 건 또 뭐유?"

"내가 시급하게 해야 할 건 공부가 아니라 사내 노릇이니까."

"우리의 약속은 그럼 어떻게 되는 거지?"

"파기야. 지금 이 시각부터."

"누구 맘대로."

"내 맘대로. 나는 남자고, 남편이고, 가장이야. 나에겐 그럴 권리가 충분히 있어."

"드디어 마각을 드러내는군요."

연지가 화해하려는 시도를 단념하고 쓸쓸하게 말했다. 소꿉장난 같지만 그런대로 정이 든 살림살이가 갑자기 초라하고 보기 싫어졌다.

연지는 결혼한 친구 중에서 제일 못사는 편이었지만 그걸로 부끄러워하거나 주눅든 적이 없었던 것은 자기 나름의 독창적인 방법으로 살고 있다는 자부심 때문이었다. 독창적인 삶과 도식적인 삶을 외모만 가지고 비교하는 건 무의미했다. 그러나 잠깐 사이에 그녀의 삶은 독창적인 알맹이를 잃고 도식적인 껍데기만 남아 있었다. 모든 남자와 여자가 만나서 살듯이 도식적으로 살 바에야 철민이하고 결혼해야 할 까닭이 없었다. 어머니의 소원대로 살 바에야 철민이하고 결혼해야 할 까닭이 없었다. 어머니의 소원대로 조건 좋은 남자를 만나 이 시대의 행복의 도식을 여봐란 듯이 구현하며 살 만한 조건을 남김없이 갖추고 있는 연지였다. 외모로 보나 학벌로 보나 집안으로 보나.

연지는 처음으로 밑졌다는 생각을 하기 시작했다. 그리고 그녀는 스스로의 생각에 잠깐 놀랐다. 왜냐하면 그녀가 경멸하고 개탄해 마지않는 건 바로 밑질까 봐, 어떡하든 안 밑지려고 요모조모로 재보고 대보고 달아보느라 혈안이 된 요즈음의 천격스러운 결혼 풍습이었기 때문이었다.

연지는 자신의 결혼이 적어도 그런 장삿속만큼은 극복하고 시작됐다는 자신이 있었는데 어쩌면 그걸 극복하기는커녕 거기도 못 미쳤다가 이제야 겨우 거기 도달했는지도 모를 일이었다. 거기 도달해서 새삼스럽게 살펴본 자신의 생활은 얼마나 너절한가. 문득 참담한 실패감이 그녀를 엄습했다.

"그 말버릇 한번 고약하군. 남자의 본때를 마각이라니?"

연지의 실패감이 얼마나 쓰라리다는 걸 아는지 모르는지 철민은 점점 더 기고만장해졌다.

"그만 잡시다. 내일 아침 맑은 정신으로 얘기해요."

연지는 몸을 조그맣게 구기면서 가냘프게 말했다. 그녀는 자기의 목소리에 콧날이 시큰해서 더욱 작게 양무릎 사이로 고개를 구겨 박았다. 슬픔과 자기 연민이 가슴을 흥건히 적시고 마침내 목구멍으로 범람하려고 했다. 그녀는 처음으로 부모 곁을 떠나 마련한 그들의 작은 세계가 남자 여자가 모여 사는 온 세상의 모습을 압축해서 수용한 것처럼 상징적으로 느껴졌고 거기 투영된 자신의 적나라한 모습에 절절한 비애를 느꼈다.

가까이서 종이 찢는 소리가 났다. 철민이 아직도 덜 풀린 분을 신문지라도 찢는 것으로 과시하려는가 보다 싶어 묵살하려 했으나 귀에 거슬렸다. 그녀는 최소한도 자신의 비애 속에 침잠해 있을 자유만이라도 누리고 싶었다. 비애는 지금의 그녀에게 유일한 위안이었다.

"좀 조용히 할 수 없어요?"

그녀는 될 수 있는 대로 부드럽게 말하면서 고개를 들다 말고 억하고 비명을 질렀다. 철민이가 북북 찢고 있는 건 연지의 원고였다. 아직 정리가 안 끝난 거였기 때문에 이 달의 인물 탐방을 쓰기 위해 메모해놓은 것, 기초조사해놓은 것이 뒤죽박죽된 뒤숭숭한 거였다. 그러나 연지에겐 매우 중요한 거였다.

"자기 뭐 하고 있는 거야?"

연지는 날카롭게 외치며 철민에게로 달려들었다. 철민은 연지를 가볍게 밀치고 그것들을 더욱 잘게 찢어발겼다. 철민의 눈엔 적의와도 살기와도 같은 냉혹한 게 번득이고 있었다.

"뭐 하긴, 보면 몰라?"

"안 돼. 안 된다니까."

연지 역시 손톱과 머리털을 곤두세우고 철민에게로 덤볐다. 어디서 그런 힘이 솟는지 모를 일이었다.

"왜 안 돼. 내일 부터 집에 얌전히 들어앉았을 텐데 이까짓 것들을 무엇에다 쓰려고……"

조금 전까지만 해도 잡지사를 그만두라는 철민의 말이 아주 듣기 싫지만은 않았던 연지였다. 그만 일로 그들이 당초에 세운 치밀한 계획을 파기할 생각은 없었지만 현순주 여사 탐방기 이후 툭하면 아이 지긋지긋해 소리가 입에 붙었을 만큼 그녀는 요즈음 잡지사 일에 넌더리를 내고 있었다.

그러나 철민이 그녀의 일거리를 못 쓰게 만드는 걸 보고 있는 동안 그녀는 자신의 일에 강한 애착이 솟는 걸 느꼈다. 치가 떨리게 그 일이 소중했다. 잡지사 일이 좋은 게 아니라 다만 일이 좋았다. 아니 사랑한다고까지 느꼈다. 그녀는 그녀가 사랑하는 걸 가장 비열한 방법으로 유린하고 있는 철민을 도저히 용서할 수가 없다고 생각했다. 얻어맞았을 때도 그렇게까지 심한 모욕감을 느끼진 않았었다.

그녀는 핏기가 가서 핼쑥해진 얼굴로 철민을 노려보았다. 철민도 심상치 않은 걸 느꼈는지 약간 기가 죽은 소리로 말했다.

"흥, 정떨어지게 노는군."

"그건 내가 할 소리야."

그녀는 엎드려서 발기발기 찢긴 원고지를 주워 모았다. 쓸모가 있을 것 같진 않았지만 그녀가 그 자리에서 할 수 있는 유일한 반항의 방법이었다.

"내일부터 안 내보낼 거야. 그런 줄 알아."

철민이 다시 못을 박으려고 했다.

"그렇겐 못 해요."

"왜 못 해, 내가 벌어먹인다는데."

"꼭 벌어먹는다는 의미로만 직장 가진 거 아니었어요. 또 그만두더라도 이런 방법으로 그만둘 순 없잖아요? 자기도 사회생활 해보았으면서 왜 그렇게 무지막지하게 굴어요?"

"남자하고 여자하고 같아? 그것들을 언제 다시 보겠다고 뒤를 둬?"

"피출부도 딴 골로 다니던 집을 그렇게 그만둘 순 없는 법이에요."

"내 말에 순종을 못 하겠다 이거지?"

"그래요."

"이제야 알아듣겠군. 밥벌이 때문에 다니진 않았단 소리가 무슨 뜻인지. 눈에 맞는 놈팽이가 있는 모양이지? 계집을 내돌려선 안 된 다는 건 만고의 진리거늘 계집을 내돌려서 뭐 대학원 공부를 해보겠다구? 썩어질 놈."

철민이 흰 이를 드러내고 연지와 자신을 함께 조소했다. 그리고 벌떡 몸을 솟구치더니 최후 통첩하듯 엄숙하게 말했다.

"직장을 내일 당장 그만둘 거야, 이혼을 할 거야? 둘 중 하나를 택해."

"차라리 이혼을 할 거예요."

연지는 별로 망설이거나 생각하지 않고 즉각 이혼을 택했다. 이혼이 무엇을 뜻하는지, 그게 정말 실현될 때 자기의 삶의 양상이 어떻게 바뀔지 깊이 생각해보지도 않은 채 불쑥 입에서 튀어나온 이혼이란 말이 매우 듣기 좋아 연지는 표정이 밝아졌다.

"지금 나가, 당장 내 눈앞에서 꺼져, 꼴도 보기 싫어."

철민이 목젖이 울리는 소리로 으르렁거렸다.

"알았어."

연지는 서두르지 않고, 그렇다고 미적거리지도 않고 옷을 갈아입고 작은 손가방에 속옷 몇 가지를 챙겨 넣었다. 가뜩이나 작은 집 속에 철민이 화통처럼 내뿜는 분노의 숨결이 가득 차서 질식할 것 같았다. 뒤도 안 돌아보고 집을 벗어나는 연지의 뒤통수에 철민이 저주를 퍼부었다.

"잘한다, 잘해. 화냥년 같으니라구. 직장은 당장 못 그만둬도 결혼은 당장 청산할 수 있다 이거지? 그만하면 나도 다 알아봤다. 이 화냥년아."

밖은 늦은 시간이었다. 통금이 없게 망정이지 그렇지 않았으면 파출소 신세를 질 수밖에 없는 시간인 걸 확인하고 나서 연지는 늘어지게 하품을 했다. 그리고 조금 걸었다.

밤이 깊어지는 속도와 가을이 깊어지는 속도가 함께 느껴져서 그녀의 마음을 시리고 어둡게 했다. 잘난 척하고 집을 나와봤댔자 갈 데라곤 친정밖에 없었다. 결혼과 일 중 서슴지 않고 일을 골라잡았다면 현대보다 한 세기쯤 앞선 여성이 되겠는데 시집에서 쫓겨나서 친정 문턱을 눈치 보는 마음은 이조의 여인과 다름없이 처량하고 소심했다. 더군다나 친정어머니도 없는 친정이란 생각이 그녀의 불행감을 한층 절실하게 했다.

무더운 어느 여름날 청바지에 티셔츠 입고 여행 백 메고 딸한테 잠시 들렀다 정처 없이 떠난 어머니는 계절이 바뀌었건만 아직도 소식이 없는 채였다. 소식을 알려고 수소문해본 적이라도 있었던가? 연지는 자신의 올데갈데없는 막막한 기분을 통해 비로소 집 나간 어머니를 떠올리면서 그동안의 무심함을 뉘우치고 있었다.

집안 꼴 한번 잘돼가네. 아내가 나간 자리로 딸이 쫓겨오는 꼴을 남의 집 일처럼 상상하며 연지는 웃음이 복받쳤고 콧마루가 시큰했다. 그리고 처음으로 아버지보다 어머니에게 따뜻하고 곰살궂은 정이 우러나는 걸 느꼈다. 오죽해야 어머니가 집을 나갔을라고. 남자들은 다 한통속이란 생각이 아버지에 대한 적의의 불씨가 됐다. 어머니가 쫓겨난 자리에 딸이 쫓겨오는 걸 보는 아버지의 심정은 어떠한 것일까? 아무리 얼음장같이 차고, 이기의 뭉치처럼 단단한 아버지라도 자기 잘못을 깨닫고 벌받았다는 것쯤 알아차리게 될 거야. 아버지는 벌 받아야 돼.

연지는 어려서부터 마음속으로 우상처럼 떠받들던 아버지를 끌어내려 벌주고 모독하는 쾌감 때문에 망설여지던 친정행이 갑자기 수월해졌다. 그녀는 조금도 주눅들지 않고 당당하게 친정집 문을 두들겼다.

담 너머 후박나무가 반쯤 가린 서재의 창엔 아직도 불이 켜져 있었다. 그 창 너머에 아버지의 세계가 있을 터였다. 연지는 어려서부터 창 너머 아버지의 세계를 얼마나 존경하고 동경했던가. 그녀는 자신도 아버지처럼 살게 되기를 간절히 빈 소녀 시절의 기도를 아직도 잊지 못하고 있다. 어쩌면 철민과 영원한 파국을 가져올지도 모를 자기 일에 대한 그녀의 과도한 집착도 실은 그 창 너머 세계에서 비롯된 것인지도 몰랐다.

그러나 지금 연지가 허위단심 친정집에 도달해서 유일하게 불을 밝힌 아버지의 창을 보고 우러난 건 반가움도 동경도 아니었다. 그건 반감이었다. 그녀는 그 창 속의 세계가 얼마나 배타적이고 비정하고 협소한가를 알고 있었다. 자기 자신 이외는 단 한 사람도 더 들일 수 없는 협소한 세계의 불빛이 따뜻할 리가 없었다. 그 불빛을 허구한 날 바라다만 보고 한 번도 침범해보지 못한 어머니가 불쌍해서 가슴이 저렸다. 어머니는 지금 어떤 불빛 밑에 몸을 의탁하고 있을까. 집 나온 어머니를 좀 더 따뜻하게 대해주지 못한 게 한스러웠다. 어머니는 어쩌면 딸네 집에서 며칠 묵으면서 신세 한탄이라도 실컷 하기를 바랐을지도 모른다. 그러나 그녀는 며칠은커녕 점심을 같이하는 동안의 신세 한탄도 지겨워서 듣는 둥 마는 둥 했었다.

연지가 어머니의 신세 한탄을 들어주지 못한 걸 뉘우치는 마음은 자기 역시 신세 한탄을 하고 싶은 마음하고도 같았다.

아버지에게 신세 한탄을 해야지. 그동안 얼마나 불행했나, 철민이가 얼마나 옹졸하고 보잘것없는 남잔가, 지금 내가 얼마나 비참한가를 모두 말해버려야지. 아버지는 나를 사랑하고 또 이 결혼에 처음부터 찬성이었으니까, 실패해서 돌아온 딸을 보면 충격을 받을 거야. 그리고 오래오래 상심할 거야. 아버지는 충격받고 상심해야 해. 어머니를 위해 아버지에게 복수하는 길은 그 길밖에 없었다.

연지는 엉뚱하게도 자기가 마치 아버지에게 보여주기 위해 불행해진 것처럼 자신의 불행감에 사명감을 느꼈다. 그래서 아버지의 신 끄는 소리를 들으면서도 아버지 앞에서 비참하지 않은 척 꾸밀 필요를 조금도 느끼지 않았다. 차라리 더 과장하려 들었다. 아버지는 죄 없이 쫓겨난 여자의 몰골을 똑똑히 봐두어야 돼. 죄 없는 아내를 쫓아낸 잘못을 깨달아야 돼. 이렇게 연지는 자신과 어머니를 구별 못 하고 한 몸같이 돼 있었다.

"뉘시오?"

철대문 창살 사이로 밖을 살피며 하석태 씨는 조용히 물었다. 문 밖 가로등 불빛을 받은 하석태 씨의 머리는 은빛으로 반짝거렸다.

어느새 저렇게 백발이 되었을까. 연지는 예식장에 그녀를 데리고 들어갈 때의 하석태 씨의 머리가 품위 있는 반백이었던 걸 생각하고 그러면 그렇지, 조그만 앙갚음을 완수한 것 같은 쾌감을 느꼈다.

"저예요, 연지······."

연지는 짐짓 울먹이는 소리로 대답하고 비실비실 문 기둥 뒤로 몸을 숨겼다.

"연지가 이 밤중에······."

문이 안에서 철거덕 열렸다. 그리고 하석태 씨의 모습이 나타났다. 밤이 깊어지면서 많이 내린 기온 때문인지 앞섶이 말려 올라간 하석태 씨의 모시 고의적삼이 보기에 을씨년스러웠다. 그는 문 기둥 그늘에서 비실비실 웃고 있는 연지를 얼른 문안으로 끌어들이고 나서 철문을 닫았다.

"웬일이냐? 이 밤중에."

하석태 씨의 목소리가 떨리는 걸 감지한 연지는 더욱 드러내놓고 쫓겨온 티를 냈다.

"연지야, 너 혹시 쫓겨온 건 아니겠지?"

"왜 아녜요."

연지는 땅만 보고 조그맣게 말했다. 별안간 하석태 씨가 호탕하게 웃었다.

"하하하······. 괜찮다, 괜찮아. 부부 싸움은 칼로 물 베기야. 곧 데리러 올 거다. 철민이가 데리러 오면 아빠가 단단히 혼을 내주지. 싸웠으면 집 안에서 다독거려 풀어줄 일이지 집 밖으로 내돌리는 건 못된 버릇이거든. 그런 버릇은 애저녁에 뽑아줘야 한다."

"고마워요, 아빠가 그렇게 생각해주셔서. 전 아빠가 덮어놓고 저만 야단쳐서 내쫓으실 줄 알았거든요. 죽어도 시집 문지방을 베고 죽으라고······."

"그래서 그렇게 주눅이 들어 있었구나. 못난 것. 지금 시대가 어느 땐데, 그 녀석이 싹싹 빌기 전엔 내가 너를 내줄 줄 아니? 다행히 통금도 없겠다, 그 녀석 아마 이 밤도 못 넘기고 뒤쫓아올 거다. 염려할 거 없어 아가야."

하석태 씨가 연지를 아가라고 부르는 데는 그동안의 그의 고독감과 딸을 품 안의 아기처럼 어리게 취급해서 위로하고픈 따뜻한 부정이 배어 있었다.

"그는 안 데리러 올 거예요. 그이하곤 이제 끝장이에요."

"그럴 리가, 데리러 온다. 염려할 거 없어."

"안 데리러 와요. 전 그걸 알아요."

"왜 그런 생각을 하니? 그렇게 몹시 싸웠니?"

"몹시 싸운 건 아니지만, 그이도 남자니까 아버지하고 같을 거 아녜요. 아버지도 어머니를 한 번도 찾아 나서신 적이 없잖아요? 찾아 나서시기는커녕 어머니가 어디 가 계신지 궁금해하신 적이라도 있으세요?"

"느이 엄마는 잘 있다."

"어머니한테서 편지 왔군요? 어머니도 참······. 좀 더 참고 계실 일이지."

안방은 썰렁했지만 잘 정돈돼 있었고 먼지를 잘 타는 나전칠기 화장대 위도 수면처럼 깨끗했다. 정결하면서도 사람의 체취가 느껴지지 않는 안방을 휘둘러보며 연지는 속으로 심히 낭패스러웠다.

"대구에서 개업한 닥터 박한테 가 있는 모양이더라."

"그렇게 자세히 아시면서 꼼짝 않고 계세요?"

"꼼짝 않지 않으면?"

하석태 씨가 어눌하게 반문했다.

"그러시고도 그이가 저를 데리러 오리라고 어떻게 믿으세요."

"네 부모들 문제와 네 문제를 혼동하지 말거라."

하석태 씨가 싸늘하게 말했다. 방 안의 불빛 밑에서 하석태 씨의 머리는 그다지 더 센 것 같지 않았고, 알맞게 구겨진 모시 고의적삼도 보기 좋은 거였다. 연지는 어머니의 부재중 아버지가 불행하리라고까지는 생각 안 했으나 적어도 불편하기는 하리라는 기대가 어긋난 게 몹시 억울했다.

"그야 사람들마다 생긴 게 다른 것처럼 부부간의 문제성도 다르겠죠. 그렇지만 자식이 부모들의 문제를 이해할 수는 있다고 생각해요."

"글쎄다."

"아버지는 애당초 누구에게 이해되기를 바라지도 않으셨죠? 아버지 학문이 대중에게 이해되기를 바라지 않는 것처럼 아버지와 어머니 사이의 불화도 아무도 이해할 수 없는 고고하고 신비한 문제처럼 남이 봐주길 바라시죠?"

"나는 나의 가정사에 남을 의식한 적조차 없다."

"그러시겠죠, 암 그러시겠죠. 어머니와의 문젠데도 어머니조차 의식하지 않으셨으니까요. 아버지의 그런 일방적인 태도가 어머니를 얼마나 모욕했나 생각해보신 적이 있으세요. 그건 모욕이 지나쳐 숫제 학대였을 거예요. 아버진 정말 너무하셨어요."

연지의 의식 속의 고3때 목격한 어머니의 모습, 밤마다 알몸에 살이 비치는 하늘하늘한 잠옷을 걸치고 아버지의 서재의 검고 육중한 문 앞에서 서성이기도 하고 문을 두들기기도 하면서 슬프게 애걸하던 어머니의 모습은 지우고 싶은 불결한 오점이었었다.

그러나 지금 연지는 아버지에 대한 반감과 함께 그때의 어머니를 비로소 뭉클한 마음으로 이해하고 받아들이고 있었다.

"너 신랑하고 싸우고 왔다는 게 정말이냐?"

하석태 씨의 입가에 자애 같기도 하고 비웃음 같기도 한 미소가 감돌았다.

"왜요?"

"글쎄다, 뭘가 살펴보러 온 게 아닌가 싶구나."

"어머니가 시켰다고 생각하시는군요?"

"네 태도가 그렇지 않니?"

"아버지, 제가 어머니의 밀사면 어떻구 염탐꾼이면 어때요? 우린 가족 이네요? 가족 사이에 꼭 그렇게 벽을 쌓아야 돼요? 어머니가 불쌍해요."

"나 역시 네가 느이 에미 염탐꾼이라도 좋고 밀사라도 좋다. 네

에미하고 연락이 닿으면 이르렴. 난 네 에미를 나가라고 한 적도 구박한 적도 없다고. 네 에미 좋도록 할 자유를 주었을 뿐이라구."

"아버지 잘못은 아무것도 없군요? 엄마가 불쌍해요."

"자고 갈 거냐?"

"아뇨, 자고 나도 안 갈 거예요."

"곧 데리러 올 거다."

"데리러 와도 안 갈지 몰라요. 그이하고 결혼하는 게 아니었어요. 잘못된 건 어차피 바로잡아야 하고 바로잡으려면 일찌거니 바로잡는 게 피차에게 다 이로울 것 같아요."

"이론상으론……"

"그게 무슨 뜻이죠? 아버지."

"자거라, 우선 좀 자두거라."

하석태 씨는 별안간 귀찮은 것을 뿌리치듯이 쌀쌀하게 굴면서 방을 나가려고 했다.

"아빠."

연지는 어리광 부리는 말씨로 하석태 씨를 불러 세웠다. 그리고 기지처럼 아버지에게 충격을 줄 수 있는 방법을 떠올렸다.

"아빠, 저도 참을 만큼 참았어요. 그렇지만 이렇게 손찌검까지 당하고 어떻게 살아요. 이것 보세요."

그녀는 치마를 걷고 무릎을 드러내 보이고 또 팔꿈치와 어깻죽지를 보였다. 철민이한테 얻어맞아서 생긴 건지, 얻어맞으면서 뒹굴다가 생긴 건지 속살이 몇 군데 으깨지고 멍 든 것을 봐두었던 것이다.

하석태 씨는 연지가 기대한 것보다 더 놀라고 분해했다.

"아니, 이런 고얀 놈을 봤나. 제 놈이 감히 내 새끼한테 손찌검을 해? 어떻게 기른 딸이라구. 아무리 배우지 못했기로서니 계집을 패다니. 어디 두고 보자. 제 놈이 내 집 문지방을 온전하게 걸어 들어올 수 있을진 몰라도 온전하게 걸어 나가진 못할 테니 두고 보렴. 아무리 보고 배운 거 없이 자란 상것의 자식이기로서니 계집한테 손찌검을 하다니."

하석태 씨는 얼굴이 붉으락푸르락, 주먹을 쥐었다 폈다, 안방을 왔다 갔다, 분해서 어쩔 줄을 몰라 했다. 그러나 연지는 하석태 씨 역시 평범한 아버지라는 걸 만족스러워하기 전에 철민을 상것으로 몰아붙이는 말투가 몹시 귀에 거슬렸다.

"아버지, 그이가 상것의 자식이라뇨?"

"듣기 싫다. 애비 앞에서 감히 누구 역성을 들려고……. 제 놈이 손이 발이 되게 빌어도 내가 내 딸을 제 놈에게 내주나 봐라, 어림도 없지."

하석태 씨는 마치 철민이 눈앞에 있는 것처럼 격렬한 증오의 표정을 짓고 이렇게 으르렁댔다. 연지는 이런 아버지를 쳐다보면서 아버지라기보다는 남자라는 족속 전체를 바싹 가까이에서 바라다보는 느낌을 맛보고 있었다. 그런 느낌은 고약했다. 그녀는 철민과의 싸움으로부터 아버지의 분노에 이르는 동안을 악몽처럼 느꼈고, 악몽에서 깨어나려고 허우적대듯이 잠을 청했다. 이런 도착된 상태에서 편안한 잠이 올 리 만무했다.

꿈속에서 그녀는 무구한 처녀로 돌아가기도 했고, 잡지사를 그만두고 여권운동가가 되어 목이 터져라 외치고 발을 구르며 격렬한 구호를 쓴 깃발을 휘두르기도 했다. 수많은 여자들이 그녀의 외침에 감격해서 환호성을 지르고 통곡도 했다. 그러나 자세히 보니 그녀의 외침을 듣고 있는 건 하나같이 남자들이었고 아우성 소리는 환호성도 통곡도 아닌 야유와 조소였다. 흰 이를 드러내고 길길대고 웃고 있던 그들의 얼굴은 점점 굶주린 맹수의 얼굴로 변해갔다. 그뿐일까? 자신이 휘두르고 있던 찬란한 깃발은 어느 틈에 꽃무늬 있는 야한 팬티와 브래지어로 변해 있었다. 맹수들이 일제히 웃기 시작했다. 길길길…….

그만, 그만, 그만해두라니까. 연지는 그 탁하고도 음흉한 웃음소리를 참을 수 없어 이렇게 부르짖었다. 왠지 목소리가 나오지 않아 오장육부를 쥐어짜다시피 괴롭게 뒤채다가 잠이 깼다.

초가을의 새벽녘은 샘물처럼 청신했다. 레이스 커튼이 가볍게 살랑거리는 창을 통해 마당의 나무들과 미처 몸을 못 감춘 밤의 잔해가 그 사이에 푸르른 연기처럼 서린 것을 바라보며 문득 다감하고 유정하던 소녀 시절로 돌아간 것처럼 가슴이 설렜다.

이런 아침은 얼마 만인가? 그러나 그녀의 감상을 소녀 시절의 새벽으로 미처 다 채우기도 전에 꿈속의 탁하고 음흉한 웃음소리가 그냥 들려오고 있는 것처럼 느껴지기 시작했다.

"워낙 고약한 꿈이었거든"

연지는 그 소리를 꿈의 소리의 여운인 것으로 알고 빨리 잠에서 깨끗이 깨어날 수 있기를 바랐다. 그녀는 벌떡 일어나 입고 잔 채인 원피스 위에, 벽에 걸린 어머니의 블라우스를 덧걸치고 마당으로 나가려고 했다. 산책을 하면 머리가 좀 맑아질 것 같았다. 어젯밤 일이 어수선하게 밀려왔다. 어제로부터 오늘로 넘어와 밀려드는 일 중 하나도 갈피를 잡을 수 없었다. 그녀는 혼자서 도리머리를 흔들었다.

그리고 생각했다. 그것을 갈피 잡아 거기 자신을 적응시키느니 차라리 그것들로부터 자신을 방어하는 게 낫다고.

"나는 누구보다도 나 자신을 사랑하거든."

그녀는 이렇게 중얼거렸다. 한결 마음이 상쾌해졌다. 다른 건 몰라도 그 실마리 하나만은 놓치지 않고 닥친 일을 풀어나갈 수밖에 없다고 생각했다.

철민이는 어떡하고 있을까. 궁금하지 않은 건 아니었지만 하룻밤 떨어져 잤을 뿐인데도 철민이의 얼굴을 떠올릴 수가 없었다. 그가 가르쳐준 감각은 떠올릴 수 있는데 얼굴은 떠올릴 수 없다니……. 연지는 거의 앓는 소리를 내면서 기지개를 켜고 그리고 안방 문을 열었다.

안방 문을 열면서 연지는 꿈속의 환청인 줄만 알았던 길길대는 웃음소리에 분명한 현실감을 느끼고 주춤했다. 웃음소리가 아니라 남을 한부로 깔아뭉개고 비웃고 얕잡으면서 즐거워하는 소리였고, 그 소리는 식당 쪽에서 들려오고 있었다.

식당에선 하석태 씨와 철민이가 오징어를 찢으며 위스키를 마시고 있었다. 언제 와서 지금까지 마시고 있는지 두 사람의 목소리는 서로 유쾌하게 엉겨붙어서 화락을 즐기고 있었다.

"당장 이혼 쪽을 골라잡더라구. 모전여전이군. 자네 그 버릇 키우지 말게. 그러다가 구전서전舅傳壻傳 되네. 내 꼴 보게나. 근데 자네한테만 말인데, 이 생활도 나쁘진 않아. 과부는 은이 서 말이구 홀애빈 이가 서 말이란 소린 다 케케묵은 옛날얘기야. 현대 여성이 진보했으면 현대 남성은 진보 안 한 줄 아남. 적어도 고독을 즐길 줄 안다는 건 고급의 두뇌만이 할 수 있는 기능인데, 그런 뜻으로 남자가 혼자 사는 데 훨씬 더 유리하거든. 그렇다고 자네더러 혼자 살란 소리가 아니지. 자넨 혈기왕성하니까 생리적인 문제가 앞설 테지. 그러니까 못 이기는 척 용서하게나. 언제나 아쉰 쪽이 저자세로 구는 건 어쩔 수 없지 않은가."

"안 됩니다. 장인 어른. 여편네가 겁없이 이혼 소리 입에 올리기 좋아하는 것쯤은 봐줄 용의가 있습니다. 암 있구 말구요. 근데 제 첫아들을 나한테 한마디 상의도 없이 떼어내 버린 걸 어떻게 용서하느냐 말입니까? 이혼입니다. 이혼. 당장 이혼 도장 찍으라고 하세요."

"그건 내가 생각해도 정말 너무했네. 즈이 에미가 워낙 겁 없이 키워서……. 그렇지만 자네가 조금만 더 깊이 생각해보면 깨닫는 게 있을 걸세. 걔가 그 짓 한 거 자네 어떻게 알았나. 걔 입으로 말해서 알았다며? 영영 말 안 했으면 모를 뻔했잖나. 우리 연지가 순진해서 그런 말을 했다고 생각할 수도 있는 거야. 즉, 무슨 소리냐 하면 보다 많은 앙큼한 여자들은 자기 비밀을 무덤까지 갖고 갈걸. 자네만 억울한 줄 알지 말게. 자넨 속은 걸 알고나 있지. 보다 많은 남자들이 머저리처럼 편안하게 속아 살고 있을걸. 여자들이 천사 같은 얼굴로 어찌 우리의 귀중한 첫아들만 감쪽같이 없앴겠나? 정절도 그렇게 몰래 흘려버렸을지 누가 아나. 우리 연지 그만하면 따끔하게 다루었으니 이제 그만 용서하게나. 우리가 손찌검 한 번 안 하고 기른 아일세. 저도 그만하면 정신차렸겠지. 어젯밤 개 몸에 멍든 걸 보고는 자네 다리 몽둥이를 분질러놓으려고 별렀다네. 몸 성한 거 다행으로 알아, 이 사람."

"안 됩니다. 안 돼요. 그 사람 용서 못 해요. 이혼입니다. 이혼. 어서 나와서 이혼 도장 찍으라고 하세요."

"자네가 먼저 찍지 그래?"

"일없어요. 다 일없어요. 어서 나와서 이혼 도장 찍으라고 하시라니까요."

"그래, 그럼 내 딸이나 자네나 못 찍어도 바보지."

"아유, 장인어른 왜 이러세요. 제발 고정하세요."

일어서는 하석태 씨를 철민이 붙드는 것 같았다.

"왜 이래, 고정하긴 뭘 고정해?"

접신지 술잔인지 부딪는 소리가 절거덕 났다.

"장인어른, 장인어른 도대체 누구 편입니까? 왜 간에 붙었다 콩팥에 붙었다 하시냐구요. 기분 나빠요. 장인어른이 정 이러시면······. 저 정말 이혼할 겁니다."

철민의 목소리는 완전히 한물가 이리 비틀 저리 비틀 한껏 버릇없이 굴고 있었다. 연지는 그런 철민이 밉다고도 창피스럽다고도 생각하지 않았다. 아무리 취중일망정 자기를 마음대로 갖고 노는 화제에 끼여들어 시비를 가리고 싶지도 않았다. 그만큼 철민에 대한 그녀의 마음은 남남끼리처럼 냉각되어 있었다.

"이건 좋은 징조가 아닌데……."

그녀는 스스로도 그게 이상해서 고개를 갸우뚱했다. 새벽녘만 해도 그녀 마음속에 철민과 화해의 가능성이 전혀 없지 않았건만 그의 목소리를 듣는 순간 그게 가망 없는 게 돼버렸다는 걸 그녀는 남의 일처럼 냉담하게 바라볼 뿐이었다.

"이혼 조오치, 조오아. 이제 우리 남성들이 해방될 차례거든. 브라보 남성해방 만세, 마침내 자유를 얻은 장인과 사위 만세."

"왜 이러십니까 장인어른 다 아시면서……. 장인어른이 도와주실 건 이혼이 아니라 연지 콧대를 꺾어놓는 일이라니까요."

"에이 못난 사람. 혼자서 여자 콧대 하나도 못 꺾어서 도와달래? 도와달랠 게 따로 있지."

"보통 콧대라야죠."

"이 사람, 지레 겁부터 먹고 있어. 그만했으면 콧대가 납작해졌을 걸. 아냐, 내가 보기엔 콧대가 부러진 것 같던데."

"아직도 장인어른은 뭘 모르세요. 연지가 어떤 여잔지……."

"이 사람아, 난 그 애를 자그마치 20여 년을 길렀어. 겨우 대여섯 달 데리고 살고 나서 아는 척 좀 작작 하게."

"그럼 들어보시겠어요? 그 여자의 높은 콧대가 저지른 죄상을요."

"아니, 아직도 죄상이 더 남았다구?"

"그럼요. 내일부터 당장 내가 벌어먹일 테니 직장을 그만두라고 호령호령 했더니 그것도 못 하겠다는 거예요. 그러니 제가 도대체 어디서 개전의 표시를 찾겠습니까? 정말 비참하더군요."

"그건 이 사람아, 자네 공부를 마저 시키기 위해 그런 거겠지. 남자가 그런 애틋한 여자의 마음도 못 헤아려준대서야 대장부랄 수 있겠나? 그건 걔가 잘한 거라구. 그러니 자네는 못 이기는 척 공부나 마치게."

"이게 어디 제 공부 마치는 걸로 끝날 문젭니까? 장인어른도 아시죠? 제가 먼저 공부하고 나서 그 다음엔 연지를 공부시키기로 서로 약속한 거. 연지는 남편한테도 조금도 안 밀질 여자니까 어떡허든 그 약속을 지키게 할 거예요. 그 생각하면 공부할 입맛이 싹 가신다니까요."

"이 사람이 공부를 입맛으로 하려니까 그렇지. 그냥 미친 척 밀고 나가는 거야. 그리고 마누라 공부 좀 시키면 또 어떤가. 연지가 자네보다는 그래도 학문에 가망이 있는 애야. 실은 내가 대학원도 시키고 외국 유학도 시키고 싶었는데 자네하고 연앤가 뭔가 해서 시집 먼저 가버렸지. 생각하면 아까우이."

"무슨 말씀을 그렇게 하십니까, 아깝다니요. 그럼 제가 연지만 못하단 말씀이군요."

"아니, 내가 아깝다는 건 개 머리일 뿐이니 곡해 말게. 그러니 누가 시켜도 개 공부시키면 보람은 있을걸세."

"전 그렇게 못 합니다. 그렇게 되면 우린 언제 아이를 낳습니까? 연지도 애 낳아 길러야 해요. 그런 약속할 땐 제가 철이 없어 그랬는지, 잘 몰랐는데 이젠 알겠어요. 제가 얼마나 아이를 기다리고 있다는 걸……."

그동안 연지는 숨어서 듣기를 그만두고 왔다 갔다 하면서 세수도 하고 화장도 하고 어머니의 옷 중에 입을 만한 걸 골라서 갈아입기도 했다. 그러는 동안 연지도 그들을 모르는 척했지만, 그들 역시 연지의 존재를 무시하고 그들이 하고 싶은 얘기를 계속했다. 아침 단장을 다 끝낸 연지가 우유라도 한 잔 먹으려고 식당으로 들어서는 걸 보고서야 하석태 씨는 너털웃음을 웃으면서 말했다.

"보게, 집에 갈 준비를 싹 하고 나타나는 거. 어서 데리고 가서 잘 토닥거려주게. 그래서 흔히 부부 싸움은 칼로 물 베기라고 하지 않나. 당분간 안 싸운 것보다 훨씬 재미있을걸세. 그렇다고 자주 싸우고 친정 나들이 하란 소리는 아니고."

연지는 찬 우유를 한 컵 들이마시고 나서 말했다.

"아뇨 아버지, 회사 갈 준비를 했을 뿐이에요."

그녀는 숄더백을 경쾌하게 한 바퀴 돌려 보이고 유유히 그들 앞을 걸어 나갔다.

허세 부리고 난 뒷맛은 생각보다 씁쓰레했다.

연지가 이 달에 맡은 인물탐방은 20년을 외길로 걸어온 어느 연극배우 얘기였다. 그 달의 인물을 누구로 정하느냐에 대해 그녀는 거의 발언권이 없었고 또 참견하려 들지도 않았다. 전달에 그녀가 현순주 여사를 주장했다가 톡톡히 고역을 치렀기 때문이다.

평소 존경한다기보다는 많은 기대를 걸고 지켜보았던 그 여권운동가의 명성이 얼마나 속 빈 거였던가를 똑똑히 본 것도 충격이라면 충격이었다. 그러나 그런 경험을 통해 세상과 사람에 대해 산 공부를 했다고 자위할 수도 있었고 자신이 아직은 뭘 모른다는 걸 깨닫는 계기도 되었다. 그런 의미로 현순주 여사를 며칠 따라다닌 일을 헛수고라고까지는 생각 안 했었지만 그 여자 얘기를 30여 장이나 써야 했다는 건 정말 큰 고역이었다.

최고의 지성지임을 자부하는 C지가 가장 큰 비중을 두는 인물 탐방란에 여성을 등장시키기도 처음이었고, 여성 중에서 하필 현순주 여사를 골라잡고 강력히 민 게 연지였던 만큼, 그녀는 줄창 잘되기보다는 잘 안 되기를 더 바라고 지켜보는 듯한 사내의 시선을 의식해야만 했다. 잘못 쓰는 것도 그렇지만 그녀가 본 대로 현순주 여사의 실상을 그대로 드러내는 것도 사내의 남자들이 쾌재를 부르게 하는 일 같아서 오기가 센 연지가 차마 할 수 없는 일이었다.

결국 그녀는 문득문득 치미는 구역질을 참고 그녀가 보고 느낀 현순주 여사 대신 적어도 이만은 해야 된다고 평소 느낀 여성 지도자상을 새롭게 창조하지 않으면 안 되았다. 그때가 무더운 여름이었고, 또 임신, 입덧, 중절 등 그녀 개인적인 괴로운 체험과 겹친 시기여서 그런지 그 생각만 하면 지금도 속이 메슥거렸다.

그런데도 일은 그것으로 끝나지 않고 그 기사를 본 현순주 여사는 몇 번씩 회사로 전화를 걸어서 미주알고주알 트집을 잡았다. 트집을 잡아도 씨가 먹히는 트집이면 경청도 하겠는데 그게 아니었다. 연지는 그 탐방기사에서 그 여자가 한 말을 모조리 뜯어고쳐 그 여자의 생과는 얼토당토않은 말을 만들어냈건만 거기 대해선 일언반구가 없고, 왜 집까지 쫓아왔으면서 응접실 묘사를 그렇게 대강대강 했느냐? 우리 집 아이들이 자유분방해 보인다고 했는데 자유분방하게 노는 거 본 일이 있느냐? 사진을 그렇게 여러 장 찍었으면서 어쩌면 늙어빠진 걸로만 골라냈느냐? 뭐 이런 식이었다.

몇 번 이런 식으로 귀찮게 굴더니 나중엔 그 기사 때문에 창피해 죽겠으니 변명할 기회를 달라고 했다. 결국 원고를 실어달라는 부탁이었다. 정중하게 거절은 했지만 갈수록 정떨어지는 여자였.

이렇게 연지가 여류 명사한테 학을 떼는 걸 남자 기자들은 흥미진진하게 지켜보았고, 특히 차장은 고소해서 못 견디겠다는 듯이 연지를 약올렸다.

차장은 잡지사로 오기 전엔 고등학교 국어 선생이었다. 그의 말에 의하면 남이야 뭐라든 자기는 교사직을 매우 좋아했고, 지금 생각해도 그때가 그립고 그 일이야말로 천직이다 싶다는 거였다. 그가 눈물을 머금고 천직을 내놓은 건 여자 교장이 부임하고 나서 1년 후였는데 그 1년 동안에 여자 교장한테 당한 얘기는 무궁무진했고, 심심한 때 사내에 한바탕 웃음꽃을 피우는 인기 있는 재담거리이기도 했다. 그가 여자 교장의 끝없는 잔소리를 겪고 얻은 결론은 여자는 아무리 윗자리에 앉아봤댔자 집에서 식모 달달 볶으면서 하던 잔소리의 차원을 절대로 못 넘는다는 거였다.

"하 기자, 내가 왜 여류 명사라면 등허리에 소름부터 돋는지 이젠 좀 알 만하지?"

차장은 이렇게 연지의 고충을 누구보다도 잘 안다는 척 동의를 구하기도 했다. 알 만한 정도가 아니라 그 잡지가 아직도 서점에 널려 있을 생각만 하면 연지 등에도 역시 소름이 돋았다.

그러나 한편으론 연지의 이번 인물 탐방이 히트쳤다는 소문이 돌기도 했다. 영업부 쪽에서 나온 소문으로 그 방면에 관련이 없는 연지로선 진부를 확인할 길 없는 소문이었지만, 현순주 여사가 자기 선전을 위해 C지를 대량으로 사서 여기저기 돌리기도 하고 집에 쟁여놓기도 했기 때문에 오랜만에 재판 찍을 일 났다는 거였다. 어쩌다 잡지가 잘 팔리니까 그럴듯하게 꾸민 헛소문일 수도 있겠으나 연지 보기엔 현순주 여사라면 능히 그럴 만도 했다. 이래저래 그 인물 탐방은 후유증도 많았고 소름 돋을 일도 많았다. 현순주 여사에 대한 이런 유별난 혐오감 때문인지 이번 연극배우 탐방은 연지에게 매우 기분 좋은 거였고, 특히 그의 아내가 인상 깊었다.

연지는 그 탐방기의 마지막 손질을 하면서 배우보다는 배우의 아내에 더 많은 호의와 지면을 할애한 걸 깨닫고 비시시 혼자서 웃었다.

배우가 평생 흘려 산 무대의 화려한 조명과 관객의 갈채와는 너무도 동떨어진 소박한 살림 형편과 그렇게나마 살림을 꾸려 나갈 수 있었던 건 아내 덕이라고 소개한, 아내의 찌들고 수줍음 많은 얼굴이 왜 그렇게 보기 좋았을까. 한사코 사진 찍기를 사양하는 그 여자에게 카메라를 들이대지 못하게 한 것은 기자로서의 근성이 모자라서가 아니라 소위 내조라는 숨어 있고 싶은 아내의 삶을 숨어 있을 수 있도록 도와주고 싶었기 때문이었다.

내 눈에 그 여자가 그렇게 아름답게 비쳤다는 건 결국 그 여자의 사는 방법이 옳았기 때문이 아닐까? 문득 그런 회의가 연지의 마음을 스쳤다. 아냐, 현순주 여사 후유증 때문일 거야. 극단의 충격을 치유하기 위해 그 반대의 극단이 필요했을 뿐이야. 그녀는 흔들리는 자신이 막연하게 불안해서 이렇게 얼버무렸다.

편집회의에서 나온 차장이 곧장 연지에게로 다가왔다.

"하 기자, 급히 취재 좀 나갔다 와야겠어. 바닥난 이색지대 대신 이달부터 들어가기로 지금 편집회의에서 결정난 건데 기혼 여성들의 일자리를 두루 추적해보는 거야."

"그러니까 기혼 여성의 일자리가 이색지대라 이건가요?"

"이색지대는 바닥났다고 했잖아. 그것의 후속 기획일 뿐 그것과는 아무 상관 없어. 지금 D상사로 빨리 가보라구. 올해 D상사에서 응모 자격을 아예 기혼 여성으로 못 박아서 30명이나 공개 채용을 했잖아. 오늘이 공개 채용된 여사원들의 오리엔테이션 마지막날이야. 아마 사회 저명인사를 초청해다 듣는 교양강좌도 있는 모양인데 수단껏 취재해보라구. 우리나라에선 처음 있는 일이라 여성계의 관심도 관심이지만 딴 회사에서도 주목하고 있는 모양이야. 시집간 여사원을 좋아할 기업은 없겠지만 사회적으로 호평을 얻었을 때의 PR효과도 생각 안 할 수 없을 테니까. D상사에서도 금년 시험 케이스가 좋은 결과를 보이면 매년 기혼 여성을 공모하겠다고 공언했고, 딴 기업까지 파급만 되면 좋은 세상 될 거야. 우리 사회에서도 퇴직해서 밥 짓고 애 보겠단 남자 사원이 더러 나설걸."

"흥, 소문 들입다 내고 기혼 여성 뽑느니, 미혼 여성이 시집갔다고 당장 사표 내라지나 말 일이지."

"좋았어, 그런 가시 돋친 말을 나한테 할 게 아니라 D상사 중역들한테 하라고."

"차장님, 왜 저한테 점점 과중한 일을 시키시죠? 제가 청탁을 맡은 수필란하고 기사를 써야 하는 인물 탐방만 해도 결코 남보다 적은 업무량이 아닌데. 혹시 제가 시집간 여자가 됐기 때문이 아닌가요?"

"아니, 전혀. 유능하기 때문이고, 또 이번 취재는 누구보다도 하 기자 적성에 맞을 거 같다는 게 나뿐 아니라 부장님의 의견이기도 해."

"적성이요?"

"글쎄, 적성이 적절한 표현이 아닌지도 모르겠군. 성미랄까. 아니 시선이라는 게 좋겠군. 왜 있잖아, 하 기자의 그 속임수나 위장이 전혀 안 통하는 예리한 시선 말야. 살만 하면 좋은 기사가 될 거야. 일간지에서도 벌써 다루었고 여성지에서도 대대적으로 다룰 모양이지만 뻔하지 뭐. 어디서 '와아' 소리 나니까 덩달아 박수부터 치고 보는 격이겠지. 하 기자라면 그렇게 상투적인 방법으로 이 문제에 접근하지 않으리라는 걸 믿고 맡기는 거야."
"치켜세울 거 없어요. 시집간 여자라고 미움받고 골탕먹는 기분이에요. 암만해도……."
"그 당당한 하 기자가 언제부터 시집간 걸 미운털쯤으로 생각하게 됐나? 그야말로 볼썽사나운데……."
"정말이야, 언니."
옆에서 미스 고가 여자 기가 뚝뚝 떠는 소리로 참견을 했다. 다른 말귀는 다 못 알아들어도 연지가 불쌍사납단 소리는 얼른 알아듣고 재빨리 동의하는 미스 고를 연지는 아예 묵살하고 가방을 챙겼다. 편집실에서 둘밖에 없는 여자끼리 친하지 못한 게 드러나는 걸 창피하게 생각하면서도 미스 고가 싫었다.
막 편집실을 나서려는데 미스 고가 언니, 언니 하고 다급하게 불렀다.
"언니 전화야, 그분이야 그분."
"그분이라니?"
"어머, 언니도 시침을 다 떼네? 언니 남편 아니 부군 말야, 부군."
"근데 왜 미스 고가 그렇게 좋아합니까?"
미스 고가 하도 호들갑을 떠니까 누가 옆에서 핀잔을 주었다.
조금만 일찍 나갈걸. 연지는 철민이 전화가 겁날 건 없었지만 미스 고 앞에서 받긴 싫었다. 어제 저녁부터 아침에 걸친 일도 있고 해서 고운 소리로 전화받을 수 있을 것 같지 않았지만 그녀 보는 데서 불화의 티를 내고 싶진 않았다.

"전화 바꿨어요."

"자기야? 역시 출근했군. 사표 내러 나갔겠지? 사표 냈으면 집구석으로 들어오지 않구 뭐 하구 있어?"

"거기 어디에요?"

"집 앞 공중전화야. 아침에 말은 그렇게 하고 나갔지만 집으로 와 있을 줄 알았어. 너 정말 나 이렇게 화나게 할 거니?"

"나 지금 취재 나가는 길인데 그쪽에서 만날까? D상사 알죠? 신문로에 있는 D빌딩 지하 다방에서 만나요."

"일없어. 사표 내던지라니까 취재는 무슨 놈의 취재야. 집으로 빨리 와. 괜히 후회하지 말고."

"이이가 왜 이렇게 보챌까? 알았어요. 될 수 있는 대로 일 빨리 끝내고 내려갈게요. D빌딩이에요."

"너 날 꺾어보겠다 이거지? 이번엔 그렇게 안 될걸. 빨리 들어와 밥해. 속이 쓰려 죽겠어. 처갓집이라고 술만 퍼먹이고 빈속으로 내모니 원. 느이 집 꼴 한번 잘돼가더라. 그만해도 그때니까 널 데려왔지 지금 같아 봐라. 어림도 없지. 여자는 그 어머니의 어머니까지 봐야 한다는 말이 꼭 옳지. 다 늦게 이혼한 집 딸을 누가 데려가. 느이 집 꼴 보니 내가 꼭 사기당한 것 같더라."

"어머 그래요? 아이 좋아라. 오랜만에 외식이네요. 자기 너무 과용하면 나 싫어."

"쳇, 그래도 체면은 지키려고……."

"그럼 D빌딩 지하 다방에서 여섯 시까지……."

나중판에 철민이 눈치를 채주어 어색한 동문서답은 그럭저럭 탄로가 안 나고 전화를 끊을 수 있었다.

"어쩜, 언니 아직도 그렇게 달콤하우? 나도 시집가고 싶네."

"시집은 아무나 가요? 누가 데려가야 가지."

이런 소리를 뒤로 하고 연지는 도망치듯 편집실을 나왔다. 집안일이 심상치 않게 꼬이는데도 전혀 상심하거나 뒤숭숭해하지 않고 일 잘한 자신이 약간 징그럽게 여겨졌다. 상심하기는커녕 집 나오고 나서 한 번도 철민이 생각을 한 일 없이 일에만 몰두한 것이다.

난 독한 여자일까? 대단한 여자일까? 그녀는 자기를 남처럼 바라보며 이렇게 생각했다.

연지가 기혼 신입사원들이 오리엔테이션을 받고 있는 D사 회의실로 들어갔을 때 마침 그녀가 졸업한 대학의 철학 교수가 교양강좌를 하고 있었다. 그녀도 강의를 들은 적이 있는 노교수는 별명이 사랑박사였다. 사랑을 많이 했는지 어쩐지 모르지만 그저 매사에 사랑이 주제였고, 사랑으로 시작해서 사랑으로 끝나는 강의로 소문나 있었다.

지금도 그런 식이었다. 기혼 여성의 직장 생활의 애로도 사랑만 있으면 문제 될 게 없다는 거였다. 직장에 나오기 위해 집을 비운 시간을 사랑으로 메우라고 했다. 또 기혼 여성을 최초로 뽑아준 회사에 대해서도 감사하는 마음을 갖고 회사를 사랑하게 되면 회사도 여러분을 사랑하게 될 거라고도 했다. 여성은 사랑을 위해 태어났고 여성의 사랑은 이 세상의 공기요, 꽃이요, 구원이란 단순한 얘기를 어떻게 그렇게 오래 끌 수 있는지 신기하긴 예나 지금이나 마찬가지였다.

연지는 옆에 앉은 신입사원에게 신분을 밝히고 소곤소곤 얘기를 시켰다.

"축하합니다. 입사시험 때 경쟁률이 대단했죠?"

"그러믄요, 서류 전형에서 천 명이나 덜어냈다는데도 10대 1이었어요."

"그래요? 거듭 축하해야겠군요. 부군 되시는 분한테 자랑스러우셨겠어요."

"시험은 몰래 쳤는데 되고 나서 얘기하니까 싫어하진 않데요."

"왜 몰래 치셨어요?"

"떨어지면 창피하니까요."

"시험 과목은 뭐뭐였나요?"

"면접만 했어요. 그래도 참 까다로웠어요."

"그래요? 그럼 면접만으로 열에서 하나를 뽑아낸 회사 측의 기준은 뭐였다고 생각하세요."

"그걸 제가 어떻게 알아요? 암튼 별거별거 다 물어봤어요."

"이를테면?"

"남편의 직업, 학벌 그런 것도 꼬치꼬치 물어본 것 같아요."

"그럼 의당 남편이 안정된 직업을 가진 쪽보다는 남편이 없거나 실직한 쪽이 유리했겠네요?"

"아유, 아녜요. 저도 처음엔 그런 줄 알고 남편이 실직한 척해볼까 하다가 자존심 상해 안 했는데 안 하길 잘했죠."

"실례지만 부군 되시는 분 직업이 어떻게 되는데요?"

"대학 교수예요. 다들 남편들이 쟁쟁해요. 시험칠 땐 남편이 없거나 실직한 사람이 꽤 많았거들랑요. 외모에 단박 나타나요. 꼭 붙으려고 초조해하고, 먼저 치르고 나온 사람한테 뭐 묻더냐고 물어보고 안달하는 사람들은 대개 꼭 취직이 돼야 하는 그런 여자들이었는데 발표가 나서 이렇게 모이고 보니 그런 여자들은 어쩜 하나도 안 됐더라구요."

"왜일까요? 거 참 이상하네요."

"이상할 것도 없죠. 여자는 뭐니 뭐니 해도 분위기 잡는 직장의 꽃인데 그런 팔자 사나운 여자들은 우울하고 극성맞고…… 그렇잖아요. 누가 좋아하겠어요. 또 쫓겨나지 않으려고 일도 악착같이 할 테구요."

"이왕이면 일을 악착같이 하는 직원을 회사는 원해야 할 텐데요. 안 그래요?"

"부담될 것 같아요."

"그만한 책임은 의당 져야 하는 거 아닌가요? 사원을 채용했으면……."

"글쎄요, 잘은 모르지만, 끝끝내 책임져야 할 일꾼도 필요하지만 별로 부담 느끼지 않고 분위기에 윤활유 노릇을 해줄 사원도 있어야 하는 게 아닐까요? 이만큼 돈 많이 번 회사라면."

"그렇담, 역시 여직원의 역할을 직장의 꽃 이상으론 안 본다 이거네요?"

"왜 그게 뭐가 잘못됐나요?"

"잘못됐다기보다는 이번 응모 자격이 유별나게 기혼 여성으로 제한됐다는 걸 생각하면 잘 납득이 안 가잖아요."

"어머, 그러니까 우리들을 한물간 할미꽃으로 보시는군요? 그렇지 않아요. 다 미스로 본다구요. 초빙한 외부 강사들이 다 뭐래는 줄 아세요. 싱싱하고 발랄하기가 꼭 여자대학 강의실 같대요. 실제로 만 서른을 넘은 여자는 한 사람도 없는걸요."

"아유 너무 흥분하지 마세요. 저도 여러분이 하나같이 젊고 아름다운 것엔 놀랐으니까요."

"몰라서 그렇지 결혼해서 남편 사랑받고 아이 낳고 행복하게 사는 여자가 미스보다 훨씬 예쁘고 매력 있어요."

"정말 그런 것 같군요. 참 애기들은 몇이나 되시죠?"

"남매예요."

"젊으신 걸로 봐서 아기들이 아직 엄마를 떨어지기엔 어린 나이일 텐데요? 그 문제에 애로는 없으신가요?"

"친정 부모님이 바로 이웃에 사시고 집에 가정도 있고 하니까 이렇게 떼어놓고 나온 건데 만약 아이들이 조금이라도 비뚜로 나간다는지 성격이 이상해신나는지 하는 즉시 가정으로 돌아가야죠. 남편하고도 그렇게 하기로 약속하고 허락받은 취직이니까요. 뭐니 뭐니 해도 여자에겐 가정이 제일 아니겠어요?"

"그렇겠죠. 그럼 가정을 떠나서 순수한 직장인으로서의 어려움은 대개 어떠어떠한 것을 예상하고 계신가요? 포부라도 좋아요."

"글쎄요. 좋기도 하지만 걱정도 많이 돼요. 그중에도 상사나 동료 사원이 우릴 어떻게 부를까가 제일 걱정이에요. 미스래도 이상하고 미세스래도 자존심 상하고 여사라면 엄숙하고 딱딱하고, 미즈라는 새로운 호칭이 있다지만 우리에겐 아직 보편화돼 있지 않잖아요. 면접 때도 그걸 물어본 걸 보면 회사에서도 그게 제일 큰 고민인가 봐요. 근데 그처럼 제각기 의견이 분분한 것도 없었다는군요. 그래서 회사에서도 아직 일정한 방향을 못 정했나 봐요. 이래저래 기혼 여사원은 골치죠 뭐."

연지는 D사 간부를 몇 사람 만나서 기혼 여사원을 대대적으로 공모한 특별한 동기나 목적 같은 걸 묻고 싶었으나 철민이 일이 걸려 다음 날 하기로 미루었다. 철민을 기다리는 동안 취재한 걸 메모나 해놓으려고 약속 시간보다 이르게 지하 다방으로 내려갔으나 철민은 더 미리 와 있었다. 재떨이에 ㄱ자로 꼬부라진 꽁초가 수북한 걸로 봐서 전화 끊고 나서 즉시 달려온 모양이다. 철민은 뭔 일이 잘 안 되거나 조바심날 땐 꽁초를 ㄱ자로 꺾는 버릇이 있었다.

전화로 심술부릴 때와는 딴판으로 철민은 초췌하고 기가 죽어 보였고 시선이 눈치꾸러기처럼 흔들리고 있었다.

"자기 정말 왜 그래?"

연지는 단박 짜증부터 났다. 어제 일이나 아까 전화 일로 짜증내려는 게 아니라 그가 미리 와 있는 것도 싫었고, 기가 팍 죽어 뵈는 것도 꼴보기 싫었다.

"뭐?"

"아냐."

연지는 자제해야 한다고 생각하면서 애써 안색을 고쳤지만 속에서 들끓는 게 뭔지는 분명치 않았다.

"화났어?"

"화는 무슨······."

"그러지 말고 화해하자."

"왜 별안간 저자세로 나와요? 기분 나쁘게."

"배고프고 쓸쓸하고 엉망이야."

"여태껏도 내가 자기 밥 해먹인 거 아니잖아요? 자기가 밥 더 잘하면서 왜 별안간 궁상이에요."

"바로 그게 문제야. 왜 이렇게 배가 고픈가 했더니 바로 그거였어. 이건 한 끼 굶은 배가 아냐. 속속들이 허전해서 못 견디겠는 게 이제 생각하니 몇 달은 굶은 배야. 결혼하고도 따뜻한 마누라 밥을 한 끼도 제대로 못 먹어봤으니 그럴 수밖에. 내가 뭣에 굶주렸는지 알겠어? 왜 이렇게 비참한지 알겠느냐구?"

"내가 밥 짓는 게 그렇게 소원이라면 할 수도 있어요."

"그럼 됐네 뭐. 당신이나 나나 밥 짓는 문제를 너무 가볍게 본 게 잘못이었어. 뭐든지 정성저림 좋은 게 없는 거야. 그거 하나라도 정상으로 돌이켜놓으면 차차 모든 게 정상으로 돌아올 거야."

"우린 그럼 모든 게 정상이 아니었단 소리군요?"

"말하면 잔소리지."

"학교는 왜 안 갔어요?"

"오늘 같은 날 그까짓 시시껄렁한 강의가 귀에 들어오게 됐어?"

"난 오늘 일이 더 잘 되던데요. 오늘처럼 아무 잡념 없이 일에 몰두해 보기도 오랜만이에요."

"누굴 약올릴 셈이야?"

"내가 돈 버는 일에다 밥 짓는 일 하나를 더 보태서 하기만 하면 우리는 앞으로 아무런 문제가 없을까요?"

"그걸 왜 나한테 물어? 가정의 행복은 여자한테 달린 거 아냐?"

"그럼 가정이 아무리 불행해져도 남자에겐 책임이 없단 소리도 되겠네요."

"그렇다고 볼 수 있지. 현명한 여자가 누가 남자한테 집안 걱정을 시키기나 하나?"

"사표 내는 문제, 오늘 전혀 생각 안 했어요."

"천천히 생각해도 돼. 오늘 당장 어떻게 하란 얘기는 아냐."

"많이 관대해졌군요?"

"부부가 싸울 땐 무슨 말은 못 하나? 오죽해야 부부 싸움은 개도 안 먹는다는 속담이 있잖아?"

"부부 싸움은 칼로 물 베기란 속담도 있죠."

"아무렴, 명언이지."

철민이 많이 자신을 회복한 듯 잘생긴 입가에 능글맞은 미소가 감돌았다.

그런 철민을 바라보면서 연지는 자신 속에 아직도 녹지 않은 차가운 마음을 느꼈다.

저만치서 사랑박사가 한 떼의 여자들한테 둘러싸여서 뭐라고 익살을 떠는지 여자들이 일제히 까르르 웃는 소리가 났다. 그의 사랑의 외판이 제법 인기를 얻고 있는 모양이었다.

'나는 누구보다도 나 자신을 사랑하거든.' 연지는 문득 아침에 하던 생각을 다시 한 번 되풀이 확인했다. 속이 고통스럽고도 기분 좋게 짜릿했다. 지금 확실한 건 그것밖에 없었고 다시 무엇을 시작한 대도 그것으로부터 출발해야 할 것 같았다.

"우리가 다시 시작하는 일이 밥 짓기처럼 쉽지만은 않을지도 몰라요."

"뭘 다시 시작한다는 거야? 우리가 마치 뭘 그만둔 것 같군. 그만둔 건 아무것도 없어. 달라진 건 아무것도 없단 말야. 걱정하지 말아."

연지는 터무니없이 관대해진 철민을 물끄러미 쳐다보면서 내심 아니꼽단 생각이 들었다.

"너무 관대해지니까 기분 나빠요. 되레."

"그러니까 남자지, 그만큼 혼내줬으면 정신 차린 걸로 알구 다시 거론하지 않겠어."

"난 별로 혼나지도 정신 차리시노 않았고 더군다나 자기처럼 관대하지가 못해요. 풀어야 할 매듭이 그냥 있어요."

"아아, 그거, 내 그럴 줄 알았다니까. 아침에 아버지하고 술김에 한 얘기 엿듣고 더 토라졌지? 그치? 술 먹고 무슨 소린 못 할까?"
"그게 무슨 소린데요?"
"시침 떼긴. 내가 그랬잖아? 나 먼저 하고 나서 그 다음에 당신 공부시키겠단 약속 안 지키겠다고. 바보같이, 당신 약 좀 오르라고 내가 일부러 한 소리를 갖고……."
"그 얘긴 듣긴 들었지만 신경 쓴 일 없어요."
"그럼 뭐야, 온종일 내 생각은 전혀 안 했단 소리야? 잘났군 잘났어."
"지금부터 하려고 해요."
"고맙군."
"고맙긴요, 당신 생각이 아니라 우리들의 관계를 그 시작부터 뭐가 잘못됐나를 찬찬히 거슬러 올라가 봐야겠어요."
"시작부터 잘못됐다니 우리들의 시작은 더할 나위 없이 행복했어."
"아뇨, 뭐가 잘못되지 않고는 이럴 수가 없어요."
"도대체 뭐가 어떻게 됐다는 거야?"
"지금 현재 내가 가장 하고 싶은 건 이혼밖에 없으니 말예요."
"어디 조용한 데로 끌고 가고 싶군. 집은 너무 멀고 화장실이라도 좋겠어."
"왜요?"
"패주고 싶어. 어제처럼 그렇게 섣불리 패는 게 아니라 흠씬……."
"지금 당장 이혼을 하고 싶다는 게 아니라 왜 그렇게 쉽사리 이혼에 마음이 끌리게 됐는지 그게 알고 싶어요. 누가 시켜서 억지로 한 결혼도 아니고 또 정떨어질 만큼 오래 산 것도 아니고……."

"나도 그게 궁금하긴 마찬가지야. 혹시 누가 있는 게 아냐? 놈팽이가."

"지금 현재 놈팽이를 억지로 꾸며대라면 글쎄……. 아마 일이 되겠죠. 근데 그것도 이상해요. 나는 지금 내가 하고 있는 일을 별로 좋아하지 않거든요. 공부를 더 하려는 것도 학위라도 하나 따면 혹시 전공을 살릴 수 있는 보다 나은 일자리를 얻을까 해서인 것만 봐도 지금 일자리를 임시로밖에 안 생각하는 거죠. 그저 탐탁지 않은 일자리나마 당신하고 일 중에서 하나를 선택하라면 일을 선택하겠는 게 내 솔직한 심정이니 내가 어디가 크게 잘못되지 않았으면 우리들의 시작이 잘못된 거예요."

"그만, 그만해둬. 도대체 남편을 어느 만큼 모욕해야 직성이 풀리겠다는 거야? 꽤나 몹시 토라졌군. 내가 먼저 사과를 하지, 까짓 거."

"나 앙갚음으로 당신 속상하게 하려고 이러는 거 아녜요. 내가 저지른 일 중에도 내가 이해할 수 없는 부분이 있고 그걸 알고 싶을 뿐이에요."

"아버지도 그러셨어. 모전여전이라구. 나 그 버릇 키우고 싶지 않어. 모전여전은 상관없지만 구선서선 되고 싶진 않으니까. 일어서. 나가자구."

"아직도 배고파요?"

"그럼. 그동안에 뭐 먹인 것처럼 말하는군. 그렇지만 집에 가서 밥 시키려고 이러는 거 아냐. 권리나 의무가 완전히 이양되려면 그 간에 경과 조치라는 게 있을 수 있잖아. 우리 어디로 훌쩍 여행을 갔다 옵시다. 1박 2일도 괜찮고 그건 당신 좋을 대로 해. 그 대신 다녀와선 심기일전 의좋게 지내기."

철민이 새끼손가락을 내밀면서 호탕하게 웃었다. 그러나 초조하고 뭔가를 살피려는 비굴한 눈치꾸러기 티는 좀 더 확실해졌다. 연지는 뭉클한 연민을 느꼈다. 그리고 속으로 생각했다. 확실한 건 연민밖에 없어. 그나마 없는 것보다는 낫지만, 못할지도 몰라.

"돈이 어디 있다고 여행을 가요? 경과 조치는 외식으로 족해요."

"외식? 참, 아까 전화 목소리 간드러지던데 당신이 그런 데 소질 있는 줄은 뜻밖이야."

"나도 뜻밖이에요."

"돈은 염려 말아. 어제 우리 어머니가 주신 돈 헤아려보니까 꽤 되던데."

"내 보약값을 그렇게 쓸 거예요?"

"언젠 또 내 맥줏값 하라더니. 그러니까 여행 가서 몸 편히 쉬고 신선한 공기도 마시고 맥주도 마시면 어머니 좋고 당신 좋고 나 좋고, 누가 뭐랄 거야."

연지는 그가 하자는 대로 못 이기는 척 따라나섰다. 그러나 그런 무력감이 결코 화해의 조짐은 아니란 걸 그녀는 알고 있었다.

살면 정든다는 것도 결국은 이런 무력감을 일컬음이 아닐까? 나는 이 무력의 늪을 경계해야 돼.

"매진이라잖아, 억지로 구했어."

철민이 새마을호 표 두 장을 V자로 펴 보이며 공중전화 부스 쪽으로 뛰어왔다. 회사로 전화 한 통 걸 사이도 안 돼서였다. 연지는 아버지한테도 전화 한 통 걸까 말까 망설이던 걸, 말까 쪽으로 굳히면서 철민에게로 돌아섰다.

"억지로 구하다니요?"

"공갈쳤지 뭐."

"매진된 표가 공갈친다고 나와요?"

"그게 소위 사나이 수단이라는 거 아닌가."

철민이 괜히 어깨를 으쓱대며 뽐냈다. 연지는 눈살을 찌푸리고 뭐라고 한마디 쏘아주고 싶은 걸 꾹 참았다.

철민인 그러길 잘했다. 하다못해 동회에서 주민등록증 한 장을 떼오든, 학교에서 졸업증명서 한 장을 떼오든 남이 못할 걸 자기가 수단이 좋아서 할 수 있었던 것처럼 으스대길 좋아했고, 그보다 조금만 더 어려운 일이면 백 썼다는 말로 마치 자기에게 대단한 백이 있는 것처럼 보이려 들었다.

결혼한 지는 얼마 안 됐지만 사귄 지는 7년여나 되는 사이니 그런 버릇쯤 익히 알고 있으련만 눈에 서슬필 정도는 아니었다. 뒤끝도 없고, 실속도 없는 무해무득한 허풍으로 너그럽게 봐주었다. 때로는 귀엽다는 생각이 든 적도 있었다.

그런데 느닷없이 그의 이런 버릇이 견딜 수가 없었다. 마치 입덧의 시작처럼 오장이 뒤집히게 싫었다. 연지는 앞서가는 철민의 훤칠한 뒷모습과의 거리를 점점 넓히며 될 수 있는 대로 느리게 걸었다.

우리 사이는 철민이가 생각하는 것보다 훨씬 더 나빠지고 있어. 이번 여행으로 좋아질 건 아무것도 없을 거야.

연지는 그렇게 생각하면서도 새마을호 대합실 앞에서 돌아서서 낙관적인 미소를 띠고 그녀를 기다리고 있는 철민으로부터 차마 도망치진 못했다.

평일의 경부선 새마을호는 자리가 반 넘어 비어 있었다.

"이래서 새마을호가 좋다니까. 우리 다리 뻗고 누워서 갈까?"

철민은 매진된 표를 자기의 특별한 수완으로 입수한 것처럼 꾸며댄 걸 그새 잊어버렸는지 이렇게 좋아하면서 빈 열차칸을 휘둘러보았다. 연지는 그런 철민에게 다시 뭉클한 연민을 느꼈다.

또 연민이야? 연지는 둘 사이에 남아 있는 게 연민밖에 없다는 걸 재확인하면서 둘 사이가 회복될 가망은 거의 없는 것으로 내다봤다.

자리에 앉아 철민이 담배를 피워 물었다.

"나도 한 개비 줄래요?"

연지가 손을 내밀었다.

"어렵쇼."

철민이 허풍스럽게 놀라는 시늉을 하면서도 담뱃갑을 내밀었다. 그리고 라이터 대신 자신의 담배를 입에 물고 다가왔다. 연지는 그와 이마를 맞대고 담배를 깊이 빨아들였다.

"밖에서니까 봐주는 거야. 집에 가면 어림도 없을걸. 차후, 내 집 기강은 내가 철저히 바로잡을 테니 단단히 각오하고 있는 게 좋을 거야?"

좋을 대로……. 연지는 소리 내지 않고 이렇게 중얼대고 나서 담배를 몇 모금 더 깊이 빨았다. 제법 구수했고 마음도 편안히 가라앉았다.

차가 수원을 지나고부터 날씨는 어두워지기 시작했고 연지는 문득문득 옆에 있는 철민의 존재를 잊고 감미로운 고독감을 즐겼다. 그러다가 잠이 들었나 보다. 속도가 줄어들면서 사람들이 수런대는 기척에 눈을 떠보니 대전이었고 그녀는 철민의 가슴에 편안히 기대고 있었다.

"다 왔나요?"

"아직 멀었어. 더 자지 그래."

철민이 그녀의 어깨를 안아서 끌어당겼다. 그녀는 털어내듯이 그의 손길을 뿌리치고 창 쪽으로 머리를 기대고 곧 다시 잠 속으로 빠져들었다.

주책같이 무슨 잠이 이렇게 쏟아지지? 얼핏 이런 생각이 스쳤지만 낭떠러지로 곤두박질치듯이 잠 속으로 빠져드는 걸 멈출 순 없었다.

또 한 번 깼을 때도 연지는 철민의 가슴에 와 있었고, 멍청한 시선으로 짐을 챙기는 사람들을 바라보면서 같은 질문을 했다.

"다 왔나요?"

"아직 멀었어. 더 자도 돼."

"미안해요. 왜 이렇게 잠이 쏟아지나 몰라."

그녀는 철민을 밀치고 다시 유리창에 이마를 기대면서 구석에 달린 ㄱ자로 꼬부라진 재덜이에 꽁초가 수북하게 쌓인 걸 눈여겨 보았다. 남은 여정을 그와 함께 무슨 이야기든지 나누어야 할 것 같았다. 그러나 그녀는 다시 수면의 늪에 빠져들기 시작했고 그런 자신을 끌어당겨 편안히 기대주는 철민의 손길을 의식했다.

그의 가슴이 편안한 건 타성일 뿐 내 의지는 아냐. 다소 불편하더라도 난 곧 내 의지대로 살 수 있을 거야.

연지는 잠들기 전의 몽롱한 마지막 의식으로도 이런 앙큼한 생각을 한 것 같았다.

어느 만큼 잤을까? 아직 종착역이 가깝다는 아무런 낌새도 없는데도 연지는 깨어났다. 그리고 조심스럽게 철민을 밀치고 창 쪽으로 기댔다. 밖은 깜깜하고, 어두운 유리창 속에 자신의 얼굴과 철민의 옆얼굴이 선명하게 비쳤다. 연지는 유리창 속에 비친 그 두 사람을 남처럼 정 두지 않고 냉정히 관찰했다.

유리창 속의 남녀는 몽롱한 어둠 속에 잠겨 도리어 한 꺼풀을 벗은 것처럼 각자의 약점을 적나라하게 드러내고 있었다. 언제나 자신 있게 그은 것처럼 선이 뚜렷하던 남자의 옆얼굴은 눈치꾸러기같이 나약하게 흔들리고 있었고, 여자는 또 어쩌자고 다 산 여자처럼 무턱대고 맥빠지고 헝클어져 보였다.

곧 종착역에 무사히 도착한다는 차내 방송이 무슨 선고처럼 비정하게 울려퍼졌다. 연지는 유리창에 이마를 댄 채 꼼짝도 안 하고 사람들이 웅성대며 짐을 챙기는 모습을 지켜보았다. 어둠에 비친 사람들의 움직임은 물에 빠진 사람들의 움직임처럼 헛되고 절망스러워 보였다.

내가 왜 이러지? 연지는 유리창에 비친 이런 비현실적인 광경이 마치 자신의 심상 같아서 도리머리를 흔들면서 그것을 지우려고 했다. 그러나 그녀보다 먼저 항도의 불빛이 어둠을 지우면서 열차는 기세 좋게 종착역에 도착했다.

철민이 기지개를 켜면서 늘어지게 하품을 했다. 연지도 덩달아 하품을 하면서 둘 사이에 마지막 남은 그 바보 같은 부창부수에 피식 실소를 하고 말았다. 철민도 조금 웃었지만 연지를 보는 시선은 서울서보다 훨씬 날이 서 보였다.

역전에서 줄 서서 택시를 기다리는 동안 철민은 한마디도 하지 않았다. 연지는 그의 널찍한 등을 따라 앞으로 움직이면서 두 사람의 공동의 운명이 어디론지 천천히 사라지는 듯한 느낌을 맛보고 있었다. 그런 느낌은 마치 실재하는 기분 나쁜 것의 감촉처럼 생생하게 고약했다.

"해운대 K호텔로 갑시다."

철민은 연지에게 의논 한마디 없이 일방적으로 이렇게 갈 곳을 정하고 씩 웃었다.

K호텔은 봄에 그들이 신혼여행 와서 묵은 호텔이었다. 벚꽃이 어지럽게 피던 화창한 봄날, 교외의 낡은 성당에서 결혼식을 올린 그

들은 곧장 제주도로 날아가 이틀 밤을 묵고 페리호로 부산으로 와 해운대에서 하룻밤을 더 묵고 서울로 돌아왔었다.

철민의 속셈은 뻔했다. 뭔가 속시원히 풀리지 않는 화해의 실마리를 찾기 위해 행복했던 장소에서 추억의 힘을 빌리려는 거였다. 그러나 철민의 꾀는 들어맞지 않았다. 연지는 K호텔 소리를 듣자 가슴이 뭉클하도록 진한 모욕감을 느꼈다. 철민은 모르고 있으리라, 그들의 신혼여행이 얼마나 비참했던가를.

신혼여행을 제주도로 해서 해운대를 거쳐왔다면 별로 손색없이 한 셈이었고 숙소도 물론 최고급의 숙소에서만 묵었고 관광은 차를 대절해서 했고, 비싸고 이름난 음식점을 두루 섭렵했었다. 철민은 그런 일에 이골이 난 것처럼 신바람이 나서 앞장섰지만 한 번도 계산을 하려 들지 않았다. 단돈 천 원의 팁조차 그의 호주머니에서 나오는 적이 없었다.

연애 시절의 계산은 둘이 서로 밑지지 않도록 알아서 번갈아 부담했었다. 그건 연지가 들인 버릇이었다. 여자도 남자와 동등하게 데이트 비용을 부담함으로써 비로소 여자도 남자와 동등한 삶을 주장할 수 있다고 생각했기 때문이다.

이렇게 반반씩 부담하던 데이트 비용이 결혼 후 생활비라는 명목으로 바뀌면서 그것을 전적으로 연지가 부담하기로 한 것은 그들만의 특별한 약속 때문이었다. 아무리 약속은 그렇게 했지만 신혼여행비부터 그녀의 부담이 될 줄 몰랐었다. 어머니가 워낙 손이 커서 용돈 정도로 넣어준 돈이 철민의 호탕한 씀씀이를 감당할 수 있었기 망정이지 어쩔뻔했나 모를 일이었다.

돈으로 사람을 저울질해선 안 된다는 그녀 나름의 순진성과 양식 때문에 철민과의 결혼이 가능했음에도 불구하고 땡전 한 푼 안 쓰는 새서방은 정떨어졌다. 첫날은 섭섭했고, 둘째 날은 비참했고, 셋째 날인 해운대 K호텔에선 눈물이 나게 서러웠다.

아무리 못생기고 교양 없어 보이는 새신랑도 신부를 저만큼 아장아장 거느리고 앞장서서 셈을 하는 걸 보면 철민이보다 잘나 보였고 그 신부가 부러워서 가슴이 저렸던 것도 K호텔에서의 일이었다. 그 후 거기서 그렇게 마음 상했던 걸 한 번도 철민에게 내색하지 않은 건 그녀가 대범해서가 아니라 너무도 비참했던 일이라 덮어두고 잊어버리고자 했을 뿐이었다.

그때부터 잘못됐어, 우리들의 결혼은. 연지는 차창 밖으로 스치는 항도의 불빛을 하염없이 바라보며 이렇게 생각했다.

철민은 연지와 반대쪽 창으로 밖을 내다보면서 연지와는 정반대의 생각을 하고 있었다. 그는 그들의 불화를 사랑 싸움쯤으로 얕잡으면서 되레 이 일을 앞으로 연지를 고분고분 길들일 수 있을 기화로 삼을 수도 있을 것 같은 자신감마저 생겨나고 있었다.

K호텔은 결혼 후 처음으로 그가 만족스럽게 남성으로서의 실력을 발휘할 수 있었던 장소였기 때문이다. 지나친 흥분과 긴장 탓이었는지 제주도에서 도무시 그게 여의치 않아 신랑 체면이 말이 아니었다.

호텔에 들자마자 철민은 스스럼없이 옷을 벗어젖히면서 연지의 뺨을 가볍게 꼬집고 목덜미에 여기저기 입술을 댔다.

연지는 당황하진 않았지만 몸을 딱딱하게 굳히고 창밖으로 멀리 밤바다에 떠 있는 어선의 불빛을 바라보고 있었다.

"추워?"

"아니."

"목욕할래?"

"아니."

"같이 할래?"

"아니."

연지는 낮 동안 걷어 올렸던 긴 소매 블라우스의 소매를 내려 팔목에서 단추를 끼우며 연방 고개를 저었다.

"젠장, 자기가 무슨 새색시라고 새침 떨고 있네."

철민은 아니꼽다는 듯이 그러나 사뭇 명랑하게 비웃고는 옷을 훨훨 벗더니 욕실로 들어갔다. 욕실문을 열어놓은 채 첨벙대는 소리가 듣기 싫어 연지는 문을 쾅 소리 나게 닫고는 거울 앞에 앉았다. 넓게 팬 목이 약간 추워 보였지만 목의 선은 아직 처녀처럼 청순하고 매끈하다고 생각했다.

좁아터진 화장실에서 변기를 안고 입덧의 괴로움에 몸부림치던 생각이 악몽처럼 떠올랐다. 아아, 꿈이었으면……. 그녀는 밑도 끝도 없이 이렇게 중얼거렸다.

철민이 알몸으로 어정어정 걸어나왔다. 얼굴 가득 넘치는 자신 있는 웃음으로 딴사람처럼 낯설어 보였다.

"제발 불 먼저 꺼요."

연지는 그의 벗은 몸이 보기 싫어 이렇게 성난 소리로 악을 썼다.

"그래그래, 되게 급해맞았군."

철민이 스위치를 내리며 낄낄댔다. 음흉하고 기름진 웃음소리였다. 연지는 진저리를 쳤다. 그녀는 자신의 혐오감에 부정이 조금도 섞이지 않은 데 스스로도 놀라고 있었다.

자신감과 정욕이 함께 상승돼가고 있는 철민은 연지를 검부러기처럼 가볍게 안아다가 침대에 던졌다.

"되게 급해맞았어. 아무려면 나보다 더 급할라구."

그가 씨근댔다. 연지는 그의 오해를 시정하려 들지 않고 순순히 알몸이 되었다. 그녀는 육체의 쾌락이 막다른 골목에 몰린 부부 사이의 마지막 돌파구라는 사실을 혐오했지만 한편 체념하고 있었다. 철민의 애무는 진하다 못해 공격적이었지만 차돌처럼 굳은 연지의 몸은 좀처럼 더워지지 않았다. 그녀 역시 자신의 몸에 대해 속수무책이었다.

철민은 그가 가장 자신 있게 남아 노릇을 행사할 수 있었던 신혼여행 시절을 회상하며 욕정을 마음껏 드높여가고 있는 반면 연지는 여태껏 생각하기조차 싫었던 그가 가장 못나 보였던 신혼여행 때의 그를 생각하고 이를 갈아붙이고 있었다. 일류 호텔로만 앞장서서 찾아들 줄만 알았지 돈은 냉선 한 푼도 쓸 줄 모르던 그가 뒤늦게 그것도 하필 정사를 나누는 자리에서 이다지도 생생하게 경멸스러울 줄이야.

우스꽝스럽고도 추악한 동상이몽이었다. 연지는 끝내 포악한 학대를 당하고 있다는 고통과 분노에서 벗어나지 못했다. 그녀는 주위의 어둠이 열차 속의 유리창의 연속인 양 그들의 괴상한 정사 장면을 비춰 보면서 진저리쳤다.

"그만, 그만……."

그녀는 드디어 더 이상 그런 가학행위에 자신을 맡겨둘 수 없어 날카롭게 악을 썼다. 그러나 끝내 동상이몽이었다. 철민은 드디어 그녀를 만족시켰단 신호쯤으로 받아들이고 쉽사리 자신의 심신을 절정으로 몰고 갔다.

그녀가 욕실에서 오래도록 몸을 씻고 나왔을 때 그는 코를 드르렁대며 잠들어 있었다.

그녀는 몹시 배가 고팠다. 온종일 식사다운 식사를 못 한 생각이 났다. 혼자서 방을 빠져나왔다. 그녀가 열차 속에서 잠만 자는 동안 철민이 혼자서 식당차로 건너가 맥주도 마시고 식사도 했을 것 같았다. 그렇지 않고서야 저녁을 굶고 잠들 그가 아니었다. 그녀는 단정적으로 그렇게 생각하고 혼자서 뭘 먹어야겠다고 생각했다. 아래층으로 내려와 식당을 기웃거렸으나 한산했다. 혼자서 양식을 먹을 생각을 하니 괜히 기가 죽었다. 그녀는 호텔을 빠져나왔다. 여관과 식당 거리가 서울 영동의 신흥 유흥가를 방불케 했다. 갈빗집이 유난히 많이 눈에 띄었다. 서울에서도 해운대 갈비란 간판을 자주 본 생각이 났다. 바다와 소갈비와의 상관관계가 석연치 않았다. 무식하다는 느낌마저 들었다. 연지가 뭘 무식하다고 보는 관점은 좀 색

달랐다. 멋이나 센스가 결여된 엉뚱스러움이라든가 사치스러움, 탐욕스러움 같은 걸 보면 무식하다는 감탄사가 절로 나오곤 했다.

연지는 뭔가를 꾸역꾸역 배 속에 처넣고 싶은 게걸스러운 식욕과 함께 혼자서 실컷 무식해보고 싶은 기묘한 충동을 느꼈다. 그녀는 길거리까지 진한 갈비 냄새를 풍기는 집으로 들어섰다. 자욱한 연기 속에 숯불이 이글대는 풍로에 둘러 앉아 아귀아귀 갈비를 뜯는 사람들의 상기된 얼굴들이 어릴 적에 본 동화 속의 도깨비들처럼 비현실적으로 보였다.

혼자서 갈비를 뜯다니, 차라리 칼질이 낫지. 그녀는 자신의 주책없는 식욕을 마치 남의 일처럼 비웃었다.

"혼자십니까?"

종업원이 엉거주춤 두리번거리기만 하는 그녀에게 물었다.

"아, 네."

그녀는 우물쭈물하면서 빈자리에 앉았다.

배 속에서 꼬르륵 소리가 났다. 마치 그녀와는 별개의 작은 동물이 배 안에 들어 있는 것처럼 그녀의 의사와는 상관없이 꼬르륵 소리는 계속해서 울렸다.

사람들은 맹렬하게 갈비를 뜯으면서도 종업원들에게 연방 뭐라고 고함을 쳤다.

갈비 2인분 더 가저오랜 지가 언센네 이제무터 소 잡아 각 떠서 가져올 작정이냐고 빈정대는 소리, 소주 소주…… 마치 목마른 사람이 물 찾는 소리처럼 다급한 소리, 숯불이 다 사위어가는데 뭐 하고 있냐고 악쓰는 소리……. 아비규환을 방불케 하는 이런 소리들을 들으며 연지는 거기 빨리 동화하고 싶은 충동을 느꼈다.

혼자라는 게 무슨 큰 잘못인 양 상대를 안 하고 바삐 움직이는 종업원들을 향해 연지는 크게 소리쳤다.

"갈비 1인분 빨리 갖다 줘요."

마지못해 다가온 소녀가 1인분은 구워다 주게 돼 있다고 말했다. 주방 옆에 한데로 뚫린 골목에선 무수한 풍로가 불꽃을 튀기며 숯불을 피우고 있었다.

잘 펴서 한창 불이 괄한 풍로는 작은 용광로처럼 보였다. 연지는 집에서 숯불이란 걸 모르고 자랐건만 숯불만 보면 묘한 향수를 느꼈다.

"2인분을 시키면 풍로째 갖다 줄 수 있어요?"

그녀는 그러겠다고 하면서 조금 웃었다. 연지는 2인분의 갈비와 밥 한 그릇과 매운 연기를 포식하고 그곳을 나왔다.

하늘엔 별이 총총하고 저만치 밤바다가 철썩이는 게 보였다. 그녀는 해변으로 갈까 하다가 호텔로 돌아와 커피숍에 들렀다. 거기서 해안을 거니는 쌍쌍들과 포장집의 불빛을 바라보면서 마시는 커피 맛은 일품이었다. 혼자라는 게 짜릿하도록 감미롭게 여겨졌다.

도시 속에서 혼자 사는 걸 두려워하지 않을 자신감 같은 걸 확인하는 것도 적지 않은 비상금의 액수를 어림하는 것만큼이나 즐겁고 흐뭇한 일이었다.

아까부터 멀찌가니서 그녀를 관찰하고 있던 나이 지긋한 신사가 그녀의 앞자리로 옮겨왔다.

"혼자십니까?"

"보시다시피."

"누굴 기다리시는군요?"

"글쎄요."

"아름다우십니다."

"고맙군요."

"누가 이렇게 아름다운 아가씨를 바람맞혔을까요?"

"글쎄요."

"실은 저도 바람을 맞았거든요. 이 호텔 나이트클럽이 꽤 괜찮은데 바람맞은 사람끼리 즐기는 게 어떻겠어요?"

"꿩 대신 닭인가요?"

"처, 천만에요. 닭 쫓다가 꿩을 잡은 거죠."

"성급도 하셔라. 전 아직 댁한테 잡힌 바 없는데요."

"비싸게 굴 거 없어요. 다 아는 사이에."

"어머, 눈치도 빠르셔라. 제가 유부녀라는 걸 벌써 알아보셨군요?"

"뭐, 유부녀라고?"

"그이가 어딘가에서 우릴 지켜보고 있을 거예요. 그렇지만 벌써부디 벌벌 떨 건 없어요. 그이가 나타나려면 아직 멀었으니까. 우리가 나이트클럽에서 실컷 즐기다가 댁이 잡아놓은 방으로 함께 들어가 옷을 벗을 즈음에나 우리 그인 나타날 거예요. 우리 그인 아슬아슬한 시간을 귀신처럼 잘 맞추거든요."

"쳇, 재수 한번 더럽게 걸렸군. 뭐 이런 게 있어?"

"항상 뛰는 놈 위엔 나는 놈이 있게 마련이죠."

아무도 그들을 눈여겨보지 않았건만 신사는 얼굴이 시뻘게져서 딴 사람들 눈치를 살피다가 꽁지가 빠지게 달아나버렸다. 생각보다는 순진하다고 생각하면서 연지도 일어났다. 그녀는 방으로 돌아오면서 애정이 식어져도 백으로서의 남편의 필요성은 남아 있을 수 있다는 걸 쓰디쓰게 느꼈다.

그러나 세상 모르고 곤히 잠든 철민의 모습을 보자 그런 필요성마저 거부하고픈 새로운 의욕이 솟구쳤다.

내가 왜 이러지? 그녀는 스스로도 놀라 이렇게 자문했다. 그녀는 소파에 누워 꼬박 밤을 새웠다. 그리고 미처 날도 밝기 전에 일어나 호텔 방을 빠져나왔다. 메모라도 한 장 남길까 하다가 부스럭대는 소리에 깨어나면 말로 뭐라고 해야 할 일이 싫어서 세수도 않고 방을 나와 아래층 화장실에서 세수하고, 화장하고 거리로 나왔다.

택시로 고속터미널까지 와서 끊은 차표는 대구행이었다. 그녀는 자신의 결혼 생활을 거의 가망 없는 걸로 절망할수록 어머니와 아버지는 화해해야 한다고 생각했다. 그녀는 여태껏 부모들의 불화에 너무 무심했던 자신을 돌이켜보면서 앞으로 부모들의 화해를 돕는 일에 사명감마저 느꼈다.

딱도 하지, 엄마가 어떻게 혼자 산다고……. 그녀는 아직도 어머니와 아버지 사이에 완강하게 가로놓인 검고 육중한 서재의 문을 제

거할 수 있다고까지는 생각 안 했다. 어머니가 허구한 날 울부짖으며 두들기던 그 검은 문, 허탈한 몸을 기대고 절망하던 그 육중한 문을 없앨 순 없어도, 혼자 사는 어머니보다는 기댈 문이라도 있는 어머니가 훨씬 덜 가엾으리라는 걸 연지는 비로소 깨달은 기분이었다.

그 문은 어머니의 운명이자 백이었어. 그 백조차 없는 어머니는 너무 불쌍해. 아무나 운명을 극복할 수 있는 것도 아니고, 아무나 백 없이도 떳떳하게 살 수 있는 게 아니거든. 그녀는 차창 밖에 싱그러운 모습을 드러내기 시작한 새벽 풍경을 바라보며 이렇게 중얼댔다. 출근 시간 무렵 해서 대구에 도착했다.

우선 전화번호부를 뒤져 박순님 산부인과 병원의 주소를 알아놓고도 곧장 가진 않았다. 의사 선생님이 출근할 시간이라는 게 보통 월급쟁이들이 출근하는 시간보다는 훨씬 늦을 것 같아서 가벼운 아침 식사도 하고 차도 마시면서 시간을 보냈다. 넉넉히 지체하다 갔는데도 간호원만 나와 있었고, 간호원은 연지를 환자인 줄 아는지 매우 친절치 못했다. 연지는 산부인과 특유의 분위기에 불쾌한 기억이 되살아나 자연스럽지 못하게 굴었다.

읽는 둥 마는 둥 여성지를 세 권째 팔랑거리고 있는데 박순님이 나타났다. 수수하고 피곤하다 못해 찌들어 뵈는 박순님은 서울 집에서 어쩌다 봤을 적의 그 화려하고 떠들썩한 의사 아줌마하곤 얼토당토않이 연지는 짐깐 인사하는 것도 잊고 머뭇거렸다. 박순님 역시 환자인 줄 아는지 변변히 쳐다도 안 보고 가운으로 갈아입었다.

"의사 아줌마시죠? 저 연지예요."

연지는 어려서부터 부르던 호칭으로 순님을 부르며 어색하게 인사를 했다.

"연지? 연지가 누구더라?"

"우리 엄마가 김경숙이에요."

연지는 남에게 어머니 이름을 댈 때의 예절을 잘 몰라 이렇게 말하고 나서 혀끝을 날름하고 말았다.

"뭐라구? 네가 경숙이 딸이라구?"

"네, 선생님."

"참, 그렇구나 이제 알겠다. 시집갔지? 결혼식 때도 못 가봤다. 그래도 축의금은 챙겨 보냈다 너."

박순님이 오락가락하면서 두서없이 지껄였다.

"왜 왔느냐고 안 물으세요?"

"한 발 늦었구나."

"그럼, 어머니가 여길 떠나셨어요?"

"그래, 며칠 됐다."

"혹시, 엇갈리지 않았나 했더니 그것도 아니군요. 집엔 안 돌아오셨어요."

"안다."

"그럼, 어디로 가셨는지도 아시겠군요."

"아니, 전연."

"어쩜, 그것도 안 알아놓고 어머니를 떠나보내셨어요?"

"아니, 딸년이란 게 이제야 찾아와서 웬 시비냐 시비가."

박순님이 별안간 화를 버럭 내면서 탁자 위의 물주전자에서 보리차를 따라 벌컥벌컥 마셨다. 막벌이꾼이 홧김에 막걸리 사발 들이켜듯이 거칠고 상스럽게 구는 박순님을 물끄러미 바라볼 수밖에 없었다.

"난, 내가 자식을 못 둬봐서 네 생각은 미처 못 하고 느이 애비만 야속하게 생각했다. 천하독종이라고. 근데 넌 여태 뭘 하고 있었냐? 부부는 근본이 남남끼리니까 그럴 수도 있다 치고 넌 명색이 딸년이란 게 여태껏 뭐 하고 있었어? 너도 네 애비를 닮아 매정하구나. 못된 것."

"이제야 안걸요. 어머니가 여기 계시다는 거."

"그동안 알아보려고 애는 썼고?"

연지는 대답을 못 하고 우물쭈물했다.

"너 같은 딸자식 없기가 다행이다."

"어머니가 어디로 가셨는지 혹시 짚이는 데라도 없으세요?"

"아니, 집으로 안 들어갔으리라는 것밖에 모른다."

"그럼 좀 붙들어두시잖구······."

"왜, 내가 붙드냐? 그까짓 남편한테 쫓겨난 못난 것을. 여자는 남편이 귀하게 여겨주지 않으면 그날부터 당장 천덕꾸러기야 알았지?"

"뭘요?"

연지는 괜히 찔끔해서 어깨를 움츠렸다.

"느이 애비가 보내서 왔냐?"

"아뇨, 그냥 집에 들렀다가 알았어요. 어머니가 편지하셨나 봐요."

"실은 나도 했단다."

"선생님도요?"

"그래, 난 느이 엄마가 도착하자마자 했다. 그리고 설마 데리러 오려니 하고 기다렸지. 세상에 인물이 못났나, 살림을 못하나, 버릴 거라곤 없는 애가 소박을 맞아도 그런 야박한 소박을 맞을 줄이야. 어쩌다 그렇게 됐다던? 내가 서울 가면 하 교수 찾아가서 한바탕해 줄 참이다만 내막을 뭘 좀 알아야 말이지."

"어머니는 잘못하신 거 없어요."

"그럼, 느이 애비가 용서 못할 짓을 한 거로군?"

"아뇨, 아버지도 잘못 없으세요."

"그럼, 뭐야?"

"서로 완벽한 분들끼리의 문제니까 더 어렵죠."

"너, 말 한번 잘한다. 완벽한 사람들끼리의 문제를 나처럼 불완전한 사람이 어째 볼 도리가 없지. 아는 척할 필요도 없을 거야."

박순님이 처음으로 얼굴을 펴고 호탕하게 웃었다.

"밤차로 왔냐?"

"아, 네."

"새서방은 어쩌구?"

"그 정도의 자유도 없을라구요."

"친정 일에 너무 나서다 새서방님한테 미움받을라."

"너무 나서긴요, 너무 무심했죠. 제가 잘못했어요."

"아니다, 잘못하긴. 느이 엄마가 여기 있대도 너 보고 별로 반가워하지 않았을라. 느이 엄마가 일편단심 기다리는 건 네가 아니라 느이 애비였으니까."

"우리 아빠 너무 미워하지 마세요."

연지는 박순님이 '느이 애비'라고 할 때마다 썩은 콩 씹은 얼굴을 하는 게 마음에 걸려 조그만 소리로 이렇게 속삭였다.

"기쁜 소식 없냐?"

"네?"

"애기 말야."

박순님이 별안간 직업적인 시선으로 연지의 몸매를 살폈다.

"그게 뭐가 그렇게 기쁜 소식이라는 거죠?"

연지는 불현듯 또 임신과 중절의 괴로움을 함께 치른 화장실이 떠올라 진저리까지 쳐 보이며 이렇게 말했다.

"남들이 기쁜 일이라면 덩달아 기쁜 일로 받아들이는 거야. 그게 여자가 팔자 좋게 사는 방법이야. 참, 아침은 먹었냐?"

박순님이 뭔가를 대접해야겠다고 설치는 걸 계기로 연지는 얼른 일어섰다.

"가보겠어요."

"그러렴. 참, 내가 하나 일러둘 게 있는데 네가 찾아다닐 생각 말고 거처만 알아내면 어떻게든 느이 애빌 보내도록 해. 느이 엄마 자존심 아직도 서슬이 시퍼렇더라. 우리 집에서 별안간 떠난 것도 내가 느이 애비한테 편지한 걸 알자마자였어. 어디 있는지 알고 안 데리러 오는 남편을 가졌다는 게 알려진 걸 그렇게 자존심 상해하더라구. 그걸 보니 이혼하긴 애저녁에 틀렸더구먼. 괜히 집은 나와가지고…… 느이 엄마 속이야 딸이 더 잘 알겠지만 느이 애빈 뭐하고 출가외인인 네가 찾아 나선 게 못마땅해서 하는 소리야."

6

대전 시내의 빌딩을 두 채나 위자료로 받았다는 곽은선의 집은 예쁘고 아담했지만 정원은 대저택의 정원 못지않게 넓고 잘 가꾸어져 있었다.

경숙이 박순님네를 뛰쳐나오고 나서 다음으로 찾아간 이혼녀가 곽은선이었다. 박순님네서 곧장 그리로 간 건 아니고 일주일쯤 정처도 없이 방황했었다. 그동안 자살에 대해 생각하지 않은 날은 하루도 없었다. 남편이 자기의 거처를 빤히 알고도 모르는 척했다는 걸 알고 나서의 그녀의 노여움과 절망은 순님이 짐작했던 것보다 훨씬 더 컸다.

집에서 기르던 강아지가 끼니 때 안 보여도 찾아 나서는 게 인지상정이거늘. 생각할수록 분하고 원통했고, 자기 신세가 초라해서 남에게 보이기도 싫었지만, 거울을 통해 자신을 바라보는 것도 싫었다. 누구보다도 자기 눈에 자기 꼴이 안 보이게 하기 위해서라도 죽을 수밖에 없는 것 같았다.

그러나 고통스럽지 않고, 추하지 않고, 남에게 욕 먹거나 폐 끼치지 않고 죽고 싶다는 자기애가 남아 있는 한 결코 죽어지는 게 아니었다. 죽기를 단념하자 복수심이 끓어올랐는지 죽음을 유예할 수 있는 핑계로 복수심을 키웠는지, 하여튼 경숙은 별안간 하석태 씨와의 화해를 단념하고 복수심에 불탔다. 그때 떠오른 게 곽은선이었다.

은선도 순님 못지않게 화려한 이혼녀였다. 늘 재기발랄하고 명랑해서, 구질구질하고 고지식한 살림꾼 아내들을 거침없이 깔보길 잘 했다. 순님이 떳떳한 직업 때문에 그럴 수 있었다면 은선은 일생 유복하게 살 수 있는 재력 때문에도 그럴 수 있었겠지만 복수의 쾌감 때문에 더욱 그런 것 같았다.

은선이 친구들 사이에서 여왕처럼 거만하고 행복해 보일 적은 뭐니 뭐니 해도 이혼한 남편이 어떻게 점점 파멸의 구렁텅이로 빠져, 지금은 알거지가 되고, 자식들마저 등을 돌리고 엄마한테로 오고 싶어한다는 얘기를 할 때였다. 이혼을 하고부터 전남편은 하는 족족 뭐가 안되더라는 거였다. 처음엔 정치한다고 날리고, 그 다음엔 사업한다고 날리고, 그 다음엔 못된 여편네 얻어 종중 산까지 팔아 먹는 사기꾼 신세가 되고, 고혈압에 당뇨병까지 겹쳤으니 그 나이에 재기하긴 영 틀린 노릇이 아니겠느냐고 말할 때마다 꼭 덧붙이는 말이 있었다.

"조강지처 내친 사내는 하늘이 알더라구. 나도 피도 있고 눈물도 있는 사람인데 나하고 살던 사내가 그렇게까지 알거지가 되고 사람대접 못 받길 왜 바랐겠어? 그렇지만 하늘이 빼앗는 걸 낸들 어쩌니? 나하고 결혼하고 불 일어나듯 일어나던 재산이 나 내치고부터 저절로 없어지는 그게 어디 예삿일이니? 인력으로 되는 일이 아니지. 어디 재산뿐인 줄 알아? 자식들도 처음엔 애비 편이 돼서 나한테 여간 섭섭하게 굴지 않더니만 나이들이 들고부터 저절로 달라지더라구. 처음엔 몰래몰래 찾아오더니만 요샌 터놓고 다니는 걸. 자기가 못 주는 용돈이라도 쥐어 보내니까 못 본 척하나 봐. 돈이 뭔지."

경숙은 그런 은선이를 찾아가 복수의 비결을 전수받고 싶었다. 하늘이 전적으로 복수를 해주었다면 비결 같은 건 없을지도 몰랐다. 없으면 없는 대로 하늘이 조강지처 내친 사내를 벌준 얘기를 다시 듣는 것만으로도 크나큰 위로가 될 것 같았다.

새색시처럼 예쁜 에이프런을 두른 은선이는 경숙의 돌연한 방문을 호들갑스럽게 놀라며 반겨주었다.

한눈에 으리으리하면서도 깔끔하게 정돈된 살림살이가 마음에 들었다. 장판방이 어찌나 넓고 니스 칠이 잘돼 있는지, 거대한 거울처럼 방 안의 깃들이 선명하게 투영돼 현기증이 날 지경이었다.

인기척은 없는데 부엌 쪽에선 맛있는 음식 냄새가 풍겨오고 도마 소리도 났다.

"오는 날이 장날이라고 무슨 날인가 봐?"
"아냐, 아냐, 안심해. 아들이 온댔어. 저녁이나 잘 먹여 보내려고 뭐 좀 차리는 중이야. 즈이 애비 망한 건 자업자득이지만 아들이 안 됐어. 학비를 거의 내가 대다시피 하지만 먹는 것까지 낼 수는 없잖아. 그년이 들어와 낳은 자식까지 있는 판에 누구 좋은 일 하라고……."
"삼 남매랬지?"
"그래, 그년이 또 남매를 낳았단다. 자그마치 오 남매야. 집까지 들어먹고 셋방으로 전전하는 주제에."
"아이들은 이제 네가 맡지 그래?"
"처음엔 나도 그럴 생각이었어. 근데 그 사내가 말을 들어먹어야지. 그 사내 돈 욕심만 많은 게 아니라 자식욕심도 보통이 넘는다구. 나중엔 막내 계집애 하나만이라도 달라고 얼마나 애걸복걸을 한 줄 아니? 그래도 막무가내더니 지금 그 죄를 받지. 받아도 여간 받나?"
"그때하고 지금하곤 상황이 달라졌으니 달래면 못 이기는 척 주지 않을까?"
"못 이기는 척이 뭐냐, 얼씨구 줄지도 모르지. 그렇지만 이젠 내 쪽에서 그럴 마음이 없어. 생살을 찢는 것 같은 그 고통 다 견디고, 이제 내 생활이 따로 생겼는데 다 큰 아이를 데려다 새삼스럽게 눈치보며 살기도 싫거든."
"혹시, 너 재혼하려는 거 아니니?"

"미쳤니? 남자라면 지겨워. 마음만 먹으면 남자야 많지. 돈이 있으니까. 까딱 잘못하단 나라고 그 사내 꼴 되지 말란 법 어딨니?"

"잘 생각했다. 난 또 네 생활이 따로 생겼다기에……"

"가끔 재미 좀 보는 거야 어떠니? 참, 나 부엌에 좀 나가볼게. 올 때 됐어, 우리 아들."

"내가 좀 나가 도와줄까?"

"아냐, 가정부도 있어."

은선이 부엌으로 나가자 경숙은 방바닥에 좀 누웠다. 그러자 형클어진 머리카락 사이에 요새로 부쩍 는 흰머리와 잔주름, 기미까지 빤히 들여다뵐 만큼 너무도 길이 잘 들고 깨끗한 장판방은 휴식감을 주는 대신 그녀를 안절부절못하게 했다.

곧 온갖 기름진 음식이 무럭무럭 김을 내는 큰 교자상이 들어왔다. 아들 한 사람을 위해서 차렸다기엔 너무 주책스럽게 많은 진수성찬이었다.

"아들은 오기도 전에 먼저 들여오면 어떡해? 음식 다 식으면 어쩌려구."

"식으면 다시 데우면 되지 뭐. 그 앤 미리 차려놓았다가 억지로 먹여야 돼. 오면 갈 궁리부터 하니까. 자존심 때문일 거야. 내가 자꾸 뭘 먹이려는 걸 제일 싫어해. 돈은 넙죽넙죽 잘 받아 챙기면서 말야, 웃기는 애야."

은선이 들뜬 소리로 말했다. 눈길의 초점이 불확실하고 전체적으로도 조마조마해 보였다. 그러고 보니 옷차림도 수수하다든가, 잘

입었다든가, 야하다든가, 초라하다든가 하는 인상이 좀처럼 잡히지 않게 어수선했다. 블라우스 따로 치마 따로 에이프런 따로, 각각 다른 사람이 주워다 입힌 것처럼 통일성을 결여하고 있는 게 눈에 띄면서 경숙이까지 덩달아 조마조마해졌다.

요행 음식이 식기 전에 초인종이 울렸다.

"왔나 봐, 우리 아들이."

옆에서 경숙이 기겁을 하게 반가워하면서 뛰어나갔다. 곧이어 아들의 손목을 붙들고 들어온 은선의 얼굴엔 뭔가를 두려워하는 빛이 좀 더 역력했다.

"정일이야, 우리 아들이야. 처음 봤지. 나한테 이렇게 잘난 아들이 있는 거. 정일아 인사 드려라. 서울에서 내려오신, 엄마하고 제일 친한 친구란다."

정일은 웃음기 없이 불손한 얼굴로 고개만 까딱했다. 정일은 다 자란 청년으로 보였지만 얼굴엔 아직 소년 티가 남아 있었다.

"대학 다니냐?"

경숙은 정일의 등산복 차림을 바라보며 물었다.

"아뇨, 고2입니다"

"숙성도 해라."

정일의 얼굴에 웃음이 스쳤다. 스산한 웃음이었다.

"배고프지? 뭐 좀 먹어라. 너 먹이려고 온종일 차렸다."

스산한 웃음이 볼온하게 경직되면서 정일은 벌컥 화를 냈다.

"밥 먹었어요, 번번이 이러지 좀 마세요."

"번번이 먹고 올 건 또 뭐냐? 밥 먹었으면 고기라도 좀 먹어둬. 갈비찜 데워오랴? 양념도 썩 잘되고 알맞게 물렀더라."

"배부르다니까요."

"천천히 먹으렴, 한창 먹을 나이야. 배 주리고 공부 잘 할 순 없어야."

"누가 배를 주린다고 그러세요?"

"배나 겨우 안 주리게 먹는 게 오죽해. 다 알아야."

은선이 코맹맹이 소리로 필사적으로 아들에게 감기는 게 딱해서 경숙은 귀라도 막고 싶었다. 정일의 시선은 시종 섬뜩하도록 싸늘했고 음식 냄새는 부패가 시작되는 것처럼 메스껍고, 자극적이었다.

"곧 가야 돼요, 시간이 없어요."

"암것도 안 먹고 가야 한다고? 느이 애비가 그렇게 시키든? 엄마한테 가선 앉지도 말고, 먹지도 말고, 후딱 돈만 뜯어오라고 느이 애비가 시켰지? 그치?"

은선이 아부하기를 멈추고 발악을 했다.

"아뇨, 어머니, 아버지한테는 여기서 자고 오겠다고 말씀드렸어요. 아버지도 허락하셨구요."

"근데, 근데. 왜 시간이 없다는 거야?"

"친구들하고 등산 가기로 맞췄어요. 아버진 등산 간다면 허락해 주시지 않거든요. 저도 부모가 이혼한 덕도 좀 봐야죠. 피만 볼 나이는 지났어요."

정일이 또 한 번 스산하게 웃으면서 일어섰다. 은선이 허둥지둥 따라나서면서 장롱에서 미리 준비해놓은 봉투를 꺼내 정일의 등산복 주머니에 찔러넣었다.

정일은 경숙에게 인사도 안 하고 불손하게 어깨를 추스르고 나가버렸다. 따라나가 배웅을 하고 들어온 은선이 교자상 옆에 무너지듯이 주저앉으며 말했다.

"난, 왜 그애만 오면 먹으란 말밖에 못할까? 그 애만 온다면 겁이 나. 할 말이 없을까 봐. 먹으란 말이라도 해야겠어서 이렇게 음식을 차리나 봐."

그녀는 남의 말 하듯 이렇게 말하고 경숙에겐 권하지도 않고 혼자서 밥을 먹기 시작한다.

경숙은 군침을 삼켰다. 그리고 친구가 권하지도 않는데 밥상에 달려들어 기름진 음식들을 맛보기 시작한다. 기묘한 식사였다. 마침내 포식하고 나서 숟갈을 놓으며 경숙은 부듯하게 말했다.

"이런 식사는 생전 처음이야."

그건 맛있게 먹었다는 뜻하곤 달랐다. 배가 고팠다기보다는 내부의 커다란 공동 같은 공허를 메꾸기 위해 음식을 처넣었고, 배가 불렀다기보다는 그런 공동이 음식 따위로 채워지지 않은 걸 저절로 알아차리고 숟갈을 놓은 데 지나지 않았다.

"참, 너 웬일이니? 이 시골 구석에 묻혀 사는 날 다 찾아오고?"

"시골 구석 좋아하네. 훨훨 여행 다니다 들렀어."

"훨훨 여행 다니다? 너 무슨 일 있었구나 그치?"

식곤증으로 개개 풀렸던 은선의 눈에 반짝 생기가 돌았다.

"아니, 있긴 무슨 일이 있어?"

경숙은 시침을 딱 뗐다. 닥터 박한테 비교적 솔직했던 것과는 딴판으로 은선한테는 자신의 불행을 드러내지 않을 작정이었다. 은선의 반짝이는 눈빛을 보면서 순간적으로 한 결심이었다. 그렇게 결심하고 보니 은선네를 찾아온 것부터가 돌이킬 수 없는 실수란 생각이 들었다.

"아무 일 없이 너 같은 살림꾼이 훨훨 여행을 다닌다고? 그것도 혼자서. 말도 안 돼."

은선이 점점 집요하게 경숙의 실수를 파고들었다. 그럴수록 경숙은 자신이 이혼 연습 여행을 떠나온 걸 감춰야 한다는 마음을 도사렸다.

"죽으나 사나 제 여편네밖에 모르는 남자하고 30년 가까이 살다 보면 그것도 지겹다 너. 권태라기엔 좀 때늦은 건지도 모르지만. 그래서 괜히 신경질을 좀 부리다가 미국 구경이나 갔다 오겠다고 졸랐지. 우리 아들이 미국 있잖니. 그랬더니 미국 가면 적어도 서너 달은 걸리지 않겠냐면서 그렇게 오랜 혼자 못 지내겠다는 거야. 정 기분 전환이 하고 싶으면 국내 여행이나 한 열흘 다녀오라고 겨우 승낙을 해서 이렇게 나왔단다. 집 나와서 일주일도 안 되는데 벌써 내 집 내 남편이 세일이나 싶으니 우리 집 그이 계략이 들어맞았지 뭐. 미국을 갔어봐. 아들 며느리에 손자까지 있는데 서너 달이 뭐야? 1년이 지나도 남편이 뭐가 보고 싶겠니?"

"어머, 너 말솜씨 늘었다. 남편을 다 우습게 볼 줄 알구."

"한번 그래 본 거지 뭐. 나 같은 거 뛰어봤댔자 남편 손바닥 위지 별수 있니. 너 같은 여장부하곤 달라."

경숙은 은선이한테 자신의 불행을 드러내지 않기 위해 갑작스럽게 꾸며댄 말에 스스로 위로받고 있는 자신을 느꼈다.

"요런 맹추, 주제에 뛰긴 뭘 하러 뛰었누."

은선이 역력하게 실망하여 눈을 흘겼다.

"그러게나 말이다."

경숙은 쓸쓸하게 웃었지만 집 나오고 나서 처음으로 편안한 마음이었다. 집으로 돌아가기 위해서라면 어떤 수모라도 참아낼 수 있을 것 같았다.

"그래도 너처럼 안차고 다라진 애가 뛰어볼 마음이 한 번이라도 생겼다는 건 중대한 일이다 너. 너 혹시 느이 남편한테 성적 불만 있었던 거 아니니?"

"애는 지금 나이가 몇이라고······."

"나이가 몇이긴, 한창 나이지. 너 얼굴 발개지는 걸 보니 내 말이 맞았지? 학자란 워낙 그 방면에 약하고 눈치도 둔하게 돼 있거든. 아내만 불쌍하지. 특히 너처럼 고상한 요조숙녀는 벙어리 냉가슴 앓듯 할밖에. 잘 나왔다 잘 나왔어. 그것도 고비를 넘기는 한 방법이야. 나처럼 이혼하고 자유롭게 살 주제가 못 되는 바에야."

은선이 혼자서 제멋대로 추측을 하고 제멋대로 신바람을 냈다. 은선이 역시 스스로 위로받을 수밖에 없었던 것이다. 경숙은 이 늙도 젊도 않은 여자들이 입으로 하는 자위행위를 남의 일처럼 바라보며 연민과 혐오감을 느꼈다.

돌아가야 돼. 더 이상 추악해지기 전에 돌아가야 돼. 경숙은 그동안 자기가 몹시 추해진 것처럼 느꼈고 그게 버림받았다는 느낌보다 훨씬 더 심각한 불행감이 되었다.

"목욕 좀 해도 될까?"

"그럼, 그럼. 그리고 며칠 쉬었다 가. 이왕 나온 김에 재미 좀 보고 들어가는 거야. 까짓거. 시쳇말로 한강물에 배 떠나간 자국 있다던?"

은선이 육감적으로 눈웃음을 치며 말했다. 아들을 떠나보내고 무너져 내리듯이 주저앉았을 때의 은선과는 딴판이었다.

"그게 무슨 소리니? 혼자서 돌아다닌다고 사람을 그렇게 우습게 취급하면 나 그냥 갈란다. 너 아주 못쓰겠구나. 나잇값을 좀 하렴. 아무리 따로 살지만 자식들 생각도 하고."

경숙은 스스로 생각해도 놀랄 만큼 당당하고 의젓하게 은선을 나무랐다. 그리고 그럴 수 있었던 것은 하석태 교수 부인으로서의 체통 때문이라는 걸 깨달았다. 하석태 교수 부인이 아닌 자신은 뭔지 상상도 할 수 없었다. 아무것도 아닌 허탕이라고 해도 과언이 아니었다. 반세기 가깝게 제 딴에 열심히 살아온 생애가 하석태 교수 부인이런 싱대직인 자격만 빼닌 아무것도 없는 허탕이란 것은 어처구니없는 사실인 동시에 두려운 사실이기도 했다.

경숙은 만약 자기가 하석태 교수 부인의 자격을 포기하고 김경숙이가 되었을 때 사람들로부터 어떤 대우를 받을지 상상해보았다. 서울역 광장에 오도카니 선 가출 소녀에 대한 사회의 눈초리와 별로 다르지 않은 냉혹한 경멸이 자기를 기다리고 있을 게 뻔했다. 이혼해도 경제적으로 궁핍하지 않을 자신 때문에 하석태 교수 부인으로서의 자격을 잊어버리는 게 무엇을 의미하는지 미처 생각하려 들지 않았던 자신의 경솔이 한심했다.

지금이라도 늦진 않았을 거야. 나올 때도 그인 무관심한 척했지만 들어갈 때도 그인 무관심한 척해줄 테니까. 가끔 죽고 싶도록, 때로는 죽이고 싶도록 견디기 어려웠던 하석태 씨의 무관심이 별안간 그리운 미덕으로 회상됐다.

그건 무관심이 아냐. 관대한 것뿐이야. 너무 관대해서 여편네 하나 제대로 길들이지 못하고. 바보 같은 남자……

이쯤 되자 하석태 씨의 무관심에 대한 그녀의 원한은 눈 녹듯이 사그라지고 그 바보 같은 남자를 곁에서 시중 들며 지켜보고 싶다는 따뜻한 마음을 걷잡지 못했다.

그 무관심한 듯한 남자가 실은 6년 전에 부린 아내의 추태와 폭언을 잊지 않고 꼭꼭 싸두었다가 실행을 요구한 가혹한 남편이었다는 걸 경숙은 생각하려 들지 않았다. 6년 전 오해할 수밖에 없는 상황 속에서 아내가 이성을 잃고 내뱉은 이혼이란 소리를 6년 동안 고이 간직하고 있다가 고요한 평상시 냉정한 이성으로 그 말을 상기시키고 자기가 먼저 그것을 실행하고자 서둘렀다는 건 무관심이 아닌 무자비였다는 걸 경숙은 생각하려 들지 않았다.

그녀는 그렇게 되기까지의 허물을 고스란히 자기가 뒤집어썼기 때문에 남편에 대한 원한도 남아 있지 않았다. 원한을 삭이고 허물을 뒤집어쓴다는 게 이렇게 마음 편한 건 줄은 미처 몰랐었다.

"너 성질 꼿꼿한 건 여전하구나. 훨훨 혼자서 여행을 다닌다기에 난 또 그동안에 네 속도 좀 트인 줄 알고 농담 한번 해본 걸 갖고 뭘 그래?"

경숙이 말없이 생각에 잠겨 있자 은선은 풀이 죽어서 변명을 했다.

"피곤해서 그래. 목욕하고 한숨 자고 나서 회포를 풀자꾸나."

경숙은 은선네의 터무니없이 넓고 호사스러운 욕실에서 목욕을 하면서 마음이 자꾸만 슬퍼졌다. 아름다운 분홍빛 대리석, 질 좋은 대형 거울, 수입품인 듯싶은 환상적인 꽃무늬로 한 세트를 이룬 세면과 화장을 위한 기구 등을 눈여겨보며 혼자 사는 늙도 젊도 않은 여자의 나신을 위한 그런 사치가 가슴이 찡하도록 슬프게 여겨졌다.

경숙은 이미 자신의 신세를 슬퍼하고 있지 않았다. 그녀에게는 남편에 대한 노여움이 불 같을 때나, 남편과의 생활이 참을 수 없이 절망스러울 때나, 남편과의 이혼까지도 불사할 만큼 오기가 치밀 때나 버리지 않고 간직한 믿음이 있었다. 그건 하석태 씨가 조강지처를 자기 쪽에서 먼저 버릴 수 있는 위인이 아니라는 거였다.

그런 믿음은 그녀를 매우 편안하게 했다. 하석태 씨가 아내가 함부로 한 이혼 소리를 6년 동안이나 안 잊고 섭어눈 것만 해도 조강지처의 신성한 자리를 우습게 안 아내에 대한 준엄한 나무람이 아니었을까.

그가 그토록 심하게 삐친 걸 야속해할 게 아니었어. 내가 조강지처 자리를 너무 경시한 걸 그토록 노여워한 건 그만큼 조강지처를 신성시하는 그의 구식 도덕관념 때문이었을 테니까. 남편이 구식 도덕을 신봉하고 있다는 건 얼마나 희귀한 매력일까? 빌어야지. 조강지처 자리를 대수롭지 않게 안 나의 방자한 발언을 마음으로부터 뉘우치고 용서를 빌어야지.

어떻게든 하석태 씨의 조강지처 자리를 지킬 것을 결심하고, 일단 결심한 이상 그 일이 별로 어렵지 않을 것으로 낙관하고부터 경숙은 편안하고 행복했다. 무엇보다도 그녀가 의복처럼 몸에 붙이고 있던 품위를 회복할 수 있어서 기뻤다. 그녀가 남편과 헤어지길 결심하고 집 나오고 나서 당장 당황한 건 품위를 유지할 수 없다는 거였다. 그녀는 자신의 품위가 자신의 교양과 인품에서 우러나서 가진 돈과 고상한 취미에 의해 더욱 빛을 발하는 줄 알았었다. 그러나 겪어보니 그게 아니었다. 그녀의 품위는 순전히 하석태 교수 부인으로서의 후광이었을 뿐이었다. 그 후광을 벗어난 자신의 모습은 너무 보잘것없었다. 그녀는 품위를 잃은 자신을 도저히 견딜 수가 없었던 것이다.

품위 있는 하석태 교수 부인으로서 바라본 은선의 욕실은 고급 창녀의 욕실처럼 천박해 보였다. 그녀는 그 요란한 치장이 께적지근해서 대강대강 샤워만 하고 나왔다. 그리고 은선이 미리 펴놓은 이부자리에서 감미롭고 얕은 잠에 빠졌다. 집 나와서 처음 맛보는 안도감이 그녀의 피곤을 한껏 감미롭게 했다.

누군가 흐느껴 우는 기색에 정신이 든 경숙은 시계 먼저 보았다. 아직 초저녁이었다. 덮고 있는 이불은 구름처럼 무게 없이 푹신하고 병풍처럼 둘러선 자개 장롱의 산수화가 번들대는 장판방에 투영돼, 고요한 수면에 떠 있는 것 같은 환상적인 착각을 일으켰다. 드높은 천장에 달린 수정 샹들리에가 눈부신데 은선은 방구석 탁자 위에 붉은 갓이 달린 스탠드를 켜놓고 울고 있었다. 두억시니처럼 엉킨 머리에다 새빨갛게 칠한 날카로운 손톱을 쑤셔 박고 울고 있는 은선을 경숙은 기묘한 느낌으로 바라보았다. 잠결이어서 그런지 경숙은 은선의 음울한 분위기와 자신이 누워 있는 밝고 호사스럽고 넓은 방을 일치시킬 수가 없었다.

"왜 우니?"

"그냥……"

울고 있던 깐으론 대답이 빨랐다.

"관둬. 청승맞다."

"아이들이 불쌍해."

"하나도 안 불쌍해 보이더라."

"어머, 저도 자식 기르는 주제에 어쩜 그렇게 야박한 소릴 하니?"

"야박하다니?"

"그럼, 안 야박해? 걔가 네 눈에 그래 정상적으로 보이니?"

"따로 사는 엄마 아빠를 둔 아이로선 그게 정상적 아니니?"

"뭐라구?"

은선의 표정이 살기등등해졌다. 경숙은 이런 은선을 바라보면서 연민보다는 한바탕 싸워보고 싶은 호전적인 충동을 느꼈다.
"그 앤 나 보기엔 아주 자연스럽더라."
"그 앤 못돼먹었어. 날 이용만 해. 즈이 애비가 시켰을 거야."
"넌 안 시켰구나? 나 보기엔 개가 못돼먹은 데는 네 책임이 더 큰 것 같더라."
"우리 애가 못돼먹었다구?"
은선이 싸울 듯이 덤벼들었다. 경숙은 아차 싶어 어색하게 웃었다.
"그건 네가 먼저 한 소리야."
"그래도 남의 자식을 그렇게 말하는 게 아냐. 우리 애들이 얼마나 착하다구. 즈이 애비가 그 착한 애들을 다 버려놓았어."
"구체적으로 아이들이 어떻게 됐다는 거니?"
"정일이뿐 아니라 그 밑의 녀석도, 막내딸년도 다 그 모양이야. 나한텐 정은 조금도 안 주고 그저 돈만 뜯어가려고 그러는 거야."
"왜 돈을 주니, 주지 말아보지."
"그럼 아이들이 나한텐 얼씬도 안 하게?"
"돈을 주고 제 자식 보려는 네가 잘못이지. 네가 아이들 버릇을 그 모양으로 들여놓고선 뭘 그래."
"그럼 어떡허니. 아이들이 보고 싶은걸."
"아이들 버리고 이혼할 땐 언제고?"
"어머, 얘 좀 봐. 꼭 그 사내 같은 소릴 하고 있네. 너 그 사내가 시켜서 왔지? 그치?"

은선의 눈빛이 미친 여자처럼 함부로 흔들렸다. 경숙은 속으로 섬뜩했다. 삿대질하는 긴 손톱이 악몽처럼 무시무시했다.
 "그 사내라니? 그게 누구야?"
 "누군 누구야, 애들 아범 말이지."
 "얘야, 진정해. 그 말 같잖은 소리 좀 작작 하고."
 "세상이 다 그 사내 편이니까 그렇지."
 "바쁜 세상이야. 누가 자세히 알지도 못하는 남의 일에 그렇게 참견을 한다던?"
 "자세히 모르는 사람들 말이 나는 더 지겨워. 덮어놓고 남자는 옳고, 여자는 그른 걸로 돼 있으니까. 내가 어느 만큼 참다 참다 못해 이혼이라는 최후의 결단까지 내렸을까. 헤아려볼 척도 안 하고 그저 여자가 참아야 한다는 거야. 못 참은 나는 쭉일 년이 되고, 나 같은 여편네 얻은 사내만 불쌍하다는 게 이 고장의 여론이란다. 이 고장만 해도 작은 도시 아니니? 보수적이고 말이 많아."
 "부부간의 불화의 책임이 전적으로 여자에게 있다는 거, 부부간의 모든 나쁜 일은 여자의 잘못이지 남자에겐 책임 없다는 거, 이건 이 도시만의 여론이 아니다 너. 그건 이 나라의 도덕이야. 이 나라에서 이혼할 수 있는 여자라면 그 정도의 도덕적인 비난쯤은 묵살할 수 있어야 하는 거 아니니?"
 경숙은 자기도 모르게 열을 올리고 있었다. 그렇다고 은선이를 비난하려는 것도 역성들려는 것도 아니었다. 그녀는 어쩌면 자신의 문제를 총정리하고 있는지도 몰랐다.

"난 억울해. 정말 억울해."

"뭐가?"

"그 사내가 패가망신한 건 나하고 이혼하고 나서도 훨씬 나중 아니니? 나하고 이혼할 때만 해도 그 사내 재력은 나한테 빌딩 두 개 넘겨준 게 쩨쩨하다 싶을 만큼 막강했거든."

"그런데?"

"날 버리고 나선 그 사내 뭔 일이 통 안되더라. 사업도 그런 데다가 정치한답시고 돈 날리고, 하여튼 망조가 들려니까 빈털터리 되는 건 시간문제더라구. 그렇지만 그게 나하고 무슨 상관이니? 나하곤 남남 된 지 오랜데. 근데도 사람들은 날 욕하는 거야. 내가 이만큼 사는 게 마치 그 사내 빈털터리 만들고 빼돌려서 사는 것처럼 말야. 이런 억울할 데가 어딨니? 몽땅 내준 지 오랜 사내, 못된 책임을 왜 내가 지니?"

"그게 아마 조강지처라는 건가 보지?"

경숙이 다 산 여자처럼 노숙하고 쓸쓸하게 말했다.

"너까지 그렇게 생각하니?"

"그 남자가 망한 게 네 책임이라고까진 생각하지 않아. 그렇지만 너 이혼한 게 벌써 언제니? 10년은 될걸. 근데 아직도 그 남자로부터 자유롭지 못한 너를 보고 있으려니 기분이 착잡하다."

"내가 그 사내로부터 자유롭지 못하다구? 무슨 소리야. 우린 남남이야. 아냐, 남남끼리만도 못해."

"남남끼리만도 못하니까 자유롭지 못하다는 게야. 아직도 네 행

불행은 순전히 그 남자한테 달렸어. 서울 나들이 올 때마다 넌 언제나 떠들썩하고 명랑하고 근심 없어 보였지. 너나 대구의 닥터 박 때문에 그저 그렇게 사는 우리들이 얼마나 이혼을 동경했는 줄 아니? 까짓거 나라고 수틀리면 이혼 못 할 줄 알구? 느이들이 보여준 행복한 이혼 때문에 이렇게 가끔 생각할 수 있다는 것만도 답답한 생활에 여간 큰 숨통이 아니더라구. 늘 명랑한 너지만 어느 때 가장 신이 나고 행복해 보였는지 아니? 그건 네가 그 남자가 너를 버리고 나서 몰락해가는 얘기를 할 때였어. 그때 네가 희희낙락하는 모습은 우리들 평범한 주부들을 매료시켰었지. 때로는 황홀하기도 했을걸. 너도 그런 얘기로 자신을 위로했을 뿐 아니라, 우리 모두의 묻어둔 공로를 들추어내서 보여줬던 거야. 집에 있는 너는 서울 나들이 왔을 때의 너와는 너무도 딴판이다. 지금 너는 울고 있어. 그 남자 때문에. 웃을 때도 그 남자 때문에 웃었고 우는 것도 그 남자 때문에 울면서도 그 남자로부터 자유로워졌다고 할 수 있겠니?"

"아이들 때문이야. 그 사내 때문이 아냐."

경숙은 꽤 신랄하게 은선을 공박했다고 생각했는데도 은선의 반응은 미약했다.

"그 남자 때문에 아직도 속상하다는 걸 감추지 않아도 돼."

"그 사내도 나 때문에 속상할 적 있을까?"

"그럼, 자기와 헤어진 여자가 자기보다 잘사는 게 기분 좋을 리가 있니. 행복을 빌고 헤어진 로맨틱한 사이도 아니겠다."

"그 사내한테 여봐란듯이 보여주기 위해서라도 아무쪼록 잘살아야겠지?"

은선이 조금씩 생기와 정상적인 표정을 회복하고 있었다.

"너도 참 딱하다. 그런 방법으로라도 그 남자와 꼭 연관을 맺어야겠니?"

"연관이랄 게 뭐 있니? 약간 의식하는 정도지. 먹고 자고 싸는 동물의 기본적인 행동 외엔 남을 의식하지 않는 게 어디 있니? 어떤 특정인을 강하게 의식한다는 게 나처럼 혼자 사는 여자를 지탱해주는 데 얼마나 큰 힘이 된다는 걸 아마 넌 모를 거야. 그 사내를 의식 안 했으면 난 예전에 글러버렸을걸."

"글러버리다니 어떻게?"

"그냥 무작정."

은선은 그냥 무작정 킬킬댔다. 경숙은 여행 백을 끌어당겨 화장통을 꺼내놓고 얼굴에 콜드크림을 치덕거렸다.

"너도 많이 늙었구나."

은선이 거울 속에 비친 경숙의 얼굴을 바라보며 쓸쓸하게 말했다. 경숙이 역시 거울 속의 은선의 얼굴을 보고 같은 말을 하고 싶었다. 은선의 화장대 거울에 비친 화려한 방 속의 늙도 젊도 않은 두 여자는 방금 버림받은 것처럼 불쌍해 보였다. 거울 속에서 두 여자의 눈길이 맞부딪쳤다. 까닭 없이 서로 가슴이 뜨끔했다. 처음으로 둘 사이의 우정이 되살아났다. 여학교 땐 서로 꽤 친한 사이였다. 방학 때 귀향한 은선은 길고 긴 편지로 우정을 하소연하기도 했었다. 연서의 대용쯤 되는 이런 편지에 어떤 답장을 썼는지는 생각나지 않았지만 은선의 예쁜 필적과 고운 마음씨 때문에 며칠씩 행복했던 생각이 어제인 듯 뭉클 되살아났다. 세월의 덧없음이 강풍 같은 느낌으로 두 여자를 휘몰아쳤다.

"우리 위스키나 한 잔씩 할까?"

은선이 목쉰 소리로 말했다. 경숙이 뭐랄 새도 없이 방문을 열고 아줌마를 부르더니 어리광 섞인 소리로 우리 한잔 마시게 해줘잉, 했다.

"늘 이렇게 혼자 하는구나?"

경숙은 아줌마가 지체하지 않고 가져온 마른안주와 반쯤 남은 위스키 병을 보면서 말했다.

"외로울 땐, 그게 제일이야. 잠 안 올 때랑."

"그게 그거지, 따로따로니?"

"아쭈 요게 제법 아는 척하네."

스트레이트로 홀짝홀짝 마시더니 금방 눈가가 발그스름하게 얼룩졌다. 술 오른 주름진 눈가가 청승맞았다. 경숙도 은선의 개개풀린 분위기에 이끌려 위스키를 조금씩 마시기 시작했다.

"너 그거 마시는 거니, 핥는 거니?"

은선이 자작으로 빈 잔을 채우면서 대뜸 시비조로 나왔다. 경숙은 육포를 찢이시 질근내면서 웃기만 했다. 핥기만 해도 가슴속이 따뜻했고, 그녀는 그 따뜻함을 충분히 즐기고 싶었다. 따뜻한 정도를 넘기지 않으려는 마음은 바로 그녀의 방황을 탈선까지 몰고 가지 못하게 하는 절도 같은 거였고, 오랫동안 몸에 밴 하석태 교수 부인으로서의 체통 같은 것이기도 했다.

경숙은 말똥말똥한 정신으로 은선의 눈이 개개풀리는 걸 지켜보면서 자기 몸에 밴 체통에 안도감을 느꼈다. 문득 대구에서 대전으로 결국은 서울로 가까이 가고 있는 자신의 속 들여다뵈는 궤적이 남의 일처럼 고소해서 혼자서 빙글거렸다.

은선은 혼자서 위스키 반병을 비웠고 엉엉 울기 시작했다. 혼자서 맨정신으로 흐느낄 때보다 가짜스럽고 소란스러운 울음이었다. 경숙은 아줌마를 불러 술상을 치우게 하고 은선을 자리에 눕히려고 했다.

"미안해서 어쩐대유. 손님께 이런 꼴을 보여서유."

아줌마가 은선이의 추태보다는 경숙이 치르는 고역을 더 걱정해주는 걸로 봐서 자주 그런 일을 당하는 것 같았다. 그러나 종종 이러느냐는 경숙의 물음엔 펄쩍 뛰었다.

"워디가유? 월매나 살림 잘허구 사업 잘허는 사모님인데유."

약간은 동문서답이었지만 경숙은 그만큼이라도 은선을 싸고도는 아줌마가 마음에 들었다.

은선이 밤새도록 괴롭게 뒤채는 소리에 경숙은 제대로 잠을 못 이루다 새벽녘에야 눈을 붙였다. 깨어보니 대낮같이 밝은 늦은 아침이었다. 방 안은 그녀가 덮고 자는 이부자리만 동그마니 남겨놓고 깨끗이 치워지고 은선은 보이지 않았다. 미열이 있는 것처럼 몸이 오슬오슬하고 삭신이 쑤셨다. 하필 여기서 노독이 도질 게 뭐람. 그녀는 막연히 자신이 집 떠난 지 헤아릴 수 없이 오래된 것처럼 느꼈고, 그 오랫동안 고생이 막심했던 것처럼 느꼈다. 그런 편리한 착각으로 그녀는 자신의 피곤을 더욱 과장해서 무턱대고 엄살을 부리고 싶었다. 방 안이 티끌 한 점 없이 깨끗한 건 좋은데 벗어놓은 옷가지도 어디다 치웠는지 보이지 않았다. 그녀는 핑곗김에 꼼짝 않고 누워서 방 안을 살펴보았다. 돈을 더덕더덕 붙인 것처럼 호화판으로 꾸며놓은 건 어제부터 보아서 알고 있지만 새롭게 이상한 게 있었다. 너무 깨끗했다. 세간과 장판방이 방금 기름을 부은 것처럼 고르게 번들댔고, 정교한 완자무늬 창살이나, 문지방에도 먼지라곤 없었다. 유리창은 또 얼마나 잘 닦아놓았는지 바람이 안 들어오는 걸로 유리가 있겠거니 짐작할 수 있을 정도로 완벽하게 투명했다.

경숙도 소싯적부터 깔끔한 살림꾼이었지만 은선의 청결함엔 남을 불안하게 하는 각박한 무엇이 있었다. 하루쯤 마음 놓고 푹 몸살을 앓고 싶은 나른함 때문인지, 경숙은 방 안의 지나친 밝음과 지나친 청결함이 소리 높이 욕지거리라도 퍼붓고 싶게 신경에 거슬렸다. 그녀는 커튼으로라도 밝음과 청결을 다소 가리려고 일어섰다. 다리가 휘청했다. 더럭 겁이 났다. 몸살이 나도 단단히 날 것 같았다. 그리고 보니 딴건 몰라도 청결이 신경에 거슬린다는 것부터가 병적이었다. 창밖의 드넓은 정원엔 가을 장미가 요염했다.

아줌마는 잔디에 엎드러 무언기를 쥐어뜯고 있고 은신이는 아줌마와 똑같이 머리에 수건을 쓰고 구럭 같은 몸뻬를 입고 정원석 위에 올라서서 담 너머에다 대고 뭔가를 털고 있었다. 펄떡펄떡 차일에 바람이 부딪치는 소리를 내면서 은선이가 털고 있는 건 경숙이 벗어놓은 옷이었다.

내 옷에 무슨 못된 게 묻었길래 저다지도 몹시 털어내는 걸까. 경숙은 불쾌감보다는 기이한 호기심을 가지고 그것을 지켜보았다. 이윽고 못된 게 다 털렸는지, 팔 힘이 빠졌는지 은선이는 털기를 그만두고 옷을 아줌마에게 건네주었다.

"워매 일어나셨구먼유. 아까꺼정두 끙끙 앓는 소리를 해쌓길래 사모님허구 월매나 걱정을 했다구유, 몸살 나셨는가 보다구유."

옷을 가지고 들어온 아줌마가 방 안에 우뚝 서 있는 경숙을 보고 깜짝 놀라면서 말했다.

"그래서 몸살 옮을까 봐 남의 옷을 갖다가 그렇게 몹시 털었구려."

"워매 워째, 그걸 보셨구먼유? 쬐금도 워찌 생각 마셔유. 우리 사모님은 잠깐 나갔다만 들어오셔도 당신 옷도 한바탕 그렇게 터시는 걸유. 워떤 때는 너무 그러시니께 복 떨어져 나갈까 봐 겁이 더럭 난다니께유."

사람 좋아 뵈는 아줌마가 이렇게 넉살을 떨었다. 경숙은 아줌마가 염려하는 것처럼 옷 때문에 기분이 언짢지는 않았지만 병적인 청결은 아직도 혐오스러웠다. 은선의 청결에는 게으름이나 불결보다 한결 더 사람을 밀어내는 불쾌한 무엇인가가 있었다.

경숙은 아줌마한테서 옷을 받아 입으면서 말했다.

"집 구경 좀 해도 괜찮아요?"

"암만유. 우리 사모님은 남들한테 집 자랑시키는 게 제일 큰 취미신걸유."

창 너머로 은선이 현관 테라스에 늘어선 관엽식물의 청청한 잎사귀를 하나하나 물수건으로 닦는 게 보였다. 그런 일에 열중하고 있는 은선은 건강하고 극성맞아 보였다. 독한 술 마시고 밤새도록 뒤챈 흔적은 조금도 없었다. 화사한 가을 햇살 속의 칙칙한 몸뻬 바지가 농부처럼 떳떳해 보이는 것도 신기했다. 그러면서도 그런 은선이가 연출한 청결함에 대한 거부감은 여전했다. 경숙은 나직하게 한숨을 쉬고 안방을 나왔다.

혼자 사는 집, 가정부까지 식구로 쳐도 둘이 사는 집으론 황당하게 넓은 집 구석구석이 그렇게 깨끗했다. 하루만 걸레질을 안 해도 먼지가 어느 만큼 쌓인다는 걸 정확히 알고 있는 살림꾼 경숙이기 때문에 그런 청결이 끔찍할 따름이었다. 광의 유리창과 창살까지도 홈 바에 장식한 수많은 크리스털그릇과 똑같이 미세한 먼지 하나 없이 반짝인다는 건 끔찍한 노릇이었다. 무엇에 쓰는 것인지 용도도 알 수 없는 각종 금속 그릇이 은도금을 입힌 것처럼 보얗게 빛나는 것까지는 참아주겠는데 매일 쓰는 가스레인지의 그릴 속 철판까지 그렇게 반짝인다는 건 왠지 참을 수가 없었다.

경숙은 여학교 시절의 시어머니란 별명으로 불리던 가사 선생님이 청소 감독할 때처럼 집게손가락을 뻗쳐 들고 싱크대 밑이나 냉장고 뒤, 창고의 창틀, 신발장 속을 훔치며 다녔지만 아무것도 묻어나는 게 없었다.

경숙은 그 집의 지나친 청결이 분수에 넘치는 탐욕처럼 넌더리가 났다. 집도 넓었지만 청결이 넌더리가 나서 그녀는 쉽사리 지쳤다. 골치 속에 돌멩이처럼 묵직한 두통이 왔다갔다 하는 게 암만해도 심상치 않았다. 그녀는 가지고 다니던 상비약 중에서 아스피린을 두 알 꺼내 삼키고 거실 소파에 무너져내렸다. 식은땀으로 온몸이 축축했다.

무얼 좀 먹어야 할 것 같기도 하고 아무것도 못 넘길 것 같기도 했다. 속은 비고 입속은 썼다. 여기서 위독해졌으면, 며칠 동안 기지 사경을 방황하다가 정신이 들었을 때 머리맡에 남편의 얼굴이 있었으면, 남편의 어깨 너머로 손때 묻은 나의 장롱이 보였으면.

경숙은 어쩌면 몸살이 그녀의 가출을 감쪽같이 무화시킬 수 있는 기적이 될 수 있을지도 모른단 생각으로 신열과 두통을 짜릿짜릿하게 즐겼다. 소파에서 잠깐 졸다가 눈을 떠보니 예쁜 홈웨어로 갈아입은 은선이 손가락을 뻗쳐 들고 그녀의 주위에서 머리칼을 줍고 있었다. 소파와 카펫에서 머리칼을 주워 올리려는 은선의 노력은 진지하고 심각해 보였다.

"너 어디 아픈 것 같다. 아줌마보고 전복죽 좀 쑤라고 했으니까 먹고 편히 쉬어라."

은선이 조심스럽고 정겹게 말하면서도 눈은 머리칼 색출을 못 멈추고 있었다.

"글쎄 그러고 싶다만, 머리칼 떨어질까 봐, 비듬 떨어질까 봐 조마조마해서 기를 펼 수 있을 것 같지가 않구나. 아무리 친구지간이지만 지나친 결벽은 삼가는 게 좋을 것 같아. 어디 네 곁에 사람 붙겠니?"

"어머 얘 좀 봐. 무슨 소리를 그렇게 뼈아프게 하니? 내 결벽성 때문에 그 사내가 떨어져 나간 거 아니다 너. 내 결벽성은 그 후부터야."

은선이 일손을 멈추고 경숙의 말을 엉뚱하게 꽈붙이면서 붉으락푸르락했다. 참으로 못 말릴 일이었다.

"아니 그게 아니고 내가 편치 않아서 그래, 청결도 기분 좋을 만큼이라야지 부담스럽고 겁날 정도면 곤란하잖니?"

"경숙아, 말리지 말아. 조금도 부담스러워할 것 없이 자꾸만 어질러. 괜찮아. 청소가 내 취미니까."

은선이 비굴하게 웃으면서 집게손가락으로 카펫을 뒤졌다. 마치 지남철로 화로 속을 휘저어 녹슨 못이나 바늘을 건져 올릴 때처럼 그녀의 집게손가락엔 영락없이 머리칼이 묻어났다.

그날부터 경숙은 앓아누웠다. 은선과 가정부의 간호는 극진했다. 맛깔스럽게 전복죽이나 잣죽을 쑤어놓고 어떻게든 끼니를 거르지 않도록 했고, 과일즙과 무과수, 우유 따위 수시로 권했다.

의사를 부를까? 느이 남편한테 연락할까? 이렇게 때때로 경숙의 병세와 의중을 떠보기도 했다.

"이냐, 감기 몸살인걸. 곧 털고 일어날 테니 염려 말아."

경숙은 다리팔이 좀 쑤시고 목에 통증이 있어 쉰 소리가 나는 정도였지만 못 일어날 정도는 아니었다. 그 정도의 감기 몸살 중엔 누위 있기보다는 나 없으면 이 집안 꼴이 뭐가 될까 싶은 사명감으로, 하루이틀 다른 날보다 더 부지런을 떨고 설치면 거뜬해질 수 있다는 걸 그녀는 알고 있었다. 그러나 그녀에겐 이미 그녀 없으면 꼴이 안 될 집이 없었다.

쉰 살을 바라보는 나이에 가정 없는 설움을 뉘 알랴. 가정 밖의 세상을 헤매는 노독의 쓰라림을 뉘 알랴. 그녀가 앓고 있는 건 몸살인 동시에 이런 비애였다. 은선네는 그녀의 지친 몸과 마음을 쉬기에 매우 적절한 장소였다. 남자가 없으니 눈치볼 필요가 없었고, 경제적으로 풍부하니까 호강을 해도 마음이 편했다. 무엇보다도 은선은 경숙을 돌보는 걸 즐기고 있었다.

"얘, 네가 와서 앓아눕고부터 아이들이 다 안 보고 싶다. 웃기지? 더 웃기는 건 있지, 나는 아이들이 필요한데 아이들은 나를 필요로 하지 않는 게 야속하고 괘씸할 때마다 내가 무슨 생각을 한 줄 아니? 아이들이 별안간 큰 병이 나서 입원이라도 하게 됐으면 제 어미를 찾을 것 같아 아이들이 병 나길 다 빌었단다. 아이들 대신 네가 병이 나서 내 곁에 이렇게 꼼짝없이 묶였구나."

"꿩 대신 닭이란 말이지?"

"왜 싫어?"

경숙은 은선을 슬픈 눈으로 물끄러미 바라보기만 했다. 경숙이 은선에게서 바라는 건 꿩 대신 닭 노릇하는 것도 물론 아니었지만, 떠나갈까 봐 겁을 내면서 보살펴주는 극진한 우정도 아니었다.

무슨 여편네가 저렇게 눈치가 없을까? 저렇게 눈치가 없으니까 남편한테 이혼을 당하고 아이들한테도 이용이나 당하지. 이렇게 핀잔을 주고 싶은 걸 겨우 참고 있었다.

경숙은 은선이가 자기 몰래 서울 집으로 하석태 씨한테 연락을 해주길 바라고 있었다. 그녀의 37도쯤 되는 미열을 40도로, 감기를 폐렴쯤으로 과장해서 전화 걸어주길 바라고 있었다. 설마 아내가 객지에서 기지사경에 있다는데도 모르는 척할 하석태 씨가 아니라는 걸 경숙은 알고 있었다. 남편한테 남아 있는 그 정도의 믿음으로 하여 그녀는 애를 태우고 조바심했다. 잠에서 깨어날 때마다 남편이 머리맡에서 근심스럽게 굽어보고 있을 것을 예상하고 일부러 가냘픈 신음 소리를 내면서 괴롭게 뒤채다가 눈을 뜨곤 했다. 이미 집으로 돌아가기로 마음을 굳힌 뒤였지만 아직도 청산되지 않은 자존심은 제 발로 걸어 들어가기보다는 남편의 마중을 받고 돌아갈 수 있는 일루의 희망을 못 버리고 있었다.

병까지 났으니 좀 좋으냐 말이다. 대구의 닥터 박은 이혼을 결심하고 집 나온 서슬이 시퍼럴 때의 경숙을 보고도 즉각 하석태 씨에게 연락을 취해줬는데 은선은 그 방면에 도무지 답답했다. 감기 몸살이 흐지부지 낫고 이젠 꾀병밖에 안 남았는데도 아무 눈치도 못 채고 있었다.

그러나 은선이 끝내 그것을 눈치채지 못하는 가운데 그녀가 꾀병을 털고 일어날 수밖에 없는 일이 생겼다.

"전화여유, 구 과장님한테서구먼유."

가정부가 입을 비죽대면서 수화기를 은선에게 넘겨줄 때부터 집

안 분위기가 이상해졌다. 어수룩하고 사람 좋아 보이던 가정부가 별안간 심술궂고 밉살스럽게 굴기 시작했다. 경숙이한테는 눈을 찡긋하면서 야릇하게 웃었고, 은선이한테는 눈을 흘기면서 쯧쯧 소리 내어 혀를 찼다. 은선이는 전화기를 받더니 한 손으로 송화기를 잔뜩 틀어막고 밀어내는 듯한 시선으로 두 사람을 바라보았다. 가정부가 일부러 그러는 것처럼 엉덩이를 심하게 실룩대며 나갔다.
"너도 자리 좀 비켜줄래?"
아무것도 모르고 꼼짝 않고 있는 경숙을 보고 은선이 짜증스럽게 말했다.
이렇게 안방에서 쫓겨나는 경숙을 보고 가정부가 핀잔을 주었다.
"손님두 엔간히 눈치두 없으셔유."
"도대체 어디서 온 전환데 그래요?"
가정부가 징그럽게 웃으면서 새끼손가락만 간댕간댕해 보여줬다. 그러고는 혼자서 투덜댔다.
"흥, 과장 자리 떨어진 지가 벌써 언젠데 만날 나 구 과장일세야."
이러면서 괜히 뒤룩뒤룩 엉덩이를 휘둘러댔다.
전화를 다 받고 나온 은선은 발그레 상기해서 매우 들떠 있었다. 단정한 몸가짐이 흐트러지니까 소녀 같기도 하고 어느새 노추가 느껴지기도 했다. 경숙을 보다 불청객을 대하듯이 데면데면해지면서 가정부에게만 말했다.
"오늘 밤엔 내 친굴 아줌마 방에 좀 재워줘야겠네. 그리고 빨리 시장 좀 다녀와야겠수. 난 사우나 갔다가 머리 좀 하고 올 테니까.

시간 없어요. 빨랑빨랑 서둘러요. 아줌마도 알지? 구 과장님 식성 까다로운 거."

경숙은 구 과장이 누군지 알 만하면서 가정부가 잘 꼬드기면 그에 대해 별의별 것을 다 알아낼 수 있으리란 저속한 호기심이 동하는 걸 느꼈다. 그러나 은선은 뭐가 그렇게 급한지 짐짓 굼뜨게 구는 가정부를 다그쳐 앞세우고 나갔다. 혼자 남은 경숙은 그동안 제 장롱처럼 쓰던 은선의 옷장 속에서 자기 옷을 골라냈다. 계절이 바뀌면서 새로 사입은 옷과 내의 때문에 집 떠날 때의 여행 백이 넘칠 것 같았다. 옷을 눌러 담으면서 집 밖에서 지낸 세월의 부피가 무겁게 그녀의 가슴을 짓눌렀다. 여자 팔자라는 게 제아무리 기구해봤댔자 옴치고 뛸 수도 없는 협소한 울타리 안에서의 일이란 체념이 그녀를 하염없게 했다.

가정부가 먼저 들어오고 곧이어 배달시킨 찬거리들이 들이닥쳤다.

"워매! 그새 짐을 다 싸놓으셨시유. 사모님처럼 점잖으신 분이 뭘 그만 일에 노염을 타고 그러셔유."

"노염은요, 몸이 좀 개운해진 것 같아서 짐을 챙겨봤어요. 내일쯤은 떠날까 하구요."

"잘 생각하셨구면유. 저허구 오늘 밤 여기서 주무시믄 참맬로 좋은 구경 허실 테니 두고 보셔유. 아이구 우세스러워, 이 바닥에 워디 사내가 읎어서 하필 그 구가한티 붙잡혀갖구. 아이구 우세스러워."

가정부는 허풍스럽게 진저리를 쳐 보이면서 이렇게 개탄했다. 그러나 더 많이는 오늘 밤에 있을 구경에 대한 기대에 들떠 있어서 경숙에겐 별로 관심이 없어 보였다. 경숙은 그녀가 마음껏 응석 부릴 수 있었던 사람들의 관심이 회까닥 딴 데로 돈 틈을 타 자기가 건재하고 있음을 새삼스럽게 확인했다. 감기 몸살도 나았고, 더 이상 꾀병을 앓을 까닭도 없었다. 꾀병을 포기함과 동시에 그녀는 중년기의 마지막 자존심마저 포기한 자신의 모습을 똑똑히 보았다. 고작이거였다니. 그녀는 실망하고 한편 안도했다. 옛날 어른들이 어린애가 홍역을 앓고 나야 비로소 내 자식이라고 안심했듯이 마지막 자존심까지 잃고 난 그녀는 자신에 대한 묘한 안도감을 느꼈다. 다시는 지글대는 갈등도 평지풍파도 없으리란 안도감은 쓸쓸했다.

"구 과장이 누군데 그래요?"

"과장은 무슨 과장이여유. 세무소 과장 떨려난 지가 벌써 3년도 넘었구먼유. 순 건달에 말도 못허게 색골이래유. 빼빼 말라갖구 살살 눈웃음치면서 우리 사모님 호려쌓는 거, 증말 못 봐주겠던디. 우리 사모님 그 똑똑한 양반이 증말 어쩔려구 그러시는지. 사모님이 오늘 밤이나 지나거든 살살 한번 타일러봐주셔유."

"자주 그 사람이 오나요?"

"드리읎어유. 아마 돈 떨어지믄 오는가 봐유. 지 아수믄 오는 주제에 밤에 올 걸 즘심때부터 연통을 해가지고 절 이렇게 펄쩍펄쩍 뛰게 헌다니께유. 사모님은 또 어떻구유. 넘부끄러운 줄도 모르고 꼭 원님헌티 수청 들러 들어가는 날의 기생 모양 온종일 몸단장을 해쌓는데, 이따 좀 보셔유. 사우난가 뭔가 워떻게 생겼길래 10년은 더 젊어져서 들어올 테니께유. 살이 야들야들 반짝반짝하는 게 증말 눈부셔유. 그 난리니 아유 우세스러워."

"걱정이네요. 정신 못 차리고, 있는 재산 날릴까 봐 걱정이고, 혹시 아이들한테 들킬까 봐도 걱정이고……."

"워매 사모님두, 여태껏 안 들키고 배겼간디유? 꼬리가 이만저만 길어야지유. 자그마치 5년째예유. 아이들이 못돼먹었다고만 나무랄 것도 아니구먼유. 엄마가 외간남자허구 놀아나는 걸 보구 정 안 떨어질 자식이 어딨대유."

"저런 쯧쯧, 어쩌다 그렇게 됐을까. 그렇지만 정식으로 이혼한 엄마라는 걸 아이들도 인정해줘야지 않을까. 아버지도 벌써부터 새장가들어서 자식 낳고 산다면서요?"

"그야 그렇지만 남자허구 여자허구 같은감유."

"돈이나 너무 많이 뜯기지 않아얄 텐데."

"건 염려 안 하셔두 될 거구먼유. 우리 사모님 돈에 굳은 건 대전바닥이 다 아니께유. 그 사내두 궁할 때 용돈이나 뜯어가는 게 고작이구유. 둘이서 싸우는 거 엿들어봤는데유 그 사내 하는 소리가유, 공은 공이고 사는 사라더니 당신은 정은 정이고 돈은 돈인 무서운 여자라구 그러대유. 그 소릴 들으니께 맴이 좀 놓이던걸유."

"알았어요. 그만하면."

경숙은 이제 더 알고 싶은 게 없었나. 가성부노 성숙을 더 이상 상대하지 않고 도마 위에서 갈비에 잔칼질을 하기 시작했다. 이윽고 그녀가 이 집에 찾아들던 날처럼 기름진 음식 냄새가 풍겨오기 시작했다. 그녀는 오랜만에 식욕을 느꼈고 떠날 때가 되었다고 생각했다.

은선이 가정부의 말처럼 야들야들하고 반짝반짝해져서 돌아왔다. 안방에서 오랫동안 걸려서 예쁜 한복으로 갈아입고 나오더니 흰 행주치마를 두르고 부엌으로 들어갔다. 전화 한 통으로 축제의 집으로 변한 은선네서 갑자기 불청객 신세가 된 경숙은 우두커니 있기도 눈치보였지만 거들 마음도 없었다.

"구 과장이라구 사업 관계로 알게 된 남자야. 여자 혼자서 재산 관리하려니까 뒷배 봐줄 남자가 필요하더라. 그 남자는 가정이 불행하구. 처음부터 마음에 없는 결혼을 했다나 봐. 서로 이용하는 거지 뭐."

대충 음식 마련을 끝내고 나온 은선이 경숙이한테 이렇게 변명했다. 수다스러운 은선으로선 아마 최소한의 변명이었을 테고 경숙은 이런 최소한의 변명을 변명으로서보다는 자기가 푸대접받고 있는 것으로 받아들였다. 아니나 다를까 은선은 매우 쌀쌀하게 덧붙였다.

"그 남자 올 땐 자리를 피해줘야 한다. 신경 쓰이지 않게 없는 것처럼 굴어줘. 알았지?"

경숙은 그 모욕적인 명령에 말없이 굴종할밖에 없었다. 밖에서 구박을 받을수록 집에 들어가기가 수월해질 것 같았다. 어쩌면 그녀는 친구의 구박을 즐기고 있었다.

그날 밤, 경숙은 머리카락도 안 보이게 꼭꼭 숨어서 구 과장이 오는 걸 엿보았다. 빼빼 말랐으면서도 질겨 보이는 남자가 옷깃을 세우고 그림자처럼 스며들더니 집 안이 조용히 술렁이기 시작했다.

가정부 방에서 오랜만에 꿈 없이 푹 자고 난 경숙은 새벽 공기가 불안하게 흔들리는 낌새에 정신이 났다. 그녀는 살그머니 일어나서 마당으로 난 창을 통해 남자가 돌아가는 걸 지켜보았다. 빼빼 마른 남자는 옷깃 속으로 고개를 움츠리면서 담뱃불을 휙 마당으로 던졌다. 그리고 잠시 희부옇게 밝아오는 하늘을 쳐다보더니 은선에게로 돌아섰다. 잠옷 바람의 은선은 발로 마당을 비비면서 서 있었다. 남자가 은선의 웅숭그린 어깨를 두어 번 토닥거렸다. 그리고 빠르게 걸어 나갔다. 그가 사라지자 불안하고 어두운 느낌만 남았다. 은선이 추위를 몹시 타는 것처럼 부르르 몸서리를 치고 안으로 들어왔다.

경숙은 가정부의 코고는 소리에 이끌려 다시 한잠을 자고 났다. 바깥이 눈부시게 밝았지만 늘 그맘때면 마당을 가꾸던 은선은 보이지 않았다. 마당이 텅 비어 있는 느낌이 경숙을 불안하게 했다. 경숙이 조심스럽게 안방 문을 열었을 때 안방 속은 빈틈없이 어지러져 있고 그 한가운데 은선은 멍청히 누워 있었다. 치워지지 않은 저녁상, 나뒹구는 양주병, 재떨이, 양말짝, 주간지, 과일 껍질, 땅콩 껍질, 목판 쟁반, 깡통, 유리컵, 종이컵, 브래지어, 팬티 이런 게 함부로 뒤섞여서 널려 있는 가운데 터무니없이 야한 비단 이불 자락 위로 한쪽 다리를 내놓고 누워 있는 은선은 어제의 그 야들야들 반짝반짝함이 싸구려 노금저럼 벗겨져 매우 누추했다. 먹다 남은 어젯밤의 진수성찬이 후덥지근한 방 안 공기 속에서 썩어가는 냄새로 코를 찔렀다. 은선도 함께 썩어가는 양, 눈두덩이 푹 꺼지고 드러난 팔다리엔 탄력이라곤 없어 보였다. 사람이 앉았다 일어설 때마다 따라다니며 닦고 훔치고 머리카락을 주워 올리는 은선의 병적인 결벽성을 알고 있는 경숙은 그 난장판 한가운데 질펀히 누워 있는 은선이 딴 혼이 씐 것처럼 섬뜩했다.

은선이 눈을 뜨고 물끄러미 경숙을 바라보았다. 공허한 눈길이었다.

"떠나지 마."

은선이 잠꼬대처럼 말했다. 경숙은 은선의 아직도 덜 깬 잠을 깨워놓고, 그리고 떠나야겠다고 생각했다. 거실에도 전화가 있었지만 경숙은 그 난장판을 발길로 헤집고 안방으로 들어가 서울 집으로 전화를 걸었다. 하석태 씨가 조간을 뒤적이며 커피를 들 시간이었다.

"여보세요. 저예요. 그동안 별일 없으셨죠? 여긴 대전이에요. 대구에 있다가 이리로 온 지 일주일이 넘었어요. 여행 나온 길에 꼭 보고 싶은 친구가 있어 들렀다가 그만 몸살이 났어요. 당신이 아시면 걱정하실까 봐 안 알렸어요. 오늘 돌아가려구요. 이젠 다 나았어요. 연지네도 별일 없겠죠. 그동안에 종종 들러 당신 시중 좀 들어드렸나 몰라?"

경숙은 하석태 씨가 전화를 받은 걸 확인하자마자 이렇게 단숨에 지껄였다. 딴소리할 새를 줘선 안 된다고 생각했다. 남남끼리 같은 정중한 인사나 차가운 목소리를 들어서도 안 된다고 생각했다. 아무리 정떨어지게 굴어도 나는 하씨 집 귀신이에요, 하고 빌붙을 각오는 하고 있었으나 은선이 앞에서 그러고 싶진 않았다. 은선이 앞에선 별로 깨가 쏟아질 것도 없지만 미운 정 고운 정이 곰삭아 푸근히 늙어가는 평범한 부부로 보이고 싶었다. 지금의 은선에게 평범한 팔자가 얼마나 눈부셔 보이리라는 걸 경숙은 겨냥하고 있었다. 팔자 사나운 친구를 샘나게 해주고 싶다는 게 그녀를 필요로 하고 그녀를 정성껏 병구완해 준 친구에 대한 보답이었고, 그녀의 작은 허영심이었다. 아마 그녀가 여자인 한 그 정도의 허영심마저 버리는 일은 없을 것이다. 그런 의미로 그녀는 지금 남편에게 전화를 걸고 있는 게 아니라 하룻밤의 정사로 정신이 반쯤 나간 친구에게 전화를 걸고 있는지도 몰랐다. 경숙이 잔혹한 쾌감만 채우고 전화를 끊으려는 찰나 하석태 씨의 다급한 목소리가 들렸다.

"여보, 돌아와줘요. 빨리. 내가 다 잘못했으니 곧 돌아와줘요."

너무도 뜻밖이었다. 하석태 씨의 목소리는 급하다 못해 비굴했다. 오늘 돌아가겠다고 먼저 말했는데 다시 그걸 애원하며 사과까지 할 필요가 있을까. 그의 차갑고 이기적인 성품과 싸우다 지칠 대로 지친 경숙이기에 자신의 귀를 의심했고 문득 불길한 생각이 들었다.

"여보, 당신 어디가 편찮으신 거 아뉴? 그렇죠? 여보."

경숙의 다급한 목소리엔 단박 울음이 섞였다.

"이냐, 내가 아니라 연지."

"뭐라구요? 우리 연지가 위독하다구요? 세상에 맙소사."

"누가 연지 위독하다구 했어?"

하석태 씨의 목소리가 비로소 하석태 씨다워졌다. 냉담하고 근엄해졌다.

"그럼?"

경숙은 이래저래 가슴이 떨렸다.

"연지가 친정에 와 있소. 뭐 안 살겠다나. 철민이하고······."

하석태 씨는 이제 완전히 평정을 회복하고 있었다. 어쩌면 처음에 다급하게 군 걸 후회하고 있는지도 몰랐다.

"그러니까 철민이가 우리 애를 내쳤군요. 복에 겨워서. 알았어요. 이런 일은 첫 번에 버릇을 가르쳐놓아야 돼요. 싹싹 빌고 다신 안 그러겠다는 각서라도 쓰게 해야겠어요. 그 전엔 절대로 내 딸 내줄 수 없어요. 그까짓 시집 못 살아도 겁날 거 하나도 없어요. 철민이 열 줘도 안 바꿀 우리 딸이에요. 인물로 보나 집안으로 보나, 사람 됨됨이로 보나."

"말 다했소?"

하석태 씨의 목소리에 카랑한 노기가 섞였다. 좀처럼 없는 일이었다.

"네?"

"철민이가 내친 게 아니라 연지가 나온 거요. 철민이 그 못난 녀석은 매일 데리러 와서 빌다 못해 내 도움까지 청하지만 낸들 어찌하겠소. 기어이 이혼을 하겠다고 고집을 부리니 이게 도대체 점잖은 집 딸로서 있을 수 있는 소리요? 이거야말로 모전여전 아니고 무엇이겠소! 당신이 산교육 한번 자알 시켰소. 당신 책임이야. 빨리 돌아와서 해결하고 나서 다시 나가든지 말든지 해요."

목소리가 점차 높고 강경해지더니 쇠꼬챙이 부러지듯이 찰칵 전화가 끊겼다.

"왜 그래? 응 왜 그래?"

결코 행복하지만은 않은 전화라는 걸 눈치챈 은선이 발딱 생기 있게 상반신을 일으키면서 물었다.

"연지 말야. 그 철부지가 남편하고 티격태격하고 나서 부르르 친정으로 왔나 봐. 우리 남편은 그런 거 하나 혼자서 해결 못 한단다. 큰일난 것처럼 난리법석이야. 딸애 일도 딸애 일이지만 그 핑계로 나를 당장 불러올리려는 속셈이야. 아무튼 우리 집은 내가 하루만 비워도 그 사이에 꼭 뭔 일이 일어난단다. 이러니까 내가 터줏대감 신세를 못 면하는 게 아니니?"

"그래, 그래. 그때가 언제더라. 내가 이혼하기 전이든가 후든가 서울서 너희들이 유성온천 간다고 한 때가 몰려온 적 있었지? 그때 너 온천도 하기 전에 서울에 전화 걸더니 집에 보일러가 터졌단다고 그날 밤으로 올라갔잖니?"

"그런 일이 있었던가?"

"그래, 그때 전화에다 대고 느이 남편이 어찌나 큰소리로 허풍을 떨던지 우리도 다 들은걸. 꼭 호떡집에 불난 것처럼 굴어서 남은 우리들은 그날 밤 대학 교수 흉보는 새미에 허리를 잡았난다."

그러면서 일어난 은선이 다급한 소리로 가정부를 부르더니 상을 내가게 하고, 이불 홑청을 뜯고, 들창을 있는 대로 열고 온 방 안을 털어내고 법석을 떨었다. 구 과장이 남기고 간 난장판에 은선의 병적인 결벽성에 맞는 질서가 되돌아오려면 아마 한동안이 걸릴 것 같았다. 은선이 구 과장이 떨구고 간 마지막 머리카락까지 찾아낼 무렵쯤이면 슬며시 구 과장이 그리워질지도 모를 일이었다. 은선이 거의 무아지경으로 청소에 열중하고 있는 동안 경숙은 작별의 인사도 변변히 못하고 은선네를 나왔다. 경숙은 집 나온 후의 자기의 신세가 전락을 거듭한 끝에 은선이 미련 없이 털어내는 구 과장의 잔해만도 못해진 걸 느꼈다. 그러나 갈 데까지 가고 보니 마침내 돌아갈 집이 보이고 있었다. 그녀가 살아온 자취와 보람과 그녀 아니면 안 될 아직도 남아 있는 곳은 이 넓으나 넓은 세상에 집밖에 없었다.

경숙은 그 사실이 감격스러워서 연지 일을 심각하게 걱정하지 않았다. 남자가 먼저 비는 부부 싸움이란 우려할 게 못 됐다. 연지가 좀 고집이 센 건 알고 있었지만 그 고집을 꺾을 수 있는 만만치 않은 무기를 갖고 있었다.

"돌아가거라. 당장 돌아가거라. 모전여전 소리 듣기 싫어 이 에미는 이렇게 돌아오지 않았니? 이왕 모전여전 소리를 들을 바엔 이번엔 좋은 의미로 듣자꾸나. 이 애물아."

이렇게 한바탕 푸념을 할 작정이었다. 하나밖에 없는 딸자식을 위해 그 도도한 남편이 어색하지 않게 아내의 귀가를 호소할 수 있었던 것처럼 자식을 위해서란 핑계는 그녀의 귀가 역시 어색하지 않게 해줄 것 같았다.

7

또 봄인가? 하석태 씨는 나른한 기지개를 켜면서 생각했다. 그의 연구실에선 잘 다듬어진 잔디와 수목이 울창한 동산과 낭만적인 오솔길이 한눈에 바라보였다. 곧바로 보이진 않았지만 정구장도 가까워서 라켓에 공이 부딪치는 경쾌한 소리와 젊은 함성도 들렸다. 바깥 풍경은 이미 꽃의 계절이 아니라 잎의 계절이었다. 홀로 라일락이 피어나고 있었지만 꽃보다는 향기가 화려한 나무였다.

하석태 교수가 어느 명승지나 고궁의 뜰에 비해서도 손색이 없는 캠퍼스의 아름다운 봄을 무감동하게 넘기고 나서 뒤늦게 봄을 느낀 건 지언 때문이 아니라 주례를 부탁하러 온 세사의 성화에 시달리고 나서였다. 오늘따라 두 쌍이나 같은 용건으로 다녀갔고 두 쌍이 다 캠퍼스에서 맺어진 쌍이었고, 그가 각별히 기대하고 사랑한 제자였음에도 불구하고 그는 주례 부탁을 완강하게 거절했다. 그는 원래 주례로 한몫 보는 교수는 아니었지만 관심 있게 지켜보던 제자가 간곡하게 부탁하면 물리치지 못하고 성의를 다해 주례를 봐주는 인간적인 면도 넉넉했다. 그러나 올해 들어선 한 건도 안 했고 오늘 부탁하러 온 두 쌍의 간청을 물리치긴 여간 어려운 게 아니었지만 해줄걸 하는 후회는 없었다. 특별한 까닭 없이 그는 주례 서기가 싫어졌다. 다시는 안 할 작정이었다. 어쩌다 남의 결혼식에 가서 주례를 서고 있는 동료나 선배 교수를 보면, 저 양반도 주책이야, 하는 생각부터 들었다. 주례로 한몫 보고 이름을 날리는 교수를 보면 망령든 것 같아 측은해지기까지 했다.

기지개를 켜고 나서 한 5분쯤 졸려고 소파에 깊이 파묻히려는데 인기척이 났다. 그는 어떤 연구소로부터 새로 맡은 프로젝트를 위해 임시로 조교를 몇 명 쓰고 있었기 때문에 따로 신경쓰지 않고 잠을 청했다. 아내가 토끼잠이라고 부르는 만큼 그는 언제 어디서나 잠깐잠깐 졸기도 잘했고 말끔히 깨기도 잘했다.

아, 잘 잤다고 또 한 번 기지개를 켜려는데 바로 옆에서 아버지 하고 부르는 소리가 났다. 연지였다. 딸의 얼굴을 그렇게 급작스럽게, 그렇게 가까이서 보긴 처음이어서 그만 눈을 끔벅이며 적당한 거리로 물러났다. 청바지에 티만 입고 스웨터는 벗어서 목에다 맨 채인 연지의 옷차림은 간편하면서도 어딘지 후줄근해 보였고, 화장기 없는 얼굴도 지쳐 보였다. 그러나 표정만은 밝았다.

"웬일이냐? 네가 여길 다 오고."

"원고 청탁 왔어요."

"써야지. 우리 연지 청탁이라면."

"웬일이세요. 아버지는 잡문 안 쓰기로 이미 정평이 나셨는데 그렇게 선선히 승낙을 하시면 맥빠지잖아요."

"또 집 나온 줄 알고 가슴이 덜컥 내려앉았다가 원고 청탁이라니 반갑고 고마워서 안 그랬냐? 딸 가진 애비 마음이란 게 이런 건 줄은 예전엔 미처 몰랐었다."

"어머머, 아빠도, 그 일이 벌써 언제 적이라고 아직도 저만 보면 그 말씀이시더라."

연지는 응석부리는 투로 말했지만 엷은 그늘이 스쳤다.

"그래 그래 다신 안 그러마. 용건이나 말하렴. 수필이겠지 뭐. 그래도 느이 잡지는 고급 지성지를 자처하니까 잠 못 이루는 중년 여성을 위한 잠 못 이루는 중년 남자의 편지, 뭐 이런 글을 쓰라곤 안 할 게 아니냐?"

"원고 청탁은 취소할게요. 이제 마음 좀 푹 놓으시고 절 여기자로서가 아니라 딸로 대하셔요."

"글쎄 그 딸이라는 게 여기자보다 몇 배 고약한 애물이라서……"

"또 그 말씀. 아빠 그때 일이 그렇게 큰 쇼크셨어요?"

"너도 자식 길러보면 안다. 참 잘돼가냐? 요샌, 철민이하고. 좋은 소식은 없고?"

하석태 씨가 띄엄띄엄 물었다. 작년 가을 연지네가 겪은 풍파는 아내가 집으로 돌아옴으로써 쉽게 수습이 됐고, 아내는 그 공로로

집 나간 과실을 씻고도 남아 지금까지도 큰소리치고 살고 있었다. 하석태 씨는 가끔 그런 아내에게 연민 섞인 미움을 느꼈고, 그때의 수습이 너무 우격다짐이었단 의구심까지 가지고 있었다.

그런 의구심이 상당히 기분 나빴지만 덮어두고 싶었다. 그걸 덮어두기 위해 연지가 어떻게 지내고 있나를 깊이 알려 들지 않는달 수도 있었다. 문득 아내에게 궁금한 눈치를 보일라 치면 아내의 대답은 한결같았다.

"무소식이 희소식이라지 않아요? 모르는 척합시다."

그런 아내의 대답으로 봐서 아내 역시 그 후의 연지네 속사정을 자세히 아는 것 같긴 않았다.

그렇다고 요새 세상에 딸은 출가외인이라고 서로 발 끊고 사는 것도 아니었다. 그런 일이 있기 전보다 더 자주 사위가 동부인해서 들렀고, 철민의 생일날은 제법 잘 차려놓고 시댁 식구와 친정 부모를 함께 초대하기도 했다. 김치나 밑반찬을 가지러 드나드는 건 부지기수였고 연지가 드나드는 빈도 못지않게 경숙도 딸네 집에 드나들면서 둘이 다 나가는 살림의 꼴을 만들어주고 있었다.

그러면서도 정작 알고 싶은 일에 대해선 '무소식이 희소식' 이라는, 옛날 옛적 통신수단이 전무할 때, 멀리 떨어진 사랑하는 사람들끼리 소식 없음을 안타까워하다 못해 되레 자위의 수단으로 삼던 방법밖에 써먹을 게 없었다.

그만큼 연지는 철민과의 사이가 어떻다는 걸 남에게 드러내지 않으려고 보안을 철저히 하고 있었다. 김치만 떨어져도 염치없이 친정 김칫독을 넘보는 주제에 아기가 어서 있어야 할 텐데, 하는 소리만 나와도 아기는 천사가 밤중에 몰래 양배추 속에 감추어놓고 간다는 옛날 얘기를 믿는 어린애처럼 말도 못 붙이게 순진하고 고집스러운 얼굴이 됐다.

그런 말만 안 하면 언제나 철민과 연지의 의좋고 다정한 모습을 볼 수 있었지만 하석태 씨 보기에 그들의 미소나 태도는 어딘지 카메라를 의식한 명사 부부의 과장된 애정 표현처럼 가짜스러운 데가 있었다.

"아빠의 예쁜 딸이 아빠에게 데이트 신청하러 왔어요. 그만하면 좋은 소식이죠?"

"녀석, 동문서답은……."

"아빠 양식 사주세요. 근사한 호텔에서. 어릴 때 아빠가 저를 그런 데 데리고 가서 귀부인 취급해주시던 생각이 나요."

"귀부인 취급받고 싶으면 옷에 좀 신경을 쓰지 않고. 쯧쯧, 신발 꼴은 또 그게 뭐냐?"

"아빠 요샌 이런 운동화가 구두하고 맞먹는 값이에요."

"누가 값을 따지쟀냐? 깨끗하게나 신지, 어디서 황토흙을 또 그렇게 덕지덕지 묻혔냐?"

"출장 갔다 오는 길이에요, 지방으로. 원래는 내일 아침에나 돌아올 예정이었는데 일이 빨리 끝냈어요."

"아직도 인물 탐방 하냐?"

"아녜요. 택리지 같은 건데 제가 많이 다녀본 고장이라 돌아보는 일은 하루면 족했어요. 고사랑 인물에 대해선 여기서 자료를 찾아보면 되니까요. 그렇게 돼서 거저 얻은 하루가 얼마나 꿀떡 같은지 아빠는 아마 모르실 거예요."

"그 꿀떡 같은 하루를 아빠하고 보내려고 왔다? 영광스러운 것 같기도 하고 과람한 것 같기도 헌데……."

"아빠하고 얘기할 게 많아요."

"철민이하고 보내면 더 좋았을걸."

"일요일마다 같이 보내는걸요. 오늘은 강의가 있대나 봐요."

"피곤해 보이는데 낮잠이나 푹 자두든지."

"아빤 참 멋도 없으셔요. 예쁜 딸이 모처럼 신청한 데이트를 어쩌면 따돌릴 궁리만 하세요?"

"내가 그랬던가? 연지야 아빠 마음은 말이다……."

하석태 씨는 무슨 말을 하려다 어물어물하면서 담배를 피워 물었다.

"아빠 마음은요?"

"나는 직업을 가진 여성을 좋아하지. 우수한 제자 중 여학생은 대개 시집가면 사라지는 게 화도 나고. 네가 남자도 어려운 일을 잘해내는 게 대견스러울 때도 많고. 그러다가도 친구의 딸이 시집 잘 가서 집에서 살림만 하고 가끔 곱게 차려입고 전시회나 사교모임 같은 데 나타나서 귀부인 노릇 하는 걸 보면 그렇게 마음 아플 수가 없단다. 넌 이런 아버지에 대해 어떻게 생각하니?"

"어려운 질문이에요. 비프스테이크 얻어먹곤 대답 못 하겠는데요. 갈비로 사주세요."

"옷에 신경쓸 거 없다. 우리나라엔 아직 정장 아니라고 사절하는 식당 없을걸?"

"사절은 안 당해도 배짱이 없는걸요."

"집에 가서 옷 갈아입고 나왔으면 좋았을걸."

"실은 집에 들렀다 오는 길이에요. 근데 옷도 못 갈아입을 일이 생겼어요."

연지가 무표정하게 말했다.

"열쇠를 잃은 거구나 그치?"

"네, 열쇠 때문이었어요. 이놈의 열쇠요."

연지는 주머니에서 열쇠를 꺼내 하석태 씨 앞에서 흔들어 보였다.

열쇠가 있으면서 왜 집에 못 들어갔느냐고, 하석태 씨는 묻지 않았다. 허공을 보며 깜빡이는 연지의 눈이 그렇해 보여서였다.

"가자."

하석태 씨는 짐짓 명랑을 가장하며 일어섰다. 연지는 목에 감았던 스웨터를 풀어 어깨에 걸치면서 따라 일어섰다. 연지의 눈길이 창밖의 아름다운 초여름에 망연히 머무는 걸 하석태 씨는 아픈 마음으로 바라보았다.

무슨 일일까? 하석태 씨는 연지의 쓸쓸한 모습과 자신의 공연히 아픈 마음을 함께 불길하게 생각하며 앞장섰다.

오솔길을 지나 우중충한 돌계단을 부녀는 앞서거니 뒤서거니 걸어 내려오면서 말을 삼갔다. 돌계단 밑으로 미끈한 아스팔트 길이 나타났다.

"차 잡기는 여기가 나을 게다."

하석태 씨는 앞서가는 연지를 불러 세웠다. 오랜만에 도서관 쪽에서 택시가 한 대 내려왔지만 숲 속에서 다람쥐처럼 날쌔게 뛰어나온 젊은 한 쌍이 가로챘다. 젊은이들을 태운 택시가 그들 앞을 지나가는 걸 보면서 하석태 씨는 변명 비슷하게 중얼댔다.

"요즈음 애들은 버르장머리가 없어서."

"이 학교 학생일 텐데 교수로서 비애 느끼지 않으세요?"

"뭐 비애씩이나."

"고물차라도 한 대 사세요."

"하필 고물차는 왜?"

연지가 앞서서 또박또박 걷기 시작했다. 하석태 씨 보기에 연지의 뒷모습은 앞에서 볼 때마다 훨씬 더 수척하고 고달파 보였다. 그는 연지가 마치 성성한 초여름의 나무 그늘 속으로 깊이깊이 가라앉아버릴 것 같아 허둥지둥 뒤따랐다.

교문 밖 택시 승차장에서 오랫동안 기다린 끝에 차를 잡고 나서 하석태 씨는 "시내로 갑시다. 우선……" 하면서 담배를 피워 물었다.

"벽제 쪽으로 가요. 갈비가 좋겠어요."

연지가 일방적으로 정정을 하고 우울한 시선을 차창 밖으로 던졌다. 연지의 손질하지 않은 머리와 경직된 목의 선이 다시금 하석태 씨의 가슴을 후벼 팠다. 내가 왜 이러지? 하석태 씨는 눈시울마저 뜨거워지려는 자신을 애써 자제하려 든다. 그러나 딸의 반짝이는 재기와 싱싱한 미모를 앗아간 그 무엇에 대한 분노를 걷잡지 못했다. 어떻게 기른 내 딸인데…….

초여름의 통일로는 그 어느 때보다도 아름다웠다. 그러나 연지의 시선은 곧은 낚시처럼 다만 드리웠을 뿐 아무런 느낌도 낚아 올리지 못했다.

연지가 지금 보고 있는 건 통일로의 초여름이 아니라 어스름 달빛 속으로 원혼처럼 굽이굽이 청승맞게 흐르던 섬진강의 물줄기인지도 몰랐다.

연지가 다음 달부터 나갈 C지의 새로운 기획물인 '내 고장 발견'의 취재를 위해 떠난 여행은 진주를 거쳐 하동으로 해서 쌍계사에서 하룻밤을 묵고 다음 날에는 구례, 남원을 거쳐 전주에서 밤차를 타고 새벽에 서울역에 떨어졌다. 원래 그렇게까지 강행군을 할 작정은 아니었다. 하동에서 쌍계사까지는 학생 시절부터 연지가 가장 좋아하고 즐겨 다니던 코스였다. 넉넉한 여비와 넉넉한 시간을 함께 타가지고 자기가 가장 사랑하는 비경을 홀로 유람할 수 있다는 건 크나큰 복이었다. 그럴 때 연지는 자기의 기자됨에 짜릿한 보람과 만족감을 느꼈다. 특히 한쪽 겨드랑이에 섬진강의 흰 모래와 한 많은 여자의 통곡처럼 굽이굽이 구성진 물줄기를 끼고 가는 머나먼 길과 어스름 달밤이 겹치는 행운까지 잡기는 처음이어서 감회가 각별했다.

연지는 문득 그 고장이 나그네에게 그리도 유정함은 산그늘마다 물굽이마다 서린 구천의 원한 때문이라고 생각했다. 그런 생각이

들자마자 그녀가 써야 할 '내 고장 발견'은 주인공을 얻은 거나 마찬가지였다. 실상 잡지사에서 요구하는 글은 주인공이 있는 글이 아니라 택리지였다. 구태여 주인공을 따지자면 그 고장의 지형, 풍토, 풍속, 교통 등이 되겠고 고사나 인물 등도 단역으로 처리해야 할 성질의 글이었다. 그런데도 그녀는 구천을 주인공으로, 구천의 한이 그 고장의 풍토를 그렇게 청승맞게 만든 것처럼 쓸 것을 구상했고, 그걸 빨리 쓰고 싶어 안절부절을 못하고 서울로 돌아오고자 했다. 연지는 원고 쓸 때 책상 낯가림이 심해서 집의 식탁 위나 회사의 자기 책상 아닌 곳에선 한 자도 못 쓰는 버릇이 있기 때문이었다. 회사에선 미스 고에 대한 오기 때문에, 아파트 식탁에선 행주 냄새에 대한 반발 때문에 그럭저럭 글을 쓸 수가 있었다.

쌍계사에서 버스를 기다릴 때였다. 늙은 택시 운전수가 낡은 차 옆에서 고래고래 악을 쓰고 있었다. 짧게 깎은 하얀 머리 때문에 더욱 작아 보이는 얼굴을 길게 빼고 입을 있는 대로 벌리고 악쓰는 뜻을 아무리 알아들으려 해도 다만 "으악, 으악" 하는 기성으로밖에 들리지 않았다. 그 단조로운 기성 때문인지 그의 옆모습은 노인이라기보다는 이상한 늙은 새가 우짖는 것처럼 보였다. 노인의 낡은 차 속에선 이미 탄 손님이 짜증스럽게 노인에게 뭐라고 그러는 걸로 봐서 노인이 부르짖는 소리는 합승할 손님을 구하는 소리 같았다.

연지는 합승할 뜻보다는 기자답게 '으악'이란 지명에 호기심이 동해 노인에게로 다가가 물었다.

"할아버지 으악이 어데예요?"

"으악요? 악양이요 악양. 아, 토지에 나오는 악양도 몰라요?"

노인이 악양도 『토지』에 나오는 악양이라고 사뭇 자신 있게 주석을 달 때 일순 그의 얼굴이 반짝 빛나는 걸 연지는 보았다. 잠시나마 저 찌든 노인의 얼굴을 저토록 자랑스럽게 비춘 것은 무엇일까? 그런 의문과 함께, 그녀가 쓸 기사의 주인공이 되어 지난밤을 줄창 그녀의 내부에서 살아 움직이던 구천이 역시 실제의 인물이 아니라 토지에 나오는 수많은 허구의 인물 중의 하나라는 걸 깨달았다. 그런 깨달음은 돌연 무슨 충격처럼 왔다.

아마도 구천을 주인공으로 기사를 쓸 수는 없을 것 같았다. 그러나 그 고장을 거쳐간 수많은 실존의 인물이 만들어낸 고사의 텃세에도 불구하고, 한낱 허구의 인물인 구천이 너무도 집요하고 당당하게 그 고장의 숨결을 자기 것으로 하고 있었다.

연지는 구천을 잃고는 그 기사를 아주 쓸 수 없을지도 모른다고 생각했다. '내 고장 발견'이란 새로운 기획물을 낸 아이디어는 데스크 선에서 나온 거지만 그 시작을 하동 지방으로 하자고 우긴 건 연지였기 때문에 입장이 곤란해질 것 같았다. 그런 낭패감 때문인지 돌아오는 차 속에서 연지는 내내 우울했다. 시외버스를 계속 갈아타며 전주까지 오는 동안 필요 이상 많은 시간을 소모한 것도 아무 데서나 멍청히 정신을 놓고 있다가 버스를 놓치기도 하고, 잘못 타기도 했기 때문이었다.

그런 느낌은 연지가 지금까지 겪어온 어떤 우울증이나 스트레스하고도 같지 않았다. 그녀는 그게 전혀 새로운 느낌이라는 데 두려움마저 느꼈다. 그래서 더욱더 기사를 못 쓸 것 같은 데서 오는 스트레스로 치부하려 들었다.

쫓겨나기밖에 더할까? 그까짓 데 쫓겨나도 그만이라고까지 생각해도 연지를 죄어대는 어떤 느낌은 조금도 누그러지지 않고 그녀를 고통스럽게 했다. 그녀의 봉급이 철민과 그녀의 생활을 지탱해주고 있는 건 사실이었지만 아직도 직장을 밥줄로서 심각하게 느낄 줄은 모르는 그녀였다.

비교적 유복한 처녀 시절의 환경 때문에도 그랬지만, 철민과의 파국이 근본적으로 수습된 게 아닌 데도 그 까닭이 있었다. 철민이 공부하는 동안은 연지가 생활을 책임지고, 그 다음엔 연지가 공부하고 철민이 생활을 책임지자던 당초의 약속을 철민이 지킬 것 같지 않다고 판단하고부터 연지 역시 철민에 대한 책임감이 없었다. 아직은 연지가 철민을 벌어먹이고 학비 대는 중이었지만, 그렇게 시작된 결혼 생활의 타성으로 그러고 있을 뿐 이미 약속은 깨져 있었다.

비록 철부지 아이들처럼 손가락 걸고 한 약속이었지만 연지 마음 속에선 성당에서 혼인미사 올릴 때 엄숙하게 울려 퍼지던 '하느님이 맺으신 것을 사람이 풀지 못하느니라' 는 복음을 들으며 속속들이 경건해져서 신과 온 세상 사람에게 한 결혼의 약속과 똑같은 비중으로 자리 잡고 있던 약속이었다.

연지에게 그렇게 소중한 약속을 마치 휴지쪽처럼 파기해버리고도 결혼 서약만은 유효하다고 믿는 철민에게 연지는 분노를 지나서 조용히 경멸하는 마음밖에 남아 있지 않았다.

　무의미해, 억울해. 철민을 벌어먹인다고 생각할 때마다 이런 한탄이 치밀었다. 실직이 두렵기는커녕 한번 해보고 싶던 차였다. 그렇게까지 생각해도 그녀를 머리끝에서부터 발끝까지 죄는 고약한 느낌에서 놓여나지지는 않았다. 서울로 돌아오는 동안 내내 출장 목적인 기사를 어떻게든 엉구어 쓸 생각보다는 그 느낌의 정체를 알아내려고 애를 썼지만 알 수가 없었다. 그렇다고 시간이 지나면 벗어날 수 있을 것 같지도 않았다. 그 느낌은 정체를 알 수 없는 채 뭔가 중요했다.

　안 써지던 원고도 부엌 식탁에서 행주 냄새를 맡으면 써질 적이 있듯이 그 이상한 감정의 정체도 내 집구석, 그 자리에 앉으면 풀릴지도 모른단 생각이 들었다. 평소 이중고의 상징처럼 지겨워하던 옹색한 부엌 구석에 놓인 작은 식탁을 연지는 마지막 구원처럼 그리워하며 새벽의 서울역 광장에서 택시를 집어타고 곤장 집으로 달렸다. 거침없이 달리는 택시의 쾌속이 그녀의 조급한 마음을 가속화시켰다. 아파트 광장엔 아직도 밤의 잔해가 연기처럼 서려 있었지만 키 큰 나무 끝엔 새벽빛이 산뜻하게 걸려 있었다.

　연지는 잠긴 문 앞에서 시계를 보았다. 철민의 새벽잠이 꿀맛 같을 시간이었다. 꿀맛이야, 꿀맛, 제발 깨우지 말아. 살 내려. 새벽잠을 설칠 때마다 철민은 이렇게 비명을 지르며 정말 꿀맛을 음미하듯이 입맛을 다셨었다.

　연지는 그의 꿀맛과 아울러 식탁에서의 자기만의 시간을 존중해서 벨을 누르는 대신 열쇠로 문을 열었다. 현관에 철민의 구두와 분명히 그녀의 것이 아닌 여자 샌들이 얌전치 못하게 나동그라져 있었다. 부엌 식탁에 백을 던지면서 힐끗 바라다본 안방 문은 반쯤 열린 채였고, 네 개의 발바닥이 보였다. 여자의 발바닥은 웃음이 나오도록 앙증맞고 발가락이 벌어져 있었다. 여자는 헤벌린 가랑이 사이로 다홍빛 숙고사 겹이불을 수세미처럼 구겨서 휘감고 철민의 팔베개를 하고 잠자고 있었다. 발바닥의 앙증맞은 첫인상 때문인지 여자의 얼굴은 어리고 철없어 보였다. 적의는 일지 않았다. 다만 다홍빛 숙고사 이불이 엉망이 된 게 모욕적이었다.

"본견 숙고사다. 요새 흔한 화학섬유가 아니니까 곱게 덮어라."

어머니가 이러면서 장만해준 혼수였다. 본견 숙고사의 부드럽고 섬세한 결이 아까워 지난 여름에는 포플린 홑이불을 대신 덮고 아끼던 거였다. 감히 그걸 망쳐놓다니. 연지는 정수리를 담금질하는 것처럼 화끈한 모욕감 속에서 문득 어제부터 그녀를 죄고 괴롭히던 그 이상한 느낌을 이해하기 시작했다.

그것은 기사를 쓰는 일 대신 내 글을 쓰고 싶다는 강렬한 욕구였다. 그것은 단순한 밥줄로서의 일말고 자신의 내적인 욕구에 합당한 '내 일'을 구하는 사람의 감정이었다. 연지는 앞으로 어려운 일이 닥칠지도 모른다고 생각했지만 두렵지는 않았다. 본견 숙고사 겹이불이 아깝단 생각도 쉽게 가셨다. 많은 돈과 많은 정성이 든 혼수 역시 그녀의 정신을 구속해온 것들 중의 일부에 불과했다.

연지는 수도꼭지에 입을 대고 벌컥벌컥 찬물을 들이켰다. 갈증인지 현기증인지 분명치 않은 것으로 쓰린 속을 물줄기가 시원하게 훑고 지나갔다. 연지는 자신의 내부가 마치 커다란 폭포수에 걸려 있는 것처럼 광활하게 비어 있는 걸 느꼈다.

그리고 연지는 돌아서서 철민의 커다란 발바닥이 움찔하는 것을 보았다. 철민의 팔에 얹힌 여자의 작은 파마머리가 털실 뭉치처럼 부드럽게 굴러 떨어졌다. 누가 업어가도 모를 것처럼 깊이 잠든 여자가 연민의 정을 불러일으켰다. 철민과 연지의 눈이 마주쳤다. 막 잠에서 깬 철민은 미처 사태 파악을 못 한 듯 멍했다.

연지는 철민을 처음 보는 남자처럼 냉정하게 바라보며 내 일을 갖고 싶다, 내 글을 쓰고 싶다, 내가 원하는 걸 배우고 싶다는 자신의 열정적이고도 정직한 목소리를 또 한 번 확인했다.

연지는 점차 사태 파악을 하기 시작한 철민의 시선을 뿌리치고 숄더백만 메고 아파트를 나왔다.

"여보, 당신, 연지, 연지……."

뒤에서 철민이 쫓아오는 소리가 났다. 연지는 죽자꾸나 계단을 뛰어내렸다. 그의 목소리가 도둑질하러 들어갔다 들킨 주인의 목소리처럼 무섭고도 생소하게 느껴졌다. 연지는 붙잡혀선 무슨 수모를 당할지 모를 좀도둑처럼 필사적으로 도망쳤다. 그러나 철민의 추적도 만만치 않았다. 연지는 비록 여행갈 때 신었던 편한 신이었지만 뒤축을 찌그러뜨린 채 신고 있어 거지석거렸고, 철민은 맨발이었다. 아파트의 1층 출입문을 벗어나자마자 철민에게 덜미를 잡혔다. 철민은 연지를 죄인처럼 왁살스럽게 움켜쥐고 아파트 모퉁이를 돌아 창이 없는 측면 벽에다 밀어붙였다.

보는 사람이 없기에 망정이지, 누가 보았다면 영락없이 죄인은 연지고 철민은 떳떳하고도 관용을 모르는 심판자였다. 연지는 눈 깜박할 사이에 일어난 이런 뒤바뀜이 어처구니없어 열없게 웃었다. 연지의 웃음은 철민의 노여움을 한층 북돋았나 보다. 어깨로 숨을 쉬며 씹어뱉듯이 말했다.

"웃지 마, 아니꼽게."

"질질 짤까요?"

"제발 특별나게 굴지 마. 이런 일을 당했을 때 보통 여자들이 하는 대로 하란 말야?"

"어떻게요?"

"그것까지 내가 가르쳐줘야 하나? 정말 매력 없는 여자군."

"당신한테 매력 있는 여자 되고 싶지 않아요. 생각만 해도 끔찍해요."

"역시 강짜하는군."

"강짜요?"

"강짜가 귀에 거슬리면 질투라고 해줄까? 이 고상한 여편네야."

철민이 잇속을 드러내고 웃었다. 기가 꽉 막힌 연지는 고개를 떨구었다. 잘 자란 잔디를 딛고 서 있는 철민의 맨발이 모든 아름다운 것을 짓밟을 권리를 가진 폭군의 그것처럼 힘세고 난폭해 보였다. 1년을 넘어 같이 살았지만 철민의 맨발을 앞뒤로 그렇게 곰곰히 바라보긴 처음이었다.

연지는 자기가 철민보다 약하다는 게 억울해서 눈물이 날 것 같았다. 그녀의 이런 허점을 철민이 민첩하게 파고들었다.

"그 계집앤 당신이 질투할 만한 계집애가 못 돼. 체통을 지키라구."

"체통이요?"

"그래. 가정부인의 체통이라는 게 있지. 그 계집앤 이 근처에서도 소문난 걸레야."

"이 근처 여자라구요?"

"그래. 요 아래 종점에 새로 생긴 치킨집 있지? 맥주도 파는. 그 집에서 심부름하는 아인데……"

"아, 그만. 그런 데서 일하는 여자를 제발 그런 식으로 말하지 말아요."

연지는 더 이상 참을 수가 없어서 날카롭게 악을 썼다. 그러나 철민은 조금도 위축되지 않고 점점 더 유들유들해졌다.

"여봐. 나도 그 정도의 양식은 있다구. 여대생이 술집에서 아르바이트도 하는 세상인데 치킨집에서 일한다고 누가 뭐래나? 그런데서 일한대서가 아니라 제 몸단속이 엉망이니까 걸레 소리를 듣지. 거기 모이는 젊은 친구치고 그 계집애 한 번 안 따먹은 친구가 없다는 소문이 이 근처엔 자자하거든. 어젯밤, 당신은 집을 비우고, 저녁도 먹는 둥 마는 둥, 쓸쓸하기도 하고 줄줄하기도 한 김에 슬그머니 장난치고 싶어지더라구. 제 아무리 도덕군자라도 어젯밤의 나 같은 환경에 처하면 별수 없을걸. 그래서 야밤에 치킨집에 전화를 걸었지. 아마 한 시는 됐을 땐데도 가게가 열려 있더군. 치킨 세 피스만 갖다 달랬지. 곧 배달해주마더니 거의 두 시나 돼서 가져왔을 거야. 가게 문 닫고 오는 길이라나. 집사람도 없는데 자고 가도 되겠군 하고 수작을 걸었더니 두말 않고 오케이야. 소문대로 걸레더군. 당신이 새벽에 들이닥칠 줄은 정말 몰랐어. 이건 실상 외도랄 것도 없는 일이야. 잘못이 있다면 당신에게 들킨 건데 애교로 봐주라."

기고만장하던 철민의 표정이 비굴하게 일그러졌다. 연지는 소름이 쫙 끼쳤다.

"뭐라고 좀 그래 봐, 여보야."

철민의 애교가 한층 무르익었다. 그러나 연지는 아무 말도 못 했다. 자신의 안방에서 네 개의 발바닥을 본 순간 그녀를 엄습한 게 질투가 아니었다는 걸 어떻게 설명할 수 있을 것인가? 그녀를 괴롭히던 갈등이 일시에 풀리고 그녀의 정신을 구속해왔던 것으로부터 비로소 자유로워진 것 같은 그 신선한 충격을 설명할 수 있다고 해도 돼지에게 진주처럼 그가 그 가치를 알지 못할 건 뻔했다.

연지는 혼자이고 싶었다. 혼자 견뎌내고 싶었고 혼자 즐기고 싶었다.

"먼저 들어가요."

연지는 고개를 떨구고 뿌리가 박힌 것처럼 완강하게 버티고 선 그의 맨발을 보며 말했다. 애써 감정을 억제한 목소리가 그녀 귀에도 낯설었다.

"같이 들어가자."

철민이 온몸으로 경박하게 도리질을 했다. 그러나 그의 두둑한 마당발만은 미동도 안 했다.

"먼저 들어가 그 여자를 돌려보내요. 그래야 내가 들어가든 말든 할 게 아녜요."

드디어 연지가 짜증을 부렸다.

"그럼 곧 따라 들어오는 거지? 쪼르르 친정으로 가서 고자질 않기다. 자아 약속……."

철민이 연지의 손을 찾아 새끼손가락 걸기를 하며 약속을 했다. 연지는 그가 하는 양을 남의 일처럼 바라보며 서글프게 웃었다. 연지가 그의 새끼손가락 걸기를 믿지 않은 지는 이미 오래전이었다.

그가 건강한 농부처럼 씩씩한 정강이와 맨발로 풀섶을 헤치며 아파트 모퉁이를 돌아가는 걸 보면서 연지는 그가 반바지를 입고 잤을까, 입고 나왔을까를 잠시 궁금하게 생각했다. 그리고 곧 그에 대해선 잊어버렸다. 그러나 아버지의 연구실에 다다를 때까지 왜 그렇게 오래 걸렸는지는 생각나지 않았다. 종점에서 치킨집을 눈여겨본 것도 같았으나 아직 열기 전이었다는 것밖엔 가게 이름도 특색도 생각나지 않았다. 문득 배가 고팠고, 호화로운 식사를 하고 싶단 변덕스러운 욕망과 함께, 아버지가 보고 싶었을 때는 이미 점심때가 겨운 시간이었다. 아버지는 툭하면 점심을 거르시기도 잘하시니까……. 식욕은 물론 본능적인 욕망이 남보다 소금씩 모자라는 성 같은 아버지에게 연지는 간절한 그리움을 느꼈다. 이래저래 급한 마음으로 아버지를 찾은 연지는 별로 할 말이 없었고, 지칠대로 지친 모습이 아버지 앞에 송구스러울 뿐이었다.

택시는 통일로를 벗어나 오른쪽으로 꺾였다. 양쪽의 숲이 한층 울창하고 싱그러워지고 때맞춰 모를 낸 논엔 물이 넉넉하게 찰랑이고 벼 포기는 야드르르 기름이 흐르게 푸르렀다. 벌써 무슨무슨 농원이란 푯말이 보이기 시작했다. 연지는 그중의 한 농원 이름을 운전수에게 말했다.

"갈비 먹고 싶다더니 웬 농원은?"

하석태 씨가 의아한 듯 물었다.

"갈빗집 이름이 농원이에요."

연지는 세상 물정을 너무 모르는 하석태 씨가 딱하다 못해 짜증스러워 고개를 돌린 채 쌀쌀하게 말했다.

"그래? 흔해 빠진 센터보다는 낫다만 농원보다는 무슨무슨 목장이 안 나았을까?"

하석태 씨가 껄껄 재미없게 웃으며 말했다. 연지도 아버지의 별로 신통치 못한 유머 감각에 질려서 픽 웃고 말았다. 하석태 씨는 연지의 웃는 모습에 용기를 내서 이것저것 묻기 시작했다.

"잡지사 일이 많고 고단한 거로구나?"

"아뇨."

"잡지사 일이라는 게 며칠은 정신없이 바빴다 며칠은 빈둥빈둥 놀았다 한다며?"

"그렇지도 않아요."

"좀 더 편하고 안정된 직업을 가졌으면 싶다."

"견딜 만해요. 월급도 괜찮고, 꼬박꼬박 제 날짜에 나오니까 그만하면 안정된 직업 아녜요?"

"하긴 그래. 얼마나 더 다니겠다고 직장을 바꾸고 말고 하겠니? 철민이가 다시 직업만 갖게 되면 네가 뭣하러 그 고생을 하겠다고……. 그러고 보니 편하고 안정된 취직은 이미 한 거나 마찬가지로구나. 안 그러냐?"

하석태 씨가 다시 그 재미없는 웃음을 웃었다. 연지는 잠자코 한숨을 삼켰다.

"시장하쟈?"

"아뇨."

"시장해 보이는걸. 아직 멀었냐? 그 농장인지 목장인지 하는 갈빗집이."

"아침부터 아무것도 안 먹었나 봐요."

"누가 말이냐?"

"누군 누구예요. 저죠."

연지가 차창 밖만 바라보던 눈을 휙 돌려 하석태 씨를 쏘아보면서 말했다. 하석태 씨는 까닭 없이 가슴이 철렁 내려앉아서 마른기침 먼저 하고 말했다.

"얘도. 무슨 말을 그렇게 하냐? 그럼 철민이도 굶겼겠구나."

정말 일심동체군. 연지는 또 한 번 픽 하고 실소하고 말았다.

초여름 푸르름의 풋풋한 훈향에 진한 고기 냄새가 섞이기 시작했다.

"얼추 다 왔나 보구나."

눈치 없는 하석태 씨도 알아차리고 창밖을 두리번거렸다. 녹음 사이로 저만치 드넓은 주차장을 메운 승용차의 번들대는 등이 보였다. 아름다운 녹음 때문인지, 기름으로 움직이는 기계라기보다는 거대한 갑각류의 곤충이 은밀하게 모여 있는 것 같은 동화적인 환상을 불러일으켰다.

"정말 고물차라도 한 대 사야 할까 보다."

하석태 씨가 택시 요금을 치르면서 아부하듯 말했다.

평일인데도 식탁이 여러 개 놓인 대청마루만 좀 한산할 뿐, 넓은 벌판 여기저기에 산재한 원두막 풍의 독채는 모두 짙은 연기를 피워 올리며 왕성하게 먹어대는 손님들로 꽉 차 있었다. 갈비 냄새에 연지의 배 속에선 거침없이 꼬르륵 소리가 났다.

"마루에서 잡수실래요, 원두막에서 잡수실래요?"

연지는 종업원처럼 뻣뻣하게 말했다.

"너 배고프지?"

"아빤 어디가 좋으시냐니까요?"

"같은 값이면 원두막이 좋으련만."

"원두막이라도 갈빗값 더 달라진 않을 테니까 염려 마세요."

연지는 종업원에게 가장 멀리 떨어져 있는 별채를 가리키면서 거기가 빌 때까지 기다리겠다고 일방적으로 말하고 마루에 걸터앉았다. 하석태 씨는 그곳이 빌 때까지 괜히 안절부절을 못했다. 그 외딴 별채는 오래 기다린 게 억울하지 않을 만큼 시원하고 조용하고 경치가 좋았다. 반듯하게 농지정리가 된 기름진 논이 시야 가득 펼쳐진 끝에 미루나무가 건들대는 방죽을 지나 원경으로 능선이 유연한 푸른 산이 보이고, 그 산의 주름살에 반쯤 가린 그림 같은 양옥이 한 채, 그런 풍경을 문득 통속적으로 만들고 있었다.

저런 집에 누가 살까? 통속적인 그림은 통속적인 상상력을 유발했다. 재벌의 별장이라고 생각하기보다는 폐를 앓는 가인이나, 처절하게 슬픈 젊은 미망인이 살고 있었으면 싶었다. 연지는 아직도 그런 유치한 구석이 남아 있는 자신을 돌아보며 쓸쓸해졌다.

하석태 씨도 그곳이 마음에 들었는지 물수건을 가져온 종업원에게 "참 별천지로군요" 하는 촌스러운 치하를 했다. 그리고 갈비 2인분만 맛있게 해달라고 사뭇 은근하게 부탁하는 것이었다.

"2인분이요?"

종업원이 불손한 어조로 반문하고 경멸하는 표정으로 두 사람이 어떤 사이인가 살피는 듯하더니 휘적휘적 본채로 건너갔다.

"저 사람이 왜 저러냐?"

"아빠를 노랑이라고 생각하나 봐요."

"내가 뭘 어쨌게?"

"아빠두 2인분이 뭐예요?"

"우리가 둘밖에 더 되냐?"

"그래두요. 예까지 와서 혼자서 1인분 먹는 사람이 어딨어요?"

"여기 오는 사람은 모두 그렇게 양이 크냐?"

"아빠도 참, 사람 양이 큰 게 아니라 갈비 양이 적은 거죠. 양 큰 사람은 5인분, 적은 사람도 2인분은 먹어야 좀 먹는 것 같아요."

"쯧쯧, 미련한 사람들. 그럼 처음부터 보통 사람 양으로 1인분을 삼을 일이지……."

하석태 씨는 그러면서 이내 숯불 풍로와 갈비와 반찬을 가져온 종업원에게 2인분의 갈비를 더 시켰다.

갈비 익어가는 냄새가 연지의 공복감을 자극했다. 배 속의 꼬르륵 소리가 맹수의 울부짖음처럼 힘차지는 걸 기화로 연지는 맹렬한 식욕으로 갈비를 뜯기 시작했다. 거의 맛을 느낄 수 없을 만큼 배가 고팠고, 맛보다는 질긴 걸 물어뜯는 이빨의 쾌감이 그녀의 식욕을 더욱 거칠게 했다.

"꼭 며칠 굶은 애 같구나."

하석태 씨가 질린 얼굴로 이렇게 말하면서 익은 갈비를 자꾸만 딸 앞으로 밀어놓았다. 상스러운 트림이 치밀 때까지 갈비를 뜯고 나서 연지는 스르르 맥이 빠졌다. 만복감과 함께 마음속은 텅 빈 것처럼 쓸쓸했다.

작년 가을 철민과 함께 해운대로 그 재미없는 여행을 떠났을 때, 혼자서 밤중에 호텔을 빠져나와 먹은 것도 갈비였다. 그때 그녀는 철민한테 당한 가학적인 성행위에 대한 분풀이처럼 열렬하고 무식하게 갈비를 뜯었다. 그것은 단순한 분풀이도 됐지만, 자신 속에서 혼자 사는 걸 두려워하지 않을 자신감 같은 걸 확인하는 의식 같은 것일 수도 있었다. 그녀는 그때 마치 자기만의 비상금의 액수를 몰래 꺼내보며 즐기듯이 그런 자신감을 즐기려 들었었다.

그때 깨끗이 끝났어야 하는 사이를 여태껏 끌고 온 건 사람들의 이목, 특히 부모의 기대에 어긋나고 싶지 않아서였다. 그러나 이제 부모의 기대 때문에 더 이상 거짓 삶을 살고 싶지 않았다.

연지는 자기가 뜯고 난 믿을 수 없을 만큼 많은 갈비의 잔해를 보면서 생각했다.

그때 해운대에서 혼자 갈비를 뜯은 일이 앞으로 혼자 사는 걸 두려워하지 않을 자신감을 확인하는 의식이었다면 지금 아버지 앞에서 갈비를 뜯은 일은 자신감을 알리고 이해를 구하려는 의식쯤 되려나 몰라. 왜 하필 중요한 고비마다 갈비가 먹고 싶었을까? 힘든 일이니까, 용기를 요하는 일이니까, 우선 먹어두는 거지 뭐.

"아버지 말씀 드릴 게 있어요."

연지가 정색하고 말했다.

"아서라 연지야."

"왜요 아버지."

"내가 먼저 말할란다."

"아빠가 뭘 아신다고?"

연지는 하석태 씨 눈에서 모닥불의 불티처럼 즐겁게 빛나는 게 무엇인지 이해할 수 없어 이렇게 중얼댔다.

"아빠가 모를 줄 알구? 아빠를 너무 등신 취급하지 말아라. 자아 밀할게 놀라지 말아. 니 이놈, 애기 가졌지?"

하석태 씨 얼굴이 너무도 벅찬 즐거움으로 바보처럼 헤벌어졌다. 연지는 그런 아버지가 철민과 한패인 것처럼 보기 싫었다. 예기치 않은 이런 혐오스러움 때문에 연지는 할까 말까 망설이던 말을 쉽게 할 수가 있을 것 같았다.

아아, 부모의 꿈과 자식의 현실은 얼마나 동떨어져 있는 것일까? 하지만 연지에겐 이미 부모의 그런 꿈에 아부할 생각이 조금도 없었다. 하석태 씨의 천진한 기대조차 그녀의 정신을 속박하기 위해 음흉한 계략처럼 느껴질 지경이었다.

"아버지, 저하고 그이하곤 이제 가망 없어요. 다시 친정으로 돌아가지는 않겠지만 아버지도 그걸 알고 계셨으면 해요."

연지가 감정을 배제한 사무적인 목소리로 또박또박 말했다. 하석태 씨는 말귀를 못 알아들은 것처럼 한동안 아둔한 얼굴을 하고 있다가 더듬거리며 물었다.

"아, 아닌 밤중에 홍두깨도 유분수지 그게 무슨 소리냐? 잘들 지내고 있었지 않니?"

"아닌 밤중에 홍두깨가 아녜요. 우린 벌써부터 가망 없었어요. 다만 아버지, 어머니가 그걸 믿으려 들지 않으셨을 뿐이에요."

"애야, 좀 더 차근차근히 말해보렴. 누가 뭐래도 너희들은 보기 좋은 한 쌍이었어."

"아버지, 부부간의 일은 그 부부가 가장 잘 알아요."

"그렇지만 애야, 부부간의 일처럼 변하기 쉬운 것도 없단다. 그러니까 그렇게 단정적으로 말하지 말거라. 무슨 일이 있었으면 친정에 와서 쉬들 좀 어떻겠니. 철민이가 뭘 잘못했는지 모르지만 잘잘못을 가리는 거나, 철민이하고 담판을 짓는 거나 다 나한테 맡기거

라. 알겠냐?"

하석태 씨의 애걸하는 모습이 연지 보기에 매우 민망했다. 그러나 여기서 마음이 흔들려서는 안 된다고 생각했다.

"아버지 제발 우리가 가망 없다는 걸 인정하셔야 돼요. 오늘 아침 제가 본 걸 말씀드릴까요? 네, 하루 먼저 돌아왔어요. 밤차 타고 오늘 새벽에 서울역에 떨어졌어요. 그이 잠을 깨우지 않으려고 열쇠로 문을 열고 가만가만 들어갔죠. 그이가 어떤 여자하고 자고 있더군요."

"저런 못된 놈 봤나."

하석태 씨의 몸과 목소리가 함께 떨렸다.

"네가 혹시 잘못 본 게 아니더냐? 너희 엄마도 소싯적에 그와 비슷한 오해를 하고 추태를 부린 적이 있단다. 여자친구하고 같이 공부하다가 쓰러져 잘 수도 있는 게지 뭐."

하석태 씨가 마구 억지를 부렸다. 딸을 위로하고 싶기도 하고 뭔가를 유예하고 싶기도 한 마음이 그런 억지를 부리게 한 것 같았다.

"아뇨. 아버지, 그럴 가망도 없어요. 그 여자는 치킨센터에서 심부름하는 아가씨였고, 그이도 여자와 같이 잔 걸 인정했어요."

한동안 말이 끊겼다. 상을 치우러 이쪽으로 오던 종업원도 이상한 분위기를 감지한 듯 도중에서 되돌아가 버렸다. 하석태 씨가 먼저 육중하게 입을 열었다.

"쯧쯧, 힘들었지?"

"뭐가요?"

"암튼 여자로서 가장 참기 힘든 걸 잘 참았다. 장하다."

"힘 안 들었어요. 아무렇지도 않았으니까요."

"넌 그게 흠이야. 힘들 땐 솔직히 힘들어하는 게야. 엄살도 좀 부리고. 그게 여자답고 자연스러워. 너무 잘난 여자도 남자에겐 부담스러운 법이란다."

"아버지는 이번 일도 또 수습할 수 있다고 생각하시는군요. 잘못을 억지로 꽈다가 저한테로 돌리시는 걸 보니."

"암, 수습해야구 말구. 고작 음식점에서 놀던 여자애한테 남편을 내준대서야 말이 되니? 난 여자가 양갓집 처녀가 아니란 소리를 듣자마자 일단 안심했다."

"어쩜 남자들은 그렇게 약속이나 한 듯이 한통속이죠?"

"철민이도 그러던? 암 그랬겠지."

"그게 그렇게 신통하세요?"

"신통할 것까지는 없어도 대수로운 일이 아니어서 다행이다."

"그 여자 신분이 대수롭지 않아서 그 일까지 대수롭지 않은 게 된다고 생각하시는군요? 그 여잔 직업여성이에요. 저도 직업여성이구요. 어떻게 아버진 양갓집 여자와 남자들이 한통속이 돼서 직업여성을 마구 짓밟아도 된다고 생각하세요. 양갓집 여자가 뭔데요? 직업여성이 뭔데요?"

"애야, 진정해라. 넌 지금 누구 역성을 들고 있는지 알고나 하는 소리냐?"

"그 여자를 농락하고 전혀 죄의식을 안 느끼는 남자들의 심보를 참을 수가 없단 말예요."

"직업여성이라고 다 같을 순 없지 않니? 자기 몸을 천히 굴면 천대받아 마땅하지, 안 그러냐?"

"그 여자가 천대받아 마땅한 여잔지 아직은 모르고, 장차 알아볼 생각도 없어요."

"암 그래야지. 할 일이 없냐, 그걸 알아보러 다니게. 알아보고 말고 할 것도 없이 그런 여자는 처음부터 무시하고 보는 거야. 그래야 일의 수습이 수월해져."

"아, 우리가 왜 이렇게 그 여자 얘기를 오래 하죠?"

"글쎄 말이다. 입에 올릴 만한 여자도 아닌 것 같은데."

"그게 아니라요, 문제는 그 여자한테 있는 게 아니라 그이하고 저하고의 문제예요."

"그렇구말구, 두 사람이서 이 문제를 현명하게 수습만 해준다면 더 바랄 게 없지, 정 어려운 일 아니면 친정 부모도 안 나설수록 좋은 게다."

이제 하석태 씨는 완전히 평정을 회복하고 느긋해져 있었다. 그런 변모를 연지는 아파트의 측면에 그녀를 몰아붙이면서, 누누이 설득하면서 스스로 편안해지던 철민의 뻔뻔스러움과 별로 다르지 않게 느끼며 바라보았다. 아버지를 그렇게 바라볼 수 있다는 게 그녀가 하고 싶은 말을 하는 걸 수월케 했다.

"제가 부탁드리고 싶은 것은 바로 그거였어요. 이번 일엔 안 나서주셨으면 해요. 작년에 두 분이 나서서 수습해주신 게 실은 헛수고였다는 걸 말씀드리고 싶어요. 두 분이 나서주신다는 건 결국 그이 편을 드시는 거예요. 그이도 그걸 원하겠죠. 그렇지만 전 싫어요."
"그러니까 철민이도 이번 일을 없던 걸로 하길 바란다 이거냐?"
"물론이죠."
"그럼 못 이기는 척 져주는 거야. 네 상처받은 마음은 내가 잘 안다. 그만큼 내가 그 녀석을 혼내주마. 우린 네 편이야. 집에 와 있거라. 그 녀석이 손이 발이 되게 빌며 마음으로부터 회개할 때까지 절대로 너를 안 내주마."
"아빠 전 상처받지 않았어요. 그게 문젠 거예요."
"쯧쯧, 그 오기는 여전하구나."
"오기가 아니라 거짓말이 아닐 뿐이에요. 그 여자가 그이 팔베개를 하고 제 혼수 이불을 휘감고 자고 있는 걸 봤을 때 정말 아무렇지도 않았다니까요. 숙고사 혼수 이불이 아깝다는 생각밖에는요. 질투의 감정이 손톱만큼도 우러나지 않았어요. 어쩜 그럴 수가 있을까, 저도 제 자신에게 놀란걸요. 그래서 가망 없다는 거예요. 아빠는 작년에 우리를 화해시켰다고 믿고 계시겠지만 그게 아니었어요. 사랑하지도 않는 남녀를 그냥 한집에 우격다짐으로 집어넣으신 거였어요. 그건 참 어처구니없는 고역이었어요. 바쁘다 보니 그게 고역인 줄조차 못 느끼다가 오늘 그이의 그런 꼴을 보고도 조금도 상처받지 않은 저 자신에게 놀라면서 한편 깨달았어요. 우린 예전에 깨진 그릇이에요. 다신 그 우스꽝스러운 동거 안 할래요."
"동거라니 말도 안 돼. 느이는 양가의 허락을 받고 법적 종교적

절차를 거친 떳떳한 부부야. 그런 무책임한 말이 어딨냐?"

하석태 씨의 표정이 담벼락처럼 경직됐다.

"아빠, 전 그동안 많은 것을 생각했어요."

연지는 하석태 씨의 담벼락 같은 표정에 별로 굴하지 않고 담담하게 말했다.

"오늘 아침에 그런 일이 생겼다며. 그동안이라야 얼마 됐겠니? 중대한 일을 쉽게 결정하려 들지 말거라. 또 깊이 오래 생각하기 전에 먼저 입에 올리는 일도 삼가야 하느니라. 너 혹시 느이 남편한테 이혼하자고 벌써 말해버린 건 아니겠지?"

"아빠, 전 그렇게 애교 있는 여자가 아녜요."

"그건 또 무슨 동문서답이냐?"

"그이도 제가 그 여자 머리채라도 휘어잡고 난동을 부리든지, 이혼하자고 길길이 뛰길 바랐을 거예요. 그 지경을 당했으면 최소한 그 정도의 충격은 받아야 가망 있는 부부가 아니겠어요? 그러나 전 둘 다 안 했어요."

"잘했다. 넌 교양 있는 아이니까."

"교양 때문이 아니라니까요. 전 정말 아무렇지도 않았어요. 몇 번 말씀드려야 알아들으시겠어요."

"아무렇지도 않았다는 애가 꼴이 그 꼴이야? 아까 네가 내 방에 나타났을 때 아빤 난딱 네게 뭔 일이 있다는 걸 알아차리겠더라. 크나큰 충격을 받지 않고서야 어떻게 사람이 그렇게 순식간에 못쓰게 될 수가 있겠니? 그러니까 속상한 걸 애써 감추려 들지 말아라. 여자에게 친정이 좋다는 게 뭐냐? 철민이 앞에서 참은 울음도 실컷 울고, 그 녀석한테 겁도 좀 줄 겸 집에 가 있자꾸나. 너 아빠를, 죽어도 시집 문지방을 베고 죽으라고 할 구닥다리 아빠로 알지 말아. 세상은 많이 달라졌어. 우리 힘을 합해서 철민이 버릇을 고쳐놓자꾸나. 괘씸한 녀석 같으니라구."

하석태 씨의 목소리는 거의 애원에 가까울 만큼 비굴했다. 그러나 그러면 그럴수록 연지는 아버지의 모습에서 기어코 딸을 시집 문지방이라도 베고 죽게 하려는 완고하고 비정한 부정을 느끼고 전율했다. 딸은 죽은 귀신조차도 다시 친정에 들이지 않는 것으로 딸 가진 아버지 노릇을 다하려는 데 있어서 하석태 씨도 이조의 아버지와 조금도 다를 바 없었다.

세상이 달라진 건 아무것도 없었다.

연지는 고독했다. 그녀가 시내를 정신없이 헤매다 아버지를 찾은 건 위로받고 싶어서였고 이해받고 싶어서였지 원치 않는 일을 강요당하고 싶어서가 아니었다.

벌써 서산에 걸린 구름이 아름답게 놀 지고 있었다. 앞산 구름에 반쯤 가린 양옥의 창이 용광로처럼 시뻘건 불을 뿜었다. 샘물처럼 상쾌한 바람이 들판의 푸르름에 유연한 파도를 일으키자 덩달아 미루나무가 와수수 경박한 소란을 떨었다. 미루나무는 그 훤칠한 키에 비해 잎들이 경망스러운 게 되레 친밀감을 주었다. 멀리 숲 속에서 새가 한 떼 일제히 물빛 하늘로 날아 오르는 게 보였다.

놀을 정면으로 받아 약간 상기한 것처럼 보이는 아버지를 연지는 망연한 눈길로 바라보았다. 뜸하던 손님이 다시 서너 명씩 떼지어 나타나기 시작했다. 하석태 씨가 초조하게 입을 열었다.

"부부란 다 그런 거란다. 밉게 굴 땐 그런 원수가 없지. 꿈에 볼까 무섭도록 싫다가도 하룻밤 살 대고 자고 나면 언제 그랬더냐 싶게 정이 뚝뚝 들게 마련이란다. 작년에 느이들, 사네, 안 사네 법석을 떨 때만 해도 아찔하더니만 우격다짐으로라도 화해를 붙였더니 그동안 좀 잘 지냈냐? 나라고 오늘 같은 일 당한 네가 안쓰럽지 않겠냐만 그런 고비를 안 겪은 부부가 이 세상에 몇이나 되겠니? 너 혼자 당하는 일로 알지 말고 여자라면 누구나 겪는 팔자려니 생각하렴."

"아빠, 오늘 제가 여기 온 일을 아빠가 대수롭지 않게 여기셔도 좋아요. 저한테 역시 그게 대수롭지 않으니까요. 그런 고비는 누구에게나 다 있다면서요? 여자 팔자라면서요? 지금 저한테 중요한 건 팔자에 없는 거, 저 혼자만 겪은 거예요. 전 그걸 놓치고 싶지 않아요."

"그게 뭔데?"

"아빠 몇 번 말씀드려야 알아들으시겠어요? 그이가 딴 여자하고 자는 걸 보고도 아무렇지도 않았다는 건 정말이고, 그건 아마 어떤 여자도 못 겪은 저 혼자만의 이상한 체험일 거예요. 아빠 그건 매우 중요해요. 저희들 사이엔 이미 사랑이 없다는 증거예요. 아빠, 이 중대한 증거를 모르는 척하지 마세요. 우릴 화해시키려고 또 한 번 헛수고하실 필요 없어요."

"또 한 번 헛수고라니? 그럼 작년에 느이들을 화해시켜준 것도 헛수고였단 말이로구나. 그동안 느이들은 그럭저럭 잘 지냈지 않니? 그만했으면 됐지 꼭 그렇게 못을 박아 말할 건 뭐냐? 섭섭하구나."

"아빠가 정 섭섭하시다면 취소할게요. 실상 그동안 다시 시작해보려고 노력해본 것은 매우 잘한 일이었어요. 다시 시작하는 것이 불가능하다는 걸 깨달았으니까요. 그 정도의 노력도 안 해보고 헤어졌더라면 훗날 내 생활이 여의치 못했을 때, 후회라는 걸 했을지도 모르죠."

앞산 자락의 양옥의 창에 그 이글대던 불꽃이 거짓말처럼 일순에 사위고, 화려하던 노을도 서산 능선에 볼연지처럼 은은한 잔광만 남았다. 그 대신 갈빗집의 숯불 풍로가 여기저기서 자그마한 폭죽을 터뜨리며 달아오르기 시작했다. 안채의 대청마루도 만원이 되었고, 별채가 나기를 기다리는 듯 마루끝에 걸터앉아 이쪽으로 고개를 길게 빼고 있는 일행도 보였다. 일어나야 할 시간인 것 같았다.

"갈비를 더 시키랴?"

하석태 씨가 조바심치듯이 안절부절을 못하며 말했다.

"아뇨, 아빠. 이제 냄새도 맡기 싫어요."

"그래도 1인분이라도 시켜서 먹는 척이라도 하자꾸나, 내쫓기기 전에."

"슬슬 일어서죠 뭐."

"얘기를 끝내야지."

"아빠, 전 이제 더 할 얘기가 없어요. 이제까지 말씀드린 것도 괜히 했다 싶은걸요."

"못된 녀석."

"죄송해요, 아빠."

"암튼 집으로 가자. 느이 엄마가 아마 나보다도 더 설득력이 있을 거다. 경험이 풍부하니까."

하석태 씨의 입가가 비꼬는 듯한 미소로 보기 싫게 일그러졌다.

"아뇨, 아빠. 전 제 아파트로 돌아갈 거예요."

연지가 성난 목소리로 말했다.

"뭐라구? 친정으로 가지 않고 느이 집으로 가겠다고?"

하석태 씨의 표정이 반짝 빛났다. 연지가 어깨를 축 늘어뜨리면서 낙담을 과장했다.

"아빠, 제발 헛된 희망을 갖지 마세요. 우린 정말 가망 없다니까요. 부부 싸움 하고 친정으로 쭈르르 달려가는 여자는 충분히 가망 있는 여자죠. 남편이 데리러 오길 바라고, 친정 부모가 야단도 치고 역성도 들어주고 화해도 붙여주길 바라고 친정으로 가는 거니까요. 전 이미 그런 유치한 단계는 지났어요."

"성숙해서 꼴좋다."

비꼬는 게 하석태 씨답지 않아서 되레 가슴 아팠다.

"전 제가 앞으로 혼자서 자립해서 살 수 있는 터전을 지켜야 돼요. 임대 아파트지만 제가 가질 권리가 충분히 있다고 생각해요. 그이도 그것만은 아니라고 못 할 거예요. 그인 알몸으로 장가들었으니까요. 제가 친정으로 가는 게 아니라 그이를 시댁으로 보내야 돼요. 그게 결코 쉽지 않다는 건 알고 있어요. 결혼이 파탄이 났을 때 여자가 쫓겨나는 게 관례고, 관례를 홀로 거스르기가 쉬울 리가 있나요. 그렇지만 혼자 살려면 앞으로 어려운 일 천지일 테니까 시작이 어려운 걸 겁내지 않겠어요. 아직 직업이 있으니까 먹고사는 건 걱정이 없고……. 둘이 먹던 걸 혼자 먹고살면 아마 잘 먹고 잘 살 수 있을 거예요. 먹을 걱정이 없으니까 더 악착같이 집을 지켜야 될 것 같아요. 곧 임대인에게 불하를 해준다는 말이 있거든요."

"듣기 싫다. 그 정도로 입 닥치지 못하겠니?"

"왜요, 아빠? 아빠 제 계획이 구체적인 게 싫으신 거죠? 괜히 그래 보는 빈말 같지가 않은 게 싫으신 거죠?"

"아빤 네가 불쌍하게 되는 게 싫다. 절대로 널 불쌍하게 만들진 않을 테야."

"그건 저도 마찬가지예요. 남들이 절 미워하고 저주하는 것까지도 참을 수 있지만 남들이 저를 불쌍하게 여기는 것만은 아마 못 참을 거예요. 그렇지만 정말 못 참을 건 제가 저 자신을 불쌍하게 여기는 거예요. 아빠, 그이하고 계속해서 살면 누구보다도 제가 저를 불쌍하게 여길 수밖에 없게 돼요. 아빠, 아빠하고 저하고 조금씩 생각이 다가가는 것 같아서 기뻐요."

"아니다. 우리의 의견은 조금도 좁혀지지 않았다. 이상한 방법으로 동의를 얻은 것처럼 만들지 말거라. 내가 널 포기해도 느이 엄마는 널 포기하지 않을걸? 사생결단을 해서라도 널 시집 귀신 만들려 들 거다. 느이 엄마는 여자 혼자 살기가 얼마나 신산스럽다는 걸 연습까지 해본 사람이니까. 넌 왜 엄마만큼도 약지 못하냐?"

 하석태 씨의 입가에 빙그레 회심의 미소가 감돌았다. 그건 이미 딸의 불행을 안쓰러워하는 아빠의 표정이 아니라 아내의 높은 콧대를 꺾어놓은 남편의 느긋하고 자신 있는 표정이었다. 연지는 그런 하석태 씨에게 울컥 혐오감을 느낀 걸 계기로 일어섰다. 아까부터 이쪽을 호시탐탐 노리고 있던 일행이 뜀박질해 오고 있었다.

 "포기라고까지 말씀하실 게 뭐 있어요? 이왕이면 동의한다고 해주셨으면 좋았을 것을. 아니면 묵인쯤······."

 연지는 하석태 씨가 구두끈을 매는 동안 먼 산을 바라보며 중얼거렸다.

 "이혼만 해봐라. 넌 버린 자식이야."

 이런 강경한 어조를 뒤로 하고 연지가 먼저 농원을 빠져나왔다. 하석태 씨가 셈을 하는 동안 택시를 잡을 수 있었으면 했으나 허사였다. 상투에 불 밝힌 택시는 좀처럼 나타나지 않았다. 승용차가 농원이 있는 산모퉁이에 나타날 때마다 그 강렬한 헤드라이트가 눈부셔 손으로 이마를 가리는 연지 옆에서 하석태 씨는 "고물차라도 한 대 사야 할까 보다"는 무의미한 소리를 중얼거리며 어정댔다.

 이윽고 콜택시가 연달아 두 대나 와서 일행인 듯싶은 시끄러운 남녀를 한 떼 쏟아놓는 바람에 부녀는 본의 아니게 비싼 택시를 타게 됐다. 시늘한 초여름 밤이있다. 서울 근교답시 않게 싵푸른 숲이 술렁이는 소리가 들리고 활짝 열린 차창으로 불어닥치는 바람이 살갗에 찼다. 연지는 차창을 올리는 대신 깔깔한 여름 스웨터에 팔을 꿰고 뒤로 편안히 몸을 기댔다. 마구 나부끼는 하석태 씨의 은빛 머리가 연지의 가슴에 아릿한 파문을 일으켰다.

연지는 자기가 아버지와 많이 친하다고 생각했지만 오늘처럼 많은 이야기를 해보긴 처음이었다. 그녀의 아버지에 대한 친화감엔 항상 유리창이 가로막혀 있었다. 그녀의 아버지 어머니의 불화 사이에 늘 검고 육중한 서재의 문이 가로놓여 있었던 것처럼.

그녀는 아버지를 사랑했다기보다는 동경했었다. 소녀 시절 그녀가 부모의 비밀스러운 불화의 틈바구니에서 서재의 유리창을 통해 발견한 아버지의 외로운 세계는 그녀의 이상향이었고 아버지는 우상이었다.

마당에서 본 아버지의 서재는 낮동안은 비어 있고 안이 우중충해 아무것도 보이지 않았다. 그러나 날이 저물면 주인을 맞아 밤새도록 불을 밝히고 있었다. 고3때 아무리 늦게 공부하다가 내려가 봐도 아버지의 서재에 불이 꺼진 적이 없었고 아버지가 누워 있거나 조는 것을 본 적이 없었다.

아버지의 창 바로 앞엔 점잖은 후박나무가 심어져 있었다. 조금 물러나서 봉긋한 동산 위엔 라일락이 몇 그루 덤불을 이루고 있었다. 그 라일락 그늘에 서면 서재가 환히 들여다보였다. 아버지의 깨어 있는 모습은 고3짜리 소녀의 건강한 졸음을 멀리 몰아냈고, 지식욕을 새롭게 충만시켜 주었다.

아버지는 술 두꺼운 책장을 넘기고 있었고, 책상 위의 커피포트에선 물이 끓고 있었다. 물 끓는 소리는 들리지 않았지만 증기가 올라오는 게 보였고, 손가락 사이에 낀 담배에서 올라오는 연기까지 보였다. 아버지는 담배를 어쩌다가 빨았기 때문에 손가락 사이에서 긴 재가 되어 책상 위로 소리 없이 무너져내릴 적도 있었다. 연지는 그런 아버지를 창밖에서 몰래 들여다보기를 즐겼었고, 아버지를 엿보면서 창 안의 고독과 충만과 정진의 세계에 동참하고 있는 것 같은 느낌을 또 얼마나 좋아했던가?

청순한 처녀의 눈에 아버지의 서재문 밖에서 서성거리며 읍소하는 한창 나이의 어머니가 진저리가 쳐지게 추악해 보인 것만큼 아버지의 비정조차 아름답게 보였었다. 그 무렵 그녀의 눈에 추악한 것의 극단으로 보인 어머니상과 아름다운 것의 극단으로 보인 아버지상이 지금까지도 그녀의 의식을 지배하고 있는지도 몰랐다. 그 무렵 소녀다운 치졸하고도 순수한 마음으로 나도 아버지처럼 살게 하소서, 어머니처럼 살게 될진대 차라리 죽게 하소서,라고 빈 간절한 기원이 아직까지도 그녀의 행동에 영향을 끼치고 있는지도 모를 일이었다.

연지가 철민과 갈라지기를 쉽게 결심하고, 두 사람이 살던 보금자리를 어떡하든 그녀가 차지해야겠다고 생각한 것도 그 작은 임대아파트 속을 그녀가 동경하던 아버지의 영역처럼 꾸미고 싶어서가 아니었을까? 그 영역의 주인이 되어 그 영역의 열쇠를 쥐고, 저녁이면 홀로 그 영역을 자기만의 것으로 하고 고독과 충만을 누리고자 함이 아니었을까?

연지가 그 일을 결심하고 제일 먼저 아버지를 찾은 것도 아버지만은 그런 그녀의 마음을 긴 설명 없이 이심전심으로 받아들일 줄로 믿어서였다. 그러나 뜻밖에 하석태 씨는 완강했고, 그가 얼마나 충격받고 상심하고 있었나를 돌아오는 콜택시 속에서 거의 피부적으로 느끼면서 연지는 배신감마저 느끼고 있었다. 하석태 씨가 평범한 아버지라는 게 연지는 억울했다. 그렇게 평범하고 세속적인 면 밖에 안 보여주는 게 의도적으로 자기를 무시하는 처사라고까지 생각했다.

딸이 겪은 불행에 대해 아무것도 모를 때, 다만 딸의 초췌한 외모만 보고 하석태 씨가 하던 말이 생각났다.

나는 직업을 가진 여성을 좋아하지. 우수한 제자 중 여학생은 대개 시집가면 사라지는 게 화도 나고. 네가 남자도 어려운 일을 해내는 게 대견스러울 때도 많고. 그러다가도 친구의 딸이 시집 잘 가서 집에서 살림만 하고 가끔 곱게 차려입고 전시회나 사교모임 같은 데 나타나서 화려하고 근심 없는 귀부인 노릇을 하는 걸 보면 그렇게 부러울 수가 없단다. 마음이 아파. 이런 아버지에 대해 어떻게 생각하니?

그때 연지는 회답을 회피했었다. 하석태 씨가 지극히 세속적이고 평범한 아버지란 사실에 대해 지금처럼 배신감이 끓어오르기 전이었다.

"느이 오래비하고 너하고 바뀌 됐으면 집안 꼴이 되었을 것을……"

하석태 씨가 혼잣말처럼 중얼거렸다. 연지는 못 들은 척 고개만 움츠렸다. 그게 결코 칭찬이 아니란 것도, 그녀의 새로운 의욕에 대해 어렴풋이나마 뭘 알고 하는 소리도 아니란 것을 연지는 알고 있었다. 별로 공부에 뜻도 없는 외아들을 짝지어 미국 유학을 보냈더니 공부는 흐지부지하고 그곳에서 장사로 자리 잡은 처가를 따라 장사꾼으로 변신하고, 면목이 없어선지 돈벌이가 바빠선지 친부모한테는 거의 연락을 끊다시피 하고 있었다. 이런 아들자식에 대한 섭섭함을 어머니는 가끔 입가에 냈지만 아버지는 일체 함구무언이더니 지금 문득 딸의 만만치 않은 고집과 아들의 줏대 없음이 비교된 모양이었다. 연지는 그런 부모 본위의 비교가 싫었다. 자기는 아무하고도 바꿔치기할 수 없는 소중하고 하나밖에 없는 자기일 뿐이었다.

창밖으로 조금씩 불빛이 빈번해지기 시작했다. 도시가 가까워지고 있었다. 도시가, 싸움터가. 연지는 갈비 먹은 기운까지 합세한 강렬하고도 맹목적인 투지를 느꼈다.

"왜 말이 없냐?"

하석태 씨가 초조하게 물었다. 아무런 결말도 못 내고 헤어질 시간만 가까워지는 게 안타까운 모양이었다.

"다 말씀드렸잖아요? 더 이상 드릴 말씀이 없어요."

연지는 가슴속이라도 열어 보이고 싶다는 듯이 두 팔을 크게 벌리면서 허심하게 웃었다. 그러면서 그녀는 아버지에게도 숨긴 비밀이 아직 남아 있다는 걸 느꼈다. 그건 오늘 아침 그녀의 안방에서 네 개의 발바닥을 발견하고 엄습한 화끈한 모욕감에서 감쪽같이 그녀를 구원해준 이상하고도 신선한 그 무엇이었다. 그것은 기사를 쓰는 일 말고 내 글을 쓰고 싶다는 강렬한 욕구였고, 단지 밥줄로서의 직업 말고, 자신의 내적인 욕구에 합당한 '내 일'에 대한 정직한 갈망이었다. 내 글을 쓰고 싶다. 내 일을 갖고 싶다, 내가 원하는 걸 배우고 싶다. 그때 그녀를 엄습한 이런 소망은 너무도 찬란하고 순수해서 차라리 영감이었다. 그리고 그것만은 아직 아버지에게도 말하지 않은 그녀만의 비밀이었다. 연지는 자신이 간직하고 있는 그 비밀을 매우 흡족하게 생각했다. 그녀는 지금 아무것도 없었다. 결혼에 실패한 여자였고, 부모한테도 버린 자식 취급당하게 될 게 뻔했다. 사회적으로도 이혼해서 혼자 사는 여자를 얼마나 만만하고 우습게 취급하는지 모르지는 않았다. 최소한의 자존심이나마 지키고 살기가 벅찰 테지만 그 비밀이 있음으로써 그런 어려움이 별로 두렵지 않았다. 그보다 더한 어려움도 극복할 수 있을 것 같았다. 그래서 그녀의 비밀은 매우 엉뚱스러웠지만 소중했고 아무에게도 내보이고 싶지 않았다.

"어디로 모실까요?"

차가 구파발을 지나자 기사가 정중하게 물었다.

"어쩌련? 집에 들렀다 가련?"

하석태 씨가 연지에게 먼저 물었다.

"아뇨. 집으로 곧바로 가겠어요."

"부부 싸움은 칼로 물 베기란 말 명심하거라."

"그이도 그걸 신봉하고 있을 게 큰 걱정이네요."

"제발 네가 여자라는 걸 잊지 말아라."

"명심하고 있을 게 너무 많군요."
"사람 사는 게 다 그런 게 아니냐."
"어머니한테는 당분간 아무 말씀 하지 마세요."
"나도 그럴 참이다. 이번 네 일은 우리에게 엎친 데 덮친 걱정이다."
"왜 또 무슨 일이 있었게요?"
"새로운 일은 아니지만 느이 오래비 일 때문에 요새 집안이 좀 우울하다. 즈이 처갓집 식당이 분점을 냈다는 소리는 이미 들어 알고 있었지만, 그 식당에 들러 그 녀석 꼴을 직접 보았다는 친구 얘기를 들으니 새삼스럽게 부아가 나서……. 그 후 쭉 집안이 좀 우울하다. 자식이라고 단지 남매가 제각기 질세라 부모 속을 썩이니……."
하석태 씨가 한숨을 쉬었다. 그동안 머리만 많이 센 게 아니라 목 언저리도 많이 추비해진 게 별안간 연지 눈에 띄었다.
"오빠가 미국까지 가서 공부 걷어치우고 장사꾼 된 게 그렇게 못마땅하세요?"
연지는 위로의 말이 생각나지 않아 겨우 이렇게 물었다.
"못마땅하고 말고도 없어, 이젠 그 녀석도 버린 자식이야. 사내 녀석이 오죽 못났으면 처갓집 장단에 놀아나."
"아빠, 오빠 일을 그렇게 보시는 건 공평치 못해요. 처음부터 오빠를 그렇게 줏대 없이 기른 건 엄마 아빠였어요. 미국 갈 때만 해도 오빠가 꼭 거기서 해야 할 공부가 있어서 간 게 아니었잖아요. 제가 알기는 순전히 어머니 성화 때문에 오빤 미국 갈 수밖에 없었던 거였어요. 오빠 전공한 걸로는 중고등학교 교사밖에 할 게 없다는 걸 알고부터 어머니가 오빠를 얼마나 들들 볶았는지 아빠도 아시잖아요. 전공까지 바꿔서 겨우겨우 미국 보내놓고 내 아들은 미국 유학 갔고, 곧 박사 따온다고 자랑시킬 동안만은 어머니의 허영심이 만족스러웠지만 그런 속임수가 오래 통할 수는 없는 거 아녜요? 부모의 의사에 질질 끌려 유학도 간 오빠가 처갓집 뜻에 따라 장사꾼 되지 말란 법도 없잖아요. 어쩌면 장사해서 돈 버는 게 오빠가 정말 하고 싶었던 일인지도 몰라요. 속 썩지 마세요. 박사보다 장사가 못하다고 생각하시면 계속 박사 공부 하고 있는 걸로 하세요. 적당한 시기에 박사 땄다고 풍기시고 그쪽 대학에서 붙잡아서 못 나온다고 해도 그만이지요. 오빠 뜻대로 살고 부모님은 부모님의 뜻대로의 허영을 충족시킬 수 있고……. 그런 의미로도 미국은 우리 모두의 이상향이자 완충지대가 아니던가요? 우리의 땅덩이에 비해 완충지대가 너무 거대하다는 것에도 각별한 뜻이 있다고 생각하지 않으세요? 실상 우리나라 부모들의 꿈과 자식의 현실 사이의 그 엄청난 갭을 그만한 큰 땅 아니면 감히 수용하겠어요?"

"듣기 싫다. 계집애가 수다스럽긴……."

연지 역시 자신의 요설에 혐오감을 느낄 무렵 하석태 씨가 꽥 하고 악을 썼다.

"마지막으로 일러두겠는데 너는 너무 똑똑한 게 탈이야. 더 나쁜 건 자기 외엔 똑똑한 사람이 없는 줄 아는 거야. 그렇게 똑똑한 애가 왜 결혼을 처음부터 잘할 일이지 그따위로 했냐? 철민이가 너한텐 많이 기우는 상대라고 느이 엄마가 못마땅해하건 말건 나만은 네 편을 들었던 것도 똑똑한 애의 선택을 믿었기 때문이야. 근데 지금 와서 이 꼴이 뭐니. 결혼할 때도, 누가 뭐래도 너무 자신만만하더니 이혼도 너무 자신 있게 하려고 해. 처음 결정도 후회의 여지가 있었듯이 이번 결정도 후회의 여지가 있으리란 생각을 어쩌면 그렇게 못 하냐? 네가 정말 똑똑한 애라면 네 최초의 결정에 책임을 지기 위해서라도 이 결혼을 어떡하든 끌고 나갈 게다."

하석태 씨가 저절로 기세가 등등해져 이렇게 나무랐다. 하석태 씨의 기분과는 상관없이 속으론 잘돼가던 연지가 갑자기 막연해졌다. 철민과 결혼할 때도 지금처럼 자신만만했었다는 하석태 씨의 깨우침은 연지에게 매우 달갑지 않았다. 갑자기 옳고 그름에 색맹이 된 것처럼 기분 나쁜 혼란이 왔다.

"아버지 전 이쯤에서 내려서 버스를 타든지 택시를 잡든지 할게요."

차가 독립문을 지나자 연지가 차를 세우면서 말했다.

"나도 내릴란다. 집까지 아직 멀었는데, 비싼 콜택시로 갈 게 뭐 있냐?"

이러면서 따라 내리는 하석태 씨가 연지를 더욱 망연하게 했다. 그녀는 혼자 있고 싶었다. 철민과 결혼할 때도 지금처럼 자신만만하고 독선적이었다는 사실은 달갑지 않을 뿐더러 충격적이었다.

다행히 승차장엔 빈 택시가 연달아 있어서 부녀는 쉽게 나누어 탈 수가 있었다. 급하게 혼자가 된 연지는 다시금 하석태 씨의 말을 곱씹었다. 이번 결단이 옳다는 자신을 회복하기 위해선 처음 결단은 왜 잘못됐고 그런 잘못이 어디서부터 비롯됐다는 걸 규명해야 될 것 같았다.

"아아, 어려워."

그녀는 운전기사가 뒤돌아볼 만큼 큰 소리로 신음했다.

아파트의 창엔 불이 환했다. 현관문을 열자 제법 구수한 찌개 냄새도 났다. 현관에 낯선 여자 샌들은 보이지 않았다. 현관이자 바로 부엌 싱크대여서 밥하고 반찬 하는 철민이 코앞에 보였다. 연지는 그가 노래까지 흥얼거리고 있었던 것처럼 느꼈다. 아침에 입고 있던 반바지 위에 에이프런을 두르고 있었다. 연지가 돈벌이하는 동안은 철민이 밥 짓고 설거지한다는 약속을 지키지 않은 지는 오래였다. 결혼 초에도 철민은 그런 약속을 별로 잘 지키는 편이 아니었고, 주로 연지가 악착같이 그 약속을 끌고 나가려고 했었다. 그러다가 작년에 있었던 그 심각한 부부 싸움을 계기로 철민은 남편의 위신과 가정의 기강을 내세워 부엌일을 거부했고 연지 역시 약속을 억지로 끌고 나갈 맥이 빠져버렸다. 사랑이 없어지니까 사랑할 때 한 약속을 지킬 신명이 저절로 안 났던 것이다. 그녀는 거의 기계적으로 직장 생활과 살림을 함께 해냈고, 그 일이 고되면 고될수록 일종의 자학의 쾌감 같은 걸 느꼈고, 아울러 철민은 손끝 하나 까딱 안 함으로써 가학의 쾌감을 느끼고 있다는 것까지 감지했었다.

그러니까 철민은 거의 1년 가까이 안 입던 에이프런을 두르고 있었다. 밥 짓고, 반찬 하는 즐거움을 과시까지 하고 있었다. 연지는 철민의 한 단계 높은 단수에 다만 아연할밖에 없었다.

"왜 그러고 있어, 어서 올라오지."

반바지 밑으로 드러난 철민의 털이 숭숭한 정강이가 좁은 부엌을 한층 숨 막히게 했다. 그가 찌개 국물을 냠냠 맛보면서 눈을 가느스름히 떴다.

"아무리 오래간만이라도 내 솜씨는 여전하거든."

"뭐 하는 거예요?"

"보면 몰라?"

"나 저녁 먹었어요."

"벌써?"

"아버지하고 낮에 갈빗집에 가서 여태 뜯었으니까요."

"아버님 여전하셔?"

"네."

"장모님도 안녕하시대?"

"네."

연지는 아무 일도 없었던 것처럼 건네는 그런 일상적인 대화가 싫어서 미칠 것 같았다. 그러나 그의 한 단계 높은 단수를 보고, 성급한 쪽이 손해 보게 돼 있다는 상황 판단을 한 연지는 겨우겨우 참아내지 않으면 안됐다.

"아버님한테 일러바친 건 아니겠지?"

"글쎄요."

먼저 그 이야기를 꺼내는 철민이한테 연지가 되레 당황해하면서 입을 다물었다.

"요게 그냥."

철민이 아내가 귀여워 못 견디겠을 때 하던 버릇으로 그녀의 뾰로통한 볼을 꼬집고 지나갔다. 연지는 그들 사이의 이런 무의미한, 아무렇지도 않은 척과 객쩍은 장난질이 참을 수 없었지만 머릿속에서 뱅뱅 도는 기분 나쁜 숙제 같은 생각 때문에 어느 만큼은 건성으로 넘길 수가 있었다.

그녀는 평상시 퇴근했을 때와 다름없이 옷을 벗으면서도, 샤워를 하면서도, 필요 이상 변기에 오래 앉았으면서도 골똘히 그 숙제에 매달렸다. 그 때문에 그녀가 시무룩해 보이는 걸 철민은 생각했던 것보다는 가벼운 토라짐이라고 생각하는 것 같았다. 식탁 위에 2인분의 식사를 차려놓고 호기 있게 연지를 불렀다.

"여보야, 같이 먹자. 이 고추장찌개 칼칼한 게 갈비 먹은 속에 왔달 거야."

어렵쇼, 점점. 연지는 입을 비쭉하면서도 그의 앞에 가 앉았다. 곧 풀릴 듯하면서 안 풀리는 숙제를 풀기 위해서 그를 좀 더 가까이 보고 그에 의해 유발되는 온갖 정서를 관찰하고 분석할 필요가 있었다. 그는 누구인가? 남편이 정떨어졌을 때 갑자기 아내들을 엄습하는 그 공포스러운 의문에 대해 연지는 모르지 않았고 또 처음도 아니었다. 그러나 그녀가 풀어야 할 숙제는, 해답이란 오직 또 다른 착각이 있을 뿐인 그런 보편적인 착각이 아니었다. 그녀는 숱한 남녀가 자신의 경우와 비슷한, 아니 몇 배 더 나쁜 부부 싸움을 치르고도 부부 관계를 계속하건만 자기는 그럴 수 없는 데는 남다른 까닭이 반드시 있어야 할 것 같았다. 그 까닭을 발견 못 하면 아버지 말대로, 철민을 자의로 선택한 책임을 지기 위해서라도 이 결혼을 마냥 끌고가야 할 것 같았다.

그럴 수도 있지 뭐. 세상에 쌔고쌘 가정이라는 게 다 그렇게 해서 유지되고 있을지도 모르지. 거기다 아이라도 생기면 그야말로 즐거운 나의 집이 완성되는 거고. 연지는 정말로 맛깔스럽게 보이는 찌개를 후룩후룩 떠마시는 철민을 보면서 이렇게 생각했다.

"뭘 그렇게 봐? 기분 나쁘게."

먹는 데 열중하는 척하면서도 속으로는 켕기는지 철민이 멋쩍게 웃으면서 말했다.

"안 볼게요. 나도 당신 바라보는 게 별로 기분 좋은 일은 아니니까."

"그 가시 좀 빼고 말 좀 할 수 없어? 젠장."

연지는 대꾸하지 않고 몸만 돌려 열린 안방 문을 통해 창밖의 나무들을 바라보았다.

"무슨 생각을 하고 있어?"

잠자코 있어도 마음에 걸리는지 철민이 또 말을 시켰다. 어차피 아침 일이 삼사고 님실 일이 아닌 바에야 후딱 당해버리고 나서 지딱지딱 화해하고 싶은 눈치였다.

"암것도 안 생각하고 있어요."

"어떡하면 나를 가장 효과적으로 혼내줄까를 벼르고 있는 것 같아 겁나는데."

"당신을 혼내요? 왜요?"

"아, 그걸 몰라서 물어? 젠장."

"다시 쓰지 않을 물건을 힘들여 고치는 사람 봤어요?"

"뭐라구? 더 할 말 없어? 남자가 자존심을 꺾고 이만큼 서비스를 했으면 여자도 좀 어수룩하게 굴 줄 알아야지."

"미안해요. 어수룩하지가 못해서."

"사과도 그만두고, 제발 벼르고 뜸 들이는 과정은 생략하고 한바탕 화끈하게 난동이든지 강짜든지 부리고 그만두자구. 나도 그 정도는 각오하고 있지만 두고두고 따지고 공갈쳐서 사람 피곤하게 하는 건 질색이니까 부탁이야. 젠장."

철민이 밥숟갈을 놓고 일어서더니 연지의 눈길을 가로막고 서서 애교까지 부리면서 말했다.

"그건 바로 내가 부탁하고 싶은 말이네요. 나도 이번 일로 피곤하고 싶지 않아요."

"그럼 됐네 뭐. 너무 수월하게 뭔 일이 끝나도 어째 으스스한데, 젠장. 내가 뭘 그렇게 크게 잘못했다고 이렇게 벌벌 떨고 있지? 젠장."

"오늘은 왜 말끝마다 젠장이죠?"

"뭐 좀 다르게 굴어야 할 것 같아서야, 젠장."

"다르게 굴다니요? 왜요?"

"내가 좀 떳떳지 못한 건 사실 아냐? 젠장."

"좀 떳떳지 못하다구요?"

연지는 그 말을 처음 보는 음식 맛보듯이 천천히 고개를 갸우뚱했다.

"그래, 젠장."

철민이 빈 그릇을 와장창 싱크대에 처넣고 비누 거품을 내기 시작했다. 연지는 그런 철민의 뒷모습을 망연히 바라보았다. 키가 크고 등이 좁고 허리가 긴 데 비해 드러난 종아리는 굵고 힘세 보였다. 뿌리가 든든한 나무둥치처럼 여간해선 뽑혀질 것 같지가 않았다. 그가 휘파람을 불기 시작했다.

연지는 속으로 아아, 지금 누가 찾아온다면 철민은 얼마나 귀여운 공처가로, 나는 얼마나 사랑받는 아내로, 이 집은 얼마나 행복한 가정으로 비칠 것인가. 탄식하면서 FM을 크게 틀었다. 그리고 뭐가 써질 것 같진 않았지만 습관적으로 원고지와 여행지에다 메모해온 것들을 식탁 위에 펼쳐놓았다.

설거지를 마치고 책을 보는 척하던 철민이가 아무리 해도 좀이 쑤시는지 슬금슬금 가까이 와서 또 말을 시켰다.

"오다 혹시 치킨집 안 들여다봤어?"

아침 일을 일단 짚고 넘어가야 마음이 놓일 것 같은 눈치였다.

"나, 시금 바빠요."

"다 알아, 괜히 원고지로 울타리 쳐놓은 거."

"내가 거길 왜 들여다봐요."

"궁금하지도 않아? 그 여자가 어떡하구 있나가."

"별로요."

"그런 줄도 모르고 그 여자 아마 며칠 가게도 못 나올걸. 걸레치곤 어떻게 겁이 많은지 오늘 아침 실컷 자고 나서 그동안에 당신이 다녀갔다니까 두 손으로 제 머리카락 먼저 가리는 거야."

"왜요?"

"몰라. 머리채를 휘어잡힐까 봐 그러는지, 이미 뜯겼나 안 뜯겼나를 확인하려고 그러는 건지……."

그러면서 몹시 음란한 소리로 킬킬댔다. 연지는 속으로 뭔가가 폭발하려는 걸 힘겹게 누르고 천연덕스럽게 대꾸했다.

"아마 반사작용이었겠죠."

"그래 맞았어. 당신은 역시 머리가 좋아. 하는 짓이 많이 당해본 깐이었어. 그 소문 어디 가겠어?"

"잘 안심시키지 그랬어요. 본처는 곱게 물러갔노라고."

"그랬지. 그래도 이게 안 믿더라구. 하도 겁을 내길래 어쩌면 친정 식구를 몰고 올지도 모른다고 공갈을 쳤지."

철민이 또 킬킬댔다.

"누가 누구를 공갈쳤다구요?"

"누구긴 누구겠어? 내가 그 여자를 공갈쳤지. 그랬더니 벌벌 떨면서 가게도 며칠 쉬고 어디 가서 꼭꼭 숨어 있어야겠다는 거야. 아마 가게까지 쳐들어갈 것 같았나 봐. 끝에 그래도 제 잘못은 알아서."

"당신보다는 낫군요. 그래도."

"또 꼬집는다, 또 꼬집어. 말로만 꼬집지 말고 이왕이면 손톱으로 좀 꼬집어주라. 아이구 등허리 가려워."

그가 러닝셔츠를 훌쩍 말아 올리면서 연지 앞에 허연 등을 들이댔다. 연지는 자신의 참을성에 점점 더 자신이 없어져서 이를 악물었다.

"당신, 그래도 된다고 생각해요?"

"그 여잔 골탕먹어 싸. 나도 알고 보면 피해자야. 내가 당신 같은 아내를 두고 그런 여자를 뭣 때문에 끌어들였겠어. 제 발로 걸어와 제가 먼저 꼬리를 쳤다구, 정말이야 믿어주라."

철민이 말아 올린 러닝셔츠를 훌렁 벗더니 연지를 와락 안으면서 귀뿌리에 입술을 댔다. 연지는 여태껏 참고 참았던 게 내부에서 폭발하듯이 큰 힘이 솟구쳐 철민을 단숨에 밀어내면서 거친 숨을 몰아쉬었다.

연지의 냉담하고 강경한 기세에 질린 철민이 뒤로 물러나면서 벽에 기대 섰다. 연지의 눈길이 천천히 철민의 벗은 상체를 지나 쓰디쓴 미소가 번진 입술로 해서 분노와 의구로 흔들리는 눈에 가서 머물렀다.

"똑바로 쳐다보면 어쩔래? 젠장."

이윽고 철민이 먼저 입을 열었다. 늘어붙은 것처럼 축 처진 목소리였다.

"며칠 나를 이대로 내버려둬 줘요. 제발."

"내 성질 앗사리한 거 알면서 왜 그래? 난 뭔 일이든지 지딱지딱

해결을 봐야지 미결로 오래 끌면 딴 일까지 못한다구……."

"그럼 우리 헤어져요."

연지는 자기도 모르게 애소하는 목소리로 말했다. 철민의 입가가 악랄하게 일그러졌다.

"무슨 여자가 강짜도 좀 애교 있게 못 부리누? 차라리 여기다 손톱자국이라도 몇 줄 내면 좀 귀여워?"

철민이 앙상한 자기 가슴을 가리키며 비웃었다.

"역시 안 믿는군요. 당신이 그렇게 안 믿으니까 믿게 해주려고 며칠씩 끌려는 거예요. 나는 당신보다 몇 배 더 지딱지딱 해결하고 싶어요."

"도대체 뭘 믿으라는 거야?"

"그 강짜인지 질투인지 하는 느낌이 나에게 조금도 없었다는 걸 당신이 믿을 수 있어야만 해요. 그래야 뭔 얘기를 시작할 수가 있어요."

"그래 믿지 믿어. 그럼 이야긴 다 끝난 거 아냐? 싱겁게……."

"싱겁게?"

연지는 싱겁게란 말에 파르르 떨리는 마음을 힘겹게 억눌렀다. 철민이하고 헤어지는 일을 낙관한 것부터가 철민이를 얕잡는 마음이었다는 생각이 들기 시작했다. 더구나 이 코딱지만 한 아파트에서 같이 살면서 헤어지는 일을 마무리질 수 있기를 바랐다니. 장기전으로 끌 경우 체력으로나 신경으로나 철민이를 당해낼 수 있을 것 같지가 않았다. 친정에 가서 있으면서 부모의 도움과 법의 도움을 받는 게 온당한 해결 방법일 것 같았다. 이혼을 원하는 여자들이

다 그렇게 하듯이.

그러나 연지는 모든 여자들이 하는 방식과 다르게 헤어지고 싶다는 조그만 허영을 아직도 못 버리고 있었다. 돈으로 따져서는 얼마 안 될지라도 이 작은 임대 아파트와 대부분이 그녀의 혼수인 세간살이의 권리를 주장하는 그 주인으로 의젓하게 남아 있고 싶었다.

"주전자에 물 좀 놔줄래요."

"커피 마시게? 그래그래, 오늘은 처음부터 끝까지 몽땅 서비스하지."

철민이 가스 불을 켜고 주전자를 올려놓더니 휘파람을 불었다. 창밖엔 버드나무가 젖은 머리채처럼 무겁게 눅눅하게 처져 있었다. 바람 한 점 없는 여름밤이었다.

"위에 뭐 좀 걸치지 그래요."

연지는 아직도 벗은 채인 철민의 앙상한 상체를 외면한 채 말했다.

"어때, 누가 본다구."

철민이 눅눅한 소리로 말했다.

"내가 보기 싫어서 그래요."

"젠장, 새색시처럼 굴고 있네."

"남남끼리처럼 굴고 있는 거예요."

"말끝마다 정이 똑똑 떨어진다니까. 저런 여자를 나니까 데리고 살지."

철민이 두 개의 찻잔에다 커피를 한 스푼씩 덜어내면서 말했다. 연지는 대답하지 않았다. 자신이 원하는 방식대로 헤어지기는 어려울 것 같았다. 그렇다고 시작도 하기 전에 기운부터 빠져서는 안 된다고 생각했다.

철민이 찻잔을 쟁반에 받쳐들고 오자 연지는 식탁 위에 늘어놓은 그녀의 일거리를 주섬주섬 한편으로 밀어놓으면서 그것을 받았다.

"커피맛 어때?"

그녀는 한 모금을 천천히 마시고 나서 그저 그렇다는 투로 고개를 갸우뚱했다. 둘이 같이 살면서 가장 자주 있었던 이런 사소한 일의 반복에 연지는 문득 편안해지려고 했다. 결코 그런 반복으로부터 벗어날 수 없을지도 모른다는 생각까지 들었다.

"내 정식으로 사과하지."

철민이 여유 있게 말했다.

"뭘요?"

"시침 떼지 말아, 기분 나쁘게."

"우린 이미 사과니 용서니 하는 게 필요 없는 사이예요."

"공갈 좀 작작 치지 못해?"

"공갈이 아니에요. 우린 결국 헤어지게 될 거예요."

"헤어진단 여자가 제 발로 걸어들어와? 그걸 누가 믿어."

"당신을 걸어나가게 하려고요."

연지가 낮은 소리로 또박또박 말했다. 여태껏 그렇게 유들유들하던 철민이 비로소 꿈틀했다. 짙은 눈썹이 곤두서면서 미간이 험악하게 찌부러졌다.

"아무리 부부 사이지만 여자가 삼가야 할 게 뭔 줄 알아? 남편의 자존심은 건드리지 않는 거야."

그는 험악할 뿐 아니라 터무니없이 당당했다.

"미안해요."

"흥 미안? 사과가 약해."

"오해하지 마. 당신의 자존심을 건드린 게 미안한 게 아니라 당신이 아무리 그래도 무섭지가 않아서 미안하단 소리야."

"야, 너 정말 끝장난 것처럼 굴 거야?"

철민이 때릴 듯이 주먹을 휘둘렀다. 잘생긴 얼굴에 비해 보잘것없는 주먹이었지만 때리면 얻어맞을 수밖에 없다는 체력의 열세가 연지를 슬프게 했다. 연지는 천천히 커피를 다 마시고 나서 정색했다.

"무슨 얘기부터 할까? 역시 그 얘기부터 해야 할까 봐. 입에 담기도 싫지만 그 여자 얘기부터 해야 할 것 같아."

"꼬꼬댁 말야?"

철민이 두 팔을 오그리더니 손바닥으로 날갯짓까지 해 보이며 이죽댔다. 어디까지나 그 사건을 코미디처럼 만들 배짱인 것 같았다. 연지는 방금 마신 커피가 시척지근한 구정물이 되어 목구멍으로 차오르는 것처럼 괴로웠다.

"그래, 치킨센터 아가씨 얘기로 거슬러 올라갈 수밖에 없겠어."

"좋아. 그 걸레를 상대로 상싸 부리는 세 아무리 자존심 상해도 어쩌겠어? 교양 있는 사람도 지성만 가지고 감정을 다스릴 수 있는 게 아닐 테니까."

"강짜가 아니었다는 걸 끝내 안 믿는군."

"믿게 됐어? 안 그런 척하면서도 여태껏 그 문제만 갖고 붙들고 늘어지면서……"

"내가 질투하길 바라는군."

"사랑하는 부부 사이에 당연한 요구야. 그건 권리이기도 하구……"

"마치 내가 질투하는 걸 보려고 일부러 그런 것처럼 구는군."

"그랬을지도 몰라. 그래 맞았어, 그랬을 거야. 요새 우리 부부 사이가 좀 밍밍했었거들랑. 자극, 충격 그런 게 필요했었나 봐. 앞으로 한동안 우린 재미있게 살 수 있을 거야. 안 그래?"

그는 아직도 웃통을 벗은 채였고 입가엔 자신의 육체적 능력에 자신이 만만한 기름진 미소가 감돌고 있었다. 그 숨막히는 작은 공간 속에서 같이 살면서 그를 거부할 수 있다는 연지의 자신감이 조금씩 흔들리기 시작했다. 그녀에게 철민을 원하는 마음이 조금이라도 남아 있어서가 아니라 순전히 체력을 당할 수 없다는 열등감 때문이었다.

역시 보따리 싸가지고 친정으로 가는 걸 그랬나? 헤어지는 마당에 보통 여자처럼 헤어지지 않고 자기 나름의 방법으로 헤어지고 싶다는 작은 꿈을 가진 것도 잘못이었다. 그녀는 식탁이 있는 자리에서 두 개의 콧구멍처럼 나란히 뚫린 작은 방 속을 번갈아 망연히 바라보면서 생각했다. 어머니가 해주려는 혼수를 줄이고 줄인 세간살이였지만 독신자용의 작은 아파트엔 주책스러울 정도로 과분한 것들이었다. 그러나 비싸다는 것 외엔 손때가 거의 묻어 있지 않아 가구점 뒷방의 한물간 물건처럼 을씨년스러워 보였다. 철민이는 남자라 그런 것까지는 못 느끼고 살았겠지만 연지는 벌써부터 알고 있었다. 그녀의 살림이 애정결핍증으로 황폐해지고 있음을.

 필요할 때 여닫는 것 외에는 옷장이나 찬장, 화장대의 손질은커녕 관심을 가진 적도 없었다. 시장이나 친구 집에서 예쁜 그릇을 보면 당장 어머머, 예뻐라, 나도 사야지 하면서 눈을 빛내는 친구들 보면 이상한 생각이 들 만큼 연지는 그런 욕심도 없었다. 그릇에 대한 그녀의 의견이 있다면 그건 한 번 쓰고 버릴 수 있는 일회용 밥공기, 접시는 물론 일회용 냄비까지 개발되는 거였다.

 연지는 살림에 대한 자신의 이런 무관심은 밖에 일을 가진 여자 공통의 속성이려니 했었다. 밖의 일 가진 여자일수록 살림 욕심도 많아 안팎으로 바지런 떠는 경우도 많이 보아왔건만 그렇게 편하게 생각했었다. 그러나 남처럼 바지런을 안 떨더라도 살림에 자신의 개성이 전혀 투영이 안 되는 것은 좀 이상한 일이었다. 사무실의 책상도 쓰는 사람에 따라 표정과 분위기가 생기는 법인데 그녀의 아파트 속엔 그게 없었다. 애정이나 손때는커녕 체취마저 아낀 것처럼 주인과는 얼토당토않은 그냥 가구일 뿐이었다.

 연지는 자신의 살림에서 이런 구체적인 사실을 읽어낸 것은 지금 당장의 일이었지만 살림이 버림받은 것은 이미 오래선이라고 생각했다. 오늘 아침에 비롯된 일이 아냐. 오늘 아침에 있었던 일 때문에 살림과 정이 떨어진 거라면 아무런 감정 없는 세간에도 버림받은 티가 좀 더 싱싱하게 남아 있어야 될 것 같았다.

실상 가구 같은 건 아무래도 좋았다. 연지는 가구의 표정을 통해 그녀와 철민의 사이가 돌이킬 수 없이 벌어진 게 오늘 아침부터가 아니라 벌써부터였다는 걸 알아내고자 할 뿐이었다. 철민을 사랑하지 않은 지는 이미 오래되고, 오늘 아침 일은 다만 그 말을 입 밖에 내서 어떤 결말을 요구하기 위한 편한 구실이 되고 있을 뿐이다. 연지 역시 부부 사이에 정 없이 살림살이에 윤기를 낼 기름이 우러나지 않기는 보통 여자들과 다를 바 없었다.

연지는 결혼에 걸었던 꿈의 잔해처럼 무의미한 세간들을 바라보면서 이 지경까지 오고 나서 또다시 헤어짐에 꿈을 걸려는 자신을 딱하게 생각했다.

남들이 사는 것과는 반대로 사는 데 실패한 주제에 남들이 헤어지는 모습과는 반대로 헤어져보겠다고. 웃기고 있구먼.

그녀는 이렇게 속으로 자조하면서 입을 열었다.

"아마 우리가 다시 재미있게 사는 일은 없을 거예요. 제발 강짜라는 선입관을 버리고 내 말을 끝까지 들어요. 당신이 생각하는 대로 강짜는 아니더라도 오늘 아침 일은 매우 중요한 일이었어요."

"그래, 그렇게 마음속에 꽁하니 맺혀 있으면서 강짜가 아니라고 우기면 뭐 하나. 당신은 다 똑똑한데 여자의 매력이 뭔지에 대해선 아주 형편없는 무식쟁이란 말야."

연지는 철민이 능글대는 동안 초조하게 아랫입술을 지근댔지만 못 들은 척하고 하던 말을 계속했다.

"왜냐하면 당신이 말하는 소위 강짜라는 마음이 조금도 안 우러나기 때문이에요. 다 산 부부도 아니겠다, 결혼한 지 1년밖에 안된 새색시가 자기 신랑이 딴 여자를 끼고 자는 현장을 보고도 아무렇지도 않았담 그건 이미 사랑이 없는 거예요. 결혼을 더 이상 끌고 갈 필요가 없다는 증거예요."

연지는 좀 더 단단하게 나와야 된다고 생각하면서 애걸 조로 말하고 있었다. 철민이 소리 내어 웃었다. 연지는 소리만 듣고도 잔인하게 그녀를 괴롭힐 준비를 끝낸 것 같아 소름이 끼쳤다. 창이 엎어지면 코 닿을 데고, 활짝 열린 채였건만 신선한 공기가 미치게 그리워 연지는 코를 벌름댔다.

"아무렇지도 않았다구? 자기 얼굴이 그때 어땠는지 사진을 찍어 두지 않은 게 유감이군. 젠장, 그 알량한 자존심 빼고 얘기할 수 없어? 단 하룻밤이지만 서방 뺏긴 주제에 자존심은 무슨 놈의 자존심이야, 젠장."

"그건, 그건……. 그때 내가 치가 떨렸던 건, 숙고사 이불 때문이었어. 그 고운 숙고사 이불이 그 여자의 불결한 가랑이 사이에 꾸겨 박질러 있는 게 못 견디게 싫었던 거야."

연지는 자기도 모르게 말을 더듬다가 그 다음엔 왈칵 눈물이 쏟아졌다. 왜 눈물이 나는지 알 수가 없었다. 말로는 도저히 그를 납득시킬 수 없다는 절망감이 눈물이라는 돌파구라도 필요로 했는지 모른다. 연지가 울자 철민의 표정이 단박 너그럽게 밝아졌다.

"이런 바보. 그게 바로 질투심이라는 거야. 그 여잘 죽이고 싶어야만 질투가 아니라구. 그걸 이제야 알다니, 우리 큰 바보."
 철민의 말씨에 자신감과 끈끈한 육감이 서렸다. 그가 히히거리며 연지를 끌어안았다. 그는 아직 웃통을 벗고 있었다. 연지의 얼굴이 그의 가슴에 닿았다. 그의 가슴은 앙상하고 끈끈했고 그의 포옹은 권태로울 만큼 익숙했다.
 그것이 문제였다. 그들 부부 사이에 문제가 생겼을 때, 한 번도 그게 진지하게 말로 이해에 도달한 적이 없었다. 번번이 그런 식으로 하룻밤의 쾌락으로 문제를 없었던 것으로 만들어버렸다. 그게 철민의 장기였다. 지금도 그걸 믿고 있기에 철민은 그렇게 자신만만하고, 고약한 잘못을 저지르고도 오히려 연지를 경멸하고 있는지도 몰랐다.
 안 돼, 이번만은 안 돼. 연지는 그의 앙상하고 끈끈한 가슴을 밀치면서 소리 없이 부르짖었다. 그들의 부부 관계를 지탱해온 그런 타성에서 과감히 벗어나지 않고는 아무것도 이룩될 수 없다고 생각했다. 자신이 젖어온 타성이야말로 치킨센터 여자의 가랑이보다 몇 배나 더 더럽다는 생각이 그녀를 분발케 했다. 그러나 철민은 그가 예비한 쾌락을 좀 더 밀도 있게 받아들이기 위한 앙탈쯤으로 아는 것 같았다. 언제나 그 정도의 반발쯤은 있어 왔으니까. 연지의 몸부림에 알맞게 자극받은 철민의 입가엔 더욱 유들유들하고도 자신감 넘치는 욕망이 번들댔다.
 육체를 무기 삼아 해결 안 될 문제가 없고 호도 안 될 잘못이 없다는 맹신을 세상에선 흔히 여자들만의 마성인 줄 안다. 그러나 집집마다 밤이면 얼마나 많은 남자들이 그들의 육체로써 골치 아픈 문제를 슬쩍슬쩍 회피하고 임시적인 가정의 화평을 만들어왔던가.

연지는 철민과 같이 살면서 그들 부부 사이의 문제를 본질적으로 이해하기 위해 서로 꾸준히 노력하면 자연스럽게 헤어질 수밖에 없다는 합의에 도달하리라 믿은 것이 얼마나 가당치 않은가를 뒤늦게 깨달았다. 더구나 그녀가 보따리 싸가지고 나가는 대신 철민이 짐 싸가지고 나가게 해야 된다는 생각의 철딱서니 없었음엔 절로 실소가 터져 나왔다.

말로 이해와 합의에 도달할 수 있는 부부라면 헤어질 필요도 없다는 생각을 왜 진작 못 했던가.

"여봐, 이쯤해서 그만해두는 게 어때? 전희가 너무 길어도 재미없어져. 다 알면서 왜 그래."

연지의 끈질긴 반항에 철민이 이렇게 속삭였다. 그도 좀 지치고 초조해진 것 같았다.

전희라니, 맙소사 전희라니. 연지로서는 전 생애의 의미를 건 처절한 반항을 전희라고 말한 철민의 실수는 둘 사이의 전제를 역전시켰다. 연지는 그런 모욕은 생전 처음 당한다 싶으면서 새로운 힘이 솟구쳤고, 뭔가 다른 때와 다르다는 걸 느끼기 시작한 철민은 급속히 자신감을 잃고 허둥댔다. 그렇다고 낙승은 아니었지만 아무튼 연지는 치킨센터 여자가 당한 자리에서 같은 일을 당하는 것을 면할 수가 있었다.

철민이 그것을 이해하든 말든 연지에게 있어서 이제 부부 관계란 당한다는 것 이상의 의미를 지니지 못한다.

새벽녘부터 지쳐서 곯아떨어진 철민을 깨우지 않은 채 연지는 혼자서 빵 한 조각과 커피 한 잔으로 간단한 아침 식사를 하고 집 안을 대강 치웠다. 난투의 자국이 치킨센터 여자하고 자던 집안 꼴하고 비슷한 게 참을 수가 없었다. 그녀 역시 지쳐 있었으므로 다리가 후들댔고, 골치가 띵 했고, 승리감은 패배감 못지않게 쓰디썼다. 게다가 철민과 아무리 깨끗이 헤어질 수 있다고 해도 치킨센터 여자와 철민의 관계가 남자와 여자가 자는 모습의 전형이 되어 그녀의 결벽성에 오점처럼 찍혀 지워지지 않으리란 예감은 매우 기분이 나빴다.

연지는 출근하기 전에 현관에 서서 한동안 물끄러미 집 안을 바라보았다. 그 작은 임대 아파트를 그녀의 영역으로 확보해서, 아버지의 서재를 닮게 꾸미고 그 속에 오붓한 고독과 정진의 시간을 누리려던 꿈은 수포로 돌아갈 것인가. 아냐 그럴 수는 없어. 그 권리만은 절대로 포기할 수가 없어. 연지는 혼자서 자문자답하고 망설였다. 그러나 그렇게 되기까지는 어젯밤과 같이 고통스러운 밤을 수없이 거쳐야 할 생각을 하면 지레 맥이 빠져버렸다. 결국은 체력의 투쟁이 될 텐데 그녀는 벌써 그 체력의 한계에 이른 것처럼 비틀대고 있었다. 저녁에 다시 돌아올 것인가 말 것인가를 정하려면 한참이 더 걸릴 것 같았다. 그녀는 꺼림칙한 채 집을 나섰다.

종점의 치킨센터는 아직 문 열기 전이었다. 어젯밤 같은 일을 견디어내려면 잘 먹어둬야 하는 건데. 그녀는 그 가게 아가씨에 대해서보다는 자신의 몸 생각을 먼저 했지만 식욕이 있는 건 아니었다.

편집실은 마침 미스 고가 자동판매기에서 커피를 빼다가 서비스하는 시간이었다. 미스 고도 이제 신출내기 신세가 아니라 후배 기자가 둘이나 생겼건만 그 일을 즐거운 의무처럼 행하고 있었다.

출장 후 첫 출근이라 인사 차릴 걸 차리고 나서 미스 고에게 커피를 부탁한다. 안 하던 짓이어서 미스 고도 그런 부탁에 순종을 할 것인가 말 것인가를 잠깐 망설이는 것 같았다.

"자아, 동전 여기 있어."

연지는 미스 고의 손에 동전을 쥐어주고 책상 위에 이것저것 일거리 쏟아놓고 나서 전화기를 끌어당겼다. 기행문 말고도 급하게 확인해둬야 할 원고 청탁이 몇 개 남아 있었다.

"언니 참 피곤해 뵈네."

미스 고가 혼잣말처럼 중얼거리더니 밖으로 나갔다. 아마 연지의 심부름을 하는 입장을 여럿에게 변명할 겸 자위할 겸 하는 소리 같았다.

전화는 거는 족족 부재중이었다. 작가고 시인이고 교수고 여행 중이거나 외출 중이거나 출근한 후였다. 교수는 나중에 학교로 다시 걸어보기로 하고 한숨 돌리려는데 책상 위에선 커피가 식어가고 있었다. 그 붙임성 좋은 미스 고가 마시란 소리도 안 하고 놓고 간 걸 보면 꽤나 토라진 모양이었다.

"스트레스가 되레 글 쓰는 데 도움이 된다는군. 어서어서 전화들 걸어 원고 독촉해야겠어."

차장이 책상에 다리를 올려놓고 신문 보는 고약한 자세로 이렇게 말했다. 그는 늘 그랬다. 신문 볼 때 그쪽을 보면 책상 위에 두 구두창이 올라앉은 것처럼 보였다. 연지는 그쪽을 흘끗 보면서 구두창 위로 철민의 커다란 발바닥이 오버랩되는 걸 느꼈다. 그녀는 도리머리를 흔들었다. 철민과 헤어지기보다 더 어려운 게 바로 자신의 일상에 시시때때로 오버랩돼올 철민과의 생활의 자취를 지우는 일이란 생각이 들었다.

차장은 같은 자세로 킬킬대며 말을 이었다.

"어렵죠. 해마다 이혼율이 늘어나는데 그중에도 아내 쪽에서 제기하는 이혼소송이 엄청나게 늘어나는 추세라는군. 아무튼 겁나는 세상이야."

그리고 나서 비로소 신문 보기를 그만두고 책상 위에서 발을 내려놓았다. 미스 고가 무슨 생각에선지 자리에서 발딱 일어서더니 차장 앞으로 가서 허리를 꼬면서 말했다.

"차장님 죄송해요."

"어? 뭐가?"

차장은 선잠에서 깬 것처럼 어리둥절한 얼굴로 말했다.

"죄송해요. 여자들이 모두 그렇게 겁 없어지고 억세져서요."

맙소사. 어물전 망신은 꼴뚜기가 시킨다더니, 연지는 느닷없이 전 여성을 대표해서 사과 사절을 자처하고 나선 미스 고의 뒷모습에서 얼굴을 돌리면서 쓴 입맛을 다셨다. 그때 차장 책상 위의 전화벨이 울렸고 그걸 냉큼 받은 건 미스 고였다. 그건 또 하필 연지에게

온 전화였다.

"전화 바꿨습니다."

"나야, 나. 피곤할 텐데 왜 그렇게 일찍 나갔어."

"일찍은?"

연지는 남의 이목을 꺼려 곱살한 소리를 낼 수밖에 없었다.

"화해하고 뭐라도 좀 먹고 나가야지 그렇게 나가면 내 마음이 좋겠어?"

"미안해요."

연지는 미스 고가 차장에게 죄송하다고 말할 때보다 몇 배 구역질이 나는 걸 참고 그렇게 말할 수밖에 없었다.

"일찍 들어와. 맛있는 거 해놓을게. 푹 쉬어. 당분간 귀찮게도 안 굴게. 자기 몸 생각해서 그러는 거야. 제발 바보같이 굴지 좀 말아. 알았지? 나도 몸이 안 좋은데 자긴 오죽하겠어. 바보같이……."

철민이 바보 같다는 소리를 반복하고 나서 전화를 끊었다.

뭐가 바보 같단 소릴까. 헤어질 수 있다는 생각을 비웃는 소리인가? 하긴 그와 결혼한 것부터가 바보 같은 짓이었어. 바보 같은 짓이란 취소되기보다는 자꾸 되풀이되게 마련인가.

어제 아버지한테 들은 뼈아픈 소리가 되살아났다.

너처럼 똑똑한 애가 왜 결혼을 처음부터 잘할 일이지 그따위로 했냐? 그때 누가 뭐래도 나만은 네 편을 들었넌 것도 똑똑한 애의 선택을 믿었기 때문이야. 근데 지금 와서 이 꼴이 뭐냐. 결혼할 때도 너무 자신만만하더니 이혼도 너무 자신 있게 하려고 해. 처음 결정도 후회의 여지가 있었듯이 이번 결정도 후회의 여지가 있으리란 생각을 어쩌면 그렇게 못하냐? 네가 정말 똑똑한 애라면, 네 처음 결정에 책임을 지기 위해서라도 이 결혼 어떻게든 끌고 갈 게다.

연지는 아직도 아버지가 던져준 이 숙제를 못 풀고 있었다. 아버지는 연지가 잘못을 자주 되풀이해서 결국은 상습적으로 인생을 실패로 몰고 갈까 걱정하고 있었다. 그런 걱정은 연지 자신에게도 있었고, 그런 걱정을 해소할 수 있는 방법은 최초의 잘못이 어디서부터 비롯됐나를 규명해내는 거였다. 무엇이 잘못됐나를 모르는 잘못은 잘못의 되풀이나 개칠이 있을 뿐 바로잡는 것은 불가능하기 때문이다.

연지는 철민과 헤어지는 게 잘못의 개칠이 아니라, 잘못에서 벗어나거나 잘못을 고치는 일이 되길 바랐고 부모와 자신이 그것을 납득할 수 있길 바랐다. 그러나 최초의 잘못이 어디서부터 비롯됐는지 원인을 아직 알아내지 못하고 있었다. 눈이 어두워 잘못 선택한 거라면 눈이 어두워 잘못 헤어질 수도 있지 않은가. 내가 아직도 철민이에게 미련이 있는 걸까. 아냐 이건 미련하곤 달라.

전화를 끊고 나서 내내 이 생각 저 생각으로 일이 손에 잡히지 않는데 또 그녀에게 전화가 걸려왔다. 이번엔 어머니였다.

"내다, 출근했구나."

"그럼 출근하잖구요?"

"이것아, 그까짓 잡지산지 회산지 뭐 그리 대단하다구."

"어머니 갑자기 그게 무슨 말씀이세요?"

"너, 나 좀 만나자."

"왜요, 어머니."

"왜는 왜냐? 시침 떼지 말아, 다 안다. 어제 한잠도 못 잤다. 철딱서니 없는 거 같으니라구."

"괜히 걱정하셨군요?"

"시침 떼지 말라니까. 느이 아버지한테 다 들었다."

"말씀드리지 말라고 아빠한테 신신당부했는데."

"망할 것, 부부간에 못할 말이 어디 있다든? 더구나 자식 일을 혼자만 알고 있게 되남."

어머니가 갑자기 의기양양해졌다.

"그 일이라면 너무 걱정 안 하셔도 돼요, 제가 알아서 할 테니까요."

"네가 뭘 알아서 해? 난 네가 철이 없어도 그렇게까지 없는 줄은 몰랐다. 아무튼 좀 만나자. 내가 그리로 가랴, 당장."

"아녜요, 어머니. 밖에서 만나요. 점심때 요 아래 난초다방, 어머니도 아시죠?"

"알고말고, 난 지금부터 가 앉았을 테니까 될 수 있는 대로 빨리 나와, 알았지."

연지는 전화를 끊고 나서 그녀가 앞으로 극복해야 할 난관에 친정 부모가 힘이 돼주기는커녕 더 험난한 난관을 보태려는 네 싸증을 느꼈다. 일이 손에 잡힐 것 같지 않아 그녀가 먼저 난초다방으로 내려갔다.

"여기예요. 어머니."

으레 자기가 먼저 왔으려니 하고 두리번거리지도 않고 빈자리를 찾아가는 경숙 여사에게 연지는 큰 소리를 쳤다. 옥색 은조사 치마에 흰 아사깨끼 저고리를 받쳐입은 경숙 여사는 아름답고 우아했다. 검고 긴 머리를 뒤로 올려서 시원하게 드러난 목고개의 선은 매끄럽고 무구하기조차 했다.

연지는 경숙 여사의 빼어난 미모에 온갖 시름을 잊고 밝게 웃었다.

"웃긴……. 사람을 그렇게 놀래켜주고 뭐가 좋다고 웃냐 웃길?"

경숙 여사는 연지의 밝은 웃음을 보자 성급하게 간밤의 걱정을 괜한 걱정이었다고 판단했는지 눈을 흘기면서도 입가엔 부드러운 미소가 번졌다.

"어머니가 하도 곱고 젊으셔서요. 소녀 같아요. 어머니는 어디서 늙지 않는 샘물이라도 떠다 마시나 봐."

"망할 것, 아부해도 소용없다. 혼 좀 내주려고 단단히 벼르고 나온걸. 이 철없는 것아."

경숙 여사는 짐짓 무서운 얼굴로 이렇게 겁 먼저 주면서도 딸의 찬사가 내심 싫지는 않은 모양이었다. 아무리 젊어 보인대도 내일 모레면 쉰 살이었다. 소녀 같다는 소리가 과장인 줄이야 알지만 그 속에 10분의 1만큼의 진의만 섞여 있대도 한 재산 떼어주고 싶도록 젊음에 치사할 나이였다.

"정말이에요. 엄마."

연지는 어머니를 엄마로 바꾸면서 말꼬리가 흔들렸다. 그녀가 어리광 부릴 때 하는 버릇이었다. 연지에게 그날 따라 경숙 여사가 눈부시게 고와 보였던 건 사실이었고, 그녀는 그런 어머니가 대견하고 자랑스럽다 못해 쓸쓸하고 아릿한 질투마저 느꼈다.

문득 소녀 시절 생각이 났다. 연지는 숙성해서 여중 때 이미 어머니와 키가 비등비등했다. 모녀가 외출해서 상가나 백화점 같은 데들를 때마다 장사꾼들은 으레 그들을 자매 취급을 했고, 모녀라고 하면 호들갑스럽게 놀라면서 믿을 수 없다는 시늉을 했었다. 그게 그들의 상술인 걸 번연히 알면서도 경숙 여사는 즐거워했고, 연지는 그런 때를 놓칠세라 될 수 있는 대로 비싼 걸 얻어 가질 기회로 삼으면서도 한편 질투를 느꼈었다. 엷고도 감미로운 질투를.

어머니가 젊고 아름답다는 게 자랑스러우면서 약간은 샘이 나던 시기와 함께 그녀는 어머니의 극성스러운 보호를 벗어나 차츰 어른이 돼갔던 것이다. 연지는 소녀 시절 어머니에게 비밀스럽게 품었던 이런 질투의 감정에서 그 싱싱함을 탈색시킨 것 같은 현재의 느낌을 서글프게 되씹었다.

어찌 질투의 감정뿐일까. 철민이하고 같이 살고부터, 일상적인 모든 느낌에서 삶의 생동감이 사라지고 박제처럼 그 껍데기만 남아 옴쭉달싹 못한 게 바로 나의 결혼의 진상이 아니었던가? 그러나 그 진상은 나만이 안다. 그건 어떤 가까운 사람에게도, 어떤 말재주로도 설명할 수 없는 나만의 것이나. 내가 철민과 헤어지고자 하면 사람들은 마땅히 치러야 할 의무처럼, 형벌처럼 나에게 설명을 요구하겠지만, 설명을 다 듣기도 전에 결혼이란 다 그렇고 그런 거라고 말하고 싶어할 테고, 자기들도 남들도 다 그렇고 그렇게 살고 있다고 나를 안심시키고 싶어할 것이다. 마치 그렇고 그런 게 삶의 근원적인 모습인 것처럼.

나는 그런 수에 속아 넘어가면 안 돼. 바보와 희망이 없는 사람이 나 속아 넘어가라고 하지, 나는 안 속아. 나는 바보가 아니고 아직 삶에 대한 희망을 안 버렸으니까. 산다는 것이 다만 무력하고 무감동한 그렇고 그런 것만은 아닐 거란 희망이 그녀를 고통스럽게 했다.

"자식 앞에서 못할 소리 같다만……."

경숙 여사가 말끝을 흐렸다. 연지는 구태여 그 흐린 말끝이 궁금한 척하지 않고 물끄러미 바라다만 봤다. 아사 깨끼저고리 속에서 몽롱하게 번진 풍요한 팔이 소매끝에서 부드럽고 섬세한 손이 되어 오렌지 주스 컵을 가볍게 쥐고 있는 모습이 보기 좋았지만 아득한 거리감을 느꼈다.

"여자란 남자의 사랑을 듬뿍 받으면 저절로 젊고 예뻐진단다."

경숙 여사는 적이 민망한 소리지만 자식을 위해서 해야겠다는 식으로 경직된 태도를 보였지만 연지는 단박 파안대소를 했다.

"엄마아, 그러니까 그게 엄마가 젊고 예뻐진 비결이란 말이죠? 축하해요. 엄마."

"아이구 망측해라, 누가 들을라."

경숙 여사는 정말 소녀처럼 부끄럼을 타면서 주위에 신경을 썼다. 그러건 말건 연지는 어머니의 말을 그녀가 처녀 적부터 봐온 부모들 사이를 완강하게 가로막고 있던 그 검은 문이 제거됐다는 뜻으로 알아듣고 마음으로부터 축하해주고 싶었다.

"넌 그때 어려서 잘 몰랐을 게다만……."

경숙 여사가 또 말끝을 흐렸다.

"엄마, 전 그때 어리지 않았어요. 저도 다 알아요."

"뭘 알아 알긴, 넌 그때 어린애였다."

"아뇨, 전 그때 고3때였어요. 대학교 다니면서도 쭈욱 엄마 아빠가 보통 부부하고 다르게 사는 걸 봐왔구요. 제가 대학교 다닐 나이면 엄마는 결혼해서 오빠를 낳았을 연세예요. 아니죠, 참 저도 태어났겠네요. 절 너무 어린애 취급 하지 마세요. 엄마."

"넌 지금도 어린애야, 이 철부지야."

경숙 여사가 자신 있게 말했다. 팔십 노부부 앞엔 환갑 자식이 돌쟁이라든가. 자식이 언제까지나 어린애처럼 마음 안 놓이는 게 부모들의 마음이란 걸 모를 리 없건만, 연지는 오늘 따라 그런 어린애 취급이 고약한 음모인 양 경계의 마음을 게을리 하지 않았다.

"암튼 엄마가 행복해 보여서 기뻐요."

"아닌 게 아니라 네 걱정만 없다면 엄만 요새 속 끓일 게 없을 것 같다."

"제 걱정 안 하셔도 돼요. 제가 알아서 할 테니까요."

"어떻게 걱정을 안 해? 금년은 그럭저럭 그냥 넘길 것 같고, 내년에 나 외손자 안아볼까 싶어 이제나저제나 그 눈치만 살피는데 그게 무슨 간 떨어질 소리야? 아이구 저게 언제 철이 날꼬."

"엄마도 참, 할머니 노릇이 뭐가 좋다고 벌써 그걸 그렇게 하고 싫어하세요. 엄마가 할머니 소리가 안 억울할 만큼 늙으면 그때 시켜드릴게요."

연지는 경숙 여사가 정색하고 본론으로 들어가려 할수록 가벼운 농담으로 그 고비를 살짝살짝 넘기려 들었다. 그녀에게 지금 급한 건 육친의 눈물이나 도움이 아니라 냉정하고 명석한 결단을 내리기 위한 혼자만의 시간이었다.

"어머, 애 좀 봐. 할머니가 무슨 벼슬자리라고 비싸게 굴고 있네. 뇌물 주고 사랴?"

경숙 여사도 지지 않고 농담으로 받아넘겼다.

"때가 되면 뇌물 듬뿍 받을게요."

"젊은 할머니 노릇도 할 만하다더라. 딸하고 다닐 때 동생이냐는 소리 듣는 것도 나쁘지 않은데 손자 안고 다니는데 막내냐는 소리 듣는 맛은 더 짜릿할 게 아니냐?"

"세상에, 우리 엄만 꿈도 크셔."

연지가 허풍스럽게 놀랐다.

"망할 것, 소녀 같다고 할 땐 언제고? 그나저나 이혼만은 절대로 안 된다. 내 눈에 흙이 들어가기 전엔. 느이 아버지도 같은 생각이셔."

"이혼은 제가 하는 거예요. 그이하고 전 어른이에요. 그만한 판단력이 있으니까 지켜만 봐주세요."

"너희들은 결혼할 때도 그렇게 말했어. 결혼을 느이 멋대로 했다고 이혼도 그렇게 멋대로 할 수 있다고 생각하지 말아. 느이 아버지도 같은 생각이시니까."

느이 아버지도 같은 생각이라는 걸 되풀이할 때마다 어머니의 얼굴이 이글이글하고 당당해지는 걸 연지는 근지러운 마음으로 바라보았다.

"엄마는 아무것도 모르시면서······."

"뭘 내가 몰라, 다 들었는데······."

"그 여자 얘기까지요?"

"그래. 네 마음 안다. 나도 치가 떨리던걸. 못된 사람, 내가 어떻게 기른 딸자식인데 어느새 그 어린 가슴에 못을 박아? 두고 보렴. 친정 부모가 눈이 시퍼렇게 살아 있는 한 그 몹쓸 녀석 그냥 안 놔둔다. 암, 못된 버릇은 애저녁에 뿌리를 뽑아야구 말구. 여자에게 친정이 든든해서 좋은 게 뭔데. 그러니 그 사람 버릇 가르치는 문제는 우리한테 맡기거라. 그리고 당분간 집에 와서 쉬거라. 그 사람이 싹싹 빌게 해줄 테니."

"엄마, 벌써 그 사람은 싹싹 빌었어요. 문제는 그게 아니고······."

"그래? 그래도 그 사람은 느이 아버지보다는 덜 독종이로구나. 벌써 빌었으니, 느이 아버지는 비는 데 6년이나 걸렸는데······."

"아버지가 뭘 잘못하셨게요?"

"놀라지 말아, 연지야. 이건 내 자존심상 무덤까지 갖고 가려고 한 얘기다만 털어놓겠다. 네가 이 엄마가 당한 걸 고스란히 또 당할까 봐 얘기해주는 게야. 느이 아버지, 그 부처님 가운데 토막 같은 양반도 여자 문제로 엄마 속을 썩인 일이 있단다."

"설마요. 엄마가 뭘 오해하셨겠죠?"

"오해할 여지나 있으면 좀 좋았겠니? 젊은 여자하고 호텔 방에 같이 있는 현장을 덮친걸. 그러고도 느이 아버지는 할 말이 있더라구. 학문을 하고 있었다는 거야. 그 여자는 아버지 조교였거든. 아무리 나에게 들킨 게 정사가 아니고 곰팡내 나는 고서 속에 파묻혀 밤을 밝히는 두 사람이었다고 해도, 아내가 오죽 외롭고 버림받은 느낌이었으면 거기까지 쳐들어갔을까. 이해하고 위로해줬으면 좀 좋으니? 그 호텔은 서울서 꽤 먼 어느 관광지 호텔이었거든. 그런데 느이 아버지는 위로는커녕 그 여자 앞에서 나를 마치 남자하고 여자하고 하는 일이란 그저 정사밖에 모르는 추악한 여자 취급을 했단다. 모욕당한 상처와 수치심을 견디다 못해 이혼하자고 대들었더니 그날부터 단박 실질적인 이혼 상태로 들어갔었단다. 남편하고 한 지붕 밑에 살면서 소박맞는 신세가 어떤 건지 아마 넌 상상도 못할 게다. 그때만 해도 난 한창나이였거든."

"그만하세요. 그 다음은 저도 아는 얘기니까요. 저 결혼할 때까지만 두 분이 같이 산다는 계약이혼 상태로 사신 거 말예요."

"그래. 참, 너도 그건 알지. 세상 사람이 다 부처님 가운데 토막인 줄 아는 느이 아버지도 그렇게 독한 데가 있었단다. 철민이 그 사람이 한 짓은 괘씸하기 짝이 없지만 행여 이혼이란 소리는 더 이상 입 밖에 내지 말아. 순순히 자기 잘못을 인정하고 빌었다니 느이 아버지보다는 그래도 훨씬 낫다. 안 그러냐?"

"엄마, 아버지는 잘못한 게 없으니까 안 비신 거예요. 왜 아버지

하고 그 사람하고 비교를 하려고 그러세요? 불결하게."

"느이 아버지가 잘못이 없다고 시침 뗀 것처럼 그 사람도 잘못이 없다고 시침 뗄 수도 있으련만 안 그랬지 않니? 순순히 잘못을 인정하고 빌 때 못 이기는 척 용서해주는 게야. 그게 여자의 도리요, 팔자라는 거란다."

"엄마, 그 사람의 경우하고 아버지의 경우하곤 다르대두요. 시침 떼고 말 계제가 아니었어요. 그 사람은."

"느이 아버지도 마찬가지였어. 느이 아버지뿐만 아니라 세상 남자는 다 마찬가지야. 언제 하느냐에 차이가 있을 뿐이지 외도 한 번 안 하는 남자가 어디 있다던? 여자한테 들키는 남자가 숙맥이지. 그러고 보니 장인 사위가 똑같이 그 방면엔 숙맥인 주제에 여자들을 너무 세게 만나서……."

"엄마 제발 그만 좀 해두세요. 모녀가 지금 얼마나 추악한 걸 가지고 서로의 남편을 대보고 있는지 생각해보세요. 싫어요. 싫단 말예요."

"알았다. 네가 그 꼴을 본 게 바로 어제라니 생각만 해도 소름이 돋는 게 당연하지. 그래서 집에 가 있자는 게 아니냐. 네 분풀이는 우리가 다 해줄 테고, 버릇도 우리가 가르쳐줄 테니까 넌 당분간 나서질 말아. 나서봤댔자 이혼하네 마네 소리밖에 나올 게 없으니까"

"엄만 그 소리가 그렇게 무서우?"

연지는 똑같은 말의 되풀이가 못 견디게 싫으면서도 점차 어머니에게 뭉클한 연민의 정을 느꼈다.

"그럼, 난 그 소리 잘못한 보복을 너무도 모질게 당했으니까. 그렇지만 너야 설마 엄마 꼴은 안 되겠지? 그 사람이 먼저 제 잘못을 인정하고 빌었다니까. 남자가 빌 때 못 이기는 척 들어주는 것도 이것아, 큰 복인 줄 알아."

"엄마 아빠의 6년 만의 화해는 누가 먼저 빌어서 이루어졌수?"

연지는 자신의 문제에서 벗어나고 싶어서 별로 궁금하지도 않은 걸 물었다. 경숙 여사의 표정이 잠시 야릇해지더니 결심한 듯이 말한다.

"내가 먼저 빌었단다."

"왜요? 엄마는 아무 잘못도 없으시다면서요."

"그럼 어떡허니? 이혼을 계약하고 산 유예기간도 끝났겠다. 꼼짝없이 이혼하게 생긴걸."

경숙 여사의 얼굴에 생생한 두려움이 서렸다.

"엄마, 그렇게 이혼이 무서웠수?"

"그럼, 그걸 말이라고 하니?"

"작년 이맘때 생각나세요? 이혼하고도 행복하게 사는 친구분들을 찾아 여행을 떠나시면서 저한테 들르셨던 일."

"그때 생각은 하기도 싫다. 아마 내 생애에 그날처럼 비참했던 적은 없었을걸. 앞으로도 없을 테고……."

"제가 보기에도 그랬어요. 그때 엄만 청바지에 티셔츠를 입고 있었는데 그게 그렇게 안 어울리고 보기 싫을 수가 없었어요. 그때 엄만 이혼할 수 있는 용기를 얻으려고 이혼 순례를 떠난다고 하셨는데 별로 도움이 못 됐나 보죠."

"도움이 됐다. 역으로……. 이혼이라는 게 너무도 무서워서 미처 순례를 마치기도 전에 병이 나고 말았으니까. 결과적으로 그 무서움증이 아버지에게 돌아와 빌 수 있는 용기가 됐고, 내가 먼저 비니까 느이 아버지도 덩달아 빌더라. 남자도 그런데, 여자가 남자가 먼저 비는데도 버티고 있으면 어쩔래? 자존심 한 번 꺾기가 힘들지 꺾고 나니까 매사가 순조롭게 풀리더라. 엄만 집으로 돌아올 수 있었을 뿐 아니라 6년 동안의 소박도 면했거든. 너만 잘살아주면 이제 엄만 아무 걱정이 없이 행복하단다."

"엄마가 행복해서 기뻐요. 저도 행복하려고 이러는 거예요. 꼭 처음 결혼한 사람하고 끝까지 같이 살아야만 행복하다고 생각지 마세요. 엄마, 사람마다 행복해지는 방법도 가지가지일 수가 있는 거예요."

"남자라면 그럴 수도 있겠지만 여자는 달라. 복 중에 남편복이 제일이고, 일부종사를 못하면 박복도 그런 박복이 없지만 첫째, 사람이 천해져서 못 봐주겠더라."

"엄마, 언제까지 절 붙들고 계실 거예요? 전 직장인이에요. 더군다나 요샌 한참 바쁠 땐데요."

연지는 시계를 보면서 권태와 초조를 함께 과장했다. 그녀는 어머니와 아득한 거리감을 느꼈다. 이런 걸 세대 차이라고 하던가? 그는 속으로 중얼대며 어깨를 움찔했다. 그러나 실상 그녀가 방금 느끼고 있는 거리감은 그런 말로 윤색할 수조차 없는 그냥 거리감이었다. 어머니의 만류와 갈망에도 불구하고, 아니 만류와 갈망을 하고 있는 동안에도 그녀의 삶은 어머니와는 상관없는 방향으로 진전하고 있다는 걸 어머니에게 납득시키기는 어려울 것 같았다.

"아무리 바빠도 점심 먹을 새도 없다던?"

"그럼 점심 같이하실래요? 전 정말 곧 들어가 봐야 돼요."

"거기 밥줄을 매단 것처럼 충성스럽게 굴 거 없다. 그까짓 잡지사 평생 다닐 것도 아니겠다……."

"평생 다닐지 안 다닐지는 모르지만 밥줄이 달린 건 사실이에요. 엄마."

"듣기 싫다. 느이들이 왜 이렇게 된 줄 아니? 여편네에게 밥줄이 달렸기 때문이야. 내 생각으론 당장이라도 그만뒀으면 좋겠다. 그래야만 집안 꼴이 될 테니 두고 보렴. 그 사람이 당장 밥벌이를 못 나설 형편이면 친정에서 당분간 대주는 한이 있어도 네가 살림을 하도록 하거라."

"살림은 지금도 하고 있어요. 엄마 일어서세요. 점심 대접할게요."

연지는 먼저 일어서서 재촉을 하는데도 경숙 여사는 잠시 연지를 쳐다만 보고 있었다. 도대체 어떻게 내 딸에게 그런 일이 일어났을까. 그런 얼굴이었다. 그러나 곧 따라 일어섰다.

지하다방의 괴어 있는 공기를 벗어나자 살 것 같았다. 여름이었지만 아직 복중은 아니었다. 있는 둥 마는 둥한 바람이 그녀의 쇼트커트한 머리를 가볍게 들어 올렸다. 시원하단 느낌과 함께 상쾌한 고립감이 그녀의 온몸을 휩쌌다.

"조용한 데로 가자. 아직 이야기가 안 끝났으니까."

연지는 발걸음을 멈추고 어머니를 기다렸다. 은색 은조사 치마가 보도에 닿을 둥 말 둥 살랑거릴 때마다 살짝살짝 보이는 게 고무신 코가 아니라 은빛 구두 코인 게 애교스러운 비밀 같아 절로 웃음이 났다.

그 근처에선 맛없고 비싸기로 약간은 알려져 늘 한산한 경양식집에 모녀는 다시 마주앉았다. 장소를 바꾸었기 때문일까. 싫증이 날 대로 난 모녀 사이가 생소하기 짝이 없었다. 그 틈을 타고 어머니가 옳다구나 새로운 설교를 준비하는 걸 느끼면서 연지는 고행을 각오한 뒤처럼 차라리 편안해졌다.

"나도 나이만 주워먹었지 세상 물정 모르긴 너보다 별로 나을 게 없었다. 작년 이맘때 이혼 순례 떠나기 전까지는 말이다. 느이 아버지하고 화해할 수 있었다고 해서가 아니라, 인생 공부를 위해서도 참 잘 다녀왔다 싶다. 사람 사는 컷속이 겉보기하고 어쩜 그렇게 다른지. 이혼하고도 남부러울 게 없이 행복하게 산다고 소문난 친구 집만 골라서 다녔는데도 행복이란 그런 게 아니더라. 요새 세상에 돈만 있으면 혼자서도 얼마든지 재미있게 못 살게 뭐냐 싶겠지만."

"엄마, 제발 그만해두세요. 제가 돈이 많아서 그 사람하고 헤어지겠다는 게 아니잖아요. 돈은 없지만 저에겐 일이 있어요. 당분간은 일에만 열중할래요."

"일? 그럼 네 그 알량한 일을 믿고 남편을 우습게 알았단 말이냐? 내 기가 차서······. 박사 일도 못난 남편만 못하더라. 너도 알지? 대구에 사는 엄마 친구, 박순님 박사. 넌 닥터 박 아줌마라고 불렀었지."

"네, 알고말고요. 엄마의 이혼 순례의 첫 목적지가 거기였던 것도 알고 있어요."

"왜 제일 먼저 거기를 찾아갔겠니? 그때만 해도 나도 이혼할 셈이었으니까 아무쪼록 이혼하고도 당당하고 행복하게 사는 친구를 보아두고 싶었고, 그 친구야말로 그렇게 살고 있으려니 했던 거란다. 너도 알다시피 그 아줌마 얼마나 멋쟁이고 명랑하고 당당하니. 개업해서 성업 중인 의학박사면 여자로선 최고의 전문직에 종사하고 있고 돈도 그만큼 많이 벌 테니 남편이야 있으나마나려니 했다. 남편 하나에 전적으로 삶의 의미가 달린 구닥다리 여편네가 은근히 동경할 만도 했다. 그러나 웬걸, 가보니 딴판인 게야. 여자가, 늙도 젊도 않은 여자가 혼자 산다는 게 어쩜 그리도 을씨년스럽고 한심한지. 홀아비도 아마 그렇게 마구, 그렇게 거칠게 살진 않을걸. 아무튼 내가 그 도깨비 살림을 사람의 집 꼴로 만드는 데 꼬박 일주일 걸렸다면 말 다했지. 그렇지만 쓸고 닦는다고 사람 사는 꼴이 되는 게 아니더라. 가정이란 마음 붙일 사람이 우선이야. 미워하고 지지고 볶더라도 계집, 서방, 자식새끼가 왜 한 지붕 밑에 모여 살아야 하는지 알 것 같더라."

"그분 아직 멋쟁이고 예쁘던데, 더러 바람이라도 피우면 훨씬 살맛 날 텐데."

"망할 것, 에미 앞에서 그게 무슨 말버릇이냐. 닥터 박네 다음에 들른 친구가 바로 그렇게 살더구나. 그 친구가 위자료도 많이 받고 이재에도 능해서 재벌처럼 산다는 소문을 들었기 때문에 호화판으로 살고 있는 걸 보고도 별로 안 놀랐는데 그 친구가 글쎄, 쓸고 닦는 게 어찌나 유난스러운지 병적이더라구. 광 속의 선반이 우리 집 응접 테이블처럼 먼지 하나 없이 윤이 난다면 말 다했지. 혼자서 살림 재미로 살다 보면 그럴 수도 있으려니 이해를 하려고 해도 너무 하는 것 같더니만, 이 친구가 어느 날 구질구질한 놈팽이를 하나 끌어들이더니만 결벽성이 다 뭐니? 하룻밤 먹고 마시고 뒹군 자국이 난장판인데도 내 앞에 창피한 줄도 모르는 철면피가 되더라. 내가 여북해야 그날로 그 집을 떠났겠니. 닥터 박이 아무리 아무렇게나 살아도 께적지근한 줄은 몰랐는데, 대전 친구 생각만 하면 지금도 속이 메슥거리고 께적지근하단다. 다시는 상종을 말아야지. 몇 군데 더 들러볼 이혼한 친구가 있건만 보기도 전에 정나미가 떨어져서, 걸음아 날 살려라 하고 집으로 돌아왔지 뭐니."

연지는 어머니의 수다의 재미없음과 돈까스의 맛없음을 함께 입 속에 넣고 우물대면서 권태롭게 말했다.

"엄마, 그런 말씀으로 저를 겁주려고 하셔도 소용없어요."

"겁을 주려는 게 아니라 도움을 주려는 게야. 그 친구들이 결과적으로 엄마가 주부의 자리를 지키고 행복을 되찾는 데 도움이 되었듯이……."

경숙 여사가 간절하게 말했다.

"그분들이 엄마에게 도움이 됐다고 해서 저에게도 도움이 된다고 생각하지 마세요. 제 일은 저만이 결정할 수 있는 일이에요. 제 일은 어느 누구의 일하고도 안 닮았는걸요."

"장하구나, 내 딸이 어쩌면 저렇게 잘났노. 기어이 그 바보 같은 짓을 저지르겠다 이거지? 그런 바보 같은 짓을 저지른 여자들이 어떻게 됐나 궁금해할 것도 없이 덜컥 일부러 저지르고 보겠다 이거지?"

경숙 여사는 시켜놓은 돈까스를 거의 입에 대지 않은 채 철커덕 소리 나게 나이프와 포크를 내려놓고 입술을 떨었다. 연지는 침착하게 말했다.

"엄마, 정말 궁금한 건 제가 어떻게 그런 바보 같은 짓을 했냐는 거예요."

"안 하면 될 게 아냐, 그게 바보 같은 짓인 줄 알면."

"이번 일 말고, 첫 번째 바보 같은 짓 말예요. 그 사람과의 결혼 말예요."

"너도 그게 바보 같은 짓인 줄 이제야 깨달았나 보구나."

"그럼 엄마 보기엔 처음부터 그게 바보 같은 짓이었나요?"

"그럼."

"전 몰랐어요. 왜 우리 결혼이 그렇게 보였을까요?"

"그걸 정말 몰라서 묻냐? 참 어처구니없는 결혼이었지. 느이 아버지와 내가 돼지에게 진주를 던져주는 것처럼 가슴이 아렸던 것은 딸 가진 부모가 그럴 수도 있다손 치더라도 누구나 뒤에서 수군댔으니까……."

"우리 결혼이 바보 같은 결혼이라구요?"

"바보 같다곤 안 해도 색시에 비해 신랑이 너무 처진다고들 했지. 신랑 쪽에서 볼 땐 횡재였으니 신부 측 입장으론 바보 같은 짓이지. 안 그러냐?"

"엄만 어떻게 생각하세요? 사람들이 공평하게 우리를 비교했다고 생각하세요?"

"그건 네 자신이 더 잘 알 텐데. 네가 바보 같은 짓이란 걸 시인한 건 세상 사람들의 보는 눈의 공평성까지도 시인한 거 아니냐?"

"근데도 전 그때 그걸 통 몰랐어요. 그때는 그게 가장 똑똑한 짓인 줄 알았는데, 왜 그렇게 맹목이 되었을까요?"

"사랑이었겠지. 사랑이라고 생각했으니까 그 기우는 결혼을 우리도 허락한 거고."

"아녜요. 사랑 말고 뭐가 있었을 것 같아요. 제 눈을 가린 건 사랑보다 훨씬 이기적인 그 무엇이었어요."

연지에게 또다시 혼란이 왔다. 아버지가 던져준 숙제는 아직도 못 푼 채였다.

"사랑이 깨면 그때까지의 사랑을 믿을 수 없는 것처럼 미움도 깨면 그렇단다. 넌 지금 미움에 눈이 어두워 또다시 바보 같은 짓을 하려고 하고 있어. 어른 된 도리로 한사코 말리는 게 당연해."

경숙 여사가 위엄 있게 말했다. 어제 하석태 씨도 같은 걱정을 했었다. 어머니도 아버지도 연지가 바보 같은 짓을 되풀이해서 결국은 상습적으로 인생을 실패로 몰고 갈 것을 걱정했고 그런 걱정 앞에 연지는 무력해질 수밖에 없었다. 그런 걱정은 연지 자신에게도 있었기 때문이다.

어머니하고 두 시간을 넘어 같이 보내고 나서도 조금도 속시원하거나 달라진 게 없었다. 그녀 혼자서 풀어야 할 수수께끼가 무엇인가를 다시 한 번 되풀이해주고 간 데 지나지 않았다.

남들이 다 본 현실을 못 보게 눈을 가린 건 뭐였을까라는 질문은 어제부터 그녀를 괴롭혀온, 최초의 잘못이 어디서부터 비롯됐을까 하는 질문과 대동소이했다.

연지는 다시 원점으로 돌아가 철민과 헤어지는 일이 잘못의 되풀이가 아니라 잘못에서 벗어나거나 잘못을 고치는 일이라는 걸 부모와 자신이 납득할 수 있길 갈망한다. 그러기 위해선 최초의 잘못이 어디서부터 비롯됐나를 알아내야만 했다.

현관문은 열려 있었다. 제법 청아한 휘파람 소리가 복도까지 들렸다. 연지는 현관문이 안 닫히게 괴어놓은 벽돌 조각을 보며 어깨를 으쓱했다. 철민이가 근처 공사장에서 주워왔으리라.

안방의 창문도 활짝 열려 있어서 철민은 맞바람에 장발을 휘날리며 싱크대 앞에서 감자를 깎고 있었다. 조리대 위 소쿠리에 씻어 담아놓은 당근, 오이, 풋고추 등이 싱싱하고 색스러워 보였다.

반바지 밑으로 드러난 철민의 털이 숭숭한 종아리만 아니었다면 꽤 보기 좋은 저녁 한때였다. 연지는 안 써지는 원고, 원고마감 때만 되면 거처가 오리무중이 되는 필자, 낮에 있었던 어머니와의 헛된 입씨름 등으로 지칠 대로 지쳐 있었기 때문에 그녀를 기다리고 있는 이런 생활적인 분위기에 안도감 같은 걸 느꼈다.
"일찍 왔네."
철민이 감자 깎는 일손을 멈추지 않고 예사롭게 말했다. 연지는 잠깐 철민의 뒤에서 미적대다가 안방으로 들어가 우두커니 서 있었다. 워낙 작은 집구석이라 깔끔히 정리된 게 한눈에 들어왔다. 창밖의 버드나무는 무겁게 처져 꼼짝도 안 했고 석양은 ㄱ자로 꼬부라진 옆 동 3층의 어느 한 유리창을 무시무시한 주황빛으로 태우고 있었다. 연지는 석양이 서향의 모든 유리창을 골고루 태우면 소방차가 출동할까 봐 어느 한 유리창만 골라서 태운다고 생각하면서 다시 한 번 어깨를 으쓱했다. 그리고 그 선택된 유리창 속에 갇힌 사람들은 지금 화염 속에서 펄쩍펄쩍 뛰고 있을지도 모른다는 실없는 생각을 했다.

철민은 연지의 존재를 의식도 안 하는 것처럼 일에만 열중하고 있었지만 어느새 휘파람은 멈추고 있었다.
"뭘 그렇게 푸짐하게 장만해요?"
연지는 손님으로 와서 주인에게 말하듯이 물었다. 그렇게 묻고 나서 비로소 두 사람분으론 뭐든지 너무 많이 하고 있는 게 어떤 목적을 위한 과시 때문이란 생각이 들었다. 다시 피곤해지기 시작했고 자신이 해결해야 할 문제와 헤어나야 할 문제가 힘겹게 느껴졌다.
"당신 좀 잘 먹이려고……"
연지는 대답 대신 소리를 내어 코웃음을 쳤다. 그러나 그쯤으로 철민의 비위를 건드린 것 같진 않았다. 어떤 일로도 비위가 상하는 일은 없으리라는 걸 과시하려는 듯 그는 다시 휘파람을 불기 시작했다.
 그렇게 무시무시하게 타오르던 옆 동의 유리창이 눈 깜박할 새 사위고 싫증나게 봐온 단조로운 모습만 남았다. 네모난 회색빛 건물, 무수한 창과 창틀, 창틀까지 염치없이 뻗어 나온 너절한 살림살이, 아직 걷지 않은 빨래, 하늘대는 커튼 혹은 발 등, 골백번을 바라본다 해도 결코 기억을 할 수 있을 리 만무한 풍경을 바라보면서 연지는 주춤주춤 옷을 벗었다.
 "샤워라도 하지 그래. 그동안에 상 차려놓을게."
 철민이 이렇게 말하는 소리를 들으며 연지는 욕실로 들어갔다. 아아 저 사람은 언제까지 천연덕스럽게 저 짓을 하고 있을 작정인가.
 연지는 별안간 남편의 은밀한 손장난을 훔쳐본 여편네처럼 화가 나고, 창피스럽고, 비참해져서 몸서리를 쳤다. 그리고 샤워기를 세게 틀고 몸이 덜덜 떨릴 때까지 물을 맞았다. 그녀는 거울 속에서 자신의 새파란 입술과 찰싹 달라붙은 짧은 머리를 보았고, 오그라들어서 한결 단단해진 몸뚱이를 보았다. 공포감까지도 불러일으킬 정도로 작고 예쁜 몸뚱이였다. 밖에선 음식 냄새가 풍겨왔고 그릇 부딪치는 소리도 났다. 그래, 아무것도 달라진 건 없어. 달라지게 한다는 건 엄청나게 힘드는 일이거든, 하고 연지는 중얼거렸다.
 연지는 큰 타월을 몸에 감았다. 그리고 타일 벽에 기대섰다. 워낙 더운 날이라 곧 화색이 돌았다. 그녀의 일상의 틀은 절망적으로 견고했다.

타월을 감은 채 방으로 나와서 옷장 문을 여는 연지를 철민은 거들떠도 안 봤다. 이미 추위는 가셨음에도 불구하고 연지는 마음속으로 진저리를 치면서 최소한의 내의와 편하고 헐렁한 원피스를 걸쳤다.

그리고 철민이 차려놓은 식탁에 앉았다.

"음식 맛이 제대로 됐나 몰라."

철민이 마주 앉아 신부처럼 수줍게 웃으며 말했다. 연지는 어둡고 쓸쓸하게 웃었다.

"내일은 식탁 위의 등을 딴 걸로 갈까 해."

철민이 의논성스럽게 말했다.

"왜요?"

"벌써 잊었어?"

"뭘요?"

"신혼 초부터 당신이 성화를 했잖아. 식탁 위에 늘어진 등만은 분위기 있는 걸로 갈아 달자고 말야."

그랬던가? 연지는 잘 생각나지 않았다. 다만 30촉짜리 백열구가 뒤집어쓴 허연 갓이나마 한 번도 먼지를 닦아낸 일이 없다는 것만이 분명할 뿐이었다.

초여름 저녁 식탁의 샐러드 맛은 산뜻하고 싱싱했다. 석양의 반사가 순식간에 사위자 동굴의 구멍처럼 깊이 모르게 함몰되어 가던 창들이 하나둘 불을 켜기 시작했다. 마치 다 사위어버린 줄만 알았던 재 속에서 불씨가 튀기듯이 그것은 당초에 미미했건만 삽시간에

퍼졌다.

하지가 낀 달의 저녁나절이 마냥 끝다가 끝나자 안개처럼 희부옇던 어둠이 빠르게 그 농도를 더하면서 밀려들었다. 그러나 두 사람은 아무도 먼저 식탁 위의 등을 켜지 않았다. 여름밤, 이 밀집한 아파트 단지에서 창문을 연 채 불을 켠다는 건 마치 생활의 막을 올리고 남의 구경거리로 내놓는 것과 같았다. 열어놓은 채인 현관문을 통해 곧바로 보이는 뒷 동의 창들이 전파상 진열대 위에 즐비한 텔레비전을 일제히 켜놓은 것처럼 보였다.

연지는 그들만의 어둠에 정사의 예감이 스며 있는 것처럼 그리고 1년 남짓한 결혼 생활의 타성이 입던 옷처럼 후줄근하게 그러나 편안하게 감겨오는 걸 느꼈다. 낮동안 그녀를 복잡하게 괴롭히던 수수께끼를 다시 풀어볼 엄두도 못 낼 만큼 그녀의 의식은 느슨하게 풀어졌다.

앉은자리에서 빤히 바라보이는 여러 가구의 사는 모습이 대동소이한 것처럼 사람 사는 것이 다 그렇고 그런 게 아닐까 하는 변명도 벌써 마련돼 있었다. 철민의 식사하는 소리만 귀에 거슬리지 않는다면 그녀는 편안할 수 있었다. 철민은 일부러 그러는 것처럼 소리내어 씹고, 입맛 다시고, 후룩후룩 마셔댔다. 그리고 연지의 식사가 끝나자마자 잽싸게 설거지를 시작했다. 정사의 예감이 몸살의 예감처럼 좀 더 확실하고 불쾌해졌다.

"언제까지 그런 방법으로 속죄를 할 건가요?"

연지는 피로감과 패배감이 가득 배어 있는 음성으로 물었다.

"속죄라니, 가당치도 않아."

그의 목소리는 어쩌자고 샐러드처럼 싱싱했다.

"그럼요?"

"나는 약속을 지키고 있을 뿐이야. 그동안은 약속에 좀 소홀했지만……."

"약속이라뇨?"

"결혼하기 전에 손가락 걸고 한 약속 벌써 잊었어? 남녀가 동등하게 사는 방법으로 자기가 먼저 제시해놓고서……."

"남녀동등?"

"그래. 그것도 자기가 먼저 한 소리였어."

"내가 그런 적이 있던가요?"

"지금 와서 시침 떼면 되레 기분 나빠. 자기가 돈 벌고 내가 공부하는 동안은 집안 살림은 내가 맡기로 했잖아. 내가 돈 벌면 자긴 그때 살림하고, 둘이 똑같이 돈 벌면 살림도 공평하게 나누어 하기로, 집안 살림을 누가 하느냐를 남녀의 성별로 결정하지 않는게 남녀평등의 시작이라며? 젠장."

철민의 목소리가 모래를 씹는 것처럼 삭막해지면서 젠장 소리가 또 나왔다.

바로 그거였구나. 수수께끼의 해답은 바로 그거였어. 연지는 그녀와 철민과의 결혼을 가능하도록 그녀의 눈을 가린 것의 정체를 비로소 규명한 것처럼 느꼈다. 자포자기할 정도로 느슨하게 풀어졌던 의식이 바싹 긴장되면서 그녀는 탄성인지 환성인지 모를 소리를 질렀다.

"나 산책 좀 하고 올게. 잠깐이면 돼. 그렇지만 기다리진 말아."

철민은 그릇을 세게 밀어붙이는 것으로 대답을 대신했다. 흥, 남편한테 설거지를 시키고 계집은 산책이라, 자알 돼가는 집안이다, 자알 돼가는 집안이야. 이렇게 욕지거리를 하고 싶은 걸 그릇 부딪는 소리로 대신하고 있는 게 뻔했다. 그러나 연지는 별로 개의치 않았다. 지금 그녀에게 중요한 건 그게 아니었다. 그녀는 자신에게 중요한 걸 정리하기 위해 혼자 있고 싶었다.

초여름답지 않게 무더운 날씨라 밖에도 사람들이 많았다. 놀이터와 녹지대에도 아이들이 낮보다 오히려 더 많았다. 독신자용으로 지은 아파트라곤 하지만 형편이 여의치 못한 신혼부부들이 신혼살림을 차렸다가, 계속해서 형편이 여의치 못하면 아이를 둘씩 낳을 때까지도 살 수밖에 없었다. 간혹 시부모가 같이 사는 경우도 있었다.

연지는 시끌시끌한 녹지대와 큰길을 지나 상가와는 반대 방향으로 걸어갔다. 수수께끼를 푼 쾌감과 허탈감으로 그녀는 개운하고도 쓸쓸했다. 아파트 진입로는 강변으로 올라가는 둔덕까지 가서 막다른 길이 되었다. 그 단지에서 1년을 넘어 살았건만 거기까지 와보긴 처음이었다. 강변로 위로 불빛이 빠른 속도로 지나가는 게 보였다. 강변로까지는 경사가 급한 둔덕으로 돼 있었고 둔덕 밑 공지는 단지 내의 녹지대와는 달리 토마토, 들깨, 상추들을 심어놓은 밭이었고 잡초도 무성했다. 텃밭처럼 아기자기 규모가 작았지만 농가가 보일 리는 없었다.

어디선지 심한 지린내가 났다. 더러운 걸 밟을까 봐 차마 풀섶과 텃밭을 헤치고 둔덕을 올라가질 못하고 있는데 빈 택시가 그 막다른 길을 향해 쏜살같이 들이닥쳤다. 강렬한 헤드라이트가 둔덕 중간쯤에 부둥켜안고 있는 한 쌍의 남녀를 비추었다. 남녀는 손을 내저으며 킬킬댔다. 택시가 멎고 운전수가 내려서 텃밭에 오줌을 갈겼다. 지린내가 왜 그렇게 독한지 알 만했다. 택시가 돌아간 후 그녀는 들깨밭을 헤치고 둔덕으로 올랐다. 될 수 있는 대로 남녀가 있는 자리에서 멀리 피해 개나리 줄기가 늘어진 곳에다 편안히 자리를 잡았다.

나의 실패의 원인은 바로 남녀평등이라는 거였어. 나는 한 남자를 사랑하기보다는 바로 남녀평등이란 걸 더 사랑했거든. 남녀평등에만 급급한 나머지 사랑까지도 생략하고 남자를 골라잡았던 거야. 그를 남편으로 골라잡은 걸 사랑 때문도 존경 때문도 조건 때문도 아니고 바로 그가 모든 면에서 나보다 못하다는 거였어. 부모가 그를 탐탁치 않게 여기기 전부터, 사람들이 수군대며 비웃기 전부터 나는 알고 있었어. 그가 나보다 못하다는걸. 나는 그의 나보다 못한 점을 사랑하거나 연민함이 조금도 없이 그냥 이용이나 해먹으려 했던 거야. 그걸 이용해 거저먹기로 남녀평등을 이룩해보려 했던 거야. 실력이나 인격으로 자기보다 못해 보이는 남자를 일부러 골라잡아서 평능한 부부 관계를 이룩해보려고 마음먹은 서야말로 살못의 시작이었다. 그것은 평등에 대한 크나큰 오해였고 자신에 대해 더러운 모독이었다.

그녀는 자신이 수단 방법 가리지 않고 남녀가 평등한 부부 관계에만 연연했던 게 소녀기에 본 부모의 비정상적인 부부 관계 때문이라고 변명할 수도 있다는 걸 알고 있었다. 그러나 지금 중요한 건 변명이 아니라 진상이었다. 그녀는 비열한 수단으로 전락한 결혼을 더는 지탱해선 안 된다고 생각했다. 자기 스스로를 더 이상 모독해선 안 된다고 생각했다. 자신의 비열한 수단에 농락당한 철민에게 처음으로 연민의 정을 느꼈지만 그걸 사랑이라고 기만의 기만을 일삼진 않기로 했다.

그녀는 섬광처럼 떠오른 힌트에 의해 재빠르게 답안지를 작성하듯이 정신력을 집중해서 신속하게 이런 결론에 도달했다.

빈 택시가 또 한 대 막다른 길을 미끄러져 들어왔다. 불빛이 아직도 무엇인가를 속삭이고 있는 남녀를 비쳤다. 남녀가 신은 신발의 상표까지 또렷이 보였다. 고등학생들 사이에 유행하는 신발인 걸로 봐서 남녀는 10대로 보였다. 운전수가 내리더니 또 오줌을 누었다. 텃밭은 누가 관리하는지 저절로 농사가 잘되게 생겼다고 생각하면서 그녀는 앉은 채로 둔덕을 미끄러져 내렸다.

그녀는 천천히 텃밭을 헤집고 아스팔트 길로 나왔다. 지린내와 깻잎 냄새가 섞인 밤바람이 그런대로 상쾌했다. 속이 텅 빈 것처럼 머리도 가뿐했다.

나는 내가 잘못을 저지르기 시작한 때를 굳이 거슬러 올라가지 않을 테다. 그리고 어떤 핑계도 대지 않을 테다. 그 조그만 오기가 그녀의 발걸음을 다부지게 했다.

그녀는 곧장 아파트로 돌아와 소지품을 챙겼다. 몇 자루의 만년필과 크기가 다양한 백몇 개, 그리고 당장 입고 벗을 옷가지가 그녀가 챙긴 것의 전부였다. 남자를 걸어나가게 하고 그녀가 남아서 아파트를 차지해야 된다는 고집은 안 부리기로 했다. 같이 살면서 그를 거부하기가 얼마나 힘에 겨웁다는 걸 모르지 않는 바에야 그런 일로 힘을 소모할 수도 없었다. 힘의 대결을 불사할 때만 해도 살까 말까 하는 망설임이 남아 있을 때였다. 살을 대고 살았던 관계란 참으로 묘한 거여서 철민도 그녀의 마음속에 살까 말까 하는 망설임조차 남아 있지 않다는 걸 눈치챈 것 같았다.

별안간 난폭해지면서 연지를 구타하기 시작했다. 그의 씨근대는 숨결과 거친 욕지거리와 모진 손찌검을 그녀는 거쳐야 할 마지막 고비처럼 이를 악물고 참아냈다. 그는 제풀에 힘이 빠져서 비틀대며 집을 나갔다. 그녀는 그의 주머니에 키를 넣어주었다. 그리고 챙겨놓은 짐을 가지고 친정으로 돌아갔다.

정식 이혼은 순조롭지만은 않았다. 친정 부모님들의 낙담과 만류도 끈덕졌지만, 시집 식구들의 노발대발과 남의 귀한 아들 망쳐놓았다는 책임 추궁도 감당하기 쉬운 게 아니었다. 이미 끝장난 걸 알 텐데도 어른들의 도움으로 끝끝내 괴롭혀나 보려는 철민의 심보에 연지는 분노보다 실망이 더 컸다. 그러나 그가 어른들한테 이것저것 그녀를 괴롭힐 수 있는 그녀의 못된 깃을 고해바치디기 그만 그녀가 아무하고도 의논 안 하고 혼자서 임신중절을 한 사실까지 고자질한 건 실수였다.

시집 식구들은 그 한마디로 크나큰 충격을 받았고, 그 집안 망칠 계집은 하루빨리 내쫓는 게 가문을 위해 신속히 취할 바라는 결론을 내렸다. 그들은 그녀가 이미 나가 있다는 걸 인정하지 않은 채 내쫓는다는 추상 같은 통고를 해왔고, 철민에겐 다시는 그런 계집을 입에도 마음에도 오르내리지 말고 깨끗이 잊으라는 분부를 내렸다. 그녀는 아들이 며느리로부터 버림받은 게 아니라 아들이 며느리를 내쫓았다고 생각하고 싶은 시집다운 허세를 이해하고 받아들였다. 합의 이혼이 성립되자 철민은 그의 소지품을 챙겨가지고 아파트를 나가면서 그녀에게 키를 넘겨주었다.
 그녀의 어머니의 간곡한 만류에도 불구하고 친정을 나와 아파트로 돌아온 것은 가을이었다. 집을 나오고 나서 합의 이혼에 이르는 동안에 석 달이 넘어 걸린 셈이었다.
 연지는 아주 날쌔게 시장을 누볐다. 구럭 같은 백에 필요한 걸 사는 대로 쑤셔 넣으면서 연방 메모지를 꺼내 보았다. 그녀는 서두르고 있었지만 확신에 차 있어서 물건을 속아 사거나 잘못 살 염려는 없어 보였다. 그녀는 사람들과 어깨를 비비면서 지하도를 빠져 나왔다. 지하도 입구엔 꽃장수가 국화꽃 다발을 푸성귀 다발처럼 리어카에 아무렇게나 쟁여놓고 팔고 있었다. 그녀는 국화꽃 다발 앞에 혼자서 오래 서 있었다. 그리고 마침내 가까이 다가가 그중에서 한 다발을 뽑아 들었다. 그건 국화꽃이 아니라 장미였다. 장미 중에서도 좀 희귀한 노란 장미였다. 그녀는 이를 드러내고 웃었다. 꽃장수가 장미는 때가 아니라 좀 비싸다고 말했다. 그녀는 노란 장미를 코끝에 대고 웃으면서 대꾸했다. 난 노란 국화는 재미없어요. 그렇지만 노란 장미는 좋아해요. 꽃장수는 한 다발에 2천 원만 내라고 말했다. 그녀는 2천 원을 꺼내주면서 "택시값으로 꽃을 샀어요. 고마워요"라고 말했다. 그녀는 사람들하고 뒤섞여서 전철을 탔고 또 버스로 갈아탔다. 그녀는 아파트 진입로를 또박또박 걸으며 그 길이 끝나는 곳, 공터에 해바라기가 가을바람에 건들대는 걸 보았다. 그녀는 날이 좀 더 추워지면 바바리 깃을 세우고 그곳까지 산책을 가보리라 마음먹었다.

편지함엔 흰 사각봉투가 들어 있었다. 낯익은 필적이었다. 그녀는 계단을 느리게 오르면서 그걸 뜯었다. 철민은 헤어진 후에도 가끔 그렇게 편지를 보냈다. 처음엔 악담을 했다, 미련을 호소했다 했지만 차츰 담담해지고 있었다. 편지는 '연지에게'로 시작하고 있었다. '아직도 나의 아내에게'라든가 '사랑하는 연지에게'라는 유치한 딱지가 겨우 떨어진 편지를 보고 연지는 혼자서 쓸쓸하게 웃었다. 편지엔, 앞으론 편지 안 쓰고도 견딜 듯하다는 사연이 들어 있었다. 그녀도 그렇게 되길 마음으로부터 바랐다.

그녀는 노란 장미꽃 다발을 왼손으로 옮겨 쥐고 오른손으로 열쇠 구멍에 키를 꽂았다. 찰칵 하는 금속성은 언제 들어도 가슴이 울렁거릴 만큼 좋았다. 그녀는 문을 열고 안으로 들어섰다. 유리창은 꼭 닫힌 채였지만 집안의 공기는 싱그럽고도 감미로웠다. 그녀는 그게 자유로움의 냄새라는 걸 알고 있었다. 커튼은 반쯤 열려 있어서 밖이 내다보였다. 어느새 하늘이 침침하게 어두워지고 있어서 회색빛 건물들의 윤곽이 몽롱했다. 그녀는 불을 켤까 하다가 먼저 노란 장미를 항아리에 꽂았다. 그걸 방바닥에서 책을 읽거나 글을 쓸 때 쓰는 밥상 위에 올려놓았다. 그리고 그 노란 장미가 등불이라도 되는 것처럼 한동안 불을 안 켜고도 불편 없이 파를 다듬고, 쌀을 씻고, 옷을 갈아입고, 벗은 양말과 속옷을 세탁기에 처넣었다. 그녀는 예쁘고 단정한 옷으로 갈아입고 오렌지 주스를 한 잔 따라서 쟁반에 받쳐 들고 장미 옆에 앉았다. 오렌지 주스는 차갑고 새큼한 듯 떫은 듯 감미로웠다. 그녀는 핥듯이 천천히 잔을 비웠다. 집 안은 말끔히 정돈된 채 그녀를 기다리고 있었고, 그녀 역시 아무 보는 눈 없이도 단정하고 신중했다. 그녀는 정교한 모습으로 입을 다물고 있는 장미 송이에 코를 댔다. 아름다운 이의 옷깃에 향수를 한 방울 살짝 부렸을 때처럼, 그녀는 그녀만의 정적과 고독에 한 다발의 노란 장미를 더한 것을 행복하게 생각했다. 행복감이 미주美酒처럼 그녀의 피돌기를 훈훈하고 활발하게 했다.

 그녀는 시장 봐온 반찬거리를 조금씩 덜어놓고 냉장고에 넣었다. 그녀는 밥과 반찬을 하는 동안 FM을 틀었다. 어제는 그 시간에 슈베르트를 들었는데 오늘은 팝송이었다. 그녀는 고개를 갸우뚱했지만 다이얼을 돌려보는 대신 수첩에다가 전축이라고 써넣었다. 전축 말고도 그녀는 사고 싶은 게 생각날 때마다 써넣는 수첩을 따로 가지고 있었다. 그건 곧 돈을 벌기 위한 즐거운 목적 같은 게 되어서 돈 버는 일을 생기 있게 해주었다. 한밤중에도 음악을 들을 수 있을 거야. 그녀는 마치 전축을 산 것처럼 이렇게 중얼댔다.

그녀는 정식으로 상을 차리고 저녁을 먹었다. "밥은 잘먹구?" 그녀의 어머니가 혼자 사는 딸을 위해 가장 걱정하는 건 끼니를 거를까 봐였다. 그래서 전화 걸 때마다 묻는 첫마디가 "밥은 잘먹구?"였고, 끊을 때는 "밥은 잘먹어야 한다"였다. 부모들이란 어쩌면 그렇게 자식에게 필요 없는 걱정만 하는 걸까? 그녀는 적당한 식욕을 채우고 나서 설거지를 하면서 생각했다. 내일은 어머니, 아버지를 안심시키러 잠깐 들러야지. 먹성을 직접 보이지 않더라도 활짝 피어나는 것처럼 화색과 윤기가 도는 얼굴을 보이는 것만으로도 충분할 테니까.

그녀는 커피를 마시고 나서 타이프 뚜껑을 열었다. 타이핑 솜씨는 좀처럼 늘지 않았다. 원고 관계로 친해진 문인한테 물려받은 구식 타이프라이터여서 손가락 힘이 많이 들었다. 새 타이프라이터를 장만했더니 살 것 같다면서 그 문인이 그 구식 기계를 구박하는 걸 보고, 물려달라고 청했더니 선뜻 내준 거였다. 그러나 그녀는 힘주어야만 글씨가 박혀 나오는 게 되레 마음에 들었다. 딱 딱 딱, 구식 기계는 거의 말발굽 소리를 내면서 맵시가 과히 아름답지 못한 글씨를 찍어냈다.

나의 고독은 순순하고 감미롭다. 사랑조차도 들이고 싶지 않을 만큼. 나의 고독이 적어도 지금보다는 덜 감미로워져야 새로운 사랑을 꿈꾸기라도 할 것 같다.

그녀는 그 짧은 글을 찍는 데 걸린 시간을 정확하게 재보고 나서, 원고지에다가 같은 글귀를 옮겨 썼다. 그리고 또 그동안을 쟀다. 타이핑하는 데 걸리는 시간이나 손으로 쓰는 데 걸리는 시간이나 거의 같았다. 어제도 그랬고 그제도 그랬다. 처음엔 손으로 쓰는 것보다도 느리게 치다가 손으로 쓰는 속도와 같아지기까지는 그 진도가 눈에 보이더니만, 그 이상은 도무지 숙련이 안 됐다. 그녀는 자신이 그 방면의 재간 없음에 혀를 차고 나서도 참을성 있게 연습을 계속했다.

팝송이 영화음악으로 바뀌었다. 손목이 시고 어깨가 뻐근했다.

그녀는 잠자리에 들기 전에 늘 하던 버릇으로 창문을 활짝 열었다. 순간 소름이 끼치게 시린 밤공기가 밀려들어 왔다. 그녀는 한동안 그 시린 바람에 몸을 맡겼다. 그녀가 환기하려는 건 밀폐된 방 공기와 함께 고독의 압박인지도 몰랐다.

그녀가 시린 공기에 씻긴 맑은 정신으로 멀고 가까운 아파트의 불빛을 한동안 바라보았다. 그녀의 강한 시선을 받고 문득 건물의 경직된 선이 생동하기 시작했다. 그녀는 그 속에서 숨 쉬는 사람들에게 따뜻하고 간절한 유대감을 느꼈다.

그녀는 가볍게 몸서리를 치고 나서 창문을 닫았다. 따뜻한 유대감은 곧 편안한 졸음으로 이어졌다.

1. 1970년대 여성과 『서 있는 여자』

박완서는 여성의 정체성과 사회적 관계를 서사적 주제로 삼는 대표적 작가이다. 등단작인 『나목』은 전쟁 통에 아들을 잃은 어머니가 한풀이를 하듯이 딸에게 저주의 말을 퍼붓고, 이 상황을 통해 '딸'의 정체성이 각성된다. 대중작가로 자리 잡는 데 결정적 역할을 했던 『휘청거리는 오후』는 1970년대 결혼 문화를 소재로 하여 한 가족의 몰락과 여성의 절망적 상황을 다룬 점에서 여성 문제 소설로 분류할 수 있다. 동시대의 현실 문제에 소설로서 예민하게 반응하는 박완서는 등단작부터 『아주 오래된 농담』(2000)에 이르기까지 대중적으로 관심을 끄는 여성 문제를 부각시키며 소설을 쓴 바 있다. 가족 제도, 결혼 제도, 연애의 문제에서까지 여성들이 소외되는 삶의 상황은 박완서 소설의 중심 서사였다.

1970년대 박완서 소설에 등장하는 여성 인물은 대부분 물화된 가족 관계 속에서 가장 극심한 소외 상황에 놓인 자로 등장한다. 돈벌이와 성공신화에 사로잡혀 살아가는 남편과 입시 지옥 속에서 시험 문제에 연연하는 자식들을 돌보며 가족들과 소통하지 못하고 고립되는 여성이 가장 밑바닥에 놓여진 사회적 약자임을 부각시킨다. 일탈적 행동으로 대응하는 여성이나 과도한 물신주의와 소비주의로 대응하는 여성들 모두 극심한 소외적 상황을 재현한다는 점에서 같다고 보는 박완서의 사회의식은 동시대적 인식으로서 돋보인다고 평가할 수 있다. 1982년부터 1983년에 걸쳐 연재된 『서 있는 여자(떠도는 결혼)』도 1970년대에 여성 문제를 다룬 소설들의 연장선에서 '여성적 현실'이 집중된 소설이다.

『서 있는 여자』는 여성 문제를 다루는 소설에 속하면서도 주인공 연지가 1970년대를 통과한 새로움을 지닌 여성이라는 점에서 한 단계 나아간 지점을 보여준다. 박완서가 주목한 1970년대 소설의 여성 인물들은 결혼해서 가족을 돌보는 아내로 살아가면서도, 결혼 제도, 가족 제도에 적응하지 못한다. 적응하지 못하고 힘겨워하는 상황은 그 자체로 현실 비판적인 인식적 효과를 발휘하며 작품의 주제를 구성한다. 반면에 연지는 새로운 교육 제도와 근대적인 삶의 수혜자로서 남성과 다름없이 성장한 여성이다. 자신이 배워서 알고 있는 대로 살아가고자 하는 주체적 여성인 것이다. 따라서 결혼에 직면하여 스스로 남성과 평등한 관계를 실현하고자 한다. 연지는 결혼을 제도로서 수행하는 것이 아니라, 주체적으로 부부 관계를 이루어 가는 것으로 인식한다는 점에서 1970년대 박완서 소설의 여성 주인공과는 다른 인물이다. 『서 있는 여자』는 1970년대를 거치면서 여성의 문제를 새롭게 자각한 박완서의 변화가 반영된 작품인 것이다.

별 어려움 없이 모범생으로 자라서 대학을 마치고 잡지사에 취직해서 결혼에 이르게 된 평범한 중산층 여성인 연지는 자신이 살아온 만큼의 자신감으로 남녀평등적인 결혼을 추구하고 실현한다. 별로 어려울 것이라고 생각하지 않았다. 그러나 연지는 결혼에 실패한다. 그리고 실패한 연지는 어디에서도 위로를 받지 못한다. 연지는 가해자가 되는 전도 속에서 이중의 절망을 경험한다. 소설은 연지가 결혼하고 이혼하는 시간 동안에 연지와 연지 어머니에게 일어나는 결혼과 관련된 사건과 의식의 변화를 보여주는 방식을 취한다. 당시로서는 갓 결혼한 남녀의 이혼이라는 다소 파격적인 이야기라 할 수 있는 『서 있는 여자』는 〈주부생활〉에 연재하면서 여성 독자를 의식하고 발언하는 듯한 포즈가 역력하다. 어찌 보면 출전을 알리는 여성의 선전포고처럼 보이는 이 소설의 구성은 "앞으로 꼭 하고 싶은 일이 한 가지 있긴 있는데, 그건 여성해방운동"[1]이라고 말했던 박완서의 생각을 짐작할 수 있는 작품인지도 모른다.

여성이 오랜 관습으로 지켜오던 일상의 미덕이나 습성을 따르지 않고 자기가 원하는 방식으로 살고자 할 때, 이런 선택이 자연스럽게 받아들여질 수 있을까? 자연스럽게 받아들여지지 않는다면, 무엇 때문인가? 그저 개인적 삶의 방식에 불과한 것인데, 여성이 살아가는 방식일 때 사회적인 도덕의 논리로 통제되는 구조는 무엇 때문인가? 보통사람(여성)들이 살아가는 생활 터전에서 버텨낸 박완

---

1) 박완서, 『여자와 남자가 있는 풍경』, 한길사, 1978년, 90쪽.

서가 구상하는 여성 해방의 논리가 이 한 편의 소설에서 구체적으로 펼쳐지고 있는 듯하다. 당위적인 선언이 아니라 구체적인 삶에서 변화는 어떻게 가능하고 어떤 문제들과 만나는가를 상세히 점검하는 보고서처럼, 이 한 편의 소설은 연지라는 허구적 인물을 통해 여성의 문제를 보고서로 작성하고 있다.

2. 서 있는 여자의 갈등에 주목하라

『서 있는 여자』의 주인공 연지는 쇼트커트 머리에 청바지를 입고, 출장을 마다하지 않는 직장여성이다. 물론 대학을 졸업했다. 1970년대를 대표하는 아이콘이었던 〈바보들의 행진〉의 여대생 영자처럼 청바지 차림에 껌을 씹고, 유니섹스 모드로 거리를 활보하며 남성과 동등하게 자기를 의식하는 '1970년대적' 여성이다. 이 소설이 1985년 단행본으로 발간되기 전에 1982년에서 1983년에 걸쳐 여성지 〈주부생활〉에 연재되었으니, 대학을 졸업하고 직장생활을 하며 결혼을 고민하는 연지는 시기상으로도 1970년대 말에 대학을 다닌, 청년문화의 주역에 해당하는 여대생임에 틀림없다.

대중문화로서 하나의 트렌드를 형성했던 청년문화는 남성들의 노발석이고 반항적인 세대적 정체성으로 유명하기도 했지만, 남성과 구별되지 않는 외양으로 남성과 친구처럼 지내는 자유분방한 여대생의 이미지로도 세간에 화제가 되었다. 박완서는 1970년대 발표된 여러 글에서 남성과 구별되는 여성적 정체성을 따르지 않는 딸 세대의 변화를 근심어린 눈으로 바라보며 부모 노릇의 어려움을 토로한 바 있다.[2] 연지는 바로 그런 딸 세대의 가치관과 생활 방식을 고집하는 여대생 출신의 새로운 여성이다.

  대학을 졸업한 이 여성들에게 가장 큰 난관은 결혼이다. 가족제도가 변하고, 아들과 딸을 별달리 구별하지 않는 가족 문화 속에서 성장한 딸들은 대학을 가고 일하는 여성이 됨으로써 사회 구성원이 된다. 그러나 새로운 삶의 방식을 결혼으로 이어가지 못한다. 많은 것들이 변화한 근대적 사회구조 속에서도 결혼이라는 제도는 가장 완고하게 과거의 전통을 고수한 채 유지되고 있기 때문이다. 그리고 사회적으로 권장해야 할 '미풍양속' '부덕婦德'의 실천 요강까지 그대로 유지하고 있다. 이 변하지 않는 남성 중심적 결혼 제도에 직면한 연지는 이 제도를 기존의 관습대로 수용하지 않고, 자기 방식으로 받아들이기 위해 안간힘 쓴다.

  그렇다고 연지가 대단한 결혼을 꿈꾸는 것은 아니다. 그저 결혼과 일을 병행하려고 할 뿐이며, 그러기 위해서 남성과 평등한 부부 관계를 유지하고 싶어할 뿐이다. 그러나 친구처럼 살아가고자 하는 남녀 관계의 설정은 문화적으로 굉장한 파격에 해당한다. 가장 먼저 연지의 편에서 연지의 삶을 지원해야 할 여성인 연지의 어머니가 이런 연지를 이해하지 못한다. 연지를 결혼시키기 위해 맞선을

---

[2] 박완서, 「답답하다는 아이들」, 『꼴찌에게 보내는 갈채』, 평민사, 1977, 82쪽.

주선하고자 하는 연지 어머니 경숙 여사의 대사로 소설이 시작하는 것은 연지의 '남녀평등적 결혼'에 가장 큰 장애물은 남성이기보다는 여성인 연지 어머니라는 점을 부각시키는 장치이다.

연지 어머니 경숙 여사는 자식들의 결혼을 통해 자신의 가정 내 권위를 보상받는다고 생각하며 자식들의 결혼을 준비하는 어머니이다. 그리고 결혼은 아들과 딸의 삶을 젠더적으로 다르게 계획하고 그 젠더 규범에 맞추어감으로써 완성하는 일로 생각한다. 경숙 여사는 아들과 딸의 결혼을 자기 삶의 프로젝트처럼 스스로 기획하는 '자신의 일'로 여기고 있으며, 세상의 이목을 가장 많이 반영할 수밖에 없는 '전시물'로 생각한다. 그러나 경숙 여사가 예외적인 것은 아니다. 어머니로 살아가는 도시 중산층의 많은 여성들이 이런 결혼 문화를 당연시하기도 했다. 사회적으로 문제가 되었던 당대의 결혼 풍속이다. 이 결혼관으로 인해 보이는 것을 중시하는 결혼 문화가 중산층을 중심으로 형성된 것도 1970년대다.

그런데 이 결혼 문화는 바로 여성이 결혼의 중심인 듯하지만, 여성을 타자화시키는 삶의 형식이다. 이미 『휘청거리는 오후』에서 강력히 경고한 바 있듯이 '연지 어머니'들은 결혼 시장에 팔려나가는 여성들처럼 전락하는 결혼 문화를 내면화한 채 결혼 문화를 주도한다. 이런 어머니에게 결혼을 아무 일도 아닌 듯이 꾸리고자 하는 연지는 처음부터 이해할 수 없는 희귀종 여성이다. 나아가 경숙 여사는 "중성적인 직업여성 티가 몸에 배 보이는 것"을 못마땅해하면서 직장 생활에 밥줄을 매달고 있는 것처럼 구는 딸의 "직업여성 티가 부모에 대한 중대한 모욕같이"(34~35쪽)도 여긴다. 결국 경숙 여사는 자신의 뜻대로 자신만 참여하는 결혼을 준비하면서 딸과 자신을 전혀 다른 '인종'으로 부각시키는 역할을 한다.

그렇다고 연지는 전혀 다르게 살아갈 수 있는 여성은 아니다. 여성을 소외시키는 이 결혼 문화를 받아들이지는 않지만, 구체적 생활과 욕망을 지닌 현실의 여성이다. 어머니의 결혼관을 거스르며 남자와 마음대로 살림을 차릴 만큼 과격한 시도를 하지 않으며, 독신을 주장하지도 않는다. 어머니의 결혼관을 적당히 만족시켜주면서도 자신의 삶의 방식을 유지해가는 방식을 찾는다. 그것은 오랜 동안 대학친구로 허물없이 지냈던 남자친구 '철민'과의 '남녀평등한 결혼'이다.

> 자기도 내 꿈이 뭔지 알지? 독자적으로 사는 거야. 혼자 산다는 뜻하곤 달라. 내 나름의 독자적인 삶의 방법대로 살고 싶어. 우리 결혼도 독자적인 거여야 돼. 흔해빠진 남의 결혼을 닮는 것도 싫지만 순수한 결혼의 목적 외에 딴 목적으로 이용당하긴 싫어.(67~68쪽)

"내 나름의 독자적인 삶의 방법"은 연지의 꿈이다. 그리고 그것은 "남의 결혼"을 닮으려고 하지 않는 순수한 것이어야 한다. 그래서 연지는 "절대로"라는 말을 쉴 새 없이 읊조리며 반복해서 철민의 다짐을 받아낸다. 결혼을 통해 독자적으로 살아가는 것은 혼자서 할 수 있는 일이 아니기 때문이다. 비록 같은 여성이면서도 연지를 전혀 이해하지 못하는 어머니 경숙 여사와 대립 각을 세움으로써 새로운 여성이 되지만, 같이 독자적인 삶을 꾸려나갈 동지로서 남편 철민은 유일한 연지의 편이며 공모자로 선택된 것이다.

연지가 꿈꾸는 삶은 이렇듯 혼자 자기 삶을 꾸려가는 독자성이 아니라, 결혼이라는 제도를 새롭게 구성하는 남녀 한 패로서의 독자성이었다. 그 과정에서 연지는 이전 세대와 결별하고 새로운 가정의 주체로서 남녀평등적 관계를 실현하는 여성으로 태어나기를 꿈꾼다.

그러나 서로의 존재 기반이 판이하게 다른 1970년대 대졸 남성과 여성이 결혼과 일에서 평등한 관계를 형성하며 한 편으로 살아가는 것은 거의 불가능한 일이었다. 연지가 주체적으로 살아가기 위해서는 남녀평등적 결혼이 절대적 조건이지만, 남성인 철민에게 주체성은 이미 주어져 있는 것이었다. 연지와 철민이 꾸려가고자 하는 독자적인 삶의 방식이란 남성인 철민이 불편함을 무릅쓰고도 계속 선택해야 하는 기득권 포기의 과정이다. 연지를 사랑하고 아내로 맞아들이고 싶어하지만, 남성인 철민은 이런 불편한 기득권 상실의 과정을 오래 견디지 못한다. 결혼을 하고 둘만의 관계에서는 서로 약속한 대로 모든 생활을 평등하게 나누어서 실천하지만, 가족이나 친구들과 어울렸을 때 "독자적인 삶의 방법"으로서의 '평등'은 여지없이 무너지는 부부의 일상생활 속에서 철민은 서서히 남성의 기득권을 주장한다.

철민은 연지가 주장하는 "녹자적인 삶의 방법"이 두 사람의 사적인 관계에서만 유효한 것이라는 점을 들어 연지를 비아냥거리고 연지의 논리를 부정한다. 시댁 식구들이나 남편의 친구들 앞에서는

"독자적인 삶의 방법"과 전혀 다른 다소곳한 아내의 모습을 취하는 연지를 비웃으며 연지의 "생활 방식이 옳은 거라면 만인 앞에서 떳떳해야지 왜 숨기"느냐고 따지고, 연지가 "기를 쓰고 주장하는 평등은 겨우 이 열한 평 속에서만 활개치는 거"라며 비웃는 것이다. 그리고 그런 연지의 태도는 이미 "보통 사람들의 생활과 생각에 동의하고 있다"는 증거라며, 철민은 스스로 자신이 보통사람이기에 "보통 사람들처럼 사는 게 더 편"(146쪽)하다고 고백하기에 이른다.

이 힐난과 비아냥과 고백을 거치면서 철민과 연지는 더 이상 화해하지 못하는 상태, 즉 돌이킬 수 없는 각자의 '존재성'으로 돌아가 화합할 수 없는 상태가 된다. 여성과 남성이 각자 자기 욕망의 사회적 자리로 회귀할 때 현실적으로 화합할 수 있는 여지는 별로 없다. 사회는 이미 남성을 중심으로 구조화되었기에, 여대생 출신인 연지가 자기 삶의 방식을 주장할 때 남성 개개인이 기득권을 포기하는 변화를 감행하지 않는 한 근본적인 화합은 불가능하다. 철민이 "보통 사람들처럼 사는" 삶을 거론하는 순간, 연지는 남성 중심적인 가부장적 결혼 문화를 요구하는 철민과 처음부터 어긋나있었다는 것을 깨닫는다.

> 나의 실패의 원인은 바로 남녀평등이라는 거였어. 나는 한 남자를 사랑하기보다는 바로 남녀평등이란 걸 더 사랑했거든. 남녀평등에만 급급한 나머지 사랑까지도 생략하고 남자를 골라잡았던 거야. 그를 남편으로 골라잡은 걸 사랑 때문도 존경 때문도 조건 때문도 아니고 바로

그가 모든 면에서 나보다 못하다는 거였어. (중략) 나는 그의 나보다 못한 점을 사랑하거나 연민함이 조금도 없이 그냥 이용이나 해먹으려 했던 거야. 그걸 이용해 거저먹기로 남녀평등을 이룩해보려 했던 거야. 실력이나 인격으로 자기보다 못해 보이는 남자를 일부러 골라잡아서 평등한 부부 관계를 이룩해보려고 마음먹은 거야말로 잘못의 시작이었다. 그것은 평등에 대한 크나큰 오해였고 자신에 대해 더러운 모독이었다.(457쪽)

연지는 철민이 보통사람처럼 살고 싶다고 고백하는 순간, 철민을 사랑하기보다는 남녀평등을 사랑한 나머지 철민을 이용한 자기를 분석한다. 이미 처음부터 어긋날 것을 예비한 결혼이었다고 결론을 내리지만, 그건 철민을 이용한 것뿐만 아니라, 연지 스스로를 모독한 것이라고 해명해낸다. 연지의 문제는 더 근본적이고 깊숙한 곳에 있었던 것이다. 의식하지 못하고 잠재된 채로 감각으로만 감지되던 문제는 철민의 태도가 변하자 점차 선명하게 실체를 드러낸다. 연지가 "절대로"를 발설할 때마다 연지의 얼굴을 딴사람처럼 만들어버리는 "정서적인 불균형"(76쪽)이 그 흔적이다.

연지는 철민과 결혼을 약속한 이후로는 철민에게 수없이 다짐을 했다. 그리고 다짐을 할 때마다 "절대로"라는 말을 신경질적으로 초조하게 반복했다. 그리고 철민은 진히 다른 사람처럼 변하는 연지의 모습을 "정서적인 불균형"으로 포착하였다. 연지와 철민은 그런 정서 상태가 구체적으로 무엇 때문인지 확실히 알지 못하면서도, 둘 만의 선택으로는 '부부 관계의 평등성'이 유지되기 어려운 현실을 감지했던 것이다. 결국 "독자적인 삶의 방법"이 현실적이지 못한 이상적인 꿈이라는 것을 둘 다 감각적으로 느끼고 있었던 것이며, 부부 두 사람만으로는 어찌할 수 없는 거대한 사회구조, 의식의 구조를 두려워하는 마음이 드러난 것이다.

서로를 사랑하고 아끼는 순간에 연지의 일그러진 모습을 철민은 "보기 싫으면서도 가려주고, 감싸주고 싶은 연민을 느"낀다.(76쪽) 그러나 순간일 뿐이다. 무수한 이해관계가 얽혀드는 일상의 시간 속에서 이 '연민'은 지속되지 못한다. 마침내 누구도 독자적일 수 없는 현실에서 혼자만 독자적으로 살아갈 수 없다는 것을 자각함으로써 연지의 불균형은 실체를 드러낸다. 결국 삶을 통째로 바꾸지 않는 한, 연지의 독자적인 선택은 이루어질 수 없는 꿈일 뿐이라는 사실이다. 그리고 연지는 해결의 첫 단계를 알게 된다.

연지가 "독자적인 삶의 방법"을 결혼을 통해 관철시키고자 할 때, 어머니인 경숙 여사와 같이 살아가야 하는 철민의 의식이 맨 먼저 문제시되었다. 그러나 독자적인 삶의 방법은 독자적으로 살아갈 수 없는 삶의 구조 속에서 번번이 무너져버린다는, 엄연한 구조로서의 삶의 양상을 알아차린 연지는 자신도 속해 있는 삶의 '구조'를 생각하게 된다. 결국 "남의 이목" 때문에 다른 사람들이 있을 때는 철민과 평등한 생활을 이어나가지 못하는 자신의 이중적인 태도, 당당하지 못한 태도가 더 문제인 것을 자각한 것이다. 연지 스스로 사회적인 관계 속에서 자신의 "독자적인 삶의 방법"을 공론화하지 못하는 한, 연지의 평등적 부부 관계는 요원한 희망사항에 불과할 수밖에 없다는 것이 연지와 서술자, 혹은 작가의 판단인 셈이다. 이 어쩔 수 없는 자기기만의 이중적 상태는 어머니에게 맞서고 철민을 무시하는 것보다 더 어렵고 복잡한 연지 자신의 모습이다. 연지가 환멸을 느끼고 절망하는 것은 보다 근원적인 주체의 문제인 것이다. '연지'의 존재는 이 어쩔 수 없음의 현실적 맥락을 보여주기에 빛난다. 『서 있는 여자』가 많은 독자들의 공감 속에서 읽혔다면, 아마도 연지의 어쩔 수 없는 상황을 담아내는 리얼리티 때문일 것이다.

남녀평등적 삶의 방식이란 누구 한 사람이 어떤 삶을 선택하는가로 결정되는 단순한 문제가 아니라는, 생활이라는 게 하나로 나뉘고 분류되는 게 아니듯이 하나로 결정될 것이 아니라는 인식이 결혼 문제를 다루는 박완서의 메시지이다. 연지의 이중성이 드러나는 사소한 갈등 상황의 리얼리티는 독자의 공감을 이끌어내며 작가의 메시지를 경청하게 만든다.

남녀가 살아가는 방식을 문제 삼는다는 것은 '파트너'를 문제 삼는 게 아니라, 당사자가 얽혀 들어가 있는 삶의 맥락을 짚어내는 일이다. 이 삶의 복잡한 맥락, 주체가 아무리 선언을 해도 구체적 일상 속에서 실천하지 못하고 어쩔 수 없이 주저앉게 만드는 관습적 삶의 양상, 오랜 동안 사회적 규범이었기에 몸에 밴 문화적 습성, 이런 것이 변하지 않는 한, 모든 시도는 '구호'에 불과할 수밖에 없다.

이처럼 『서 있는 여자』는 여성의 삶이 변하기 위해서 무엇을 먼저 생각해야 하는가를 알려주는 구체적 매뉴얼처럼 역할 한다. 그리고 이것은 1970년대 후반 한국 사회의 여성담론을 염두에 둔 작가의 발언으로 볼 수도 있다. 여권운동이 유행처럼 사회담론으로 퍼져나갈 때, 박완서는 여러 지면을 통해 여권운동의 허구성을 지적한다. 연지의 자아 성찰은 여권운동이 놓치고 있는 여성들의 실제적인 삶의 문제를 짚어보고자 하는 박완서의 깨우침으로 보아도 무리는 아닐 것이다.

3. '미풍양속'을 틀렸다고 말할 수 있는 여성이 필요한 사회

1975년은 UN에서 정한 '세계여성의 해'였다. 박완서는 1975년을 계기로 여성 문제에 적극적으로 발언한다. 등단 이후 1970년대 전반기에 한 권 분량의 단편소설을 쓰고 한 편의 장편소설을 연재한 바 있으며, 여러 편의 에세이를 썼던 박완서는 '여류'로 불리면서 사회적으로 쟁점이 되었던 논의에도 적극적으로 참여했던 것이다. 1977년에 출간한 두 편의 에세이집 『꼴찌에게 보내는 갈채』와 『혼자 부르는 합창』은 사소한 일상 속에서 부딪히는 사회적인 문제들을 날카로운 통찰력으로 비평한 글로서, 박완서가 1970년대 전반기에 사회적 현상들을 관심 있게 분석하고 있었음을 알려준다. 더불어 1976년 〈동아일보〉에 연재한 『휘청거리는 오후』 역시 당대 사회문제로 떠오른 결혼 풍속을 다룸으로써 여성 문제 전문 작가의 면모를 강화한다.

보통 사람들이 살아가는 구체적인 생활 세계를 누구보다도 잘 알고 있으며, 주로 이 일상의 세밀한 사실과 심리를 소설로 재현하는 데 탁월했던 박완서는 여성 문제도 당위적 정책이나 이론보다는 실생활을 통제하고 조율하는 문화적 관습이나 도덕의식을 통해 구체적인 생활 현장의 문제로서 제기한다. 『서 있는 여자』는 이런 담론적 상황을 배경으로 생겨난 작품이다. 여성의 주체성을 위한 여권운동의 향방이 어떠해야 하는가를 고민하면서 소설로 구체화시킨 작품으로 볼 수 있다.

연지의 삶에서 드러나듯이, 여권이 확립되기 위해서는 무엇보다도 실제 생활 세계에서 여성이 희생되지 않는 것이 중요하다. 더불어 여성 스스로 여성의 규범을 아름다운 것으로 미화하는 데 거드는 역할을 하지 말아야 한다. 박완서가 가부장적인 구세대의 여성이나 남성들을 비판하는 것만큼 미풍양속을 칭송하고 권장하는 지도층 여성을 비판하는 이유이다. 비록 "겉보기에 한국적인 미풍양속을 가장 잘 지키면서 살아"[3] 온 박완서는 그렇게 살아왔기 때문에 누구보다도 그 미풍양속이 가장 문제라는 것을 알고 강력히 부정할 수 있다고 생각하며, 사회지도층 인사를 중심으로 전개되는 여권운동의 허상을 경고하는 방식으로 연지의 삶을 제안한다. 『서 있는 여자』는 1970년대 박완서의 여성 인식과 같이 읽을 때 더 풍부하게 의미를 드러내는 텍스트다.

---

3) 박완서, 「자유인에 대하여」, 『여자와 남자가 있는 풍경』, 한길사, 1978년, 95쪽.

솔직히 말해서 나는 여성해방 운동에 대한 신념은커녕, 여성이 해방이 되면 지금보다 행복해지려는지 불행해지려는지, 여성 자신이 스스로의 해방을 원하고 있는지 아닌지 그것조차 알고 있지 못하다. 그것은 나 자신에 대해서도 마찬가지다. / 그러나 부덕婦德이니 미풍양속美風良俗이니 하는 것이 거의 신성시 되다시피 하는데 대해서는 몹시 못마땅하게 생각하고 있다. / 심지어는 가족법 등 여권女權과 관계 있는 입법立法에 비상한 관심을 가진 여권운동가들도 미풍양속은 절대로 건드릴 수 없는 걸로 고이 모셔놓으려 든다. / 그래서 가족법은 우리 고유의 미풍양속을 해치지 않는 한도 내에서 고쳐야 한다는 말이 가장 타당성 있게 받아들여지고 있다. / 나는 사실 가족법에 대해 알지도 못하고 관심도 없는 편이다. 가족법이란 말 자체가 아무리 들어도 생소하다. 가족 간의 화목과 질서를 유지시켜주는 것은 법보다 관습이기 때문이다. 결국 법은 멀고 미풍양속은 가까운 것이 가정이란 울타리 속이다. / 그럼 미풍양속이란 뭘까? 미풍양속은 가족법 같은 명문화된 법조항이 아닌 불문율이기 때문에 완전한 해답도 어렵지만 누구든지 몇 개쯤은 주워댈 수 있을 것이다. / 누구든지 심심한 시간에 한번 미풍양속을 이것저것 주워 모아보기 바란다. 곧 그것은 거의 여자가 지킬 도덕을 규정하고 있음을 알 것이다. / 결국 미풍양속이란 다름 아닌 부덕이었던 것이다. / 지금의 우리의 미풍양속의 역사는 먼 남녀칠세부동석男女七歲不同席 시대까지 거슬러 올라갈 수가 있고 그때만 해도 그게 남자들에게 구속을 가졌겠지만, 시대의 변천에 따라 상투를 자르는 것처럼, 양복을 입는 것처럼, 극히 자연스럽게 구속력에서 벗어났던 것이다. / 근대화된 정신과 생활양식엔 전근대적인 복장이 불편한 것과 마찬가지로 전근대적인 풍속도 불편할밖에 없는 게 당연하다. / 단 하나 편리한 점은, 남자가 여자를 구속하고 지배하기엔 편했을 것이다. 왜냐하면 그것은 철두철미한 남존여비 시대의 산물이기 때문이다. / 그래서 남자들은 부르짖는다. 세상이 어떻게 변하든 우리의 미풍양속은 저버려서는 안 된다. 그걸 저버리면 말세다,라고.[4]

살림의 자세로 돌아가기만 하면 잠깐이다. 못 먹게 된 고춧가루나 잃어버린 양말짝도 대단한 게 못된다. 실상 경제성의 면으로만 따지자면 그동안 쓴 글의 원고료가 그런 것을 보충하고도 남을지 모른다. 그런데도 버려진 살림을 대할 때 울어도 시원치 않을 것 같은 심한 가책을 느끼게 된다. 왤까? 진부한 생각이지만 살림살이가 여자의 천직天職이기 때문이 아닐까? 나는 평소 여자는 여자로 태어나는 게 아니라 여자로 길러질 뿐이라는 보부아르의 말을 믿는 편이지만, 이럴 때는 역시 여자는 여자로 태어날 뿐이라고 생각하게 된다. 그러지 않고서는 하나의 작품을 위해 그까짓 양말짝을 잃고 고춧가루쯤 못 먹게 됐다고 그다지 가책받고 상심하는 심리를 설명할 수가 없다.[5]

1978년에 출간한 세 번째 에세이집 『여자와 남자가 있는 풍경』에 실린 글들이다. 제복에서 알 수 있듯이 주로 여성 문제와 관련해서

---

[4] 박완서,「자유인에 대하여」,『여자와 남자가 있는 풍경』, 한길사, 1978년, 92~93쪽.

쓴 글들이다. 앞의 글은 여성 문제를 바라보는 작가의 생각이 열정적으로 드러나 있으며, 뒤의 글은 집안 살림을 여성의 일이라고 부추기며 여성을 고된 일상으로 몰아가는 여성관에 넌더리가 난다고 하면서도 자기도 역시 집안 살림이 여성의 천직이 아닌가 생각하게 된다는 속내를 털어놓은 글이다. 사뭇 다른 글인 듯하지만 여성 문제를 바라보는 박완서의 복합적 시선이 한결같이 드러나 있다.

박완서는 아이 다섯을 낳고 마흔이라는 나이에 소설가로 입문한 늦깎이 소설가이다. 등단 후에도 쉬지 않고 꾸준히 다량의 작품을 창작한 바 있지만, 가정주부로서의 정체성을 더 우선시하는 작가로 평가받는다. 전업작가라고 불리기보다는 주부작가라는 말이 더 어울릴 것 같은 박완서의 정체성 인식은 두 번째 글에 잘 드러나 있다. 보부아르까지 인용하면서도 살림살이가 여자의 천직일지도 모르겠다고 토로하는 것은 생활 속에서 이미 몸에 밴 행위가 먼저 반사적으로 반응하기 때문이다. 여자는 만들어진다는 것을 이론적으로는 동의하지만, 자신이 몸으로 살아가는 일상 속에서는 여자가 천직인 듯이 생각할 수밖에 없다고 고백한다. 그래서 몸이 하는 대로 하다 보면 부덕을 실천하는 여성이 되어버리는 모순적인 자기 상황을 분석한다. 그리고 이 자기 모순적인 습성 혹은 내면화된 윤리 감각이 박완서뿐만 아니라 살림을 하는 모든 여성들의 문제가 아닐까 성찰한다. 여성 문제를 제기하는 박완서의 여성의식은 바로 이 모순적

---

5) 박완서, 「작가의 슬픔」, 『여자와 남자가 있는 풍경』, 한길사, 1978년, 86쪽.

인 여성성을 문제적인 상황으로 제시하는 데 있다.

박완서는 "겉보기에 한국적인 미풍양속을 가장 잘 지키면서 살아온 편"이지만, "그것을 스스로 지켰다기보다는 그것에 가장 심하게 짓눌리면서" 살아왔기에 "소위 한국적인 부덕에 넌더리를 내면서 사는 사람에 속"한다고 스스로를 분석한다. 가장 짓눌려왔기에 "가장 강한 반발을 키워왔"지만, 이미 몸에 밴 습성 때문에 무의식적으로 부덕을 실천하는 게 더 빠르기도 한 사람이다. 미풍양속으로 규범화된 여성들의 삶은 이렇듯 강력하게 여성들의 변화 욕구를 옭아맨다. 박완서는 이 무의식적으로 몸에 밴 내면화된 삶의 규범을 변화시키지 않는 한 여성 해방이란 공염불에 지나지 않는다고 생각하는 생활인의 시각으로 여성 문제를 따져보고 있다. 그러고 보니 여권운동가들의 가족법 개정 운동이나 직장여성 처우 문제가 한낱 겉치레를 위한 구호에 그친다고 비판할 수밖에 없는 것이다. 가족법이나 직장 문화를 바꾸는 것으로 여성의 삶이 변화할 만큼 여성이 기득권을 갖고 있는 사회가 아니기 때문이다. 오히려 대다수 여성들은 가정 속에서 미풍양속이라고 칭송되는 부덕의 논리에 갇혀 수인처럼 살아가고 있다. '여성의 해'를 맞아 법적이고 제도적인 문제가 여성의 삶을 변화시킬 수 있는 가장 시급한 일인 듯이 여론화되지만, 오히려 필요한 것은 여성들을 도덕의 희생자로 만들어버리는 미풍양속이라는 속임수라고 주장한다. 그리고 미풍양속을 가장 잘 지키며 반발심을 키워온 자신 같은 여성이 이 문제를 해결할 수 있는 해법을 갖고 있지 않은가 제안한다. 두 개의 글은 바로 박완서의 이 복합적 시각이 드러나 있다.

이렇듯 여성 문제를 고민한 1970년대 후반을 거친 박완서가 1982년 여성지 〈주부생활〉에 여성 문제를 주제화하여 연재한 소설이 『서 있는 여자』다.

"권태기에 접어든 가정부인이 겉보기에 행복하게 사는 친구들의 집을 차례차례 순례하면서 남들이 어떻게 사는지를 구경하는 얘기로 꾸"며보고자 『떠도는 결혼』이라는 제목으로 시작했지만, "쓰다 보니 제멋대로 빗나가 어느 모녀의 서로 다른 혼인 모습을 대조적으로 부각시키는 데 열중하"게 되었기에, 단행본으로 출간할 때는 제목을 『서 있는 여자』로 고치게 되었다고 장황하게 배경을 설명한 것처럼, 시작과 다르게 연지 세대의 결혼관을 부각시키면서 이들 결혼의 가장 큰 장애물이 무엇인가를 보여주는 소설이다.[6] 따라서 소설의 많은 부분을 차지하는 연지 어머니 경숙 여사의 혼자 사는 친구들을 찾아가는 여정은 구세대의 어쩔 수 없는 결혼의 모습으로 설정되었을 뿐, 연지의 결혼과 연지의 선택이 작품을 주도하는 중심 서사이다. 구식 여성의 결혼은 연지 세대가 추구하는 남녀가 평등한 결혼과 대조되는 역할을 수행하기 위한 장치인 것이다.

더불어 연지의 결혼은 남녀평등을 지향하는 여권운동이 생활 속의 여성들과 유리된 '구호'에 지나지 않는다는 비판도 동시에 수행한다.

연지가 남녀평등한 결혼을 추구하면서도 남편의 가족이나 친구

---

6) 박완서, 「서 있는 여자의 갈등」, 『서 있는 여자의 갈등』, 나남, 1986년, 94쪽.

들과 어울릴 때는 다소곳하게 부엌일을 도맡는 살림꾼 여성으로 돌변한 것은 연지가 절대 극복할 수 없는 연지의 한계였다. 남녀평등의 결혼을 주장하는 연지조차 살림을 잘하는 여자로 보이고 싶은 욕망을 어쩌지 못할 정도로 여성들의 생활 세계는 미풍양속이라는 규범이 전면적으로 조율하고 구조화한다. 남녀평등의 이상과 미풍양속의 규범을 동시에 수행해야 서로 모순되지 않는다고 생각하는 지식층 여성들은 가부장적인 남성이나 구세대 여성보다도 남녀평등적 사회를 실현하는 데 더 큰 장애인지도 모른다. 연지의 결혼과 실패를 통해 이 구체적인 삶에 작용하는 '구조'적인 문제를 제안하고 있으며, 당대 여권운동을 주도하는 여성 단체의 활동이나 여권운동이 허상에 매달려있다는 점을 비판한다. 연지가 취재하다가 실망하고 '여류'를 혐오하는 계기가 된 '현순주 여사' 같은 인물은 연지의 결혼 실패에 내재된 연지의 문제와 일맥상통하는 여성적 문제점을 상징한다.

 법과 제도를 바꾸고자 여권운동을 주도하는 지도층 여성들 역시 미풍양속으로 추켜세워지는 역할 규범을 중요한 정체성으로 생각하며, 여성의 평등한 권리를 주장한다. 이들의 남녀평등은 자연스럽게 가정생활과 사회생활을 완벽하게 꾸려나가는 여성을 지향하게 된다. 열정적으로 사회활동을 하면서도 가정을 돌보는 일도 완벽하게 해낸다는 과시형 '여류'가 여권운동을 이끄는 여성단체의 구성원일 때, 가사 일에 허덕이는 수많은 여성들의 여권을 대변할 것이라고 상상하기는 어렵다는 게 박완서의 여권운동 비판론이다. 거대한 바자회를 진행하면서 예산을 낭비하고서야 자선사업을 마무리하는 과시형 여권운동은 사회지도층 여성들의 소일거리 이상이 되기는 어렵다고 비판한다. '미풍양속'이라는 허울을 쓰고 일상 속에 스며 있는 여성 규범에 치여 살아가는 살아있는 여성들의 고통을 헤아리기보다는 통계 수치를 바꾸는 전시적인 행사가 만연한 여권운동은 그저 구호에 그치는 자기과시에 불과하다고 보는 것이다. 설거지하는 남편을 안쓰러워하는 연지는 이 여권운동가들과 함께 미풍양속의 여성 희생의 논리를 외면하는 지도층 여성인 셈이다. 가부장적 권리를 자연 상태로 받아들이는 남성이나 그것을 내면화하고 가치 있다고 생각하는 구세대 여성뿐만 아니라, 1970년대 말 사회적으로 주목받기 시작한 여권운동가까지 연지의 반대편 자리에 놓고 갈등을 구성하는 이유는 작가의 여성의 현실을 보는 시각 때문이다.

그렇다고 연지가 이 세 부류의 삶과 전혀 다른 여성관을 갖고 있는 것은 아니다. 이미 확인했듯이 연지는 남편이 설거지하는 것을 못마땅해하고 안쓰러워하는 평범한 여성이다. 그런 와중에 자신이 내면화하고 있는 미풍양속의 굴레에서 벗어나지 못하는 것, 자신이 추구하는 남녀평등적 결혼을 사회적 관계로 공론화하지 못하는 것, 그것이 자신의 문제임을 적극적으로 제시하고 구체적으로 분석한 여성이라는 점에서 변화하기 시작한다. 그렇지만 아직 전혀 다른 새로운 '풍속'을 제안할 새로운 주체는 아니다. 다만, 보통 사람들이라면 예외 없이 모두가 '미풍양속'이라고 떠받드는 부덕의 논리가 여성을 희생시키는 논리라는 것을 주저하지 않고 공론화할 수 있는 '용기'를 보여줄 뿐이다. 작가는, 스스로 고백하듯이, 독자들의 빗발친 반대 의견에도 불구하고 이제 신혼에 불과한 어린 신부 연지의 이혼을 별로 주저하지 않고 단행한다. 대가족을 이끌며 부덕의 논리를 실천하며 살아가는 중년의 작가지만, 그렇기 때문에 여성만 짊어져야 하는 부당한 논리를 미화하는 '미풍양속'의 논리를 공공연하게 부정하는 연지의 '용기'를 지켜주고 싶었던 것이다. 연지는 바로 이 '용기' 때문에 차별화되는 인물이다.

'연지'라는 허구적 인물은 작가의 여성 인식과 염원이 날실과 씨실처럼 교차하면서 만들어진 질긴 옷감 같은 창작품이다. 현실을 대신할 수 있는 판타지적 상상력보다는 현실을 더 현실감 있게 보여주는 상상력으로 평가되는 리얼리스트 박완서의 소설로서는 다소 비약적인 면모를 지닌다. 그러나 여권운동의 목소리는 높아가지만, 여성은 점점 더 팍팍하게 살아가는 1970년대 후반의 한국사회를 향해 '평범한 가정주부의 체험'이 던지는 절박한 현실비판과 소망이라고 보면 수긍이 가기도 한다. 『서 있는 여자』는 작품이 쓰여질 시기의 한국사회와 여성의 삶을 상상함으로써 의미가 완결될 수 있는 대표적 작품이다.

이선미 1965년 출생. 문학평론가, 동국대학교 연구교수. 연세대학교 국어국문학과에서 박사학위를 받았다. 저서로 『박완서 문학 연구』, 논문으로 「'청년' 연애학 개론의 정치성과 최인호 소설」 「박완서 소설과 '비평': 공감과 해석의 논리」 「공론장과 '마이너리티 리포트': 1950년대 신문소설과 정비석」이 있다.

작가
연보

1931	10월 20일 경기도 개풍군 묵송리 박적골에서 출생. 아버지 박영노朴泳魯, 어머니 홍기숙洪己宿. 위로 열 살 위인 오빠 박종서朴鐘緒 있음.
1934(4세)	아버지 별세. 어머니는 오빠만 데리고 서울로 떠남. 조부모와 숙부모 밑에서 어린 시절을 보냄.
1938(8세)	서울로 와서 살게 됨. 매동국민학교 입학.
1944(14세)	숙명여고 입학.
1945(15세)	소개령 때문에 개성으로 이사, 호수돈여고로 전학. 고향에서 해방을 맞음. 서울로 와 학교를 계속 다님. 여중 5학년 때 담임을 맡은 소설가 박노갑 선생에게서 많은 영향을 받음.
1950(20세)	서울대학교 문리대 국어국문학과 입학. 6·25 전쟁으로 학교에 다닌 기간은 며칠 되지 않음. 전쟁 기간 중에 오빠와 숙부가 죽고 대가족의 생계를 책임지게 됨. 미8군 PX(동화백화점, 지금의 신세계백화점 자리)의 초상화부에서 근무. 그곳에서 박수근 화백을 알게 됨.
1953(23세)	4월 21일 호영진扈榮鎭과 결혼. 1남 4녀의 자녀를 둠.(1954년 원숙, 1955년 원순, 1958년 원경, 1960년 원균, 1963년 원태 태어남)
1970(40세)	『나목』으로 〈여성동아〉 여류 장편소설 모집에 당선. 첫 책 『나목』(동아일보사) 출간.

1971(41세)	「한발기」 연재.(《여성동아》 1971년 7월호~1972년 11월호. 단행본에 실린 「5월」 부분이 빠져 있음. 1978년에 『목마른 계절』로 출간됨)
	「세모」(《여성동아》 4월호), 「어떤 나들이」(《월간문학》 9월호)
1972(42세)	「세상에서 제일 무거운 틀니」(《현대문학》 8월호)
1973(43세)	「부처님 근처」(《현대문학》 7월호), 「지렁이 울음소리」(《신동아》 7월호), 「주말농장」(《문학사상》 10월호)
1974(44세)	「맏사위」(《서울평론》 1월호), 「연인들」(《월간문학》 3월호), 「이별의 김포공항」(《문학사상》 4월호), 「어느 시시한 사내 이야기」(《세대》 5월호), 「닮은 방들」(《월간중앙》 6월호), 「부끄러움을 가르칩니다」(《신동아》 8월호), 「재수굿」(《문학사상》 12월호)
1975(45세)	「도시의 흉년」 연재.(《문학사상》 1975년 12월호~1979년 7월호)
	「카메라와 워커」(《한국문학》 2월호), 「도둑맞은 가난」(《세대》 4월호), 「서글픈 순방」(《주간조선》 6월호), 「겨울 나들이」(《문학사상》 9월호), 「저렇게 많이!」(《소설문예》 9월호)
1976(46세)	첫 창작집 『부끄러움을 가르칩니다』(일지사) 출간.
	「휘청거리는 오후」 연재.(《동아일보》 1976. 1. 1~1976. 12. 30)
	「어떤 야만」(《뿌리깊은 나무》 5월호), 「배반의 여름」(《세계의 문학》 가을호), 「조그만 체험기」(《창작과비평》 겨울호), 「포말의 집」(《한국문학》 10월호)
1977(47세)	『휘청거리는 오후 1, 2』(창작과비평사) 출간.
	열화당의 〈신예작가 신작소설선〉 중에 중편집 『창밖은 봄』 출간.
	첫 산문집 『꼴찌에게 보내는 갈채』(평민사), 두 번째 산문집 『혼자 부르는 합창』(진문출판사) 출간.
	「흑과부」(《신동아》 2월호), 「돌아온 땅」(《세대》 4월호, 「더위 먹은 버스」라는 제목으로 소설집 『배반의 여름』(1978)에 수록), 「상」(《현대문학》 4월호), 「꼭두각시의 꿈」(《수정》 1977), 「꿈을 찍는 사진사」(《한국문학》 6월호),

「여인들」(《세계의 문학》 여름호), 「그 살벌했던 날의 할미꽃」(《문예중앙》 겨울호)

1978(48세) 『목마른 계절』(수문서관) 출간.(《여성동아》 1971년 7월호~1972년 11월호. 「한발기」라는 제목으로 연재)

단편집 『배반의 여름』(창작과비평사) 출간.

산문집 『여자와 남자가 있는 풍경』(한길사) 출간.

「욕망의 응달」 연재.(《여성동아》 1978. 8.~1979. 11.)

「낙토樂土의 아이들」(《한국문학》 1월호), 「집보기는 그렇게 끝났다」(《세계의 문학》 가을호), 「꿈과 같이」(《창작과비평》 여름호), 「공항에서 만난 사람」(《문학과지성》 가을호)

1979(49세) 『도시의 흉년 1, 2』(문학사상사) 출간.

『욕망의 응달』(수문서관) 출간.(이후 1984년 같은 출판사에서 『인간의 꽃』이라는 제목으로 다시 나온 뒤 절판. 1989년 다시 원제대로 우리문학사에서 재출간되었으나 타계 전 작가의 요청으로, 〈박완서 소설전집 결정판〉(세계사) 목록에서 제외함)

창작동화집 『달걀은 달걀로 갚으렴』(샘터사) 출간.(같은 해 『마지막 임금님』이라는 제목으로도 출간됨)

『꿈을 찍는 사진사』(열화당) 출간.(1977년 펴냈던 『창밖은 봄』과 동일한 작품을 묶음)

「살아 있는 날의 시작」 연재.(《동아일보》 1979. 10. 2~1980. 5. 30)

「내가 놓친 화합」(《문예중앙》 봄호), 「황혼」(《뿌리깊은 나무》 3월호), 「우리들의 부자富者」(《신동아》 8월호), 「추적자」(《문학사상》 10월호)

1980(50세) 「그 가을의 사흘 동안」으로 제7회 한국문학작가상 수상.

〈동아일보〉에 연재했던 『살아 있는 날의 시작』(전예원) 출간.

「오만과 몽상」 연재.(《한국문학》 1980년 12월호~1982년 3월호)

「그 가을의 사흘 동안」(《한국문학》 6월호), 「엄마의 말뚝 1」(《문학사상》

9월호),「육복六福」(《소설문학》 11월호),「침묵과 실어」(《세계의 문학》 겨울호),「옥상의 민들레꽃」(《실천문학》 창간호)

1981(51세)   「엄마의 말뚝 2」로 제5회 이상문학상 수상.

20년간 살던 보문동 한옥을 떠나 잠실의 아파트로 이사.

오늘의 작가 총서 『나목·도둑맞은 가난』(민음사) 출간.

소설집 『이민 가는 맷돌』(심설당) 출간.

「천변풍경」(《문예중앙》 봄호),「엄마의 말뚝 2」(《문학사상》 8월호),「쥬디 할머니」(《소설문학》 10월호),「꽃 지고 잎 피고」(피어리스 사보 〈Ami〉 1981),「로얄 박스」(《현대문학》 12월호)

「도둑맞은 가난」이 일본에서 「盜まれた貧しさ」라는 제목으로 『韓国現代文学13人集』(古由高麗雄 편)에 수록 출간.(新潮社)

1982(52세)   10월과 11월, 문화공보부 주최 문인 해외연수에 참가, 유럽과 인도를 다녀옴.(김치수, 염재만, 이호철, 홍윤숙, 김영옥, 유재용, 김승옥, 박연희, 김홍신 등 참가)

『오만과 몽상』(한국문학사) 출간.(1985년 고려원에서 재출간)

단편집 『엄마의 말뚝』(일월서각) 출간.(첫 창작집 이후 발표된 소설을 묶음)

산문집 『살아 있는 날의 소망』(학원사) 출간.

「그해 겨울은 따뜻했네」 연재.(《한국일보》 1982. 1. 5~1983. 1. 15)

「떠도는 결혼」 연재.(《주부생활》 1982. 4.~1983. 11.)

「유실」(《문학사상》 5월호),「무중霧中」(《세계의 문학》 여름호)

1983(53세)   『그해 겨울은 따뜻했네』(민음사) 출간.(《한국일보》에 연재한 동명의 소설)

「그의 외롭고 쓸쓸한 밤」(《문학사상》 3월호),「아저씨의 훈장」(《현대문학》 5월호),「무서운 아이들」(《한국문학》 7월호),「소묘」(《소설문학》 8월호)

「그 살벌했던 날의 할미꽃」이 영국 런던에서 「A Pasque-Flower on That Bleak Day」라는 제목으로, 중단편 소설집 『The Rainy Spell and

Other Korean Stories』(서지문 역)에 수록 출간.(onyx press)

1984(54세)   7월 1일 영세 받음.

그해 창간된 잡지 〈2000년〉에 1984년 5월부터 12월까지 연재한 풍자 소설 「서울 사람들」이 단행본 『서울 사람들』로(글수레) 출간.

『인간의 꽃』(수문서관) 출간.(1979년에 출간된 『욕망의 응답』을 제목을 바꿔 재출간함)

「재이산」(〈여성문학〉 1월호), 「울음소리」(〈문학사상〉 2월호), 「저녁의 해후」(〈현대문학〉 3월호), 「어느 이야기꾼의 수렁」(〈문예중앙〉 여름호), 「움딸」(〈학원〉 9월호), 「지 알고 내 알고 하늘이 알건만」(『창비 84 신작소설집 - 지 알고 내 알고 하늘이 알건만』)

1985(55세)   방이동 아파트로 이사함.

11월 무렵 일본 '국제기금' 재단의 초청으로 홀로 일본 여행.

『서 있는 여자』(학원사) 출간.(〈주부생활〉에 연재했던 「떠도는 결혼」과 같은 작품)

〈베스트셀러 소설선집 7〉 『나목』(중앙일보사) 출간.

단편 선집 『그 가을의 사흘 동안』(나남) 출간.

한국문학사에서 나왔던 장편 『오만과 몽상』(고려원) 재출간.

자선 에세이집 『지금은 행복한 시간인가』(자유문학사) 출간.

대하장편소설 「未忘(미망)」 연재 시작.(〈문학사상〉 3월호)

「해산바가지」(〈세계의 문학〉 여름호), 「초대」(〈문학사상〉 10월호), 「애보기가 쉽다고?」(〈동서문학〉 12월호), 「사람의 일기」(『창비 85 신작소설집 - 슬픈 해후』), 「저물녘의 황홀」(『문학과지성사 신작소설집 - 숨은 손가락』)

1986(56세)   창작집 『꽃을 찾아서』(창작과비평사) 출간.(『엄마의 말뚝』 이후, 1982년에서 1986년 사이에 창작한 중단편 수록)

산문집 『서 있는 여자의 갈등』(나남) 출간.

「비애의 장」(〈현대문학〉 2월호), 「꽃을 찾아서」(〈한국문학〉 8월호)

1987(57세)　단편 선집 『그 살벌했던 날의 할미꽃』(심지출판사) 출간.

『이상 문학수상작가 대표작품집 6 - 박완서』(문학세계사) 출간.

「저문 날의 삽화 1」(『여성동아문집 - 분노의 메아리』, 전예원), 「저문 날의 삽화 2」(《또 하나의 문화 4호: 여성 해방의 문학》), 「저문 날의 삽화 3」(《현대문학》 6월호), 「저문 날의 삽화 4」(《창비 1987》, 부정기 간행물)

1988(58세)　남편(5월)과 아들(8월)이 연이어 세상을 떠남.

서울을 떠나 부산 분도수녀원에서 지냄. 미국 여행을 다녀옴.

10월부터 이듬해 4월까지 〈문학사상〉에 연재하던 「미망」을 중단함.

「저문 날의 삽화 5」(《소설문학》 1월호)

1989(59세)　단행본 『그대 아직도 꿈꾸고 있는가』(삼진기획) 출간.

『서 있는 여자』(작가정신) 재출간. (1985년 학원사에서 출간됐던 『서 있는 여자』 재출간)

「그대 아직도 꿈꾸고 있는가」 연재. (《여성신문》 제11호(2월 17일)~제34호(7월 28일))

1988년 10월부터 연재 중단했던 「미망」 다시 연재 시작. (《문학사상》 5월호)

「복원되지 못한 것들을 위하여」(《창작과비평》 여름호), 「가家」(《현대문학》 11월호)

「그 살벌했던 날의 할미꽃」이 프랑스에서 「Une Vieille Anémone, Un Jour Lugubre」라는 제목으로 『Une Fille Nommée Deuxième Garçon』(최윤, Patrick Maurus 역)에 수록 출간. (Le Méridien Editeur)

1990(60세)　『미망』으로 대한민국문학상 우수상 수상.

해외 성지순례를 다녀옴.

〈문학사상〉 5월호로 완결된 『미망 1, 2, 3』(문학사상사)이 단행본으로 출간.

산문집 『나는 왜 작은 일에만 분개하는가』(햇빛출판사) 출간.

참척의 고통을 겪으면서 기록한 일기인「한 말씀만 하소서」연재.(가톨릭 잡지〈생활성서〉1990. 9.~1991. 9.)

1991(61세) 『미망』으로 제3회 이산문학상 수상.

회갑 기념 단편소설집『저문 날의 삽화』(문학과지성사) 출간.

콩트집『나의 아름다운 이웃』(작가정신) 출간.(1981년에 출간된『이민 가는 맷돌』(심설당)에 실린 작품을 재출간)

「여덟 개의 모자로 남은 당신」(『여성동아문집 - 여덟 개의 모자로 남은 당신』, 정민),「엄마의 말뚝 3」(《작가세계》봄호,「박완서 특집」),「우황청심환」(《창작과비평》여름호)

「엄마의 말뚝 1」이 영역되어 출간.(유영난 역,『번역이란 무엇인가』, 태학사)

1992(62세) '소설로 그린 자화상'이라는 표제로『그 많던 싱아는 누가 다 먹었을까』(웅진출판) 출간.

『박완서 문학 앨범』(웅진출판) 출간.

동화집『산과 나무를 위한 사랑법』(샘터사) 출간.(1979년 샘터사에서 냈던 동화들을 모음)

「오동의 숨은 소리여」(《현대소설》봄호)

『서 있는 여자』가 일본에서『結婚』(中野宣子 역)이라는 제목으로 출간.(學藝書林)

1993(63세) 제19회 중앙문화대상(예술 부문) 수상.

「꿈꾸는 인큐베이터」로 제38회 현대문학상 수상.

제38회 현대문학상 수상소설집『꿈꾸는 인큐베이터』(현대문학) 출간.

『박완서 문학상 수상 작품집』(훈민정음) 출간.(「그 가을의 사흘 동안」「엄마의 말뚝 2」「꿈꾸는 인큐베이터」수록)

〈박완서 소설 전집〉(세계사)『휘청거리는 오후』(소설 전집 1),『도시의 흉년』(소설 전집 2, 3),『휘청거리는 오후』(소설 전집 4),『욕망의 응달』

(소설 전집 5) 출간.

「꿈꾸는 인큐베이터」(《현대문학》 1월호), 「티타임의 모녀」(《창작과비평》 여름호), 「나의 가장 나종 지니인 것」(《상상》 창간호(가을호))

「엄마의 말뚝 1」이 프랑스 〈Lettres coréennes〉 시리즈 중 『Le piquet de ma mère』(강고배, Hélène Lebrun 역)라는 제목으로 출간.(Actes Sud)

「겨울 나들이」가 미국에서 「Winter Outing」이라는 제목으로 『Land of Exile』(Marshall R. Pihl 역)에 수록 출간.(M. E. Sharpe)

1994(64세) 「나의 가장 나종 지니인 것」으로 제25회 동인문학상 수상

『제25회 동인문학상 수상작품집 - 나의 가장 나종 지니인 것』(조선일보사) 출간.

신작 소설집 『한 말씀만 하소서』(솔) 출간.(일기와 『저문 날의 삽화』 이후의 소설을 묶음)

전작동화 『부숭이의 땅힘』(한양출판) 출간.

첫 창작집 『부끄러움을 가르칩니다』(한양출판) 재출간.

1977년에 출간한 첫 수필집 『꼴찌에게 보내는 갈채』(한양출판) 재출간.(일부 재수록)

〈박완서 소설 전집〉(세계사) 『목마른 계절』(소설 전집 6), 『엄마의 말뚝』(소설 전집 7), 『오만과 몽상』(소설 전집 8), 『그해 겨울은 따뜻했네』(소설 전집 9) 출간.

「가는 비, 이슬비」(한국문학 3·4월 합본호)

『그대 아직 꿈꾸고 있는가』가 독일에서 『Das Familienregister』(Helga Picht 역)이라는 제목으로 출간.(Verlag Volk &Welt)

1995(65세) 「환각의 나비」로 제1회 한무숙문학상 수상.

『그 산이 정말 거기 있었을까』(웅진출판) 출간.

단편 선집 『여덟 개의 모자로 남은 당신』(삼성) 문고판 출간.

산문집 『한 길 사람 속』(작가정신) 출간.

〈박완서 소설 전집〉(세계사) 『나목』(소설 전집 10), 『서 있는 여자』(소설 전집 11) 출간.

「마른 꽃」(《문학사상》 1월호), 「환각의 나비」(《문학동네》 봄호)

『나목』이 미국 코넬대학교 출판부에서 『The Naked Tree』(유영난 역)라는 제목으로 출간.(Cornell University)

「더위 먹은 버스」 「꿈꾸는 인큐베이터」 「티타임의 모녀」 단편 세 편이 독일에서 『Die Trämende Brutmaschine: 꿈꾸는 인큐베이터』(채운정, Rainer Werning 역)라는 제목으로 출간.(Secolo)

「티타임의 모녀」가 일본에서 「ティータイムの母娘」(岸井紀子 역)이라는 제목으로 〈韓國女性作家作品集(한국여성작가작품집)〉 중 『冬の幻』(朝鮮文学研究會 역)에 수록 출간.(韓日カルチャーセンター図書出版室)

「세모」 「주말농장」이 중국에서 「岁暮」 「周末农场」라는 제목으로 『韩国女作家作品选(한국여작가작품선)』에 수록 출간.(社会科学文献出版社)

1996(66세)　단편선집 『울음소리』(솔) 출간.

수필집 『우리를 두렵게 하는 것들』(자유문화사) 출간.

〈박완서 소설 전집〉(세계사) 『미망』(소설 전집 12, 13) 출간.

「참을 수 없는 비밀」(《창작과비평》 겨울호)

1997(67세)　『그 산이 정말 거기 있었을까』로 제5회 대산문학상 수상.

티베트·네팔 기행기 『모독』(학고재) 출간.

동화집 『속삭임』(샘터사) 출간.

「길고 재미없는 영화가 끝나갈 때」(《라쁠륨》 봄호), 「그 여자네 집」(『여성동아 문집 - 13월의 사랑』, 예감), 「너무도 쓸쓸한 당신」(《문학동네》 겨울호)

「닮은 방들」이 미국에서 「Identical Apartment」라는 제목으로

『WAYFARER』(Bruce Fulton, Ju-Chan Fulton 편역)에 수록 출간.(Women In Translation)

1998(68세) 구리시 아천동으로 이사함.

보관문화훈장(문화관광부) 수상.

단편소설집『너무도 쓸쓸한 당신』(창작과비평사) 출간.

산문집『어른 노릇 사람 노릇』(작가정신) 출간.

그림동화『이게 뭔지 알아맞혀 볼래?』(미세기) 출간.

「꽃잎 속의 가시」(《작가세계》 봄호), 「공놀이하는 여자」(《당대비평》 여름호), 「J-1 비자」(《창작과비평》 겨울호)

1999(69세) 『너무도 쓸쓸한 당신』으로 제14회 만해문학상 수상.

묵상집『님이여, 그 숲을 떠나지 마오』(여백) 출간.

에세이 선집『작은 마음이 아름다운 세상을 만든다』(미래사) 출간.

단편동화집『자전거 도둑』(다림) 출간.(첫 동화집『달걀은 달걀로 갚으렴』에서 여섯 편을 선별해 실음)

「아주 오래된 농담」 연재 시작.(《실천문학》 겨울호)

〈단편소설 전집〉(전5권, 문학동네)『어떤 나들이』(단편소설 전집 1), 『조그만 체험기』(단편소설 전집 2), 『아저씨의 훈장』(단편소설 전집 3), 『해산바가지』(단편소설 전집 4), 『가는 비 이슬비』(단편소설 전집 5) 출간.

단편 아홉 편이 미국에서『My Very Last Possession』(전경자 외 역)라는 제목으로 출간.(M. E. Sharpe)

「저문 날의 삽화」「그 가을의 사흘 동안」「도둑맞은 가난」「엄마의 말뚝 1, 2, 3」 단편 여섯 편이 미국에서『A SKETCH OF THE FADING SUN』(이현재 역)이라는 제목으로 출간.(White Pine Press)

『그 많던 싱아는 누가 다 먹었을까』가 일본에서『新女性を生きよ』(朴福美 역)라는 제목으로 출간.(梨の木舎)

「어느 이야기꾼의 수렁」이 독일에서「Im Sumpf steckengeblieben」

	이라는 제목으로 『Am Ende der Zeit』(Helga Picht, Heidi Kang 편)에 수록 출간.(Pendragon)
2000(70세)	제14회 인촌상 수상.(문학 부문)
	9월 '2000 서울 국제 문학포럼'에서 「포스트 식민지적 상황에서의 글쓰기」 발표.
	등단 30주년 기념, 산문 선집 『아름다운 것은 무엇을 남길까』(세계사), 『박완서 문학 30년 기념 비평집: 박완서 문학 길찾기』(세계사) 출간.
	「아주 오래된 농담」(《실천문학》 가을호) 연재를 마친 후 단행본 『아주 오래된 농담』(실천문학사) 출간.
2001(71세)	「그리움을 위하여」로 제1회 황순원문학상 수상.
	장편동화 『부숭이는 힘이 세다』(계림북스쿨) 출간.(『부숭이의 땅힘』(1994)을 손보아 이름을 바꾸어 출간)
	「그리움을 위하여」(《현대문학》 2월호), 「또 한해가 저물어 가는데」(『우리시대의 여성작가 15인 신작소설집 – 진실 혹은 두려움』, 동아일보사)
	「그 가을의 사흘 동안」을 영역한 『Three Days in That Autumn』(유숙희 역)이 지문당의 〈The Portable Library of Korean Literature〉 시리즈 여덟 번째 책으로 출간.
2002(72세)	산문집 『꼴찌에게 보내는 갈채』(세계사) 개정 증보판 출간.(「내가 걸어온 길」 등이 추가됨)
	소설 모음집 『저문 날의 삽화』(문학과지성사) 개정판 출간.
	〈박완서 소설 전집〉(세계사) 개정판 출간.(전14권, 장정을 새로 함)
	산문집 『두부』(창작과비평사) 출간.
	자전적 동화 『옛날의 사금파리』(그림 우승우, 열림원) 출간.
	『우리 시대의 소설가 박완서를 찾아서』(웅진닷컴) 발간.(『박완서 문학 앨범』(1992)의 개정증보판)

「아치울 이야기」(『여성작가 16인 신작소설집 - 피스타치오 나무 아래서 잠들다』, 동아일보사), 「그 남자네 집」(《문학과사회》 여름호)

「나의 가장 나종 지니인 것」이 독일에서 「Das Allerwichtigste in meinem Leben Erzälung」이라는 제목으로 『Wintervision』(김희열, Achim Neitzert 역)에 수록 출간.(Haag+Herchen)

「엄마의 말뚝」이 일본에서 「母さんの杭」라는 제목으로 『現代韓國短篇選(현대한국단편선) 下』(三枝壽勝 역)에 수록 출간.(岩波書店)

2003(73세) 산문집(콩트집)『나의 아름다운 이웃』(작가정신) 개정판 출간.

첫 동화집 『달걀은 달걀로 갚으렴』에 수록되었던 「옥상의 민들레꽃」을 만화로 구성한 『옥상의 민들레꽃』(그림 강웅승, 이가서)이 〈만화로 보는 한국문학 대표작선 003〉으로 출간.

김남조·김후란·박완서·전옥주·한말숙 5인 에세이집『세월의 향기』(솔과 학) 출간.

〈박완서 소설 전집〉(세계사)『휘청거리는 오후』(소설 전집 1), 『욕망의 응달』(소설 전집 5), 『목마른 계절』(소설 전집 6), 『서 있는 여자』(소설 전집 11) 개정판 출간.

「마흔아홉 살」(《문학동네》 봄호), 「후남아, 밥 먹어라」(《창작과비평》 여름호)

『그 산이 정말 거기 있었을까』가 스페인 트로타 출판사의 〈한국문학시리즈〉 중 첫 책으로 『Aquella montaña tan lejana』(김혜정, Francisco Javier Martaín Ortíz 역)라는 제목으로 출간.(Trotta)

2004(74세) 〈현대문학〉 창간 50주년을 기념한 장편소설 『그 남자네 집』(현대문학사) 출간.(2002년 《문학과사회》에 발표한 동명 단편을 기초로 한 작품)

일기『한 말씀만 하소서: 자식을 잃은 참척의 고통과 슬픔, 그 절절한 내면 일기』(판화 한지예, 세계사) 재출간.

〈그림, 소설을 읽다〉(전5권) 시리즈 첫 권으로 『나목에 핀 꽃』(그림 박

항률, 랜덤하우스중앙) 출간.

1997년에 펴낸 첫 동화집에 수록되었던 여섯 편에, 최근에 쓴 동화 「보시니 참 좋았다」「아빠의 선생님이 오시는 날」을 새로 더해, 동화집 『보시니 참 좋았다』(그림 김점선, 이가서) 출간.

〈박완서 소설 전집〉(세계사) 『꿈엔들 잊힐리야』(박완서 소설 전집 12, 13, 14) 출간.(장편소설 『미망』(소설 전집 12, 13)의 일부 내용을 수정·보완한 후 표지 장정과 본문 디자인을 바꾸어 출간)

청소년판 『그 많던 싱아는 누가 다 먹었을까』(그림 강전희, 웅진닷컴) 출간.

「해산바가지」가 일본에서 「出産バガヂ」라는 제목으로 『韓国女性作家短編選(한국여성작가단편선)』(朴𣏕礼 역)에 수록 출간.(穂高書店)

2005(75세)　12편의 기행 산문을 모은 기행산문집 『잃어버린 여행가방』(실천문학사) 출간.(1997년 학고재에서 출간했던 『모독』 포함)

『그 산이 정말 거기 있었을까』『그 많던 싱아는 누가 다 먹었을까』(웅진지식하우스) 양장본으로 재출간.

만화 『그 많던 싱아는 누가 다 먹었을까 1, 2』(그림 김광성, 세계사) 출간.(어린이를 위해 만화로 재구성)

〈다시 읽는 한국문학〉 시리즈 『다시 읽는 박완서 - 엄마의 말뚝』(그림 이승원, 맑은소리, 다시 읽는 한국문학 21) 출간.

〈20세기 한국소설〉 시리즈 『박완서』(창작과비평사, 20세기 한국소설 35) 출간.(「조그만 체험기」「그 가을의 사흘 동안」「엄마의 말뚝 2」「해산바가지」「나의 가장 나종 지니인 것」 등 수록)

「거저나 마찬가지」(《문학과사회》 봄호), 「촛불 밝힌 식탁」(『박완서 외 여성작가 17인 신작소설 - 촛불 밝힌 식탁』, 동아일보사)

『그 많던 싱아는 누가 다 먹었을까』가 대만에서 『那麼多的草葉哪裡去了?』(安金連, 臺北市 역)라는 제목으로 출간.(大塊文化)

『그 많던 싱아는 누가 다 먹었을까』가 태국에서 『ในความทรงจำ: แห่งชีวิตอันเยาว์วัย』라는 제목으로 출간.(TPA Press)

2006(76세) 5월 17일 서울대학교 명예문학박사 학위 수여.

제16회 호암상 예술상 수상.

묵상집 『옳고도 아름다운 당신』(시냇가에 심은 나무) 출간.(1996년부터 1998년까지 가톨릭 〈서울주보〉의 '말씀의 이삭'에 발표한 94편의 에세이를 모은 『님이여, 그 숲을 떠나지 마오』의 개정판)

문학상 수상작을 모아 『환각의 나비』(푸르메) 출간.(「그 가을의 사흘 동안」「엄마의 말뚝」「꿈꾸는 인큐베이터」「나의 가장 나종 지니인 것」「환각의 나비」등 수록)

1999년 출간된 〈박완서 단편소설 전집〉(전5권, 문학동네)에, 1998년에 출간된 『너무도 쓸쓸한 당신』(창작과비평사)을 추가하여, 개정판 〈박완서 단편소설 전집〉(전6권, 문학동네) 출간.(『부끄러움을 가르칩니다』(단편소설 전집 1), 『배반의 여름』(단편소설 전집 2), 『그의 외롭고 쓸쓸한 밤』(단편소설 전집 3), 『저녁의 해후』(단편소설 전집 4), 『나의 가장 나종 지니인 것』(단편소설 전집 5), 『그 여자네 집』(단편소설 전집 6))

「대범한 밥상」(《현대문학》 2006년 1월호), 「친절한 복희씨」(《창작과비평》 봄호), 「그래도 해피 엔드」(《문학관》 가을, 한국현대문학관), 「궁합」「달나라의 꿈」(『저 마누라를 어쩌지』, 정음)

「마른 꽃」이 한영 대역본으로 『Weathered Blossom』(유영난 역)이라는 제목으로 출간.(한림)

『너무도 쓸쓸한 당신』이 중국에서 『孤獨的你』(朴善姬, 何彤梅 역)라는 제목으로 출간.(上海译文出版社)

「엄마의 말뚝 1, 2, 3」이 프랑스에서 『Les Piquets de ma mère』(Patrick Maurus, 문시연 역)라는 제목으로 완역 출간.(Actes Sud)

「배반의 여름」이 멕시코에서 「Traición en Verano」라는 제목으로

『Por la escalera del arco iris』(정권태, 유희명, Raúl Aceves, Jorge Orendáin 역)에 수록 출간.(ARLEQUíN)

2007(77세) 산문집 『호미』(열림원) 출간.

소설집 『친절한 복희씨』(문학과지성사) 출간.

이해인, 이인호와 함께, 대담집 『대화』(샘터) 출간.

청소년판 『엄마의 말뚝』(열림원) 출간.

〈다시 읽는 한국문학〉 시리즈 『다시 읽는 박완서 - 엄마의 말뚝 2·3』(그림 이수정, 맑은소리, 다시 읽는 한국문학 22) 출간.

〈교과서 한국문학〉 시리즈 박완서 편으로, 제1권 『옥상의 민들레꽃』(방민호 엮음, 휴이넘)을 시작으로 총 10권 발간.

중국 인민문학출판사의 〈韓國文學叢書(한국문학총서)〉 중 『그 남자네 집』이 『那个男孩的家』(王策宇, 金好淑 역)라는 제목으로 출간.(人民文學出版社)

『나목』이 중국에서 『裸木』(김연란 역)이라는 제목으로 출간.(上海译文出版社)

2008(78세) 『꼴찌에게 보내는 갈채』(세계사) 문고판 출간.

산문집 『옳고도 아름다운 당신』(열림원) 재출간.

〈박완서 소설 전집〉(세계사) 『그 많던 싱아는 누가 다 먹었을까』(박완서 소설 전집 16), 『그 산이 정말 거기 있었을까』(박완서 소설 전집 17) 출간.

2월부터 12월까지 〈현대문학〉에 '박완서 연재 에세이' 연재.(총8회)

「땅 집에서 살아요」(『우리 시대 대표 여성작가 12인 단편 작품집 - 소설가의 집』, 중앙북스)

멕시코 〈Colección de Literatura Coreana〉 시리즈 중 『그대 아직도 꿈꾸고 있는가』가 『¿Seguirá soñando?』(전진재, Vilma Patricia Pulgarín Duque 역)라는 제목으로 출간.(Librisite)

2009(79세)	이야기 모음집 『세 가지 소원』(그림 전효진, 마음산책) 출간.(1970년 초부터 최근까지 콩트나 동화를 청탁받았을 때 써둔 짧은 이야기를 모음)
1998년에 출간되었던 산문집 『어른 노릇 사람 노릇』(작가정신) 재출간.(장정과 표지 디자인을 새롭게 함)
중국 상해역문출판사의 〈韓國現当代文學精選(한국현당대문학정선)〉 시리즈 중 『아주 오래된 농담』이 『非常久遠的玩笑』(金泰成 역)라는 제목으로 출간.(上海译文出版社)
중국 상해역문출판사에서 〈韓國当代文作家精品系列(한국당대문작가정품계열)〉 시리즈 중 『휘청거리는 오후』가 『蹒跚的午后』(李貞嬌, 李茸 역)라는 제목으로 출간.(上海译文出版社)
미국 컬럼비아대학교 출판부의 〈Weatherhead books on Asia〉 시리즈 중 『그 많던 싱아는 누가 다 먹었을까』가 『Who Ate Up All The Shinga?』(유영난, Stephen J. Epstein 역)이라는 제목으로 출간.(Columbia University Press)
「조그만 체험기」「그 가을의 사흘 동안」이 브라질에서 각각 「A pequena expeiência」「Três dias daquele outono」라는 제목으로 『Contos Contemporâneos Coreanos』(임윤정 역)에 수록 출간.(Landy)
2010(80세)	산문집 『못 가본 길이 더 아름답다』(현대문학) 출간.(2002년 2월 〈현대문학〉에 발표한 에세이 「구형예찬」을 비롯하여 2008년 2월부터 12월까지 〈현대문학〉에 연재한 '박완서 연재 에세이'와 그동안 쓴 짧은 글 등을 모음)
「석양을 등에 지고 그림자를 밟다」(〈현대문학〉 2월호), 「엄마의 초상」(『가족, 당신이 고맙습니다』, 중앙북스)
2011(81세)	1월 22일 오전 6시 17분, 담낭암으로 투병하다 세상을 떠남.
1월 24일, 금관문화훈장 추서.
1월 25일, 경기도 용인시 모현면 오산리 천주교 서울대교구 공원묘

지에 안장됨.

4월, 『모든 것에 따뜻함이 숨어 있다: 박완서 문학 앨범』(웅진지식하우스), 관악 초청 강연록 『박완서: 문학의 뿌리를 말하다』(서울대학교 출판문화원), 그림동화책 『아가 마중: 참으로 놀랍고 아름다운 일』(그림 김재홍, 한울림) 출간.

「그 가을의 사흘 동안」이 프랑스에서 『Trois jours en automne』(Benjamin Joinau, 이정순 역)라는 제목으로 출간.(Atelier des Cahiers)

「친절한 복희씨」가 일본에서 「親切な福姫さん」(渡辺直紀 역)이라는 제목으로 〈아시아 단편 베스트 셀렉션〉 중 『天國の風』에 수록 출간.(新潮社)

「부끄러움을 가르칩니다」가 미국에서 「We teach shame!」이라는 제목으로 『Waxen Wings』(Bruce Fulton 편)에 수록 출간.(Koryo Press)

2012	1월 22일(1주기) 그간에 출간된 장편소설을 모아 〈박완서 소설전집 결정판〉(세계사) 출간.(생전에 직접 원고를 손보다가 타계 후에는 유족과 기획위원들이 작업을 최종 마무리함)

〈박완서 소설전집 결정판〉 기획위원

권명아   1965년 서울 출생. 문학평론가, 동아대학교 국어국문학과 조교수. 연세대 불문과 및 동 대학원 국문과 박사. 1994년 「박완서 문학 연구」로 〈작가세계〉 문학상 평론 부문 신인상에 당선되며 등단했다. 『박완서 문학 길찾기』(세계사, 2000)를 공동 편찬했다. 대표 저서로는 『가족 이야기는 어떻게 만들어지는가』『맞장 뜨는 여자들』『문학의 광기』『역사적 파시즘』『탕아들의 자서전』『식민지 이후를 사유하다』 등이 있다.

이경호   1955년 서울 출생. 문학평론가, 한서대학교 문예창작과 겸임교수. 고려대학교 영문과 및 동 대학원 비교문학 박사과정을 수료했다. 국내 문학인들을 분석 탐구해온 계간지 〈작가세계〉 편집 주간을 지냈으며 『박완서 문학 길찾기』(세계사, 2000)를 공동 편찬했다. 저서로는 『문학과 현실의 원근법』『문학의 현기증』『상처학교의 시인』 등이 있다.

호원숙   1954년 서울, 박완서의 맏딸로 태어났다. 수필가, 경운박물관 운영위원. 서울대학교 사범대학 국어교육과를 졸업했으며 〈뿌리깊은 나무〉 편집 기자를 지냈다. 1992년 출간된 『박완서 문학앨범』(웅진출판)에 어머니 박완서에 관한 「행복한 예술가의 초상」을 쓰기도 했다. 저서로는 『큰 나무 사이로 걸어가니 내 키가 커졌다』, 공저로는 어머니와 함께 쓴 『모든 것에 따뜻함이 숨어 있다』 등이 있다.

홍기돈   1970년 제주 출생. 가톨릭대학교 국어국문학과 교수. 중앙대학교 국문과를 졸업하고 동 대학원에서 「김수영 시 연구」로 석사학위, 「김동리 연구」로 박사학위를 받았다. 1999년 한강의 소설을 분석한 「그림자로 놓인 오십 개의 징검다리 건너기」로 계간 〈작가세계〉 문학상 평론 부문 신인상에 당선되며 등단했다. 〈비평과전망〉〈시경〉〈작가세계〉 편집위원을 지냈다. 저서로는 『페르세우스의 방패』『인공낙원의 뒷골목』『근대를 넘어서려는 모험들』『김동리 연구』 등이 있다.

서 있는 여자

초판 1쇄 발행 2012년 1월 22일
초판 8쇄 발행 2025년 6월 13일

지은이	박완서
펴낸이	최동혁
기획위원	권명아·이경호·호원숙·홍기돈
북디자인	오진경
띠지 사진	조선일보

펴낸곳	(주)세계사컨텐츠그룹
주소	06168 서울시 강남구 테헤란로 507 WeWork빌딩 8층
문의	plan@segyesa.co.kr
홈페이지	www.segyesa.co.kr
출판등록	1988년 12월 7일 (제406-2004-003호)
인쇄	예림인쇄
제본	제이엠플러스

ⓒ 박완서, 2012, Printed in Seoul, Korea

ISBN 978-89-338-0187-1 (04810)
ISBN 978-89-338-0173-4 (세트)

- 저자와 협의하여 인지를 붙이지 않습니다.
- 책값은 뒤표지에 표시되어 있습니다.
- 이 책 내용의 전부 또는 일부를 재사용하려면 반드시 저작권자와 세계사 컨텐츠 그룹 양측의 서면 동의를 받아야 합니다.